W0218373

PANINI BOOKS

STAR WARS™

EPISODE I

DIE DUNKLE BEDROHUNG™

Patricia C. Wrede

**Basierend auf der Story
und dem Original-Drehbuch
von George Lucas**

PANINI BOOKS

Bibliografische Information der Deutschen Nationalbibliothek
Die Deutsche Nationalbibliothek verzeichnet diese Publikation in der Deutschen Nationalbibliografie; detaillierte bibliografische Daten sind im Internet über http://dnb.d-nb.de abrufbar.

Dieses Buch wurde auf chlorfreiem, umweltfreundlich hergestelltem Papier gedruckt. In neuer Rechtschreibung.

Deutsche Ausgabe 2011 by Panini Verlags GmbH, Rotebühlstraße 87, 70178 Stuttgart. Alle Rechte vorbehalten.

© 2011 Lucasfilm Ltd. & ™. All rights reserved. Used under authorization.
Titel der amerikanischen Originalausgabe:
„Patricia C. Wrede: *Star Wars:* Episode I – *The Phantom Menace*".

No similarity between any of the names, characters, persons and/or institutions in this publication and those of any pre-existing person or institution is intended and any similarity which may exist is purely coincidental. No portion of this publication may be reproduced, by any means, without the express written permission of the copyright holder(s).

Übersetzung: Dominik Kuhn
Lektorat: Carmen Jonas
Redaktion: Mathias Ulinski, Holger Wiest
Chefredaktion: Jo Löffler
Umschlaggestaltung: tab indivisuell, Stuttgart
Cover art von Drew Struzan
Satz: Greiner & Reichel, Köln
Druck: GGP Media GmbH, Pößneck
Printed in Germany

2. Auflage, Oktober 2011
ISBN 978-3-8332-1732-6

www.paninicomics.de
www.starwars.com

PROLOG

Es war einmal vor langer Zeit in einer weit, weit entfernten Galaxis …

In der Zeit, bevor die Rebellenallianz für alle die Freiheit erkämpfte; bevor die Jedi-Ritter von allen bekannten Planeten verschwanden; bevor das Imperium errichtet wurde und sich wie ein Geschwür durch die Sternenwelten hindurchfraß. Bevor all das geschah, wurde der größte Teil der Galaxis vom Galaktischen Senat regiert.

Es war eine Zeit des Friedens, über welche die Jedi-Ritter mit ihren Meistern wachten. Doch die Jedi waren nur Wächter. Ihre erstaunlichen Fähigkeiten setzten sie zur Verteidigung der Gerechtigkeit ein. Sie waren Friedenswächter der Republik. Der Galaktische Senat bildete die Regierung. Tausende von Botschaftern vertraten jeden einzelnen Planeten der Republik. Sie fanden sich regelmäßig im großen Senatssaal auf der Zentralwelt Coruscant ein. Dort schrieben sie die Gesetze der Republik und schlichteten Unstimmigkeiten, die manchmal zwischen Planeten aufkeimten.

Im Lauf der Jahrhunderte kamen eine Menge Probleme vor den Senat. Daher schien sich ein Streit um die Besteuerung von Handelsrouten zunächst nicht von all den anderen Disputen zu unterscheiden. Die Handelsföderation – ein Zusammenschluss von Geschäftsleuten, die als Föderation so mächtig war, dass sie einen Sitz im Senat innehatte, als wäre sie ein Planet – verlangte mehr Kontrolle in den außen liegenden Systemen. Dagegen legten die anderen Planeten jedoch Einwände ein. Die Debatte zog sich hin.

Irgendwann verlor die Handelsföderation die Geduld und ergriff drastischere Maßnahmen. Sie pickten sich den kleinen, überwiegend von Wasser bedeckten Planeten Naboo heraus und belagerten ihn, indem sie mit Kampfschiffen eine Blockade bildeten, sodass kein Raumschiff mehr vom Planeten starten oder landen konnte. Auf diese Weise statuierten sie mit Naboo ein Exempel für all die anderen Planeten und forderten jene auf, ihnen Folge zu leisten. Entweder aus Überzeugung oder unter Zwang.

Doch die junge Königin von Naboo gab nicht nach. Die Spannungen im Senat wuchsen. Schließlich rief der Oberste Kanzler, der befürchtete, dass die Blockade der Handelsföderation zu einem Krieg führen könnte, die Jedi zu Hilfe. Schon bald machten sich zwei Jedi-Botschafter auf den Weg nach Naboo, um den Konflikt beizulegen. Sie gingen davon aus, dass ihre Mission kurz und einfach werden würde …

KAPITEL 1

Endlich verließ der Kreuzer der Galaktischen Republik den Hyperraum, und Qui-Gon konnte einen ersten Blick auf Naboo werfen oder – besser gesagt – auf die bedrohliche Wolke von Kampfschiffen der Handelsföderation, die den Planeten umgab. Sie hatten sich wie weiße Maden im All ausgebreitet und blockierten jeden Zugang zum Planeten. Qui-Gon beeindruckte das allerdings nicht sonderlich. In all den Jahrzehnten, in denen er ein Jedi-Ritter war, hatte er viele Kampfschiffe gesehen. Die Schiffe waren unwichtig; entscheidend waren die Wesen, die sich an Bord befanden.

Der Sichtschirm wurde hell. Qui-Gon beugte sich vor und spähte über die Schulter des weiblichen Captains, der den Kreuzer flog. Auf dem Schirm erschien ein Neimoidianer mit graubrauner Haut, matt orangefarbenen Augen und einer dreizackigen Kopfbedeckung. *Einer der Vizekönige der Handelsföderation*, dachte Qui-Gon. *Begrüßt er alle ankommenden Schiffe persönlich oder nur Botschafter?* „Captain", sagte er, „teilt ihm mit, dass wir sofort an Bord zu kommen wünschen."

Der weibliche Captain sah wieder auf seinen Datenschirm. „Mit allem gebührenden Respekt, die Botschafter des Obersten Kanzlers wünschen, sofort an Bord kommen zu dürfen", sagte sie zu dem Neimoidianer.

„Aber gern", antwortete der Vizekönig. „Wie Ihr wisst, ist unsere Blockade vollkommen legal. Und wir freuen uns, die Botschafter zu empfangen."

Der Schirm wurde schwarz.

Das führende Kampfschiff der Handelsföderation ragte vor ihnen auf. Qui-Gon schloss die Augen und tastete sorgsam danach, was ihm die Macht verriet. *Auf dem Schiff befinden sich viele Neimoidianer. Und sie sind nervös.* Das entsprach so ungefähr dem, was er erwartet hatte. Und doch … am Rand seiner Wahrnehmung schwebte noch etwas anderes – etwas, das er nicht genau ausmachen konnte.

Der Eindruck versiegte, als der Kreuzer auf dem Boden der Landebucht des Kampfschiffes aufsetzte. Qui-Gon öffnete die Augen. Was auch immer er gespürt hatte, es war verschwunden. Und jetzt musste er sich um wichtigere Dinge kümmern.

Qui-Gon erhob sich und gab Obi-Wan ein Zeichen. Die Miene des jungen Jedi war ernst, dem wichtigen Einsatz angemessen. Qui-Gon seufzte. Er fragte sich nicht zum ersten Mal, was sich Meister Yoda vor all den Jahren wohl gedacht hatte, als er Qui-Gon und Obi-Wan als Meister und Padawan zusammengebracht hatte. Es bestand kein Zweifel daran, dass Obi-Wan Kenobi sehr talentiert war, aber manchmal war er so … angespannt.

Qui-Gon musste unwillkürlich lächeln. Meister Yoda konnte immer weiter sehen als andere. Vielleicht hatte er angenommen, dass ein ernster, junger Padawan für Qui-Gon ebenso gut sein würde, wie Qui-Gon für den Schüler. Es passte zu Yoda, dass er Obi-Wans dickköpfige Art und seine regelgetreue Vorgehensweise mit Qui-Gons Geduld und dessen manchmal ungewöhnlichen Methoden auszugleichen gedachte. Würde Obi-Wan einst die Prüfungen bestehen und ein richtiger Jedi-Ritter sein, musste er Yoda darauf ansprechen. *Das wird schon bald der Fall sein*, dachte Qui-Gon, wenn er Obi-Wan auch noch nichts davon gesagt hatte.

Als Qui-Gon die Ausstiegsrampe hinunterging, sah er unten einen Protokoll-Droiden warten. Obi-Wan hob die Augenbrauen und warf Qui-Gon einen schnellen, fragenden Blick zu. Qui-Gon nickte beruhigend. Die Neimoidianer waren eine nervöse Rasse, die ihre Geschäfte am liebsten aus der Ferne erledigten. Wahrscheinlich nahmen sie im Augenblick noch ihren Mut zusammen, um den Botschaftern überhaupt persönlich gegenübertreten zu können.

Der Droide brachte sie in einen Raum mit einem großen Konferenztisch. Eine Wand bestand komplett aus Fenstern und bot einen atemberaubenden Ausblick auf den Planeten Naboo – und auf die Flotte von Kampfschiffen, die diesen umgab. *Nicht gerade gute Aussichten für Friedensgespräche*, dachte Qui-Gon.

„Macht es Euch bitte bequem", sagte der Protokoll-Droide. „Mein Master wird in Kürze bei Euch sein." Er verbeugte sich und ging.

Obi-Wan warf die Kapuze seines Mantels zurück und gab den Blick auf seine kurzen, dunklen Haare und den einzelnen, dünnen Zopf frei, der über seine Schulter hing. Er war kleiner als Qui-Gon und bartlos. Qui-Gon trug die ergrauenden Haare lang und hatte einen kleinen, sauber gestutzten Bart. Aber ihre Kleidung glich sich: Sie trugen beide einen dunklen Mantel mit Kapuze und die ockerfarbenen Tuniken des Jedi-Ordens.

Obi-Wan sah zum Fenster hinaus auf die Kriegsflotte. „Ich habe da ein ganz mieses Gefühl", sagte er schließlich.

„Ich spüre nichts dergleichen", erwiderte Qui-Gon. Die leichte Erschütterung, die er vorhin gefühlt hatte, war komplett verschwunden. Doch obwohl Obi-Wan erst fünfundzwanzig Jahre alt und noch kein richtiger Jedi-Ritter war, hatte er ein sehr gutes Gespür für die Macht. Qui-Gon hatte gelernt, den Instinkt seines Schülers ernst zu nehmen. *Also ein anderes Problem?*

„Es hat nichts mit unserem Auftrag zu tun, Meister", ergänzte Obi-Wan schnell. „Es ist etwas anderes. Schwer zu erfassen ..."

„Konzentriere dich nicht auf deine Befürchtungen, Obi-Wan", mahnte Qui-Gon. „Richte deine Konzentration auf das Hier und Jetzt, wo sie hingehört."

„Aber Meister Yoda sagte, dass ich mir der Zukunft bewusst sein soll."

„Aber nicht auf Kosten der Gegenwart", gab Qui-Gon sanft zurück. „Sei dir der Lebendigen Macht bewusst, junger Padawan."

Obi-Wans abwesende Miene blieb noch einen Moment lang bestehen. Dann nickte er. „Ja, Meister."

Die beiden Männer standen schweigend da und sahen hinaus zu der Flotte. Nach einer Weile ergriff Obi-Wan das Wort. „Wie wird dieser Handels-Vizekönig auf die Forderungen des Kanzlers reagieren?"

„Diese Föderationsvertreter sind allesamt Feiglinge", stellte Qui-Gon fest. „Die Verhandlungen werden nicht lange andauern." Doch noch während des Sprechens fragte er sich, ob er recht behalten würde. Der Vizekönig der Handelsföderation ließ sich lange Zeit für sein Kommen, selbst für einen Neimoidianer. Qui-Gon schüttelte den Kopf. Der Anblick der Flotte der Handelsföderation lenkte ihn beim Nachdenken ab. Er drehte sich absichtlich weg. Er setzte sich an den Tisch und begann seine Gedanken zu beruhigen.

Obi-Wan gesellte sich nach einer Weile zu ihm. „Ist es bei ihnen üblich, uns so lange warten zu lassen?", fragte er und fasste damit Qui-Gons Unbehagen in Worte.

„Nein", sagte Qui-Gon. Er hielt inne und konzentrierte sich. „Ich spüre ein ungewöhnlich hohes Maß an Furcht angesichts von so etwas Banalem wie diesem Handelsdisput."

Nute Gunray, der Vizekönig der Handelsföderation, war von Anbeginn der Blockade an nervös gewesen. Er hatte ab dem Moment Angst gehabt, in dem der Kreuzer der Republik das Naboo-System erreicht hatte. Und jetzt, da ihm auf der Brücke seines Schlachtschiffes eine holografische Kommunikation mit Darth Sidious bevorstand, war er – offen gesagt – in heller Panik.

Vor Darth Sidious hat jeder Angst, dachte Nute. Aber das war nur ein schwacher Trost. Der Sith-Lord war eine schattenhafte, böse Gestalt. Obwohl die Handelsföderation ihm treu gefolgt war, trug er immer einen Kapuzenumhang, der den größten Teil seines Gesichts vor seinen Verbündeten verbarg. *Rätselhaft… und mächtig*, rief sich Nute ins Gedächtnis. Doch irgendwie wirkte dieser Gedanke weniger beruhigend als beabsichtigt.

Neben ihm stammelte Daultay Dofine dem Hologramm des Sith-Lords Einwände und Erklärungen vor. „Die Botschafter sind Jedi!“, schloss Dofine gerade. „Wir würden es nie wagen, gegen sie vorzugehen.“

Sidious' holografisches Abbild drehte sich leicht. „Diese Jedi scheinen Euch mehr Sorgen zu bereiten als ich, Dofine“, sagte die leise, bedrohliche Stimme. „Das amüsiert mich.“

Dofine schien geradezu zu schrumpfen. Sidious wandte sich um. „Vizekönig!“

Nute wurde kalt an den Schädelkämmen, und er musste sich zwingen, einen Schritt nach vorn zu tun. „Ja, mein Lord?“

„Ich möchte diese schleimige Ausgeburt nie wiedersehen“, sagte Sidious. „Habt Ihr mich verstanden?“

„Ja, mein Lord“, antwortete Nute und funkelte Dofine so lange an, bis der von der Brücke verschwand.

„Diese Wendung der Ereignisse ist bedauerlich“, fuhr Darth Sidious fort, als wäre nichts geschehen. „Wir müssen unser Vorhaben beschleunigen. Beginnt die Landung Eurer Truppen.“

Nute starrte vollkommen entsetzt auf das Hologramm. In den Frachträumen seiner Kampfschiffe standen Tausende von Kampfschiffen zum Einsatz bereit, aber er hatte nicht erwartet, dass er sie tatsächlich einsetzen würde. „Mein Lord … ist das denn legal?“, fragte Nute zögerlich.

„Ich werde dafür Sorge tragen“, erwiderte die vermummte Gestalt ungerührt.

Nute erschauderte. Sidious' Tonfall ließ keinen Raum für Widerspruch oder Fragen. *Wenn er eine Invasion legalisieren kann, wozu ist er sonst noch imstande?*

„Und die Jedi?“, fragte Nute.

„Der Kanzler hätte sie niemals in diese Sache hineinziehen dürfen", sagte Sidious. „Tötet beide auf der Stelle."

„J... ja, mein Lord", stammelte Nute automatisch. „Wie Ihr wünscht." *Oh nein. Nicht einmal er kann das legalisieren.* Er starrte die dunkle Gestalt mit dem Kapuzenumhang an und schluckte. *Aber wenn ich mich weigere, wird er wütend. Und Darth Sidious gegenüberzustehen ist schon furchtbar genug, wenn er zufrieden ist ...*

Die Gestalt kicherte, als wüsste Sidious, was Nute dachte. Das Hologramm verblasste. Nute holte erleichtert tief Luft und wandte sich den internen Kontrollen des Schiffes zu. Ein Tastendruck schaltete die Ansicht der Landebucht auf den Hauptschirm, auf der der republikanische Kreuzer stand. Ein weiterer Taster richtete eine Kanone auf den Kreuzer. Nute zögerte nur einen winzigen Augenblick, bevor er die Taste drückte. Die Kanone feuerte und der Kreuzer explodierte.

„Das war ja leicht", murmelte Nute vor sich hin. „Und jetzt zu den Jedi ..."

Qui-Gon spürte den Tod der Kreuzerbesatzung sofort. Er sprang mit aktiviertem Lichtschwert auf die Beine. Er nahm wohlwollend zur Kenntnis, dass auch Obi-Wan die Erschütterung in der Macht wahrgenommen und schnell reagiert hatte. Gemeinsam sahen sie sich mit kampfbereiten Waffen im Raum um. Es tauchte keinerlei Bedrohung auf – nur der Protokoll-Droide schwankte über seinen verschütteten Getränken.

Qui-Gon nickte Obi-Wan zu, und sie deaktivierten ihre Lichtschwerter. Das Summen der Waffen versiegte. Und dann hörte Qui-Gon durch die Stille ein leises Zischen.

„Gas!", rief er Obi-Wan zu. Er holte tief Luft und hielt sie an. Sie würden sich schnell einen Weg nach draußen erkämpfen müssen – oder umkommen.

KAPITEL 2

Die Holo-Kamera im Konferenzraum zeigte nichts als eine dichte, grüne Wolke. Nute Gunray sah sich das Bild aufmerksam an. *Die Jedi müssen jetzt schon tot sein,* dachte er. Er schaltete zu einer Ansicht des Korridors draußen vor dem Raum, wo eine Schwadron skelettartiger Kampf-Droiden wartete. „Geht hinein und vernichtet, was von ihnen übrig ist", befahl er ihnen.

Die Droiden machten ihre Waffen bereit. Einer von ihnen öffnete die Tür, und sofort kam das tödliche Gas herausgequollen. Nute spannte sich an, als er in der Gaswolke eine Bewegung wahrnahm, aber es war nur der Protokoll-Droide. *Die Jedi sind tot,* dachte er voller Befriedigung. Er streckte die Hand aus, um den Bildschirm auszuschalten.

In diesem Augenblick stachen zwei summende Lichtstrahlen – ein grüner und ein blauer – durch den Nebel. Sie fuhren ohne innezuhalten mitten durch die nächsten Kampf-Droiden. Die in zwei Teile zerhackten Maschinen brachen zusammen. Alarmsirenen begannen zu heulen.

Nute beugte sich nach vorn und versuchte sich einen Reim auf die wirren Bilder zu machen. „Was geht denn da unten vor?"

„Seid Ihr schon mal einem Jedi-Ritter begegnet?", fragte sein nächster Untergebener, Rune Haako.

„Nun, nein", antwortete Nute. „Aber ich äh ..." Ein Bildschirm leuchtete auf und zeigte eine Reihe von Korridoren in Form von roten Linien. *Sie sind auf dem Weg zur Brücke!* „Riegelt die Brücke ab!", rief er.

„Das wird nicht ausreichen, Sir“, erwiderte Rune fast schon traurig, als die Türen zuknallten. „Das wird nicht einmal ansatzweise ausreichen.“

Qui-Gons Lichtschwert fuhr durch zwei Kampf-Droiden. Sie brachen in einem Funkenregen zusammen. Die Tür zur Brücke war nicht mehr weit. Als er den Schuss eines anderen Droiden parierte, spürte er ein Erbeben in der Macht. Einen Augenblick später flog eine Gruppe von Droiden gegen die Wand und brach in Form eines wirren Haufens zusammen. Qui-Gon nickte wohlwollend. Sein Schüler machte sich seine Fähigkeiten auf gute Weise zunutze.

Qui-Gon erreichte die Tür zur Brücke und begann, sie aufzuschneiden. Er baute darauf, dass Obi-Wan alle weiteren Kampf-Droiden abhalten würde. Fast sofort spürte er eine Welle der Furcht aus dem Raum hinter der Tür strömen. Im nächsten Augenblick schloss sich eine Reihe von schweren Schotten und riegelte die Brücke noch dichter ab.

Qui-Gon schüttelte den Kopf. Diese Aktion amüsierte ihn geradezu. Schotte konnten einen Jedi nicht abhalten. Er veränderte die Position seines Lichtschwerts in der Hand und rammte es in die Tür. Der Laser brachte das Metall schnell zum Schmelzen. Jetzt würde es nicht mehr lange dauern.

Doch in diesem Moment spürte er ganz in der Nähe eine Veränderung. Es kostete ihn nur einen kurzen Augenblick der Konzentration, um die Quelle zu ermitteln. „Meister, Droidekas!“, hörte er Obi-Wan rufen und drehte sich vom Schott weg. „Ich würde sagen, diese Mission hat sich über das Verhandlungsstadium hinausentwickelt“, fügte Qui-Gons Padawan hinzu.

Ich schätze, es ist besser, einen Sinn für Humor zu haben, der sich nur mitten im Kampf zeigt, als gar keinen, dachte Qui-Gon.

Die beiden Männer rannten den Korridor entlang und suchten in zwei Wartungsnischen Deckung. Einen Augenblick später erschienen die Droidekas schon am Ende des Ganges. Die Droiden marschierten an den Jedi vorbei, wobei sie konstant auf die Qualmwolke feuerten, die sich vor der Brückentür gebildet hatte. Kaum hatten die Maschinen die Jedi passiert, nickte Qui-Gon Obi-Wan zu. Die beiden Männer traten hinter den Maschinen in den Korridor hinaus.

Einer der Droidekas schien zu bemerken, dass etwas nicht in Ordnung war. „Auf Bio schalten!“, befahl er. „Da sind sie!“

Die Droiden eröffneten das Feuer erneut, aber dieses Mal in die richtige Richtung. Qui-Gon und Obi-Wan benutzten ihre Lichtschwerter, um die Schüsse auf die Droiden zurückzulenken. Doch immer, kurz bevor die Schüsse trafen, hüllte eine Energieblase die Ziele ein und schirmte die Droiden vor jedem Schaden ab.

„Sie haben Schildgeneratoren!“, rief Obi-Wan.

„Ein Patt“, stellte Qui-Gon fest. „Los, weg hier.“ Er und Obi-Wan machten sich jetzt keine Hoffnungen mehr, in die Brücke eindringen zu können – nicht bei dieser Verstärkung. Sie mussten sich einen anderen Weg überlegen.

Endlich hatte sich der Regierungsrat im marmornen Thronsaal auf Naboo versammelt. Königin Amidala saß auf ihrem Thron und beobachtete die Anwesenden. Die Krise mit der Handelsföderation hatte Gouverneure aus allen Städten Naboos hier zusammengeführt. Sie wollten der neu gewählten Königin ihre Unterstützung demonstrieren.

Amidala lächelte und faltete sorgfältig die Hände im Schoß. Sie wollte den breiten Kragen nicht berühren, der sich bis über ihre Schultern erstreckte. *Er muss gerade liegen. Eirtaé hat ihn überprüft, bevor ich hereinkam.* Die aufwendigen königlichen Kleider und die offizielle Gesichtsbemalung gehörten genauso zu ihrer neuen Position wie die Entscheidungen, die sie jeden Tag zu treffen hatte. Und heute war ihre äußere Erscheinung besonders wichtig, denn sie sollte mit der Handelsföderation sprechen. Sie wusste, dass deren Repräsentanten der Meinung waren, ein vierzehnjähriges Mädchen wäre zu jung, um einen Planeten zu regieren. *Wahrscheinlich haben sie sich deswegen Naboo für ihre Blockade ausgesucht. Nun, ich werde ihnen zeigen, dass ich dazu in der Lage bin.*

Der große Bildschirm wurde hell und zeigte Nute Gunray, den überheblichen Vizekönig der Handelsföderation. „Wieder einmal tretet Ihr vor uns, Euer Hoheit", begann er. „Die Föderation ist erfreut."

Amidala spannte sich an. Ihre Wortwahl war zivil, ihr Tonfall hingegen beleidigend. „Ihr werdet nicht mehr so erfreut sein, wenn Ihr gehört habt, was ich zu sagen habe", sagte sie so kühl wie möglich. „Euer Handelsboykott gegen unseren Planeten ist beendet."

Der Mund des Neimoidianers verzog sich zu so etwas wie einem hämischen Grinsen. „Von solch einem Fiasko weiß ich nichts."

„Schluss mit diesen Spielchen, Vizekönig!", wies ihn Königin Amidala zurecht. Sie wollte ihren Unmut nicht länger verbergen. Als sie bemerkte, wie sich die Ratsmitglieder um sie anerkennend rührten, fuhr sie fort: „Ich hörte, dass sich die Botschafter des Kanzlers bei Euch befinden und dass Ihr angewiesen wurdet, einer Einigung zuzustimmen."

„Ich weiß nichts von irgendwelchen Botschaftern", sagte der Vizekönig schmierig. „Da müsst Ihr einem Irrtum unterliegen."

Amidala beugte sich überrascht nach vorn und betrachtete den Schirm aufmerksam. Sie konnte die Miene des Neimoidianers jedoch nicht deuten. „Seid auf der Hut, Vizekönig", sagte sie schließlich. „Diesmal ist die Föderation zu weit gegangen." *Er kann doch nicht Repräsentanten des Obersten Kanzlers ignorieren! Und der Senat wird sich diese Blockade nicht länger bieten lassen.*

„Wir würden doch niemals etwas ohne die Zustimmung des

Senats unternehmen", sagte Nute voller Ernsthaftigkeit. „Was denkt Ihr von uns?"

Spielt er mir etwas vor, oder meint er das ernst? „Wir werden sehen", sagte Amidala und gab ein Zeichen, die Übertragung zu beenden.

Als der Schirm dunkel wurde, erhob sich unter den Ratsmitgliedern ein Gemurmel aus Diskussionen. Amidala trommelte nachdenklich mit den Fingern auf die Armlehne ihres Throns. Nach einer Weile wandte sie sich an den Gouverneur von Theed. „Gouverneur Bibble! Nehmt sofort Kontakt mit Kanzler Palpatine auf." Palpatine repräsentierte Naboo im Senat der Galaktischen Republik. Wenn sich auf Coruscant etwas geändert hatte – wenn die Botschafter gar nicht losgeschickt worden waren –, dann wusste Palpatine mit Sicherheit den Grund dafür.

Doch als sie Palpatine nach ein paar Minuten erreichten, schien er angesichts der Behauptungen des Vizekönigs ebenso verblüfft zu sein wie alle anderen.

„Wie ist denn dies möglich?", fragte er. „Der Kanzler hat mir versichert, dass seine Botschafter eingetroffen ..." Das Hologramm der Kommunikation flimmerte kurz und stabilisierte sich wieder. „Es muss die Föderation dahinter ..." Das Hologramm flimmerte erneut und begann sich aufzulösen.

„Senator Palpatine!", sagte Amidala unruhig. Sie brauchte seinen Rat und seine Erfahrung; er *musste* laut und deutlich durchdringen.

„... die Verhandlungen der ..." Das Hologramm flackerte und verschwand komplett.

Amidala wandte sich an das dunkelhäutige Oberhaupt ihrer Sicherheitskräfte. „Panaka, was ist passiert?"

„Eine Fehlfunktion im Übertragungsgenerator?", fragte Gouverneur Bibble zweifelnd.

„Möglicherweise stört die Föderation unsere Übertragungen, Euer Hoheit", vermutete Captain Panaka.

„Die Unterbrechung des Kommunikationssystems kann nur eins bedeuten!“, stellte Sio Bibble fest. „Invasion.“

Amidala wurde unruhig. „Die Föderation würde nicht wagen, so weit zu gehen“, sagte sie – nicht nur, um Bibble zu widersprechen, sondern auch, um sich selbst zu beruhigen. Allein die Vorstellung von Krieg und Kampf waren ihr zuwider. Sie widersprachen allem, wofür Naboo stand.

Captain Panaka nickte. „Der Senat würde ihnen die Handelsgenehmigung entziehen. Und das wäre ihr Ende“, gab er zu bedenken.

Das stimmt, dachte Amidala. *Und ohne ihre Handelsgenehmigung würden sie den größten Teil ihrer Handelsrechte an den Territorien im Outer Rim verlieren. Ein solches Risiko würden sie niemals eingehen.* „Wir müssen weiterhin auf Verhandlungen setzen“, sagte sie mit aufgefrischter Zuversicht.

„Verhandlungen?“, fragte Bibble voller Unglauben. „Wir haben jede Kommunikationsmöglichkeit verloren. Und wo sind die Botschafter des Kanzlers?“

Darauf hatte Amidala keine Antwort.

Gut, dass die meisten Droiden keinerlei Vorstellungsvermögen haben, dachte Qui-Gon, während er durch den Wartungstunnel kroch. *Und gut, dass die Handelsföderation bei so vielen Aufgaben auf Droiden setzt.* Eine Mannschaft aus Menschen hätte schon längst die Wartungsschächte durchsucht. Er erreichte das Ende des Schachtes und spähte vorsichtig hinaus. Obi-Wan rutschte neben ihn.

Sie waren an einer Seite eines riesigen Hangars herausgekommen, der voller H-förmiger Landungsboote und riesiger Multi-Truppen-Transporter stand. Sie sahen zu, wie Reihe um Reihe Kampf-Droiden zu den Transportern marschierte und sich selbsttätig auf den Absetzhalterungen einklappte. Die zusammengefalteten Droiden bildeten überraschend kleine Bündel. In einen einzigen MTT passten Hunderte davon. Immer wenn ein Transporter voll war, schwebte er in eines der Landungsboote.

„Das ist eine Invasionsarmee", sagte Obi-Wan nach einer Weile.

Qui-Gon nickte. „Ein seltsamer Schachzug der Handelsföderation." Sie mussten von Anfang an vorgehabt haben, auf Naboo einzumarschieren. Sie hatten diese Droiden sicher nicht aus Lust und Laune mitgenommen. Er warf seinem Schüler einen ernsten Blick zu. „Wir müssen die Naboo warnen und Kontakt zu Kanzler Valorum aufnehmen."

Obi-Wan nickte. „Aber wie?"

„Das sind Landungsboote", gab Qui-Gon zurück und zeigte auf die Schiffe hinter den MTTs. „Wir trennen uns, verstecken uns an Bord verschiedener Schiffe und treffen uns dann unten auf dem Planeten wieder."

Obi-Wan warf einen Blick auf die Kampf-Droiden. Qui-Gon konnte sich denken, was im Kopf seines Padawans vorging. Wenn die Jedi entdeckt würden, hätten sie es mit Hunderten von Kampf-Droiden auf einmal zu tun. Das würde sogar ausreichen, um die überragenden Fähigkeiten der Jedi zu übermannen. *Aber wir haben keine andere Wahl. Wir müssen nur sehr, sehr leise sein.*

„In einer Hinsicht habt Ihr recht gehabt, Meister", sagte Obi-Wan schlitzohrig. „Die Verhandlungen waren sehr kurz."

Noch mehr Kampfhumor. Qui-Gon schnaubte. Ohne zu antworten kroch er aus dem Lüftungsschacht hinaus, in den dunklen Bereich am Rand des Hangars. Einen Augenblick später spürte er, dass Obi-Wan ihm folgte. Gemeinsam stahlen sie sich in Richtung der Landungsboote – und der wartenden Kampf-Droiden.

KAPITEL 3

Der Morgennebel begann sich gerade zu lichten, als Jar Jar Binks auf der Suche nach einem Frühstück durch die Sümpfe Naboos watete. Wie die meisten Gungans zog er es vor, sein Essen frisch zu fangen. Die feuchte Luft fühlte sich gut an auf seinen rötlichen Ohrlappen, die bis zur Mitte seines Rückens reichten, und das matschige Wasser spielte mit angenehmer Wärme um seine dicken Zehen. Jetzt brauchte er nur noch …

Etwas, das weiß glänzte, erregte seine Aufmerksamkeit. Es verbarg sich halb im Dunst des Sumpfes. *Oh, gutes Morgenmampfen!*, dachte Jar Jar fröhlich. Er streckte einen seiner drahtigen Arme nach unten und griff nach der Muschel. Die beiden Schalen klappten zusammen, als Jar Jars Hand sie berührte. Jar Jar setzte sich, um seine Mahlzeit zu öffnen.

Als die Schale endlich aufging, schöpfte Jar Jar die Muschel mit seiner langen Zunge heraus und genoss ihren köstlichen Geschmack und ihre Zartheit. *Dassein wahres Leben*, dachte er. *Gutie essen und kein Captain Tarpals machen Getue um kleine Ausrutscher.* Er sah auf und erstarrte mitten in der Bewegung.

Ein riesiges *Ding* bewegte sich durch den Sumpf. Ein Ding, das aussah wie ein riesiger Kopf ohne Augen. Es war so groß wie die albtraumhaften Monster, die von Zeit zu Zeit aus den Kernriffen hochkamen. Sumpfkreaturen nahmen vor dem Ding Reißaus. Aber zwischen den Nuna und Peko Peko rannte auch ein bärtiger, großer Mensch, der sich von dem Wasser und den Rutiger-Baumwurzeln kaum bremsen ließ. Doch auch der Mann schaffte es nicht, seinen Vorsprung zu halten – das Ding holte stetig auf. Jar Jar erkannte, dass das Monster keines der Geschöpfe jagte, nicht einmal den Menschen. Es kam geradewegs auf ihn zu, auf Jar Jar Binks.

„Oh nein!", schrie Jar Jar. Er erwachte aus seiner Starre, ließ die Muschelschale fallen und krallte sich an dem vorbeilaufenden Menschen fest. „Wartet!"

„Weg da!", rief der Mensch, aber Jar Jar hielt sich eisern fest. Der Mensch schleppte ihn durch den Sumpf, während das Monster schnell aufholte. Kurz bevor es sie erreichte, riss der Mensch sie beide hinunter in den Matsch. Jar Jar spürte einen heißen Wind an seinem Rücken, und dann flog das Ding vorüber. Als er sich aus dem Schlamm zog, sah er die riesige Kreatur im Dunst verschwinden.

„Oh muy muy!", sagte er. In Ekstase vor Erleichterung umarmte er den Menschen, der ihn gerettet hatte. „Ich lieben Euch!"

Der Mensch zog sich zurück, wrang Sumpfwasser aus seinen Kleidern sah Jar Jar stechend an und ging weiter. „Wegen dir wurden wir beinahe getötet. Hast du denn keinen Verstand?"

„Ich sprechen!", sagte Jar Jar beleidigt und folgte ihm. Dieser Mensch hatte nicht das Recht, ihn zu beleidigen, nur weil er Jar Jar das Leben gerettet hatte. Und jetzt, wo die Kreatur verschwunden und Jar Jar nicht mehr so verängstigt war, roch er Spuren von Treibstoff in der Sumpfluft. Das Ding, das sie verfolgt hatte, war gar kein Monster aus dem Kern gewesen, sondern nur irgendeine Art von Maschine.

„Die Fähigkeit zu sprechen macht dich noch nicht intelligent", knurrte der Mensch. „Und jetzt verschwinde."

Jar Jar ging neben dem Menschen her. „Nein, nein, ichse bleiben." Was war es noch, was die Menschen immer sagten? *Genau.* „Ichse Euer Diener."

„Das wird nicht nötig sein", sagte der Mensch abwesend, als er sich im Dunst umsah.

Jar Jar rollte mit den Augen. *Menschen niemals etwas verste-*

hen! Er sagte dem Mann, dass die Götter das so verlangten, als Lebensschuld.

Der Mensch gab keine Antwort, ging aber auch nicht weiter. Das ermutigte Jar Jar. „Ichse sein Jar Jar Binks", stellte er sich vor.

„Ich habe jetzt keine Zeit für so etwas", murmelte der große Mann.

„Also dann?" Jar Jar drehte sich um, um zu sehen, wonach der Mann Ausschau hielt. In diesem Augenblick brachen zwei seltsame Flugmaschinen aus dem Dunst. Jede trug ein Wesen wie ein Gungan-Skelett, groß und knochenweiß. Sie jagten einen anderen Menschen. Dieser war jünger und hatte keinen Bart, trug aber dieselbe Art brauner Robe, wie sie auch der Mann trug, der Jar Jar gerettet hatte.

„Oh neeeeein!", rief Jar Jar mit immer höher werdender Stimme. „Wirse werden ..."

Etwas schleuderte ihn mit dem Gesicht voraus in den Matsch, und er hörte das bärtige Wesen sagen: „Unten bleiben!"

Jar Jar hob den Kopf und spuckte Schlamm und Wasser aus. „... sterben!", schloss er genau in dem Augenblick, als die fliegende Maschine zwei grelle, blaue Lichtblitze abfeuerte. Zu Jar Jars Erstaunen erschien in der Hand des bärtigen Menschen ein grüner Lichtbalken, der die Blitze auf die Skelett-Kreaturen zurücklenkte. Die Kreaturen und ihre Maschinen explodierten. Funken und heißes Metall flogen zischend in den Sumpf. Die Stille kehrte wieder ein, die nur durchbrochen war vom Keuchen des Menschen, den die Maschinen gejagt hatten.

„Tut mir leid, Meister", sagte der Neuankömmling schon bald. „Das Wasser hat meine Waffe kurzgeschlossen." Er nahm eine kurze, geschwärzte Röhre von seinem Gürtel und gab sie Jar Jars Retter.

Der bärtige Mann untersuchte die Röhre und schenkte dem Neuankömmling einen ernsten Blick. „Du hast wieder vergessen, die Energieversorgung abzustellen, nicht wahr?"

Der Neuankömmling nickte betreten. Jar Jar nickte voller Mitgefühl, als er sich aus dem Matsch aufrappelte. Er wusste, wie leicht man etwas vergessen konnte. Es war ihm selbst nur allzu oft passiert.

„Es wird lange dauern, ihn wieder aufzuladen", sagte der bärtige Mann und gab dem Neuankömmling die Röhre zurück. „Aber ich hoffe, dass du diese Lektion endlich gelernt hast, mein junger Padawan."

„Ja, Meister", antwortete der andere Mann in gedämpftem Tonfall.

Nicht schon wieder Vorträge, dachte Jar Jar. „Ihrse mir schon wieder das Leben gerettet, he?", sagte er in der Hoffnung, das Thema wechseln zu können.

„Was ist das denn?", fragte der Neuankömmling mit wenig Begeisterung.

„Ein Eingeborener", erwiderte der bärtige Mann. „Lasst uns hier verschwinden, bevor noch mehr Droiden auftauchen."

Die unvorbereitete Herabsetzung machte Jar Jar für einen kurzen Augenblick wütend, doch dann drang der Rest dessen zu ihm durch, was der bärtige Mensch gesagt hatte. „Mehr? Mehr Ihr gesagt haben?" Er wollte nicht noch mehr Maschinen sehen.

Die beiden Männer liefen, ohne Antwort zu geben, los. Jar Jar folgte ihnen. Er dachte fieberhaft nach. Keines seiner üblichen Verstecke war vor den Maschinen sicher. Aber die Maschinen schwebten über dem Sumpf. Sie sahen nicht so aus, als würden sie unter Wasser funktionieren. Und unter Wasser war … „Verschuldigung bitte, aber am meisten sicheres Platz würde sein Gunga City", sagte er im Laufen. „Da ich aufgewachsen bin. Eine verborgene Stadt."

Die Männer blieben stehen und wandten sich zu ihm um. „Eine Stadt?", fragte der bärtige Mann. „Kannst du uns dahin führen?"

Jar Jar zögerte. Gunga City war für die Menschen ein sicherer Ort, aber für ihn … „Äh … wenn ich recht bedenken – nein. Eigentlich nicht, nein, nein." Als er ihre Überraschung sah, senkte er den Kopf. „Bisschen peinlich sein. Aber ... blöderweise ich von dort verbannt worden. Fast vergessen das. Die Bosses mir fürchterbare Dinge antun. Füüürchterbare Dinge, wenn ich zurückkommen dorthin."

Aus der Ferne hallten seltsame Geräusche durch den Sumpf. „Hast du das gehört?", fragte der bärtige Mann. „Das ist das Geräusch von tausend furchtbaren Dingen, die hierher unterwegs sind."

„Wenn sie uns entdecken, werden sie uns auseinandernehmen, uns in kleine Stücke zerreiben, bis nichts mehr von uns übrig sein wird", fügte der zweite Mann mit unnötiger Betonung hinzu.

„Jetzt ich Euer Argument verstehen genau", sagte Jar Jar mit so viel Würde, wie er aufbringen konnte. „Hier entlang. Kommen!"

Der eigenartige, froschartige Eingeborene führte Qui-Gon und seinen Schüler ans Ufer eines Sees. Nachdem er sie darauf hingewiesen hatte, dass sie nicht gerade einen warmherzigen Empfang erwarten durften, machte er einen Satz hoch in die Luft und tauchte ins Wasser. Die beiden Jedi zogen Atemmasken aus ihren Gürteltaschen und wateten ihm nach.

Das Sonnenlicht vermochte das trübe Seewasser kaum zu durchdringen. Weniger als einen Meter unter der Oberfläche wurde es dunkel. Je tiefer Jar Jar die beiden Jedi führte, desto größer wurde Qui-Gons Befürchtung, dass sie ihn in der dichter werdenden Dunkelheit verlieren würden.

Doch dann sah Qui-Gon plötzlich einen Lichtstrahl vor sich. Kurz darauf konnte er eine Reihe bernsteinfarbener Kuppeln ausmachen, die warm und hell im dunklen Wasser erstrahlten. Ihr üppiges, gelbes Leuchten erhellte den See im Umkreis vieler Meter. Die Kuppeln waren verschieden groß, wobei die größte so aussah, als wäre sie fast fünfundsiebzig Meter hoch. Alle Kuppeln überzog ein Gitterwerk aus bronzefarbenem Metall. Es stützte ihre Form und bot die Möglichkeit, Kuppeln miteinander zu verbinden.

Als Qui-Gon näher kam, sah er Gebäude in den Kuppeln. Gungans gingen ungezwungen in den Straßen umher, während nur wenige Meter neben ihnen, draußen vor der Kuppelwandung, Fische vorüberschwammen. Sie hatten die Blasenstadt fast erreicht, und Qui-Gon begann nach einer Tür oder einer Luftschleuse Ausschau zu halten. Doch Jar Jar schwamm geradewegs auf die Wand einer Kuppel zu – und schlüpfte einfach hindurch zu der Stadt, die sich dort drinnen befand. Die Wand der Blase schloss sich nahtlos hinter ihm. *Durchlässige hydrostatische Membranen*, dachte Qui-Gon. *Sie halten das Seewasser fern, lassen aber Wesen durch, weswegen die Stadt keine Luftschleusen braucht. Beeindruckend.* Er folgte Jar Jar. Langsam keimte die Hoffnung in ihm, dass sie den Palast von Naboo doch noch rechtzeitig erreichen würden.

Doch die Bosses der Gungans waren nicht zur Kooperation bereit. „Wirse die Naboo nicht mögen!", erklärte der oberste Gungan Boss Nass, als die Jedi zu ihm gebracht wurden. „Die Naboo denken, sie so clever. Sie denken, ihr Gehirn supergroß."

Obi-Wan startete den Versuch einer Diskussion, aber die Bosses wollten nicht zuhören. „Wirse uns nicht interessieren für die Naboo", wehrte Boss Nass ohne Umschweife ab.

Das Gerede brachte sie nirgendwo hin. *Und wenn wir die Hauptstadt nicht bald erreichen, werden die Droiden der Handelsföderation sie einnehmen.* Qui-Gon vollführte eine Geste und griff mit der Macht nach dem Verstand des Gungans. „Wir könnten ein Transportmittel brauchen."

„Wirse Euch geben werden einen Bongo", bot der Gungan-Boss daraufhin großzügig an. „Der schnellste Weg zu den Naboo geht mitten durch den Planetenkern. Nun gehen."

Qui-Gon bedankte sich bei ihm und wandte sich ab. Auf dem Weg zum Ausgang flüsterte Obi-Wan: „Meister, was ist das, ein Bongo?"

„Ein Transportmittel, will ich hoffen", murmelte Qui-Gon. *Und am besten ein schnelles …* Er blieb stehen. Jar Jar stand zwischen zwei Wachen. Er trug Handschellen und wartete offenbar auf seine Verurteilung. Als Qui-Gon seinem Blick begegnete, sagte er: „Jede Hilfe wäre hier echt toll."

Obi-Wan legte die Stirn in Falten. „Uns bleibt nur noch wenig Zeit, Meister", gab er zu bedenken.

„Wir brauchen einen Navigator, der uns durch das Innere des Planeten führt", sagte Qui-Gon. „Dieser Gungan könnte uns von Nutzen sein." *Abgesehen davon haben wir Jar Jar überredet, hierherzukommen. Ohne uns wäre er nicht in Schwierigkeiten geraten.* Qui-Gon wandte sich wieder dem Gungan zu. „Was geschieht nun eigentlich mit Jar Jar Binks?"

„Erse bekommen Bestrafung", sagte Boss Nass. Jar Jar stöhnte. Obi-Wan sah erst überrascht und dann besorgt drein. Ihm war offenbar nicht klar gewesen, wie ernst Jar Jars Lage war. Qui-Gon studierte den obersten Gungan aufmerksam. „Ich habe ihm das Leben gerettet", sagte er zu dem Boss. „Er steht bei mir, wie Ihr es nennt, in einer Lebensschuld." Er beschrieb wieder eine Geste und stieß den Verstand von Boss Nass sanft an. „Eure Götter verlangen, dass sein Leben jetzt mir gehört."

„Sein Leben Euch gehört, Fremdling", bestätigte Boss Nass. „Hinfort mit ihm."

Jar Jar sah von einem zum anderen und schüttelte den Kopf. „Ihr besser nicht auf michse zählen. Lieber tot hier als noch toter im Kern … Du Güte gut! Was ich da reden!"

Als die Wachen Jar Jar die Handschellen abnahmen, tauschten Qui-Gon und Obi-Wan Blicke aus. *Durch den Kern zu reisen klingt nicht viel sicherer, als den Kampf-Droiden der Föderation gegenüberzutreten*, dachte Qui-Gon. *Aber wenigstens haben wir auf diese Weise eine Chance, die Königin von Naboo zu erreichen, bevor es den Droiden gelingt.*

Falls wir die Reise überleben.

KAPITEL 4

Das Hologramm von Darth Sidious schien die Brücke schon durch seine pure Existenz zu verdunkeln. Nute sah sich um und versicherte sich, dass sein Untergebener Dau'tay Dofine außer Sicht war. Es war nicht sonderlich klug, den Sith-Lord zu verärgern, indem man sich seinem Befehl widersetzte. Dann erhob er das Wort. „Die Invasion läuft planmäßig, mein Lord."

„Gut. Ich habe den Senat durch Verfahrensfragen behindert. Sie werden Eure Kontrolle über das System akzeptieren müssen."

Ich wünschte, ich wäre mir dessen so sicher, dachte sich Nute. „Die Königin rechnet fest damit, dass der Senat auf ihrer Seite steht", sagte er Sidious so unbefangen wie möglich.

„Königin Amidala ist jung und naiv", erwiderte Sidious abfällig. „Ihr werdet feststellen, dass es ein Leichtes ist, sie zu kontrollieren."

„Ja, mein Lord", sagte Nute und seufzte erleichtert, als das Hologramm verblasste. Mit Darth Sidious umgehen zu müssen war beinahe so nervenaufreibend, wie diese Sache mit den Jedi es gewesen war.

Als die letzten Zeilen des Hologramms verschwunden waren, wandte sich Rune Haako an Nute und sagte: „Ihr habt nichts vom Verschwinden der Jedi gesagt."

„Es gibt keinen Grund, ihm davon zu berichten, so lange wir nichts zu berichten haben", antwortete Nute. Er hegte den Verdacht, Darth Sidious wäre über den Erfolg der Invasion nicht annähernd so erfreut, würde er erfahren, dass die Jedi verschwunden waren.

Das von den Gungans versprochene Bongo hatte sich als winziges Unterwasserfahrzeug mit Fledermausflügeln und drei kuppelförmigen Kanzeln herausgestellt. Es hatte außerdem einen seltsamen Antrieb, der wie lange, nachgeschleifte Tentakel aussah. Obi-Wan fand es etwas ominös, aber es war immer noch besser, als zu Fuß zu gehen. Oder zu schwimmen. Er setzte sich in den Pilotensitz.

„Ist doch Wahnsinn", murmelte Jar Jar und setzte sich in den Sitz des Copiloten.

Obi-Wan sah etwas genervt zu ihm hinüber und dann zu Qui-Gon, der bereits hinter ihnen saß. „Meister, wieso schleppt Ihr immer diese primitiven Lebensformen mit?"

Qui-Gon lächelte nur.

Das Unterseeboot schwebte an großen Korallensäulen vorüber. In alle Richtungen erstreckten sich Riffe wie Wälder aus Spitze. Als das Bongo in die Dunkelheit abtauchte, legte Obi-Wan einen Schalter um und die Lichter des Unterwasserfahrzeugs blinkten auf. Er bemerkte, dass Jar Jar immer unruhiger wurde, je tiefer sie tauchten. Nervöse Führer machen Fehler; am besten lenkt man sie mit etwas ab. „Wieso wurdest du verbannt, Jar Jar?"

„Ist ne ganz lange Erzähle", sagte Jar Jar. „Aber ein Teil davon hängt zusammen mit ... dass ich äh ... Tollpatsch bin."

„Du wurdest verbannt, weil du ein Tollpatsch bist?", hakte Obi-Wan skeptisch nach. Er hatte während seiner Jahre mit Qui-Gon viele unterschiedliche Kulturen erlebt. Allerdings hatte er noch nie von einer gehört, die Gesetze gegen Tollpatschigkeit hatte.

„Ichse habe vielleicht ein oder zwei kleine Missgeschicke verursacht", ergänzte Jar Jar wie beiläufig, wobei er ausladend mit den Armen wedelte. „Kann sagen: Bumm die Gasser, dann gecrasht Heylibber von die Bosses, dann Verbannung."

In diesem Augenblick schlug irgendetwas von hinten gegen das Bongo und riss alle in den Sitzen nach vorn. Obi-Wan drehte sich um und sah eine leuchtende, fischartige Kreatur hinter ihnen. Sie hatte das Heck des Bongo mit ihrer langen, klebrigen Zunge gepackt. Das kleine Unterseeboot begann zu erschaudern, als das Monster es in sein Maul zu ziehen begann.

Jar Jar kreischte. Obi-Wan rang mit den Kontrollen, aber ohne Erfolg. Die Seekreatur zog sie immer näher heran. Schon bald begannen ihre Kiefer am Heck des Unterseeboots zu mahlen.

Doch dann kamen sie urplötzlich frei. Obi-Wan, der ihr Glück kaum fassen konnte, warf einen Blick nach hinten. Der Fisch, der das Unterseeboot zu fressen versucht hatte, wand sich zwischen den Zähnen eines noch größeren Seemonsters!

„Es gibt immer einen noch größeren Fisch", gab Qui-Gon zum Besten, als sich Obi-Wan den Kontrollen wieder zugewandt hatte.

Wenn er größer ist als dieser, dann will ich ihn nicht kennenlernen!, dachte Obi-Wan. *Kein Wunder, dass Jar Jar nicht mitkommen wollte.*

Als das Unterseeboot einen Bogen um einen Korallenvorsprung fuhr und in einen Tunnel eindrang, begannen die Lichter zu flackern. Obi-Wan hörte ein Britzeln. Der riesige Fisch hatte das Bongo beschädigt. Wasser drang in die Kabine ein, und die Energieversorgungsleitungen hatten Kurzschlüsse. Das Antriebsgeräusch wurde schwächer, und zeitgleich nahm ihre Geschwindigkeit ab. Obi-Wan holte ein Multiwerkzeug aus seiner Gürteltasche. *Das wird schwierig werden.* Da er die Energieversorgung nicht unterbrechen konnte, um sicher an den Leitungen zu arbeiten, würde ihn die Energie rösten, wenn er abrutschte.

Jar Jars Stimme neben ihm wurde immer höher vor Panik, doch es blieb jetzt keine Zeit, um dem verängstigten Gungan Mut zuzusprechen. Doch dann sagte Qui-Gons gefasste Stimme: „Beruhige dich. Noch haben wir kein Problem."

„Was, noch kein?", rief Jar Jar. „Monster da draußen, Leck hier drin, wir versinken und keine Energie! Wann Ihr denn dann denken wirse ein Problem haben?"

Obi-Wan verstand durchaus, was Jar Jar meinte. Er verdrillte die letzten Drähte miteinander und fragte sich, ob er jemals die unerschütterliche Ruhe seines Meisters erlangen würde oder die Macht so klar und beständig wie Qui-Gon spüren würde. „Wir haben wieder Energie", sagte er.

Die Lichter erwachten flackernd zum Leben, noch während er sprach, und gaben den Blick auf den nächsten riesigen Fisch direkt vor ihnen frei.

„Wieder Monster!", schrie Jar Jar. „Wirse jetzt in Schwierigkeiten?"

Wie viele von diesen Biestern gibt es hier denn? Obi-Wan umfasste die Kontrollen und riss das Schiff herum. Die riesige Fischkreatur schoss ihnen nach. Obi-Wan beschleunigte noch mehr. Das Unterseeboot raste aus dem Tunnel hinaus – genau auf das riesige, echsenartige Monster zu, das den anderen Fisch gefressen hatte!

Jar Jar kreischte erneut, als das Monster nach dem Bongo schnappte. Obi-Wan flog einen Haken und hoffte, dass seine Behelfsreparatur hielt. Die Zähne des Monsters verfehlten sie um wenige Zentimeter. Es schnappte noch einmal zu und schloss seine Kiefer um die Fischkreatur, die sie durch den Tunnel verfolgt hatte. Obi-Wan nutzte die Ablenkung und jagte mit dem kleinen Unterseeboot davon.

Die nächsten Minuten kamen ihm vor wie Stunden. Sie schlugen Haken, tauchten unter und über Dutzende von riesigen Seemonstern hinweg, die alle eines gemeinsam hatten: Sie hatten Hunger. Doch irgendwann wurde das Wasser wieder heller und die Anzahl der Monster nahm ab. Schon bald näherte sich das Unterseeboot der Oberfläche.

Endlich stieß das Bongo in einer Wolke aus Blasen an die Luft. Der Antrieb starb ab und das Unterseeboot begann mit der Strömung zu treiben. Obi-Wan schaltete die Kuppelblasen ab. Er war froh, wieder an der frischen Luft zu sein. Er war sich nicht ganz sicher gewesen, ob die Energieversorgung des Unterseebootes lange genug durchhalten würde. Doch jetzt waren sie sogar am richtigen Ort herausgekommen: in Theed, der Hauptstadt Naboos, die sich entlang der Küste erstreckte. Jar Jar ließ ein Seufzen hören, in dem sich Erleichterung und Erstaunen mischten. „Wirse jetzt sicher!"

Doch als sie ans Ufer gingen, sagte eine mechanische Stimme hinter ihnen: „Waffen fallen lassen!"

Die Jedi wandten sich wie ein Mann um. Ein skelettartiger neimoidianischer Kampf-Droide stand da und bedrohte sie mit seinen Lasern. „Ich sagte: Waffen fallen lassen", wiederholte die Maschine, als Jar Jar zu ihnen kam.

Qui-Gon zündete sein Lichtschwert und hackte den Droiden entzwei. Obi-Wan sah zu dem zischenden Wrack hinunter. *Sie kamen vor uns hier an. Das wird schwieriger, als wir gehofft hatten.*

Der elegante Thronsaal des Palasts von Naboo wimmelte von Kampf-Droiden der Handelsföderation. Der Anblick brachte *Amidala fast zum Weinen*. Ich werde nicht weinen, dachte sie. *Diese Genugtuung werde ich ihnen nicht verschaffen, nicht einmal, wenn die Wachen gerade nicht auf mich achtgeben.* Als sie erfahren hatte, dass die Handelsföderation wirklich die Invasion durchführte, hatte sie mit einer ihrer Dienerinnen die Rollen getauscht. Jetzt trug ihre Freundin und Dienerin Sabé die weiße Gesichtsbemalung, das schwarz gefiederte Kleid und die Kopfbedeckung der Königin, und Amidala war nur noch … Padmé, die dieselbe feuerfarbene Robe trug wie der Rest der königlichen Leibwächterinnen. „Padmé" existierte nicht – außer wenn Amidala verkleidet war. *Ich hoffe, das klappt*, dachte sie. Den Einsatz eines Köders hatten schon die Regenten vor ihr eingeführt, Amidala jedoch hatte diesen Trick bisher noch nie gebraucht.

Die Kampf-Droiden durchforsteten den Palast und brachten ihre Gefangenen in den Thronsaal. Amidala sah Gouverneur Bibble und Captain Panaka sowie mehrere der Palastwachen. Der hämische neimoidianische Vizekönig beäugte seine Gefangenen mit kaum verhohlener Befriedigung. An „Königin Amidala" schien ihm nichts Ungewöhnliches aufzufallen. Noch nicht.

„Wie wollt Ihr diese Invasion dem Senat erklären?", wollte Sio Bibble wissen, als der Vizekönig ihn ansah.

„Die Königin und ich werden einen Vertrag unterzeichnen, welcher unsere Besatzung hier legitimiert", sagte der Vizekönig. „Mir wurde versichert, dass er vom Senat bestätigt werden wird." Er lächelte die Königin an.

„Ich werde nicht kooperieren", antwortete Sabé. *Sie macht ihre Sache gut*, dachte Amidala. Sie beherrscht meinen Tonfall perfekt.

Der Vizekönig schien keinen Verdacht zu schöpfen. „Sachte, Euer Hoheit", sagte er bevormundend zu Sabé. „Euch wird nicht gefallen, was wir für Euer Volk vorgesehen haben. In Kürze wird Euch ihr Leiden dazu verhelfen, Euren Standpunkt zu verstehen."

Amidala senkte den Kopf, um ihre Miene zu verbergen. *Was hat er mit meinem Volk vor?*

Der Vizekönig wandte sich an einen nahe stehenden Kampf-Droiden. „Commander, bringt sie weg", ordnete er an.

„Ja, Sir", antwortete der Kampf-Droide. Er wandte sich einer Gruppe identisch aussehender Droiden zu und befahl: „Captain, schafft sie ins Lager Vier."

Lager. Sie treiben mein Volk in Lager. Und wir können sie nicht aufhalten. Sie haben mehr als genug Droiden, um unsere Sicherheitskräfte zu übermannen. Einer der Kampf-Droiden stieß sie zu den anderen Dienerinnen. Amidala stellte sich mit gesenktem Kopf zu ihnen. *Wenigstens hat der Austausch funktioniert. Sie wissen nicht, dass ich das in Wirklichkeit gar nicht bin. Und ohne meine Unterschrift bekommen sie keinen legalen Vertrag. Aber … was ist, wenn der Vizekönig recht hat? Kann ich ohne nachzugeben zusehen wie mein Volk hungert, vielleicht stirbt.* Zitternd und von Kampf-Droiden umgeben, folgte Amidala den anderen Dienerinnen und der „Königin" aus dem Palast.

KAPITEL 5

Qui-Gon sah sich von einem Balkon des Palasts von Naboo den zentralen Platz Theeds an. Blühende Ranken kletterten an den goldfarbenen Steinmauern hoch. In schmiedeeisernen Bottichen blühten unter nahezu jedem Fenster noch mehr Blumen in Rosa und Rot. *Die Menschen auf Naboo lieben anscheinend lebende Wesen*, dachte er. Die anmutig geformten Bögen und Kuppeln ihrer Gebäude demonstrierten ebenfalls eine Vorliebe für Eleganz. Das Einzige, das Qui-Gon den Anblick verdarb, war die Ansammlung von Panzern und Kampf-Droiden mitten auf dem Platz.

Eine Gruppe von Menschen kam aus dem bogenförmigen Portal des Palasts, bewacht von Kampf-Droiden. Ein paar der Gefangenen trugen die grau-roten Uniformen der Palastgarde von Naboo. Anhand der Bilder, die Qui-Gon während der Instruktion zu ihrer Mission gesehen hatte, konnte er einen der Gefangenen als Sio Bibble identifizieren, Gouverneur von Theed. In der Mitte der Gruppe stand ein Mädchen, bekleidet mit einem aufwendig gefiederten, schwarzen Kostüm und königlicher Gesichtsbemalung. Das musste die junge Königin Naboos sein. Qui-Gon lächelte und gab Obi-Wan und Jar Jar ein Zeichen.

Als die Gefangenen um die Ecke kamen, machten die beiden Jedi einen Satz direkt vor sie hin. „Seid Ihr Königin Amidala von Naboo?“, fragte Qui-Gon. Er ignorierte die Kampf-Droiden absichtlich.

„Wer seid Ihr?“, wollte das schwarz gekleidete Mädchen wissen.

„Räumt sie aus dem Weg!“, befahl der Commander der Kampf-Droiden.

Qui-Gon sah ruhig zu, wie vier Droiden vortraten. Er hörte das Summen von Obi-Wans Lichtschwert und zündete auch das seine. Einen Augenblick später waren die Droiden nichts weiter als ein Haufen verbogenes Metall. Die anderen Kampf-Droiden näherten sich. Doch auch sie konnten es mit den Jedi nicht aufnehmen. Nach wenigen Augenblicken war niemand mehr da, der die Gefangenen hätte bewachen können.

„Ihrse Jungs superheftig!“, sagte Jar Jar voller Bewunderung, während die Naboo sie erstaunt anstarrten.

Qui-Gon deaktivierte sein Lichtschwert und verneigte sich vor der Königin. „Euer Hoheit, wir sind die Botschafter des Obersten Kanzlers.“

Sio Bibble schniefte. „Eure Verhandlungen scheinen gescheitert zu sein Botschafter.“

„Sie haben gar nicht erst stattgefunden“, sagte Qui-Gon. „Wir müssen dringend Verbindung mit der Republik aufnehmen.“

„Sie haben unser Kommunikationssystem unterbrochen“, sagte eine der Wachen mit den Rangabzeichen eines Captains.

Sie wären Narren, wenn sie es nicht getan hätten. „Habt Ihr Transporter?“

„Im Haupthangar“, antwortete der Captain. „Hier entlang.“ Er führte sie durch eine Gasse und entlang an Nebenstraßen zu einer unbewachten Wartungstür hinter dem Haupthangar. Sie schafften es problemlos hinein und trafen auch in den Gängen nicht auf Droiden. Als sie die Haupt-Hangarbucht erreichten und einen vorsichtigen Blick hineinwarfen, wussten sie auch, warum: Der Hangar wimmelte von Kampf-Droiden.

„Das sind einfach zu viele“, resignierte der Captain kopfschüttelnd.

„Das wird kein Problem sein“, erwiderte Qui-Gon und wandte

sich der Königin zu. „Euer Hoheit, unter diesen Umständen rate ich Euch, uns nach Coruscant zu begleiten."

Die Königin schüttelte den Kopf. „Ich danke Euch, Botschafter, aber mein Platz ist bei meinem Volk."

Qui-Gon begann zu nicken, hielt aber inne, als ihn eine Vorahnung ereilte. „Wenn Ihr bleibt, werden sie Euch töten."

„Das würden sie nicht wagen", bezweifelte Sio Bibble schockiert.

Der Captain nickte zustimmend. „Sie soll den Vertrag unterzeichnen, der ihre Invasion legalisiert. Sie können sie nicht töten."

Qui-Gon schüttelte den Kopf. „Hinter all dem steckt noch etwas anderes, Euer Hoheit. Dieser Schritt der Föderation entbehrt jeglicher Logik." Naboo war ein kleiner, dünn besiedelter Planet. Die Handelsföderation würde nicht einfach so den Verlust ihrer Handelsgenehmigung riskieren. Es musste noch etwas anderes hinter ihren Handlungen stecken. „Mein Gefühl sagt mir, dass sie Euch vernichten wollen", schloss Qui-Gon.

Gouverneur Bibble sah Qui-Gon lange und besorgt an. Dann wandte er sich mit nachdenklicher Miene an die Königin. „Bitte überlegt es Euch noch einmal, Königin. Die einzige Hoffung ist, dass sich der Senat auf unsere Seite stellt. Senator Palpatine wird Eure Hilfe benötigen."

„Nein", sagte der Captain. „Es ist nicht möglich, an ihrer Blockade vorbeizukommen. Euer Hoheit, die Gefahr ist zu groß."

Qui-Gon beobachtete die Königin genau, während die beiden Männer diskutierten. Durch die Gesichtsbemalung war ihre Miene schwer zu lesen, aber er konnte ihre Unentschlossenheit spüren. Dann wandte sie sich ihren Dienerinnen zu. „Jede Entscheidung birgt große Gefahr in sich – für uns alle."

Eines der Mädchen trat vor und deutete ein Nicken an. „Wir sind tapfer, Euer Hoheit", sagte sie entschlossen.

„Wenn Ihr gehen wollt, Euer Hoheit, müsst Ihr es jetzt tun", gab Qui-Gon zu bedenken. Er nahm mit Interesse zur Kenntnis, dass die Worte der Dienerin der Unentschlossenheit der Königin ein Ende gesetzt zu haben schienen.

„Dann werde ich unseren Fall dem Senat vortragen“, sagte die Königin.

Sie legten schnell fest, wer dableiben und wer mitkommen würde. Es überraschte Qui-Gon nicht, dass die freimütige Dienerin unter denen war, die dafür ausgewählt wurden, die Königin zu begleiten. Mehrere Wachen und der Captain – dessen Name Panaka war – sollten sich ebenfalls zur Reisegruppe der Königin gesellen. Zwei der Dienerinnen kamen mit Sio Bibble, der sich freiwillig gemeldet hatte, zurückzubleiben und alles für das Volk zu tun, was in seiner Möglichkeit stand.

Irgendwann war alles entschieden, und Qui-Gon nickte Obi-Wan zu. Sie öffneten die Tür zum Hangar und gingen hinein. Die Königin, ihre Dienerinnen und Jar Jar folgten ihnen.

Der Sinn für Schönheit der Naboo war sogar im Haupthangar zu sehen. Der in warmen Goldtönen gehaltene Stein der Mauern stand in Kontrast zum dunklen Metall der daran verlaufenden Treibstoffleitungen. Eine Reihe schnittiger N-1-Raumjäger parkten in den Docks entlang der Wand. Den mittleren Bereich des Hangars nahm ein silberfarbenes Raumschiff der J-Klasse ein – und eine beachtliche Anzahl Kampf-Droiden. Noch mehr der Maschinen bewachten eine Gruppe von Naboo-Frauen und Männer in einer Ecke auf der anderen Seite.

„Wir müssen diese Piloten befreien“, bemerkte Captain Panaka und nickte in Richtung der Gefangenen.

„Überlasst das mir“, sagte Obi-Wan. Ohne langsamer zu werden, bückte er sich unter einem durchhängenden Kabel und verschwand hinter einem Treibstofffass.

Als Qui-Gon den Rest der Gruppe zur Rampe des Raumschiffs führte, stellte sich ihnen ein Kampf-Droide in den Weg. „Wo wollt Ihr hin?“, fragte der Droide.

Qui-Gon hob die Augenbrauen. „Ich bin Botschafter des Obersten Kanzlers", antwortete er in lockerem Plauderton. „Ich bringe diese Leute nach Coruscant."

„Ihr seid verhaftet", sagte der Droide. Als er den Blaster hob, schlug Qui-Gon ihn mit dem Lichtschwert nieder. Die Königin samt ihrer Dienerinnen liefen an dem Jedi vorüber und die Einstiegsrampe empor. Auf der Rampe tauchten noch mehr Droiden auf. Einige von ihnen schossen sofort, und Qui-Gon musste die Schüsse mit seinem Lichtschwert ablenken, wenn er nicht gerade Kampf-Droiden in Stücke hackte.

Aus einer Ecke des Hangars kamen ebenfalls Schüsse. Die meisten Piloten und das Bodenpersonal liefen zu den Ausgängen. Nur Obi-Wan und einer der Piloten rannten zu dem königlichen Raumschiff. Alarmglocken begannen etwas verspätet durch den Hangar zu schrillen. Sobald Qui-Gon Gewissheit hatte, dass alle in Sicherheit waren, entledigte er sich der letzten Gegner und machte einen Satz die Rampe hoch.

Das Schiff setzte sich in Bewegung. „Wir haben es geschafft!", rief eine der Wachen. „Wir sind entkommen!"

„Wir sind noch nicht an der Blockade vorbei", gab Captain Panaka mit finsterer Miene zu bedenken.

Qui-Gon, der an die Wolke von Kampfschiffen denken musste, die den Planeten umgab, war derselben Meinung. Sie waren noch nicht in Sicherheit, aber er hatte alles getan, was in seiner Macht stand. Als das Schiff aus der Atmosphäre des Planeten hinausbeschleunigte, gingen Qui-Gon und Panaka zum Cockpit.

Ab nun lag alles in den Händen des Piloten.

KAPITEL 6

Das königliche Raumschiff von Naboo war das luxuriöseste Schiff, in dem Obi-Wan seit langer Zeit gereist war. Doch im Augenblick hatte er keine Zeit, diesen Umstand zu genießen. Nachdem er den geretteten Piloten Ric Olié ins Cockpit geschickt hatte, um zu starten, versicherte sich Obi-Wan, dass die Königin und ihre Dienerinnen in ihrer Kabine in Sicherheit waren. Dann verstaute er Jar Jar zusammen mit den Astromech-Droiden in einem Laderaum, wo der Gungan keinen Unsinn anstellen konnte. Als er sich eilig wieder auf den Weg zurück zum Cockpit machte, spürte er, wie das Schiff erschüttert wurde. *Wir werden schon von Kampfschiffen beschossen!* Er machte größere Schritte.

Als er den Leitungsstand erreichte, erbebte das Schiff erneut und Alarmsirenen ertönten. „Wir sollten umkehren, Sir", sagte Ric Olié zu Captain Panaka. „Unsere Deflektorschilde halten das nicht durch."

„Auf Kurs bleiben!", fuhr Panaka ihn an.

Die wuchtigen Kampfschiffe, die aussahen wie Kugeln in Ringen, wurden draußen vor den Fenstern schnell größer. Es schienen jetzt doppelt so viele zu sein, als jene, die Obi-Wan bei ihrer Ankunft an Bord des Republik-Kreuzers gesehen hatte.

Das Schiff schüttelte sich, als noch ein Blitz von einem der Kampfschiffe der Handelsföderation an seinen Schilden explodierte. „Habt Ihr eine Tarnvorrichtung?", fragte Qui-Gon.

Panaka schüttelte den Kopf. „Dies ist kein Kampfschiff. Wir haben keinerlei Waffen. Wir sind ein gewaltloses Volk."

Das ist wahrscheinlich einer der Gründe, warum die Handelsföderation Naboo angegriffen hat, dachte Obi-Wan.

„Der Schildgenerator wurde getroffen", meldete Ric Olié.

Ein Bildschirm leuchtete auf und zeigte Astromech-Reparatur-Droiden, die aus einer Luftschleuse auf die beschädigte Schiffhülle schlüpften. „Ich hoffe, sie können das reparieren", murmelte der Pilot.

Zwei Raumjäger der Handelsföderation zischten vorbei und schossen auf die Reparatur-Droiden. Erst explodierte ein Astromech-Droide, dann der andere. Obi-Wan runzelte die Stirn und überprüfte eine Datenanzeige. Sämtliche Reparatur-Droiden des Schiffes waren dort draußen – sie hatten keine mehr in Reserve. „Wir verlieren immer mehr Droiden", stellte er fest.

„Wir schaffen es nicht", sagte Olié. „Die Schilde sind ausgefallen."

Noch ein Droide explodierte. Der Bildschirm zeigte nur noch einen Einzigen – eine kleine Einheit mit blauer Kuppel. Der Droide arbeitete unbeirrbar, verband Kabel, obwohl er immer noch von den Droiden-Kampfschiffen beschossen wurde. Laserblitze zuckten um den kleinen Astromech. Mehrere Schüsse verfehlten ihn nur um Haaresbreite. Plötzlich sah Obi-Wan einen Funkenregen. Für einen furchtbaren Augenblick dachte er, sie hätten den letzten Droiden ebenfalls verloren. Dann lichtete sich das Funkeln auf dem Schirm, und er sah die kleine, blaue Einheit auf die Luftschleuse zurollen. Zugleich hörte er ein erfreutes Jubeln des Piloten.

„Wir haben wieder Energie!", rief Olié. „Dieser kleine Droide hat's geschafft! Er hat das Hauptantriebssystem umgangen. Deflektorschilde auf Maximum!"

Und gerade noch rechtzeitig, dachte Obi-Wan. Sie befanden sich fast über dem nächstliegenden Kampfschiff. Während der folgenden Minuten war das Feuer intensiv, aber keine weiteren Schüsse durchdrangen die Schilde. „Das war der schlimmste Teil", sagte Obi-Wan, als die Kampfschiffe hinter ihnen im All schrumpften.

„Vielleicht auch nicht“, erwiderte Olié. Er deutete auf die Instrumente vor sich. „Wir haben nicht genug Energie, um nach Coruscant zu kommen. Der Hyperantrieb hat ein Leck.“

„Wir müssen irgendwo landen, um das Schiff zu reparieren und zu betanken“, sagte Qui-Gon ruhig. Er rief auf einem Monitor eine Sternenkarte auf und studierte sie.

Obi-Wan beugte sich vor und tippte auf den Monitor. „Hier, Meister. Tatooine. Er ist klein, abgelegen und arm. Die Handelsföderation hat dort keinen Einfluss.“

„Wie könnt Ihr so sicher sein?“, fragte Captain Panaka.

„Er wird von den Hutts kontrolliert“, antwortete Qui-Gon abwesend, während er noch den Schirm betrachtete.

„Von den Hutts?“, der Captain klang entsetzt. „Ihr könnt mit der Königin nicht dorthin gehen! Die Hutts sind Gangster. Wenn sie denen in die Hände fällt …“

„… dann wär's auch nicht anders, als wenn wir auf einem Planeten landen, der von der Föderation kontrolliert wird“, unterbrach Qui-Gon ihn. „Mit dem Unterschied, dass die Hutts sie nicht suchen, was uns einen Vorteil verschafft.“

Der Captain holte frustriert und tief Luft. Obi-Wan musste ein Lächeln unterdrücken. Er war oft genug ein Opfer von Qui-Gons gnadenloser Logik gewesen, um Mitgefühl mit dem Captain zu haben, aber dieses Mal blieb ihnen wirklich keine andere Wahl – nicht, wenn sie der Handelsföderation lange genug entrinnen wollten, um nach Coruscant zu gelangen.

„Vernichtet alle hochrangigen Offiziere, Vizekönig“, befahl Darth Sidious. „Langsam und lautlos.“ Er hielt inne. „Und was ist mit Königin Amidala? Hat sie den Vertrag unterzeichnet?“

Diese Frage fürchtete Nute Gunray schon seit Stunden. „Sie ist … verschwunden, mein Lord. Einem Kreuzer von Naboo ist es gelungen, die Blockade zu durchbrechen.“

„Findet sie! Ich will, dass der Vertrag unterzeichnet wird!“

Nute kämpfte gegen den Reflex an, zusammenzuzucken. *Es ist nur ein Hologramm*, sagte er sich. „Mein Lord, es ist unmöglich, die Position des Schiffes zu bestimmen. Es ist außerhalb unserer Reichweite."

„Nicht für einen Sith", knurrte die vermummte Gestalt. Sidious beschrieb eine Geste, und hinter ihm in dem Hologramm erschien eine zweite Gestalt. Es war noch ein rätselhaftes, vermummtes Wesen mit Kapuze. Nute sah hell leuchtende Augen und ein Gesicht, dass komplett rot-schwarz tätowiert war. Und waren das Hörner, die unter seiner Kapuze hervorragten? Nute fröstelte. *Ich glaube, das will ich lieber nicht wissen.*

„Vizekönig, dies ist mein Schüler Darth Maul", fuhr Darth Sidious fort. „Er wird Euer verlorenes Schiff finden."

„Ja mein Lord", sagte Nute. Das Hologramm verblasste, und Nute schüttelte den Kopf. „Es gerät außer Kontrolle. Jetzt sind es schon zwei davon."

„Wir hätten uns nie darauf einlassen dürfen"; bemerkte Rune Haako verdrossen. „Was wird geschehen, wenn die Jedi von diesen Sith-Lords erfahren?"

Nute erschauderte wieder. Das hatte er sich auch schon gefragt. *Wenigstens muss ich jetzt dieses Schiff nicht mehr suchen. Das ist jetzt die Aufgabe von Darth Maul.*

Aber irgendwie machte ihm das fast genauso viele Sorgen wie das fehlende Schiff.

Kaum befand sich das königliche Raumschiff von Naboo sicher im Hyperraum, wurden Qui-Gon, Obi-Wan und Captain Panaka in die Kabine der Königin gerufen, um sie auf den neuesten Stand zu bringen. Panaka brachte den kleinen Reparatur-Droiden mit der blauen Kuppel mit. Als sie ankamen, ließ Qui-Gon Panaka den Raumkampf und die heldenhaften Taten des Droiden beschreiben. Am Ende des Berichts führte der Sicherheitscaptain der Königin den Astromech-Droiden vor.

„Es besteht kein Zweifel, dass dieser Droide sowohl das Schiff als auch unser Leben gerettet hat", sagte Panaka.

Die Königin lächelte den kleinen Droiden an. „Er hat eine Auszeichnung verdient. Was hat er für eine Nummer?"

Der Droide zwitscherte. Der Captain beugte sich hinunter, wischte etwas Schmutz von der Hülle des Droiden und las vor: „R2-D2, Euer Hoheit."

„Ich danke dir, R2-D2", sagte die Königin. „Du hast dich als sehr treu erwiesen. Padmé!"

Die Lieblingsdienerin der Königin kam heran und verneigte sich.

„Reinige diesen Droiden so gut du kannst", sagte die Königin zu ihr. „Er verdient unsere Dankbarkeit." Sie wandte sich wieder an den Captain. „Fahren Sie fort, Captain."

Panaka warf einen Blick auf Qui-Gon und zögerte. Qui-Gon nutzte die Unsicherheit des Captains und trat vor. „Euer Hoheit, mit Eurer Erlaubnis, wir sind auf dem Weg zu einem abgelegenen Planeten namens Tatooine. Er liegt weit außerhalb des Machtbereichs der Handelsföderation. Wir werden dort die Reparaturen durchführen und dann nach Coruscant weiterreisen."

„Euer Hoheit", ging Captain Panaka dazwischen. „Tatooine ist sehr gefährlich. Es wird von einer Gangsterbande namens Hutts beherrscht. Ich kann mich der Meinung des Jedi nicht anschließen."

Das ist nicht das erste Mal, dass jemand uneins mit meinen Plänen ist, und ich bezweifle, dass es das letzte Mal sein wird, dachte Qui-Gon vergnügt. Er sagte jedoch nicht viel dazu. „Ihr müsst meinem Urteil Vertrauen schenken, Euer Hoheit."

Die Königin tauschte einen langen Blick mit Padmé aus. Dann nickte sie. *Diese Dienerin hat zu großen Einfluss auf die Königin,* dachte Qui-Gon. *Das kann zu Schwierigkeiten führen.*

Raumschiff kein gutes Platz für Gungans, dachte Jar Jar, als er in den Lagerfächern herumkramte. Jedes Mal, wenn er etwas anfasste, schrie ihn jemand an, er solle die Finger davon lassen. Und wenn niemand schrie, dann spie alles, was er anfasste, Federn, Funken oder Metallstücke, und *dann* wurde geschrien. Aber er hatte ja hier nichts zu tun – weder Muscheln auszugraben noch Unterseeboote zu lenken.

Im hinteren Bereich der Kabine fand er eine Ölkanne. Vielleicht konnte er sich ja doch irgendwie nützlich machen. Er nahm die Kanne und ging in den mittleren Bereich des Schiffs, wo die Dienerin der Königin Erzwo-Dezwo reinigte. „Hallolo!", sagte er in nettem Singsang, als er durch die Tür hereinkam.

Das Mädchen zuckte zusammen und stieß einen kurzen Schrei aus. Erzwo zwitscherte tadelnd.

„Tschuldigung", sagte Jar Jar beschämt. „Ich dichse nicht erschrecken wollte."

„Kein Problem", lächelte das Mädchen freundlich.

„Ich haben Öl entdeckt dahinten", sagte Jar Jar und hielt die Ölkanne hoch. „Brauchen duse?"

Sie lächelte und nahm die Kanne an. „Danke. Dieser kleine Kerl ist ziemlich dreckig."

„Ichse sein Jar Jar Binks", stellte Jar Jar sich vor.

„Ich bin Padmé", antwortete das Mädchen. „Ich diene Ihrer Hoheit." Sie sah ihn neugierig an. „Du bist ein Gungan, nicht?"

Jar Jar nickte. Die meisten Naboo mochten die Gungans ebenso wenig, wie die Gungans sie mochten, aber dieses Mädchen schien nett zu sein. *Und sie nicht wegen jedem kleinen Patzer herumschreien, so wie alle anderen.*

„Wie kommt es, dass du uns begleitest?", fragte Padmé.

„Michse nicht wissen", zuckte Jar Jar die Schultern. Er dachte einen Moment lang nach. „Am Anfang Tag richtig klasse mit deftig Happi-Happi-Frühstück. Dann Bumm!" Er spielte pantomimisch den riesigen, kopfförmigen Truppentransporter nach. „Kriegen großes Angst, halten fest dieses Jedi und peng! Michse jetzt hier." *Vielleicht alle bummen, bevor wir zu Planet schaffen.* „Michse kriegen vieles, vieles großes Angst."

KAPITEL 7

Was Qui-Gon auf Tatooine nicht erwartet hatte, war das Licht.

Er hatte schon andere Wüstenplaneten besucht, also kannte er bereits die Hitze und die Luft, die so trocken war, dass es schmerzte, wenn man zu schnell atmete. Er kannte die endlosen gelben Sandflächen, das leise Zischen des Morgenwindes und die zwielichtige Stimmung in den Raumhäfen. Aber das Licht hatte er nicht erwartet.

Die Zwillingssonnen waren weit genug voneinander entfernt, um gegenseitig ihre Schatten auszulöschen – außer – unter den größten Felsvorsprüngen. Bei Sonnenauf- und -untergang warfen Gebäude und Lebewesen lange Doppelschatten, aber während des größten Teils des Tages badete alles in Licht. Qui-Gon fand es geradezu ironisch, dass ein solcher lichtdurchfluteter Planet die Heimat so vieler Krimineller und Ausgestoßener sein sollte.

Ric Olié hatte den königlichen Raumkreuzer der Königin von Naboo am Rand eines kleinen Raumhafens abgesetzt. Das Navigationssystem wies ihn als Mos Espa aus. Nach kurzer Beratschlagung kam man überein, dass Obi-Wan beim Schiff bleiben sollte, um die Königin zu beschützen, während Qui-Gon sich auf die Suche nach den benötigten Ersatzteilen machen würde.

Der Hyperantrieb war bei der Landung komplett ausgefallen. *Wir können uns glücklich schätzen, dass er nicht zwischen zwei Sternensystemen ausfiel*, dachte Qui-Gon mit einem Blick auf das Durcheinander, das Obi-Wan gerade aus der Antriebskammer geholt hatte. Vielleicht hatte ihn das während der letzten Stunden so angespannt … Aber nein, er spürte immer noch eine Unruhe in der Macht.

Er beugte sich etwas vor, um sich den Antrieb genauer anzusehen. „Lass sie keine Übertragungen senden, während wir weg sind", sagte er leise zu Obi-Wan. „Sei vorsichtig. Ich spüre eine Erschütterung der Macht."

„Das fühle ich ebenfalls, Meister", antwortete Obi-Wan.

Qui-Gon sammelte zufrieden Erzwo-Dezwo und Jar Jar ein und machte sich auf den Weg in die Stadt. Sie waren erst wenige Meter von der Einstiegsrampe entfernt, als jemand rief. Qui-Gon drehte sich um. Captain Panaka und Padmé, die Dienerin der Königin, kamen zu ihm. Er nahm mit einer bösen Vorahnung zur Kenntnis, dass Padmé grob gewobene Bauernkleider trug.

„Die Königin hat befohlen, dass Euch ihre Dienerin begleitet", sagte Panaka, als er sich Qui-Gon näherte.

„Heute keine weiteren Befehle Ihrer Hoheit, Captain", unterbrach Qui-Gon ihn mit einem Kopfschütteln. „Dieser Raumhafen ist ein raues Pflaster."

„Die Königin wünscht es", beharrte Panaka. „Sie will mehr über diesen Planeten erfahren."

„Ich bin in Selbstverteidigung ausgebildet", sagte Padmé. „Ich kann auf mich selbst achtgeben."

Qui-Gon sah sie mit schmalen Augen an. Dies mochte vielleicht der Befehl der Königin sein, aber er spürte, dass die Idee ursprünglich von dem Mädchen selbst stammte. Das Letzte, das er jetzt brauchte, war eine verwöhnte Dienerin, auf die er aufpassen musste, aber … „Ich habe keine Zeit für Diskussionen", sagte er. „Das ist kein guter Gedanke." Er bedachte Padmé mit einem strengen Blick. „Bleibt dicht bei mir."

Das Mädchen nickte und ging neben Erzwo-Dezwo her. Erzwo zwitscherte ihr fröhlich zu, und Jar Jar lächelte.

Die Zwillingssonne brannte auf die kleine Gruppe herunter, die sich einen Weg in die Stadt bahnte. Doch Amidala nahm kaum Notiz davon. Hier war alles so anders als auf Naboo: Die trockene Luft, der endlose gelbe Sand, die lumpigen Gebäude des Raumhafens – und die Hitze, die nur eine weitere Sache war, über die man sich wundern konnte. Es war nicht einfach gewesen, Captain Panaka davon zu überzeugen, dass sie mitkommen würde, aber sie war jetzt schon froh darüber, dass sie es getan hatte. *So lange alle denken, dass ich die einfache Padmé bin, bin ich kaum in größerer Gefahr als im Schiff. Und bis jetzt hat noch niemand Verdacht geschöpft.*

Das Gehen auf dem losen Wüstensand war ermüdend. Selbst in der Stadt waren die meisten Straßen ungepflastert, wenn auch der permanente Verkehr auf den geschäftigeren Straßen die Oberfläche verdichtet hatte. Erzwo-Dezwo schien das alles nichts auszumachen, Jar Jar hingegen beschwerte sich bitterlich.

Qui-Gon brachte sie zu einem kleinen, offenen Platz, der von abgenutzt aussehenden technischen Teilen und unregelmäßig geformten sandfarbenen Ladengeschäften umringt war. Für Amidala sah das alles nicht vielversprechend aus, doch Qui-Gon sah sich schnell um und nickte. „Wir versuchen es bei einem der kleineren Händler“, beschloss er und ging zu einem kleinen Laden, hinter dem ein Haufen Raumschiffteile aufragten.

Als sie eintraten, kam ein pummeliges, blau-graues Wesen zu ihnen hergeflattert. Seine Flügel schlugen so schnell, dass Amidala sie nur als verwischte Bewegung wahrnahm. Das männliche Wesen war höchstens halb so groß wie Qui-Gon, dennoch schwebte es so hoch, dass es sich mit dem Jedi auf Augenhöhe befand.

„Bute da noia“, sagte er zu Qui-Gon. „Ha tschubba da naia?“

„Ich suche Ersatzteile für eine Nubian Typ J 327“, antwortete Qui-Gon in Basic.

„Ah, ja“, sagte das Wesen. Seine rüsselförmige Schnauze bewegte sich beim Sprechen andauernd. „Ah, ja. Nubian. Davon haben wir eine Menge." Er rief etwas zur Hintertür der Werkstatt hinaus, bevor er sich wieder an Qui-Gon wandte. „Welche Ersatzteile?"

„Mein Droide hier hat eine Liste der Teile, die ich benötige", sagte Qui-Gon mit einer Geste zu Erzwo-Dezwo.

Da kam ein kleiner Junge zur Hintertür hereingerannt. Er war vielleicht neun Jahre alt und hatte hellbraunes Haar. Seine Kleider waren grob und abgerissen. Das fliegende Wesen sprach kurz mit ihm und drehte sich dann wieder zu Qui-Gon um. „Also, begleitet mich in mein Lager, hä? Wir werden schon finden, was Ihr braucht."

Qui-Gon und Erzwo folgten dem Schrotthändler durch den Hinterausgang. Amidala fragte sich, ob sie nicht mitkommen sollte, denn Qui-Gon hatte sie ja angewiesen, in der Nähe zu bleiben. Doch Jar Jar hatte offensichtlich vor, drinnen zu bleiben, und irgendjemand musste ihn im Auge behalten. Es war schön und gut, dass Qui-Gon zu ihm sagte: „Du fasst hier nichts an", aber Jar Jar durchstöberte bereits mit großem Interesse die Maschinen auf den Regalen. *Ich bleibe vorerst hier*, entschied sie.

Der Junge setzte sich auf die Theke und begann ein Stück Metall zu polieren. Er beobachtete bei der Arbeit Amidala. Sein Blick verursachte ihr Unbehagen. Sie ertappte sich dabei wie sie sich fragte, ob sie vielleicht einen Fleck auf der Nase hatte oder ob ein Blatt in ihren Haaren festsaß. *Das ist ja lächerlich*, sagte sie sich. Sie rang sich ein Lächeln ab und drehte sich weg.

„Bist du ein Engel?"

„Was?" Perplex sah Amidala wieder zu dem Jungen.

„Ein Engel", wiederholte er voller Ernsthaftigkeit. Seine blauen Augen ruhten auf ihr. „Ich habe gehört, wie sich Raumpiloten darüber unterhalten haben. Sie sind die wunderschönsten Wesen im Universum und bringen selbst die hartgesottensten Raumpiraten zum Weinen. Sie leben auf den Monden von Jego glaube ich."

Amidala war vor Erstaunen unfähig zu antworten. Doch schließlich sagte sie: „Ich habe noch nie etwas von Engeln gehört."

Der Junge sah sie jetzt unverhohlen an. Er tat jetzt nicht mehr so, als poliere er das Metallteil. „Du musst einer sein", sagte er, als wäre es das Normalste auf der Welt. „Vielleicht weißt du es bloß nicht."

Zu Hause im Palast hätte sie diese Bemerkung als reine Schmeichelei abgetan. Doch dieser Junge meinte alles, was er sagte, ernst. Sie hatte das Gefühl, als wäre er ihr Leben lang ihr Freund gewesen. *Dabei habe ich ihn gerade erst kennengelernt!* „Du bist ein lustiger, kleiner Junge", sagte sie. „Woher weißt du so viel?"

„Ich höre den Händlern und Sternenpiloten zu, die hier absteigen", antwortete der Junge. Er sah sie von der Seite an. „Ich bin auch ein Pilot, weißt du? Und eines Tages werde ich von diesem Planeten wegfliegen."

Amidala konnte ihm nicht verübeln, dass er diese Hitze, die Trockenheit und die grässlich aussehenden Kreaturen in den Straßen dort draußen hinter sich lassen wollte. Doch als sie sich seine abgerissene Kleidung ansah, fragte sie sich, ob er wohl irgendwelche Chancen hatte, sich seinen Traum zu erfüllen. „Du bist ein Pilot?", fragte sie.

„Mm-hm. Schon mein ganzes Leben", bestätigte der Junge.

Die Vorstellung eines kleinen Jungen im Cockpit eines Raumjägers entlockte Amidala ein Lächeln. „Wie lange lebst du denn hier schon?"

„Seit ich noch ganz klein war", erzählte der Junge. „Drei, glaube ich. Meine Mom und ich wurden an Gardulla die Hutt verkauft, aber sie hat uns bei einer Podrennen-Wette wieder an Watto verloren. Ich glaube Meister Watto ist viel besser als Gardulla."

Verkauft? Meister? Verloren? Amidala merkte, wie ihr Lächeln schwand. „Bist du ein Sklave?"

Der Junge hob den Kopf und schob stolz das Kinn nach vorn.

„Ich bin ein *Mensch*", sagte er und funkelte sie an. „Und mein Name ist Anakin!"

„Entschuldige bitte", sagte Amidala eilig. „Ich kenne mich hier nicht so recht aus. Dieser Planet ist mir fremd."

Ein Knall ließ sie beide zusammenzucken. Amidala drehte sich um und sah, dass Jar Jar versehentlich einen seltsamen, kleinen Droiden angeschaltet hatte. Der Droide marschierte ziellos umher und warf allerlei Dinge um, wobei sich Jar Jar die ganze Zeit an ihm festhielt. *Oh, und ich wollte auf ihn aufpassen*, dachte Amidala.

„Hau ihm auf die Nase!", rief Anakin. Jar Jar tat, wie ihm geheißen, und der Droide blieb stehen und klappte in sich zusammen. Amidala seufzte erleichtert auf und musste angesichts Jar Jars verlegener Miene lachen.

Anakin lachte ebenfalls, riss sich aber schnell wieder zusammen. Er sah sie wieder mit einem eindringlichen Blick an und sagte plötzlich: „Ich werde dich heiraten."

Amidala konnte nicht anders, als wieder zu lachen. *Ein Sklavenjunge heiratet die Königin von Naboo?* Aber hier war sie ja nur Padmé, rief sie sich wieder in Erinnerung.

Wenigstens schien sich Anakin nicht von ihrem unfreiwilligen Lachen einschüchtern zu lassen. „Ich meine es ernst", sagte er.

„Du bist wirklich komisch", sagte Amidala. „Wieso hast du das gesagt?"

„Ich schätze, weil es wahr ist."

Etwas an der Art des Jungen ließ Amidala erschauern. Er schien sich seiner Sache so sicher zu sein. „Nun, ich fürchte, ich kann dich nicht heiraten", sagte sie zu ihm. „Du bist noch ein kleiner Junge."

Anakin sah sie mit seinen stechend blauen Augen an. „Der bleibe ich ja nicht für immer", sagte er einfach.

Amidala lief es eiskalt den Rücken hinunter. Sie war zu keiner Antwort fähig, also sah sie ihn nur an. *Er klingt ... älter, wenn er das sagt. Und so selbstsicher. Was hat das zu bedeuten?*

„Da ist er!", rief der Schrotthändler und schwebte vor einen Haufen staubiger Teile. „Ein T-14-Hyperantriebsgenerator. Ihr habt Glück! Ich bin der Einzige in der Gegend, der so einen besitzt. Aber Ihr könntet auch gleich ein neues Schiff kaufen, das wäre glaube ich billiger, hä? Wo wir gerade davon sprechen, wie beabsichtigt Ihr all das zu bezahlen, hä?"

„Ich habe 20000 republikanische Daktaries", sagte Qui-Gon. Dass sie die Teile jetzt so schnell gefunden hatten bedeutete, dass sie den neuen Hyperantrieb einbauen und den Planeten verlassen konnten, lange bevor ...

„Republikanische Credits?", fragte der Schrotthändler abfällig. „Republikanische Credits sind hier draußen nichts wert, ich brauche etwas Besseres."

Die Sache musste ja einen Haken haben, dachte Qui-Gon. Glücklicherweise war es ein kleiner, der schnell umgangen war. „Ich habe nichts anderes", sagte er zu dem Händler. Er fuhr mit seiner Hand durch die Luft und beschrieb damit die gedankenkontrollierende Geste, die jeder Jedi lernte. Er stieß den Verstand des Wesens an und fügte hinzu: „Credits werdet Ihr akzeptieren."

„Nein, werde ich nicht!", knurrte der Händler und rümpfte die Nase.

Qui-Gon wiederholte die Geste überrascht und versuchte es noch einmal energischer. „Ihr *werdet* Credits akzeptieren."

„Nein, werde ich nicht!", wiederholte der Händler lauter als vorhin. „Haltet Ihr Euch für so eine Art Jedi, dass Ihr mit der Hand so herumwedelt? Ich bin Toydarianer! Geistige Tricks funktionieren bei mir nicht. Nur Geld!" Er rieb zwei seiner Finger zusammen, die allseits bekannte Geste für Bargeld. „Kein Geld, keine Ersatzteile, kein Geschäft. Und niemand sonst hier hat einen T-14-Hyperantrieb. Das verspreche ich Euch."

Wahrscheinlich sagte er die Wahrheit. Die Händler behielten sich gegenseitig im Auge, und wenn jemand anders einen Hyperantrieb im Angebot hätte, würde sich dieser Kamerad hier wahrscheinlich nicht so wegen der Credits anstellen. Na ja, vielleicht konnten sie ja etwas aus dem Schiff gegen einen neuen Antrieb eintauschen. Qui-Gon sammelte Padmé, Erzwo und Jar Jar ein und verließ den Laden des Schrotthändlers mit ihnen.

Kaum hatten sie ein ruhiges Plätzchen gefunden, kontaktierte er mit seinem Comlink das Schiff. Er erläuterte das Problem. „Und du bist dir sicher, dass an Bord nichts Wertvolles ist?", fragte er dann.

Obi-Wan schüttelte den Kopf. „Ein paar Container mit Verpflegung. Die Garderobe der Königin vielleicht, aber nicht genug, um zu handeln, Meister. Jedenfalls nicht zu diesen Beträgen."

„Na schön", sagte Qui-Gon. „Ich bin überzeugt, dass sich eine andere Lösung finden wird. Ich melde mich später." Er steckte seinen Comlink weg und ging wieder zur Hauptstraße.

„Nicht wieder", sagte Jar Jar und hielt ihn am Arm fest. „Die Wesen, die hier wohnen, durchgeknallert! Die uns ausrauben und verhauen."

„Unwahrscheinlich", widersprach Qui-Gon. „Wir besitzen nichts von Wert." Er seufzte. „Das ist unser Problem." *Und wenn wir es nicht lösen, dann sitzen wir hier für lange Zeit fest.*

KAPITEL 8

Anakin musste immer noch an die Fremden denken, als er Wattos Schrottladen verließ und nach Hause ging. Sie schienen anders zu sein als die Farmer und Schmuggler, die normalerweise mit Watto Geschäfte machten. Vor allem Padmé. Sie war … noch andersartiger als ihre Begleiter. Anakin kickte in den Sand. Er hatte das Gefühl, als kenne er sie schon ewig, sogar länger, als er lebte. *Das ist dämlich*, dachte er. Und doch hatte er so ein Gefühl. Und sie hatte sich dafür *entschuldigt*, dass sie ihn einen Sklaven genannt hatte. Das hatte noch nie jemand getan. *Sie hat eine Weile dafür gesorgt, dass es keine Rolle spielt, ob ich ein Sklave bin. Ich habe es total vergessen, so lange ich mit ihr geredet habe.* Und sie hatte sich für alles interessiert, was er gesagt hatte. Nicht einmal seine besten Freunde hörten sich das an. Nicht einmal seine Mom.

Vielleicht würden sie noch einmal in Wattos Laden schauen, bevor sie Tatooine verließen. Sie hatten nichts gekauft, dennoch war Watto nicht mies gelaunt gewesen wie sonst, wenn er nichts verkauft hatte. Vielleicht, weil er wusste, dass außer ihm niemand hatte, was sie brauchten. Vielleicht mussten sie zurückkommen, bevor sie den Planeten verließen.

Als Anakin in die Marktstraße einbog, sah er einen der Fremden vor sich – es war der froschartige Nichtmensch. Sebulba stieß ihn herum. Anakin schluckte. Sebulba war ein Dug und der größte Schläger in Mos Espa. Er konnte alle vier Arme wechselweise benutzen, so lange er sich einen zum Stehen reservierte. Seine

Gegner wussten nie, woher der nächste Schlag kommen würde. Das verschaffte ihm in den meisten Kämpfen einen enormen Vorteil.

Eine Menge Gaffer hatte sich angesammelt. Anakin unterdrückte seine Angst, bis sie fast verschwunden war und drängte sich durch die Menge. „Nimm dich in Acht, Sebulba", sagte er auf Huttisch. „Der da hat gute Verbindungen." *Wenn ich Sebulba das glauben machen kann, dann wird er abhauen. Keiner legt sich mit den Hutts an.*

Sebulba ließ davon ab, den Fremden mit seinen Händen herumzustoßen und sah stattdessen Anakin finster an. „Verbindungen? Was meinst du damit, Sklave?"

„Mit den Hutts", sagte Anakin. Er musste seine Wut darüber unterdrücken, dass man ihn einen Sklaven genannt hatte, so wie er seine Angst unterdrückt hatte. „Der ist ein berüchtigter Fremdling. Es täte mir leid, wenn man schon vor dem Rennen Hackfleisch aus dir machen würde."

„Das nächste Rennen Junge, wird dein Ende sein", knurrte Sebulba. „Wenn du kein Sklave wärst, würde ich dich jetzt zerquetschen."

„Ja", murmelte Anakin säuerlich, als sich Sebulba abwandte. „Es wäre schade, wenn du mich bezahlen müsstest."

Als sich die enttäuschte Menge auflöste, kamen die anderen Fremden dazu. „Hallo!", sagte Anakin zu Padmé. „Euer Freund wollte sich gerade zu Orangenmus verarbeiten lassen. Er hat sich mit einem Dug angelegt, einem sehr gefährlichen Dug namens Sebulba."

„Neinsir, neinsir!", sagte das Wesen, das Anakin gerettet hatte. „Michse Verprügeleien hasse. Das Allerletzte, was michse wollen."

„Trotzdem hat der Junge recht", sagte der große, bärtige Mensch. „Du hättest ernsthafte Schwierigkeiten bekommen können." Er wandte sich Anakin zu. „Danke, mein junger Freund."

„Aber … aber michse überhaupt nichts getan!", jammerte das Froschwesen beharrlich.

„Angst zieht die Ängstlichen an", sagte Anakin zu ihm. „Er hat versucht, seine eigene Angst zu überwinden, indem er *dich* zerquetscht." Das Froschwesen starrte ihn erstaunt an. „Sei nicht so ängstlich", schloss Anakin.

Der große Mann sah ihn eindringlich an. Padmé lächelte und sagte: „Funktioniert das bei dir?"

„Bis zu einem gewissen Punkt schon", sagte Anakin und erwiderte ihr Lächeln. Seine Angst hatte sich gelöst und war verschwunden. Jetzt, da die Möglichkeit eines Kampfes vorübergezogen war – hatte sich fast die ganze Angst verloren, bis auf einen kleinen, harten Kern. Dieser war schon immer in ihm, seitdem er alt genug war, zu begreifen, was es bedeutete ein Sklave zu sein. Er hatte sich daran gewöhnt – auch daran, diese Angst zu verbergen.

Padmé lächelte ihn verständnisvoll an und Anakin fragte sich einen Augenblick lang, ob auch sie Ängste hatte, die sie unterdrücken musste. Doch dann winkte der große Mann, und sie gingen weiter die Straße entlang. Es schien ihnen nichts auszumachen, dass Anakin zu ihnen gestoßen war.

Nach einer Weile blieben sie an Jiras Obststand stehen. Als Anakin mit Jira sprach, bemerkte er, dass Padmé sich die Früchte ansah. „Ich nehme heute vier Pallies, Jira." Er drehte sich zu Padmé um und fügte hinzu: „Die werdet Ihr mögen." Er griff in seine Tasche und kramte nach den paar Münzen, die er besaß. *Zwei, drei … Ich dachte, ich hätte vier Truguts!* Er zog die Münzen hastig heraus, um sie nachzuzählen, und ließ eine davon versehentlich fallen.

Der große Mann bückte sich, um sie aufzuheben. Dabei rutschte sein Mantel etwas nach hinten und Anakin konnte einen Blick auf ein Lichtschwert erhaschen, das an Qui-Gons Gürtel hing. *Ein Laserschwert! Er muss ein Jedi sein!* Anakin sah schnell weg. *Er will nicht, dass die Leute es wissen, sonst würde er es so tragen, dass alle es sehen.*

Der Jedi gab Anakin die Münze zurück. Anakin musste sich um einen normalen Tonfall bemühen, als er sagte: „Ups, ich dachte, ich hätte mehr. Mach drei Pallies draus, Jira, ich habe keinen Hunger."

Der Wind wurde stärker, und die Ladenbesitzer bauten ihre Sonnensegel ab und zogen die Fensterläden zu. „Oh, meine Knochen tun mir weh", sagte Jira, als sie Anakin die Pallies gab. „Es kommt ein Sturm auf, Anakin. Geh lieber schnell nach Hause."

Anakin sah zu dem großen Fremden hoch. „Habt Ihr eine Unterkunft?"

„Wir gehen wieder zurück auf unser Schiff", antwortete er.

Anakin zögerte. Nicht einmal ein Jedi würde in einem Sandsturm lange überleben. Und vielleicht war ihm nicht klar, wie schnell die Stürme hier aufzogen und wie schlimm sie sein konnten. „Ist das weit?"

„Draußen vor der Siedlung", antwortete Padmé.

„Da werdet Ihr nie rechtzeitig hinkommen", erwiderte Anakin. „Sandstürme sind sehr, sehr gefährlich. Kommt mit. Ich nehme euch mit zu mir nach Hause." Als er sich sicher war, dass sie ihm folgten, machte er sich schnell auf den Weg zu seinem Zuhause.

Obi-Wan stand vor dem Raumschiff und sah in die Wüste hinaus. Der Wind peitschte seinen Mantel, doch er spürte es kaum. Die Macht erbebte mit derselben undeutlichen *Falschheit*, die ihn seit Anbeginn dieses Einsatzes beunruhigte. Sie war jetzt näher, aber nicht einfacher zu spüren. Sie mussten bald von diesem Planeten verschwinden, aber es gab immer noch kein Zeichen von Qui-Gon.

Er bemerkte Captain Panaka und den sich zusammenbrauenden Sandsturm zur gleichen Zeit. „Sieht nicht besonders gut aus", sagte der Captain. „Wir sollten das Schiff abriegeln."

Obi-Wan nickte zögerlich. Nicht einmal Qui-Gon würde sich inmitten eines Sandsturms auf den Weg zum Schiff machen. Als sie sich zur Rampe umdrehten, piepte der Comlink des Captains.

Es war ihr Pilot, Ric Olié. „Erhalten gerade eine Nachricht von zu Hause."

„Wir sind gleich da", sagte Panaka zu ihm. Obi-Wan war schon unterwegs.

Die Königin und ihre Dienerin sahen sich die Übertragung an, als sie an Bord kamen. Das Hologramm zeigte den Gouverneur Sio Bibble. Und obwohl es immer wieder aussetzte, waren die einzelnen Gesprächsfetzen, die durchkamen, mehr als beunruhigend. „... die komplette Nahrungsmittelversorgung unterbrochen ... die Zahl der Todesopfer ... katastrophal ..." Und auch das Ende war deutlich: „Wir müssen uns ihren Wünschen beugen. Bitte, sagt uns, was wir tun sollen, Euer Hoheit! Ihr müsst Kontakt zu mir aufnehmen!"

„Das ist ein Trick", sagte Obi-Wan voller Überzeugung. „Schickt keine Antwort." *Wenn wir irgendetwas senden, kann es die Handelsföderation zu uns zurückverfolgen. Und wenn sie uns finden, werden sie uns auch schnappen. Ohne Hyperantrieb sind wir ein leichtes Ziel.*

Captain Panaka und die Königin sahen einander unsicher an. „Sendet überhaupt keine Übertragungen", betonte Obi-Wan nochmals. Er ließ den Blick nicht von ihnen, bis beide nickten.

Die knisternde Nachricht in der Mitte der Kabine begann sich zu wiederholen.

Qui-Gon hatte schon kleinere Unterkünfte als die Sklavenhütten Mos Espas gesehen, wenn auch nicht viele. Die Schuppen waren klein und standen dicht an dicht. Er musste sich ducken, um durch die Tür zu kommen. Er hörte, wie der junge Anakin rief.

„Mom! Mom, ich bin zu Hause!" Qui-Gon lächelte etwas. Die Macht war stark in Anakin – erstaunlich stark. Der Junge strahlte sie praktisch aus. Aber wieso hatte die Macht Qui-Gon zu ihm geführt? Trotz seines Talents war Anakin bereits zu alt für eine Ausbildung zum Jedi. Jedi-Lehrer arbeiteten normalerweise mit sehr jungen Kindern, deren Gefühle noch nicht begonnen hatten, Einfluss auf ihre Reaktionen zu nehmen. Und doch war Qui-Gon klar, dass es kein Zufall war, Anakin begegnet zu sein. Jetzt schien es das Beste, langsam vorzugehen und die Dinge erst deutlicher werden zu lassen.

Eine dunkelhaarige Frau um die Vierzig unterbrach seine Gedanken. Es lag nahe, dass sie Anakins Mutter war. Ihre ersten Worte bestätigten es ihm. „Du meine Güte, Ani. Was ist denn das?"

„Das sind meine Freunde, Mom", sagte Anakin. „Das ist Padmé und ... oh, ich kenne eure Namen gar nicht."

Qui-Gon konnte sich ein Lächeln nicht verkneifen. „Ich bin Qui-Gon Jinn. Das sind Padmé und Jar Jar."

Erzwo piepte neben ihm und Padmé fügte hinzu: „Und unser Droide, Erzwo-Dezwo."

„Ich bau mir einen Droiden", sagte Anakin eifrig zu Padmé. „Willst du ihn sehen?"

„Anakin!" Der Tonfall seiner Mutter war etwas schärfer als nötig. „Was machen diese Leute hier?"

„Ein Sandsturm, Mom", antwortete Anakin. „Horch." Das Heulen des Windes war schlimmer geworden, sogar in den wenigen Minuten, seitdem sie hereingekommen waren.

Wir haben es gerade noch rechtzeitig geschafft, wurde Qui-Gon klar. „Euer Sohn war so freundlich, uns ein Quartier anzubieten", sagte er zu Anakins Mutter. Sie zeigte immer noch eine misstrauische, pikierte Miene. Also griff Qui-Gon in seine Gürteltasche und holte ein paar Nahrungskapseln heraus, während Anakin Padmé und Erzwo ins Nebenzimmer zerrte, damit sie sich seinen Droiden ansahen. „Ich habe genügend Nahrung für eine Mahlzeit bei mir."

„Oh, danke", sagte die Frau. Die Veränderung in ihrem Tonfall und ihrem Verhalten sagte ihm, wie viel Sorgen sie sich darüber gemacht hatte, wie sie die unerwarteten Gäste hätte ernähren sollen, und wie wenig sie übrig hatte. „Es tut mir leid, wenn ich unhöflich war", bemerkte sie. „Ich gewöhne mich einfach nie an Anakins Überraschungen."

„Er ist ein sehr spezieller Junge", sagte Qui-Gon.

Die Frau sah ihn mit einem Blick an, der halb Erstaunen und halb Misstrauen ausdrückte. „Ja", gab sie leise zu. „Ich weiß." Sie wandte sich ab, um eine Mahlzeit vorzubereiten.

Qui-Gons Comlink piepte. Er sah Anakins Mutter nachdenklich nach und beantwortete den Anruf. Es war Obi-Wan, der sofort eine beunruhigende Nachricht beschrieb, die von Sio Bibble auf Naboo gekommen war. „Die Königin ist aufgeregt", schloss er, „aber es wurde keine Nachricht abgesetzt."

„Das klingt wie eine Falle", vermutete Qui-Gon. „Sie versuchen den Sendeweg zurückzuverfolgen."

„Was ist, wenn es doch wahr ist und das Volk tatsächlich stirbt?"

„Wie auch immer, uns läuft die Zeit davon", sagte Qui-Gon und unterbrach die Verbindung. *Wenn sie versuchen, den Sendeweg zurückzuverfolgen, dann müssen sie bereits wissen, dass wir auf Tatooine sind. Ein Planet bietet eine sehr große Fläche für eine Suche, aber dennoch … wir haben nicht mehr viel Zeit. Und ich habe immer noch keine Ahnung, wie wir an diesen Hyperantriebsgenerator kommen sollen.*

KAPITEL 9

Anakins Zimmer bestand aus den gleichen lumpigen, sandfarbenen Wänden wie jedes andere Gebäude, das Amidala in Mos Espa gesehen hatte, und es war fast genauso voller eigenartiger Teile und Stücke wie der Schrottladen. Anakin zerrte sie zu einer Werkbank, auf der ein halbfertiger Androide lag. Er hatte erst ein Auge, und sein Körper besaß noch keine Hülle. „Ist er nicht klasse?", sagte Anakin stolz und fügte dann etwas unsicherer hinzu: „Er ist nicht ganz fertig."

„Er ist phantastisch", versicherte Amidala ihm.

„Wirklich?", fragte Anakin. „Er gefällt dir? Er ist ein Protokoll-Droide und soll Mom helfen. Pass auf."

Er legte einen Schalter um, und schon begann der Droide zu summen. Er zuckte ein paar Mal und erhob sich schließlich.

„Hallo, wie geht es Euch?", sagte der Droide mit einer formellen, präzisen Stimme. „Ich bin C-3PO, Roboter-Mensch-Kontakter. Womit kann ich Euch dienen?"

„Er ist perfekt!", sagte Amidala begeistert. Sie hatte im Palast zu Hause genügend Techniker kennengelernt, aber noch nie hatte sie jemanden getroffen, der einfach so aus Spaß einen Droiden zusammenbaute. Anakin war wirklich ein erstaunlicher Junge.

Erzwo-Dezwo piepte und zwitscherte den Protokoll-Droiden an. „Verzeihung", sagte Dreipeo zu dem Astromech-Droiden. „Was meinst du damit, ‚nackt'?"

Erzwo piepte erneut, und der Protokoll-Droide sah an sich herab. „Man kann meine edelsten Teile sehen? Du meine Güte! Oh, wie peinlich!"

„Keine Sorge", beruhigte ihn Anakin. „Das werde ich bald richten." Er wandte sich wieder an Amidala. „Wenn der Sturm vorbei ist, zeige ich dir meinen Renner. Ich baue nämlich grade einen Podrenner."

Amidala musste bei all dem Enthusiasmus lächeln, auch wenn sie sich fragte, was ein Podrenner eigentlich war. Das klang ein wenig … fortschrittlich. Anakin schien ihr Erstaunen nicht zu bemerken. Er zeigte ihr fröhlich ein unverständliches Gerät nach dem anderen, bis seine Mutter sie alle zum Abendessen rief.

Das Essen begann erfolgreich. Anakins Mutter – deren Name Shmi Skywalker war, wie sich herausstellte – machte eine ausgezeichnete Suppe. Doch dann begann sich die Unterhaltung um Sklaverei zu drehen. Amidala fragte so taktvoll wie möglich, warum die Sklaven nicht zu fliehen versuchten.

„Jedem Sklaven wurde irgendwo in seinem Körper ein Transmitter implantiert", erklärte Shmi sachlich.

„Ich habe versucht, einen Scanner zu bauen, um meinen zu finden", ergänzte Anakin.

Shmi lächelte ihn an und fuhr fort. „Jeder Versuch zu fliehen …"

„… und sie sprengen dich in die Luft", schloss Anakin. „Bumm!"

„Wie frech!", sagte Jar Jar entsetzt.

„Unglaublich, dass es in der Galaxis noch Sklaverei gibt", sagte Amidala, ohne nachzudenken. „Die Anti-Sklaverei-Gesetze der Republik sind …"

„Die Republik existiert hier draußen nicht", unterbrach Shmi sie schneidend. „Wir müssen allein überleben."

Amidala senkte zutiefst beschämt den Kopf. Hier war alles so anders als auf Naboo. Ihr kam ein erschreckender Gedanke. *Steht das meinem Planeten bevor, wenn die Invasion der Handelsföderation Erfolg hat?*

Die Stille zog sich auf peinliche Weise in die Länge. „War einer von euch schon mal bei einem Podrennen?“, fragte Anakin schließlich.

Amidala, die sich keinen weiteren Misstritt leisten wollte, schüttelte nur den Kopf. Neben ihr schoss Jar Jars Zunge heraus und schnappte sich blitzschnell eine Frucht aus einer Schale auf der anderen Seite des Tisches. Qui-Gon sah ihn warnend an, bevor er zu Anakin sagte: „Es gibt Podrennen auf Malastare. Sehr schnell und sehr, sehr gefährlich.“

„Ich bin der einzige Mensch, der das kann“, sagte Anakin. Seine Mutter warf ihm einen Blick zu, den er aufmüpfig erwiderte. „Was ist, Mom? Ich prahle nicht! Es stimmt!“

„Du musst die Reflexe eines Jedi haben, wenn du solche Rennen fährst“, bemerkte Qui-Gon und demonstrierte dann seine, indem er Jar Jars lange Zunge schnappte, als sich der Gungan noch eine Frucht zu schnappen versuchte. „Mach das nicht noch mal“, warnte Qui-Gon und ließ die Zunge in Jar Jars Mund zurückschnellen.

Anakin sah Qui-Gon einen Augenblick lang an und sagte dann zögerlich: „Ihr seid ein Jedi-Ritter, nicht wahr?“

„Wie kommst du darauf?“, fragte Qui-Gon.

„Ich habe Euer Laserschwert gesehen“, erwiderte Anakin. „Nur Jedis tragen so eine Waffe.“

Zu Amidalas Überraschung schien sich Qui-Gon keine Sorgen zu machen. Er lehnte sich zurück und begann langsam zu lächeln. „Vielleicht habe ich einen Jedi getötet und es ihm abgenommen“, sagte er.

„Das glaube ich aber nicht“, sagte Anakin überzeugt. „Niemand kann einen Jedi töten.“

Ein Ausdruck der Traurigkeit legte sich auf Qui-Gons Gesicht und verging wieder – so schnell, dass sich Amidala nicht einmal sicher war, ob sie ihn überhaupt gesehen hatte. „Ich wünschte, dem wäre so“, murmelte er halb zu sich selbst.

„Ich habe mal geträumt, ich war ein Jedi", fuhr Anakin fort. „Ich kam hierher zurück und befreite alle Sklaven." Er hielt inne und sah Qui-Gon fragend an. „Befreit Ihr uns?"

„Nein, bedauerlicherweise nicht", antwortete Qui-Gon.

„Ich glaube es aber doch", beharrte Anakin. „Wieso seid Ihr sonst wohl hier?"

Oh nein, dachte Amidala. *Was sollen wir ihm erzählen?* Irgendwie wollte sie Anakin nicht belügen. Aber er war doch noch ein kleiner Junge, und sie hatten ihn gerade erst kennengelernt. Er konnte sie schon in ernste Schwierigkeiten bringen, wenn er den falschen Leuten erzählte, dass Qui-Gon ein Jedi war. Sie sollten die Situation nicht noch verschlimmern, indem sie Anakin die Wahrheit über ihren Aufenthalt auf Tatooine erzählten.

„Ich sehe, dass man dir nichts vormachen kann, Anakin", sagte Qui-Gon und lehnte sich nach vorn. „Du darfst niemandem von uns erzählen. Wir sind auf dem Weg nach Coruscant, dem zentralen System der Republik, auf einer äußerst wichtigen Mission."

„Coruscant? Wow!", staunte Anakin. „Wieso seid ihr denn dann hier am Outer Rim?"

„Unser Schiff wurde beschädigt, und wir sitzen hier fest, bis wir es reparieren können", warf Amidala schnell ein. Qui-Gon benahm sich sehr eigenartig. Man konnte nicht wissen, was er diesen Leuten noch alles erzählte, wenn sie ihn nicht zum Schweigen brachte.

„Ich kann Euch helfen!", sagte Anakin aufgeregt. „Ich kann alles reparieren."

„Davon bin ich überzeugt", sagte Qui-Gon. „Aber erst mal müssen wir die benötigten Teile auftreiben."

„Aber wirse nix und wieder nix zum Tauschen haben", fügte Jar Jar missmutig hinzu.

„Diese Schrotthändler müssen doch irgendwo einen Schwachpunkt haben", sagte Amidala.

„Glücksspiel", sagte Shmi. „Hier dreht sich doch alles um diese Wetten auf diese furchtbaren Rennen."

„Podrennen", sagte Qui-Gon nachdenklich. „Habgier kann ein mächtiger Verbündeter sein."

„Ich habe einen Renner gebaut!", sagte Anakin. „Den schnellsten aller Zeiten. Hey, morgen ist doch das große Rennen – das Boonta Eve. Ihr könntet meinen anmelden."

„Anakin!", mahnte Shmi. „Watto wird dir das nicht erlauben!"

„Watto weiß nichts davon", erwiderte Anakin. Er wandte sich wieder an Qui-Gon. „Ihr könntet sagen, dass er Euch gehört und ihn dazu bringen, dass ich ihn fahren darf."

Shmis Miene verhärtete sich. „Ich will nicht, dass du fährst. Ich sterbe jedes Mal fast vor Angst, wenn Watto dich dazu zwingt."

Die Strenge von Shmis Reaktion erstaunte Amidala etwas. Doch dann fiel ihr wieder ein, was Qui-Gon vorhin über Podrennen gesagt hatte. *Sehr schnell, sehr gefährlich.* Sie erschauderte und sah Anakin an.

„Aber Mom, ich mag es doch so gerne!", protestierte Anakin. „Und sie haben Schwierigkeiten. Das Preisgeld wäre mehr als genug für ihre Ersatzteile."

„Wirse in ziemlich übler Lage", sagte Jar Jar zustimmend.

„Deine Mutter hat recht", sagte Qui-Gon. Amidala seufzte erleichtert. Der Jedi sah Shmi an. „Gibt es sonst jemand, der republikfreundlich ist und uns helfen kann?"

Shmi schüttelte langsam und zögerlich den Kopf. „Nein."

„Mom, wir *müssen* ihnen helfen", beharrte Anakin. „Du sagst doch immer, das Problem in dieser Galaxis ist, dass sich die Leute nicht helfen."

„Anakin, nicht." Shmis Stimme war schwach.

Anakin verstummte. Für einen Moment lang aßen alle schweigend. Doch irgendwann ertrug Amidala es nicht mehr länger. „Ich bin überzeugt, dass Qui-Gon Euren Sohn keiner Gefahr aussetzen will", sagte sie zu Shmi. „Wir werden einen anderen Weg finden."

Shmi seufzte. „Nein. Ani hat recht. Es gibt keinen anderen Weg." Sie machte eine Pause und fuhr dann schwermütig fort. „Es mag mir vielleicht nicht gefallen, aber er kann euch helfen." Sie sah Qui-Gon auf seltsame Weise eindringlich an. „Es ist seine Bestimmung, euch zu helfen."

„Heißt das ja?", fragte Anakin aufgeregt. „Das heißt ja!"

Amidala drehte sich zu Qui-Gon. Sie ging davon aus, dass er noch einmal ablehnen würde, doch er nickte nur. *Ich muss später mit ihm reden*, dachte sie. *Das kann er doch nicht ernst meinen.*

Die sich endlos erstreckenden Gebäude Coruscants bildeten einen funkelnden Hintergrund für das Treffen mit Darth Sidious, aber Darth Maul ließ sich nicht davon ablenken. Er hielt seinen Bericht knapp und präzise, so wie es Darth Sidious gefiel.

„Tatooine ist spärlich besiedelt", schloss Darth Maul. „Wenn die Lokalisierung korrekt war, dann werde ich sie schnell finden, Meister." Er hätte sie bereits gefunden, wenn sie auf die Nachricht von Naboo geantwortet hätten. Doch das hatten sie nicht, und Darth Sidious interessierte sich nicht für gescheiterte Pläne.

„Zuerst gehst du gegen die Jedi vor", instruierte Sidious ihn. „Danach wirst du keine Schwierigkeiten haben, die Königin nach Naboo zu bringen, damit sie den Vertrag unterzeichnet."

Darth Maul überkam die Aufregung der Vorfreude. „Endlich werden wir uns den Jedi zu erkennen geben. Endlich wird die Rache unser sein."

„Du hast eine gute Ausbildung genossen, mein junger Schüler", sagte Darth Sidious. „Sie werden keine Chance gegen dich haben." Seine Miene war zwar unter der Kapuze seines Mantels versteckt, doch seiner Stimme war offensichtliche Befriedigung zu entnehmen. „Jetzt ist es zu spät für sie, uns aufzuhalten", sagte er halb zu sich selbst. „Alles verläuft wie geplant. Die Republik wird bald unter meiner Kontrolle sein."

KAPITEL 10

Am nächsten Morgen ging Qui-Gon zurück zu Wattos Schrottladen. Padmé folgte ihm auf dem Fuß, und kurz bevor sie den Laden erreicht hatten, hielt sie ihn auf.

„Seid Ihr sicher, dass das richtig ist?", fragte sie. „Unser Schicksal einem Jungen anzuvertrauen, den wir kaum kennen?"

Qui-Gon sah sie an, gab aber keine Antwort.

„Das wird der Königin nicht gefallen", sagte Padmé, als könne das die Sache entscheiden.

„Die Königin muss es nicht erfahren", gab Qui-Gon einfach zurück.

Padmé sah ihn nur an und ließ sich dann auf ein Fass draußen vor der Tür sinken. „*Mir* gefällt es nicht", murmelte sie betreten.

Und so muss die kleine Dienerin herausfinden, dass ihr Einfluss mittels der Königin Grenzen hat, dachte Qui-Gon, als er gebückt den Eingang des Schrottladens betrat. Dabei war es doch eigenartig, dass sie sich ihrer Sache so sicher zu sein schien ... Als er den Lärm eines Streits hörte, schob er den Gedanken an Padmé beiseite.

Watto und Anakin sahen auf, als er eintrat. „Der Junge hat mir erzählt, dass Ihr ihn in dem Rennen sponsern wollt", sagte Watto. „Wie soll das denn gehen? Jedenfalls nicht mit republikanischen Credits, schätze ich, hä?"

„Mein Schiff wird das Startgeld sein." Qui-Gon holte einen kleinen Holo-Projektor aus seiner Tasche und schaltete ihn an. Ein kleines, flackerndes Bild des Schiffes erschien über seiner Handfläche.

„Oh, nicht schlecht, nicht schlecht", sagte Watto, als er sich die Projektion näher ansah. „Nubian, hä?"

„Es ist in gutem Zustand, abgesehen von den Teilen", sagte Qui-Gon.

„Womit will der Junge denn fahren?", fragte Watto. „Im letzten Rennen hat er mir meinen Podrenner zerschrottet, hä, und die Reparatur wird noch eine Weile dauern."

Anakin meldete sich schnell zu Wort. „Das war nicht meine Schuld! Wirklich! Sebulba hat mich mit seinem Düsenstrahl geblendet. Eigentlich habe ich das Ding gerettet. Na ja, fast."

„Mh, hast du das, hä?", sagte Watto lachend. „Der Junge ist gut, zweifellos, hä?"

„Nun wisst Ihr, ich habe einen Podrenner bei einem Glücksspiel gewonnen", sagte Qui-Gon geradeheraus. „Den schnellsten, der je gebaut wurde."

„Nun, ich hoffe, Ihr habt niemanden, den ich kenne, dafür umgebracht, hä?" Watto lachte wieder. „Also, Ihr stellt den Podrenner und die Startgebühr, und ich stelle den Jungen. Wir teilen den Gewinn fifty-fifty, würde ich mal sagen, hä?"

„Fifty-fifty?" Qui-Gon schnaubte verächtlich. „Dann würde ich vorschlagen, dass Ihr die Startgebühr vorschießt. Wenn wir gewinnen, könnt Ihr den gesamten Gewinn behalten – abzüglich dessen, was die Ersatzteile kosten. Und wenn wir verlieren, behaltet Ihr mein Schiff." Als Watto zögerte, fügte Qui-Gon lockend hinzu: „Egal, wie's ausgeht, Ihr gewinnt."

„Deal!", sagte Watto schließlich. Er schlug mit Qui-Gon ein.

Die übrigen Übereinkünfte waren schnell getroffen. Watto war sogar bereit, Anakin für den Rest des Tages „Qui-Gons" Podrenner startklar machen zu lassen. Schon bald waren sie alle wieder in den Sklavenunterkünften. Padmé, Erzwo und Jar Jar halfen Anakin und seinen Freunden bei der Arbeit am Podrenner, während Qui-Gon das Schiff kontaktierte, um Obi-Wan über den neuen Plan zu informieren.

Obi-Wan war ebenso wenig begeistert, wie Padmé es gewesen war. Aber wenigstens versuchte er Qui-Gon nicht mit dem Unmut der Königin zu drohen. *Natürlich kennt er mich lange genug, um zu wissen, dass das sinnlos wäre*, dachte Qui-Gon.

Als er den Comlink abschaltete, kam Shmi auf die schmale Veranda, die an der Rückfront der Sklavenhütten verlief. Einen Moment lang beobachtete sie die aufgeregte Gruppe um den Podrenner mit ernster Miene.

Qui-Gon erhob sich und ging zu ihr. „Ihr solltet sehr stolz auf Euren Sohn sein", sagte er sanft. „Er hilft ohne den Gedanken an eine Belohnung."

„Ja, Habgier ist ihm fremd", sagte Shmi. „Er hat ...", unterbrach sie sich unsicher.

„Er hat besondere Kräfte", half Qui-Gon ihr.

„Ja." Shmis Stimme war nur noch ein Flüstern.

„Er kann Dinge sehen, bevor sie passieren", fuhr Qui-Gon fort. „Deshalb hat man den Eindruck, dass er so schnelle Reflexe hat. Das ist eine Eigenschaft der Jedi."

„Er hat etwas Besseres verdient als ein Sklavendasein."

„Die Macht ist ungewöhnlich stark bei ihm, soviel steht fest", murmelte Qui-Gon. Er spürte, dass die Macht auch mit dieser Frau war, aber nicht einmal ansatzweise so stark wie bei ihrem Sohn. Woher hatte Anakin diese Stärke. „Wer war sein Vater?"

Shmi wandte sich ab. „Es gab keinen Vater", sagte sie leise. „Ich trug ihn aus, habe ihn geboren und aufgezogen. Ich ... kann nicht erklären, was geschehen ist." Als Qui-Gon keine Antwort gab, sah sie ihn wieder an und fügte hinzu: „Er war von Anfang an etwas Besonderes. Könnt Ihr ihm helfen."

„Ich weiß es nicht", sagte Qui-Gon und sah zu dem Podrenner. „Eigentlich bin ich nicht hergekommen, um Sklaven zu befreien. Wäre er in der Republik geboren, hätten wir ihn früher entdeckt, und er wäre zweifellos ein Jedi geworden. Er hat es in sich. Aber jetzt ist es zu spät für ihn. Er ist zu alt."

Er fragte sich noch beim Sprechen, ob das stimmte.

Der Rat konnte bei einem solch talentierten Wesen vielleicht eine Ausnahme machen. Qui-Gon war sich immer sicherer, dass die Macht ihn aus einem bestimmten Grund zu Anakin geführt hatte.

Anakin war noch nie so glücklich gewesen. Sein Podrenner funktionierte also doch. Na ja, er hatte immer gewusst, dass es so war, aber die Triebwerke tatsächlich zünden zu hören war etwas anderes. Er war beim Boonta-Eve-Rennen angemeldet und Padmé würde ihm zusehen. Dieses Mal würde er gewinnen, das wusste er. *Ich muss gewinnen. Für Padmé.* Und er hatte einen echten Jedi-Ritter, der bei ihm wohnte, und wenn es nur für ein oder zwei Tage war. Er lehnte sich mit einem zufriedenen Seufzen zurück und betrachtete die Sterne.

„Halt still, Ani", sagte Qui-Gon neben ihm. „Ich will die Wunde reinigen."

Die Wunde war lächerlich. Er hatte sich schon Hunderte schlimmere zugezogen. Aber er konnte ja einem Jedi nicht widersprechen. „Da sind ja so viele Sterne!", sagte er stattdessen. „Haben die alle ein Planetensystem?"

„Die meisten schon", antwortete Qui-Gon.

„Hat jemand schon mal alle besucht?"

Der Jedi lachte. „Unwahrscheinlich."

„Ich will der Erste sein, der alle besucht", sagte Anakin. Von Tatooine wegzukommen, Orte zu besuchen, an denen niemand wusste, dass er ein Sklave war, all die Orte zu besuchen, die Padmé gesehen haben musste – und noch mehr ... Etwas stach ihn in den Arm. „Au!"

„Und das war's", sagte Qui-Gon. Er wischte einen kleinen Blutfleck von Anakins Arm. „So gut wie neu."

„Ani!", rief seine Mutter von drinnen. „Schlafenszeit!"

Qui-Gon strich etwas von dem Blut auf einen kleinen Chip. Anakin sah ihm zu. „Was macht Ihr da?"

„Ich untersuche dein Blut auf Infektionen“, erklärte Qui-Gon.

Anakin sah ihn misstrauisch an. „Ich habe noch nie …“

„Ani!“ Seine Mutter klang fast wütend. „Ich werd's dir nicht noch mal sagen!“

Genau das würde sie tun. Ihm blieb mindestens noch ein „letztes Mal“, bevor sie wirklich sauer werden würde. Und er hatte doch noch so viele Fragen … Aber Qui-Gon deutete nach drinnen. „Nun geh“, sagte der Jedi. „Morgen hast du einen großen Tag vor dir.“

Anakin zögerte. „Schlaf gut, Ani“, sagte Qui-Gon betont.

Erwachsene! Anakin rollte mit den Augen. Aber jetzt gab es kein Entkommen mehr. Er ließ sich von der Verandabrüstung gleiten und lief hinein.

Qui-Gon sah Anakin nach, bis er im Haus verschwunden war. Dann nahm er seinen Comlink und rief das Schiff. Obi-Wan antwortete sofort. „Ich brauche eine Analyse der Blutprobe, die ich dir gleich schicke“, sagte der ältere Jedi.

„Einen Augenblick“, sagte Obi-Wan.

„Ich brauche die Midi-Chlorianer-Werte.“ Die Midi-Chlorianer waren Symbionten, welche die Macht zu lebenden Wesen leiteten. Je mehr Midi-Chlorianer in den Zellen einer Person vorhanden waren, desto leichter konnte diese Person die Macht spüren. Qui-Gon war sich sicher, dass Anakins Blut einen hohen Midi-Chlorianer-Wert enthielt. *Die Frage war, wie hoch …* Er schob den mit Blut beschmierten Chip in seinen Comlink.

„Ich habe es“, bestätigte Obi-Wan. Aber mehr sagte er nicht.

„Wie lauten die Werte?“, fragte Qui-Gon nach einem Augenblick.

„Mit der Übertragung kann etwas nicht stimmen“, sagte Obi-Wan. Er klang unsicher.

Qui-Gon drückte den Testknopf an seinem Comlink. „Hier, ein Signalcheck.“

„Eigenartig“, murmelte Obi-Wan einen Moment später. „Die Übertragung scheint in Ordnung zu sein, aber der Wert geht über die Skala. Mehr als 20000.“

„Das ist es also“, sagte Qui-Gon voller Befriedigung. Deswegen hatte ihn die Macht zu dem Jungen geführt. Mit einem solchen Midi-Chlorianer-Wert *musste* der Junge ausgebildet werden, ganz gleich, wie alt er war.

„Nicht einmal Meister Yoda hat einen so hohen Midi-Chlorianer-Wert.“

„Noch irgendein anderer Jedi“, murmelte Qui-Gon. *Bis jetzt.* Aber der Junge war ein Sklave. Wie konnten sie ihn sicher von Tatooine wegbringen? Sie konnten ihn nicht einfach kaufen – sie hatten ja nicht einmal genügend Geld für die Hyperantriebsteile.

„Was bedeutet das?“

„Ich weiß es nicht genau“, sagte Qui-Gon und unterbrach die Verbindung. Über diese Sache musste er nachdenken. Er lehnte sich zurück und betrachtete die Sterne.

Das längliche, finster aussehende Sith-Raumschiff landete auf einer steinigen Hochebene in der Wüste Tatooines. Darth Maul überprüfte die Instrumente des Schiffs, um sicherzugehen, dass niemand die Landung verfolgt hatte. Viel von Tatooine musste er nicht mehr absuchen. Er verließ das Schiff erst, als er sich sicher war, dass keine Detektoren in seine Richtung sahen.

Draußen suchte er kurz den Horizont ab und sah dann durch sein Elektrofernglas. Noch drei Städte, die er nach den fehlenden Jedi und ihrem Raumschiff absuchen musste. *Nur noch drei. Bald werde ich sie haben.* Zwei Sonden pro Stadt mussten ausreichen. Er tippte einen Code in das Kontrollfeld an seinem Handgelenk.

Sechs schwarze Kugeln schwebten aus dem Schiff. Als sie sich in Richtung der fernen Stadtlichter aufmachten, teilten sie sich paarweise auf – zwei Sucher-Droiden pro Stadt. Darth Maul sah ihnen nach, bis sie in der Dunkelheit verschwunden waren. *Bald.*

KAPITEL 11

Die Zwillingssonne war gerade aufgegangen, als Amidala – wieder in Padmés Kleidung – in den Hof kam, um sich den Podrenner anzusehen. Sie glaubte Shmis Sorgen etwas besser zu verstehen, jetzt, wo sie einen Blick auf das Ding geworfen hatte. Der Podrenner ähnelte einem Streitwagen, der von zwei getunten Radon-Ulzer-Podtriebwerken gezogen wurde. Anakins Pod war winzig. Er bot gerade genug Platz für ihn und die Instrumente. Seine Triebwerke waren im Gegensatz dazu riesig – schlanke, goldfarbene Zylinder, die doppelt so lang waren wie die Pilotenkanzel und mindestens so dick, selbst mit geschlossenen Leitblechen.

Erzwo-Dezwo war immer noch damit beschäftigt, den Podrenner zu lackieren. „Ich hoffe, du bist bald fertig", sagte Amidala. Erzwo gab ein Pfeifen von sich, das nur *ja* bedeuten konnte. Als sie sich umdrehte, sah sie Anakins Freund Kitster auf einem Eopie zu ihnen herreiten. Er führte ein zweites Tier hinter sich her. *Zeit zu gehen*, dachte sie. Sie ging zu Anakin, der immer noch tief und fest neben seinem Podrenner schlief. Er sah noch so jung aus … und sie riskierten alles mit ihm. *Wenn Anakin nicht gewinnt, sitzen wir auf Tatooine fest. Was wird dann aus meinem Volk werden?* Sie seufzte und berührte Anakins Wange.

Anakin rührte sich und sah sie blinzelnd an. „Ich habe von dir geträumt", sagte er benommen. „Du hast eine riesige Armee in den Kampf geführt."

„Das hoffe ich nicht. Ich hasse Kämpfe." Amidala lief es wieder kalt den Rücken hinab. Was hatte dieser Junge an sich, das sie so beunruhigte? „Deine Mutter möchte, dass du hineinkommst und dich wäschst. Wir müssen bald aufbrechen."

Anakin nickte und stand auf. Er sah seinen Freund und die Eopies und deutete auf den Podrenner. „Häng ihn ran, Kitster!", rief er. Dann sah er zu Amidala. „Ich komme gleich wieder. Wo ist Qui-Gon?"

„Er und Jar Jar sind bereits aufgebrochen", antwortete Amidala. Anakin nickte und lief ins Haus.

Mir gefällt Qui-Gons Idee nicht, dachte Amidala, als sie ihm nachsah. Aber jetzt war es zu spät für Einwände. Sie hatten sich entschieden.

Wenn man sich die Menge an Wesen im Hangar des Podrennens so ansah, dann musste das Boonta-Eve-Rennen ein wichtiges Ereignis sein. Qui-Gon sah Eingeborene von fast allen Welten des Outer Rim hier, von Malastare bis Tund. Jeder von ihnen hatte einen speziell gefertigten Podrenner und eine Crew aus Mechanikern mitgebracht. Das Preisgeld für das Rennen musste beachtlich sein, sonst würden nicht so viele kommen. Watto schien sich seiner Sache absolut sicher zu sein. Er flatterte neben Qui-Gon her, ohne den anderen Rennfahrern und ihren Mannschaften viel Aufmerksamkeit zu schenken.

„Sobald das Rennen vorüber ist, will ich umgehend Euer Raumschiff sehen", sagte Watto auf dem Weg zu dem Bereich, der Anakin zugewiesen war.

„Geduld, mein blauer Freund", gab Qui-Gon zurück. „Ihr werdet noch vor Sonnenuntergang Euren Gewinn einstreichen. Bis dahin sind wir weit weg." Aber mit oder ohne Anakin Skywalker? Qui-Gon hatte immer noch keine Ahnung, wie er den Jungen und seine Mutter befreien sollte, und dabei hatte er einen beachtlichen Teil der Nacht damit zugebracht, darüber nachzudenken. *Es wird sich eine Möglichkeit bieten.*

„Nicht, wenn Euer Schiff dann mir gehört, möchte ich meinen, oder?", sagte Watto. „Ich warne Euch – keine komischen Tricks!"

„Ihr glaubt nicht, dass Anakin gewinnen kann?"

Watto lachte. „Bitte mich nicht falsch zu verstehen, ich habe großes Vertrauen in den Jungen. Er ist eine Zierde Eurer Rasse. Aber, äh, Sebulba da drüben, der wird gewinnen, glaube ich."

„Und warum seid Ihr da so sicher?"

„Na, der gewinnt immer", sagte Watto. „Ich werde einen hohen Betrag auf Sebulba setzen."

Das ist es. Das ist die Chance, auf die ich gewartet habe. „Die Wette halte ich", sagte Qui-Gon.

Watto hörte abrupt auf zu lachen. „Äh, was? Was meint Ihr damit?"

„Ich setze meinen nagelneuen Pod gegen ... den Jungen und seine Mutter."

„Ein Pod gegen Sklaven?" Watto grübelte nach. „Na ja, vielleicht. Aber nur einen. Die Mutter vielleicht. Der Junge ist nicht zu verkaufen."

„Der Junge ist klein", sagte Qui-Gon lockend. „Er kann nicht viel wert sein. Für den schnellsten jemals gebauten Pod ..."

Watto schüttelte den Kopf.

„Beide oder keine Wette", sagte Qui-Gon. Wenn er beide befreien konnte ...

Watto schüttelte wieder den Kopf. „Kein Podrenner ist zwei Sklaven wert", bemerkte Watto. „Nie im Leben!"

„Dann nur der Junge", sagte Qui-Gon. Shmi wollte die Freiheit für ihren Sohn. Die würde es verstehen. Aber Anakin?

Watto holte einen rotblauen Glückswürfel aus seinem Beutel. „Wir lassen das Schicksal entscheiden, hä? Ich habe zufällig einen Glückswürfel dabei. Blau ist der Junge. Rot seine Mutter." Als Watto den Würfel warf, griff Qui-Gon mit der Macht hinaus und stieß den Würfel an. Er landete mit der blauen Seite nach oben. Watto stierte erst den Würfel und dann Qui-Gon an. „Diesmal habt Ihr vielleicht Glück gehabt, Fremdling, aber das Rennen gewinnt Ihr nicht!", knurrte er wütend. „Darum spielt das überhaupt keine Rolle!" Der Gedanke schien Watto Vergnügen zu bereiten, denn er lachte kehlig.

Als Watto in Richtung der Tribüne flatterte, kam Anakins Podrenner in einer Parade von Einzelteilen an. Zuerst kamen Anakin und Padmé. Sie ritten auf einem Eopie und zogen eines der Triebwerke hinter sich her. Dann kam Anakins Freund Kitster auf einem zweiten Eopie mit dem zweiten Antrieb. Erzwo zog zu guter Letzt den Pod selbst, und Shmi saß darin, als handle es sich um einen Landgleiter.

Watto hielt bei Anakins Eopie an. „Sieh zu, dass dein Freund nicht mehr wettet, sonst gehört er mir bald auch", hörte Qui-Gon ihn auf Huttisch sagen. Er flog kichernd davon.

„Was hat er damit gemeint?", fragte Anakin stirnrunzelnd, als er abstieg.

„Das sage ich dir später", antwortete Qui-Gon. Er wollte den Jungen nicht noch mehr unter Druck setzen. Es hing bereits genügend von ihm ab, und er wusste, wie wichtig das war. Qui-Gon spürte die Anspannung in dem Jungen.

„Ey, das ist ja echt cool, Ani!", sagte Kitster, als er mit dem zweiten Antrieb herankam. „Diesmal schaffst du's."

Padmé sah Anakin an. „Was denn?"

„Ins Ziel zu kommen, natürlich!", sagte Kitster.

„Du hast noch nie ein Rennen gewonnen?", fragte Padmé ungläubig.

„Na ja, also … nicht so richtig", druckste Anakin herum.

„Noch nicht mal beendet?", fragte Padmé.

„Kitster hat recht", behauptete Anakin voller Überzeugung. „Diesmal schaff ich's"

„Aber natürlich wirst du das", sagte Qui-Gon in einem ermunternden Tonfall. „Lass uns den Podrenner zusammenbauen." Er sah aus dem Augenwinkel, wie Padmé ihn anfunkelte. Doch die Lieblingsdienerin der Königin konnte warten. Anakin war derjenige, auf dem jetzt alle Hoffnung lastete.

Als sie die Triebwerke überprüften, spürte Qui-Gon, wie sich Anakins gefährliche Anspannung langsam in normale Aufregung wandelte. Er bezweifelte zwar nicht die Fähigkeiten der Macht, aber die Macht konnte in einem Verstand nicht wirken, der von Angst vernebelt war.

Das Signal für die Podrenner kam. Die Positionen mussten eingenommen werden. Anakin reihte sich in die Piloten ein, während der Rest der Gruppe und die Eopies seinen Podrenner in die Arena hinausschleppten. Die riesige Tribüne barst vor Zuschauern. *Das müssen an die hunderttausend Wesen sein*, dachte Qui-Gon.

Bunte Sonnensegel beschatteten die teureren Sitzplätze, und an mehreren Stellen waren Imbissstände aufgebaut. Die eigentliche Rennstrecke führte hinaus in die Wüste, wo sie sich den Blicken entzog. Die meisten Zuschauer hatten sich kleine, spezielle Bildschirme gekauft, mit denen sie jede Minute des Podrennens verfolgen konnten. Die Aufregung, die in der Luft lag, riss jeden mit.

Ein zweiköpfiger Troig-Ansager begann seinen Kommentar. Qui-Gon sah mehrere der echsenähnlichen Hutts sich in eine große Loge in der Mitte der Tribüne schlängeln. Die Piloten verneigten sich alle vor ihnen, und einer der Troig-Köpfe verkündete: „Seine Hochwürden, unser glorreicher Gastgeber Jabba the Hutt hat die Arena betreten."

Der Hutt in der Mitte der Loge winkte der Menge zu. Als Kitster die Eopies abhängte, begann der zweiköpfige Ansager die Namen und Planeten der Podrenner vorzulesen. Shmi bückte sich und umarmte Anakin fest. „Pass gut auf", sagte sie in einem Tonfall, der halb nach Befehl, halb nach Flehen klang.

„Das werde ich, Mom", versicherte Anakin. „Ich versprech's dir."

Shmi ging unsicher zur Tribüne. Anakin überprüfte bereits die Seile, die die Triebwerke mit dem Podrenner verbanden.

„... Anakin Skywalker tuta Tatooine ...", donnerte die Stimme des Ansagers durch die Arena, und die Menge jubelte begeistert auf. Anakin winkte und wandte sich wieder seiner Arbeit zu. *Ein gutes Zeichen*, dachte Qui-Gon. *Er lässt sich nicht leicht ablenken.*

Es war fast an der Zeit zu gehen. Qui-Gon gab Padmé und Jar Jar ein Zeichen, sich zu Shmi auf die Tribüne zu setzen. Jar Jar nickte und drehte sich zu Anakin um. „Dies ziemlich verrückt sein, Ani", sagte er. „Mögen die Götter nett sein, meinse Kumpel."

Anakin grinste ihn an. Padmé ging als Nächste zu ihm. Qui-Gon spannte sich etwas an. Doch sie gab ihm nur einen Kuss auf die Wange und sagte: „Du bist unsere ganze Hoffnung."

„Ich werde euch nicht enttäuschen", versprach Anakin entschlossen.

Als Padmé sich zu Shmi aufmachte war der Kommentator mit seiner Vorstellung durch. Die Menge jubelte. Qui-Gon half Anakin in den Podrenner und versicherte sich, dass er korrekt angegurtet war. „Bist du so weit, Ani?"

Anakin nickte. „ja."

Qui-Gon zögerte. „Vergiss nie, konzentrier dich auf den Moment. Fühlen, nicht denken. Nutze deinen Instinkt." Deutlicher konnte er Anakin im Augenblick nicht sagen, wie er die Macht nutzen konnte, die so stark in ihm war. Ohne Ausbildung würde jede genauere Anweisung den Jungen nur verwirren. „Möge die Macht mit dir sein", fügte Qui-Gon lächelnd hinzu.

Als er sich zur Tribüne aufmachte, um sich zu den anderen zu setzen, hörte Qui-Gon das Aufjaulen Dutzender Podrenner-Triebwerke.

Jetzt liegt alles bei Anakin.

KAPITEL 12

Anakin spürte die vertraute Aufregung, als seine Triebwerke aufbrüllten. Aufregung und Angst. Aber die Angst beim Podrennen war die einzige Angst, die sich gut anfühlte. Er konnte Watto vergessen und den Umstand, dass er ein Sklave war. Wenn er Rennen fuhr, dann hatte er sein Schicksal selbst in der Hand. Wenn er einen Unfall baute oder wenn er gewann, passierte das aufgrund seiner eigenen Entscheidungen, nicht aufgrund derer seines Eigentümers. Er hatte einmal versucht, das seiner Mutter zu erklären, aber sie war so besorgt wegen der Rennen, dass sie nicht einmal richtig zugehört hatte.

Das Startlicht leuchtete grün, und Anakin vergaß alles – bis auf das Rennen. Er riss die Kontrollhebel nach vorn in der Hoffnung, von Anfang an eine gute Position zu bekommen. Der Podrenner machte einen Satz vorwärts – und die Triebwerke husteten und starben ab.

Nein! Das kann doch nicht sein! Anakin arbeitete wie wild an der Steuerung, als ein Podrenner nach dem anderen um ihn herumflog und in der Wüste verschwand. Schließlich fand er das Problem: Der Treibstoffregulator war manuell auf komplett offen eingestellt worden. Deshalb war der Antrieb abgesoffen. *Wie ist das passiert? Erzwo hat ihn überprüft. Kitster hat ihn überprüft. Ich habe ihn überprüft …* Es kostete weitere wertvolle Sekunden, bis der überflüssige Treibstoff verdunstet war und die Triebwerke wieder ansprangen. Endlich zündeten sie.

Anakin wartete nicht ab, bis er sicher sein konnte, dass die

Maschinen korrekt liefen. Er trieb den Podrenner direkt der Horde nach. Als er um die erste Kurve bog, sah er einen rauchenden Feuerball am Sockel einer Felsformation. *Jemand ist zu weit hinausgeraten und dagegengeknallt. Das muss ich mir für die nächste Runde merken.*

Er schoss mit Leichtigkeit durch die Reihe von Steinbögen. Ohne andere Podrenner, die einen behinderten, waren sie einfach zu meistern. Die am weitesten zurückliegenden Podrenner tauchten jetzt vor ihm auf. *Ich hole sie ein!* Wieder bearbeitete er die Steuerung. Zuerst führte er dem einen Antrieb mehr Treibstoff zu, dann dem anderen. Sein Podrenner flog in Bögen an den Nachzüglern vorbei, einem nach dem anderen. *Wenn ich die hinter mir lassen kann, dann hole ich wirklich auf …*

Ein Podrenner vor ihm glitt zur Seite und blockierte ihn. Anakin schwenkte auf die andere Seite, doch das schien der andere Fahrer erwartet zu haben und schnitt ihm wieder den Weg ab. Und wieder. Anakin runzelte konzentriert die Stirn. *Da vorn kommt ein Steilabhang, an dem ich vor zwei Rennen ausgestiegen bin.* Er ließ sich zurückfallen und brachte noch etwas Abstand zwischen seinen Podrenner und den, der ihn sperrte. Und dann – gerade, als der andere Fahrer über die Steilkante hinausschoss – gab Anakin beiden Triebwerken Vollgas.

Der Podrenner raste nach vorn. Er segelte über den Rand der Steilkante hinaus und über den sperrenden Podrenner hinweg. Anakin verfehlte die Triebwerke seines Kontrahenten nur um Haaresbreite. Der Pod sank mit einem Stoß nach unten, bei dem Anakins Zähne klapperten. Aber ein schneller Blick auf die Warnleuchten zeigte, dass alles noch im grünen Bereich war. *Es hat funktioniert! Pech, dass es so weit draußen passiert ist. Ich hoffe, dass Padmé auf einem Bildschirm zugesehen hat.*

In der Dünenschlucht-Kehre sah er noch ein Wrack vor sich. Sein Instinkt ließ ihn auf eine Seite ausscheren, obwohl er nicht einmal in die Nähe des brennenden Podrenners kommen würde.

Doch einen Augenblick später prallte ein Schuss vom Heck seines Pods ab.

Tusken-Räuber! Gut, dass ich rechtzeitig ausgewichen bin. Er beschleunigte unregelmäßig in dem Versuch, den Podrenner zu einem schwer anzupeilenden Ziel zu machen. Er musste erfolgreich gewesen sein; so lange er sich noch in Reichweite der Sandleute befand, wurde er nicht mehr getroffen.

Die nächsten paar Rennfahrer waren weit über den Rennkurs verteilt. An ihnen vorbeizukommen war einfach – er musste nur in den Kurven beschleunigen. Er hatte schon bald alle Nachzügler überholt. Die Tribüne zuckte vorbei, als er die Hauptgruppe der Rennfahrer erreicht hatte. *Noch zwei Runden. Das schaffe ich!*

Es kostete ihn den größten Teil der zweiten Runde, sich durch die Horde hindurchzuarbeiten. Und dann endlich kam er in Sichtweite der führenden Podrenner.

Vor ihm waren jetzt nur noch fünf Podrenner. Anakin gab Gas und flog in die nächste Kurve, geradewegs in eine enorme Staubwolke. *Noch jemand rausgeflogen.* Er flog einen weiten Bogen, in der Hoffnung, den Trümmern des zerschlagenen Podrenners ausweichen zu können. Eines davon traf dennoch seine Maschine und brachte sie zum Torkeln. Anakin konnte gerade noch rechtzeitig ausgleichen.

Als er aus der Staubwolke kam, sah Anakin, dass er drei weitere Podrenner überholt hatte. Vor ihm lag jetzt nur noch eine Maschine: die von Sebulba. Diese seltsam geformten Triebwerke waren unverkennbar. *Jetzt zeige ich dir, wozu ein Sklave imstande ist!*, dachte Anakin. Er beugte sich nach vorn und holte alles aus seinem Antrieb heraus. Als die Tribüne das zweite Mal vorbeizischte, war er mit Sebulba auf gleicher Höhe. *Noch eine Runde. Nur noch eine.*

Sie schossen Triebwerk an Triebwerk über die felsige Rennstrecke hinweg. Da öffnete sich seitlich ein Leitblech von einem

Triebwerk Sebulbas und ließ einen heißen Abgasstrom direkt auf Anakins Triebwerk ab. *Deswegen sind also die anderen Podrenner abgestürzt! Sebulba hat Löcher in ihre Antriebe geschmolzen!* Anakin zog sich gerade noch rechtzeitig zurück. Kochend vor Wut über Sebulbas Manöver, schoss er an die Innenseite der nächsten engen Kurve und übernahm die Führung.

Doch diese Position zu halten war schwieriger, als sie einzunehmen. Sebulba blieb Anakin dicht am Heck kleben und bedrängte ihn in jeder Kurve. Anakin krallte sich verbissen an seine hart verdiente Führungsposition. *Das ist die letzte Runde. Wenn ich nur noch ein paar Kurven lang durchhalte …*

Doch dann fühlte sich irgendetwas nicht in Ordnung an. Es war das linke Triebwerk. Der Hauptträgheitskompensator löste sich. Anakin schaltete schnell auf das Ersatzsystem um, aber – nicht schnell genug. Sebulba überholte ihn in dem Augenblick, in dem er umschaltete.

Ich werde jetzt nicht verlieren! Aber welches Manöver Anakin auch flog, Sebulba sperrte ihn. Und jetzt kamen keine praktischen Steilhänge mehr. Er würde den Trick, den er zu Beginn des Rennens bei einem anderen Fahrer angewandt hatte, nicht wiederholen können. *Also etwas anderes …*

Als sie die letzte Kehre durchflogen, gab Anakin vor, auf die Innenseite zu wechseln. Es war dasselbe Manöver, mit dem er Sebulba zuvor überholt hatte. Doch als Sebulba einen Satz machte, um ihn zu sperren, flog Anakin einen weiten Bogen und versuchte auf der Außenseite vorbeizukommen.

Er schaffte es nicht ganz um Sebulbas Podrenner herum. Sie flogen Seite an Seite auf die Ziellinie zu. Sebulba schwenkte zur Seite und rammte mit voller Absicht Anakins Podrenner. Dann tat er dasselbe noch einmal und seine Leitstangen verhakten sich in denen von Anakin. Anakin kämpfte um die Kontrolle. Er sah, wie Sebulba lachte, als die Ziellinie näher und näher kam. Er versuchte die Steuerungsstangen zu entwirren, indem er sich von Sebulbas Podrenner zurückzog, doch die waren zu fest ineinander verkeilt. Und dann gab Anakins Steuerstange der Belastung nach und brach.

Der Podrenner begann sich um die Längsachse zu drehen. Anakin hielt die Treibstoffkontrollen entschlossen fest. Keine Steuerung, keine Stabilität – aber er konnte immer noch die Geschwindigkeit kontrollieren. Er hielt den Podrenner mithilfe von Instinkt und Gefühl auf Kurs und schoss durch eine Wolke aus Rauch und Flammen direkt auf die Ziellinie zu. *Rauch und Flammen? Ist Sebulba abgestürzt?* Anakin überquerte die Ziellinie und brachte den Podrenner zum Stehen.

Als die Triebwerke verstummten, hörte er Jubel. Kitster kam aus der Box zu ihm gelaufen. Als er einen Blick nach hinten warf, sah er Sebulba, der wütend neben seinem zu Schrott gefahrenen Podrenner auf und ab hüpfte. Auf der falschen Seite der Ziellinie. *Sebulba ist abgestürzt! Ich habe gewonnen! ICH HABE GEWONNEN!*

Anakin gurtete sich ab und stieg aus dem Cockpit. *Ich wusste nicht, dass sich der Sieg so gut anfühlt*, dachte Anakin wie benebelt. *Das gefällt mir!* Er hatte gerade genügend Zeit, um Kitster zu umarmen, bevor die jubelnde, singende Menge ihn verschluckte und auf den Schultern davontrug.

KAPITEL 13

Watto war ziemlich unglücklich über die verlorene Wette. Qui-Gon musste damit drohen, die Angelegenheit vor einen der Hutts zu bringen, bevor das blaue Wesen einwilligte, die Teile zu liefern und Anakin freizulassen. Während Qui-Gon darauf wartete, dass der Schrotthändler den Hyperantriebsgenerator lieferte, organisierte er die beiden Eopies, damit sie alles zum Schiff transportieren konnten. Obwohl das Rennen vorüber war, hatte er immer noch ein ungutes Gefühl. Er wollte die Königin sobald wie möglich von diesem Planeten bringen und sicher auf dem Weg nach Coruscant wissen. *Je früher wir die Ersatzteile zum Schiff bringen, desto schneller kann Obi-Wan mit den Reparaturen beginnen.*

Obi-Wan wartete beim Schiff und half abzuladen. Die Arbeit ging schnell voran. Padmé verschwand in der Kabine der Königin. Wahrscheinlich, um von ihren Erfahrungen zu berichten. Sie nahm Jar Jar mit.

„Ich reite zurück", sagte Qui-Gon zu Obi-Wan, als alles abgeladen war. „Ich habe noch etwas zu erledigen. Es wird nicht lange dauern."

„Warum habe ich das Gefühl, dass wir noch eine primitive Lebensform aufgelesen haben?", fragte Obi-Wan missmutig, als Qui-Gon wieder auf eines der Eopies aufgestiegen war.

Man kann sich immer darauf verlassen, dass Obi-Wan sofort auf etwas eingeht. „Dass wir die benötigten Ersatzteile bekommen haben, verdanken wir nur dem Jungen", rechtfertigte sich

Qui-Gon in einem Tonfall, von dem er hoffte, dass er fest und entschlossen klang.

Obi-Wan rollte die Augen. „Baut einfach den Hyperantriebsgenerator ein, damit wir schnell hier wegkommen."

„Ja, Meister", sagte Obi-Wan. „Ich denke, das geht schnell."

Qui-Gon, der immer noch leicht unruhig war, ritt nach Mos Espa. Er führte das zweite Eopie hinter sich her. Er ging zu einem der Schrotthändler und verkaufte ihm den Podrenner für eine beachtliche Summe. Dann gab er die geliehenen Eopies zurück und machte sich auf zu Anakin.

Er fand ihn, als er sich gerade mit einem grünhäutigen, fischartigen, rodianischen Jungen im Sand wälzte. Mehrere andere Kinder aller möglichen Rassen sahen mit weiten Augen zu. „Worum geht es hier?", fragte Qui-Gon.

Der Kampf hörte sofort auf. Die beiden Jungen erhoben sich mit misstrauischen Blicken. „Er sagt, ich hätte betrogen", sagte Anakin.

„Nun, Ani, du kennst die Wahrheit", sagte Qui-Gon. „Du wirst seine Meinung wohl tolerieren müssen. Kämpfen wird sie kaum ändern."

Anakin sah den Rodianer finster an, nickte aber. Dann wandte er sich ab und ging davon.

Auf dem Weg zu den Sklavenunterkünften holte Qui-Gon das Geld aus der Tasche, das er für den Podrenner bekommen hatte. „Hier, die gehören dir", sagte er und gab Anakin die Münzen. Der Junge starrte sie nur an. Er verstand offenbar nicht. „Wir haben den Pod verkauft", erklärte Qui-Gon ihm.

Anakins Miene erhellte sich, und er rannte nach Hause. Der Kampf war vergessen. *Aber wie wird er sich fühlen, wenn er erfährt, dass er frei ist – und seine Mutter nicht?* Qui-Gon folgte ihm langsam.

Nach der Aufregung des letzten Tages gab Putzen Shmi ein Gefühl der Vertrautheit. Der Jedi und seine Freunde waren bald wieder verschwunden, und das Rennen … – sie versuchte, nicht an das Rennen zu denken. Es war wunderbar gewesen, Anakin gewinnen zu sehen, aber jetzt würde Watto wollen, dass er öfters Rennen flog. Und sie konnte einfach die Flammen nicht vergessen, die aus den Wracks geschlagen waren. *Es hätte Ani sein können …*

Die Tür flog auf, und Anakin kam hereingerannt. „Mom! Wir haben den Podrenner verkauft!" Er holte eine Handvoll Münzen aus der Tasche und drückte sie Shmi in die Hand. „Guck mal, das viele Geld!"

„Du meine Güte!", sagte Shmi mit einem ungläubigen Blick auf das Geld. „Das ist ja fantastisch, Ani." Als sie Anakin umarmte, sah sie den Jedi in der Tür hinter ihm stehen. Sie richtete sich auf und wollte sich bei ihm bedanken, als er ruhig sagte: „Und ihm wurde die Freiheit geschenkt."

Shmi starrte ihn nur an. Ihre Gedanken rasten. Sie hörte auf einmal, was Qui-Gon *nicht* gesagt hatte. Ani war frei, aber sie nicht. Während Anakin aufgeregt umherhüpfte und den Jedi mit Fragen bombardierte, rang sie mit ihren Gefühlen. Schließlich hatte sie Qui-Gon genau darum gebeten: Anakin zu helfen. Jetzt bekam ihr Sohn die Chance, die sie ihm immer gewünscht hatte. Sie musste ihr Bestes geben, dass er sie auch ergriff.

„Jetzt kannst du dir deine Träume erfüllen, Ani", sagte sie. „Du bist frei." Dann sah sie Qui-Gon an und fragte: „Werdet Ihr ihn mit Euch nehmen?" Sie hielt die Luft an, als ihr eine neue, unglaubliche Möglichkeit dämmerte. „Wird er ein Jedi werden?"

„Ja", sagte Qui-Gon. „Unsere Begegnung war kein Zufall. Nichts geschieht zufällig." Er sah Anakin an. „Die Macht ist stark in dir, aber der Rat wird dich vielleicht nicht akzeptieren."

„Ein Jedi!" Anakins Augen weiteten sich. „Mächtige Blaster, Ihr meint, *ich* darf mit *Euch* in Eurem Raumschiff mitkommen?"

Qui-Gon kniete sich hin, sodass er dem Jungen direkt in die

Augen sehen konnte. „Anakin", sagte er, „die Ausbildung zu einem Jedi ist eine große Herausforderung, und selbst wenn du Erfolg hast, ist es ein hartes Leben."

„Aber ich will das so gerne", sagte Anakin. „Davon habe ich doch schon immer geträumt. Darf ich, Mom?"

Shmi sah Qui-Gon an. Sie war fast außerstande, etwas zu sagen. Als er ihr aufmunternd zunickte, sagte sie: „Anakin, dieser Pfad wurde *dir* eröffnet. Das kannst nur du allein entscheiden."

Anakin wollte schon antworten, zögerte dann aber und dachte nach. Er sah Shmi an und dann Qui-Gon. Shmi hielt den Atem an. „Ja, ich will es tun", sagte er schließlich.

„Dann pack deine Sachen", sagte Qui-Gon. „Wir haben nicht viel Zeit."

„Yippieh!", rief Anakin und lief zu seinem Zimmer. Doch dann blieb er abrupt stehen und sah mit besorgter Miene zurück. „Aber was ist mit Mom?", fragte er. „Ist sie jetzt auch frei?"

Qui-Gon sah zu Shmi und wandte sich dann wieder an Anakin. „Ich habe versucht, deine Mutter zu befreien, aber Watto hat sich nicht darauf eingelassen."

„Aber das Geld vom Verkauf des ..."

„Es reicht nicht einmal ansatzweise", sagte Qui-Gon sanft.

Anakin fühlte sich, als hätte er einen Tritt bekommen. Er ging langsam zu seiner Mutter zurück. „Du kommst doch mit uns, oder, Mom?"

Shmi kniete sich nieder und zog ihren Sohn an sich. „Ani, mein Platz ist hier", sagte sie. „Meine Zukunft ist hier. Es ist an der Zeit für dich, loszulassen. Ich kann nicht mit dir kommen."

„Ich will aber bei dir bleiben", sagte Anakin leise. „Ich will nicht, dass sich alles verändert."

„Aber du kannst Veränderungen nicht aufhalten", sagte Shmi mit einem Seufzen. „Genauso wenig wie du die Sonnen daran hindern kannst, unterzugehen. Hör auf deine Gefühle, Anakin. Du weißt, was richtig ist."

Anakin senkte den Kopf, und Shmi spürte, wie er zitterte. Dann sah er mit Tränen in den Augen auf. „Du wirst mir so sehr fehlen, Mom."

Und du mir an jedem Tag und zu jeder Stunde. „Oh, ich hab dich so lieb", sagte sie und hielt ihn für einige Augenblicke fest. „Und nun beeil dich."

Sie sah zu, wie er in sein Zimmer lief und prägte sich den Anblick für die kommenden leeren Tage ein. Dann drehte sie sich zu Qui-Gon um. „Danke."

„Ich werde mich um ihn kümmern", versprach der Jedi. „Ihr habt mein Wort." Er sah sie besorgt an. „Schafft Ihr das?"

Shmi deutete ein Nicken an und warf einen Blick zurück zu Anis Zimmer. „Er war eine solch lange Zeit ein Teil meines Lebens", flüsterte sie, halb zu sich selbst.

Der erste Sucher-Droide kehrte Stunden früher zurück, als Darth Maul erwartet hatte. Das war ein ausgezeichnetes Zeichen. Er überprüfte die Instrumente der Maschine sorgsam und grinste böse. *Es ist wirklich der Jedi. Auf der anderen Seite Mos Espas.* Er gab dem Droiden ein Zeichen, mit Höchstgeschwindigkeit loszufliegen, stieg auf sein Speeder-Bike und folgte ihm durch die Wüste.

KAPITEL 14

Anakin brauchte nicht lange, um zu packen. Das Einzige, das er wirklich gerne mitgenommen hätte, war C-3PO, aber der Droide war bei Weitem zu groß. Er aktivierte Dreipeo, um sich von ihm verabschieden zu können, und ging dann eilig nach draußen zu Qui-Gon.

Kitster wartete draußen mit Shmi, um sich zu verabschieden. „Danke für jeden Augenblick, den du da warst", sagte der Junge zu Anakin. „Du bist mein bester Freund."

„Ich werde dich nicht vergessen", antwortete Anakin mit einem Gefühl der Leere. *Ich muss gehen. ich will gehen. Aber … aber …* Er nahm Kitster kurz in den Arm und lief zu Qui-Gon. Er versuchte dem Schmerz davonzulaufen und zu vergessen, was er hier zurückließ. Nicht nur Dreipeo und Kitster, sondern auch all seine anderen Freunde. *Sie sind nicht da, und ich kann mich nicht einmal von ihnen verabschieden.* Und seine Mutter … Er wurde langsamer. Blieb stehen. Sah zurück.

Seine Mutter stand vor dem Eingang zur Hütte und sah ihm mit einem traurigen Lächeln nach, das mehr war, als er ertragen konnte. Er rannte mit Tränen in den Augen zu ihr. „Ich kann es nicht tun, Mom!", rief er. „Ich kann es einfach nicht tun."

Sie kniete sich nieder und nahm ihn in den Arm. Er drückte sie fest an sich, und für einen kurzen Moment schien alles wieder sicher, richtig und normal zu sein. Dann ließ sie von ihm ab und strich ihm durch die Haare. „Ani, dies ist ein Augenblick, in dem du tun musst, was zu tun du nicht imstande zu sein glaubst.

Aber ich weiß, wie stark du bist, Ani. Ich weiß, dass du dies schaffst."

Anakin nickte, aber er glaubte ihr eigentlich nicht. „Werde ich dich denn je wiedersehen?", schluchzte er.

„Hör einfach, was dein Herz dir sagt."

„Ich hoffe es", sagte Anakin. Normalerweise war er sich seiner Sache sicher, so wie bei Padmé, als er ihr gesagt hatte, dass er sie heiraten würde, aber das hier … Er wollte so gerne mit dem Jedi mitgehen, dass er seiner Mutter nicht einmal richtig antworten konnte. „Ja … ich denke."

Seine Mutter drückte sanft seine Arme. „Also dann werden wir uns auch wiedersehen."

Anakin schluckte fest. „Ich … ich werde ein Jedi werden. Und ich werde wiederkommen und dich befreien, Mom. Das verspreche ich."

„Wo auch immer du bist. Meine Liebe wird mit dir sein", sagte seine Mutter. „Und nun sei tapfer und blick nicht zurück." Sie rüttelte ihn ein wenig und wiederholte: *„Nicht zurückblicken."*

Er drückte sie noch ein letztes Mal an sich, drehte sich um und ging mürrisch zu Qui-Gon. *Ich werde nicht zurückblicken, Mom. Sieh mir zu. Ich blicke nicht zurück. Ich mache dich stolz. Ich werde nicht zurückblicken.*

Qui-Gon sagte nichts, bis die Sklavenbehausungen hinter einem Gebäude außer Sicht waren. Dann gab er Anakin ein Zeichen, nach links abzubiegen. „Wir müssen noch bei Wattos Laden anhalten."

Anakin sah überrascht auf. „Warum?"

„Um deinen Sklaven-Transmitter ausschalten zu lassen."

Der Vorgang dauerte nicht lange, und doch fühlte sich Anakin danach seltsam, als wäre er ein vollkommen anderer Mensch. *Ich hätte niemals gedacht, dass es ein solch seltsames Gefühl ist, kein Sklave zu sein*, dachte er, als er neben Qui-Gon herging.

Plötzlich wirbelte der Jedi herum. Sein Lichtschwert begann wie aus dem Nichts zu summen. Anakin hörte ein lautes Knallen und sah einen kugelförmigen, schwarzen Droiden zerteilt, in zischenden Trümmern in den Sand fallen. „Was ist das?", fragte er.

„Ein Sucher-Droide", antwortete Qui-Gon in grimmigem Tonfall. Er beugte sich hinunter und sah sich den Droiden genauer an. „Sehr ungewöhnlich. Er gleicht nichts, was ich bisher gesehen habe." Er erhob sich, suchte die Straße ab und sah dann wieder zu Anakin hinab. „Komm." Er begann zu laufen.

Qui-Gons lange Beine machten es Anakin schwer, Schritt zu halten, aber der Junge gab sein Bestes. Er lag nur ein kleines Stück zurück, als das Raumschiff endlich in Sicht kam. Es sah friedlich und normal aus, doch Qui-Gon wurde nicht langsamer. „Qui-Gon, Sir, wartet!", rief Anakin. „Ich bin müde!"

Qui-Gon drehte sich um und riss die Augen auf. „Anakin, sofort runter!", rief er.

Anakin warf sich, ohne zu zögern, mit dem Gesicht voraus in den Sand. Er hörte ein Aufheulen und spürte einen Luftzug in seinem Rücken. Als er einen Augenblick später den Kopf hob, sah er gerade noch einen Mann in einem schwarzen Kapuzenmantel von einem Speeder-Bike Richtung Qui-Gon springen. Er schwang ein rotes Lichtschwert

Ein anderer Jedi? Aber ein Jedi würde Qui-Gon nicht angreifen! Anakin rappelte sich auf und sah verwirrt zu, wie die beiden Männer mit ihren Lichtschwertern aufeinander einschlugen.

„Ani!", rief Qui-Gon. „Lauf zum Schiff! Sag ihnen, sie sollen starten! Los!"

Anakin rannte zum Schiff. Er hoffte, dass er es rechtzeitig erreichen würde.

„Alles funktioniert wieder", sagte Ric Olié, als er die letzten Testkabel abzog. „Wir können aufbrechen, sobald Qui-Gon zurück ist."

„Gut." Obi-Wan fragte sich, wieso er sich nicht erleichtert fühlte. *Irgendetwas stimmt hier ganz und gar nicht.*

Da stürmte Captain Panaka durch die Cockpittür, gefolgt von Padmé und einem unbekannten Jungen mit braunem Haar. „Qui-Gon ist in Gefahr", rief der Captain.

„Sofort starten", ordnete Obi-Wan an.

Olié saß schon im Pilotensitz, bevor Panaka ausgesprochen hatte. Das Schiff war ein paar Sekunden später in der Luft, die Einstiegsrampe noch offen. „Ich sehe nichts", sagte er, als er über der Wüste kreiste.

Obi-Wan spähte angespannt durch die Cockpitscheibe und entdeckte eine kleine Staubwolke nicht weit entfernt. Inmitten dieser Wolke spürte er eine starke Erschütterung der Macht – und Qui-Gon. „Dort drüben! Tief anfliegen!"

Der Pilot tat, wie ihm geheißen. Das Schiff flog über den Wüstensand hinweg, kaum einen Meter über den Dünen. Als sie näher kamen, sah Obi-Wan das Aufblitzen zweier Lichtschwerter in der Staubwolke. *Zwei Lichtschwerter? Kein Wunder, dass Panaka sagte, Qui-Gon wäre in Gefahr!* Er schluckte heftig und hoffte, dass Qui-Gon die offene Rampe sehen würde, wenn das Schiff vorüberflog. Er wagte nicht, seinen Meister mithilfe der Macht über ihr Kommen zu informieren. In einem solch wilden Kampf konnte selbst die kleinste Ablenkung tödliche Auswirkungen haben. *Er wird es sehen. Er muss es einfach sehen.*

Als das Schiff über den Kämpfenden flog, spürte Obi-Wan ein Aufbäumen in der Macht. Er ließ den Atem ausströmen, den er vor lauter Spannung angehalten hatte, wie ihm soeben klar wurde. *Er hat es geschafft!* „Qui-Gon ist an Bord", sagte er zu Olié. Der schloss die Rampe. „Bringt uns hier weg!"

Obi-Wan wartete nicht darauf, dass der Pilot seiner Anweisung folgte, sondern rannte unverzüglich den Hauptkorridor nach hinten. Der kleine Junge folgte ihm. Sie fanden den eingestaubten Qui-Gon hinter dem Eingangsschott. Er war in Schweiß gebadet und atmete schwer. *Ich habe ihn noch nie so erschöpft nach einem Kampf gesehen! Wenn wir es nicht zu ihm geschafft hätten …*

„Alles in Ordnung?", fragte der Junge und brachte damit einen Teil von Obi-Wans Sorgen zum Ausdruck.

„Ich denke schon", nickte Qui-Gon keuchend. Er setzte sich auf und kam langsam wieder zu Atem. „Das war eine Überraschung, die ich nicht so leicht vergessen werde."

„Was war das?", fragte Obi-Wan.

„Ich bin mir nicht sicher", antwortete Qui-Gon. „Aber es verstand eine Menge von den Künsten der Jedi."

Obi-Wan blinzelte. *Ein abtrünniger Jedi? Unmöglich!* Qui-Gon warf ihm einen Blick zu, der verhieß: „Wir besprechen das später." Also unterdrückte er seine Fragen.

„Ich vermute, er war hinter der Königin her", fuhr Qui-Gon fort.

„Glaubt Ihr, dass er uns folgen wird?", fragte der Junge. Er klang eher neugierig als besorgt, jetzt da er wusste, dass Qui-Gon unverletzt war.

„Wenn wir erst im Hyperraum sind, sind wir einigermaßen sicher", sagte Qui-Gon zu ihm. „Aber ich zweifle nicht daran, dass er unser Ziel kennt."

„Was werden wir jetzt unternehmen?", fragte der Junge.

Obi-Wan konnte nicht anders, als den Jungen kritisch zu beäugen. Er sollte Qui-Gon nicht so mit Fragen löchern, vor allem jetzt nicht. „Wir werden uns in Geduld üben", sagte Qui-Gon. Und dann, als wüsste er, was Obi-Wan dachte, fügte er hinzu: „Anakin Skywalker, darf ich dir Obi-Wan Kenobi vorstellen?"

„Hi", sagte Anakin. Als er Obi-Wan die Hand schüttelte, sah er diesen das erste Mal direkt an. Seine Augen weiteten sich. „Seid Ihr auch ein Jedi? Freut mich, Euch kennenzulernen."

Man konnte sich der Begeisterung des Jungen kaum entziehen. *Aber was denkt sich Qui-Gon, dass er ein Kind in eine solche Mission hineinzieht? Und was hat er mit dem Jungen vor, wenn wir erst auf Coruscant sind?* Obi-Wan betrachtete Anakin voller Zweifel. *Ich weiß nicht so recht. Ich weiß einfach nicht.*

KAPITEL 15

In diesem Raumschiff ist es eiskalt, dachte Anakin. Und die Schlafräume waren am kältesten. Außer ihm schien das niemandem etwas auszumachen. Sie schnarchten sich alle die Seele aus dem Leib. Aber nachdem Anakin eine Stunde lang unter der dünnen Decke gefröstelt hatte, ohne einschlafen zu können, gab er auf. Der zentrale Bereich des Schiffes war etwas wärmer. Es würde sicher niemandem etwas ausmachen, wenn er sich da in einer Ecke zusammenrollte.

Als er in den Hauptraum kam, stellte er erleichtert fest, dass er nicht der Einzige war, der hier schlafen wollte. Jar Jar saß lang gestreckt auf einem Stuhl, den Kopf in den Nacken gelegt, und murmelte leise im Schlaf. Erzwo-Dezwo stand im Ruhezustand an der Wand. Anakin suchte sich eine Ecke und setzte sich.

Es war immer noch zu kalt. Wie eng er sich auch zusammenrollte, ihm wurde einfach nicht warm. *Hier ist alles so anders*, dachte er niedergeschlagen. Qui-Gon und Padmé waren zu beschäftigt, um sich mit ihm zu unterhalten, und alle anderen an Bord interessierten sich nicht richtig für ihn. *Ich hätte nicht mitkommen sollen. Ich hätte bei Mom bleiben sollen. Ich will nach Hause!*

Ein leises Geräusch im Durchgang erregte seine Aufmerksamkeit. Einen Augenblick später betrat Padmé den Raum. Sie sah müde aus, und die Traurigkeit in ihrem Gesicht sorgte dafür, dass sich Anakin noch miserabler fühlte als ohnehin schon. Er zog sich in die Ecke zurück in der Hoffnung, dass sie ihn nicht sehen würde.

Zuerst war es auch so. Sie ging zu einem der Monitore und schaltete eine knisternde holografische Nachricht an. Der Ton war zu leise, als dass Anakin etwas hätte verstehen können, aber wie die Nachricht auch immer lautete, Padmé sah jetzt noch trauriger drein als zuvor. Er biss die Zähne zusammen, damit sie nicht klapperten.

Da sah Padmé plötzlich zu ihm hinüber. Sie kam zu ihm und sah ihn besorgt an. „Alles in Ordnung?"

„Es ist sehr kalt", sagte Anakin. Er versuchte, sein Zittern zu unterdrücken.

Padmé nahm ihre rote, seidene Oberjacke ab. „Du kommst von einem warmen Planeten, Ani", sagte sie und packte ihn ein. „Ein bisschen zu warm für meinen Geschmack. Im Weltall ist es kalt."

Ihre Fürsorge gab ihm Mut. „Du siehst traurig aus", sagte er.

„Die Königin ist in Sorge", antwortete Padmé leise. „Ihr Volk stirbt und leidet. Sie muss den Senat dazu bewegen, einzugreifen ..." Sie schüttelte den Kopf. „... sonst weiß ich nicht, was geschehen wird."

Wie kann ich ihr dabei helfen? fragte sich Anakin. *Ich kenne mich mit Königinnen nicht aus. Ich schätze, das werde ich wohl lernen müssen.* Er fühlte sich plötzlich sehr allein. Padmé war die Dienerin der Königin und damit Teil einer ganzen Welt, über die er nichts wusste. Wenn sie Coruscant erreichten, würde sie mit der Königin gehen, und er würde ... wo auch immer hingehen, wo Leute zu Jedi ausgebildet wurden. Aber Qui-Gon hatte gesagt, der Rat würde ihn vielleicht nicht akzeptieren. Wenn dem so war, dann ...

„Ich ... ich bin mir nicht sicher, was mit mir geschehen wird", sagte Anakin leise. „Ich weiß nicht, ob ich dich jemals wiedersehen werde." Er wand sich, um eine Hand in seine Tasche zu bekommen, und zog einen Anhänger heraus, an dem er gearbeitet hatte. „Das habe ich für dich gemacht", sagte er. Er wagte es nicht, Padmé direkt anzusehen. „Ein Geschenk, damit du mich nicht vergisst. Ich habe es aus einem Stück Japor geschnitzt. Es wird dir immer Glück bringen."

Padmé nahm den Anhänger und betrachtete ihn. „Es ist wunderschön", sagte sie einen Augenblick später. „Aber ich brauche es nicht, um mich an dich zu erinnern." Anakin sah auf. Sie lächelte ihn an. „Wenn wir die Hauptstadt erreicht haben, wird sich vieles ändern, Ani", sagte sie nüchtern. „Aber meine Zuneigung zu dir wird bleiben."

„Ich habe dich auch sehr gern", antwortete Anakin. „Nur ich …" Er unterbrach sich und blinzelte seine Tränen weg.

„Du vermisst deine Mutter." Padmés Stimme war leise und sanft und voller Verständnis. Sie beugte sich nach vorn und umarmte Anakin. Er drückte sich dankbar an ihre Schulter. Es war nicht dasselbe, wie wenn ihn seine Mutter umarmte, aber es bot eine Menge Trost. Und es war alles, was er jetzt gerade hatte.

Coruscant sah aus wie ein gigantisches Nadelkissen. Seine gewaltigen Gebäude ragten wie riesige Nadeln in alle Richtungen. Der Planet war im Lauf der Jahrhunderte eine einzige, riesige Stadt mit vielen Ebenen geworden. Die Lufttaxis, die Passagiere von Wolkenkratzer zu Wolkenkratzer beförderten, ermöglichten es einigen Leuten, ihr ganzes Leben zu verbringen, ohne jemals einen Fuß auf den eigentlichen Boden zu setzen. Die Taxis waren riesig, so wie die Gebäude auch. Manche von ihnen waren so groß wie ein Raumkreuzer und konnten Hunderte von Passagieren aufnehmen.

Wenn man Obi-Wan fragte, dann gab er der offenen Weite eines Planeten wie Tatooine immer den Vorzug, aber Coruscant war der Hauptplanet der Galaktischen Republik und Heimat des Jedi-Tempels. *Und wir haben Glück, dass wir es hierher zurückgeschafft haben*, dachte er, als Ric Olié das Raumschiff landete.

Der Oberste Kanzler Valorum, seines Zeichens das augenblickliche Oberhaupt des Galaktischen Senats, wartete auf der Landeplattform auf die Königin. Bei ihm stand Senator Palpatine, der Repräsentant Naboos. Der Kanzler war ein dünner Mann mit weißen Haaren, der immer eine Art nervöser Anspannung ausstrahlte. Im Gegensatz dazu stand Palpatine ruhig und lächelnd in seiner blauen Senatorenrobe da.

Palpatine begrüßte Königin Amidala gewandt und stellte ihr den Kanzler vor. „Willkommen, Euer Hoheit", sagte Valorum. „Es ist mir eine Ehre, Euch endlich persönlich kennenzulernen. Ich möchte Euch versichern, wie besorgt hier jeder über die derzeitige Lage ist. Ich habe eine Sondersitzung des Senats einberufen, um Eure Stellungnahme zu hören."

„Ich danke Euch für Eure Anteilnahme, Kanzler", sagte Amidala und neigte dankbar den Kopf.

Als die Höflichkeiten ausgetauscht waren, führte Palpatine Amidala, ihre Wachen und ihre Dienerinnen zu einem Lufttaxi am Rand der Plattform. Als sie abhoben, hörte Obi-Wan Palpatine noch etwas über Verfahrensweisen sagen. Er schüttelte reumütig den Kopf. *Kaum ist sie angekommen, schon redet sie über Politik. Na ja, ich nehme an, das ist der Grund für ihr Kommen.*

Dann, zu Obi-Wans Überraschung, winkte die Königin Jar Jar und Anakin zu sich her. Er wollte die beiden schon aufhalten, als er sah, wie Qui-Gon Anakin zunickte. *Er hat das mit ihr vor der Landung arrangiert*, wurde Obi-Wan klar.

Als das Lufttaxi davonflog, wandte sich Qui-Gon an den Obersten Kanzler. „Ich muss unverzüglich mit dem Rat der Jedi sprechen, Euer Ehren", sagte er. „Die Situation ist sehr viel komplizierter geworden."

Und deswegen wollte er Jar Jar und Anakin nicht bei sich haben. Obi-Wan sah seinen Meister an und runzelte die Stirn. Qui-Gon machte sich über irgendetwas ernste Sorgen. Etwas, das größer war als der Angriff in der Wüste. Obi-Wan konnte es spüren. *Was verschweigt er mir?*

Es tut gut, wieder Königin Amidala zu sein, dachte Amidala, aber es wog auch schwer. Ihr war nicht klar gewesen, welch enorme Verantwortung auf ihrem Geist gelastet hatte, als sie einen winzigen Teil ihrer Gedanken verdrängt hatte, um Padmé zu werden. Jetzt wusste sie es, aber nichtsdestotrotz war sie die gewählte Königin Naboos und ihr Volk baute auf sie. *Weshalb sonst bin ich nach Coruscant gekommen?* Sie hatte wieder ihre korrekte Rolle eingenommen, als das Schiff in die Atmosphäre Coruscants eingetreten war. Und jetzt saß sie bei Senator Palpatine und besprach mit ihm ihre Rede vor dem Galaktischen Senat.

Senator Palpatine hatte der Königin mehr als die Hälfte seiner Wohnräume zur Verfügung gestellt. Die Räumlichkeiten waren ebenso verschwenderisch eingerichtet wie der königliche Palast auf Naboo und damit eine große Erleichterung nach den beengten Unterkünften auf dem königlichen Raumschiff. Vielleicht war die Erleichterung zu groß. Amidala stellte fest, dass sie große Schwierigkeiten hatte, sich darauf zu konzentrieren, was Palpatine zu ihr sagte.

„Die Republik ist nicht mehr das, was sie einst war", sagte Palpatine, als er vor ihr auf- und abging. „Kein Interesse mehr am Gemeinwohl. Kein Zuvorkommen mehr, nur noch Politik. Es ist abscheulich." Er blieb stehen und fügte schwermütig hinzu: „Ich muss es offen sagen, Euer Majestät. Wir haben kaum Chancen, dass der Senat etwas gegen die Invasion unternehmen wird."

Amidala legte erstaunt die Stirn in Falten. „Kanzler Valorum scheint zu glauben, dass Hoffnung besteht."

„Wenn ich mir die Bemerkung erlauben darf, Euer Hoheit, der Kanzler hat kaum echte Macht", mutmaßte Palpatine. „Die Bürokraten haben zurzeit das Sagen."

Wenn das stimmte, dann war diese ganze Reise *Zeitverschwendung*. Amidala presste die Lippen zusammen. *Ich lasse nicht zu, dass Zeit verschwendet wird.*

„Welche Möglichkeiten haben wir?", fragte sie.

„Die beste Entscheidung wäre, auf die Wahl eines stärkeren Obersten Kanzlers zu drängen“, riet Palpatine. „Ihr könntet einen Misstrauensantrag gegen Kanzler Valorum einbringen.“

„Aber er war bisher unser stärkster Fürsprecher.“ Ihn aus dem Amt zu drängen war, als verriete man ihn. Das konnte sie nicht tun. Aber um ihr Volk zu retten? Ihren Planeten?

„Die einzige andere Möglichkeit wäre, eine Klage vor Gericht einzureichen.“

„Die Gerichte brauchen noch länger für eine Entscheidung als der Senat.“ Sie musste an Gouverneur Bibbles Nachricht denken und fügte hinzu: „Unser Volk stirbt, Senator. Wir müssen sofort etwas unternehmen, um die Föderation aufzuhalten.“

Palpatine schüttelte den Kopf. „Realistisch gesehen, Eure Majestät, befürchte ich, dass wir die Kontrolle durch die Föderation vorerst hinnehmen müssen.“

Amidala sah ihn ungläubig an. Er konnte so ruhig über diese Sache sprechen? Vielleicht war er schon zu lange auf Coruscant. Vielleicht hatte er die normalen Leute zu sehr vergessen, die er im Senat vertrat. „Das kann ich auf keinen Fall zulassen“, sagte sie. Ich werde eine Möglichkeit finden, diese Invasion aufzuhalten. *Und wenn ich mich dafür mit jedem einzelnen Bürokraten auf Coruscant anlegen muss.*

Der Ratssaal der Jedi lag an der Spitze des Jedi-Tempels, direkt unter seinem krönenden Turm. Die gläsernen Wände des kreisrunden Raumes boten in alle Richtungen den Ausblick über Coruscant, lediglich unterbrochen von den Stützen des darüberliegenden Turmes. Qui-Gon war im Lauf der Jahre oft hier gewesen, um Bericht über seine verschiedenen Einsätze abzugeben. Jetzt standen Obi-Wan und er wieder vor dem Rat der Jedi – zwölf Jedi von verschiedenen Planeten und Rassen, die den gesamten Jedi-Orden leiteten. Doch dieses Mal war Qui-Gons Bericht anders. Er riss die Ereignisse auf Naboo und bei dem Podrennen nur an, beschrieb aber dafür den Kampf in den Dünen Tatooines sehr detailreich. „Daraus kann ich nur eine Schlussfolgerung ziehen: Es war ein Lord der Sith", schloss er seinen Bericht ab.

Es entstand eine Pause der Betroffenheit. Qui-Gon konnte die erschrockene Überraschung der Ratsmitglieder spüren. Dann lehnte sich Mace Windu, eines der älteren Mitglieder des Jedi-Rats, mit grimmiger Miene nach vorn. „Ein Sith-Lord?"

„Das ist unmöglich", sagte Ki-Adi-Mundi und hob seine buschigen Augenbrauen fast bis zu seinem Schädelkamm. „Die Sith sind seit fast eintausend Jahren ausgestorben."

Auf der anderen Seite von Mace Windu zuckten Meister Yodas lange Ohren. „Die Republik an sich ist gefährdet, wenn die Sith verstrickt in die Sache sind."

„Ich glaube nicht, dass die Sith ohne unser Wissen hätten zurückkehren können", sagte Mace.

„Schwer zu erkennen die Dunkle Seite ist", erwiderte Yoda. Im Kreis des Rats nickten Köpfe. „Aufdecken, wer dieser Mörder ist, wir müssen."

„Ich spüre, dass er sich wieder zeigen wird", sagte Ki-Adi-Mundi langsam.

„Dieser Angriff hat einen Zweck verfolgt, so viel ist klar", warf Mace Windu ein. „Und ich stimme zu, dass die Königin das Ziel war."

Yoda wandte sich an Qui-Gon. „Bei dieser Naboo-Königin bleiben du musst, Qui-Gon. Beschütze sie."

„Wir werden alle Möglichkeiten hier nutzen, um dieses Geheimnis zu lüften", fügte Mace hinzu. „Wir werden die Identität deines Angreifers aufdecken. Möge die Macht mit dir sein."

Die anderen Jedi-Meister schlossen sich Maces Wünschen an und erwarteten offensichtlich, dass Qui-Gon gehen würde. Aber der Jedi blieb an Ort und Stelle stehen. Nach einem kurzen Moment fragte Yoda: „Meister Qui-Gon, mehr zu sagen du hast?"

„Mit Verlaub, mein Meister …“, begann Qui-Gon respektvoll. Yoda nickte, und Qui-Gon fuhr fort. „Mir ist eine Vergenz der Macht begegnet.“

Der Rat geriet in sanften Aufruhr. „Eine Vergenz, du sagst?“

„Eine Vergenz bei einer Person?“, fragte Mace Windu.

Qui-Gon nickte. „Einem Jungen. Seine Zellen beinhalten die höchste Konzentration von Midi-Chlorianern, die ich je bei einer Lebensform sah. Es ist möglich, dass er von den Midi-Chlorianern empfangen wurde.“

Mace Windu lehnte sich zurück. „Du sprichst von der Prophezeiung, dass einer die Macht ins Gleichgewicht bringen wird?“ Er sah Qui-Gon lange und skeptisch an. „Und du glaubst, es ist dieser Junge?“

„Ich nehme nicht an, dass …“, begann Qui-Gon.

„Du tust es!“, unterbrach Yoda ihn. „Enthüllt deine Meinung ist.“

„Ich bitte, dass dieser Junge geprüft wird, Meister“, beharrte Qui-Gon. Was auch immer sie über seine Meinung dachten – er hatte das Recht, so viel vom Rat zu verlangen.

Die Ratsmitglieder tauschten Blicke aus. „Oh“, sagte Yoda schließlich. „Zum Jedi ihn auszubilden, dein Wunsch ist, hm?“

„Es war der Wille der Macht, ihn zu finden“, antwortete Qui-Gon überzeugt. „Daran habe ich keinen Zweifel.“

„Dann bring ihn zu uns“, sagte Mace.

„Prüfen wir ihn werden“, fügte Yoda bedeutungsvoll hinzu.

Qui-Gon nickte. Er verneigte sich und verließ den Ratssaal.

KAPITEL 16

Der Sitzungssaal des Galaktischen Senats erinnerte Königin Amidala ein wenig an die Podrennen-Arena auf Tatooine. Anstatt eines Halbkreises an Tribünen gab es hier reihenweise schwebende Kanzeln, die sich an die gebogenen Wände der Senatskammer lehnten. In jeder Kanzel saßen die Repräsentanten und ihre Assistenten eines der Mitgliedsplaneten oder -organisationen. Die meisten stellten die Symbole oder Banner ihrer Heimatwelt zur Schau. Amidala unterdrückte diszipliniert das Bedürfnis zu gaffen. Sie war nicht hier, um die Senatoren anzustarren, sondern um sie davon zu überzeugen, Naboo zu helfen.

Senator Palpatine saß neben ihr und drängte sie erneut dazu, eine Veränderung in der Senatsführung anzustreben. *Er kennt Coruscant besser als ich*, dachte Amidala. *Aber Kanzler Valorum hat so viel für uns getan … Es kann doch nicht nötig sein, ihn aus seiner Position zu verdrängen.*

Der Kanzler gab von der Zentralsäule aus bekannt, dass Naboo jetzt zum Senat sprechen würde. Die Plattform von Naboo schwebte elegant in die Mitte und nahm eine Position neben der Säule des Kanzlers ein. Amidala drehte sich der Magen um. Sie konnte es kaum erwarten zu sprechen.

Senator Palpatine erhob sich und beschrieb die Geschichte des Disputs zwischen Naboo und der Handelsföderation. Die Senatoren der Förderation versuchten seine Rede zu unterbrechen, doch der Kanzler schnitt ihnen das Wort ab. Palpatine kam schließlich mit seinen Anmerkungen zum Ende und sagte: „Um unseren

Vorwürfen Nachdruck zu verleihen, wird nun Königin Amidala, die kürzlich gewählte Herrscherin von Naboo, in unserem Namen sprechen."

Als sich Amidala erhob, um sich an den Senat zu richten, hörte sie erstauntes Gemurmel. „Ehrenwerte Vertreter der Republik", begann sie. „Ich wende mich in der denkbar schlimmsten Lage an euch. Naboo wurde von der Droiden-Armee der Handelsföderation überfallen ..."

„Einspruch!", ging der Delegierte der Handelsföderation dazwischen. „Dafür gibt es keinen Beweis."

Beweis? Ich habe es selbst gesehen!, dachte Amidala. Sie öffnete den Mund, um zu antworten, aber der Abgeordnete der Handelsföderation fuhr fort. „Dies ist ungeheuerlich. Entsendet einen Untersuchungsausschuss nach Naboo, um die Wahrheit festzustellen."

Einen Ausschuss? Mein Volk stirbt! Der Kanzler wird doch diesen Vorschlag nicht ernst nehmen! Doch andere Delegierte sprachen sich bereits für die Verzögerung aus und redeten über noch weitere Verfahrensweisen. Und Kanzler Valorum hörte ihnen zu. *Hat Palpatine also doch recht? Wenn Valorum uns nicht unterstützt ...*

Endlich wandte sich der Kanzler wieder der Versammlung zu. „Dem Antrag wird stattgegeben", sagte er beschwerlich. „Stimmt Ihr einer Vertagung zu, um eine Untersuchung Eurer Vorwürfe durch einen Ausschuss zu ermöglichen?"

Sie haben mich nicht einmal ausreden lassen! „Ich werde nicht zustimmen", sagte Amidala ärgerlich. „Ich bin hier, um *jetzt* eine Entscheidung zu diesem Angriff zu erhalten." Sie holte tief Luft. „Offensichtlich ist dieses Gremium handlungsunfähig. Ich schlage die Wahl eines neuen Vorsitzenden vor. Hiermit stelle ich einen Misstrauensantrag gegen den Vorsitzenden Kanzler Valorum."

„Was?", sagte Valorum erschüttert. „Nein!"

Die Delegierten in der Runde begannen erst überrascht zu

murmeln und dann zu jubeln. Der Antrag fand bereits wenige Augenblicke später Unterstützung. Die Handelsföderation versuchte, den Antrag auf einen Ausschuss zu stellen, aber der restliche Senat stellte sich nicht auf ihre Seite. „Abstimmen! Abstimmen!“, begannen die Delegierten im Chor zu rufen.

Palpatine beugte sich zu Königin Amidala hinüber. „Seht Ihr, Euer Hoheit? Die Zeit spielt für uns. Jetzt werden sie Valorum abwählen und einen neuen Kanzler wählen. Einen starken Kanzler, der nicht zulässt, dass unsere Tragödie noch länger dauert.“

Amidala sah ihn an. Er klang so sicher und so ... selbstgefällig. Als spiele es keine Rolle, dass sie soeben gezwungen gewesen war, einen von Naboos ältesten und stärksten Anhängern zu Fall zu bringen. Fast so, als bereitete es ihm *Vergnügen*.

Die Wahl wurde für den nächsten Tag angesetzt. Als die letzten organisatorischen Dinge geklärt waren, wandte sich Valorum zur Kanzel von Naboo. „Palpatine, ich dachte, Ihr wäret mein Verbündeter“, sagte er. „Mein *Freund.* Wie konntet Ihr das tun?“

Palpatine senkte fast traurig den Kopf, aber Amidala glaubte den Schatten eines Lächelns über sein Gesicht huschen zu sehen. *Er ist nur zufrieden, weil wir jetzt eine Chance haben, den Senat dazu zu bringen, der Invasion Einhalt zu gebieten*, ermutigte sie sich selbst. *Uns blieb keine andere Wahl. Ich konnte nicht zulassen, dass mein Volk stirbt. Ich* musste *den Misstrauensantrag stellen.* Aber als sie den ehemaligen Kanzler Valorum ansah, wusste sie, dass sein verratener Gesichtsaudruck sie für immer verfolgen würde.

Die untergehende Sonne tauchte den Balkon vor dem Ratssaal der Jedi in weiche Farben und färbte den darunterliegenden Wald an Gebäuden passend dazu ein. Der Ausblick auf Coruscant war einzigartig. Aber Obi-Wan bemerkte, dass Qui-Gon nicht den Ausblick genoss. Sein Blick wanderte immer wieder zum Ratssaal, in dem Anakin Skywalker vom Jedi-Rat geprüft wurde. Obi-Wan seufzte.

„Der Junge wird die Prüfungen des Rats nicht bestehen, Meister. Er ist zu alt."

„Anakin wird ein Jedi werden", sagte Qui-Gon mit neu gewonnener Ruhe. „Das verspreche ich dir."

Rührte diese Zuversicht von einem der raren Blicke in die Zukunft her, die manche Jedi-Meister dann und wann hatten? Oder hatte Qui-Gon vor, Anakin auszubilden, ganz gleich, ob der Rat dem zustimmte oder nicht? Obi-Wan runzelte die Stirn. „Widersetzt Euch nicht dem Beschluss des Rates", sagte er halb warnend, halb flehend. „Nicht schon wieder."

„Ich werde tun, was ich tun muss, Obi-Wan."

Er plant wirklich, sich ihnen zu widersetzen, dachte Obi-Wan. Seine Laune sank. „Wenn Ihr Euch an den Kodex halten würdet, wäret Ihr auch Mitglied des Rates."

Qui-Gon sagte nichts. Obi-Wan seufzte. *Qui-Gon kann so halsstarrig sein.* „Diesmal werden sie Euch nicht nachgeben", warnte er ihn. *Und ich will nicht bei dem zusehen, was dann passiert.*

Qui-Gon lächelte, sehr zu Obi-Wans Überraschung. „Du hast noch viel zu lernen, mein junger Schüler", sagte er ruhig.

Obi-Wan drehte sich beunruhigt dem Panorama zu.

Die Prüfungen der Jedi waren absolut nicht das, was Anakin erwartet hatte. Allerdings hatte er auch nicht groß darüber nachgedacht, wie sie sein würden. *Vielleicht sind sie so verwirrend, weil ich älter bin*, dachte er. Der Jedi-Meister namens Mace Windu hatte einen kleinen Bildschirm vor sich, den Anakin nicht sehen konnte. Bilder erschienen auf dem Schirm, und Anakin musste versuchen, ob er sie spüren konnte. Es war eine anstrengende Aufgabe, denn Anakin hatte nicht die geringste Ahnung, was er da tat. Dann irgendwann wurde der Bildschirm abgeschaltet, und er entspannte sich ein wenig.

„Gut, gut", sagte Meister Yoda. „Wie du dich fühlst?"

„Mir ist kalt, Sir", antwortete Anakin, ohne nachzudenken.

Es kam ihm so vor, als wäre ihm seit seinem Aufbruch von Tatooine kalt.

„Angst du hast?“, fragte Meister Yoda.

„Nein, Sir“, sagte Anakin verblüfft. Das war nun wirklich nicht die Art von Kälte, die er gemeint hatte.

Mace Windu rührte sich neben Yoda. „Angst davor, dein Leben aufzugeben?“

Oh, das meinen sie also. Anakin zögerte. „Ich glaube nicht.“

„Dich durchschauen wir können“, sagte Yoda.

„Achte auf deine Gefühle“, ermahnte Mace Windu Anakin.

„Deine Gedanken sind bei deiner Mutter“, fügte Ki-Adi-Mundi hinzu.

„Ich vermisse sie“, gab Anakin zu.

„Furcht, sie zu verlieren, du hast, hm?“, sagte Yoda geradezu fröhlich.

„Was hat das denn damit zu tun?“ *Dürfen Jedi keine Mutter haben?*

„Einfach alles.“ Yodas kratzige Stimme war voller Nachdruck. „Furcht ist der Pfad zur Dunklen Seite. Furcht führt zu Wut. Wut führt zu Hass. Hass führt zu unsäglichem Leid.“

„Ich habe keine Angst“, sagte Anakin aufgebracht. *Wollten* sie eigentlich, dass er durchfiel?

Meister Yoda warf den Kopf nach vorn und betrachtete Anakin eindringlich. „Ein Jedi die tiefste Hingabe haben muss, einen absolut ernsthaften Geist. Ich spüre große Furcht in dir.“

Anakin holte tief Luft. Wie auf Tatooine unterdrückte er seine Angst so fest, bis sie fast aufhörte, zu existieren. Fast. Dann sagte er leise: „Ich habe keine Angst.“

Es entstand eine lange Pause. Schließlich schloss Meister Yoda die Augen halb und sagte: „Dann fortfahren wir werden.“

Doch als Mace Windu den kleinen Bildschirm wieder anhob, musste Anakin sich fragen, ob er gerade eine weitere dieser Jedi-Prüfungen bestanden hatte – oder dabei durchgefallen war.

KAPITEL 17

Der Himmel verdunkelte sich, doch die Lichter Coruscants leuchteten weiter. Sie verliehen Galactic City Schönheit, wie Amidala fand, und doch war es eine kalte und künstliche Stadt. Sie stand jetzt seit einer halben Stunde am Fenster von Palpatines Unterkunft, hatte aber keinen einzigen grünen Fleck gefunden. *Ganz Coruscant besteht aus Glas und Metall. Kein Wunder, dass der Senat mehr Interesse daran hat, politische Spiele zu spielen, anstatt meinem Volk zu helfen.*

Jar Jar Binks kam zu ihr ans Fenster, aber er schien mehr daran interessiert zu sein, ihre Miene zu studieren als die Stadt. „Ihrse glauben, Euer Volk sterben müssen?", fragte er.

„Ich weiß es nicht", antwortete Amidala mit einem Gefühl der Leere. *So direkt kann auch nur Jar Jar sein. Aber … ich habe alles getan, was durch Verhandlung und Diplomatie in meiner Macht steht. Und es hat nicht gereicht. Mein Volk wird sterben, wenn die Republik nicht bald Hilfe schickt.*

„Gungans dann werden auch gegrillt, hm?", vermutete Jar Jar.

„Ich hoffe nicht." Aber sie klang nicht sonderlich überzeugt. Nicht einmal für ihre eigenen Ohren.

Jar Jar musste die Verzweiflung in ihrer Stimme wahrgenommen haben. „Gungans aber nicht sterben ohne kämpfen", sagte er aufmunternd. „Wirse doch Kämpfer! Wirse doch haben Riesenarmee!" Er sah Padmé von der Seite an und fügte hinzu: „Darum Ihr uns nicht mögen, ichse denken."

Bevor sie antworten konnte, flog die Tür auf. Captain Panaka und Palpatine kamen herein und verneigten sich. „Euer Hoheit", sagte Panaka, „Senator Palpatine wurde für die Nachfolge von Valorum als Oberster Kanzler nominiert."

„Eine Überraschung, zweifelsohne", sagte Palpatine. „Aber eine angenehme. Euer Hoheit, wenn ich gewählt werde, verspreche ich, die Korruption zu beenden."

Wieso sollten mich Demokratie und Korruption in der Republik scheren, während mein Volk stirbt? Doch das durfte sie nicht sagen. „Ich fürchte, bis Ihr die Kontrolle über die Bürokraten errungen habt, Senator, wird von unserem Volk und unserer Kultur nichts mehr übrig sein."

Palpatine sah sie mit düsterer Miene an. „Ich verstehe Eure Besorgnis, Euer Majestät, aber unglücklicherweise ist unser Planet jetzt im Besitz der Föderation."

Amidala wandte sich ab. „Senator, das hier ist Eure Arena", sagte sie. *Ich bin Königin Amidala von Naboo. Ich gehöre dorthin, wo mein Volk ist.* „Mein Gefühl sagt mir, dass ich in meine Heimat zurückkehren muss. Ich habe beschlossen, nach Naboo zurückzukehren. Captain Panaka, macht mein Schiff startklar!"

„Bitte, Euer Majestät, bleibt hier, in Sicherheit!", sagte Palpatine.

„Kein Ort ist sicher, solange der Senat diese Invasion nicht verurteilt", antwortete Amidala nüchtern. Palpatine widersprach ihr nicht.

Die Mitglieder des Jedi-Rats sahen mit düsteren Mienen zu, wie Obi-Wan und Qui-Gon zu Anakin in die Mitte des Saals traten. Obi-Wan fragte sich kurz, ob sie so ernst aussahen, weil Anakin den Test bestanden hatte oder weil er durchgefallen war. Dann hob Meister Yoda das Kinn. „Recht du hattest, Qui-Gon."

„Die Zellen des Jungen enthalten eine sehr hohe Konzentration von Midi-Chlorianern", bestätigte Mace Windu.

Ki-Adi-Mundi nickte. „Die Macht ist stark in ihm."

„Also wird er ausgebildet?", fragte Qui-Gon mit nicht unerheblicher Befriedigung.

Die Ratsmitglieder tauschten Blicke aus. „Nein", sagte Meister Windu. „Er wird nicht ausgebildet. Er ist zu alt. Es ist bereits zu viel Wut in ihm."

Ich wusste es, dachte Obi-Wan. *Und wenn der Rat Anakin nicht ausbilden will, dann kann Qui-Gon nichts dagegen tun.*

„Er ist der Auserwählte", sagte Qui-Gon beharrlich. „Das müsst Ihr doch sehen."

Meister Yoda schüttelte den Kopf. „Ungewiss die Zukunft des Jungen ist. Von seiner Jugend verdeckt."

Qui-Gon holte tief Luft. „Dann werde ich ihn ausbilden." Er legte Anakin die Hände auf die Schultern. „Ich werde Anakin zu meinem Padawan-Schüler machen."

Obi-Wan warf den Kopf überrascht in Qui-Gons Richtung. *Hat er das schon die ganze Zeit im Sinn?*

Meister Yoda runzelte die Stirn. „Aber einen Schüler du schon hast, Qui-Gon. Unmöglich, einen zweiten anzunehmen."

„Der Kodex untersagt es", sagte Mace Windu unumwunden.

„Obi-Wan ist bereit ..." Qui-Gon drehte sich zu Obi-Wan um.

Er erwartet, dass ich ihm dabei helfe!, erkannte Obi-Wan. Er erwiderte Qui-Gons Blick. *Na wenn er lieber Anakins Meister sein möchte, dann soll er es so haben!* „Ich bin bereit für die Prüfung", sagte er zum Rat,

„So früh bereit du bist?", sagte Yoda sarkastisch. „Was du weißt über das Bereitsein?"

„Er ist eigenwillig", sagte Qui-Gon. „Und er muss noch viel über die Lebendige Macht lernen, aber er ist dazu fähig. Ich kann ihm nicht mehr viel beibringen."

Er meint es ernst, dachte Obi-Wan. *Er denkt wirklich, dass ich bereit bin. Es ist nicht nur wegen Anakin. Aber wieso hat er mich dann nicht vorgewarnt, dass er das vorhat?*

„Selbst beraten wir uns werden, wer bereit ist", beschloss Yoda.

„Jetzt ist nicht der richtige Zeitpunkt dafür", sagte Mace Windu. „Der Senat stimmt über einen neuen Obersten Kanzler ab, und Königin Amidala kehrt nach Hause zurück. Dies übt Druck auf die Handelsföderation aus und könnte den Konflikt verschärfen."

„Und den Attentäter der Königin aus seinem Versteck locken", fügte Ki-Adi-Mundi hinzu.

„Geht mit der Königin nach Naboo und deckt die Identität dieses dunklen Kriegers auf", befahl Mace Windu. „Das ist der Hinweis, den wir brauchen, um das Geheimnis der Sith zu lüften."

Meister Yoda nickte. „Das Schicksal des jungen Skywalker später entschieden wird."

Obi-Wan konnte nicht anders als ein erleichtertes Seufzen von sich zu geben. „Später" war eine Entscheidung, die Qui-Gon vielleicht davon abhalten würde, sich gegen den Rat zu stellen. Doch er spannte sich an, als Qui-Gon sagte: „Ich habe Anakin hierher gebracht. Er muss unter meinem Schutz bleiben. Er kann sonst nirgendwo bleiben."

„Er ist dein Schützling, Qui-Gon", gab Mace zurück. „Das bestreiten wir nicht."

„Ausbilde ihn nicht", riet Yoda mit Nachdruck. „Mit ihn nimm, aber ausbilde ihn nicht!"

„Beschütze die Königin, aber misch dich nicht ein, wenn es zum Krieg kommt", fügte Qui-Gon hinzu.

„Möge die Macht mit dir sein", schloss Yoda das Treffen.

Anakin, der immer noch benommen von der Entscheidung des Jedi-Rats war, wartete auf der Landeplattform vor dem königlichen Raumschiff von Naboo. Er war sich so sicher gewesen, dass ein Jedi aus ihm werden würde. Was sollte er jetzt tun? An Qui-Gons Seite zu bleiben würde ihn nur an alles erinnern, was er *nicht* haben konnte. *Wenigstens bin ich bei den Prüfungen nicht durchgefallen*, dachte er. *Ich bin nur zu alt.* Aber das war nur ein kleiner Trost. Und zu all dem kam noch, dass Obi-Wan und Qui-Gon sich stritten – wegen ihm.

„Der Junge ist gefährlich", sagte Obi-Wan zu Qui-Gon, als sie über die Landeplattform gingen. „Alle spüren es. Wieso Ihr nicht?"

„Sein Schicksal ist ungewiss", erwiderte Qui-Gon leicht gereizt. „Er ist nicht gefährlich. Der Rat wird über Anakins Zukunft entscheiden. Das sollte dir genügen. Und jetzt geh an Bord."

Obi-Wan machte sich zögernd zur Landerampe auf. Anakin sah auf, als Qui-Gon zu ihm kam. „Qui-Gon Sir, ich möchte keine Probleme machen."

„Das tust du auch nicht, Ani", versicherte Qui-Gon ihm.

Doch, das tue ich bereits, dachte Anakin traurig. *Deswegen streitet Ihr mit Obi-Wan.*

Qui-Gon schien Anakins Stimmung zu spüren. Er sah ernst zu ihm hinab. „Man gestattet mir nicht, dich auszubilden", sagte er. „Darum möchte ich, dass du mich aufmerksam beobachtest. Du darfst niemals vergessen: Deine Wahrnehmung bestimmt deine Realität. Bleib in meiner Nähe, dann geschieht dir nichts."

Anakin nickte und grübelte. Meister Qui-Gon durfte ihn nicht ausbilden, aber vielleicht durfte er ihm Fragen beantworten. „Meister, Sir", begann Anakin. „Ich habe gehört, wie Yoda über Midi-Chlorianer gesprochen hat. Und jetzt frage ich mich: Was sind Midi-Chlorianer?"

„Midi-Chlorianer sind eine mikroskopisch kleine Lebensform, die sich in allen lebenden Zellen befindet", erklärte Qui-Gon bereitwillig.

„Die leben in meinem Körper?"

„In deinen Zellen, ja", sagte Qui-Gon lächelnd. „Und wir leben in Symbiose mit ihnen."

Das ihm fremde Wort ließ Anakin die Stirn runzeln. „Symbiose?"

„Das sind Lebewesen, die zum gegenseitigen Vorteil eng miteinander leben", erläuterte Qui-Gon. „Ohne die Midi-Chlorianer könnte kein Leben existieren, und wir hätten auch keine Kenntnis von der Macht. Ohne Unterlass sprechen sie zu uns und teilen uns den Willen der Macht mit."

„Das tun sie?"

„Wenn du gelernt hast, deine Gedanken zum Schweigen zu bringen, wirst du auch hören, was sie sagen", sagte Qui-Gon zu ihm.

Anakin schüttelte den Kopf. „Das verstehe ich nicht."

Qui-Gon lächelte. „Mit etwas Zeit und Übung wirst du es verstehen. Bestimmt."

Aber man gestattet mir keine Ausbildung, dachte Anakin, als er Qui-Gon in das Raumschiff folgte. *Na ja, wenigstens sehe ich Padmé wieder. Und vielleicht kann ich etwas dazulernen, wenn ich Qui-Gon die richtigen Fragen stelle.* Es war nicht so gut wie eine Ausbildung zum Jedi, aber es war besser als nichts.

Die Nacht verbarg die Droiden, die draußen vor dem Palast von Naboo standen und die Stadt Theed besetzt hielten. Alles sah aus wie sonst auch. Im Palast ließ das kühle Licht des Thronsaals den Marmorboden in vollem Glanz erstrahlen ... außer an der Stelle, an der das Hologramm in der Luft stand. Nute Gunray betrachtete die vermummte Gestalt und erschauderte. *Mir ist nur etwas kalt*, sagte er sich.

„Die Königin ist auf dem Weg zu Euch", sagte Darth Sidious in seinem leisen, präzisen Tonfall. „Bedauerlicherweise ist sie uns nicht mehr von Nutzen. Wenn sie ankommt, vernichtet sie."

„Ja, mein Lord", sagte Nute. Rune Haako rührte sich unbehaglich neben ihm. *Wenn das hier vorbei ist, wird er mir wahrscheinlich wieder einen Vortrag halten, wie gefährlich Darth Sidious ist.* Aber es war zu spät, um sich jetzt noch von dem Sith-Lord zu trennen. Viel zu spät.

„Ist der Planet unter Kontrolle?", fragte Sidious.

„Ja, mein Lord", antwortete Gunray. Er war erleichtert, gute Nachrichten zu haben. „Wir haben die letzten Verstecke primitiver Lebensformen eingenommen. Der Planet befindet sich jetzt völlig in unserer Gewalt."

„Gut", sagte Darth Sidious. „Ich werde dafür Sorge tragen, dass die Dinge im Senat so bleiben, wie sie sind. Ich stelle Euch meinen Schüler Darth Maul zur Seite. Er wird sich um die Jedi kümmern."

„Ja, mein Lord", wiederholte Nute. Er schluckte. Die Temperaturen in diesem Thronsaal waren wirklich bei Weitem zu niedrig. Er musste einen der Reparatur-Droiden nach dem Kontrollsystem sehen lassen.

Das Hologramm verblasste. Als es komplett verschwunden war, sah Rune entsetzt zu Nute. „Ein Sith, hier?", fragte er voller Schrecken.

„Die Königin von Naboo kommt zurück", erinnerte Nute ihn. „Und die Jedi. Wollt Ihr Ihnen selbst gegenübertreten?"

„Natürlich nicht! Aber ..."

„Der Sith-Lord wird sich um die Jedi kümmern", sagte Nute. „Wir haben nichts weiter zu tun, als die Königin festzunehmen."

„Und sie zu vernichten."

KAPITEL 18

Nachdem sich Amidala mit Captain Panaka und ihren Leibwachen beraten hatte, entschied sie, dass sie sich wieder als Padmé ausgeben würde, sobald das Schiff in die Nähe der Handelsföderation kommen würde. Bis dahin würde sie allerdings ihre königliche Kleidung und die Gesichtsbemalung anbehalten. Sie verbrachte den größten Teil der Reise nach Naboo in ihrer Kabine und dachte über ihr Volk, ihren Planeten und die Invasion nach.

Keiner von ihren Beratern glaubte daran, dass die Rückkehr nach Hause eine gute Idee war. Sogar Qui-Gon schien diese Entscheidung mit Erstaunen zu betrachten. Und doch kam es ihr richtig vor – so richtig, wie es von Anfang an gewesen war, sich der Handelsföderation zu widersetzen. Sie wusste allerdings nicht, was sie überhaupt unternehmen sollte, wenn sie erst einmal angekommen waren. Einfach nur das Schicksal ihres Volkes zu teilen schien nicht mehr zu reichen. Aber wie konnte sie gegen die riesigen Droiden-Armeen kämpfen, die die Handelsföderation besaß?

Armeen ... Jar Jar hatte von Armeen gesprochen. Er schien sich sicher zu sein, dass sein Volk kämpfen würde. Vielleicht wäre die Invasion der Handelsföderation nicht so schnell und einfach von Erfolg gekrönt gewesen, wenn sie alle zusammengearbeitet hätten. Vielleicht konnten sie sogar jetzt noch zusammenarbeiten. ... Aber das würde den Ausbruch eines richtigen Krieges bedeuten. *Die Handelsföderation ist auf unserem Planeten eingefallen. Gespräche und Diplomatie haben nichts ge-*

bracht. Manchmal ... manchmal muss man einfach zurückschlagen.

In ihrem Kopf nahm eine Idee langsam Gestalt an. Es war riskant, aber Tatooine und das Podrennen hatten sie etwas über das Eingehen von Risiken gelehrt. Als sie sich Naboo näherten, rief sie ihre Berater zusammen, um ihnen ihren Plan zu erklären.

Captain Panaka hatte sich offenbar die ganze Zeit Sorgen gemacht. „Ich verstehe immer noch nicht, wieso Ihr darauf bestanden habt, diese Reise zu unternehmen", beschwerte er sich. „Sobald wir gelandet sind, wird die Handelsföderation Euch verhaften lassen und zwingen, den Vertrag zu unterzeichnen."

„Das glaube ich auch", sagte Qui-Gon. Er sah Amidala an. „Ich verstehe nicht ganz, was Ihr damit zu erreichen wünscht."

Amidala holte tief Luft. „Ich werde wieder holen, was uns gehört."

„Wir sind zu wenige, Euer Hoheit", erinnerte Captain Panaka so behutsam wie möglich. „Wir haben keine Armee."

Qui-Gon deutete ein Lächeln an und schüttelte dann den Kopf. „Ich kann Euch nur beschützen, Euer Hoheit, aber keinen Krieg für Euch führen."

„Ich weiß", sagte Amidala. Sie sah über die Schulter des Jedi hinweg, wo Jar Jar stand. „Jar Jar Binks!"

Der Gungan sah sich um, als erwarte er, dass jemand anderes sich zu Wort meldete. „Michse, Euer Hoheit?"

„Ja", sagte Amidala entschlossen. Jetzt kam der Teil, den sie noch niemandem zu erzählen gewagt hatte. Die Geschichte der Gungans und der Menschen war schon seit langer Zeit eine der Ablehnung und der Missverständnisse. Aber wenn sie Jar Jar überzeugen konnte, dann konnte sie vielleicht auch den Rest seines Volkes überzeugen. „Ich benötige deine Hilfe", sagte sie und wartete mit angehaltenem Atem auf seine Antwort.

Anakin verbrachte den größten Teil der Reise nach Naboo im Cockpit mit Ric Olié und Obi-Wan, wo er allerhand Fragen über die Steuerung stellte. *Wenn ich schon kein Jedi sein kann, dann vielleicht ein Pilot*, dachte er. Von Olié bekam er zu hören, er wäre ein Naturtalent, und sogar Obi-Wan schien zufrieden zu sein. Einmal ließen sie ihn sogar in dem Pilotensitz sitzen, wenn es auch nicht viel zu steuern gab, solange sich das Schiff im Hyperraum befand.

Als sie sich Naboo näherten, wirkten alle etwas angespannt. Doch als sie den Hyperraum verließen, lagen keine Schiffe der Handelsföderation zwischen ihnen und dem Planeten. „Die Blockade ist verschwunden!", stellte Captain Panaka voller Überraschung fest.

„Der Krieg ist vorbei", sagte Obi-Wan. „Es gibt keinen Grund mehr dafür."

„Ich habe ein Kampfschiff auf meinem Monitor", meldete Ric Olié.

Obi-Wan warf einen Blick darauf und nickte. „Das ist ein Droiden-Kontrollschiff."

„Sie haben uns wahrscheinlich entdeckt", vermutete Captain Panaka, der jetzt etwas besorgter aussah.

„Uns bleibt nicht viel Zeit", sagte Obi-Wan. Und kaum hatte Anakin es sich versehen, bereiteten sich alle auf den Ausstieg vor. Als sie sich im Hauptraum sammelten und auf die Landung des Schiffes warteten, sah Anakin Padmé unter den Dienerinnen der Königin.

„Padmé", rief er fröhlich und lief zu ihr. *Ich habe sie seit der Reise nach Coruscant nicht mehr gesehen!* „Wo warst du?"

„Ani!", sagte Padmé überrascht. „Was tust du hier?"

„Ich bin mit Qui-Gon unterwegs", sagte Anakin und sah zu Boden. „Aber … sie wollen mich nicht zum Jedi ausbilden. Ich bin zu alt."

„Das hier wird gefährlich werden, Ani", sagte Padmé.

„Wirklich?“, fragte er. „Ich kann mithelfen! Wohin gehen wir?“

„Wir ziehen in den Krieg, fürchte ich“, sagte Padmé mit einem Seufzen. „Die Königin musste eine der schwierigsten Entscheidungen ihres Lebens treffen. Sie glaubt nicht daran, dass Kampf die richtige Lösung ist.“ Ihre Stimme wurde nachdenklich, und sie fügte wie zu sich selbst hinzu: „Wir sind ein friedliches Volk …“

„Ich will aber helfen!“, versicherte Anakin ihr. Er lächelte. „Ich bin froh, dass du wieder da bist.“

Das Lächeln von Padmé wirkte ein wenig abwesend, aber er war so froh, es überhaupt zu sehen, dass ihm das gleichgültig war.

Ric Olié setzte das Raumschiff der Königin sanft im Sumpf der Gungans ab. Als das Schiff am Boden war, suchte Obi-Wan Qui-Gon auf. Während der Reise hatte dieselbe kühle Stimmung zwischen ihnen geherrscht wie seit der Auseinandersetzung auf Coruscant. Sie würden höchstwahrscheinlich schon bald inmitten eines Krieges stecken. Obi-Wan wollte mit Qui-Gon reden, solange sie noch die Chance dazu hatten.

Er fand Qui-Gon, der auf den See der Gungans blickte, als erwarte er jeden Augenblick, dass die Bosses der Gungans aus dem Wasser stiegen. „Jar Jar ist auf dem Weg in die Stadt der Gungans, Meister“, sagte Obi-Wan ein wenig unsicher.

Qui-Gon nickte abwesend. „Gut.“

„Glaubt Ihr, dass der Plan der Königin gelingt?“

„Es wird nicht leicht sein, die Gungans zu überzeugen“, antwortete Qui-Gon. „Und wir können ihr mit unserer Macht nicht helfen.“ Er sah Obi-Wan streng an.

Obi-Wan zögerte. Da gab es eine Menge Dinge, die er sagen wollte: Dass er Anakin während der Reise besser kennengelernt hatte, dass er jetzt das Potenzial des Jungen erkannte, dass er sich getäuscht hatte, als er angenommen hatte, dass Qui-Gon ihn loswerden wollte. „Ich … ich möchte mich für mein Verhalten entschuldigen", begann er. „Es steht mir nicht zu, Euch wegen des Jungen zu kritisieren, Meister. Und … ich bin dankbar, dass Ihr glaubt, dass ich die Prüfungen bestehen kann."

Qui-Gon sah ihn lange an. Dann lächelte er. „Du warst ein wirklich guter Schüler, Obi-Wan", sagte er voller Wärme. „Und du bist ein weiserer Mann als ich. Ich spüre, dass du ein mächtiger Jedi werden wirst."

„Wenn das so ist, dann nur aufgrund dessen, was Ihr mich gelehrt habt", entgegnete Obi-Wan.

Die Oberfläche des Sees blubberte ein wenig. Jar Jar stieg ans Ufer und kam zu ihnen. Bis er da war, hatten sich alle anderen ebenfalls versammelt.

„Da nix niemand da ist!", sagte Jar Jar. „Gungan City ist verlassen. Hat Kämpfe gegeben, michse denken."

„Glaubt Ihr, sie wurden in die Lager gebracht?", fragte Obi-Wan Qui-Gon.

„Wahrscheinlicher ist, dass sie vernichtet wurden", vermutete Captain Panaka. Die primitiven Elektrolanzen der Gungans waren kaum eine Hilfe gegen die Blaster der Föderations-Droiden.

„Michse das nicht denken", sagte Jar Jar

„Weißt du, wo sie sich befinden, Jar Jar?", fragte Qui-Gon.

„Wenn in Schwierigkeit, Gungans gehen an heiligen Platz. Mechaniks sie nicht finden da. Michse euch zeigen. Kommt!"

Jar Jar begann in den Sumpf zu laufen.

Obi-Wan warf Qui-Gon einen fragenden Blick zu. Der zuckte nur mit den Schultern. *Ich hoffe, es ist nicht weit,* dachte Obi-Wan. *Uns bleibt nicht mehr viel Zeit, bis die Föderations-Droiden uns aufspüren.*

KAPITEL 19

Das ist also Padmés Planet, dachte Anakin, als er hinter Jar Jar durch den Sumpf watete. *Er ist sehr nass*. Die Flächen offenen Wassers waren noch seltsamer als die kleinen, von Gras bedeckten Hügel und die großen Bäume, die hier überall standen. Er hatte in seinem ganzen Leben noch nie so viel Wasser gesehen. Sogar die Luft war feucht. Es war ein Gefühl, als atme man Suppe. Kalte Suppe.

Jar Jar blieb endlich unter einer Baumgruppe stehen, die für Anakin so aussah wie jede beliebige andere Baumgruppe, an der sie vorbeigekommen waren. „Dassein es!", sagte der Gungan und gab ein eigenartiges Meckern von sich.

Da tauchten aus dem Nebel Gungan-Soldaten auf. Sie ritten auf Kreaturen, die wie riesige, flügellose Vögel aussahen. Sie führten die Gruppe tiefer in den Sumpf, zu den Ruinen eines gewaltigen Bauwerks. Gigantische, aus Stein gehauene Köpfe standen zwischen den Ruinen. Alles war halb unter Pflanzen und Matsch begraben. Manche der steinernen Köpfe versanken bis zu den Augen im Schlamm.

Immer mehr Gungans tauchten auf. Ein paar von ihnen standen auf einem der Köpfe; Anakin konnte an ihrer Kleidung ablesen, dass sie wichtig waren. Einer dieser Gungans trat vor und sah auf die Gruppe herab. „Jar Jar Binks", sagte er. „Duse bezahlen dieses Mal! Wer das seien all die anderen?"

Die Königin von Naboo trat vor. Padmé, Captain Panaka und die beiden Jedi bezogen hinter ihr Stellung. Da Anakin immer bei

Qui-Gon bleiben sollte, stellte er sich ebenfalls dazu. *Das ist ja toll,* dachte er. *Ich kann alles sehen!*

„Ich bin Königin Amidala der Naboo", sagte die Königin zu den Gungans. „Und ich komme in Frieden."

Der oberste Gungan schnaubte. „Ah, großes Naboo. Ihrse uns bringen Mechaniks. Ihrse alle sein superheftig. Ihrse alle sterben, michse denken."

Captain Panaka sah sich nervös um, als die Gungans ihre Elektrolanzen senkten. Qui-Gon und Obi-Wan waren hingegen immer noch entspannt. Wenn sie sich keine Sorgen machten, dann hatte Anakin das auch nicht vor. *Sie müssen einen Plan haben.*

Die Königin schien ebenso unruhig wie Panaka zu sein, aber sie sprach weiter. „Wir haben Euch aufgesucht, weil wir uns mit Euch verbünden wollen."

„Euer Ehren."

Anakin warf den Kopf herum. *Das war Padmé! Wieso unterbricht sie die Königin?*

Der oberste Gungan schien ebenso erstaunt zu sein wie Anakin. „Werse denn das jetzt?", wollte er wissen, als Padmé vortrat und sich vor die Königin stellte.

„Ich bin Königin Amidala", sagte Padmé würdevoll. Sie deutete auf das Mädchen in den königlichen Kleidern hinter sich und fügte hinzu: „Das ist mein Double. Mein Schutz. Meine getreue Leibwächterin."

Anakin starrte sie mit offenem Mund an. *Padmé ist die Königin? Sie kann nicht die Königin sein!*

„Ich bedaure dieses falsche Spiel", fuhr Padmé fort, „aber es war notwendig, um mich selbst zu schützen." Sie hielt inne und sah zu den Gungans hoch. „Obwohl wir in vielen Dingen unterschiedlicher Meinung sind, haben unsere Völker immer in Frieden miteinander gelebt."

„Ah", sagte der oberste Gungan nur.

„Die Handelsföderation hat alles zerstört, was wir erschaffen haben. Wenn wir nicht schnell handeln, wird es auf immer verloren sein. Ich hoffe auf Eure Hilfe." Sie zögerte. „Nein, ich flehe Euch an, uns zu helfen."

Padmé ging vor den Gungans auf die Knie. Captain Panaka und seine Leute keuchten auf, aber sie achtete nicht auf sie. „Wir sind Eure untertänigen Diener", sagte Padmé zum Rat der Gungans. „Unser Schicksal liegt in Euren Händen."

Captain Panaka und seine Männer knieten zögernd ebenfalls nieder. Qui-Gon und Obi-Wan tauschten Blicke aus und sanken dann auf ein Knie. Anakin tat es ihnen nach. Er war immer noch vollkommen verblüfft. *Padmé ist die Königin von Naboo?*

Nach einem kurzen Augenblick begann der oberste Gungan zu lachen. „Ihrse also gar nicht denken, ihrse besser als die Gungans!", stellte er fest. „Mirse das gefallen ganz sehr. Vielleicht wirse werden Freunde sein."

Padmé und ihre Truppen erhoben sich lächelnd. Anakin imitierte sie automatisch, aber er war sich kaum darüber im Klaren, was er eigentlich tat. Sein Blick ruhte auf Padmé – auf Königin Amidala. *Sie ist Königin Amidala, nicht Padmé. Sie wird keine Zeit mehr haben, mit mir zu reden.* Er fühlte sich leer, so wie in dem Moment, in dem er seine Mutter auf Tatooine zurückgelassen hatte. Nicht einmal Qui-Gons tröstende Hand auf seiner Schulter half ihm. *Sie ist eine Königin, und ich werde nicht einmal ein Jedi. Ich hätte niemals von zu Hause weggehen dürfen.*

Nach einem kurzen Gespräch mit den Oberhäuptern der Gungans schickte Amidala Captain Panaka los, um die Geschehnisse auf Naboo auszukundschaften. In der Zwischenzeit beriet sie sich mit den Generälen der Gungans. Als Panaka zurückkehrte, hatten sie einen Plan.

„Wie ist die Lage?", fragte Amidala Captain Panaka, als er zu der Gruppe stieß.

„Fast alle befinden sich in Lagern", antwortete Panaka. „Einige hundert Polizisten und Wachleute haben eine Untergrundbewegung gebildet. Ich habe so viele Anführer mitgebracht, wie ich konnte. Die Armee der Handelsföderation ist viel, sehr viel größer, als wir dachten. Und sehr viel stärker." Er zögerte. „Euer Hoheit, ich fürchte, dies ist eine Schlacht, die wir nicht gewinnen können."

Amidala lächelte. „Sie ist nur ein Ablenkungsmanöver. Die Gungans müssen die Droiden-Armee von den Städten weglocken. Wir können uns über geheime Zugänge auf der Seite des Wasserfalls nach Theed schleichen. Wenn wir am Haupttor sind, startet Captain Panaka ein Ablenkungsmanöver. Dann können wir in den Palast eindringen und den Vizekönig gefangen nehmen. Ohne den Vizekönig werden sie völlig orientierungslos sein."

Sie wandte sich an Qui-Gon und Obi-Wan, die schweigend hinter ihr geblieben waren, seit sie ihre wahre Identität enthüllt hatte. „Was meint Ihr, Meister Jedi?"

„Der Vizekönig wird gut beschützt sein", gab Qui-Gon zu bedenken.

„Es wird schwierig, in den Thronsaal zu gelangen", sagte Captain Panaka. „Wenn wir erst mal drin sind, haben wir keine Probleme mehr."

„Es besteht die Gefahr, dass bei diesem Ablenkungsmanöver viele Gungans getötet werden", sagte Qui-Gon mit einem Blick auf Boss Nass.

Der Anführer der Gungans schlug sich auf die Brust. „Wirse bereit, unseren Anteil zu leisten."

„Alle Piloten, die uns zur Verfügung stehen, werden angewiesen, das Kontrollschiff der Droiden zu zerstören", versicherte Amidala ihm. „Wenn wir an ihren Strahlenschilden vorbeikommen, können wir ihre Kommunikationseinrichtungen zerstören, und die Droiden werden hilflos sein." *Es war meine Idee, die Gungans in diese Sache hineinzuziehen. Das Mindeste, was ich tun kann, ist sie vor dem Tod zu bewahren.*

„Ein wohldurchdachter Plan", sagte Qui-Gon nickend. „Er birgt allerdings ein großes Risiko. Die Waffen Eurer Jäger sind vielleicht nicht stark genug, um den Schutzschild zu durchdringen."

„Und wenn der Vizekönig entkommen sollte, Euer Hoheit, kehrt er sicher mit einer weiteren Droiden-Armee zurück", fügte Obi-Wan hinzu.

Amidala hob das Kinn. „Deshalb muss es uns gelingen, den Vizekönig zu fassen", sagte sie. „Das wird unser Schicksal entscheiden."

Der Vizekönig der Handelsföderation sieht nicht sonderlich glücklich aus, dachte Darth Maul. Aber andererseits machte es jeden unglücklich, wenn er Darth Sidious schlechte Nachrichten überbringen musste. Wenigstens schien sein Meister nicht besorgt zu sein, angesichts der Nachricht, dass die Königin zurückgekehrt war, um eine Armee aufzustellen.

„Sie ist noch törichter, als ich angenommen habe", war alles, was Darth Sidious zu Nute Gunray sagte.

„Wir entsenden alle Truppen, um diese bei dem Sumpf zusammengezogene Armee anzugreifen", sagte Gunray. „Offenbar sind es ausschließlich Primitive."

Darth Maul rührte sich. „Ich spüre, dass hinter dieser Sache mehr steckt, Meister", mischte er sich ein und ignorierte den finsteren Blick, den Nute ihm zuwarf. „Die beiden Jedi könnten die Königin für ihre eigenen Zwecke benutzen."

„Die Jedi dürfen sich nicht einmischen", sagte Sidious geringschätzig. „Sie können nur die Königin beschützen. Nicht einmal Qui-Gon wird dieses Abkommen brechen." Er hielt kurz inne und dachte nach. „Das wird uns zum Vorteil gereichen."

„Ich habe also Eure Erlaubnis weiter vorzugehen, mein Lord?", fragte Nute Gunray nervös.

„Beginnt", entgegnete Darth Sidious. Sein Mund kräuselte sich zu einem schmalen Lächeln unter seiner dunklen Kapuze. „Vernichtet sie. Bis auf den Letzten."

KAPITEL 20

Die Armee der Gungans begann ihren Aufmarsch vor Sonnenaufgang. Amidala brach kurz danach mit der kleinen Gruppe aus Naboo-Wachen, Kampfpiloten und Reparatur-Droiden auf, die Captain Panaka zusammengestellt hatte. Qui-Gon und Obi-Wan kamen mit ihr und auch Anakin Skywalker. Sie hatte ihre Padmé-Verkleidung komplett abgelegt und trug jetzt die dunkelrote Kampfuniform der Regenten von Naboo.

Sie führte ihre Truppen durch die Eingänge hinter den Wasserfällen in die Stadt hinein. Die Straßen waren verlassen und still. Als Amidala das sah, verzog sie wütend den Mund. *Diese Stadt gehört meinem Volk, und die Handelsföderation hat sie uns weggenommen. Es war richtig, dass ich zurückgekommen bin.*

Die Gruppe teilte sich in der Nähe des Haupthangars, nahm den größten Teil der Wachen und schlich sich auf die andere Seite des Palasts, während sich Amidala, die Jedi und die Piloten näher an die Hangartür schoben. Als sie ihre Positionen einnahmen, sah sie, wie sich Qui-Gon zu Anakin hinunterbeugte.

„Sobald wir drinnen sind, suchst du dir ein sicheres Versteck", befahl der Jedi ihm. „Und dort bleibst du."

„Klar", sagte Anakin – ein wenig zu locker.

Qui-Gon sah ihn streng an. „Nicht weggehen!"

Amidala hoffte, dass der Junge Folge leistete. Sie würde es sich nie verzeihen, wenn Anakin irgendetwas zustieß. Da bewegte sich etwas im Schatten auf der anderen Seite des Platzes, hinter den Panzern der Handelsföderation. Captain Panaka war in Position. Sie gab ihm mit einem kleinen Laserlicht ein Signal. Einen Augenblick später eröffneten seine Truppen das Feuer auf die Panzer.

Kampf-Droiden und Panzer machten sich zur anderen Seite des Platzes auf und gaben die Tür zum Haupthangar frei. Amidala und ihre Streitkräfte rannten in den Hangar hinein und eröffneten das Feuer auf die Droiden darin. Qui-Gon und Obi-Wan hielten sich an ihre Anweisungen und griffen die Droiden nicht direkt an. Sie benutzten ihre Lichtschwerter nur, um die Laserblitze abzulenken, die auf Königin Amidala gerichtet waren. Doch ihr fiel auf, dass jeder abgelenkte Schuss auf dem Rückweg einen Kampf-Droiden traf. Die beiden Jedi vernichteten mehr Droiden als alle ihre Leute zusammen.

„Zurück auf Eure Schiffe!", rief Amidala. Die Piloten und Reparatur-Droiden rannten zu den Raumjägern. *Anakin! Wo ist Anakin?* Sie zerschoss einen weiteren Kampf-Droiden zu einem Haufen knochenweißer Trümmerstücke. *Ich hoffe, er hat einen sicheren Platz gefunden, so wie Qui-Gon es ihm gesagt hat.*

Kaum war die Hangartür offen, da hatte sich Anakin schon seitlich unter einem der Jäger versteckt. Während der ersten Minuten war es ein gutes Versteck, doch dann rannten die Piloten zu ihren Schiffen und begannen diese zu starten. Anakin sah sich nach einem besseren Versteck um, und Erzwo-Dezwo zwitscherte ihm von einem nahe stehenden Raumjäger aus zu. Anakin sah sich schnell um. Bereits alle Piloten waren auf Schiffe verteilt. Dieses würde nirgendwohin fliegen. Er rannte hinüber und setzte sich ins Cockpit.

Einen Moment später ließ das Feuer nach. Anakin warf vorsichtig einen Blick über den Rand des Cockpits. Qui-Gon, Obi-Wan und Padmé – *Königin Amidala. Sie ist Königin Amidala* – waren mit dem Rest der Naboo-Wachen auf dem Weg zum Ausgang. „Hey!", rief Anakin. „Wartet auf mich!"

„Anakin, bleib, wo du bist!“, sagte Qui-Gon, als Anakin aus dem Raumjäger zu klettern begann. „Dort bist du in Sicherheit!“

„Aber ich …!“

„Bleib in dem Cockpit“, befahl Qui-Gon ihm und wandte sich wieder den Truppen zu.

Die Hangartür öffnete sich. In dem Eingang stand eine dunkle Gestalt mit Kapuze. Die Truppen der Königin liefen auseinander. Obi-Wan und Qui-Gon traten nach vorn und warfen ihre Mäntel beiseite. „Das übernehmen wir“, sagte Qui-Gon.

Die bedrohliche Gestalt in der Tür warf ebenfalls ihren Mantel ab. Anakin keuchte. Das Gesicht des Mannes war komplett mit rot-schwarzen Tätowierungen bedeckt. Und anstatt Haaren standen mehrere kurze Hörner auf seinem Kopf. Als die Jedi ihre Lichtschwerter zündeten, zog der Neuankömmling ein eigenes Laserschwert. Als er es zündete, erschienen an beiden Enden rote Strahlen. *Ein zweischneidiges Lichtschwert.* Anakin sah ungläubig hin. Der tätowierte Mann grinste böse und griff die beiden Jedi an.

Hinter Anakin begann Erzwo aufgeregt zu piepen. Anakin sah sich um. Sechs Droidekas waren auf der anderen Seite in den Hangar gerollt. Er sah zu, wie sie sich in Kampfposition entfalteten und auf Pad… Königin Amidala das Feuer eröffneten. „Oh nein!“, stieß Anakin hervor. „Wir müssen etwas unternehmen, Erzwo!“

Erzwo pfiff, und die Systeme des Schiffes erwachten zum Leben. „Gute Idee!“, sagte Anakin. „Mal sehen …“ Er drehte das Schiff in Richtung der Droiden und studierte die Steuerung. Sie unterschied sich von der, die Ric Olié ihm im königlichen Raumschiff gezeigt hatte, wenn auch nicht sehr. *Wo ist der Abzug?* Er drückte einen Knopf, und das Schiff wurde durchgerüttelt. *Ups, der falsche. Der vielleicht?* Er versuchte es erneut, und dieses Mal feuerten die Laser ihre Blitze ab. Die Explosion löschte zwei der Droidekas aus. „Yeah! Droiden-Blaster!“

Anakin warf einen Blick über die Schulter. Die Jedi und der Mann mit dem doppelten Lichtschwert waren in einen erbitterten Kampf mitten im Hangar verwickelt. Sie achteten nicht auf die Königin und die Truppen, die eilig zur Tür auf der anderen Seite hinausrannten. *Sie ist in Sicherheit!*

Da Amidala jetzt verschwunden war, schossen sich die rollenden Droiden auf Anakin ein. *Schild! Schild!* Anakin legte wie wild einen Schalter nach dem anderen um. Er versuchte sich an Ric Oliés Anweisungen zu erinnern. *Immer rechts. Schild ist immer rechts ...*

Da begann sich das Schiff plötzlich zu bewegen. Erzwo zwitscherte in schneller Folge.

„Ich weiß, dass wir uns bewegen!", rief Anakin zurück. „Ich versuche den Antrieb zu deaktivieren." *Wenn ich herausfinde, welcher Schalter es ist ... der da, das ist der letzte, den ich gedrückt habe.* Er drückte ihn erneut, in der Hoffnung, den Antrieb damit abzuschalten. Doch stattdessen wurde der Jäger nur noch schneller. Die Maschine flog aus dem Hangar hinaus, als hätte sie einen eigenen Willen. Erzwo piepte besorgt.

„Ich tue gar nichts!", schrie Anakin. „Das Ding läuft auf Autopilot!" Das Schiff ließ die Stadt hinter sich und schoss auf das Weltall zu.

Die Armee der Gungans bot einen großartigen Anblick. Hunderte von gepanzerten Kriegern mit Elektrolanzen ritten auf flügellosen, vogelähnlichen Kaadu. Hunderte weitere marschierten zu Fuß. Hinter ihnen trotteten schwere reptilische Fambaas stetig vorwärts. Sie trugen die Schildgeneratoren der Gungans. Munitionswagen transportierten Energiekugeln, durch deren Plasmahüllen ein blauer Schein leuchtete. Jetzt, da die Gungans nicht mehr in den Sümpfen waren, sah man die langen Reihen leicht, auf ihrem Weg durch die sanften, grünen Hügel.

Jar Jar konnte nichts davon genießen. Er war schon mehrmals

von seinem Kaadu gefallen und hatte beinahe einen der anderen Gungans mit seiner Elektrolanze getroffen. Außerdem war seine Rüstung extrem unbequem. *Michse kein guter Krieger, michse denken*. Aber Boss Nass hatte entschieden, einen Gungan-General aus ihm zu machen. Jetzt saß Jar Jar mit General Ceel und den anderen Gungan-Anführern in der Frontlinie fest. *Mirse das nicht gefallen.*

Jemand rief etwas. Jar Jar sah auf und bemerkte eine Reihe riesiger Panzer über die flachen Hügel gegenüber der Armee kommen. *Oh je, oh je. Jetzt wirse anfangen.*

„Schutzschild sofort aktivieren!", rief General Ceel.

Aus den Generatoren auf den Rücken der Fambaas schossen blaue Strahlen auf einen großen schüsselförmigen Verstärker, der von einem weiteren Fambaa getragen wurde. Der Verstärker breitete die Strahlen in Form eines riesigen Schirmes aus, der die Gungan-Armee schützte.

Er kam gerade rechtzeitig. Die Panzer der Handelsföderation eröffneten in dem Moment das Feuer, als der Schild komplett war. Jar Jar und die Gungans um ihn jubelten, als der Schild die Treffer abfing.

Die Panzer stellten das Feuer ein und fuhren zur Seite. Riesige Transporter kamen nach vorn. Ihre Türen öffneten sich, und Träger mit Kampf-Droiden schoben sich aus ihrem Innern hervor. Die Armee der Gungans sah zu, wie sich Tausende von Droiden auseinanderfalteten und in ihre Richtung marschierten.

Die erste Reihe Gungans schleuderte auf General Ceels Kommando ihre Elektrolanzen wie Speere. Ein paar der Droiden warfen sie damit um, ein paar bekamen Kurzschlüsse. Jar Jar sah nicht, ob er irgendetwas getroffen hatte, aber er hoffte es. Da sie ihre Lanzen jetzt verloren hatten, benutzten manche der Gungans Schleudern, um Energiekugeln gegen die Droiden zu schleudern. Andere luden größere Ballen von Energiegallerte in Minenwerfer und schleuderten sie mitten in die Meute aus Kampf-Droiden.

Jar Jar griff an, als die Droiden den Energieschild erreichten. Die nächsten paar Minuten waren ein einziges Durcheinander – Droiden schossen, und Gungans schossen zurück. Jar Jar verwickelte sich irgendwie in den Überresten eines halb zerstörten Kampf-Droiden. Der Blaster der Maschine spuckte immer noch Feuer, also richtete Jar Jar ihn auf die anderen Droiden, während er sich zu befreien versuchte. Immerhin war er ein General, also sollte er besser nicht auf seine eigenen Truppen schießen.

Als er sich endlich befreit hatte, hob er den Kopf und sah andere Droiden aus den Transportern auf die Schlacht zurollen. Hunderte von rollenden Droiden. *Dassein sehr, sehr schlecht*, dachte er. Und dann griffen die rollenden Droiden an.

Obi-Wan war noch nie in ein solches Lichtschwert-Duell verwickelt gewesen. *Das ist also ein Sith-Lord*, dachte er flüchtig, während er hüpfte und sprang. Es kostete ihn all seine Fähigkeit, lediglich um am Leben zu bleiben. Der Sith-Lord schien irgendwie Obi-Wans Zugriff auf die Macht zu vernebeln. Er war kaum in der Lage, die Züge seines Gegners vorauszusehen und dann auch rechtzeitig zu kontern.

Der Sith-Lord zwang Qui-Gon und Obi-Wan rückwärts. Sie kämpften sich aus dem Hangar hinaus und einen langen Korridor entlang, bis sie im Energiekraftwerk von Theed landeten. Der Sith-Lord sprang von einem Wartungssteg zum anderen, und immer folgten ihm die beiden Jedi. Qui-Gon hatte jetzt die Führung und musste auch den größten Teil der Attacken einstreichen. Die schmale Brücke bot ihnen wenig Platz zum Manövrieren. Obi-Wan versuchte, näher an den Gegner heranzukommen, aber der Sith-Lord drehte sich um und stieß ihn mit einem Tritt vom Steg.

Die Brücke direkt darunter war außer Reichweite. Obi-Wan stürzte mehrere Ebenen weit, bevor er auf einer weiteren Rampe landete. Er sah auf und suchte nach dem schnellsten Weg, wieder zu den Kämpfenden zu gelangen. Sein Meister und der Sith-Lord waren auf dem Laufsteg weiter vorgedrungen. Er sah, wie Qui-Gon den Sith von der Brücke stieß.

Der Sith-Lord landete schwerfällig zwei Etagen tiefer. Qui-Gon sprang ihm nach, aber der Sith rappelte sich auf und zog sich durch eine schmale Tür zurück. Obi-Wan rannte los, als Qui-Gon ihrem Gegner hinterherrannte. Gerade als Obi-Wan ebenfalls die Tür erreicht hatte, fuhren auf gesamter Länge des Korridors zwischen ihm und Qui-Gon Laserwände aus den Wänden – tödliche Kraftfelder, die unautorisierte Personen und Droiden aus dem Bereich fernhielten. Obi-Wan blickte den Korridor entlang. Zwischen ihm und Qui-Gon standen vier Laserwände und noch eine weitere zwischen Qui-Gon und dem Sith-Lord.

Obi-Wan sah durch die Schleier aus Laserenergie, wie sich sein Meister ruhig auf den Boden setzte und zu meditieren begann. Er versuchte, nicht daran zu denken, wie sehr sein Meister die Ruhe wohl nötig hatte. Nach dem Kampf auf Tatooine war Qui-Gon nahezu vollkommen erschöpft gewesen. Obi-Wan ging ungeduldig vor der Laserbarriere hin und her. In einer oder zwei Minuten würde sie wieder herunterfahren, und der Kampf würde weitergehen. *Der Sith-Lord kommt nicht mehr weit. Am Ende dieses Ganges dürfte es eigentlich nichts mehr geben außer einer Schmelzgrube. Sobald die Laserwände herunterfahren, kann ich die beiden einholen.*

Er weigerte sich, darüber nachzudenken, was geschehen könnte, sollte er es nicht schaffen.

KAPITEL 21

Der Palast war voller Kampf-Droiden. Amidala und ihre Truppen schossen mehrere Gruppen davon ab, doch es schienen immer mehr zu kommen. „Wir haben keine Zeit hierfür!", rief sie wütend, als sie um eine Ecke bogen, nur um noch mehr Kampf-Droiden gegenüberzustehen.

„Wir versuchen es draußen", sagte Captain Panaka. Er drehte sich um und zerschoss eines der Fenster. Amidala, Panaka und etwa die Hälfte der Truppen kletterten hinaus. Die anderen blieben mit den Leibwachen der Königin drinnen, um gegen die Droiden zu kämpfen.

Die Handelsföderation schien den Außenbereich des Palastes nicht im Auge zu haben. Amidala und ihre Leute schossen ihre Seilkatapulte ab und ließen sich hochziehen. Es war ein wenig knifflig, aber immer noch besser, als gegen Horden von Kampf-Droiden zu kämpfen. Nach nur wenigen Minuten hatten sie das Stockwerk des Thronsaals erreicht. Panaka zerschoss noch ein Fenster, und Amidala und die anderen kletterten hindurch in den Gang. Die Tür zum Thronsaal befand sich am anderen Ende. *Wir haben es fast geschafft …*

Da erschienen plötzlich zwei Droidekas zu beiden Seiten der Tür zum Thronsaal. Amidala drehte sich um und sah zwei weitere der Maschinen am anderen Ende des Ganges. Sie saßen in der Falle. *Mit normalen Kampf-Droiden können wir es aufnehmen, aber mit denen … Unsere Waffen werden ihre Schilde zwar irgendwann durchdringen, aber bis dahin haben sie die meisten von uns erschossen.* Amidala ließ ihre Laserpistole fallen. „Legt eure Waffen nieder", sagte sie zu Captain Panaka. „Diese Runde geht an sie."

„Aber wir können …"

„Captain, ich sagte: Waffen fallen lassen." Amidala sah ihn eindringlich an, bis er und seine Truppen ihre Pistolen fallen ließen. Die Zerstörer-Droiden kamen heran und eskortierten sie in den Thronsaal.

Die Droidekas rollten durch den Energieschild der Gungan-Armee, entfalteten sich in ihre Kampfhaltung und begannen zu feuern. Einer von ihnen traf einen Schildgenerator. Der Generator explodierte, tötete den Fambaa, der ihn trug und mehrere Gungans.

Oh-oh, dachte Jar Jar und sah nach oben. Der Schutzschild flimmerte und begann sich aufzulösen.

„Rückzug!", schrie General Ceel.

Dem leistete Jar Jar nur allzu gern Folge. Er und die anderen Gungans drehten sich um und rannten los. Ein Blick zurück verriet ihm, dass die Panzer den rollenden Droiden folgten. Der Droiden-General der Handelsföderation hatte keine Zeit verloren und nutzte den Vorteil aus, den der geschwächte Schild ihm bot. Einige Augenblicke später waren die Panzer inmitten der Gungans und feuerten aus allen Rohren.

Eine der Explosionen riss Jar Jar von seinem Kaadu. Er kreischte, als er durch die Luft flog – und landete auf einem der Panzer. Die Kampfmaschine drehte ihr Geschützrohr und versuchte Jar Jar so abzuschütteln, aber der hielt sich eisern fest. *Wenigstens dieser keine Gungans schießen gerade*, dachte er. *Oh je, oh je, was michse denken? Michse umkommen hier!*

Ein Gungan-Krieger ritt mit seinem Kaadu neben den Panzer und gab Jar Jar ein Signal. Jar Jar machte dankbar einen Sprung auf den Sattel hinter ihm. *Vielleicht michse doch noch nicht ster-*

ben, hä? Da explodierte neben ihm ein weiteres Panzergeschoss, und er zuckte zusammen. Aber jetzt ertönten überall Explosionen.

Die Königin sagen, ihre Piloten aufhalten die Droiden, dachte Jar Jar. *Michse hoffen, dass sie sich beeilen. Oder wirse übel verlieren.*

Der Raumjäger mit Anakin im Pilotensitz stieg und stieg. Erzwo piepte besorgt.

„Der Autopilot ist was?", fragte Anakin. Er überprüfte die Kontrollen. „Es gibt keinen manuellen Schalter, Erzwo! Du musst ihn überbrücken oder irgendsowas!"

Erzwo gab piepend zu verstehen, dass er es versuchen würde. Anakin sah nach oben. Er sah die spitzigen, goldfarbenen Naboo-Raumjäger wie Wespen um ein riesiges, ringförmiges Raumschiff surren. *Das muss das Droiden-Kontrollschiff der Handelsföderation sein.* Ganze Wolken von Droiden-Raumjägern kamen aus dem Föderationsschiff geflogen und griffen die Schiffe der Naboo an. Und der Autopilot brachte sie mitten in die Schlacht.

„Erzwo!", schrie Anakin. „Schalt den Autopiloten aus!"

Erzwo kreischte eine Antwort. In der Hoffnung, dass es etwas Positives war, legte Anakin einen Schalter um und testete die Steuerung. Dieses Mal reagierte das Schiff. „Ja, ich habe die Kontrolle. Du hast es geschafft, Erzwo!" Er zog wie wild an der Steuerung und wich den Schüssen der feindlichen Jäger aus. *Wenn ich schon hier oben bin, dann erwische ich vielleicht auch einen von ihnen. Das wäre etwas, das ich Pad… Königin Amidala erzählen könnte!*

Es stellte sich allerdings nicht als einfach heraus, mitten im Kampf all die seltsamen Steuerelemente zu durchschauen. Anakin flog Haken und Bögen und wich den Droiden-Schiffen der Handelsföderation aus, wobei er ebenso viel Glück wie Talent hatte. *Oder vielleicht ist die Macht mit mir! Vielleicht ist das …*

Ups! Ein Schuss zuckte vorbei und verfehlte ihn nur knapp. Erzwo kreischte.

„Ich weiß, dass das kein Podrennen ist, Erzwo!", sagte Anakin, als gerade der nächste Schuss sein Schiff traf und es um die Längsachse zu rotieren begann. Anakin kämpfte darum, die Kontrolle zurückzuerlangen, als das Schiff geradewegs auf das Raumschiff der Handelsföderation zuschoss.

Er zerrte verzweifelt an der Steuerung. Das Schiff reagierte nur schwerfällig. *Ich werde gegen das Droiden-Kontrollschiff knallen! Augenblick – da ist eine Öffnung.* Anakin hielt darauf zu und versuchte, seinen Schwung zu bremsen. Es würde ihm nicht viel bringen, wenn er gegen die Wand dort drinnen knallen würde.

Die Öffnung war eine Art Schiffshangar. Anakin musste mehreren Droiden und Transportern ausweichen. Dann fand er endlich den richtigen Schalter, und die Bremsraketen zündeten. Der beschädigte Raumjäger kam rutschend zum Stehen – aber nur knapp vor der Rückwand des Hangars. Anakin seufzte erleichtert und beugte sich hinunter, um einen Blick auf die Kontrollkonsole zu werfen. „Alle Systeme sind überhitzt, Erzwo. Alles leuchtet rot."

Erzwos gepiepte Antwort klang verzweifelt. Anakin warf einen vorsichtigen Blick über den Cockpitrand. *Kampf-Droiden! Eine Menge Kampf-Droiden! Das ist gar nicht gut.* Er ließ sich wieder sinken und fragte sich, wie lange Erzwo brauchen würde, um das Schiff zu reparieren.

Die tödlichen Laserwände schalteten sich ab, und Obi-Wan sprintete den Gang entlang. Er sah, dass Qui-Gon bereits wieder im Kampf mit dem Sith-Lord war. Die beiden Kämpfer umrundeten die Schmelzgrube. Sie schlugen wie wild aufeinander ein. *Ich schaffe es gerade noch …*

Etwas am Rand seines Sichtfeldes flackerte auf. Die Laserwände schlossen sich hinter ihm. Obi-Wan warf sich nach vorn, doch es reichte nicht aus. Die letzte Laserwand nahm flimmernd vor ihm Form an. So nahe, dass er beinahe in die tödlichen Strahlen lief. *Nein!*, dachte er, aber es war zu spät. Er war wieder gefangen, knapp vor den Kämpfenden, und konnte Qui-Gon nicht zu Hilfe kommen.

Obi-Wan starrte fassungslos durch die Laserwand. Für einen kurzen Augenblick schien es so, als trüge Qui-Gons Gegner einen schwarzen Helm und Obi-Wan lief es kalt den Rücken hinab. *Das ist alles falsch, es ist alles falsch! Ich sollte derjenige sein, der gegen den dunklen Lord kämpft.* Obi-Wan schüttelte den Kopf in dem Versuch, ihn freizubekommen. Der Sith-Lord trug keinen Helm, es war nur das Licht der Laserwand auf dem Schwarz seiner Tätowierungen. Und Qui-Gon kämpfte entschlossener, als Obi-Wan ihn jemals kämpfen gesehen hatte. Und doch ließ ihn das Gefühl nicht los. *Ich sollte dort draußen sein, nicht Qui-Gon.* Obi-Wan schüttelte erneut den Kopf. *Schalten diese Wände sich denn niemals ab?*

Qui-Gon wehrte einen heftigen Hieb ab, parierte einen weiteren und schlug dann zurück. Der Sith-Lord blockte den Schlag ab und rammte Qui-Gon den breiten Griff seines Lichtschwerts in das Kinn. Qui-Gon stolperte rückwärts, halb benommen von der Wucht des unerwarteten Schlages. Der Sith-Lord grinste triumphierend. Er drehte sein Lichtschwert um und durchbohrte Qui-Gon mit der Klinge.

Qui-Gon fiel zu Boden.

„Nein!“, schrie Obi-Wan. Der Klang seiner Stimme hallte seltsam nach, fast so, als hätte eine andere Stimme gemeinsam mit ihm seine verzweifelte Ungläubigkeit hinausgeschrien. Doch endlich schaltete sich die Laserwand ab, und Obi-Wan hatte keine Zeit mehr zum Nachdenken. Er machte einen Satz nach vorn und stellte sich dem Sith-Lord.

Allein.

KAPITEL 22

Der neimoidianische Vizekönig wartete mit weiteren Kampf-Droiden im Thronsaal. Amidala sah ihn voller Abneigung an, was ihn nur zum Lächeln brachte.

„Euer kleiner Aufstand ist beendet, Euer Hoheit", sagte er höhnisch. „Zeit, dass Ihr den Vertrag unterzeichnet und..."

Da ging die Tür noch einmal auf. Sabé kam herein. Sie trug die identische Uniform wie Padmé und die königliche Gesichtsbemalung. Amidala sah hinter ihr die Wracks mehrerer Droidekas und verspürte einen Anflug neuer Hoffnung.

Der Neimoidianer blickte unsicher von Amidala zu ihrem Double. „Ich werde keinen Vertrag unterzeichnen, Vizekönig!", rief Padmé. „Die Zeit Eurer Besatzung ist vorbei!" Sie drehte sich um und verschwand im Korridor.

„Ihr nach!", rief der Vizekönig. „Die ist ein Double!", fügte er mit einem Blick auf Amidala hinzu.

Während die meisten Kampf-Droiden aus dem Raum stürmten, ging Amidala langsam zu ihrem Thron. Der Vizekönig drehte sich zu ihr um. „Damit wird Eure Königin nicht durchkommen!", drohte er.

Amidala setzte sich auf ihren Thron, als hätte sie einen Schwächeanfall. Und dann drückte sie den Sicherheitsknopf. Die versteckte Abdeckung in ihrem Tisch glitt zur Seite ... und die Laserpistolen waren immer noch da! Sie warf eine Captain Panaka und eine einem anderen Offizier zu, schnappte sich selbst eine dritte und schoss die letzten der Kampf-Droiden über den Haufen.

Einer der Offiziere rannte zur offenen Tür. *Nein, zum Bedienfeld der Tür. Gute Idee.* Amidala schlug auf den Taster auf ihrem Tisch, der die Tür schloss, und der Offizier blockierte das Bedienfeld. Sie waren vorerst sicher. „Vizekönig, dies ist das Ende Eurer Besatzung", wiederholte sie wütend.

„Macht Euch nicht lächerlich", sagte der Neimoidianer, obwohl er offensichtlich verängstigt war. „Ihr seid viel zu wenige. Nicht mehr lange, und Hunderte von Droidekas brechen hier ein, um uns zu retten.

Nicht, wenn meine Piloten dein Kontrollschiff vernichten, dachte Amidala. Aber noch war es ihnen nicht gelungen, denn sonst wären die Droidekas nicht mehr aktiv. *Was hält sie auf?*

Die Lichter an Anakins Bedienkonsole leuchteten weiterhin rot. „Das System ist immer noch überhitzt, Erzwo", sagte er leise in der Hoffnung, dass ihn der Astromech-Droide zwar hören würde – aber nicht die Kampf-Droiden um seinen Raumjäger herum.

„Wo ist dein Pilot?", fragte in diesem Augenblick eine mechanische Stimme vor dem Schiff.

Sie haben mich nicht gesehen!, dachte Anakin, als Erzwo eine Antwort zwitscherte.

„Du bist ein Pilot?", fragte der Kampf-Droide skeptisch. „Zeig mir deine Identifikation!"

Die Lichter auf der Bedienkonsole sprangen auf grün um. „Ja!", stieß Anakin hervor und warf den Antrieb an.

„Du da!", rief der Kampf-Droide. „Komm da raus, oder wir schießen dich ab!"

„Nicht, wenn es nicht unbedingt sein muss!", antwortete Anakin und legte den Schalter um, der die Schilde aktivierte.

Durch die offene Tür an der anderen Seite des Hangars kamen immer mehr Kampf-Droiden. *Das wird sie aufhalten!* Anakin eröffnete das Feuer – zuerst mit den Lasern und dann mit den Torpedos des Schiffes. Die Laser trafen, aber die Torpedos flogen über die Köpfe der Droiden hinweg durch die weit offene Tür hinter ihnen.

„Verdammt, verfehlt!", murmelte Anakin. Einen Augenblick später hörte er eine Explosion. Die Torpedos waren irgendwo in dem Droiden-Kontrollschiff hochgegangen. Durch die Tür konnte er einen Blick auf ein großes, unidentifizierbares Objekt erhaschen, das auseinanderfiel. Endlich! *Ich habe Schaden angerichtet!* „Los, Erzwo. Lass uns hier verschwinden!"

Anakin wendete das Schiff und gab Gas. Der Raumjäger schoss durch den Hangar und hinaus ins All, nur ganz knapp vor einer Feuerwand. „Das ist genau wie Podrennen!", rief Anakin. „Juppieh!"

Hinter ihm begann das Droiden-Kontrollschiff zu erbeben. Aus seinen Luken und Fenstern brach Feuer, als es langsam von innen heraus explodierte. Anakin grinste. *Ich wünschte, Padmé hätte das gesehen.*

Die Droiden der Handelsföderation hatten die Armee der Gungans umstellt. Die Offiziere wurden zuerst gefangen genommen. „Dassein schlecht", sagte Jar Jar zu General Ceel, als sie dabei zusahen. „Sehr übel."

„Ichse hoffen, dassein für die Königin gut gegangen", gab der General zurück.

In diesem Moment blieben alle Droiden stehen. Manche begannen sich zu schütteln. Andere rannten im Kreis. Ein paar der Flugmaschinen stürzten ab. Und dann hörte auf einmal alles komplett auf, sich zu bewegen.

Die Gungans sahen sich starr vor Überraschung um. Als sich die Droiden nicht mehr zu bewegen begannen, wagten sich die Gungans langsam vor. Jar Jar stieß einen der Kampf-Droiden an. Die Maschine fiel wie eine wackelige Statue um.

„Seltsam", sagte Jar Jar. *Die Königin ihr Versprechen gehalten!*, dachte er. *So aussehen, dass wir doch noch gewinnen.*

Der Sith-Lord griff Obi-Wan ohne Gnade an und trieb ihn um die Schmelzgrube herum. Was auch immer Obi-Wan versuchte, er konnte die Verteidigung seines Gegners nicht durchbrechen. Und dabei wurde er immer müder, während sein Gegner vollkommen frisch zu sein schien.

Auf halbem Weg um die Schmelzgrube wich Obi-Wan einem heimtückischen Hieb aus. Der Sith-Lord war bei ihm, noch bevor er sein Gleichgewicht wiedergefunden hatte. Der dunkle Kämpfer stieß den jungen Jedi mit einem mächtigen Schlag hinunter in die Grube.

Die Zeit schien langsamer zu verrinnen. Obi-Wan hörte in Gedanken die Stimmen seiner Lehrer; Qui-Gon, der immer wieder gesagt hatte: *Vertraue auf die Lebendige Macht, mein junger Padawan*, und Meister Yoda, der ihm vor langer Zeit befohlen hatte: *Tu es oder tu es nicht. Es gibt kein Versuchen.* Und jetzt, in diesem Augenblick, verstand er alles. Während er sich drehte, um eine der Einspritzdüsen zu fassen zu bekommen, die in die Grube ragten, dachte er verträumt: *Das habe ich falsch gemacht. Ich habe es versucht.*

Der Sith-Lord stand auf dem Umlauf, sah zu ihm hinunter und grinste böse. Er trat Obi-Wans Lichtschwert mit boshaftem Lächeln in die Grube hinunter und sah ihm nach. Dann hob er sein Lichtschwert für den tödlichen Schlag.

Obi-Wan vollführte im letzten Augenblick einen halben Salto zurück auf den Laufsteg. Er ließ die Macht fließen und rief Qui-Gons Lichtschwert zu sich. Die Waffe flog genau in dem Augenblick in seine Hand, als er landete. Der unerwartete Zug erwischte den Sith-Lord eiskalt. Obi-Wan ruhte in der Lebendigen Macht. Sauber und ohne es nur zu *versuchen,* zog er das Lichtschwert seines Meisters durch. Der Sith-Lord versuchte zu parieren, aber er reagierte nicht schnell genug. Er schrie auf und stürzte in die Schmelzgrube hinab. Obi-Wan spürte ein Erbeben der Macht, als der dunkle Lord starb.

Er schaltete das Lichtschwert ab und rannte zu Qui-Gon. „Meister!"

„Es ... es ist zu spät", sagte Qui-Gon mit schmerzerfüllter Stimme.

„Nein!"

„Obi-Wan, versprich mir ..." Qui-Gon musste um jedes Wort kämpfen. Obi-Wan konnte die Anstrengung fühlen, die es ihn kostete, dem Ruf der Macht nicht zu folgen. „Versprich mir, dass du den Jungen ausbilden wirst."

„Ja, Meister."

Qui-Gons Gesicht nahm einen grauen Farbton an, und seine Stimme wurde schwächer. Draußen jubelte jemand, und Obi-Wan musste sich tiefer zu seinem Meister hinunterbeugen, um ihn noch verstehen zu können. „Er ist der Auserwählte", sagte Qui-Gon. „Er wird ... das Gleichgewicht bringen", keuchte er. „Bilde ihn aus!"

Als der Lärm der fernen Feier lauter wurde, spürte Obi-Wan, wie der letzte Atem Qui-Gons Körper verließ. Er wollte es verleugnen, nicht glauben, damit er so tun konnte, als hätte er noch einen Augenblick mehr mit dem Mann, der ihm der einzige Vater gewesen war, den er jemals gekannt hatte. Aber er konnte nicht. Obi-Wan kniete sich leise weinend neben seinen toten Meister, während draußen die Bürger Naboos ihren plötzlichen Sieg bejubelten.

KAPITEL 23

Am nächsten Tag kam die Nachricht, dass der neue Oberste Kanzler der Galaktischen Republik bald ankommen würde. *Besser spät als nie*, dachte Königin Amidala, obwohl sie zugeben musste, dass sie ihn auch dann gerne gesehen hätte, wenn ihr Plan schiefgegangen wäre.

Der Kreuzer landete im Hof vor dem Haupthangar. Amidala ließ die beiden Neimoidianer Nute Gunray und Rune Haako von ihren Truppen herführen. Als sie darauf warteten, dass sich die Einstiegsrampe absenkte, drehte sie sich zu Gunray und sagte: „Und nun, Vizekönig, werdet Ihr zum Senat zurückkehren und all dies erklären müssen."

„Ich denke, das war's dann wohl für Eure Handelsprivilegien", sagte Captain Panaka mit offensichtlicher Befriedigung.

Endlich war die Rampe unten. Obi-Wan und Panaka führten die beiden Neimoidianer zum Schiff, als die Neuankömmlinge ausstiegen. Zuerst kam der Oberste Kanzler Palpatine, gefolgt von mehreren republikanischen Wachen. Ihnen folgte eine Gruppe in Jedi-Roben die Rampe herab. Obi-Wan blieb stehen und redete mit ihnen.

Amidala ging zum Kanzler, um ihn zu begrüßen. „Herzlichen Glückwunsch zu Eurer Ernennung, Kanzler", sagte sie warmherzig. „Es tut gut, Euch wiederzusehen."

„Es tut gut, wieder zu Hause zu sein", erwiderte Kanzler Palpatine mit einem Lächeln. „Aber Ihr verdient die Gratulation. Nur Eure Kühnheit hat Euer Volk gerettet."

Aber viele mussten sterben, dachte Amidala traurig. *Viele aus meinem Volk und viele Gungans. Und Qui-Gon Jinn.* Diese Nachricht hatte sie schlimmer getroffen, als sie es für möglich gehalten hatte.

„Morgen werden wir Euren Sieg feiern", sagte sie zum Kanzler. „Aber heute Abend ... heute werden wir um jene trauern, die nicht mehr mit uns feiern können."

Der Nachmittag war voller Aufgaben. Obi-Wan sprach mit Yoda und den anderen Jedi-Meistern und beschrieb den Kampf mit dem Sith-Lord in allen Details. Als er fertig war, legte Mace Windu die Stirn in Falten. „Es besteht kein Zweifel. Der mysteriöse Krieger war ein Sith."

„Immer zu zweit sie sind", sagte Meister Yoda nachdenklich. „Keiner mehr. Keiner weniger. Ein Meister und ein Schüler."

Meister Windu nickte. „Doch welcher wurde vernichtet? Der Meister oder der Schüler?"

Keiner kannte die Antwort. *Aber wie dem auch sei, einer von ihnen ist immer noch dort draußen*, dachte Obi-Wan. *Und wenn der hier ein Schüler war, dann hoffe ich, dass ich dem anderen niemals gegenübertreten muss.*

Als die Diskussion schließlich zu Ende war, stellte Obi-Wan seinen Antrag – dass man ihm, sobald er die Prüfungen bestanden hatte und ein voll ausgebildeter Jedi-Ritter war, gestatten würde, Qui-Gons Platz als Anakin Skywalkers Meister einzunehmen. *Ich kann diesen Platz in Wahrheit gar nicht einnehmen. Aber ich kann Anakin ausbilden.* Die Meister sahen nachdenklich drein und zogen sich zur Beratung zurück. Sie riefen Obi-Wan später am Tag wieder zu sich.

Zu Obi-Wans Überraschung erwartete ihn nur Meister Yoda in dem fensterreichen Raum. Er kniete sich nieder und wartete darauf, dass der Jedi-Meister das Wort erhob. Meister Yoda ging mehrmals auf und ab, bevor er plötzlich sagte: „Dich in den Rang eines Jedi-Ritters zu erheben der Rat beschlossen hat." Er runzelte die Stirn. „Aber zustimmen deinem Entschluss, diesen Jungen als Padawan-Schüler zu nehmen, kann ich nicht!"

„Qui-Gon hat an ihn geglaubt", sagte Obi-Wan unbeirrt. „Und ich glaube an Qui-Gon."

„Der Auserwählte er wirklich sein mag. Aber trotzdem große Gefahr ich befürchte durch seine Ausbildung."

Obi-Wan lief es kalt den Rücken hinab, doch er hob den Kopf. „Meister Yoda, ich habe Qui-Gon mein Wort gegeben. Ich *werde* Anakin ausbilden. Auch ohne die Zustimmung des Rates, wenn es sein muss."

„Qui-Gons Trotz ich spüre in dir", sagte Yoda. „Nötig haben du hast das nicht!" Er seufzte. „Die Zustimmung der Rat dir erteilt. Dein neuer Schüler Skywalker wird sein."

Anakin stand da und starrte in den Scheiterhaufen der Trauerfeier. Alle waren anwesend – Königin Amidala, Captain Panaka und seine Truppen, Jar Jar und die Anführer der Gungans, Kanzler Palpatine und der gesamte Rat der Jedi. Anakin sah einmal in die Runde, bis sein Blick wieder auf den Scheiterhaufen traf, auf dem Qui-Gons Körper verbrannte. *Er sagte mir, dass ich in Sicherheit wäre, wenn ich in seiner Nähe bliebe.* Er schniefte und wischte sich mit dem Handrücken die Nase ab. *Ich habe fast alle verloren – Mom, Padmé, meine Freunde zu Hause und jetzt Qui-Gon.*

Er spürte Hände auf seinen Schultern und sah auf. Obi-Wan sah ihn bedeutungsschwer an. „Er ist eins mit der Macht, Anakin", sagte der Jedi. „Du musst ihn gehen lassen."

„Was wird jetzt mit mir passieren?", fragte Anakin. Seine eigene Stimme kam ihm verloren vor.

„Ich bin jetzt dein Meister", sagte Obi-Wan ernst.

Anakin sah verblüfft auf. *Meister? Nicht nur Beschützer?* Er spürte die Hoffnung in sich wachsen. *Also werde ich doch noch ein Jedi?*

Obi-Wan schien Anakins Gedanken gelesen zu haben. Er lächelte. „Du wirst ein Jedi werden, das verspreche ich."

Anakin sah voller Trost in die Flammen. Ich werde hart arbeiten, um ein großer Jedi zu werden, schwor er Qui-Gon im Stillen, als die Funken des Scheiterhaufens in den Himmel stiegen. *Ihr werdet stolz auf mich sein.*

Ihr werdet beide stolz auf mich sein.

STAR WARS™

EPISODE II

ANGRIFF DER KLONKRIEGER™

Patricia C. Wrede

Basierend auf der Story von George Lucas
und dem Original-Drehbuch von
George Lucas und Jonathan Hales

PANINI BOOKS

Deutsche Erstausgabe erschienen April 2002 bei Panini Verlags GmbH, Rotebühlstraße 87, 70178 Stuttgart. Alle Rechte vorbehalten.

© 2002, 2008 Lucasfilm Ltd. & ™. All rights reserved.
Used under authorization.
Titel der amerikanischen Originalausgabe: „Patricia C. Wrede:
Star Wars: Episode II *Attcak of the Clones*".

No similarity between any of the names, characters, persons and/or institutions in this publication and those of any pre-existing person or institution is intended and any similarity which may exist is purely coincidental. No portion of this publication may be reproduced, by any means, without the express written permission of the copyright holder(s).

Übersetzung: Dominik Kuhn
Lektorat: Inken Bohn
Redaktion: Mathias Ulinski, Holger Wiest
Chefredaktion: Jo Löffler
Umschlaggestaltung: tab indivisuell, Stuttgart
basierend auf dem US-Cover Design von Louise Bova
Satz: Greiner & Reichel, Köln

www.paninicomics.de
www.starwars.com

PROLOG

Es war einmal vor langer Zeit in einer weit, weit entfernten Galaxis ...

Seit Generationen sorgten die Jedi-Ritter für Frieden unter den vielen Welten der Galaktischen Republik. Sie schufen die Gesetze nicht – das war die Aufgabe des Galaktischen Senats. Die Jedi sorgten nur dafür, dass die Gesetze eingehalten wurden. Manchmal führten sie Verhandlungen, manchmal setzten sie ihre überragenden Kampfeskünste ein, manchmal bedienten sie sich der geheimnisvollen Kräfte der Macht. Ihre Methoden waren extrem wirksam. Seit tausenden von Generationen hatte es in der Galaxis keinen großen Krieg mehr gegeben. Nur einige wenige Planeten hatten ernsthaftere Konflikte erlebt.

Einer dieser Planeten war eine kleine, überwiegend von Wasser bedeckte Welt namens Naboo gewesen. Während eines Streits über die Besteuerung von Handelsrouten hatte die mächtige Handelsföderation eine riesige Droiden-Armee auf Naboo stationiert. Die erst kürzlich gewählte Königin von Naboo, die junge Padmé Amidala, hatte ihre

Kapitulation verweigert. Ihr Heldenmut und der Einsatz der Jedi hatten den Konflikt zu einem schnellen Ende gebracht, doch viele aus dem Naboo-Volk waren verletzt oder getötet worden.

Diese Erfahrung hatte bei Padmé einen tiefen Eindruck hinterlassen. Nachdem sie ihre zwei Amtsperioden als Königin beendet hatte, hatte sie der Politik nicht den Rücken gekehrt. Stattdessen hatte sie sich auf Drängen der neuen Königin für das Amt einer Galaktischen Senatorin beworben und war so die Repräsentantin von Naboo geworden. Im Senat setzte sie sich fortan mit aller Kraft für den Frieden ein.

Eine solche Stimme wurde auch dringend benötigt. Der Senat war groß geworden und erstickte beinahe an seiner Bürokratie. Viele Völker waren unzufrieden; manche redeten sogar davon, den Senat zu verlassen und eine eigene Regierung zu bilden. Diese Separatisten waren keine ernsthafte Bedrohung gewesen, bis Count Dooku, ein ehemaliger Jedi-Ritter, sie alle unter seiner Führung zusammengeschlossen hatte.

Diese Separatistenbewegung machte es den wenigen Jedi-Rittern nicht leicht, den Frieden weiterhin aufrecht zu erhalten. Und während die Aufgabe der Jedi schwerer wurde, schlossen sich immer mehr Sternensysteme den Separatisten an. Viele Mitglieder des Senats befürchteten, dass es Krieg geben würde, wenn die Separatisten nicht zur Vernunft kämen. Und jeder wusste, dass es zu wenig

Jedi gab, um den Frieden aufrecht zu erhalten. Zum ersten Mal seit eintausend Generationen musste der Senat darüber abstimmen, ob man eine Armee aufstellen sollte.

Die Anspannung stieg, als diejenigen, die das von den Separatisten verursachte Chaos fürchteten, mit denen zusammenstießen, die befürchteten, dass eine Mobilmachung jede Hoffnung auf Frieden zunichte machen würde. Senatorin Padmé Amidala gehörte zu denen, die sich gegen die Aufstellung einer Armee aussprachen. Ihre Entschlossenheit und ihr Einsatz, die durch die kurze Invasion Naboos vor zehn Jahren nur gestärkt worden waren, verschafften ihren Worten im Senat große Überzeugungskraft. Nicht wenige Senatoren, die für die Aufstellung einer Armee waren, hätten es sicher gern gesehen, wenn Padmé für immer verschwinden würde.

Padmé war sich dieser Gefahr bewusst, doch ihr Pflichtgefühl war sehr stark – und noch stärker war ihre Friedensliebe. Als die Zeit der endgültigen Entscheidung gekommen war, machte sie sich auf den Weg nach Coruscant, um ihre Stimme gegen die Aufstellung einer Armee der Republik abzugeben.

KAPITEL 1

Senatorin Padmé Amidala sah aus der Hauptsichtscheibe ihres Raumschiffs hinunter auf den sich nähernden Planeten. *Sogar aus dem All sieht Coruscant anders aus als andere Welten,* dachte sie. Die meisten Planeten zeigten auf der Tagesseite ihre Farben – das Grün von Waldplaneten, das Blau von Wasserplaneten, das glitzernde Weiß von Eiswelten, das sandige Gelb von Wüstenplaneten wie Tatooine. Auf ihrer Nachtseite waren die meisten Planeten dunkel und vielleicht zeigte hier und da ein Glitzern die Lage der größten Städte an.

Coruscants Tagesseite war ein mattes, metallenes Grau. Die Farbe von Millionen von Gebäuden und Plattformen, die seine gesamte Oberfläche bedeckten. Die Nachtseite leuchtete im bernsteinfarbenen Licht dieser Gebäude, die wie Sterne einer Miniaturgalaxis aussahen. *Nur auf Coruscant ist die Nacht attraktiver als der Tag,* dachte Padmé.

Der Königliche Naboo-Kreuzer und seine drei eskortierenden Kampfjäger flogen um Coruscant herum zur angewiesenen Landeplattform. Padmé hatte die Eskorte nicht gewollt, doch ihr Sicherheitsoffizier hatte darauf bestanden, da sie in Gefahr war. Captain Typho machte seine Arbeit gut, also hatte sie widerstrebend zugesagt. Da auf der Reise nichts geschehen war, bereute sie schon, eingelenkt zu haben.

Die drei blattförmigen Ausleger der Landeplattform kamen in Sicht. Der Königliche Sternenkreuzer landete auf dem zentralen Blatt. Die drei Kampfjäger nahmen die anderen Ausleger, zwei von ihnen auf einer Seite und einer auf der anderen. Captain Typho, der einen der drei Jäger geflogen hatte, schwang sich aus seinem Cockpit und nahm den Helm ab.

„Wir haben es geschafft“, sagte er. „Ich habe mich wohl geirrt. Es bestand keine Gefahr.“

Padmé hörte ihm nur halb zu. Auf der Plattform sah sie Dormé, eine ihrer Leibwächter-Dienerinnen, inmitten der Landecrew warten. Dormé machte einen müden und angespannten Eindruck. *Sie ist nur besorgt,* dachte Padmé. *Sie kann ja nicht wissen, wie ereignislos die Reise verlaufen ist.*

Die Rampe des Kreuzers senkte sich zu Boden. Zuerst gingen Padmés Wachen hinunter, dann der Rest der Senatoren-Begleiter. Die Bodencrew sah zu, als sie den Fuß der Rampe erreichten.

Im nächsten Moment riss etwas Padmé von den Beinen. Durch das Brüllen in ihren Ohren hörte sie Schreie des Entsetzens. Sie hustete und blinzelte angestrengt, um das dunkle Bild in ihren Augen loszuwerden – das Bild des explodierenden Königlichen Kreuzers. *Captain Typho hat also doch Recht gehabt,* dachte sie. Und dann: *Cordé! Geht es Cordé gut?*

Sie war noch immer ein wenig außer Atem nach ihrem Sturz, wollte sich aber vergewissern. Sie richtete sich auf und lief auf das Wrack zu. Am Fuß der Rampe lagen mehrere verkrümmte Gestalten. Eine davon war Cordé, die Doppelgängerin, die sich zur Ablenkung als Senatorin Amidala ausgegeben hatte ... viel zu gut, zu ihrem eigenen Schaden.

Padmé riss ihren Pilotenhelm vom Kopf und zog Cordé zu sich in die Arme. „Cordé ..."

Cordé öffnete die Augen. Einen Moment starrte sie Padmé mit leerem Blick an, dann schien sie sie zu erkennen. „Mylady ... Es tut mir so Leid", stöhnte sie. „Ich ... bin mir nicht sicher ... ich habe Euch enttäuscht, Senatorin."

Enttäuscht? Nein! Doch bevor sie es sagen konnte, spürte Padmé, wie das Leben aus Cordé wich. Sie zog ihre Leibwächterin dicht an sich heran, so als könnte sie sie durch pure Willenskraft wieder zum Leben erwecken. „Nein", flüsterte sie. „Nein!" *Nicht jetzt, nicht hier, nicht während wir auf Coruscant in Sicherheit sind.*

Doch Coruscant war nicht sicher. Captain Typho hatte angenommen, dass ein Angriff während der Reise geschehen würde; dort, wo ein Attentäter in den leeren Raum fliehen konnte. Daher hatte er auch darauf bestanden, dass Padmé sich nicht nur auf ihr Double verließ, sondern auch einen der Jäger flog. „Ein Doppelgänger nützt nichts, wenn Ihr genau neben ihm steht", hatte er zu ihr gesagt. „Solange Ihr an Bord seid, wird jeder, der das Schiff angreift, Euch angreifen, auch wenn Cordé als Senatorin auftritt. Ihr müsst anderswo sein." Sie war anderswo gewesen und jetzt war Cordé ums Leben gekommen. Jetzt, wo sie doch bald hätten in der Lage sein müssen, ihre Sorgen zu vergessen.

Typhos drängende Stimme erreichte sie wie ein Echo ihrer Gedanken. „Mylady ... Ihr befindet Euch hier immer noch in Gefahr."

Padmé ließ Cordé – Cordés Leichnam – langsam sinken. Sie hob den Blick und sah noch mehr reglose Körper: zwei ihrer Wachen und noch eine Dienerin. Sie schluckte schwer und zwang ihren Blick auf das zertrümmerte Wrack des Raumschiffes. *Der Pilot des Kreuzers war noch an Bord. Und noch andere ... Wie viele andere?* Tränen stiegen ihr in die Augen. „Ich hätte nicht zurückkommen dürfen", murmelte sie halb zu sich selbst.

„Diese Abstimmung ist von großer Wichtigkeit", erinnerte Typho sie. „Ihr habt Eure Pflicht getan – und Cordé die ihre. Nun kommt."

Padmé zögerte und blinzelte gegen die Tränen an. Das Mindeste, was sie jetzt tun konnte, war, diese Menschen genau anzusehen. Diese Leute, die ihr Leben für sie geopfert hatten. *Ich werde nicht zulassen, dass ihr Opfer umsonst war,* versprach sie still. *Wir WERDEN Frieden haben.*

„Senatorin Amidala, bitte!"

Captain Typhos Stimme klang ebenso verzweifelt wie drängend. Er hatte wieder Recht: Sie musste gehen. Padmé sah sich ein letztes Mal um und brannte das Bild des Wracks in ihre Erinnerung. Dann drehte sie sich um und ging gemeinsam mit Typho los. Hinter ihr hörte sie ein leises, wimmerndes Geräusch von ihrem treuen Droiden R2-D2, doch sie wandte sich nicht um. Sie musste ihre Arbeit erledigen.

Sich umzuziehen und in den Senatssaal zu gelangen dauerte länger, als Padmé angenommen hatte. Als sie mit ihrer Eskorte ankam, waren schon die meisten Schwebeplattformen an den Wänden der riesigen Arena besetzt und die Sitzung hatte bereits begonnen. Padmé hörte gerade einen der Senatoren rufen, als sie ihre Plattform betrat.

„... braucht mehr Sicherheit! Bevor es zum Krieg kommt!"

Padmé drehte den Kopf. Der Sprecher war Orn Free Taa, der fette, blauhäutige Senator von Twi'leck und einer der größten Befürworter der Mobilmachung.

„Muss ich den Senator daran erinnern, dass die Verhandlungen mit den Separatisten noch andauern?", fragte Kanzler Palpatine mahnend. Padmé fiel es nicht leicht zu begreifen, wie er angesichts dieser dauernden Provokationen so ruhig bleiben konnte. Doch irgendwie schien Palpatine das wütende Geschrei um ihn herum niemals zu berühren. „Frieden ist unser Ziel", fügte der Kanzler hinzu, „nicht Krieg."

Als die Senatoren Antworten auf die Kommentare des Kanzlers riefen, drückte Padmé ein paar Tasten an den Kontrollen ihrer Plattform und setzte sie in Bewegung. Geschickt manövrierte sie um die anderen Plattformen herum, die bereits in der Nähe des Zentrums der Arena schwebten. Als sie sie passierte, sah sie, wer in den anderen Kapseln saß – Ask Aak von Malastare, Darsana von Glee Anselm und natürlich Orn Free Taa, allesamt Befürworter der Mobilmachung. Es war gut, dass sie gerade jetzt angekommen war.

„Meine geschätzten Kollegen, ich stimme dem Obersten Kanzler zu!", sagte Padmé, als sie den Rednerbereich erreicht hatte. „Wir müssen den Krieg um jeden Preis vermeiden!"

Zu Padmés Erstaunen legte sich eine überraschte Stille über den gesamten Senat. Einen Augenblick später brandete Applaus und Jubel von allen Plattformen auf. Sogar Orn Free Taa und Ask Aak schlossen sich an, wenn auch weniger begeistert.

„Mit großer Überraschung und Freude grüßt der Vorsitzende die Senatorin von Naboo, Padmé Amidala", sagte Kanzler Palpatine. Das ungewöhnliche Gefühl der Erleichterung in seiner Stimme verriet Padmé, was geschehen war.

Sie müssen von der Explosion gehört haben, dachte Padmé. Nun, vielleicht konnte sie diesen Anschlag als Argument dafür anführen, wie wichtig dieser Gesetzesentscheid war. „Vor weniger als einer Stunde wurde ein Anschlag auf mein Leben verübt", begann sie. „Eine meiner Leibwächterinnen und sechs andere wurden hinterrücks und feige ermordet." Ihre Stimme zitterte, als sie an Cordé dachte, doch sie zwang sich zur Ruhe. Sie *musste* ihnen zeigen, wie wichtig es war, Krieg zu vermeiden.

„Ich war das Ziel dieses Anschlags", fuhr Padmé fort. „Aber noch wichtiger ist, dass meiner Meinung nach die Euch vorliegende Sicherheitsmaßnahme das Ziel war. Ich habe die Opposition gegen die Mobilmachung angeführt … doch es gibt offensichtlich jemanden in dieser Runde, der vor nichts Halt macht, um sie durchzusetzen."

Ein paar der Senatoren buhten. Padmé behielt Dank der jahrelangen Erfahrung ihren ruhigen Gesichtsausdruck, doch innerlich war sie entsetzt angesichts ihrer vielen Kollegen, die langsam auf den Entscheid für eine Armee drifteten. „Ich warne Euch", sagte sie. „Wenn Ihr für die Aufstellung einer solchen Armee stimmt, wird es Krieg geben. Ich habe das Unglück des Krieges am eigenen Leib erfahren. Ich wünsche nicht, es noch einmal zu erfahren. Wacht auf, Senatoren!", rief Padmé über die lauter werdenden Rufe von den anderen Plattformen hinweg. „Ihr müsst aufwachen! Wenn wir den Separatisten mit Gewalt gegenübertreten, können sie nur mit Gewalt erwidern!" Voller

Entschlossenheit flehte sie die Senatoren an, die ‚Sicherheitsmaßnahme' abzulehnen, doch die Antwort war nur ein Chor von Missbilligungen und Buhlauten.

Orn Free Taa brachte seine Plattform näher an die ihre und wandte sich an den Kanzler. „Mein Antrag auf eine Vertagung der Abstimmung muss zuerst behandelt werden. Das Gesetz verlangt es."

Padmé sah ihn eindringlich an. Kanzler Palpatine warf ihr vom zentralen Podium aus einen mitfühlenden Blick zu, doch seine Stimme war ebenso streng wie zuvor, als er Ask Aak zurechtgewiesen hatte. „Aufgrund der fortgeschrittenen Stunde und der Wichtigkeit dieses Antrags werden wir uns mit den Dingen erst morgen wieder beschäftigen. Bis dahin wird die Sitzung des Senats vertagt."

Was macht er? dachte Padmé, als sie ihre Plattform zurück an die Dockstation schweben ließ. *Ist er sich so sicher, dass wir die Abstimmung verlieren werden?*

Ein kleiner Bildschirm an der Plattform blinkte auf und zeigte damit eine ankommende Nachricht an. Padmé sah hinab. Der Kanzler bat sie um eine private Unterredung in seinem Büro. Vielleicht würde sie dort ein paar Antworten erhalten.

Das große, aber komfortable Büro von Kanzler Palpatine lag hoch oben in einem Wolkenkratzer, der das Senatsgebäude überragte. Das dick gepolsterte, blaue Sofa, das vor dem Schreibtisch des Kanzlers stand, war breit und flach genug, um beinahe jeder Lebensform in der Republik bequem Platz zu bieten. Der Boden war mit dicken Teppichen belegt; große Fenster ließen aus allen Richtungen das Licht herein. Die beiden königlichen Wachen, die in ihren neuen roten Roben und Helmen die Tür flankierten, hoben sich von dem eintönig gestalteten Hintergrund ab und demonstrierten gleichermaßen die Macht und die Gefahr, die das Amt des Kanzlers ausstrahlte.

Yoda hatte die Fenster positiv zur Kenntnis genommen, doch der Rest beeindruckte ihn nicht. Der Kanzler hatte sich all dies sicher verdient – niemand konnte behaupten, dass er nicht voller Einsatz sowohl für die Republik als auch den Frieden gearbeitet hatte. Doch Jedi zogen bescheidenere Umgebungen vor, wenn auch keines der anwesenden Mitglieder des Jedi-Rates das aussprechen würde. Sie alle waren gekommen, um die aktuelle Situation mit Kanzler Palpatine zu besprechen. Der Luxus ließ Yodas Ohren zucken.

„Ich weiß nicht, wie lange ich die Abstimmung noch aufschieben kann, meine Freunde", sagte der Kanzler zu den vier Jedi, die ihn ansahen. Seine leise Stimme klang müde. „Immer mehr Sternensysteme schließen sich den Separatisten an."

Und die Senatoren wurden immer ängstlicher. Und je mehr Angst sie bekamen, desto heikler wurde die Situation. *Angst nährt die Dunkle Seite,* dachte Yoda traurig. Das deutlichste Zeichen für das wachsende Chaos war die

Explosion von Senatorin Amidalas Raumkreuzer. *Vorhersehen wir es hätten müssen – vorhersehen und es verhindern.* Doch die Jedi hatten es nicht vorhergesehen und viele Leben waren verloren gegangen. Die Angst unter den Senatoren war noch größer geworden, seitdem die Separatisten damit drohten, sich loszusagen und vielleicht einen Krieg zu beginnen.

„Wenn sie sich abspalten ...", begann Mace Windu zögernd.

„Ich werde nicht zulassen, dass diese Republik, die eintausend Jahre lang Bestand gehabt hat, in zwei Hälften zerbricht!", unterbrach Palpatine Mace Windus Grübeln. „Meine Verhandlungen werden nicht scheitern!"

Angst der Kanzler nicht hat, dachte Yoda. Er konnte die angstvollen Gefühle der Senatoren sogar aus der Entfernung spüren – sie spiegelten sich in der Macht wider. Doch bei Palpatine spürte er nichts außer Entschlossenheit und Zuversicht. Und doch wusste jeder, dass die Anstrengungen des Kanzlers die Mobilmachung nur verzögert, bislang aber nicht verhindert hatten.

Mace Windu sah Palpatine bedeutungsvoll an und fuhr dort fort, wo er unterbrochen worden war. „Aber *wenn* sie es tun, müsst Ihr Euch darüber im Klaren sein, dass es nicht genug Jedi gibt, um die Republik zu beschützen. Wir sind Friedenshüter, keine Soldaten." Neben ihm nickte Ki-Adi Mundi zustimmend.

Palpatine starrte sie einen Moment lang an und drehte

sich dann um. „Meister Yoda, glaubt Ihr wirklich, dass es zu einem Krieg kommen wird?"

Yoda schloss die Augen und faltete seine langen, beweglichen Ohren nach unten. So konnte er die Veränderungen, die die Macht in der Zukunft erfahren würde, besser sehen. Die Dunkle Seite hing wie ein dichter Nebel über allem und verdeckte alle Ereignisse, die normalerweise so deutlich waren; je weiter er in die Zukunft sah, desto vernebelter erschien alles. Lichtschwerter blitzten blau und grün im Nebel, doch es waren nur allzu wenige und er erspähte immer mehr von einem roten Leuchten, das kein Jedi jemals beherrschen würde. „Schlimmer als Krieg, ich fürchte", murmelte er. „Viel schlimmer."

„Was?", wollte Palpatine wissen.

„Was spürt Ihr, Meister?", fragte Mace Windu beinahe gleichzeitig.

„Die Dunkle Seite. Einfach alles sie vor uns verbirgt", sagte Yoda kopfschüttelnd. „Unmöglich vorherzusehen, was birgt die Zukunft. Doch darüber ich mir sicher bin." Er öffnete die Augen. „Ihre Pflicht die Jedi werden tun."

Die anderen Jedi sahen ihn an und dachten nach, während Palpatine ein Summen auf seinem Schreibtisch beantwortete. Yoda sah mit ernster Miene zur Seite. Er hatte in seinen neunhundert Jahren als Jedi viele Krisen über die Republik kommen sehen, doch diese … war anders. Noch nie war ihm die Dunkle Seite so stark erschienen.

Die Tür des Büros öffnete sich und noch bevor eine Delegation von loyalen Senatoren hereinkam, spürte Yoda eine vertraute Gegenwart. Er stand mit einem etwas traurigen Lächeln auf und begrüßte Senatorin Padmé Amidala. Es war ganz ihre Art, dass sie trotz des Anschlags auf sie und der Toten unter ihrer Mannschaft sofort wieder an die Arbeit hatte gehen wollen. Doch obwohl ihr Gesicht Ruhe ausstrahlte, spürte Yoda auch ihren Schmerz. Er sprach sie darauf an. „Senatorin Amidala. Eure Tragödie auf der Landeplattform. Schrecklich."

Padmé antwortete nur mit einem leichten Nicken, so als würde sie es nicht ertragen zu sprechen.

„Die Macht stark mit Euch ist, junge Senatorin", fuhr Yoda fort und stieß sie leicht mit seinem Stock an. „Euch lebend zu sehen bringt warme Gefühle über mein Herz."

„Danke, Meister Yoda", gab Padmé leise zurück. Sie sah zu den anderen Jedi hinüber und fragte: „Habt Ihr schon einen Verdacht, wer hinter diesem Angriff steckt?"

„Unser Nachrichtendienst vermutet unzufriedene Gewürz-Schürfer auf den Monden von Naboo dahinter", erklärte Mace Windu.

Padmé runzelte die Stirn. „Ich widerspreche nicht gern, aber ich glaube, dass Count Dooku hinter all dem steckt."

Sogar Padmés Sicherheitsoffizier sah sie nach dieser Aussage überrascht an. Offensichtlich hatte die junge Senatorin ihm ihre Theorie noch nicht mitgeteilt. Die anderen Senatoren murmelten untereinander – bis auf Bail Organa, der Padmé nachdenklich beobachtete. „Ihr müsst wissen,

Mylady“, sagte Mace Windu sanft, „dass Count Dooku einst ein Jedi war. Er könnte kein Attentat durchführen. Das liegt nicht in seiner Natur.“

„In dunklen Zeiten nichts so ist, wie es scheint“, sagte Yoda, bevor die junge Senatorin etwas Übereiltes entgegnen konnte. Er sah seine Kollegen an und zuckte missbilligend mit den Ohren. Sie hätten eigentlich zu klug sein müssen, um solche Behauptungen zu äußern. Außerdem war dies ohnehin nicht der richtige Moment, um eine Diskussion über den Charakter eines ehemaligen Jedi zu beginnen. Abgesehen davon kamen sie vom wichtigsten Thema ab. „Aber eins auf jeden Fall richtig ist: In großer Gefahr Ihr Euch befindet.“

Padmés Stirnrunzeln vertiefte sich. Kanzler Palpatine sah sie einen Moment prüfend an, stand dann auf und ging zum Fenster. Er schaute über die Stadt hinweg und sagte: „Meister Jedi, dürfte ich anregen, die Senatorin unter den Schutz Euer Gnaden zu stellen?“

„Haltet Ihr dies wirklich für eine weise Entscheidung angesichts der momentanen Lage?“, fragte Bail Organa mit einem Blick auf Padmé.

„Kanzler“, sagte Padmé mit einem etwas verblüfften Unterton, „ich glaube nicht, dass die Situation ...“

„... so ernst ist.“ Kanzler Palpatine beendete den Satz für sie. „Nein. Aber ich glaube es, Senatorin!“

„Kanzler, bitte!“, Padmé sah ihn voller Unwillen an. „Ich möchte nicht noch mehr Wachen um mich haben!“

Der Kanzler sah sie streng an. „Es ist mir sehr wohl bewusst, dass Euch zusätzliches Wachpersonal unangenehm wäre. Doch wie wäre es mit jemandem, der Euch vertraut ist ..." Er hielt einen Augenblick inne und blickte nachdenklich drein. Dann lächelte er. „Einem alten Freund wie ... Meister Kenobi?" Er nickte Mace Windu auffordernd zu.

„Das wäre möglich", gab Mace langsam zurück. „Er kehrte gerade von einem Grenzkonflikt auf Ansion zurück."

„Ihr müsstet Euch an ihn erinnern, Mylady", sagte Palpatine und drehte sich wieder zu Padmé um. „Er gab während des Blockade-Konflikts auf Euch Acht."

„Das ist nicht notwendig, Kanzler!", sagte Padmé beharrlich.

„Tut es für mich Mylady. Bitte." Palpatine klang beinahe flehend. „Ich würde ruhiger schlafen. Wir alle haben uns heute zu Tode erschreckt. Der Gedanke daran, Euch zu verlieren, wäre mir unerträglich."

Padmé seufzte und nickte.

„Ich werde dafür Sorge tragen, dass Obi-Wan sich unverzüglich bei Euch meldet", sagte Mace Windu bedeutungsschwer. Er und Ki-Adi Mundi erhoben sich und gingen hinaus.

Yoda blieb noch einen Moment stehen, bevor er ihnen folgte. Es musste noch etwas gesagt werden. Er beobachtete Padmé einen Moment, die sich offensichtlich frustriert auf die Lippe biss und beugte sich dann zu ihrem Ohr. „Zu wenig über Euch selbst Ihr Euch Sorgen macht, Senatorin. Und zu viel über Politik."

Padmé sah ihn überrascht an. Yoda deutete ein Lächeln an. „Seid Euch der Gefahr bewusst, Padmé. Nehmt unsere Hilfe an."

Als sie das Büro des Kanzlers verließen, nahm Yoda erleichtert zur Kenntnis, dass Padmé nachdenklich und nicht verärgert aussah. Sie hatte ein gutes Herz, doch sie reagierte nur allzu oft impulsiv. Es wäre besser, wenn sie anstatt nachzudenken all ihre Hingabe von Weisheit leiten ließe.

Die Hydrolift-Tür glitt auf und ließ einen Schwall kühler, feuchter Luft herein. *Natürlich*, dachte Anakin. *Padmé hat das Klima so eingestellt, dass es sich wie auf Naboo anfühlt.* Er hatte sich in den letzten zehn Jahren an Welten gewöhnt, die nur allzu kalt und feucht gewesen waren – nachdem er auf Tatooine aufgewachsen war, empfand er beinahe jeden anderen Ort als kalt und feucht. Aber *diese* feuchte Kälte war ihm fremd. Sie erinnerte ihn an seinen ersten Flug mit einem Raumschiff an Bord des Königlichen Naboo-Kreuzers, als Padmé ihn zitternd mitten in der Nacht auf dem Hauptdeck gefunden hatte. Sie hatte ihn mit ihrem Übermantel zugedeckt ... er erinnerte sich noch immer an den leichten Duft, der an der roten Seide gehaftet hatte. Er nahm sich zusammen und folgte seinem Meister Obi-Wan aus dem Lift.

Anakin hatte gehofft, dass Padmé da sein würde, um ihn zu begrüßen, doch er sah nur Jar Jar Binks. Die langen, orangefarbenen Ohrlappen des Gungan hingen schlaff an seiner Robe hinunter, aber Jar Jars begeisterte – und etwas unbeholfene – Begrüßung machte deutlich, dass die Jahre in der galaktischen Politik ihn nicht sonderlich verändert hatten. Er war noch immer der tollpatschige, verwirrte Gungan, an den Anakin sich erinnerte.

„Gut, dich zu sehen, Jar Jar", sagte Obi-Wan und lächelte unwillkürlich.

„Und das seinse Euer Padawan", sagte Jar Jar und versuchte, würdevoll zu klingen. Dann sah er sich Anakin etwas genauer an. „Neeeee! Annie? Neeeee! Kleiner feiner Annie? Duse so groß sein!"

„Hallo Jar Jar", sagte Anakin grinsend. Er hoffte, dass der Gungan nicht jeden an seine Kindheit erinnern würde. Und doch war Jar Jars Frohnatur unwiderstehlich und Anakin ließ sich von ihm in eine herzliche Umarmung ziehen.

„Sie Euch erwarten", fuhr Jar Jar fort und Anakins Herz begann zu klopfen. Jar Jar sah ihn wieder an und schüttelte den Kopf. „Annie ... ichse nicht glauben!"

Als Jar Jar endlich aufgehört hatte, sich über sie zu freuen, ging er in ein Zimmer voraus, das neben dem Hauptkorridor lag. Anakin bekam gerade noch einen kurzen Eindruck von Licht und bescheidener Eleganz, als seine Aufmerksamkeit sofort von Padmés Anblick gefangen wurde. Bei ihr stand eine ihrer Dienerinnen, die mit einem

Mann mit Augenklappe und in der Uniform eines Naboo-Captains redete.

Anakin blieb wie angewurzelt stehen. Das Licht spielte auf den Locken in Padmés dunklen Haaren und eine lange, blaue Seidenweste bedeckte ihre schlanke Figur. Sie war noch schöner als sie es mit vierzehn Jahren gewesen war, noch schöner als die Erinnerung, die er sich zehn Jahre lang bewahrt hatte. Der Gedanke daran, dass jemand sie verletzen wollte, schmerzte ihn. Er hörte kaum, wie Jar Jar sagte: „Lookie, lookie, Senatorin! Die Jedisse angekommen haben."

Padmé und die anderen drehten sich um. Als sie Obi-Wan erkannte, lächelte Padmé und erhob sich. *Sie hat mich kaum angesehen*, dachte Anakin.

„Es ist mir eine große Freude, Euch wieder zu sehen, Mylady", sagte Obi-Wan.

Padmé lächelte und nahm seine Hand. „Die Zeit war viel zu lang, Meister Kenobi. Ich bin so froh, dass sich unsere Wege wieder kreuzen." Sie zögerte. „Aber Ihr sollt etwas wissen. Ich bin der Meinung, dass Eure Anwesenheit überflüssig ist."

„Ich bin mir sicher, dass der Rat der Jedi seine Gründe hat", sagte Obi-Wan nur.

Padmé ließ Obi-Wans Hand los und ging zu Anakin. Er sah zu ihr hinab, als sie ihn voller Zweifel betrachtete. Sie musste sich doch erinnern! Dann fragte sie endlich nach langem Zögern: „Annie??"

Anakin nickte. Padmé starrte ihn einen Moment an und sagte dann ungläubig: „Meine Güte, bist du groß geworden."

„Du aber auch", gab Anakin zurück. *Was rede ich doch für einen Blödsinn, wo ich doch auf sie hinabsehe!* „Ich meine, du bist noch viel schöner geworden. Und viel kleiner ..." *Warum musste ich das sagen? Aber es ist so seltsam, denn ich erinnere, dass sie so viel größer war als ich.* „... na ja, für 'ne Senatorin, meine ich." *Sie muss denken, dass ich ein Idiot bin.*

Obi-Wan dachte das auf jeden Fall; der missbilligende Blick seines Meisters war Anakin nur allzu vertraut. Doch zu seiner Erleichterung lachte Padmé und schüttelte den Kopf. „Oh Annie, für mich wirst du immer der kleine Junge bleiben, den ich auf Tatooine kennen gelernt habe", sagte sie.

Anakin sah gekränkt zu Boden. *Ich bin kein kleiner Junge mehr!* Er war beinahe froh, als Obi-Wan sie vom Thema ablenkte. „Ich versichere Euch, dass unsere Gegenwart hier unsichtbar sein wird, Mylady."

„Ich bin sehr dankbar, dass Ihr hier seid, Meister Kenobi", sagte der Naboo-Captain. „Die Situation ist gefährlicher, als die Senatorin bereit ist, zuzugeben."

„Ich brauche keinen weiteren Wachschutz", sagte Padmé entschlossen. „Ich brauche Antworten. Ich möchte wissen, wer mich töten will."

„Wir sind hier, um Euch zu beschützen, Senatorin, und

nicht, um Ermittlungen anzustellen", sagte Obi-Wan stirnrunzelnd.

Anakin ertrug den Ausdruck auf ihrem Gesicht nicht. „Wir werden herausfinden, wer dich töten wollte, Padmé", stieß er hervor. „Das verspreche ich dir!"

Obi-Wan sah ihn noch einmal – und dieses Mal mit noch mehr Missbilligung – an. „Wir werden unser Mandat nicht ausweiten, mein junger Padawan-Schüler", sagte er streng.

„Selbstverständlich dient dies nur dem Zweck, sie zu beschützen, Meister", gab Anakin zurück. Wie konnten sie ihre Sicherheit gewährleisten, wenn sie nicht wussten, wer hinter dem Anschlag steckte? Obi-Wan musste doch erkennen, dass das wichtig war. Wenn er nur nicht immer so erpicht darauf wäre, die Regeln einzuhalten ...

Als hätte er Anakins Gedanken gelesen, schüttelte Obi-Wan den Kopf. „Wir werden diese Lektion nicht noch einmal durchgehen, Anakin. Und du wirst dich meinen Anordnungen fügen."

„Wieso?", fragte Anakin störrisch. Er wusste, dass er sich auf dünnem Eis bewegte, doch hier ging es um Padmé.

„Was??!!"

„Unser Auftrag, ihrem Schutz zu dienen, beinhaltet auch, den Mörder zu finden, oder?", sagte Anakin hastig. „Personenschutz ist die Aufgabe des Sicherheitsdienstes, nicht der Jedi-Ritter. Reine Verschwendung, Meister. Nachforschungen sind Bestandteil unseres Auftrags." Dieses Mal hörte Obi-Wan wenigstens zu.

„Wir werden uns exakt an die Anweisungen des Rates halten", sagte Obi-Wan. „Und du wirst lernen, wo deine Grenzen sind, junger Mann."

Anakin nickte, nahm aber zur Kenntnis, dass Obi-Wan seine Bemerkung nicht wiederholt hatte, sie sollten ausschließlich als Wachen fungieren. Das war vorerst genug. Später konnte er immer noch mehr auf eine Untersuchung pochen. Er würde es schon *schaffen*, Obi-Wan von der Notwendigkeit zu überzeugen.

„Vielleicht werden ja allein durch Eure Anwesenheit die Mysterien gelüftet, die diese Bedrohung umgeben", sagte Padmé und Obi-Wan war sich nicht sicher, ob sie das nicht sarkastisch gemeint hatte. „Wenn Ihr mich bitte entschuldigen wollt, ich ziehe mich zurück."

Anakin starrte Padmé und ihrer Dienerin düster nach, während Obi-Wan und der Naboo-Captain Sicherheitsmaßnahmen besprachen. Der Captain ging irgendwann und ließ nur Jar Jar zurück, der immer noch unablässig murmelte, wie glücklich er über das Wiedersehen war. *Jar Jar ist es eigentlich nicht, der sich über unser Wiedersehen freuen sollte,* dachte Anakin, hatte aber sofort ein schlechtes Gewissen. Jar Jar hatte ein gutes Herz. Aber …

„Sie hat mich nicht einmal wiedererkannt, Jar Jar." Die Worte kamen aus seinem Mund, bevor er überhaupt darüber nachgedacht hatte. „Ich habe jeden Tag seit unserem Abschied an sie gedacht, und sie hat mich vollkommen vergessen."

Jar Jar blinzelte ihn an und sagte dann mit einer überraschenden Sanftheit: „Siese ganz happy ist. Mehr happy als michse lange nicht gesehen."

„Anakin, du konzentrierst dich wieder auf das Negative", bemerkte Obi-Wan. „Du musst dir deiner Gedanken bewusst werden. Sie war erfreut, uns zu sehen. Also, checken wir die Sicherheitseinrichtungen."

Das war wenigstens eine Aufgabe – und überdies eine, die Padmé helfen würde. Auch wenn es ihr gleichgültig war, ob er ihr half oder nicht.

„Ja, Meister", sagte Anakin.

Zam Wesell steuerte ihren Gleiter an den Fuß des Wolkenkratzers und stellte die Kontrollen auf Schweben. Ihr Kontaktmann wartete bereits vollständig bewaffnet und gepanzert auf sie. Sie schnaubte leise. Sie konnte nicht verstehen, weshalb Jango Fett ein solches Aufheben darum machte, ständig mandoralianische Kampfpanzerung zu tragen. *Es würde mich nicht wundern, wenn er sie auch außerhalb eines Auftrags trüge.*

Sie überlegte sich, ob sie sich in eine andere Gestalt morphen sollte, nur um ihn zu ärgern. Sie war ein Changeling und konnte damit die Gestalt jeder Rasse annehmen, die sie wollte; nicht zuletzt diese Fähigkeit machte Changelinge zu solch erfolgreichen Kopfgeldjägern. Fett hätte diesen Denkzettel sicherlich verdient, nachdem sein letzter kleiner Plan schief gegangen war. Sie lächelte hinter dem Schleier, der den unteren Teil ihres Gesichtes verdeckte. Sie hatte zugesagt, mit Fett bei diesem Auftrag zu arbeiten; das musste aber nicht bedeuten, dass sie es ihm Recht machen musste. Andererseits *mussten* sie aber miteinander auskommen. Sie beschloss, keine Energie zu verschwenden.

Wenn Jango sich über sie ähnliche Gedanken machte, dann versteckte sei Helm sie. „Wir müssen etwas subtilere Mittel einsetzen, Zam", sagte er ohne jede Begrüßung, als sie nahe genug war. „Mein Klient wird langsam ungeduldig."

Darauf wette ich, dachte Zam. Doch sie nickte nur.

„Dieses Mal dürfen dir keine Fehler unterlaufen", fuhr der andere Kopfgeldjäger fort. „Nimm diese hier. Und pass gut auf, sie sind sehr giftig."

Er streckte die Hand aus und reichte ihr eine kurze, dicke Röhre. Durch die durchsichtigen Seiten konnte sie ein paar Kouhuns erkennen – vielleicht dreißig Zentimeter lange Kreaturen, die wie gigantische Würmer mit hunderten von Beinen aussahen. Sie nahm die Röhre. Ihre Gedanken rasten. Giftig – sie musste sicher sein, dass die Senatorin allein war und es unwahrscheinlich war, dass sie merkte, wie sie sich ihr näherte. Sie nickte Jango gedankenverloren an, klemmte ihre neue Mordwaffe unter den Arm und ging zurück zu ihrem Luftgleiter. Zam dachte nur noch an die vor ihr liegende Aufgabe.

KAPITEL 2

Der breite Korridor in der Nähe des Zentrums des Jedi-Tempels wurde nur von dem wenigen Licht erleuchtet, das durch die Türen an beiden Enden schien. Yoda hatte dieses Spiel aus Lichtern, die sich gegen die Dunkelheit stellten, immer gefallen. Aber heute, da er mit Mace Windu den Korridor entlang ging, machte es ihn traurig. Es erinnerte ihn zu sehr an die immer mächtiger werdende Dunkle Seite.

Mace Windu brach das Schweigen. „Warum haben wir diesen Angriff auf die Senatorin nicht vorausgesehen?" Seine tiefe Stimme war voller Sorge.

„Diese Erschütterung der Macht die Zukunft verschleiert", gab Yoda ruhig zurück.

„Die Prophezeiung wird wahr", sagte Windu mit einem Stirnrunzeln. „Die Dunkle Seite wird stärker."

Yoda nickte. „Und nur die, die sich der Dunklen Seite zugewandt haben, können die Möglichkeiten der Zukunft spüren." Er fühlte Maces Unbehagen bei diesen Worten und verstand die Reaktion nur allzu gut. Ein großer Teil des bemerkenswerten Erfolgs der Jedi beruhte auf der Fähigkeit, die Zukunft voraussagen zu können. Die Jüngeren hatten sich darauf immer verlassen – vielleicht etwas zu sehr. Knapp neunhundert Lebensjahre ermöglichten eine andere Sichtweise. Der Verlust ihrer Fähigkeit, in die Zukunft sehen zu können, beunruhigte Yoda bei weitem nicht so sehr wie die wachsende Stärke der Dunklen Seite, die diesen Verlust herbeigeführt hatte.

Nach einem Moment des Schweigens sagte Mace: „Es ist jetzt zehn Jahre her und die Sith haben sich seitdem nicht mehr sehen lassen."

„Dort draußen sie sind", sagte Yoda, nickte aber zustimmend. Mace Windu hatte viel über das Wesen der Macht gelernt. Er sah über seine eigenen Sorgen hinweg den eigentlich Kern des Problems. „Sicher das ist."

Mace nickte und sie setzten ihren Weg auf das Licht zu schweigend fort.

Ein Wirbel in der Macht riss Anakin aus seiner Meditation. Irgendjemand kam. Anakins Lichtschwert schoss in seine Hand, noch beinahe bevor er seine Augen öffnete. Dann, als er die Gegenwart deutlicher spürte, lächelte er und steckte die Waffe wieder an den Gürtel zurück. Es war nur Obi-Wan, der von seinem Sicherheits-Check zurückkehrte.

Die Tür zu Padmés Apartment öffnete sich. „Captain Typho hat mehr als genug Männer da unten", sagte Obi-Wan, als er eintrat. „Kein Attentäter wird sich auf diesem

Weg hereintrauen. Gab es hier oben irgendwelche Aktivitäten?"

„Ruhig wie in einem Grab", gab Anakin ohne zu zögern zurück und schauderte dann leicht angesichts seiner Worte. Er sah Obi-Wans Blick und beantwortete dann die Frage, die sein Meister nicht laut gestellt hatte. „Es gefällt mir nicht, darauf zu warten, dass ihr etwas zustößt."

Obi-Wan nickte verständnisvoll und nahm einen kleinen Taschenbildschirm von seinem Gürtel. Einen Augenblick später runzelte er die Stirn und hielt ihn hoch. Auf dem Display war R2-D2 zu sehen, der abgeschaltet in einer Ecke nahe der Tür zu Padmés Schlafzimmer stand, aber es war kein Bild von Padmés Bett oder von Padmé selbst zu sehen. „Was ist denn das?", fragte Obi-Wan.

Anakin zuckte mit den Schultern. „Sie hat die Kameras verdeckt. Ich glaube, sie wollte nicht, dass ich sie sehe."

„Wie kann sie nur ...?", fragte sich Obi-Wan kopfschüttelnd.

„Sie hat R-Zwo programmiert, uns zu warnen, falls ein Eindringling auftaucht."

„Ich mache mir keine Sorgen über einen Eindringling", gab Obi-Wan zurück. „Es gibt viele andere Wege, einen Senator umzubringen."

„Ich weiß, aber wir wollen ja auch den Attentäter fangen", sagte Anakin. „Nicht wahr, Meister?"

Obi-Wans Augen weiteten sich. „Du benutzt sie als *Köder?*"

„Es war ihre Idee", verteidigte Anakin sich. Sie hatte tatsächlich selbst darauf bestanden. „Macht Euch keine Sorgen, es wird ihr nichts geschehen. Ich kann alles spüren, was in diesem Raum vorgeht." Was Padmé anbetraf, war seine normale Verbindung mit der Macht ausgeprägter; er konnte sogar ihren Atem spüren, wenn er es wollte. Doch das konnte er Obi-Wan nicht sagen. „Vertraut mir."

„Es ist zu riskant", sagte Obi-Wan mit einem erneuten Stirnrunzeln. „Abgesehen davon sind deine Sinne noch nicht geschärft, junger Schüler."

Sind sie wohl! Aber Anakin hatte die leichte Betonung gehört, die in den Worten *„deine* Sinne" gelegen hatte. Vielleicht würde Obi-Wan dieses Vorgehen doch zulassen. „Und Eure sind es?"

„Möglicherweise", sagte Obi-Wan. Er machte keine Anstalten, Padmé zu wecken, und Anakin unterdrückte ein zufriedenes Grinsen. So *würden* sie den Attentäter fangen. Einen Moment später sagte Obi-Wan: „Du siehst müde aus."

„Ich schlafe nicht mehr so gut", gab Anakin zu.

„Ist es wegen deiner Mutter?", fragte Obi-Wan mitfühlend.

„Ich weiß nicht, warum ich immer von ihr träume", sagte Anakin. *Vor allem solch fruchtbare Träume.* Seine Mutter war stark und sanft zugleich. In seiner Erinnerung an sie kamen keine düsteren Omen oder Bedrohungen vor. In seinen Träume jedoch sehr wohl. Er hob die Schultern. „Ich habe sie seit meiner Kindheit nicht mehr gesehen."

„Träume vergehen mit der Zeit."

Doch diese waren nicht vorübergegangen. Sie waren eher regelmäßiger gekommen. Das wollte er jedoch jetzt nicht mit Obi-Wan besprechen. Obi-Wan hatte Shmi Skywalker niemals kennen gelernt. Er konnte das nicht verstehen. „Ich würde viel lieber von Padmé träumen", sagte er daher. Er wusste, dass das seinen Meister ablenken würde. „Allein wieder in ihrer Nähe zu sein ... ist berauschend."

„Gib auf deine Gedanken Acht, Anakin", sagte Obi-Wan scharf. „Sie verraten dich. Du bist den Jedi gegenüber eine Verpflichtung eingegangen – eine Verpflichtung, die nicht einfach gebrochen werden kann. Und vergiss nicht, dass sie eine Politikerin ist. Denen kann man nicht trauen."

„Sie ist nicht wie so die anderen im Senat, Meister", sagte Anakin, den diese unerwartete Kritik verletzte.

Obi-Wan zuckte mit den Schultern. „Meiner Erfahrung nach bemühen sich Senatoren in erster Linie um diejenigen, die ihre Vorhaben finanzieren – und sie schrecken in keiner Weise davor zurück, zugunsten dieser Gelder die Prinzipien von Demokratie und Ordnung zu vergessen."

„Nicht noch eine Lektion, Meister", stöhnte Anakin. Er fand Politik und Ökonomie langweilig und Obi-Wan konnte stundenlang darüber reden, wenn er einmal begonnen hatte. „Außerdem verallgemeinert Ihr. Der Kanzler macht auf mich keinen korrupten Eindruck."

„Palpatine ist ein Politiker", gab Obi-Wan zurück. „Ich

habe beobachtet, dass er auf sehr raffinierte Weise den Vorlieben und Befangenheiten der Politiker folgt."

„Ich halte ihn für einen guten Mann", sagte Anakin überzeugt. „Mein Instinkt gibt mir ein gutes Gefühl, wenn ich …" Er hielt inne, überrascht von einem plötzlich Gefühl der Bedrohung, das von Padmés Zimmer ausging. Er sah seinen Meister an.

„Ich spüre es auch", sagte Obi-Wan und zu zweit liefen sie auf die Schlafzimmertür zu.

Padmé! Anakin warf sich auf das Bett. Sein Lichtschwert summte durch die Luft. Hinter sich hörte er das Klirren von zerbrechendem Glas, doch seine ganze Aufmerksamkeit galt den beiden Kouhuns, die auf Padmés Kissen zischend mit ihren Stechzungen zuckten. Sein Hieb raste knapp an Padmés erstarrtem Gesicht vorbei und schnitt die tödlichen Würmer entzwei. *Wie waren die hier hereingekommen?*

Mit bereit gehaltenem Lichtschwert drehte Anakin sich um. Von Obi-Wan war nichts zu sehen, nur das zerbrochene Schlafzimmerfenster und die nachts beleuchteten Gebäude und Flugobjekte dort draußen. Dann sah Anakin einen Sonden-Droiden, der im Verkehr der Stadt verschwand. Sein Meister hielt sich an zweien seiner Fühler fest. Anakins erster Gedanke war: *So sind die Kouhuns also hereingekommen.* Sein nächster war: *Aber wir befinden uns in mehr als hundert Stockwerken Höhe! Wenn er sich nicht mehr festhalten kann …*

Anakin wirbelte herum. Padmé hatte sich im Bett aufgesetzt und sah entsetzt dem schnell kleiner werdenden Sonden-Droiden nach. Anakin spürte, dass Captain Typho und seine Wachen kamen. Sie konnten sich vorerst um die Dinge hier kümmern. Er musste Obi-Wan folgen. „Bleib hier!“, schrie er Padmé zu und lief an Captain Typho und den Wachen vorbei zum Expresslift.

Das war nicht die beste Idee, die ich jemals hatte, dachte Obi-Wan, als er an dem Droiden hing. Er hatte nicht damit gerechnet, dass die Maschine so schnell abheben würde. Er war auch keineswegs davon ausgegangen, dass sie sich mitten in den Gleiterverkehr stürzen und wild hin und her schaukeln würde, um ihn abzuschütteln. Jemand hatte sich bei der Programmierung des Droiden große Mühe gegeben.

Der Sonden-Droide sandte einen Elektroschock aus und Obi-Wan verlor beinahe den Halt. Auch die Macht würde ihn nicht retten können, wenn er aus dieses Höhe abstürzte. Er griff nach einem Kabel auf der Rückseite des Droiden und es gelang ihm, es zu lockern. Die Energieversorgung des Droiden setzte sofort aus und die Elektroschocks brachen ab ... so wie der Antigravitionsantrieb des Droiden. Sie stürzten beinahe dreißig Stockwerke tief, bevor Obi-Wan es schaffte, das Kabel wieder anzuschließen. *Mit Sicherheit keine meiner besseren Ideen.*

Der wilde Flug ging weiter. Der Droide donnerte gegen Wände und versuchte, Obi-Wan abzustreifen. Er schoss flach über ein Dach hinweg, flog geradewegs in den heißen Abgasstrahl eines Gleiters. Doch Obi-Wan hielt sich verbissen fest. Wenn er den Droiden entkommen lassen würde, hätten sie keinen Hinweis auf den Attentäter – und er wollte nicht einmal daran denken, was sich Padmé und Anakin als Nächstes einfallen lassen würden, wo doch der Plan, Padmé als Köder zu benutzen, fehlgeschlagen war!

Der Droide stürzte auf eine Nische in der Wand eines Gebäudes zu, noch immer hoch über dem Boden. Obi-Wan spähte über den Rücken der Maschine hinweg und sah, dass eine in Braun gehüllte Gestalt neben einem verbeulten, gelben Luftgleiter in der Nische wartete. Die Gestalt erblickte den näher kommenden Droiden und zog sofort ein Lasergewehr hervor. „Ich habe ein ganz mulmiges Gefühl bei dieser Geschichte", murmelte Obi-Wan. Einen Augenblick explodierte es überall um ihn herum. *Wenn ich nur mein Lichtschwert erreichen könnte …* Doch er konnte nicht nach seiner Waffe greifen, ohne den Droiden loszulassen. Und wenn er es täte, würde der Droide ihn sofort abschütteln. Er konnte nur hoffen, dass der Attentäter ein schlechter Schütze war.

Doch dem war nicht so. Einer der Schüsse traf den Droiden gezielt. Die Explosion schleuderte Obi-Wan hoch in die Luft. *Großartig,* dachte er benommen, *jetzt werde ich noch tiefer fallen.* Er war noch weiter von dem Gebäude entfernt und nichts lag mehr zwischen ihm und dem Boden tief unten.

Halb betäubt sah Obi-Wan mitten im freien Fall einen näher kommenden Gleiter. Er griff danach und bekam gerade noch das Heck zu fassen. Als er sich in Sicherheit zog, erkannte er, dass der Pilot sein Padawan war. „Das war ziemlich abgefahren!", sagte Anakin begeistert, als Obi-Wan den Beifahrersitz erreichte und darin zusammensank. „Ich habe Euch beinahe im Verkehr verloren."

Obi-Wan spürte die tiefe Erleichterung, die Anakin nicht laut aussprechen wollte. „Weshalb hast du so lange gebraucht?", fragte er und wusste, dass Anakin seinen unausgesprochenen Dank verstehen würde.

„Wisst Ihr, Meister, ich hab' nicht gleich einen Gleiter gefunden, der mir wirklich gefiel", sagte Anakin. „Mit einem offenen Cockpit und ausreichender Beschleunigung ... außerdem wollte ich einen mit einer wirklich coolen Farbe haben ..." Während er sprach, zog er den Gleiter in einen steilen Steigflug und folgte dem Schützen, der auf Obi-Wan geschossen hatte.

„Wenn du so viel für deine Schwertkampftechnik wie für deine Schlagfertigkeit tun würdest, junger Padawan, dann könntest du bald in Konkurrenz mit Meister Yoda treten", sagte Obi-Wan.

„Ich dachte, das hätte ich schon getan", sagte Anakin grinsend.

„Nur in deinen Träumen, mein sehr junger Padawan ... Vorsicht!" Obi-Wan krallte sich an der Seite des Gleiters fest, als Anakin mit rasender Geschwindigkeit durch den

Verkehr manövrierte. Schüsse zischten an ihnen vorbei – der Schütze feuerte auf sie. „He, langsam!"

„'Tschuldigung", sagte Anakin und schoss fast ohne Abstand an einem großen Personentransporter vorbei. „Ich habe vergessen, dass Ihr nicht gern fliegt, Meister."

„Ich habe nichts gegen das Fliegen", sagte Obi-Wan. „Aber was du hier machst, ist Selbstmord."

„Ich fliege schon länger, als ich gehen kann", gab Anakin selbstsicher zurück, als er so dicht an einem Personentransporter vorbeischrammte, dass er den Lack des Gleiters abkratzte. „Ich kann ziemlich gut fliegen."

Aber ein einziger Fehler genügt. „Flieg einfach langsamer!"

Anakin achtete nicht auf ihn. Der Attentäter versuchte, sie in einem Konvoi aus Frachtern abzuhängen und schoss dann in mehreren scharfen Kurven durch die unglaublich schmalen Korridore zwischen ein paar Gebäuden hindurch. Anakin folgte jeder seiner Bewegungen.

„Da ist er!", rief Obi-Wan und zeigte auf den gelben Gleiter, der gerade aus der Flugspur heraus um eine Ecke zischte. Als Anakin ihm folgte, wurde Obi-Wan plötzlich bewusst, wohin der Attentäter wollte – in einen Tram-Tunnel. „Warte! Flieg nicht da hinein!"

„Keine Sorge, Meister!", sagte Anakin und lenkte den Gleiter hinter dem Attentäter her in den Tunnel.

Es hört sich so an, als wollte er mich auf den Arm nehmen, dachte Obi-Wan. *Aber das ist – oh nein!* Das Licht vor ihnen war nicht das Ende des Tunnels, es war eine der riesigen Passagier-Trams, die auf sie zukam.

Im allerletzten Augenblick rissen Anakin und der Attentäter ihre Gleiter herum und flogen in die Richtung zurück, aus der sie gekommen waren. Sie schafften es gerade noch kurz vor der Hochgeschwindigkeits-Tram aus dem Tunnel. Obi-Wan atmete tief aus. Es war ihm nicht einmal bewusst gewesen, dass er den Atem angehalten hatte. „Du weißt genau, dass ich es nicht mag, wenn du das tust", kommentierte er die Situation.

„Entschuldigt, Meister", sagte Anakin eher beiläufig. „Keine Sorge. Dieser Kerl wird sich jetzt jeden Augenblick selbst umbringen."

Irgendjemand wird sicher umkommen, dachte Obi-Wan, als sie den Wahnsinnsflug fortsetzten. *Ich hoffe nur, dass wir es nicht sind …*

Sie flogen um eine Ecke an ein paar Fahnen vorbei, die im Wind flatterten. Der innere Flügel des Gleiters blieb an einer der Fahnen hängen. Der Gleiter kippte kurz, als sich die Fahne um seine Nase wickelte. „Das war zu dicht", sagte Obi-Wan.

„Zieht sie weg!", stieß Anakin hervor.

„Was?" Einen Moment verstand Obi-Wan nicht, was Anakin meinte. Dann erkannte er, dass die Fahne einen der Luftansaugstutzen blockierte. Ohne Luft hatte der Antrieb Probleme. Obi-Wan beugte sich aus dem Gleiter, doch die Fahne war zu weit vorn, um sie zu erreichen.

„Zieht die Fahne weg!“ Anakin kämpfte angestrengt mit den Kontrollen. „Wir verlieren Energie! Schnell!“

Es gab nur eine Möglichkeit. Obi-Wan kroch hinaus auf die Motorhaube, bis er die Fahne erreichen konnte. Er zog sie weg. Der Gleiter machte einen Satz nach vorn und holte sofort all die Geschwindigkeit auf, die er verloren hatte. Durch den Ruck hatte Obi-Wan beinahe den Halt verloren. Er rutschte fast einen Meter nach hinten, bevor er wieder einen festen Griff hatte.

„Ich mag es nicht, wenn du das tust“, beschwerte er sich, als er wieder in seinen Sitz zurückkroch.

„Tut mir wirklich sehr Leid, Meister“, sagte Anakin und dieses Mal hatte Obi-Wan das Gefühl, dass er es tatsächlich so meinte, zumindest ein wenig. *Aber nur ein wenig.*

Der Zwischenfall mit der Fahne hatte sie Zeit gekostet – der Gleiter des Attentäters hatte jetzt reichlich Abstand gewonnen. Anakin spielte die Kontrollelemente des Gleiters wie ein Musiker und verringerte den Abstand damit wieder. *Er hat Podrenner geflogen, als er noch ein kleiner Junge war,* dachte Obi-Wan und schüttelte den Kopf. Er rief sich das jedes Mal wieder in Erinnerung, wenn er in eine dieser Verfolgungsjagden geriet, doch es half nie. Denn es fiel ihm jedes Mal auch wieder ein, dass Anakin jeden einzelnen Podrenner bis auf den letzten zu Bruch gefahren hatte. *Es ist ein Wunder, dass er überlebt hat … Was war das? Moment mal!*

Der Attentäter flog geradewegs auf eine Energieraffinerie zu. „Wie oft habe ich dir schon gesagt ...", begann Obi-Wan und atmete heftig ein. „... dass du nicht durch Energiekupplungen fliegen sollst!"

Aber Anakin flog dem anderen Gleiter hinterher. Die beiden Flugobjekte lösten gewaltige Energiebögen aus. Obi-Wan spürte ein Prickeln auf der Haut, als sie in deren Nähe kamen. „Was *machst* du?"

„Entschuldigt, Meister!"

Anakin klang jetzt ein wenig angespannt. Obi-Wan biss die Zähne zusammen und verkniff sich weitere Kommentare, bis sie durch die Raffinerie hindurch waren. Dann sagte er sarkastisch: „Oh, das war gut!"

„Das war Wahnsinn", sagte Anakin unbewegt. Sein Blick haftete noch immer an dem Gleiter vor ihnen.

„Ich bin froh, dass wir uns einig sind", wollte Obi-Wan gerade sagen. Doch im selben Augenblick bog der andere Gleiter seitlich von seiner Bahn ab und blieb in einer Gasse stehen, von wo aus der Fahrer sie voll unter Feuer nahm.

„Halt!", schrie Obi-Wan. Wenn sie diesen Kurs beibehielten, würden sie den anderen Gleiter rammen – oder vielleicht doch nicht. Unter dem Fahrzeug des Attentäters war ein winzig kleiner Spalt, auf den Anakin zuhielt.

„Wir können es schaffen", sagte Anakin und im nächsten Moment waren sie unter dem Schiff des Attentäters. Sie schafften es gerade noch durch den Spalt, knallten aber auf der anderen Seite gegen ein Rohr und drehten sich wild umher. Anakin versuchte, den Gleiter wieder unter

Kontrolle zu bekommen. Obi-Wan sah einen Baukran und zwei Stützstreben vorbeischwingen. Er spürte einen Ruck, als der Gleiter an etwas entlangschrammte und sie plötzlich von einer gewaltigen Gaswolke eingehüllt waren. Der Gleiter drehte sich noch einmal, knallte gegen ein Gebäude und die Maschine wurde abgewürgt.

Warum lasse ich ihn immer ans Steuer? „Ich muss verrückt sein", murmelte Obi-Wan und ließ den Kopf in die Hände sinken. „Ich muss verrückt sein."

„Ich habe uns unbeschadet da hindurch bekommen", sagte Anakin sichtlich zufrieden.

Obi-Wan hob ärgerlich den Kopf. „Nein, hast du nicht! Wir sind stehen geblieben! Und du hast uns beinahe umgebracht!"

„Oh, ich glaube wir leben noch", sagte Anakin gedankenverloren, während er an den Kontrollen hantierte. Die Maschine hustete, lief wieder an und er lächelte.

Das Lächeln machte Obi-Wan wütend. Anakin hörte nicht einmal zu. *„Es war dumm!"*, sagte er.

Sein Tonfall schien jetzt endlich etwas bei seinem Padawan zu bewirken. Anakin blinzelte und ließ dann den Kopf sinken. „Ich hätte ihn einholen können ..."

„Hast du aber nicht!" Obi-Wan sah Anakin durchdringend an. „Und jetzt haben wir ihn für immer verloren!"

Plötzlich erschütterte eine Explosion den Gleiter. Obi-Wan duckte sich, als er das typische *Zing* von einschlagenden Laserschüssen in der Nähe hörte.

„Nein, haben wir nicht", sagte Anakin und Obi-Wan spürte, wie der Gleiter zur Seite kippte, als Anakin versuchte, sie aus dem Hinterhalt zu retten.

KAPITEL 3

Durch den Rauch und die Flammen sah Anakin, wie der Flüchtige in den nächtlichen Verkehr abhob. Er setzte den Gleiter mit brüllenden Maschinen in Bewegung, allerdings mit weniger Begeisterung als zuvor. Diese Jagd würde ihnen nichts nutzen. Der gelbe Gleiter flog nach unten und nach links und verschwand zwischen zwei Gebäuden. Anakin lächelte und zog nach rechts. Er hatte eine Idee. *Wenn er dahin fliegt, wo ich denke …*

„Wohin fliegst du?", wollte Obi-Wan wissen. „Er ist dort hinunter geflogen, in die andere Richtung."

Sein Meister war noch immer wütend über die Verzögerung. Anakin seufzte. „Meister, wenn diese Verfolgungsjagd in dem Tempo weitergeht, wird sich dieser Mistkerl irgendwann in Rauch auflösen. Ich persönlich würde lieber herausfinden, wer er ist und für wen er arbeitet. Das ist 'ne Abkürzung." Er hielt kurz inne und fügte dann ehrlicherweise hinzu: „Hoffe ich."

„Was meinst du mit ‚hoffe ich'?" Obi-Wan wartete die Antwort ab. Als Anakin auf seinen Sarkasmus nicht einging, fügte er hinzu: „Wie auch immer. Du hast ihn verloren."

Anakin bremste den Gleiter ab und ließ ihn auf halber Höhe zwischen den beiden riesigen Gebäuden schweben. „Es tut mir zutiefst Leid, Meister", sagte er gedankenverloren. Wenn er jetzt versuchen würde, sich zu erklären, hätte das nur noch mehr Diskussionen zur Folge. Und dazu war keine Zeit. Obi-Wan würde schon verstehen, wenn ... Er sah die Bewegung, auf die er gewartet hatte und zählte still vor sich hin.

„Schöne Abkürzung", murmelte Obi-Wan. „Er ist in die genau entgegengesetzte Richtung verschwunden, Anakin ..."

„Bitte entschuldigt mich für einen Moment", unterbrach Anakin seinen Meister und sprang aus dem Gleiter ins Leere.

Er hatte seinen Sprung perfekt getimt. Der Flüchtige war ein paar Stockwerke unter ihnen und Anakin landete auf dem Dach des gelben Gleiters. Doch bevor er einen Halt finden konnte, beschleunigte der Pilot und Anakin rutschte beinahe ab. Dann, als er sich langsam nach vorn zog, bremste der Attentäter abrupt ab. Anakin flog nach vorn. Er bekam gerade noch eine der Frontgabeln des Gleiters zu fassen. Der Attentäter begann, auf ihn zu schießen.

Anakin wich den ersten Schüssen aus und fand dann eine Position, in der er vor dem Angriff geschützt war. Der Attentäter flog wieder los. Ein schneller Blick nach oben sagte Anakin, dass Obi-Wan die Kontrollen des Gleiters übernommen hatte und auf sie zukam. *Gut, jetzt hat dieser Kerl zwei Dinge, um die er sich Sorgen machen muss.*

Anakin arbeitete sich langsam zurück zum Dach des Gleiters. Er zog sein Lichtschwert und begann ein Loch in das Dach zu schmelzen. Ein Schuss aus dem Innenraum des Gleiters schlug ihm das Lichtschwert aus der Hand. *Ich wette, dass ich mir darüber etwas von Meister Obi-Wan anhören muss,* dachte Anakin missmutig und duckte sich vor einem weiteren Schuss, als das Lichtschwert unter ihm in die Tiefe fiel. *Doch zuerst muss ich diesem Typen den Blaster abnehmen.* Das Loch, das er in das Dach des Gleiters geschnitten hatte, war noch nicht groß genug, um hindurchzuklettern, aber es bot mehr als genug Platz für seinen Arm. Er schob seine Hand in das Cockpit und griff nach der Pistole, wobei er die Macht zur Hilfe nahm.

Der Attentäter zuckte überrascht zusammen und sah nach oben. Einen Augenblick starrte Anakin in das Augenpaar einer Frau. *He, dieser Typ ist gar kein Typ! Sie haben eine Frau geschickt, um Padmé umzubringen!* Anakin griff mit der Macht hinaus, um seine Beobachtung bestätigt zu wissen und spürte eine ungewöhnliche Vibration. *Es ist eine Frau, aber nicht so menschlich, wie sie aussieht. Ein Changeling?* Im gleichen Moment verwandelte sich der Attentäter in einen Clawditen. Anakin war eine Sekunde abgelenkt und sein Griff um den Blaster lockerte sich. Die Pistole ging los und riss ein Loch in den Boden des Gleiters.

Der Gleiter war außer Kontrolle und stürzte auf die Straße zu. Anakin konnte nichts weiter tun, als sich festzuhalten. Im letzten Augenblick zog der Attentäter die Nase des Fahrzeugs hoch, sodass der Gleiter lediglich eine harte Landung machte. Funken flogen überall umher und Passanten sprangen aus dem Weg. Anakin wurde über die Nase des Gleiters hinweg geschleudert und landete auf der Straße.

Die Frau kann beinahe so gut fliegen wie ich, dachte Anakin. Er kam gerade noch rechtzeitig auf die Beine, um zu sehen, wie die Attentäterin aus dem zerbeulten Gleiter stieg und die Straße entlanglief. Er folgte ihr, wobei er sich durch eine schnell größer werdende Menge von neugierigen Außerirdischen und verwirrten Droiden kämpfen musste. *Das erinnert mich an Tatooine ...*

Anakin kam immer näher an die Attentäterin heran, doch plötzlich verschwand sie in der Tür eines Nachtklubs, dem *Outlander*. Anakin erreichte keuchend die Tür, als gerade ein zweiter Gleiter mit einer deutlich weniger spektakulären Landung ankam. Obi-Wan stieg aus. Er hielt Anakins Lichtschwert in der Hand. *Oh-oh. Ich wusste, dass ich mir darüber noch etwas anhören muss.*

„Anakin!“, sagte Obi-Wan.

„Sie ist in diesen Klub gegangen, Meister“, sagte Anakin und versuchte damit, vom Thema abzulenken.

„Geduld“, sagte Obi-Wan. „Nutze die Macht, Anakin. Denk nach.“

„Entschuldigt, Meister", sagte Anakin automatisch. Nachdenken? Er dachte vielmehr daran, dass die Attentäterin ihm entkommen würde. Obi-Wan musste doch erkennen …

Obi-Wan seufzte. „Er will sich dort drin verstecken und nicht weiter fliehen."

Oh. „Ja, Meister."

Obi-Wan hielt ihm sein Lichtschwert hin. „Und versuche, das nicht wieder zu verlieren."

Das war ja gar nicht so schlimm. Anakin nickte und griff nach der Waffe.

Obi-Wan zog sie noch einmal weg. „Das Schwert eines Jedi ist sein kostbarster Besitz."

„Ja, Meister." Er konnte dieser Standpauke offensichtlich doch nicht entgehen. Wieder griff er nach dem Schwert und wieder zog Obi-Wan es weg.

„Er muss es immer bei sich tragen", sagte Obi-Wan.

„Ich *weiß*, Meister", gab Anakin zurück.

„Diese Waffe ist dein Leben."

Anakin konnte sich gerade noch verkneifen, mit den Augen zu rollen. „Ich habe diese Lektion schon einmal gehört."

„Du hast aber nichts dazugelernt, Anakin." Obi-Wan hielt schließlich das Lichtschwert hin und Anakin griff danach, bevor sein Meister es sich anders überlegen konnte.

„Ich werde es versuchen, Meister."

Obi-Wan seufzte und drehte sich zu dem Nachtklub um.

„Warum sagt mir mein Gefühl, dass du eines Tages noch mein Tod sein wirst?“, fragte er beinahe abwesend.

Ein kalter Schauer lief Anakin über den Rücken. „Sagt das nicht, Meister!“, stieß er hervor, ohne Rücksicht auf die umherstehenden Leute, die es hören konnten. Obi-Wan sah ihn an und hob in einer Mischung aus Zweifel und Missbilligung die Augenbrauen. Anakin schluckte und fuhr etwas leiser fort: „Ihr seid für mich so etwas wie ein Vater. Ich liebe Euch. Ich will Euch nicht verletzen.“ *Ich will Euch nicht verlieren, wie ich meine Mutter verloren habe.* Anakin musste wieder an seine Träume denken und schauderte. Würde er jetzt auch Albträume über Obi-Wan haben?

Doch Obi-Wan sah ihn nur an und sagte in mildem Ton: „Warum hörst du dann nicht auf mich?“

„Aber ich *versuche* es doch.“

Obi-Wan nickte. Er schaute durch den dicht besetzten Raum und sagte im bekannten lehrerhaften Ton: „Siehst du ihn?“

„Ich glaube, er ist eine Sie“, sagte Anakin. Er warf einen Blick auf die Menge, erkannte aber niemanden, der wie die Attentäterin aussah. Da fiel ihm wieder die Anomalie auf, die er gespürt hatte und er sagte: „Ich glaube, sie ist ein Changeling.“

„Dann sei ganz besonders vorsichtig“, sagte Obi-Wan. Anakin blinzelte überrascht und sein Meister nickte kurz in Richtung des Raumes. „Geh und such sie.“

„Aber … was werdet Ihr tun, Meister?“, fragte Anakin, als Obi-Wan in der Menge verschwand.

„Ich gehe etwas trinken“, sagte Obi-Wan über die Schulter. Anakin blinzelte wieder und begann, sich an der Wand entlang durch die Menge zu arbeiten. Allerhand unterschiedliche Wesen starrten ihn an und sahen wieder weg; die meisten von ihnen waren zu klein oder hatten zu viele Gliedmaßen, um die Attentäterin zu sein. *Obi-Wan muss wirklich sehr besorgt sein*, dachte er mit dem kleinen Teil seines Verstandes, der nicht nach der Attentäterin suchte. Es war nicht die Art seines Meisters, Anakin die ganze Arbeit zu überlassen, aber vielleicht … Anakin drehte sich zurück zur Bar – und da sah er die Attentäterin. Sie stand genau hinter Obi-Wan und hatte einen Blaster in der Hand.

Bevor Anakin ihn warnen konnte, wirbelte Obi-Wan herum. Sein Lichtschwert summte durch die plötzliche Stille und durchschnitt den Arm der Attentäterin. Anakin lief auf die Bar zu. Er spürte den Schmerz der Frau und die aufbrandende Wut der Wesen um ihn herum, doch sein Meister strahlte wie immer Ruhe und Gelassenheit aus. *Er hat erwartet, dass das geschehen würde,* dachte Anakin beschämt. *Er hat sich als Köder postiert!* Dann war er bei Obi-Wan. Die Attentäterin lag zusammengesackt zu seinen Füßen. Ihr Arm – und der Blaster – lagen in einer Blutlache neben ihr.

„Ganz ruhig“, sagte Anakin zu der Menge. „Das ist eine Angelegenheit für Jedi. Keine Aufregung.“

Die Wesen an der Bar folgten zögernd der Anweisung. Offensichtlich wollte keiner es mit zwei Lichtschwertern aufnehmen – vor allem angesichts der Tatsache, dass eine Person schon in Stücke zerlegt worden war. Obi-Wan deaktivierte sein Lichtschwert. Anakin tat einen Augenblick später dasselbe. Gemeinsam trugen sie die verletzte Attentäterin nach draußen.

„Weißt du, wen du da umzubringen versucht hast?", fragte Obi-Wan, als er sich um ihre Schulter kümmerte.

„Die Senatorin von Naboo", antwortete die Attentäterin bereitwillig.

„Wer hat dich beauftragt?"

Die Frau sah Obi-Wan mit stechendem Blick an. Anakin ging davon aus, dass sie nichts mehr sagen würde. Dann sagte sie: „Es war nur ein Job. Und der nächste wird nicht denselben Fehler machen wie ich."

„Sag es uns!", stieß Anakin hervor und griff mit der Macht nach ihr. *„Sag es uns sofort!"*

„Es war ein Kopfgeldjäger namens …" Die Frau zuckte zusammen, verdrehte überrascht die Augen und starb. Anakin hörte ein Zischen und sah gerade noch rechtzeitig nach oben, um eine gepanzerte Gestalt mit einem Raketenrucksack aufsteigen und um ein Gebäude fliegen zu sehen. *Ein Kopfgeldjäger! Wahrscheinlich der, der sie angeheuert hatte. Und wir haben keine Chance, ihn zu stellen. Der Gleiter steht auf der anderen Seite und der Kopfgeldjäger wird längst weg sein, bevor wir ihn erreichen.*

Obi-Wan beugte sich nach vorn. Er strich seine Finger über den Hals der Attentäterin. Dann hielt er einen kurzen, dicken Pfeil von der Länge seines Fingers vor Anakin, damit er ihn untersuchen konnte.

„Ein Giftpfeil", sagte er überflüssigerweise.

Und wir wissen noch immer nicht, wer versucht, Padmé umzubringen, dachte Anakin. *Das ist nicht gut.*

KAPITEL 4

Obi-Wan hasste es, dem Rat der Jedi einen unvollständig Bericht erstatten zu müssen, doch in diesem Fall war es absolut notwendig. Am nächsten Morgen kehrten sie als Erstes zum Jedi-Tempel zurück, um den versammelten Ratsmitgliedern ihre Geschichte zu erzählen.

Der Jedi-Rat saß in einem Kreis, um die Gleichheit der Mitglieder zu betonen; dennoch wusste jeder, dass Meister Yoda und Meister Windu die bedeutendsten unter ihnen waren. Als Obi-Wan seinen Bericht abgeschlossen hatte, folgte zunächst ein Augenblick des Schweigens. Dann sahen alle Yoda an. Der betrachtete seine Ratskollegen genau, so als hörte er sich schweigend ihre Meinung an. „Aufspüren diesen Kopfgeldjäger du musst, Obi-Wan", sagte er schließlich.

„Und was noch wichtiger ist: Finde heraus, für wen er arbeitet", fügte Mace Windu hinzu.

Obi-Wan spürte, wie eine gewisse Spannung von Anakin abfiel. Er schätzte zwar Anakins Vertrauen in seine eigenen Fähigkeiten, den Attentäter zu finden, doch sein Padawan hätte in der Zwischenzeit auch gelernt haben müssen, dass der Auftrag für eine Mission nicht unbedingt deren erfolgreichen Abschluss bedeuten musste. Außerdem mussten sie auch an Padmé denken. „Was soll mit Senatorin Amidala geschehen?", fragte er. „Sie wird weiterhin Schutz brauchen."

„Sich darum kümmern dein Padawan wird", sagte Yoda.

Obi-Wan sah Yoda konsterniert an. Anakin sollte allein auf Padmé Acht geben? *Er ist zu jung und zu sehr an ihr interessiert. Sie sollten jemand anderen damit beauftragen.* Doch das konnte er dem Rat nicht in Anakins Beisein sagen, nicht ohne einen wirklich triftigen Grund zu haben. Alles, was er hatte, war ein ungutes Gefühl. Er schwieg.

„Anakin", sagte Mace Windu, „begleite die Senatorin zurück zu ihrem Heimatplaneten Naboo. Dort ist sie sicherer. Und benutzt keine offiziellen Transportmittel. Reist als Flüchtlinge."

„Es wird sehr schwer sein, Senatorin Amidala davon zu überzeugen, dass sie Coruscant verlassen soll", sagte Anakin.

Wenigstens denkt er nach. Obi-Wan war nicht mehr ganz so beunruhigt. Solange Anakin über das nachdachte, was er tat, anstatt einfach impulsiv loszulaufen, wäre alles in Ordnung.

Meister Yodas Ohren drehten sich streng nach unten. „Bis gefangen dieser Attentäter ist, unser Urteil sie respektieren muss."

Anakin schien noch immer zu zweifeln – und das nicht

ohne Grund, wie Obi-Wan fand. *Senatorin Amidala wird kaum Anweisungen von jemandem annehmen, den sie noch als kleinen Jungen kannte.* Mace Windu sah die beiden nachdenklich an und sagte dann: „Anakin, begib dich zum Senat und bitte Kanzler Palpatine, mit ihr in dieser Angelegenheit zu sprechen."

Die anderen Ratsmitglieder nickten. Es war eine gute Idee, wie Obi-Wan zugeben musste. Wenn irgendjemand Padmé überzeugen konnte, den Ratschlag der Jedi anzunehmen, dann war es Palpatine. Weshalb hatte Obi-Wan dennoch ein so ungutes Gefühl bei dieser Sache?

Anakin lief eilig am Senat vorbei zu dem riesigen Bürogebäude daneben. Er war erst ein paar Mal im Büro des Kanzlers gewesen und dann in Begleitung seines Meisters – aber er wusste, wohin er gehen musste. Palpatines Büro befand sich ganz oben in dem Wolkenkratzer.

Als er von dem Problem hörte, nickte Kanzler Palpatine verständnisvoll. „Ich werde mit ihr reden", sagte er zu Anakin. „Senatorin Amidala wird sich einer offiziellen Anordnung nicht widersetzen. Ich kenne sie gut genug, um mir dessen sicher sein zu können."

„Danke, Euer Exzellenz", gab Anakin zurück. Er warf noch einen letzten Blick aus dem Fenster – aus dem Büro des Kanzlers hatte man eine unvergleichliche Aussicht auf die sich endlos erstreckende Stadt dort unten. Anakin hatte das schon immer bewundert.

Bevor Anakin sich verabschieden konnte, schenkte Palpatine ihm ein warmes Lächeln. „Also hat man dir endlich einen eigenen Auftrag zugewiesen, junger Padawan", sagte er und Anakin spürte sein Interesse und seine Anerkennung. „Deine Geduld hat sich bezahlt gemacht."

„Eure Fürsprache mehr als meine Geduld", sagte Anakin, konnte sich aber wie immer angesichts von Palpatines Interesse einem gewissen Gefühl der Dankbarkeit nicht erwehren. Als sie sich kurz nach dem Krieg auf Naboo zum ersten Mal getroffen hatten, war Anakin erst neun gewesen. Er hatte nicht damit gerechnet, dass sich eine solch wichtige Person wie der Kanzler an ihn erinnern würde. Doch Kanzler Palpatine hatte damals gesagt, dass er seine Karriere mit großem Interesse verfolgen würde – und genau das hatte er getan. Der Kanzler hielt seine Versprechen. Anakin konnte nicht verstehen, weshalb Obi-Wan ihm stets misstraute, nur weil er ein Politiker war.

„Du bedarfst keiner Fürsprache, Anakin", sagte der Kanzler ernst. „Du wirst schon bald lernen, deinen Gefühlen zu vertrauen. Dann wirst du unbesiegbar sein." Er drehte sich um und ging mit Anakin zur Tür. „Ich habe es schon oft gesagt: Du bist der begabteste Jedi, den ich je gesehen habe."

Anakin überkam ein wohliger Schauer bei diesem Kompliment. Und da es vom Kanzler kam, bedeutete es ihm noch viel mehr. *Er ist nicht einmal ein Jedi und erkennt, dass ich Talent habe!* „Vielen Dank, Euer Exzellenz", sagte er.

Palpatine lächelte, so als wüsste er nur allzu gut, wie wohl sein Lob Anakin tat. „Ich sehe, dass du der größte aller Jedi werden wirst, Anakin. Sogar noch mächtiger als Meister Yoda."

Angesichts einer solch eindrucksvollen Vision seiner Zukunft konnte Anakin nur leicht verwirrt seinen Dank und seine Wertschätzung murmeln. Doch als er das Gebäude verließ, fühlte er sich, als schwebte er in Wolken.

Sobald der Rat der Jedi seine Sitzung beendet hatte, suchte Obi-Wan Meister Yoda auf. Er durfte Anakin nicht verletzten, indem er seine Zweifel an der Mission öffentlich aussprach, Yoda hingegen konnte er vertraulich um Rat bitten.

Er fand Yoda, wie er in einem Schwebestuhl durch die Korridore des Jedi-Tempels schlenderte. Er war dabei tief in eine Diskussion mit Mace Windu versunken, der neben ihm ging. Die beiden sahen Obi-Wan aufmunternd an. Obi-Wan zögerte einen Augenblick, als er die beiden sah. Er hatte eigentlich vorgehabt, mit Meister Yoda allein zu reden, aber eine weitere Meinung könnte hilfreich sein – und Meister Windu war sicher ebenso verständnisvoll wie Meister Yoda.

„Ich mache mir Sorgen um meinen Padawan", sagte Obi-Wan zu ihnen. „Er ist noch nicht bereit, einen Auftrag allein durchzuführen."

Yoda neigte den Kopf zur Seite und sah ihn von unten

an. „Der Rat sich sicher in seiner Entscheidung ist, Obi-Wan."

„Die Fähigkeiten dieses Jungen sind außergewöhnlich", fügte Meister Windu hinzu.

„Trotzdem hat er noch viel zu lernen, Meister", sagte Obi-Wan. „Und seine Fähigkeiten haben ihn … nun ja … arrogant gemacht."

Zu seiner Überraschung nickte Yoda zustimmend. „Ja, ja", sagte der kleine Jedi-Meister. „Das ist eine Schwäche zunehmend verbreitet unter den Jedi. Zu selbstgewiss sie sind. Selbst die älteren, mit weit mehr Erfahrung."

Und Meister Yoda macht sich darüber Sorgen, dachte Obi-Wan. *Sonst wäre er nicht so überzeugt und würde es nicht eine verbreitete Schwäche nennen.* Er dachte an seine erste Begegnung mit Anakin zurück. Der Junge war um einiges älter als üblich für den Beginn einer Jedi-Ausbildung gewesen – *zu* alt, wie manche gesagt hatten. Aber wenn Anakin zu alt gewesen war, dann war Obi-Wan auf jeden Fall zu jung gewesen, um einen Padawan-Schüler anzunehmen. *Vielleicht waren beide Seiten arrogant.* War es wirklich Anakin, an dem er zweifelte, oder zweifelte er an seinen eigenen Fähigkeiten als Lehrer?

„Vergiss nicht, Obi-Wan", sagte Meister Windu. „Wenn die Prophezeiung zutrifft, dann ist dein Padawan der Einzige, der die Macht wieder ins Gleichgewicht bringen kann."

„Wenn er dem richtigen Weg folgt", sagte Obi-Wan ohne nachzudenken. Dann *dachte* er nach und schauderte. Prophezeiungen waren eine vertrackte Sache und die Dunkle Seite der Macht wurde immer stärker. Anakin würde natürlich niemals diesen Weg beschreiten, aber …

Was würde geschehen, wenn er es täte?

Padmé legte eine Seidenjacke in ihre Tragetasche und strich sie mit übertriebener Sorgfalt glatt. Es war ihr nicht recht, von Coruscant eskortiert zu werden, nachdem sie so viele Mühen auf sich genommen hatte, um rechtzeitig zur Abstimmung zu kommen. *Sei ehrlich: Du hasst es, wegzulaufen, Punkt.* Aber Kanzler Palpatine war sehr entschieden gewesen.

Sie bemerkte, wie Dormé sie müde von der Seite ansah und seufzte. Sie durfte ihre Wut nicht an Leuten auslassen, die mit dem eigentlichen Problem nichts zu tun hatten. Sie legte einen Rock in die Tasche und spähte zur Tür, wo Anakin stand und mit Jar Jar Binks redete, als wäre alles ganz normal. *Er* war das Problem – dieser frühreife Jedi-Schüler, der Kanzler Palpatine dazu überredet hatte, dass sie Coruscant verlassen sollte.

Jar Jar sah ihren Blick und schaute sie unsicher an. Padmé seufzte noch einmal. Auch er hatte keine Schuld an ihrer Lage. An Jar Jars Miene war abzulesen, dass Anakin nicht alles erklärt hatte. Das konnte er auch nicht, denn schließlich war *er* nicht der Senator. Sie rang sich ein Lächeln ab und sagte zu Jar Jar: „Ich werde mich für längere Zeit von meinen Pflichten zurückziehen. Es wird Eure Aufgabe sein, meine Stelle im Senat einzunehmen. Abgeordneter Binks, ich weiß, dass ich auf Euch zählen kann."

„Michse sehr geehrt übernehmen diese superheftig schwere Bürde", gab Jar Jar Binks ein wenig pompös zurück. „Michse dies akzeptieren mit mui mui Demütigkeit und …"

Padmé ging zu ihm und nahm ihn in den Arm, was ihn vollkommen aus dem Konzept brachte. „Ihr seid ein guter Freund, Jar Jar", sagte sie. „Aber ich möchte Euch nicht weiter aufhalten. Ich bin überzeugt, dass Ihr viel zu tun habt."

„Selbst natürlich, Mylady", sagte Jar Jar. Er nickte Anakin im Gehen zu, was Padmé nur noch wütender machte.

Jar Jar war kaum weg, da wandte sich Padmé an Anakin. „Ich mag dieses Versteckspiel nicht", beschwerte sie sich.

Anakin hob beschwichtigend die Hände. „Keine Sorge", sagte er. „Jetzt, wo der Rat eine Untersuchung angeordnet hat, wird Meister Kenobi nicht mehr lange brauchen, bis er diesen Kopfgeldjäger gefunden hat."

Als ob das das Hauptproblem wäre! Padmé sah ihn grimmig an. „Ich habe mich nicht ein ganzes Jahr gegen die Aufstellung einer Armee eingesetzt, um dann an der entscheidenden Abstimmung nicht teilzunehmen!"

„Manchmal müssen wir unseren Stolz vergessen und tun, was von uns erwartet wird."

Er klingt, als würde er einem kleinen Kind eine Lektion erteilen! Nur weil er so groß geworden ist … „Stolz?" Sie richtete sich in all ihrer Förmlichkeit und Würde als Senatorin auf. „Annie, du bist noch jung und hast nicht viel Erfahrung mit Politik. Ich schlage vor, dass du dir deine Meinung für später aufhebst."

Anakins Gesicht zeigte nur kurz, dass er verletzt war, bevor auch er sich schnell in Formalitäten flüchtete. „Entschuldigt, Mylady", sagte er. Als er sich abwandte, hörte sie ihn murmeln: „Ich wollte doch nur …"

Was? Helfen? Annie hatte immer versucht, zu helfen. Doch jetzt spürte sie, wie er sich von ihr zurückzog und irgendwie wusste sie, dass er es nur aus einem Grund tat: Er dachte, sie wollte es so. „Annie", protestierte sie. „Nein!"

Er hob den Kopf und sah sie einen langen Augenblick an. Er schien beinahe noch verletzter zu sein als zuvor. Dann sagte er leise: „Nenn mich bitte nicht so."

„Wie?" Sie hatte ihn nicht beleidigt. Sie hatte ihn nur … „Annie" genannt.

Padmé sah ihn erstaunt an. Sie hatte all ihren Ärger vergessen. „Aber ich habe dich immer so genannt. Das ist doch dein Name, oder nicht?"

„Ich heiße Anakin", sagte er und sie hörte in seiner Stimme das Echo eines neunjährigen Jungen, der sagen wollte: *Ich heiße Anakin und ich bin eine Person.* „Wenn du Annie sagst, dann ist das so, als wäre ich noch immer ein kleiner Junge. Und das bin ich nicht mehr."

„Es tut mir Leid, Anakin", sagte sie voller Aufrichtigkeit. Dann lächelte sie und ließ ihren Blick von seinen Füßen nach oben wandern – weiter und weiter, bis ihr Kopf im Nacken lag und sie sein Gesicht betrachten konnte. „Es ist nicht zu übersehen, dass du erwachsen geworden bist."

Anakin lief rot an und senkte seinen Blick. „Meister Obi-Wan gelingt es, dies nicht zu bemerken", murmelte er.

„Es liegt in der Art von Lehrern, mehr unserer Fehler zu entdecken, als es uns lieb ist", sagte Padmé und dachte dabei an ihre eigenen Lehrer auf Naboo. „Nur auf diese Weise werden wir erwachsen."

„Versteh mich nicht falsch", sagte Anakin und sah auf. „Obi-Wan ist ein guter Lehrmeister, so weise wie Meister Yoda und so mächtig wie Meister Mace Windu. Ich bin wirklich dankbar, sein Schüler zu sein. Aber …" Er zögerte, so als wäre nicht sicher, ob er aussprechen sollte, was er wirklich sagen wollte.

Padmé nickte ihm aufmunternd zu und nach einem kurzen Augenblick fuhr Anakin fort. „Obwohl ich ein Padawan-Schüler bin, bin ich ihm in manchen Punkten – in vielen Punkten – weit voraus. Ich bin bereit für die Prüfung, das weiß ich sicher! Und er weiß es ebenso. Doch er hat das Gefühl, dass ich zu unberechenbar bin." Er redete jetzt beinahe mit sich selbst. Die Worte hörten sich so an wie etwas, das er sich selbst schon so oft gesagt hatte. „Andere Jedi in meinem Alter haben die Prüfung gemacht und geschafft. Ich weiß, dass ich meine Ausbildung spät begonnen habe, aber er lässt es nicht zu, dass ich vorwärts komme."

„Das muss enttäuschend sein", sagte Padmé. Sie musste sich anstrengen, nicht zu lächeln.

„Schlimmer", stieß Anakin hervor. „Er ist über alle Maßen kritisch. Er hört nie zu! Er versteht einfach nicht. Das ist nicht fair!"

Padmé lachte unwillkürlich. Anakin sah sie überrascht an und sie schüttelte den Kopf. „Entschuldige, aber du klingst genau wie der kleine Junge, den ich damals kennen gelernt habe – wenn die Dinge nicht nach seinem Willen gingen."

„Ich jammere nicht", protestierte Anakin. „Wirklich nicht!"

Padmé, die noch immer lächelte, schüttelte noch einmal den Kopf. „Ich habe das nicht gesagt, um dich zu verletzen."

„Ich weiß", sagte Anakin leise und sie wusste, dass er es ernst meinte.

„Anakin", sagte sie nach einem Moment der Stille. „Versuch nicht, allzu schnell erwachsen zu werden."

„Aber ich bin erwachsen", erwiderte er. „Du hast es doch selbst gesagt." Er blickte hinab und sah ihr in die Augen.

Die Intensität seines Blickes war beunruhigend. Sie konnte sich nicht erinnern, wann sie das letzte Mal so von jemandem angesehen worden war – nicht als die Senatorin oder die Königin Amidala und nicht als die entschlossene junge Abgeordnete, sondern einfach als Padmé. *Und er hat einen so tiefen Blick* ... Sie riss sich zusammen. „Bitte sieh mich nicht so an", sagte sie.

Anakin blinzelte. „Warum nicht?"

„Weil ich sehen kann, was du denkst." Sie hatte es nicht so direkt sagen wollen.

„Ah", lachte Anakin und nickte. „Also hast du auch Jedi-Kräfte."

Padmé wandte sich ab. Dieser ehemalige Sklavenjunge hatte kein Recht, sich über sie lustig zu machen. „Es ist mir unangenehm", sagte sie steif.

„Es tut mir Leid, Mylady." Anakin klang aufrichtig, doch Padmé wurde das Gefühl nicht los, dass er sich noch immer über sie lustig machte. Sie presste die Lippen zusammen und ging entschlossen davon, um ihre Sachen zu packen.

KAPITEL 5

Obi-Wan, Captain Typho und Dormé gingen zusammen mit Anakin und Padmé zu den Frachterdocks des Raumhafens. Obi-Wan war im Stillen der Meinung, dass schon dies zu viele Leute waren, doch Captain Typho war Padmés offizieller Sicherheitsbeauftragter und Padmé machte sich Sorgen um ihre Dienerin, die ihren Platz als ‚Senatorin Amidala' einnahm, in der Hoffnung damit die Attentäter zu täuschen. Obi-Wan hatte sich nicht sonderlich viel Mühe gegeben, ihnen diesen Plan auszureden. Er hatte allerdings darauf bestanden, dass niemand außer Padmé und Anakin aus dem kleinen Transporter steigen würden, der sie zu den Docks brachte. Ein Jedi, ein uniformierter Naboo-Offizier und ‚Senatorin Amidala' würden zu viel Aufmerksamkeit erregen – und immerhin war der einzige Grund für Padmés Transport mit einem Frachter der, sie unauffällig von Coruscant wegzubekommen.

Anakin und Padmé trugen lockere, bequeme Kleidung in Braun- und Grautönen. Anakin hatte seinen Padawan-Zopf am Hinterkopf verknotet, damit er weniger auffiel.

Ein Jedi-Padawan, der eine junge Frau auf einem Flüchtlings-Transporter begleitete, war ungewöhnlich genug, um Aufsehen zu erregen. Obi-Wan betrachtete sie zum hundertsten Mal genau und entschied, dass ihre Verkleidung gut genug war.

Endlich legte der Transporter an den Docks an. Während Padmé und Dormé sich recht tränenreich verabschiedeten, zog Obi-Wan Anakin zur Seite. Er ignorierte dessen störrische Miene und wiederholte noch einmal die zentralen Aufgaben der Mission. Dabei betonte er ein Detail ganz besonders: „Anakin, du bleibst auf Naboo. Unternimm nichts, ohne zuerst meine Zustimmung oder die des Rates einzuholen."

„Ja, Meister", sagte Anakin im Tonfall von jemanden, der sich schon allzu oft dasselbe hatte anhören müssen.

Obi-Wan seufzte und wünschte, er könnte daran glauben. Er dachte zwar nicht, dass Anakin log; er war sich ziemlich sicher, dass sein Padawan den Anweisungen Folge leisten *wollte*. Anakin meinte es immer gut. Aber er war impulsiv und vertraute zu sehr auf sich und seine Fähigkeiten. Wenn er der Meinung war, dass es notwendig wurde, konnte er ohne weiteres sein Versprechen vergessen und alles gefährden. *Dies ist die einzige Möglichkeit, Padmés Sicherheit zu gewährleisten,* sagte Obi-Wan zu sich selbst. Der letzte Attentäter war ihr nur allzu nahe gekommen. Und doch wurde er ein ungutes Gefühl nicht los.

Padmé hatte sich von ihrer Dienerin verabschiedet und

kam zu ihnen. Sie sah besorgt aus. Obi-Wan nickte und sagte: „Ich werde diese Verschwörung bald ergründet haben, Mylady. Ihr werdet in kürzester Zeit wieder hier sein."

„Ich wäre Euch sehr verbunden, wenn Ihr Euch beeilen würdet, Jedi-Meister", gab Padmé förmlich zurück.

Sie ist noch immer verärgert darüber, dass sie Coruscant verlassen muss, dachte Obi-Wan. Er war kurz davor, die Reise abzusagen oder nach einer Alternative zu suchen, doch Anakin nahm ihre verbeulten Reisekisten und sagte: „Zeit zu gehen."

Padmé nahm Dormé ein letztes Mal in den Arm. Dann ging sie mit Anakin zur Tür des Transporters, wo R2-D2 darauf wartete, sie zu begleiten.

„Möge die Macht mit dir sein", sagte Obi-Wan zu Anakin.

„Möge die Macht mit Euch sein, Meister", gab Anakin zurück.

Weshalb habe ich das Gefühl, als würde ich mich gerade zum letzten Mal von ihm verabschieden? Obi-Wan riss sich zusammen. Er tat genau das, wofür er Anakin immer zurechtwies – er konzentrierte sich auf das Negative. Doch als er Anakin und Padmé mit R2 im Raumhafen verschwinden sah, konnte nicht anders als Captain Typho zuflüstern: „Ich hoffe nur, er unternimmt nicht irgendetwas Unbedachtes."

Captain Typho warf Obi-Wan einen Blick zu und schüttelte den Kopf. „Ehrlich gesagt würde ich mir diesbezüglich mehr Sorgen über die Senatorin machen."

Ihr kennt Anakin nicht. Andererseits waren ein paar der Dinge, die Padmé während des Naboo-Krieges unternommen hatte, ebenso riskant gewesen wie alles, was sein Padawan vorgeschlagen hatte. Vielleicht war das der Grund für seine Unruhe.

Sie warteten schweigend, bis der Frachter abgehoben hatte. Obi-Wan griff sogar mit seinen Jedi-Sinnen hinaus, um sicherzugehen, dass Anakin und Padmé an Bord waren. Er hatte beinahe befürchtet, dass Padmé Anakin im letzten Augenblick dazu überreden könnte, sie hier bleiben zu lassen.

Sobald er wusste, dass alles gut abgelaufen war, schickte er den Transporter zurück zum diplomatischen Sektor von Coruscant. Er setzte Captain Typho und Dormé beim Apartment des Senators ab, damit sie dort ihre gefährliche Maskerade fortsetzen konnten und fuhr weiter zum Jedi-Tempel. Er hatte Padmé versprochen, dass er die Ermittlungen schnell abschließen würde und deshalb wollte er sich gleich an die Arbeit machen.

Die Analyse-Kabinen im Tempel waren fast alle belegt, er fand dennoch eine leere. Er zog den Giftpfeil hervor, der die Attentäterin umgebracht hatte und legte ihn auf die Sensorenschale. „Ich muss wissen, wo dieser Pfeil herkommt und wer ihn hergestellt hat", sagte er zu dem Analyse-Droiden.

„Einen Augenblick bitte“, erwiderte der Droide. Er nahm die Schale und begann mit der Arbeit.

Obi-Wan wartete und betrachtete die Diagramme und Daten, die schnell auf dem Display des Droiden vorbeiscrollten. Dann, zu seiner Überraschung, wurde der Schirm leer.

„Markierungen können nicht identifiziert werden“, gab der Droide bekannt. „Wie Ihr auf unserem Display erkennen könnt, existiert diese Waffe in keiner bekannten Kultur. Möglicherweise der Eigenbau eines Kriegers, der mit keiner bekannten Gesellschaft in Verbindung steht. Bitte tretet von der Sensorenschale zurück.“ Die Schale glitt heraus, damit Obi-Wan den Pfeil wieder an sich nehmen konnte.

„Entschuldige“, sagte Obi-Wan, „könntest du es noch einmal versuchen?“

„Jedi-Meister, unsere Aufzeichnungen sind sehr gründlich“, sagte der Droide. Wäre das ein Mensch, dachte Obi-Wan, würde er jetzt missmutig klingen wegen der Unterstellung, er hätte nicht gründlich genug untersucht. „Wenn ich Euch nicht sagen kann, wo der Pfeil herkommt, kann es niemand.“

Obi-Wan betrachtete den Pfeil. *Niemand kann es? Hmmm. Vielleicht …* „Vielen Dank für die Hilfe“, sagte er zu dem Droiden, als er den Pfeil einpackte. Er drehte sich weg und sagte halb zu sich selbst: „Ich weiß, wer ihn identifizieren kann.“

Er hätte schwören können, hinter sich ein ungläubiges Schnauben gehört zu haben, als er die Analyse-Kabine verließ.

Auf den ersten Blick sah Dex's Diner wie jedes andere heruntergekommene Restaurant in diesem schäbigen Teil der Stadt aus. An der Wand reihten sich glänzende, kastanienbraune Essnischen, der Boden war gekachelt und die Theke vor der Wand war hochglanzverchromt. Dex's war allerdings viel sauberer und roch weniger übel als die meisten anderen Läden dieser Art, die Obi-Wan betreten hatte.

Der weiblich anmutende Service-Droide, der die Nischen reinigte, reagierte auf Obi-Wans Frage nach Dexter zunächst nicht sehr hilfsbereit. „Er ist nicht in Schwierigkeiten", sagte Obi-Wan dann. „Es ist etwas Persönliches."

Die Droidin sah ihn lange abschätzend an. Dann rief sie durch eine offene Serviceluke: „Da will dich einer sprechen, Schätzchen." Dann fügte sie etwas leiser hinzu: „Ein Jedi, würde ich mal annehmen."

Eine Dampfwolke und ein gewaltiger Kopf kamen plötzlich aus der Serviceluke hervor. „Obi-Wan!", rief Dexter munter. „Setz dich hin! Ich bin gleich bei dir!"

Obi-Wan lächelte und setzte sich an einen leeren Tisch. Die mittlerweile beruhigte Service-Droidin brachte zwei Tassen mit dampfendem Ardees. Einen Augenblick später tauchte Dexter aus dem Hinterzimmer auf. Er hatte sich nicht viel verändert, seitdem Obi-Wan ihn das letzte Mal gesehen hatte – er war etwas älter, hatte weniger Haare und war vielleicht etwas schwerer geworden, obwohl bei seiner Masse ein paar Kilo keinen Unterschied machten. Er zwängte strahlend seinen gewaltigen Körper mit den vier Armen in den Stuhl gegenüber von Obi-Wan.

„Nun mein Freund, was kann ich für dich tun?“, fragte er, mit allen vier Armen gestikulierend.

„Du kannst mir sagen, was das hier ist“, sagte Obi-Wan und schob den Pfeil über den Tisch.

Dexters Augen weiteten sich. „Ja ist es denn die Möglichkeit“, sagte er leise. Mit einer für ein solch großes Wesen überraschenden Feinfühligkeit nahm er den Pfeil in die Hand und drehte ihn um. „So ein Ding habe ich nicht mehr gesehen, seitdem ich geschürft habe. Auf Subterrel hinter dem Outer Rim.“

„Weißt du, wo er herstammt?“, fragte Obi-Wan und beugte sich nach vorn.

Dexter grinste. „Dieses Baby gehört den Klonern. Das Ding, das du da hast, ist ein Kamino-Saberdart.“

So viel zum Thema „Wenn ich es Euch nicht sagen kann, kann es niemand“, dachte Obi-Wan mit einer gewissen Befriedigung. „Ein Kamino-Saberdart?“, wiederholte er. „Ich frage mich, weshalb der nicht in unserem Analyse-Archiv geführt ist.“

„An diesen komischen kleinen Einschnitten an der Seite kann man sie erkennen“, sagte Dexter und zeigte darauf.

„Die Analyse-Droiden, die ihr da drüben habt, konzentrieren sich nur auf Symbole." Er grinste wieder vergnügt und fügte schlitzohrig hinzu: „Ich hatte angenommen, dass Ihr Jedi mehr Respekt vor dem Unterschied zwischen Wissen und Weisheit habt."

„Nun, Dex, wenn Droiden denken könnten, dann wäre keiner von uns beiden hier, oder?", sagte Obi-Wan und beide lachten. Obi-Wan sah sich den Pfeil noch einmal genau an. „Kamino", sagte er nachdenklich. „Kommt mir nicht bekannt vor. Liegt das in der Republik?"

„Nein, es liegt hinter dem Outer Rim", erklärte Dexter ihm. „Ungefähr zwölf Parsecs außerhalb des Rishi Maze. Sollte leicht zu finden sein, sogar für die Droiden in deinem Archiv." Er machte eine kurze Pause. Als Obi-Wan nicht reagierte, fuhr er fort. „Diese Kaminoaner bleiben gewöhnlich unter sich. Sie sind Kloner. Und auch noch verdammt gute."

Obi-Wan sah ihn fragend an. „Kloner? Sind sie gefährlich?"

„Tja, kommt drauf an", gab Dexter ernst zurück.

„Auf was kommt es an, Dex?"

Dieses Mal grinste Dex weniger humorvoll. „Na, wie gut deine Manieren sind ... und wie dick dein Portemonnaie."

Der Frachtraum des Transporters war dunkel und überfüllt. Er hatte nichts von den hellen, weiten Räumen der Königlichen Naboo-Kreuzer. *So sind Raumreisen für die meisten*

Leute, sagte sich Padmé. Es erinnerte sie ein wenig an ihre Arbeit mit der Hilfsorganisation auf Shadda-Bi-Boran, als sie acht Jahre alt gewesen war. Sie hatte schon seit Jahren nicht mehr daran gedacht.

Sie riss sich zusammen und betrachtete die Gesichter um sie herum. Einige schienen müde und erschöpft zu sein, einige voll neuer Hoffnungen. Niemand sah wie ein potenzieller Attentäter aus. *Aber wie sieht ein Attentäter aus? Ich habe noch nie einen gesehen. Nur den Droiden vor meinem Fenster gestern Abend. Vielleicht sehen Attentäter so aus wie alle anderen?* Ein kalter Schauder lief ihr über den Rücken, als sie darüber nachdachte, wer wohl damit seinen Lebensunterhalt bestritt, andere Wesen zu jagen und umzubringen.

Neben ihr wälzte sich Anakin wieder einmal im Schlaf. Er hatte sich hin und her gedreht, seitdem er sich schlafen gelegt hatte. Padmé fragte sich, ob er das immer tat, als sie ihn murmeln hörte: „Nein! Mom, nein!" Sie beugte sich zu ihm hinunter und sah, dass er schwitzte. Sie legte sanft eine Hand auf seinen Arm und hoffte, dass sie ihn nicht wachrütteln musste.

Anakin schien einen leichten Schlaf zu haben. Er öffnete sofort die Augen und schaute sie sichtlich verwirrt an. „Was?"

„Du hattest wohl einen Albtraum", sagte Padmé.

Anakin blickte sie durchringend an. Padmé schaute weg und sah, wie R2-D2 mit zwei Tabletts mit Brot heranrollte.

Als sie leicht überrascht blinzelte, fuhr der kleine Droide eine Röhre aus und füllte zwei Schalen mit Mush. *Ich dachte, es gibt an Bord dieses Schiffes keine Service-Droiden. Na ja, ich wusste schon immer, dass R2 sich gern nützlich macht.* „Hast du Hunger?“, fragte sie Anakin.

Er nickte und sie gab ihm eine der Schalen. „Danke“, sagte er.

„Wir haben vor einiger Zeit den Sprung in die Lichtgeschwindigkeit gemacht“, sagte Padmé in einem neutralen Ton. Wenn er nicht über diesen Albtraum reden wollte, würde sie ihn nicht dazu zwingen.

„Ich freue mich darauf, Naboo wieder zu sehen. Ich habe jeden Tag daran gedacht, seitdem ich weggegangen bin. Es ist bei weitem der schönste Ort, den ich je gesehen habe.“ Er sah sie beim Sprechen intensiv an, so als wollte er sie dazu bringen eine verborgene Botschaft seiner Worte zu verstehen.

Padmé rutschte unbehaglich hin und her. Sie wollte nicht, dass er mehr meinte, als er sagte. Und sie wollte bestimmt nicht, dass er Naboo idealisierte ... oder seine Bewohner. Er wäre sicherlich enttäuscht gewesen. „Es ist wahrscheinlich nicht mehr so, wie du es erinnerst“, sagte sie. „Die Zeit verändert die Wahrnehmung.“

„Manchmal ja“, sagte Anakin mit demselben intensiven Blick. „Manchmal zum Positiven.“

Mit einem noch größeren Gefühl des Unbehagens sah Padmé zu Boden und nahm einen Schluck Mush. *Zeit, das*

Thema zu wechseln. „Sein Leben den Jedi zu widmen ist sicher nicht einfach", sagte sie. „Nicht an die Orte reisen zu können, die du sehen magst. Oder die Dinge tun zu können, die du tun magst ..." Ihr fiel zu spät ein, dass Anakin ein Sklave gewesen war, als sie sich kennen gelernt hatten. Damals hatte er ja noch weniger Kontrolle über sein Leben gehabt als nun als Jedi-Schüler. Ein Jedi zu sein, musste für ihn mehr Freiheit bedeuten und nicht weniger.

Doch Anakin nickte. „Oder mit denen zusammen zu sein, die ich liebe", sagte er.

„Ist es dir erlaubt, zu lieben?", fragte Padmé. „Ich dachte, das wäre den Jedi untersagt."

„Bindungen sind verboten", sagte Anakin langsam. „Besitz ist verboten. Aber Mitgefühl, was ich als bedingungslose Liebe definieren würde, ist das Wesentlichste im Leben eines Jedi. Man kann also sagen, dass wir zur Liebe ermutigt werden."

War dieser nachdenkliche junge Mann derselbe kleine Anakin, an den sie sich erinnerte? „Du hast dich sehr verändert", sagte sie, ohne vorher nachzudenken.

„Du hast dich überhaupt nicht verändert", sagte Anakin zu ihr. „Du bist genau so, wie ich dich in meinen Träumen erinnere. Ich glaube auch nicht, dass Naboo sich verändert hat."

Er träumt von mir? Sie war sich nicht sicher, ob ihr das gefiel oder ob es sie ängstigte. „Hat es nicht", gab sie zu und wechselte dann erneut und entschlossen das Thema. „Du hast vorhin von deiner Mutter geträumt, oder nicht?"

Anakin wandte den Blick ab. „Ja. Ich habe Tatooine vor so langer Zeit verlassen, dass ich mich gar nicht mehr richtig an sie erinnern kann. Dabei will ich diese Erinnerung nicht verlieren. Und in letzter Zeit sehe ich sie immer wieder in meinen Träumen – lebensechte Träume. Beängstigende Träume." Er sprach leiser weiter. „Ich mache mir Sorgen um sie."

Kein Wunder, dass er lieber von mir träumen würde … und natürlich von Naboo. Padmé sah ihn voll plötzlichen Mitgefühls an. Er senkte den Kopf und aß weiter. *Er macht sich mehr Sorgen, als er zugeben will. Und er ist ein Jedi. Sie wissen manchmal gewisse Dinge.* Ein Schauer der Erinnerung lief ihr über den Rücken, als ihr die große, sanfte Frau wieder in Gedanken erschien, die sie vor langer Zeit auf Tatooine kennen gelernt hatte. Sie wollte glauben, dass ihr seitdem nichts Schlimmes zugestoßen war; aber Shmi Skywalker war eine Sklavin wie einst ihr Sohn und Tatooine barg so viele Gefahren …

KAPITEL 6

Das Jedi-Archiv war schon immer einer von Obi-Wans Lieblingsorten im Tempel der Jedi gewesen. Es war irgendwie friedvoll und geschäftig zugleich. Die Nischen voller Computerkonsolen enthielten mehr Informationen als jedes andere Datencenter in der Galaxis. Zu jeder Tages- und Nachtzeit waren drei oder vier der Konsolen mit Jedi besetzt, die sich über Entwicklungen in der Galaxis informierten oder eine wichtige Information suchten, die ihnen bei ihrer jeweiligen Mission helfen könnte. Heute waren nicht nur mehrere Konsolen belegt, sondern vier oder fünf Jedi saßen an verschiedenen Tischen verteilt im Raum und studierten ausgedrucktes Material aus dem Archiv. Trotz all der Informationen, die die Speicher-Droiden in die Computer eingegeben hatten, mussten manche Dinge noch im Original studiert werden.

Es hätte einfach sein müssen, die Koordinaten von Kamino von den Computern zu bekommen, doch zu Obi-Wans Überraschung gab es keinerlei Einträge über diesen Ort. Nachdem er eine halbe Stunde vergeblich die Datenbanken durchforstet hatte, drückte Obi-Wan einen Knopf, mit dem er einen der Archivare zu Hilfe rufen konnte. Dann stand er auf, streckte sich etwas und begann umherzugehen, wobei er darauf achtete, keinen der anderen Jedi bei der Arbeit zu stören.

In der Nähe des Eingangs blieb er bei einer Reihe von Bronzebüsten stehen. Nach einer Weile wurde ihm klar, dass die Büste direkt vor ihm Count Dooku darstellte. Er betrachtete sie interessiert. Nichts in dem langen, gemeißelten Gesicht mit dem strengen Ausdruck gab einen Hinweis darauf, welchen Weg der Mann gewählt hatte. Der Anführer der Separatisten, der die Republik ohne weiteres in den Bürgerkrieg treiben konnte. Wie konnte ein Jedi – auch wenn er den Orden verlassen hatte – so weit gehen? Und *weshalb* hatte er den Orden verlassen? Es war kurz nach dem Naboo-Krieg geschehen. Obi-Wan war von Coruscant fort und mit seinen neuen Pflichten als frisch ernannter Jedi-Ritter beschäftigt gewesen. Als er nach Coruscant zurückgekehrt war, war Dooku verschwunden. Er hatte niemals erfahren, was geschehen war.

Er hörte ein leises Geräusch und drehte sich um. Jocasta Nu, die Jedi-Archivarin, stand neben ihm. Mit ihren strengen, grauen Haaren und dem schmalen Gesicht machte sie in der Jedi-Robe irrtümlicherweise einen zerbrechlichen Eindruck. Jemand, der sie nicht kannte, würde in ihr nicht mehr sehen als eine Bibliothekarin, die ständig an ihrem Schreibtisch saß. Obi-Wan wusste es besser. Jocasta war in ihrer Jugend eine großartige Jedi-Kriegerin gewesen und obwohl sie die meiste Zeit damit zubrachte, das Archiv zu organisieren und für ihre Jedi-Kollegen zu durchsuchen, ging sie von Zeit zu Zeit noch auf Missionen. „Hattet Ihr um Hilfe gebeten?“, fragte sie spitz.

„Ja“, sagte Obi-Wan und blickte von der Büste weg. „Ja, das hatte ich.“

Jocasta lächelte ihn verständnisvoll an. „Er hat ein ausdrucksstarkes Gesicht, nicht wahr? Er war einer der brillantesten Jedi, die ich jemals kennen lernen durfte.“

„Ich habe nie begriffen, weshalb er gegangen ist“, sagte Obi-Wan. Jocasta Nu war ebenfalls ein Jedi; sie hatte sich sicher dieselben Fragen gestellt wie er. „Nur zwanzig Jedi haben jemals den Ordern verlassen.“

„Die Verlorenen Zwanzig“, sagte die Archivarin mit einem Seufzen. „Count Dooku war der letzte von ihnen – und der, bei dem es am meisten schmerzte.“ Sie machte eine Pause. „Niemand redet gern darüber. Sein Fortgang war ein großer Verlust.“

Wenn niemand darüber sprechen wollte, dann gab es nur eine Möglichkeit, es herauszufinden. „Was war passiert?“, fragte er geradeheraus.

Jocasta deutete ein Lächeln an, gab aber bereitwillig Auskunft. „Nun, Count Dooku war immer ein wenig uneins mit den Entscheidungen des Rates.“ Sie sah Obi-Wan auf eine Weise an, die er nicht einordnen konnte. „Ähnlich wie Euer alter Meister Qui-Gon Jinn.“

„Wirklich?" Die Vorstellung war überraschend ... und beunruhigend zugleich. *Aber Meister Qui-Gon hätte niemals den Jedi-Orden verlassen. Niemals.*

„Oh ja", sagte die alte Jedi-Ritterin. „Sie waren sich in vielerlei Hinsicht ähnlich. Sehr individuelle Denker. Idealisten ..." Sie sah die Büste an und fuhr – halb zu sich selbst – fort. „Er war immer bestrebt, ein mächtiger Jedi zu werden. Er wollte der Beste sein. Mit dem Lichtschwert, im alten Fechtstil, machte ihm keiner etwas vor. Seine Kenntnis der Macht war ... einzigartig."

Das klingt nach dem kleinen Anakin, dachte Obi-Wan und runzelte die Stirn.

Jocasta seufzte und wandte sich von der Büste ab, so als ertrüge sie den Anblick nicht länger. „Ich glaube, er ging letztendlich deswegen, weil er das Vertrauen in die Republik verlor. Er hatte sehr hohe Erwartungen an die Regierung. Er war neun oder zehn Jahre verschwunden und tauchte erst kürzlich wieder als Anführer der Separatisten-Bewegung auf."

Obi-Wan wartete, doch sie schien nicht weiter erzählen zu wollen. „Interessant", sagte er schließlich. „Ich bin mir nur noch immer nicht sicher, ob ich alles verstehe."

„Nun, ich bin mir sicher, dass Ihr mich nicht für eine Geschichtsstunde gerufen habt", sagte die Archivarin. „Habt Ihr ein Problem, Meister Kenobi?"

Obi-Wan deutet auf den Datenschirm, an dem er gearbeitet hatte. „Ja. Ich suche ein Sternensystem namens Kamino. Es scheint sich nicht in den Beständen des Archivs zu befinden."

„Kamino?", gab Jocasta zurück. „Von diesem System habe ich noch nie gehört. Lasst mich sehen." Sie blickte einen Moment auf den Schirm. „Seid Ihr sicher, dass Ihr die richtigen Koordinaten habt?"

„Meinen Informationen zufolge sollte es irgendwo in diesem Quadranten liegen – gleich südlich des Rishi Maze."

„Keine Koordinaten?" Die Archivarin runzelte die Stirn. „Hört sich an wie eine Wegbeschreibung, die man auf der Straße bekommt – von einem alten Minenarbeiter oder Furbog-Händler."

„Stimmt genau", sagte Obi-Wan mit einem Lächeln und dachte an Dex.

Jocasta sah ihn skeptisch an. „Seid Ihr sicher, dass das System existiert?"

„Absolut."

Sie sah ihn noch einen Augenblick länger an und nickte dann. „Lasst mich einen Gravitations-Scan machen." Ihre Finger flogen über die Tastatur und die Anzeige auf dem Display änderte sich. Sie sah sie einen Augenblick an und zeigte darauf. „Hier gibt es ein paar Unstimmigkeiten. Vielleicht wurde der Planet, den Ihr sucht, zerstört."

Das war möglich, aber – „Müsste das nicht in den Aufzeichnungen zu finden sein?"

„Müsste es eigentlich", gab die Archivarin zu. „Es sei

denn, es war erst kürzlich." Sie sah ihn an und schüttelte den Kopf. „Ich sage es ungern, aber es sieht so aus, als existierte das System nicht, das Ihr sucht."

Obi-Wan dachte an den Giftpfeil in seiner Tasche. „Das ist unmöglich. Vielleicht ist das Archiv unvollständig."

Jocasta richtete sich auf, so als hätte er sie persönlich beleidigt. „Das Archiv ist vollständig und absolut zuverlässig, junger Jedi", stieß sie hervor. „Ihr könnt Euch einer Sache vollkommen sicher sein – wenn etwas in unseren Aufzeichnungen nicht aufgeführt ist, dann existiert es auch nicht."

Das kam Obi-Wan irgendwie bekannt vor. *Wenn ich Euch nicht sagen kann, wo er herkommt, kann es niemand ... wenn etwas in unseren Aufzeichnungen nicht aufgeführt ist, dann existiert es nicht ...* Obi-Wan starrte auf die Karte auf dem Schirm und runzelte plötzlich die Stirn. Gravitations-Anomalien ... *Irgendetwas* war dort gewesen, wo sich laut Dexter das Kamino-System befand, Aufzeichnungen hin oder her.

Obi-Wan schüttelte den Kopf. Nichts von all dem ergab einen Sinn. Gemäß der Jedi-Aufzeichnungen war Padmés mutmaßliche Attentäterin durch einen Giftpfeil von einer nicht existenten Welt getötet worden. Er war sich nicht sicher, was ihn mehr beunruhigte – bei seinen Nachforschungen in eine Sackgasse geraten zu sein oder solch offensichtliche Lücken in den Informationssystemen der Jedi gefunden zu haben. Und ihm standen keine weiteren Quellen mehr zur Verfügung.

Er dankte der Archivarin für ihre Hilfe und kopierte die Karte in ein Datapad, um später darüber nachdenken zu können. Er musste doch *jemanden* kennen, der ihm noch einen anderen Ort nennen würde, an dem er es versuchen konnte.

Naboo war, klang und roch sogar noch besser als in Anakins Erinnerungen. Die rosig-goldfarbenen Türme der Stadt, die Blumen, deren Duft die Luft erfüllte, die ferne Musik der Wasserfälle – nichts hatte sich verändert. Nun ja, es gab es keine Armeen von Kampf-Droiden der Handelsföderation, die sie umbringen wollten, doch das war nur zum Vorteil des Ganzen. Abgesehen von der Kälte war alles geradezu perfekt.

Padmé schien die Rückkehr nach Naboo ebenso zu genießen wie er. Sie bestand darauf, dass sie vom Raumhafen direkt zum Palast gingen, damit sie sich bei der Königin melden konnte. Als das geklärt war, schien sie etwas von ihrer harten, entschlossenen Senatorinnen-Persönlichkeit abgelegt zu haben. Sie kam Anakin eher wie die Padmé vor, die er auf Tatooine kennen gelernt hatte, als er noch klein gewesen war. Bei diesem Gedanken wurde Anakin neugierig auf Padmés Kindheit. „Als du ein kleines Kind warst, hast du da von Politik und Macht geträumt?"

Padmé lachte überrascht und drehte sich zu ihm um. „Nein, das war das Letzte, woran ich gedacht habe." Sie sah nachdenklich aus – voller Erinnerung. „Ich wurde vor allem deshalb gewählt, weil ich davon überzeugt war, dass Reformen möglich waren. Ich war zwar nicht die jüngste Königin, die jemals gewählt wurde, aber wenn ich jetzt daran zurückdenke, bin ich mir nicht sicher, ob ich überhaupt alt genug war." Sie sah zurück zum Palast und ihr Blick blieb an einem polierten Teil des Gebäudes hängen, der neuer als der Rest war. Er hatte die Form einer Blasterschuss-Narbe, die man repariert hatte. „Ich bin mir nicht sicher, ob ich reif genug dafür war", murmelte sie.

„Das Volk, dem du gedient hast, war der Meinung, dass du deine Arbeit gut gemacht hast", sagte Anakin in der Hoffnung, sie etwas aufmuntern zu können. „Ich habe gehört, dass man damals versucht hat, die Verfassung zu ändern, damit du im Amt bleiben konntest."

„Mitbestimmung durch das Volk bedeutet nicht Demokratie, Anakin", sagte Padmé. „Sie gibt dem Volk, was es will, und nicht was es braucht. In Wahrheit war ich erleichtert, als meine zwei Amtsperioden abgelaufen waren – doch die Königin bat mich darum, als Senatorin zu dienen, und das konnte ich ihr nicht verwehren."

„Ich glaube, dass die Republik dich braucht", sagte Anakin voller Überzeugung, als sie die Treppe des Palastes erreichten. „Ich bin froh, dass du dich dafür entschieden hast, diesen Dienst anzutreten."

Padmé lächelte ihn an und sie gingen hinein. Ein Bediensteter brachte sie die Treppe hinauf in den mit Marmor verkleideten Thronsaal. Es war eigenartig, Königin Jamillia mit der königlichen Gesichtsbemalung auf dem Thron zu sehen, wo doch in Anakins Erinnerung Padmé dorthin gehörte. Doch die Dienerinnen in ihren feuerroten Roben waren die gleichen, ebenso wie ein paar Ratgeber der Königin. Anakin erkannte sogar einen von ihnen – Sio Bibble, der während des Krieges auf Naboo geblieben war.

Die Königin begrüßte Padmé wie eine alte Freundin. „Wir haben uns Sorgen um Euch gemacht", sagte sie, als sie Padmés Hand nahm. „Wir sind so froh, dass Ihr in Sicherheit seid."

„Ich danke Euch, Euer Hoheit", gab Padmé zurück. „Ich wünschte nur, ich hätte Euch besser dienen können, indem ich für die Abstimmung auf Coruscant geblieben wäre."

„Angesichts der Umstände, Senatorin, war es die einzige Entscheidung, die Ihre Hoheit treffen konnte", sagte Sio Bibble streng.

„Wie viele Systeme haben sich Count Dooku und den Separatisten angeschlossen?", fragte die Königin.

„Tausende", sagte Padmé. „Und jeden Tag verlassen noch mehr die Republik. Wenn der Senat für die Mobilmachung stimmt, dann wird uns das sicher in einen Bürgerkrieg stürzen."

Anakin ließ seine Aufmerksamkeit abschweifen, als die beiden Frauen über die Möglichkeit eines Krieges diskutierten, über die Reaktionen der Bürokraten und welche Position die Handelsföderation in einem möglichen Konflikt wohl einnehmen würde. Er hatte nie begriffen, was

Padmé an Politik so interessant fand. Seine Aufmerksamkeit kehrte schlagartig wieder zu der Unterhaltung zurück, als er hörte, wie Padmé sagte: „Es gibt Gerüchte, Euer Hoheit, dass die Armee der Handelsföderation nicht wie angewiesen verkleinert wurde."

Die Königin sah sie gleichermaßen überrascht und skeptisch an. Anakin konnte es ihr nicht verdenken. Nach allem, was sie auf Naboo angerichtet hatten, war es für die Handelsförderation unmöglich, ihre riesigen Armeen aus Kampf-Droiden zu behalten. Doch Anakin ging davon aus, dass Padmé Recht hatte und er fragte sich, weshalb die Jedi diesen Gerüchten nicht nachgegangen waren. Er erinnerte sich nur allzu gut an den Naboo-Krieg und der Gedanke, dass die Handelsföderation sich vielleicht dieser wohlverdienten Strafe entzogen hatte, machte ihn wütend.

„Wir müssen unseren Glauben an die Republik aufrecht erhalten", sagte Königin Jamillia streng. „An dem Tag, an dem wir nicht mehr an die Demokratie glauben, werden wir sie verlieren."

„Lasst uns beten, dass dieser Tag niemals kommen wird", murmelte Padmé.

„In der Zwischenzeit müssen wir über Eure Sicherheit nachdenken", fuhr die Königin fort. Anakin spannte sich an und fragte sich, ob sie diese Maßnahmen vor all ihren Begleitern besprechen wollte, doch Sio Bibble nickte und der Rest der Hofgesellschaft ging davon. Als nur noch er und die Königin anwesend waren, sah er Anakin an und fragte: „Was würdet Ihr vorschlagen, Jedi-Meister?"

Anakin öffnete den Mund, doch Padmé ergriff vor ihm das Wort. „Oh, Anakin ist noch kein Jedi. Er ist noch ein Padawan-Schüler. Ich dachte mir ..."

„Augenblick bitte", sagte Anakin nachdenklich. *Ein Padawan ist immer noch ein Mitglied des Jedi-Ordens, und dies ist meine Aufgabe!* Außerdem hätte sie es gar nicht erwähnen müssen. Sein Padawan-Zopf war deutlich zu sehen. Sio Bibble musste ihn doch bemerkt und seine Bedeutung erkannt haben.

„Entschuldige bitte!", sagte Padmé steif über die Schulter und wandte sich wieder an die Königin. „Ich dachte, wir könnten im Land der Seen bleiben. Dort oben gibt es ein paar sehr abgeschiedene Orte."

Sie hat kein Recht, mich so abzufertigen!, dachte Anakin wütend. „Entschuldigt mich", sagte er kalt. „Ich bin hier für die Sicherheit zuständig, Mylady."

Padmé drehte sich um. „Annie", sagte sie absichtlich, „mein Leben steht auf dem Spiel und dies ist meine Heimat. Ich kenne mich hier sehr gut aus. Deswegen sind wir hier. Ich hielte es für klug, wenn du dir in diesem Fall meine Kenntnisse zunutze machen würdest."

Das ist nicht das Problem und du weißt es! Anakin stieß die Worte beinahe hervor, doch als er die Königin und Sio Bibble amüsierte Blicke austauschen sah, riss er sich zusammen. Padmé versuchte, ihn aus der Fassung zu bringen. Sie hatte ihn wieder Annie genannt, hatte den Kleinjungen-Namen benutzt, den er mehr und mehr hasste. Aber er konnte nicht ihr Leben aufs Spiel setzen, nur weil sie ihn aus der Fassung bringen wollte. Er holte tief Luft und murmelte: „Verzeiht, Mylady."

„Vorzüglich", sagte die Königin. „Damit wäre dies geklärt." Sie erhob sich und sah Padmé an. „Ich hatte gestern eine Audienz mit Eurem Vater. Er hofft, dass Ihr vor Eurem Aufbruch Eure Mutter besucht. Eure Familie macht sich große Sorgen."

Das kam unerwartet, hörte sich aber nicht wie ein Sicherheitsproblem an. Padmés Familie – Anakin hatte noch nie einen Gedanken daran verschwendet, was für eine Familie Padmé eigentlich haben könnte. Er schaute sie an und war überrascht, einen Ausdruck des Mitgefühls auf ihrem Gesicht zu sehen. Worüber machte sie sich Sorgen? Vielleicht hatte sie Angst, dass sie ihm etwas über ihre Kindheitsstreiche erzählen würden. Er grinste plötzlich. Es war gut, wenn er etwas Munition für das nächste Mal hatte, wenn sie ihn Annie nennen würde. Noch immer grinsend folgte er ihr aus dem Thronsaal.

Yoda sah hinaus in die Trainingshalle und beobachtete die Klasse der Vierjährigen bei ihren Übungen. Die Macht war stark in all diesen Wesen der verschiedensten Rassen und es war ein Vergnügen, sie zu unterrichten. Jedes Kind hielt ein Miniatur-Lichtschwert mit niedriger Energieeinstellung in der Hand und trug einen Helm, der ihm die Sicht nahm, sodass sie sich allein auf die Macht verlassen mussten, um die kleinen Droiden zu treffen, die um sie herum tanzten. Die intensive Konzentration von so vielen jungen Geistern ließ Yoda beinahe sein Jahrhunderte wiegendes Alter vergessen.

„Denke nicht“, sagte er, als er bei einer der kleinen Gestalten ein Zögern spürte. „Fühle. Wie eins sei mit der Macht. Dir helfen sie wird.“

Das kleine Mädchen entspannte sich und ihr nächster Hieb traf den Trainings-Droiden. Yoda lächelte. Dann sah er noch eine Bewegung auf der anderen Seite der Halle. Obi-Wan Kenobi kam durch die Tür und obwohl er angesichts der trainierenden Kinder lächelte, spürte Yoda, dass er mit seinen Gedanken woanders war. „Genug, Jünglinge“, rief Yoda. „Einen Besucher wir haben. Willkommen ihn heißt.“

Als die Kinder ihre Lichtschwerter abschalteten, kam Yoda etwas nach vorn. „Meister Obi-Wan Kenobi, ich stelle Euch vor den mächtigen Bären-Clan“, sagte er und nickte in Richtung der Kinder.

„Hallo, Meister Obi-Wan!“, sagten die Kinder im Chor.

Obi-Wan nickte zur Begrüßung, wandte sich aber gleich an Yoda. „Bitte entschuldigt die Störung, Meister“, sagte er.

„Wie von Hilfe sein kann ich?“, gab Yoda zurück.

„Ich suche nach einem Planeten, der mir von einem alten Freund beschrieben wurde. Ich vertraue ihm, aber das System ist nicht in den Karten des Archivs verzeichnet."

Es war klar und deutlich, was Obi-Wan damit meinte, doch es bestand kein Grund, die Kinder deswegen aufzuregen. Doch das Ganze war eine hervorragende Trainingsaufgabe. Yoda richtete seine Ohren auf. „Einen Planeten verloren, Meister Obi-Wan hat", sagte er ruhig. „Wie peinlich. Wie … peinlich." Eines der Kinder kicherte kurz. Yoda tat so, als hätte er es nicht gehört. „Liam, verdunkeln. Ein interessantes Rätsel." Er ging zu Obi-Wan und winkte mit dem Stock zu seiner Klasse. „Kommt zusammen, Jünglinge, um den Kartenleser. Befreit euren Geist und finden Obi-Wans launenhaften Planeten wir werden. Bobby, die Lichter bitte."

Die Kinder versammelten sich gehorsam um die Säule des Kartenlesers, als sich der Raum verdunkelte. Diese Klasse hatte das Gerät noch nie in Betrieb gesehen und so gab es ein paar überraschte Rufe, als Obi-Wan eine kleine Glaskugel hervorholte – die tragbare Aufzeichnung der Karte – und sie in die hohle Oberseite der Säule legte. Die Überraschung wandelte sich in begeistertes Lachen, als ein dreidimensionales Hologramm der Galaxis erschien und einen großen Teil des Raumes einnahm. Sterne verschiedener Helligkeitsgrade schienen in dem Unterrichtssaal zu schweben und ein paar der Kinder versuchten sie zu fangen.

Obi-Wan ging in das Hologramm und blieb stehen. „Er

müsste irgendwo hier sein – aber da ist er nicht. Gravitation zieht alle Sterne in dieser Gegend an diesen Punkt. Hier müsste ein Stern sein ..., aber es ist keiner da."

„Sehr interessant", sagte Yoda. „Der Umriss der Gravitation verbleibt, aber der Stern und all die Planeten – verschwunden sie sind. Wie kann das sein?" Er wandte sich wieder zu seiner Klasse. „Nun, Jünglinge, was ist das Erste, was ihr seht in euren Gedanken? Eine Antwort? Eine Idee jemand hat?"

Einen Moment war es still. Dann hob ein Junge die Hand. Yoda nickte und das Kind sagte: „Meister? Weil ihn jemand aus dem Speicher des Archivs gelöscht hat."

„Ja!", riefen die anderen Kinder fröhlich. „Das ist es. Jemand hat es gelöscht."

Obi-Wan starrte die Kinder an. Ein kleines, ernst aussehendes Mädchen schaute ihn an und erklärte: „Wenn der Planet explodiert wäre, wäre auch die Gravitation weg."

Yoda kicherte sowohl wegen Obi-Wans Gesichtsausdruck als auch aufgrund der guten Leistung seiner Schüler. „Wahrlich wunderbar der Verstand eines Kindes ist. Der Padawan Recht hat. Zum Zentrum der Gravitation gehe und finden deinen Planeten du wirst."

Noch immer überrascht, nahm Obi-Wan seine Karte wieder an sich. „Aber Meister Yoda", sagte er, als er sich zum Gehen wandte. „Wer könnte Informationen aus dem Archiv entfernen? Das ist doch unmöglich, oder etwa nicht?"

Stark die Macht ist bei diesem. Er sieht mehr als nur seine eigene Schwierigkeiten. Yoda runzelte die Stirn, doch er konnte jemandem, der die richtige Frage gestellt hatte, nicht die Antwort vorenthalten. „Sehr gefährlich und beunruhigend dieses Rätsel ist", gab er zu. „Nur ein Jedi könnte gelöscht haben diese Einträge." Er spürte Obi-Wans überraschte Besorgnis und nickte. „Aber wer und warum? Schwerer zu beantworten dies ist. Meditieren darüber ich werde. Möge die Macht mit dir sein."

Obi-Wan erwiderte diesen Wunsch mit mehr Ernsthaftigkeit in der Stimme, als es üblich war – sogar für einen Jedi. Als er wieder zu seiner Klasse ging, nickte Yoda. *Möge die Macht mit uns allen sein.*

KAPITEL 7

Obi-Wan prüfte seinen Raumjäger noch ein letztes Mal. Der R4-Droide drehte sich in seinem Sockel auf dem kleinen, rot-weißen Raumfahrzeug und alles schien in Ordnung zu sein.

Neben ihm sah Meister Mace Windu zu. Sein dunkles Gesicht trug ernste Züge. „Sei vorsichtig", sagte er, als Obi-Wan fertig war. „Die Erschütterung der Macht wird immer stärker."

Obi-Wan nickte. Jeder Jedi konnte es jetzt spüren und er hatte gehört, dass sogar manche Schüler es fühlten.

Mehr denn je machte er sich Sorgen um Anakin und Padmé. *Es ist mir gleichgültig, wie sicher sich der Rat ist. Wir hätten ihm diesen Auftrag nicht geben sollen. Er fühlt sich zu sehr zu ihr hingezogen.* Meister Windu sah ihn an, als wollte er ihn fragen, ob etwas nicht in Ordnung wäre. Obi-Wan seufzte. „Ich fürchte, Anakin wird nicht in der Lage sein, die Senatorin zu beschützen", sagte er.

Mace Windu grübelte einen Moment lang. „Weshalb nicht?", fragte er ruhig.

„Er fühlt sich ihr ... emotional verbunden", gab Obi-Wan zurück. „Diese Bindung existiert schon, seitdem er ein kleiner Junge ist. Jetzt ist er verwirrt, abgelenkt ..."

„Obi-Wan, du musst darauf vertrauen, dass er den richtigen Weg einschlägt", unterbrach Meister Windu Obi-Wans Erklärungen.

Obi-Wan nickte. Dennoch fragte er sich, ob Mace Windu wirklich verstand, was er zu sagen versuchte. Vielleicht sollte er Meister Yoda eine Nachricht hinterlassen. Nein, Meister Windu würde es ihm sicher sagen und sie konnten im Augenblick ohnehin nichts unternehmen. *Anakin muss selbst damit fertig werden.* Er stieg in den Raumjäger und drückte auf den Knopf, der das Cockpit schloss.

„Möge die Macht mit dir sein", sagte Mace Windu, als sich die durchsichtige Haube schloss.

Der Planet Kamino war exakt dort, wo er hätte sein sollen. Obi-Wan runzelte die Stirn und murmelte etwas zu R4, als er seinen Raumjäger auf den Planeten lenkte. Trotz Meister Yodas Worten hatte er nicht daran glauben wollen, dass sich jemand an den Datenbanken des Jedi-Archivs zu schaffen gemacht hatte. Aber offensichtlich hatte es jemand getan. *Aber wer? Und was haben sie sonst noch gelöscht?* Er schüttelte den Kopf und verbannte die Fragen aus seinen Gedanken. Das war jetzt Meister Yodas Problem. Seine Aufgabe war es, den mysteriösen Kopfgeldjäger in der silberfarbenen Panzerung mit dem Jetpack aufzuspüren.

Seine Anfrage um Landeerlaubnis wurde von einer Kaminoanerin beantwortet, die sich als Taun We vorstellte. „Ihr werdet vielleicht in Tipoca City landen wollen", sagte sie. „Auf der Südseite gibt es eine offene Landeplattform. Ich übermittle die Koordinaten."

Obi-Wan ließ sich mit der Landung Zeit. Die Sonne von Kamino war ein heißer Stern und der größte Teil seiner Oberfläche war von Wasser bedeckt. Diese Kombination hatte zur Folge, dass der Planet ständig von Wolken umhüllt war und es viel regnete. *Gutes Wetter bedeutet hier wahrscheinlich, dass es nicht blitzt und der Wind den Regen nicht in die Waagerechte pustet,* dachte Obi-Wan, als er mit seinen Kontrollen kämpfte. Als das Schiff endlich am Boden war, zog er seinen Mantel über und lief durch die Dunkelheit und den peitschenden Regen zur anderen Seite der Landeplattform. Als er näher kam, öffnete sich eine Tür. Er ging dankbar hinein.

Der Lärm des Sturmes riss abrupt ab, als sich die Tür hinter ihm schloss. Die Innenwände des Towers leuchteten in einem hellen Weiß und tauchten die Halle in ein kühles, schattenloses Gleißen. Das plötzliche Licht ließ Obi-Wan blinzeln. Einen Moment sah er nichts mehr.

„Seid willkommen, Jedi-Meister", sagte eine leise Stimme.

Obi-Wan warf seine durchnässte Kapuze zurück, wischte sich den Regen aus dem Gesicht und sah, dass Taun We auf ihn wartete. Die kurze Absprache via Bildschirm hatte ihm schon ihre großen, mandelförmigen Augen und ihre schneeweiße Haut gezeigt, doch ihm war nicht klar gewesen, wie groß und dünn sie war. Noch überraschender war ihre aufrichtige Freude, die er spüren konnte, als sie fortfuhr: „Der Premierminister erwartet Euch."

„Ich werde erwartet?" Hatte jemand diese Leute auf sein Kommen vorbereitet? Weshalb?

„Natürlich!", gab sie begeistert zurück. „Er möchte Euch unbedingt sehen. Wir dachten nach all den Jahren gar nicht mehr, dass Ihr noch kommen würdet. Hier entlang bitte!"

Das ist äußerst merkwürdig, dachte Obi-Wan auf dem Weg durch die Korridore der Stadt. Er spürte allerdings keine Furcht oder Ablehnung, weder bei seiner Führerin noch bei den Wesen, die an ihnen vorbeigingen. Die Kaminoanerin führte ihn durch ein gewaltiges Labyrinth aus Korridoren geradewegs in ein großes Büro. Der Raum hatte keine Fenster, sie wären aber auch überflüssig gewesen. Die Wände leuchteten im gleichen kühlen Licht wie die Korridore. Als sie hineingingen, erhob sich ein Kaminoaner höflich von seinem Stuhl hinter einem breiten Tisch aus Glas und Metall. Taun We stellte ihn als Lama Su, den Premierminister, vor.

„Ich hoffe, Ihr werdet Euren Aufenthalt genießen", sagte Lama Su, als die Höflichkeiten ausgetauscht worden waren. „Wir sind sehr froh, dass Ihr zur angenehmsten Jahreszeit gekommen seid."

Das nennen sie gutes Wetter? Aber im gleichen Moment fiel ihm wieder Dexters Kommentar zu den guten Manieren ein und er nickte lächelnd. „Ihr gebt mir das Gefühl, überaus willkommen zu sein."

„Ihr werdet erfreut sein zu hören, dass wir im Zeitplan liegen", fuhr Lama Su fort. „Zweihunderttausend Einheiten sind schon fertig und eine weitere Million befindet sich in der Fertigung."

Zweihunderttausend … Einheiten? Wovon? „Das freut mich zu hören", sagte Obi-Wan vorsichtig.

„Bitte richtet Eurem Meister Sifo-Dyas aus, dass wir sicher sind, seine Bestellung in voller Höhe und rechtzeitig liefern zu können. Ich hoffe doch, dass es ihm gut geht?"

Obi-Wan blinzelte. „Äh, entschuldigt bitte – Meister …?"

„Jedi-Meister Sifo-Dyas." Lama Su reckte den Hals etwas. „Er ist doch immer noch ein führendes Mitglied des Jedi-Rates, oder etwa nicht?"

„Der Jedi-Meister Sifo-Dyas kam leider vor über zehn Jahren ums Leben", sagte Obi-Wan langsam. *Es waren sogar eher elf oder zwölf Jahre, glaube ich – aber ich könnte mich auch irren. Das muss ich später mit Yoda klären.*

„Oh, ich bin sehr betrübt, das zu hören." Lama Su klang aufrichtig und Obi-Wan spürte keinerlei Falschheit in seiner Aussage. „Aber ich bin mir sicher, er wäre stolz auf die Armee, die wir für ihn geschaffen haben."

Eine Armee? Dexter hatte gesagt, dass die Kaminoaner Kloner waren. *Eine Million Einheiten,* dachte Obi-Wan wie betäubt. *Eine Armee aus einer Million Soldaten. Das ist genug, um die ganze Republik zu erobern.* Er schluckte schwer und dachte einen Moment darüber nach, wie er wohl seine nächste Frage am besten formulieren konnte. „Premierminister", sagte er schließlich, „als Euch mein Meister seinerzeit den Auftrag für diese Armee erteilte, hat er da auch gesagt, für wen sie wäre?"

„Selbstverständlich", gab Lana Su in einem beruhigenden Ton zurück. „Diese Armee ist für die Republik."

Für die Republik? Obi-Wan fiel es schwer, sich einen Reim auf das Gehörte zu machen. Sifo-Dyas hatte diese Armee vor über zehn Jahren bestellt – das musste kurz nach dem Naboo-Krieg gewesen sein. Er war ein sehr mächtiger Jedi gewesen. Hatte er schon damals die Notwendigkeit vorausgesehen?

Lama Su stand auf und fuhr fort. „Ihr könnt es sicher gar nicht erwarten, die Einheiten persönlich zu inspizieren."

Er hat keine Ahnung, wie Recht er hat, dachte Obi-Wan. „Genau darum bin ich hier", sagte er laut.

Nach einem kurzen Besuch bei ihrer Familie eskortierte Anakin Padmé zum Land der Seen. Der kleine Landsitz, den Padmé für ihren Aufenthalt ausgesucht hatte, war ebenso schön wie alles andere auf Naboo und genau so abgeschieden wie sie es versprochen hatte. Die Insel, auf der das Anwesen stand, war eine von vielen grün leuchtenden Eilanden inmitten eines schimmernden blauen Sees am Fuße einer Bergkette. Der Aufseher fuhr sie in einem Wassergleiter zur Insel, was Anakin genügend Zeit gab, sie sich genau anzusehen. Nach ein paar Sekunden war ihm klar, dass jeder, der sich dem Anwesen nähern würde, schon von weitem zu sehen sein würde. Also entspannte Anakin sich und genoss die Aussicht.

Das Anwesen selbst kam Anakin groß vor, obwohl es verglichen mit den Palästen, die die Straßen der Hauptstadt säumten, eher klein war. Er blieb auf einer der Terrassen vor dem Haus stehen und lehnte sich an eine kunstvoll gearbeitete Marmor-Ballustrade, die die Terrasse von dem Blumengarten kurz dahinter trennte. Padmé kam zu ihm und er hatte keine Mühe, seine Aufmerksamkeit von den fernen Bergen der jungen Frau neben ihm zuzuwenden.

„Ich liebe das Wasser", sagte Padmé verträumt.

„Ich auch", gab Anakin zurück und sah zu ihr hinunter. „Das liegt wahrscheinlich daran, dass ich auf einem Wüstenplaneten aufgewachsen bin."

Padmé sah ihn von der Seite an und ließ dann den Blick einmal mehr sinken. „Wir haben uns immer in den Sand gelegt, uns von der Sonne trocknen lassen und versucht, die Vögel am Gesang zu erkennen."

„Ich mag keinen Sand. Er ist kratzig, rau und störend, kriecht überall hinein. Nicht so wie hier. Hier ist alles ganz weich … und eben." Ohne nachzudenken berührte er ihren Arm.

Padmé sah ihn noch einmal nervös an und deutete dann

in Richtung des Sees, wobei sie wie zufällig ihren Arm wegzog. „Auf der Insel dort lebte ein sehr alter Mann", sagte sie. „Er konnte Glas aus Sand herstellen. Und aus dem Glas machte er dann Vasen und Halsketten." Sie lächelte und sah zu ihm hoch, als wollte sie ihre Erinnerungen mit ihm teilen. „Sie waren magisch."

„Alles hier ist magisch", sagte Anakin und sah ihr tief in die Augen. Sie hatte die schönsten braunen Augen, die er jemals gesehen hatte …

„Man konnte das Wasser in dem Glas sehen. Wie es kleine Wellen schlägt und sich bewegt", fuhr Padmé fort. Sie senkte wieder den Blick. „Es sah so echt aus …, doch es war nicht echt."

„Manchmal wird etwas wahr, wenn man nur daran glaubt."

„Ich habe damals geglaubt, dass man sich selbst vergessen konnte, wenn man nur lange genug in das Glas schaute", sagte Padmé leise. Doch sie schien nicht mehr über das Glas zu reden.

„Ich glaube, das ist wahr", sagte Anakin. Er war von einem Gefühl der Wärme erfüllt und konnte seinen Blick nicht von Padmé abwenden. Er *wollte* gar nicht wegsehen. Er wollte hier bei ihr sein. Für immer. Er beugte sich vor und küsste sie.

Zunächst wehrte sie sich nicht. Doch dann riss sie sich plötzlich los. Die abrupte Bewegung brachte auch Anakin wieder zur Vernunft und er ließ sie los.

„Ich hätte das nicht tun dürfen", sagte Padmé.

„Es tut mir Leid", gab Anakin zurück. Es tat ihm zwar nicht Leid, dass er sie geküsst hatte, seine Lippen kribbelten noch immer von der Berührung. Aber es tat ihm Leid, dass er sie so aufgewühlt hatte. „Wenn ich in deiner Nähe bin, bin ich nicht mehr Herr über meinen Verstand."

„Es ist die Situation", sagte Padmé, wobei sie bemüht war, ihn nicht anzusehen. „Der Stress ..."

„Die Aussicht", sagte Anakin sanft und ließ seinen Blick über die weiche Kontur ihres Halses schweifen. Doch Padmé hatte noch immer den Kopf abgewandt und sah es nicht.

Lama Su und Taun We begannen Obi-Wans Besichtigungstour im Verfielfältigungsbereich, wo Reihen über Reihen von Embryos in Glaskugeln heranwuchsen, die mit einer Flüssigkeit gefüllt waren. „Sehr beeindruckend", sagte Obi-Wan.

„Ich hatte gehofft, dass Ihr zufrieden sein würdet", gab Lama Su lächelnd zurück. „Klone *können* kreativ denken. Ihr werdet feststellen, dass sie Droiden bei weitem überlegen sind."

Ihr stellt sie vielleicht her, aber sie sind trotz allem Menschen und keine Droiden. Obi-Wan spürte die lebendige Macht in jedem der Klone, so wie in jedem anderen Lebewesen. Er ließ sich aber nichts anmerken, als sie in ein Klassenzimmer kamen, in dem Jungen von vielleicht zehn Jahren saßen. Doch diese Jungen hatten alle das gleiche schwarze, lockige Haar und vollkommen identische Gesichter.

„Ihr erwähntet vorhin etwas über Wachstumsbeschleunigung", sagte Obi-Wan wie nebenbei.

„Oh, ja", gab Lama Su ernsthaft zurück. „Das ist unabdingbar. Andernfalls würde es ein Menschenleben dauern, bis ein Klon erwachsen ist. So schaffen wir es in der halben Zeit."

Obi-Wan starrte die Jungen an. „Die hier?"

„Wir haben vor ungefähr fünf Jahren begonnen", gab Lama Su zurück, offensichtlich erfreut angesichts von Obi-Wans Überraschung.

Ihr nächster Halt war in einem Speisesaal. Hunderte von identischen jungen Männern saßen an langen Tischen. Wieder sah Obi-Wan dasselbe dunkle Haar und dieselben markanten Gesichtszüge. Sie hatten sogar alle denselben Gesichtsausdruck.

„Ihr werdet feststellen, dass sie absolut gehorsam sind und alle Befehle befolgen, ohne sie in Frage zu stellen", sagte Lama Su. „Wir haben ihre genetische Struktur modifiziert, um sie weniger unabhängig zu machen als ihren ursprünglichen Zellspender."

„Und wer war der ursprüngliche Zellspender?", fragte Obi-Wan in der Hoffnung, es würde ungezwungen klingen.

„Ein Kopfgeldjäger namens Jango Fett", gab Lama Su bereitwillig Auskunft. „Wir fanden, dass ein Jedi die perfekte Wahl gewesen wäre, doch Sifo-Dyas suchte Jango Fett höchstpersönlich aus."

Ein Kopfgeldjäger! Obi-Wan ließ sich nichts anmerken. „Wo ist der Kopfgeldjäger jetzt?"

„Er lebt hier, kann aber kommen und gehen, wann immer er will", gab Lama Su zurück. Er winkte Obi-Wan in die Schlafräume und setzte seine Ausführungen fort. „Abgesehen von seiner Bezahlung – die beträchtlich ist – verlangte Fett nur eine Sache: einen unveränderten Klon für sich selbst. Eine exakte genetische Replikation. Ohne Manipulation an der Struktur zur Steigerung der Gefügsamkeit und ohne Wachstumsbeschleunigung. Bemerkenswert, nicht?"

„Ich würde diesen Jango Fett gern einmal kennen lernen", sagte Obi-Wan. *Das würde ich wirklich sehr, sehr gern.*

„Es wäre mir ein Vergnügen, das für Euch zu arrangieren", sagte Tun We.

Ihr letzter Halt, so sagte Lama Su, würde das Trainingsfeld sein. Obi-Wan folgte ihm auf einen Balkon. Tausende von Männern in identischer weißer Körperpanzerung trainierten unten auf einem Hof. *Er sagte, es wäre eine Armee,* dachte Obi-Wan benommen.

„Sie sind doch phantastisch, nicht wahr?", fragte Lama Su stolz.

Obi-Wan nickte langsam. In ihm verbreitete sich eine unglaubliche Kälte. *Man kann mit einer Armee nur eines tun: Krieg führen.* Aber Jedi ziehen nicht in den Krieg. Sie arbeiteten daran, den Frieden und die Gesetze der Republik ohne Kampf aufrecht zu erhalten. Obi-Wan starrte auf die endlosen Reihen aus Klonen hinab, die vorbeimarschierten. Er wünschte, Sifo-Dyas wäre noch am Leben, um ihm dies erklären zu können.

KAPITEL 8

Wie versprochen arrangierte Taun We ein Treffen zwischen Obi-Wan und Jango Fett, als die Führung durch die Klon-Fabriken zu Ende war. Sie begleitete ihn selbst dorthin. Obi-Wan prägte sich sorgsam den Weg durch die Korridore ein und nahm noch sorgfältiger das Schloss von Jango Fetts Apartmenttür in Augenschein, als sie dort ankamen.

Ein vielleicht zehn Jahre alter Junge öffnete die Tür und Obi-Wan blinzelte unwillkürlich voller Überraschung. Der Junge hatte dieselben dunklen Locken und dieselben markanten Gesichtszüge wie die jungen Klone, die er in der Schule gesehen hatte, doch sein Gesichtsausdruck war irgendwie aufmerksamer, bewusster. *Das muss Jango Fetts unmodifizierter Klon sein,* dachte Obi-Wan.

„Boba, ist dein Vater Zuhause?“, fragte Taun We. Der Junge betrachtete die beiden einen Moment und nickte dann langsam. „Dürfen wir ihn sprechen?“

„Klar“, sagte Boba regungslos. Als er zur Seite ging und sie hinein ließ, überkam Obi-Wan das Gefühl, als hätte er knapp eine versteckte Prüfung bestanden.

Sie traten in einen einfachen Wohnbereich, der Obi-Wan vor allem wegen seiner Schlichtheit beeindruckte. Doch als er näher hinsah, wurde ihm klar, dass der Raum nicht nur aufgeräumt, sondern auch mit viel Bedacht eingerichtet war. Obwohl Jango Fett hier seit mindestens zehn Jahren leben musste, sah Obi-Wan nur wenige persönliche Dinge. *Er ist ein Kopfgeldjäger. Er weiß nie, wer gerade hinter ihm her ist, oder wann er eilig aufbrechen muss.*

„Dad!“, rief Boba. „Taun We ist hier.“

Aus dem Nebenzimmer kam ein Mann herein. Obwohl sein Äußeres sofort den Klonen zuzuordnen war, sah er älter aus als die ältesten von ihnen – Obi-Wans Schätzung nach war er vielleicht Mitte dreißig – und bewegte sich mit einer Sicherheit, die die Klone nicht ausstrahlten. Über eine Seite seines Gesichts lief eine Narbe, doch auch ohne sie hätte er einen harten und rauen Eindruck gemacht. Er nickte Taun We zu und sah Obi-Wan misstrauisch an.

„Willkommen zurück, Jango“, sagte Taun We. „War Eure Reise erfolgreich?“

„Ziemlich“, sagte Jango, ohne den Blick von Obi-Wan zu wenden.

„Das ist Jedi-Meister Obi-Wan Kenobi“, fuhr Taun We fort. „Er ist hier, um den Fortschritt unserer Arbeit zu begutachten.“

„Ist das so?“ Jango blickte skeptisch drein und sein Ton war eher kühl.

Obi-Wan lächelte entwaffnend. „Eure Klone sind sehr beeindruckend. Ihr müsst sehr stolz sein."

„Ich bin nur ein einfacher Mann, der versucht, seinen Weg in diesem Universum zu gehen, Jedi-Meister", gab Jango zurück.

„Tun wir das nicht alle?", fragte Obi-Wan.

Durch die halb offene Tür hinter Jango sah Obi-Wan eine Körperpanzerung auf dem Boden liegen. Doch bevor er sie genauer betrachten konnte, bewegte sich Jango so zur Seite, dass er ihm den Blick verstellte. „Hat Euch dieser Weg auch schon einmal nach Coruscant geführt?", fragte Obi-Wan. Er bewegte sich leicht nach rechts in der Hoffnung, wieder einen besseren Blick zu bekommen.

Jango folgte erneut der Bewegung und verbarg die Tür hinter sich. „Ein oder zwei Mal."

„Kürzlich?"

„Möglicherweise."

„Dann müsste Euch Meister Sifo-Dyas bekannt sein", sagte Obi-Wan.

„Boba, mach die Tür zu", sagte Jango zu dem Jungen. Er lächelte Obi-Wan steif an, als der Junge tat, was er ihm befohlen hatte. Dann fragte er: „Meister wer?"

„Sifo-Dyas", wiederholte Obi-Wan. „Ist er nicht der Jedi, der Euch für diese Arbeit angeheuert hat?"

„Ich habe noch nie von ihm gehört", erklärte Jango. „Ich wurde von einem Mann namens Tyranus auf einem der Monde von Bogden rekrutiert."

„Sifo-Dyas teilte uns mit, dass Jango Fett kommen würde", sagte Taun We zu Obi-Wan. „Und er kam genau zu dem Zeitpunkt, zu dem Eurer Jedi-Meister ihn angekündigt hatte. Wir hielten die Beteiligung der Jedi bis zu Eurem Eintreffen geheim, wie es Euer Meister angeordnet hat."

Eigenartig, dachte Obi-Wan.

„Gefällt Euch die Armee?", fragte Jango mit deutlich hörbarem Spott.

„Ich bin gespannt, sie in Aktion zu sehen", gab Obi-Wan vorsichtig zurück.

Jetzt grinste der Kopfgeldjäger böse. „Sie werden ihre Arbeit gut machen", sagte er. „Dafür garantiere ich."

Und was glaubst du, was für eine Arbeit das sein wird? Doch diese Frage würde den Kopfgeldjäger nur noch mehr zur Vorsicht mahnen, also nickte Obi-Wan nur. „Vielen Dank für Eure Zeit, Jango", sagte er freundlich.

„Es ist mir immer ein Vergnügen, einem Jedi zu begegnen", gab Jango zurück.

Obi-Wan fragte sich, ob er sich den Sarkasmus in Jangos Worten eingebildet hatte und ging zusammen mit Taun We. Er verabschiedete sich von Lama Su und ließ sich von den Kaminoanern zu der Plattform zurückführen, auf der er seinen Raumjäger geparkt hatte. Der Wind und der Regen waren jetzt sogar noch heftiger als er es in Erinnerung hatte, doch er zog seinen Mantel enger und gab vor, an etwas zu hantieren, bis er spürte, dass die Kaminoaner drinnen im Tower gegangen waren. Als er sicher war, dass ihn niemand beobachtete, gab er R4 ein Signal. Er musste sofort eine Nachricht an Meister Yoda und Meister Windu schicken. Sie mussten über seine Entdeckung informiert werden und er brauchte ihre Anweisungen. Die Situation war viel zu komplex, als dass er jetzt einen falschen Schritt riskieren konnte.

Obwohl Padmé entschlossen war, Anakins Kuss zu vergessen, gelang es ihr nicht. Die Erinnerung kam immer wieder zurück, wenn Anakin sie ansah – und manchmal sogar, wenn er es nicht tat. Eigentlich, so dachte sie, sollte sie erbost sein.

Doch sie konnte nicht böse sein, wenn Anakin in einer solch unglaublich guten Stimmung war. Er neckte sie und machte so lange Scherze mit ihr, bis sie nicht mehr über Politik sprach. Er jonglierte mit Früchten, wobei er ein Stück nach dem Anderen dazunahm, bis es so viele waren, dass sie ihm auf den Kopf fielen. Er brachte sie wieder und wieder zum Lachen und lachte mit ihr.

Es tat gut, jemanden zu haben, mit dem man lachen konnte. Doch am Abend, als Padmé und Anakin zusammen am Kamin des Anwesens vor einem riesigen Feuer saßen, fragte Padmé sich, ob es überhaupt eine gute Idee gewesen war, zu diesem Landsitz zu kommen. *Es war eine gute Idee,* sagte sie sich zum hundertsten Mal. Abgelegen, isoliert, mit gutem Ausblick in alle Richtungen – alles, was sie Anakin gesagt hatte, stimmte. Das Anwesen war für Sicherheitszwecke ideal.

Unglücklicherweise war sie auch für andere Dinge perfekt. Sie konnte nicht mehr so tun, als würde sie es nicht sehen: Anakin *empfand viel* für sie. Und je mehr Zeit sie mit ihm verbrachte – vor allem an diesem Ort, der mit einigen der glücklichsten Erinnerungen ihrer Jugend verbunden war – desto mehr fühlte sie sich auch zu ihm hingezogen. *Hör auf damit,* sagte sie sich streng. *Du musst wichtige Arbeit erledigen. Du hast keine Zeit, dich zu verlieben.* Doch die Strenge sich selbst gegenüber vertrieb das leere Gefühl in ihrem Innern nicht und hielt sie nicht davon ab … glücklich zu sein, wenn er unerwartet um die Ecke kam. Und es vertrieb auch nicht die Erinnerung an diesen Kuss …

Sie hörte eine Bewegung und sah auf, als Anakin sich zu ihr hinüber beugte. *Er wird mich wieder küssen*, dachte sie. Und obwohl sie sich wegdrehte, wusste sie, dass sie es auch wollte. „Anakin, nein", sagte sie und die Worte klangen traurig – anstatt streng und entschlossen.

Anakin sah sie an. Einen Moment später begann er zu sprechen – leise und ohne die selbstsichere Art, die sie mittlerweile von ihm kannte.

„Vom Moment unserer ersten Begegnung vor all diesen vielen Jahren ist kein Tag vergangen, an dem ich nicht an dich gedacht habe", sagte er zu ihr. „Und jetzt, wo ich wieder bei dir bin, bin ich voller Qual. Je näher ich dir komme, desto schlimmer wird es. Der Gedanke, nicht bei dir zu sein, dreht mir den Magen um – mir wird der Mund trocken. Mir wird schwindlig. Ich bekomme keine Luft mehr. Ich werde verfolgt von dem Kuss, den du mir nie hättest geben dürfen. Mein Herz klopft und ich hoffe, dass dieser Kuss nicht zu einer Narbe wird. Du bist tief im Innern meiner Seele und quälst mich. Was soll ich denn tun? Ich werde alles tun, worum du mich bittest."

Alles? Würdest du diesen Kuss vergessen? Würdest du mich bitte nicht mehr so ansehen – und uns beide zu unserer Arbeit zurückkehren lassen? Padmé wusste, dass sie die Worte laut aussprechen sollte, doch sie schaffte es nicht.

Einen Augenblick später fuhr er lächelnd fort. „Falls du genau so viel leiden solltest wie ich, lass es mich wissen."

Padmé wandte den Kopf ab. „Ich ... ich kann nicht. Wir können nicht ... Es ist einfach unmöglich."

„Alles ist möglich", sagte Anakin. Entschlossenheit kehrte jetzt wieder in seinen Tonfall zurück. „Padmé, bitte hör zu, was ich sage ..."

„Nein, du hörst jetzt zu", stieß Padmé hervor. Warum musste sie jetzt für sie beide denken? „Wir leben in einer harten Welt. Komm zurück in diese Welt. Du bist auf dem Weg, ein Jedi-Ritter zu werden. Ich bin Senatorin. Wenn du deine Gedanken zu Ende denkst, dann führen sie uns an einen Ort, an den wir nicht gehen dürfen – ungeachtet dessen, was wir füreinander empfinden."

„Dann empfindest du also doch etwas!", stieß Anakin erregt hervor.

Hatte er denn nicht gehört, was sie außerdem noch gesagt hatte? „Jedi dürfen sich nicht vermählen", sagte Padmé sehr langsam und deutlich, so als würde sie mit dem kleinen Jungen sprechen, an den sie sich erinnerte, und nicht mit dem gut aussehenden jungen Mann, den sie ... „Man wird dich aus dem Orden ausschließen. Ich lasse nicht zu, dass du für mich deine Zukunft aufgibst."

„Du verlangst von mir, vernünftig zu sein", sagte Anakin nach einem Moment des Schweigens. „Das ist etwas, was ich nicht kann. Glaube mir, ich wäre froh, wenn ich meine Gefühle wegwünschen könnte, aber es geht nicht."

„Ich werde mich nicht auf diese Sache einlassen", sagte Padmé, halb zu sich selbst. „Ich habe wichtigere Dinge zu tun, als mich zu verlieben." Doch die Worte klangen hohl in ihren Ohren.

„So müsste es ja nicht sein", sagte Anakin. „Wir ... wir könnten es geheim halten."

„Dann würden wir eine Lüge leben", sagte Padmé sanft zu ihm. „Und selbst wenn wir wollten, könnten wir diese Lüge nicht lange aufrecht erhalten. Ich könnte es nicht. Könntest du so leben, Anakin?" Sie sah ihn eindringlich an. Sie wollte, dass er es verstand. Dass er es akzeptierte. „Könntest du so leben?"

Es folgte ein langes Schweigen und sie fürchtete, dass er nicht antworten würde. „Nein, du hast Recht", sagte er schließlich. Er sah in die Flammen und fügte beinahe unhörbar hinzu: „Es würde uns zerstören."

Padmé fröstelte. Anakins letzte Worte hatten geradezu beängstigend überzeugt geklungen. Sie müsste jetzt doch zufrieden sein, sagte sie sich. Doch sie wurde das Gefühl nicht los, dass sich überhaupt nichts geklärt hatte.

Je mehr Yoda von Obi-Wans Bericht hörte, desto alarmierter wurde er. In Mace Windu konnte er dieselbe Besorgnis spüren. Doch beide warteten geduldig, bis Obi-Wan fertig war – das Hologrammsignal war schwach und keiner von ihnen wollte riskieren, ein wichtiges Detail zu verpassen.

„Denkst du, dass diese Kloner etwas mit dem Attentat auf Senatorin Amidala zu tun haben?", fragte Mace, als Obi-Wan seinen Bericht abgeschlossen hatte.

„Nein, Meister", gab Obi-Wan zurück. „Es scheint kein Motiv dafür zu geben."

„Gehe nicht von Vermutungen aus, Obi-Wan", sagte Yoda missbilligend. „Deine Gedanken erst reinigen du solltest, wenn den wahren Schurken hinter diesem Komplott ausfindig machen du willst."

„Ja, Meister", gab Obi-Wan zurück. „Sie haben erzählt, ein gewisser Sifo-Dyas hätte die Klone vor beinahe zehn Jahren im Auftrag des Senats bestellt. Ich dachte, dass er zu dieser Zeit bereits tot war. Hat der Rat jemals der Herstellung einer Klon-Armee zugestimmt?"

„Nein", sagte Mace Windu entschieden. „Wer auch immer ihnen diesen Auftrag gegeben hat, hatte nicht die Zustimmung des Jedi-Rates."

Diese Klon-Armee war sicher sehr wichtig, doch sie lenkte auch ab. Yoda runzelte die Stirn. Wie konnte man diese beiden Dinge abwägen? „In Gewahrsam nehme diesen Jango Fett", sagte er schließlich zu Obi-Wan. „Ihn herbringen sollst du. Befragen wir ihn werden."

„Ja, Meister", sagte Obi-Wan. „Ich werde mich wieder melden, wenn ich ihn habe."

Das Hologramm erlosch. Mace Windu griff hinüber und stellte den Empfänger ab. *Vorsichtig agieren wir müssen,* dachte Yoda. *Uns verlaufen wir könnten in diesem Labyrinth aus Möglichkeiten und Entscheidungen.*

Padmé schlief in dieser Nacht nicht gut. Gegen Morgen hörte sie gedämpfte Schreie aus Anakins Zimmer, doch sie hörten auf, bevor sie sich entscheiden musste, ob sie zu ihm gehen sollte oder nicht. Sie nahm an, dass er wieder einen Albtraum hatte.

Sie stand früh auf und beschloss, vor dem Frühstück ein wenig auf dem Balkon zu sitzen. Frische Luft war genau das, was sie brauchte, um ihren Kopf freizubekommen. Als sie auf den Balkon ging, stellte sie fest, dass Anakin schon vor ihr da war. Zunächst hatte sie ihn nicht gesehen, denn er saß im Schneidersitz auf dem Boden und meditierte. Sie drehte sich leise weg, um zu gehen.

„Geh nicht."

Padmé warf einen Blick zurück. Anakin hatte die Augen noch immer geschlossen und es sah so aus, als hätte er sich überhaupt noch nicht bewegt. „Ich wollte dich nicht stören", sagte sie unsicher.

„Deine Gegenwart ist beruhigend", versicherte Anakin ihr.

Das ist nett, dachte Padmé. *Aber ich glaube nicht, dass ich hier lange stehen und beruhigend sein kann.* „Du hattest heute Nacht wieder einen Albtraum", sagte sie nach einer kurzen Pause.

„Jedi haben keine Albträume", sagte Anakin voller Bitterkeit.

„Aber ich habe dich gehört."

Anakin öffnete die Augen und sah sie an. In seinem Blick sah Padmé all den Schmerz, den er fühlte. „Ich habe meine Mutter gesehen. Ich habe sie so deutlich gesehen, wie ich dich jetzt sehe." Er schluckte. „Sie leidet, Padmé. Sie töten sie! Sie erleidet Schmerzen ..."

Padmé war so überwältigt, wie überzeugt seine Stimme klang, dass sie schwieg, als er aufstand. Er schloss noch einmal kurz die Augen, so als würde er ihren Anblick nicht ertragen. Dann öffnete er sie wieder und sagte niedergeschlagen: „Ich weiß, dass ich gegen meinen Auftrag verstoße, dich zu beschützen, Senatorin. Man wird mich bestrafen und möglicherweise aus dem Jedi-Orden ausschließen. Aber ich muss gehen. Ich muss ihr helfen." Seine Stimme war fast nur noch ein Flüstern. „Ich habe keine Wahl."

Es muss eine andere Wahl geben, dachte Padmé. Sie ertrug es nicht, ihn dort so niedergeschlagen stehen zu sehen … bis ihr die Lösung einfiel. „Ich werde mit dir gehen."

Anakin sah sie an, als könnte er sich keinen Reim darauf machen, was sie eben gesagt hatte. Padmé hielt seinem Blick stand. „So kannst du mich weiter beschützen und du würdest deinen Auftrag nicht verletzen."

Sie war sich noch immer nicht sicher, ob er sie verstand, bis er tief Luft holte und sagte: „Was ist mit Meister Obi-Wan?"

Padmé seufzte erleichtert. Es war gut zu sehen, wie Entschlossenheit und Hoffnung seinen Schmerz verdrängten. Irgendwo tief im Innern fürchtete sie sich davor, so viel Macht über jemanden zu haben – ein oder zwei Worte waren genug gewesen, um Anakins Selbstvertrauen und seine gute Laune wieder zu erwecken. Nur ein oder zwei Worte von ihr. Sie verdrängte den Gedanken und lächelte. Dann nahm sie Anakins Hand und sagte: „Ich glaube nicht, dass wir es ihm sagen werden, oder?"

KAPITEL 9

Obi-Wan schaltete den Transmitter ab. *In Gewahrsam nehme diesen Jango Fett. Genau.* Er sah sich die Regenfluten an, die draußen vor seinem Cockpit niederprasselten und seufzte. Dann zog er seine Kapuze hoch und öffnete die Cockpitscheibe. Leise schlich er sich nach Tipoca City zurück.

Mit Hilfe der Macht spürte er die verschiedenen Wesen in den Korridoren und wich ihnen aus. So erreichte er ohne Zwischenfälle das Apartment von Jango Fett. Zu seiner Überraschung öffnete sich die Tür, als er sie berührte, und er wusste schlagartig, was er dahinter vorfinden würde. Die Zimmer waren nicht mehr ordentlich und aufgeräumt. Leere Schubladen hingen herunter und die wenigen persönlichen Habseligkeiten waren verschwunden. *Ich wusste, dass er auf einen schnellen Aufbruch vorbereitet war, aber es war mir nicht klar, dass er so schnell verschwinden kann!*

Sie konnten noch nicht lange weg sein. Es war ja noch nicht einmal lange her, dass Obi-Wan sich von ihnen verabschiedet hatte. Er griff auf den Computer an der Wand zu und fand schnell heraus, auf welcher Landeplattform Fett sein Schiff geparkt hatte. *Slave I – was für ein passender Name für das Schiff eines Kopfgeldjägers*, dachte er, als er die Plattformlisten durchlas. Das Schiff war noch da. Obi-Wan nahm sich die Zeit, um eine Karte aufzurufen und den schnellsten Weg zur Plattform herauszufinden. Dann rannte er aus dem Apartment.

Als er ankam, beluden die beiden Fetts ihr Schiff. Jango reichte Boba Kisten nach oben. In seiner silber-goldenen Panzerung und mit dem Jetpack erkannte er eindeutig den Mann, der die Attentäterin vor dem Nachtklub getötet hatte. Er stand mit dem Rücken zur Tür. Obi-Wan lief durch den Regen in der Hoffnung, ihn überraschen zu können. Doch der Junge sah ihn kommen. „Dad!"

Jango Fett zog seinen Blaster und drehte sich um. Obi-Wan zog gerade noch rechtzeitig sein Lichtschwert, um den Schuss abzuwehren. Doch da war er schon kurz vor Fett und schwang seine Waffe.

„Boba, steig ein!", rief Jango und zündete seine Raketen. Er schoss in die Luft und wich Obi-Wans Hieb aus.

Obi-Wan wirbelte herum, als Jango über seinen Kopf flog und landete hinter ihm. Der Kopfgeldjäger flog eine Schleife und schoss dabei mit Giftpfeilen auf ihn. Obi-Wan wehrte sie mit dem Lichtschwert ab. Obwohl er versuchte, sie auf Jango zurückzulenken, schaffte der es, den meisten davon auszuweichen – die restlichen prallten wirkungslos vom Panzer des Kopfgeldjägers ab.

Plötzlich schoss Fett erneut in die Luft und verharrte schwebend außerhalb von Obi-Wans Reichweite. Einen Augenblick später zischte eine Lasergranate an Obi-Wan vorbei und riss ein Stück aus dem Landetower. Die Explosion warf Obi-Wan auf den Boden und riss ihm das Lichtschwert aus der Hand. *Der Junge in dem Schiff – er schießt auf mich!* Das tat Jango Fett auch, doch diese Schüsse konnte Obi-Wan mit dem Lichtschwert ablenken. Er würde sie ablenken können, *wenn* er sein Lichtschwert *hätte*.

Jango Fett landete genau vor ihm. Obi-Wan sprang nach vorn und packte ihn. *Solange wir dicht zusammen sind, kann Boba nicht auf uns schießen, ohne seinen Vater zu treffen.* Doch Jango benutzte wieder seine Raketen und kickte Obi-Wan mitten in der Luft weg. Der Jedi stürzte hart zu Boden, rutschte über die nasse, glitschige Oberfläche und suchte verzweifelt nach einem Halt.

Gerade als er dachte, er hätte einen gefunden, blitzte etwas über ihm auf und wickelte sich um seine Handgelenke. *Fangdraht!* dachte Obi-Wan, als er schnell in Richtung einer Stützsäule gezogen wurde. Jango wollte ihn daran zerschmettern, doch Obi-Wan rollte sich rechtzeitig weg. Er nutzte den Schwung, um wieder auf die Beine zu kommen, und stemmte all sein Gewicht gegen den Draht.

Der Fangdraht schnitt schmerzhaft in seine Handgelenke, allerdings brachte der plötzliche Ruck Jango zu Boden. Der Kopfgeldjäger verlor sein Jetpack und rutschte über den flachen Boden auf den Rand der Landeplattform zu, hinter deren Ende ein Abhang begann. Obi-Wan zog er dabei mit sich. Sie wurden schneller und schneller. Kurz bevor Jango über die Kante glitt, sah Obi-Wan Klammern aus seiner Panzerung hervorschießen, die ihn an Ort und Stelle im Boden verankerten. Und dann, als er an Jango vorbei über die Kante rutschte, spürte er, wie eine Welle der Zufriedenheit seinen Gegner durchströmte ... und der Draht um seine Handgelenke lockerte sich.

Obi-Wan packte automatisch das lose Ende des Drahtes, als er im windgepeitschten Regen hinabstürzte. Mit Hilfe der Macht tastete er nach dem anderen Ende des Seiles, das Jango gerade gelöst haben musste. Einen endlos scheinenden Moment fand er es nicht. Dann hatte er es und ließ es mit Hilfe der Macht seitlich auf die großen Säulen zufliegen, die die Landeplattform trugen. Dort wickelte es sich um einen Querträger. Der Draht schnitt ihm wieder in die Handgelenke, als er zu Ende war, doch das war besser, als in die aufgewühlten Wellen zu stürzen und gegen eine der Säulen geschleudert zu werden. Er hielt sich fest und schwang unter der Landeplattform hin und her.

Unter ihm, ein wenig seitlich, sah er einen schmalen Vorsprung – vielleicht eine Art Wartungsplattform – knapp über den Wellen. Er ließ das Seil dankbar los und ließ sich auf die Plattform fallen. Wie erwartet gab es dort auch eine Tür. Obi-Wan zog sie auf und rannte die dahinter liegende Treppe hoch.

Er kam auf der Landeplattform an, als Fetts Schiff gerade abhob und ein paar Meter über dem Boden schwebte – der erste Schritt beim Start. Er konnte gerade noch einen magnetischen Peilsender aus seiner Gürteltasche holen und zu dem Schiff hochwerfen. Dann hob die *Slave I* ab und raste in den Himmel – doch selbst durch den peitschenden Regen hörte Obi-Wan das metallische Klacken, als sich das kleine Gerät an der Hülle des Schiffes festmachte. Mit einem erleichterten Seufzen griff er nach seinem Lichtschwert. Jetzt musste er ihnen nur noch folgen.

Tatooine hatte sich nicht verändert. Es war heiß und trocken und Anakin stellte überrascht fest, dass er es ein wenig *zu* heiß fand. Offensichtlich hatte er sich in der Zwischenzeit mehr an kühlere Welten gewohnt, als ihm klar gewesen war. Doch auf den alten, sandigen Wegen zwischen den bekannten, eckigen, sandfarbenen Gebäuden lief noch immer dieselbe bunte Ansammlung von zwielichtig aussehenden Wesen umher. Er hätte mit verbundenen Augen zu Wattos Schrottladen gefunden.

Und doch fühlte er sich nicht ... wohl. Vielleicht lag das daran, dass er nun erkannte, wie herunterkommen und zurückgeblieben diese Welt war. Er erinnerte sich, wie schockiert Padmé gewesen war, als sie herausgefunden hatte, dass er Wattos Sklave war. Jetzt verstand er, weshalb.

Watto hatte sich ebenfalls nicht verändert. Die erste Reaktion des fetten kleinen Toydarianers beim Anblick eines

Jedi-Padawans war: „Worum auch immer es geht, ich war es nicht!" Doch als er Anakin erkannt hatte, schien er erfreut zu sein, ihn zu sehen. Und er war bereit, ihm zu helfen.

„Shmi gehört mir nicht mehr", sagte er. „Ich habe sie an einen Feuchtfarmer namens, äh, Lars verkauft. Ich habe gehört, dass er sie freigelassen und *geheiratet* hat. Nicht zu fassen, hä?" Wattos rübenartige Nase runzelte sich in offensichtlichem Erstaunen bei dem Gedanken daran, dass jemand gutes Geld für eine Sklavin bezahlen würde, nur um sie freizulassen, ganz gleich wie er fühlte. „Weit weg von hier – ein Ort auf der anderen Seite von Mos Eisley."

Also nahmen Anakin und Padmé das kleine Naboo-Schiff, das sie sich geliehen hatten, und flogen nach Mos Eisley. Die Wegbeschreibung, die sie von Watto bekommen hatten, war recht einfach zu befolgen und schon am späten Nachmittag landeten sie in der Nähe eines kleinen Gehöftes außerhalb der Stadt.

Sie ließen R2-D2 beim Schiff und gingen zu den Gebäuden. Ein Droide in menschlicher Form richtete sich von der Arbeit an einem Kondensator auf, als sie näher kamen. „Kann ich Euch behilflich sein? Ich bin C ..."

„3PO?", fragte Anakin grinsend und bemerkte, dass der von ihm geschaffene Protokoll-Droide jetzt eine Hülle hatte.

„Oh je, oh je", sagte C-3PO und legte den Kopf zur Seite. „Oh, mein Hersteller! Meister Anakin! Ich wusste, dass Ihr zurückkehren würdet."

„Ich bin gekommen, um meine Mutter zu sehen", sagte Anakin zu ihm.

C-3PO hielt mitten in der Bewegung inne, so als hätte ihm jemand plötzlich die Energie abgestellt. Anakin spürte einen gewaltigen Kloß im Hals. *Irgendetwas ist ganz und gar nicht in Ordnung. Ich wusste es.* C-3PO zuckte leicht und sagte: „Ich glaube … ich glaube …, vielleicht sollten wir lieber hineingehen."

Anakin folgte ihm. Er war hin- und hergerissen zwischen dem Wunsch zu erfahren, was geschehen war, und der Angst, es hören zu müssen. C-3PO brachte sie in einen tiefer gelegenen Hof und stellte Anakin Owen Lars und seiner Freundin Beru vor. Owen war ein kräftiger, junger Mann, der bereits das ruhige, solide Aussehen eines Farmers hatte. Beru schien praktisch veranlagt zu sein, die ordentlichen blonden Locken um ihren Kopf verstärkten diesen Eindruck noch.

„Tja, dann bist du wohl mein Stiefbruder", sagte Owen. „Ich dachte mir, dass du eines Tages auftauchen würdest."

„Ist meine Mutter hier?", stieß Anakin hervor. Er war unfähig, noch mehr Zeit mit Höflichkeitsfloskeln zu verschwenden.

„Nein, ist sie nicht", sagte eine grimmige Stimme.

Anakin drehte sich um. Ein kleiner Schwebestuhl kam aus dem Hauptgebäude. Darin saß ein großer älterer Mann, der Owen sehr ähnlich sah. Um eines Beine war einen frischer Verband gewickelt. Das andere Bein fehlte.

„Cliegg Lars", sagte der Mann, um sich vorzustellen und hielt verlegen ein Hand hin. „Shmi ist meine Frau. Wir sollten reingehen. Wir haben eine Menge zu bereden."

Sag mir einfach, wo meine Mutter ist!, dachte Anakin wütend, doch er konnte einen Mann im Schwebestuhl nicht anbrüllen. Also folgte er Cliegg ins Haus, in den unterirdischen Essbereich. Beru servierte ihnen dampfende Tassen mit Ardees, als Cliegg seine Geschichte begann.

„Es war kurz vor Sonnenaufgang", sagte er. Seine Stimme klang immer noch aufgewühlt. „Sie kamen aus dem Nichts. Eine Gruppe von Tusken-Räubern auf der Jagd ..."

Anakins Verstand schaltete ab. Tatooine wurde von der kriminellen Organisation der Hutts kontrolliert. Es war ein Freihafen für Schmuggler, Diebe und andere Gauner. Doch sogar auf Tatooine galten die Tusken-Räuber als bösartig. Sie folterten Leute zum Spaß. Und sie hatten seine Mutter? Ihm wurde kalt. *Nein, Mom. Nein ...*

Cliegg redete noch immer, doch Anakin hörte nur Fetzen. „Dreißig von uns haben sie verfolgt ... ich konnte nicht mehr reiten ... schon wieder auf dem Rückweg ... seit einem Monat weg." Anakin zwang seine Aufmerksamkeit wieder auf die Gegenwart, als Cliegg gerade schwermütig zum Ende kam. „Es besteht nur wenig Hoffnung, dass sie noch am Leben ist."

Du hast nicht meine Albträume, dachte Anakin. Er blickte in die Runde und sah den Schock und das Mitgefühl in Padmés Gesicht, den hoffnungslosen Schmerz in Cliegg und die schwache Hoffnung in Owens Gesicht. Sie alle schienen weit weg zu sein, beinahe unnatürlich, getrennt durch die eiskalte Angst, die sein Herz umschloss. Er stand abrupt auf.

„Wo willst du hin?", fragte Owen.

„Ich suche meine Mutter." Er nahm Padmés Protest und Cliegs Einwände kaum wahr. „Ich fühle ihren Schmerz und ich *werde* sie finden."

Sie starrten ihn einen Moment lang an, bis Owen sagte: „Nimm mein Speeder-Bike." Anakin spürte eine Art Wärme. Wenigstens Owen hatte verstanden.

„Ich weiß, dass sie noch lebt", sagte er als Antwort auf diese kleine Geste des Verständnisses. Dann drehte er sich um und ging hinaus. Er hatte beim Hereinkommen in der Nähe der Treppe einen Swoop gesehen. Den musste Owen gemeint haben.

Als er den oberen Treppenabsatz erreicht hatte, kam ihm Padmé nachgelaufen. Doch bevor sie etwas sagen konnte, bevor sie ihn bitten konnte, sie mitzunehmen oder noch schlimmer, nicht zu gehen, sagte er: „Du musst hier bleiben. Dies sind gute Menschen, Padmé. Hier bist du in Sicherheit." Sie *musste* in Sicherheit sein. Er musste etwas haben, zu dem er zurückkehren konnte, wenn ..., nachdem er seine Mutter gefunden hatte.

Padmé sah ihn einen Moment lang an und er befürchtete, dass sie widersprechen würde. Doch sie sagte nur seinen Namen und umarmte ihn. Das brach beinahe das Eis, dass sich um sein Herz gelegt hatte. Er wollte sie anlächeln, konnte es aber nicht. „Ich bin bald zurück", sagte er und schwang sich auf den Swoop.

Er fuhr in die Wüste hinaus. Der Lärm des Speeder-Bikes übertönte alle anderen Geräusche und die Staubwolke hinter ihm verdeckte beinahe sofort die Sicht auf Padmé und das Heim der Lars'.

Halte durch, Mom. Ich komme.

KAPITEL 10

Obwohl der Peilsender gut funktionierte, trieb Obi-Wan seinen Delta-7-Raumjäger bei der Verfolgung der *Slave I* zu Höchstleistungen. Er wollte verhindern, dass Jango Fett außerhalb der Reichweite kam. Er hatte ihn beinahe eingeholt, als sie ein Planetensystem erreichten – der Datenbank des Schiffes nach hieß es Geonosis – und das Peilsignal verschwand.

Wahrscheinlich haben sie den Peilsender entdeckt. Obi-Wan scannte vorsichtig die Gegend ab. Fett hatte sich in einem Asteroidengürtel versteckt. Doch kaum hatte er bemerkt, dass Obi-Wan ihn wieder entdeckt hatte, warf er mehrere seismische Bomben ab. Die beiden Schiffe hüpften und schwenkten zwischen den Asteroiden umher, schossen aufeinander und versuchten, einen Zusammenstoß zu vermeiden. *Deswegen hasse ich das Fliegen so*, dachte Obi-Wan, doch im gleichen Moment prallte er mit Fetts Schiff zusammen und war einfach zu sehr mit den Kontrollen beschäftigt, um noch weiter nachzudenken.

Fetts Schiff war größer und schwerer bewaffnet als das

von Obi-Wan. Die nächste Rakete war ein Lenktorpedo. Fett offen in das Asteriodenfeld zu folgen, war ein Fehler gewesen, dachte Obi-Wan, als er in dem vergeblichen Versuch, den Torpedo abzuhängen, zwischen den Asteroiden hin und her schwenkte. Es war an der Zeit, etwas Waghalsiges auszuprobieren.

Er suchte sich einen großen Asteroiden aus und hielt mit Höchstgeschwindigkeit geradewegs darauf zu. Der Torpedo folgte ihm willenlos. „Ervier, bereithalten zum Abwurf der Ersatzteilcontainer", sagte Obi-Wan, als sie näher kamen. Der kleine Droide piepte bestätigend. Obi-Wan entspannte sich, ließ die Macht fließen und wartete auf den exakt richtigen Moment. „Jetzt abwerfen!", befahl er und riss den Raumjäger hoch und seitlich weg.

Der Torpedo schlug hinter ihm in einer gewaltigen Explosion in den Asteroiden ein. Felsbrocken und die Ersatzteile wurden ins All geschleudert. Obi-Wan setzte den Jäger in einem der Krater auf der anderen Seite ab und schaltete sämtliche Energieversorgungssysteme aus. Mit etwas Glück würde Fett annehmen, dass das Schiff des Jedi aufgeschlagen und explodiert war, doch Obi-Wan wollte keinerlei Risiko eingehen. Der Kopfgeldjäger könnte schlau genug sein, einen Scan nach Energie erzeugenden Systemen vorzunehmen, nur um sicherzugehen, dass Obi-Wans Raumjäger auch wirklich zerstört war.

Ihm schien es, dass er Stunden wartete. Dann schaltete er die Energieversorgung vorsichtig wieder ein und hob ab.

Von Jango Fett war nichts zu sehen. Mit einem erleichterten Seufzen brachte Obi-Wan seinen Raumjäger auf Fetts letzten bekannten Kurs in Richtung des Planeten Geonosis.

Geonosis war eine nackte, felsige Welt. Überall gab es staubige Wüstenfelder, die tagsüber kochend heiß und nachts eisig kalt waren. R4s Projektion von Fetts Kurs brachte sie auf die Nachtseite. Obi-Wan sah keinerlei Anzeichen von Städten, nur hohe Steinsäulen, die wie Stalagmiten aussahen. *Aber Stalagmiten können nur innen wachsen, in Höhlen,* dachte Obi-Wan. *Und es sieht so aus, als wäre Fett geradewegs auf diesen einen zugeflogen. Hmmm.*

Am Rand einer kleinen Wüste neben einer der Steinsäulen fand Obi-Wan einen Felssims, der weit genug hervorragte, um seinen Raumjäger zu verstecken. Er manövrierte sein Schiff vorsichtig in den Spalt darunter und landete es. Er prüfte seine Ausrüstung zweimal und ging zu Fuß los.

Am oberen Ende des Weges blieb Obi-Wan stehen. Er zog ein Elektro-Fernglas hervor und suchte die Ebene um die eigenartige Felssäule ab. *Mit Sicherheit nicht natürlichen Ursprungs*, dachte er, *und ... was ist das?* Er führte das Fernglas zurück und sah mehrere Kernschiffe der Handelsföderation, die in ordentlichen Reihen neben der Felsnadel geparkt waren. Während er hinsah, öffnete sich an einer Seite im Boden ein Spalt und eine Liftplattform versank. Einen Moment später kam sie zurück und brachte Reihen um Reihen skelettartiger Kampf-Droiden mit nach oben. *Da muss es eine unterirdische Fabrik geben,* dachte er. *Ich muss einen näheren Blick darauf werfen.*

Sich zu den Felsnadeln zu schleichen war einfacher, als er erwartet hatte. Die Kernschiffe und Kampf-Droiden waren auf einer Seite des Felsens versammelt – vermutlich war es die Vorderseite. Obi-Wan musste nichts weiter tun, als auf die andere Seite zu klettern und durch ein Fenster zu steigen. Der Innenraum war wie ein Bienenstock voller enger Korridore, die sich immer wieder plötzlich zu riesigen Räumen öffneten. Ein paar Mal hörte er jemanden gerade noch rechtzeitig kommen, um sich hinter einer dicken Säule oder in einem Durchgang zu verstecken.

Er erreichte einen risigen, offenen Platz, der augenscheinlich verlassen war. Als er ihn überqueren wollte, hörte er Stimmen und versteckte sich hinter einer Säule.

Eine gemischte Gruppe kam aus einem der Korridore und ging über den Platz. Die meisten waren große, insektenartige Geonosianer, der Rest Außenweltler. Obi-Wan blinzelte überrascht, als er zwei von ihnen wiedererkannte: Nute Gunray, den Vizekönig der Handelsföderation, der vor zehn Jahren den Angriff auf Naboo geleitet hatte, und den ehemaligen Jedi Count Dooku! Er beugte sich vor, um hören zu können, worüber sie sprachen.

„... die Handelsgilden und die Handelsallianz dazu überreden, das Abkommen zu unterzeichnen“, sagte Count Dooku gerade.

„Was ist mit der Senatorin von Naboo?“, fragte Nute

Gunray. Er verzog dabei sein breites Maul. „Ist sie schon tot? Ich werde Euer Abkommen erst unterzeichnen, wenn ich ihren Kopf auf meinem Tisch habe."

„Ich stehe zu meinem Wort, Vizekönig", gab Dooku zurück.

Nute Gunray und Count Dooku stecken hinter den Attentaten! Padmé hatte Recht. Obi-Wan schlich sich im Schatten zur nächsten Säule und hoffte, mehr mitzubekommen, doch einer der Geonosianer begann über die Kampf-Droiden zu reden und sie gingen durch ein bogenförmiges Tor außer Hörweite.

Ich muss herausfinden, was sie planen. Obi-Wan prüfte schnell, ob noch jemand kam und ging dann zu einer Treppe neben der Tür. Er hatte Glück – die Treppe führte auf eine breite Galerie, von der man den Raum darunter überblicken konnte. Dooku schien eine wichtige Konferenz abzuhalten. Neben Nute Gunray und den Geonosianern erkannte Obi-Wan einige der Senatoren, die die Separatistenbewegung unterstützten, außerdem Repräsentanten der Handelsgilden und des Intergalaktischen Bankenclans.

Obi-Wan machte eine finstere Miene, als er der Unterhaltung zuhörte. Die Handelsallianz und die Handelsföderation – mit ihrer riesigen Droiden-Armee – schlossen sich den Separatisten an. Es schien tatsächlich so, als wollte Dooku einen Bürgerkrieg beginnen. *Meister Yoda muss das sofort erfahren*, dachte Obi-Wan. Er schlich wieder die Treppe hinunter und ging zu seinem Schiff.

Es war schon nach Mitternacht, als Anakin das Speeder-Bike endlich am Rand einer Klippe parkte, die das Lager der Tusken-Räuber überragte. Er wusste, dass er am richtigen Ort war. Er hatte die ganze Nacht gespürt, dass er näher kam. Und jetzt spürte er seine Mutter in den von Tierhäuten bedeckten Hütten dort unten. *Ihre Schmerzen …* er zwang sich, nicht mehr zu zittern. *Ich bin beinahe da, Mom.*

Er zog seine Kapuze über den Kopf und schlich in das Camp hinunter. Die Tusken-Räuber hatten zwei Wachen vor der Hütte postiert, doch Anakin hatte ohnehin nie vorgehabt, durch die Tür hineinzugehen. Vorsichtig ging er durch den Schatten zur Rückseite der Hütte. Nachdem er sich versichert hatte, dass niemand in der Nähe war, aktivierte er sein Lichtschwert.

Die Haut der Zeltwand gab schnell nach und ein paar Augenblicke später war er drin. Durch das Rauchloch im Dach fiel das Mondlicht herein. Man konnte gerade noch die abgebrannten Kerzen sehen, die überall auf dem Boden standen, den Holzrahmen in der Mitte der Hütte … und die Gestalt einer Frau, die an dem Rahmen hing.

Ohne bewusst nachzudenken, schwenkte Anakin sein Lichtschwert und die Seile, die sie festhielten, waren zerschnitten. Er ließ die Waffe fallen und fing seine Mutter im Sturz auf. Sogar in dem schwachen Licht konnte er die Wunden in ihrem Gesicht und an ihren Armen sehen. Ihre Augen waren beinahe zugeschwollen und blutig –

er konnte das Blut nicht sehen, wollte es nicht sehen. „Mom“, sagte er verzweifelt. „Mom!“

Seine Mutter öffnete die Augen. „Annie?“, fragte sie mit schwacher, heiserer Stimme. „Bist du es?“

Anakin bekam beinahe keine Luft mehr. Jetzt, wo er sie in den Armen hielt, spürte er ihre Schmerzen noch deutlicher. *Sie ist ... sie ist ... ich muss sie nach Hause bringen!* „Ich bin hier, Mom“. sagte er eindringlich. „Du bist jetzt in Sicherheit. Halte durch.“ *Bitte, bitte halte durch!* „Ich werde dich hier herausbringen.“

Doch Shmi schien seine Worte nicht zu hören. Als ihre Augen schließlich sein Gesicht gefunden hatten, entspannten sich ihre geschundenen Gesichtszüge zu einem Ausdruck der Zärtlichkeit. „Annie? Du siehst so gut aus. Mein großer Sohn ... mein erwachsener Sohn.“ Sie stöhnte und fuhr mit offensichtlicher Anstrengung fort. „Ich bin so stolz auf dich, Annie. So stolz.“ Ihre Stimme wurde schwächer. Anakin musste sich anstrengen, um die Worte noch hören zu können. „Ich hab dich so sehr vermisst. Jetzt ist alles gut.“

„Bleib bitte bei mir, Mom“, flehte Anakin. Die eisige Kälte schloss sich wieder um sein Herz. „Ich werde dafür sorgen, dass es dir wieder gut geht. Alles wird wieder gut.“ Er griff nach der Macht, während er sprach. Er musste doch etwas tun können, um ihr zu helfen, etwas, um die furchtbaren Schmerzen zu lindern, die er in ihr spürte. Etwas, das dem Leben wieder Kraft geben konnte, von dem er spürte, dass es in seinen Armen zerrann. Etwas, das ihr mehr Zeit verschaffen konnte. Die Macht war da, doch er wusste nicht, wie er sie dafür einsetzen musste.

Shmi versuchte, ihn anzulächeln. „Ich liebe …“, flüsterte sie. Dann wurde sie furchtbar still.

Anakin starrte sie wie betäubt an. Einen Augenblick später berührte er ihre Augenlider und schloss sie. *Die Tusken-Räuber haben das getan. Cliegg hat sie Tiere genannt – sie sind schlimmer als Tiere. Sie sind … sie sind … bösartige, hirnlose Mordbestien. Ich werde es ihnen zeigen! Ich werde sie alle erwischen!*

Oh Mom. Mom …

KAPITEL 11

Nachdem Padmé sich fast die ganze Nacht lang Sorgen gemacht hatte, hörte sie endlich, wie Beru draußen rief: „Er ist zurück! Er ist zurück!" Sie lief gerade noch rechtzeitig hinaus, um zu sehen, wie Anakin den Swoop landete. *Es geht ihm gut!* dachte sie. Doch dann sah sie sein Gesicht, als er den Leichnam seiner Mutter von dem Speeder-Bike hob und sie fragte sich, ob es ihm jemals wieder gut gehen würde.

Anakin sprach mit niemandem. Er trug Shmis Leichnam in das Haus und ging dann allein zur Werkstatt. *Er ist voller Schmerz*, dachte Padmé. Sie blieb lange mit besorgter Miene vor der verschlossenen Tür der Werkstatt stehen. Doch schließlich ging sie zur Küche und bereitete ein Tablett mit Essen vor. Falls Anakin nicht herauskommen würde, wollte sie zu ihm hineingehen.

Als sie das Tablett in die Werkstatt trug, sah sie Anakin mit einem Schweißgerät und ein paar Teilen hantieren. Er blickte nicht auf.

„Ich habe hier etwas für dich", sagte Padmé.

Anakin blieb gebeugt vor der Werkbank stehen. „Der Schalthebel ist kaputt“, sagte er so angespannt, dass sie kaum seine Stimme wiedererkannte. „Das Leben erscheint so viel einfacher, wenn man etwas repariert.“ Sein Gesicht verhärtete sich. „Ich kann gut reparieren. Aber ich konnte nicht …“ Er schmetterte die Teile auf die Werkbank und schaute auf. Padmé sah Tränen in seinen Augen. „Warum musste sie sterben?“, fragte er. „Warum konnte ich sie nicht retten? Ich weiß, dass ich es geschafft hätte!“

„Es gibt Dinge, die lassen sich nicht reparieren“, sagte Padmé sanft. „Du bist nicht allmächtig, Annie.“

„Das sollte ich aber sein!“, sagte Anakin in plötzlichem Zorn. „Eines Tages werde ich es sein! Ich werde der absolut mächtigste Jedi aller Zeiten sein. Ich werde sogar lernen, das Sterben der Menschen zu verhindern!“

Padmé spürte die Gefühle, die um ihn herum wirbelten. Schmerz, Frustration, Wut, Trauer … und Angst. Das ängstigte sie, doch sie wusste nicht, was sie dagegen unternehmen konnte. „Anakin …“, sagte sie unsicher.

„Das ist alles Obi-Wans Schuld!“, rief Anakin. „Er ist eifersüchtig! Er weiß, dass ich schon jetzt mächtiger bin als er. Er gibt mir keine Chance!“ Er schleuderte seine Zange quer durch den Raum. Padmé schaute ihn erschrocken an. Seine Hände zitterten. Er sah sie an, als gehörten sie jemandem anderen.

Hier geht es nicht nur um seine Mutter. Da ist noch etwas anderes. Padmé holte tief Luft. „Annie, was ist los?“

„Ich … ich habe sie umgebracht“, flüsterte Anakin und Padmé wurde kalt. „Ich habe sie alle umgebracht. Sie sind tot, jeder Einzelne von ihnen. Nicht nur die Männer. Auch die Frauen. Und die Kinder auch.“ Schließlich sah er auf. Sein Gesicht war starr und Padmé musste sich zwingen, seinem Blick nicht auszuweichen. „Sie sind wie Tiere“, spuckte er. „Und ich habe sie wie Tiere abgeschlachtet. Ich hasse sie!“ Dann zerfiel die zornige Maske und er brach in Schluchzen aus.

Padmé ging ohne zu zögern zu ihm und nahm ihn in die Arme. Ein Teil von ihr war noch immer erschrocken und bestürzt – *Frauen und Kinder? Mein Anakin hat sie alle getötet?* – und sie wusste, dass sie ihm es eigentlich sagen musste. Doch sie ertrug es nicht, seinen Schmerz noch zu verschlimmern.

„Weshalb hasse ich sie?“, stammelte Anakin zwischen den Schluchzern. „Ich konnte … ich hatte … ich hatte mich nicht mehr unter Kontrolle. Ich wollte sie nicht hassen …, aber ich konnte ihnen einfach nicht vergeben.“

„Zornig zu sein ist menschlich“, sagte Padmé.

„Ein Jedi zu sein bedeutet, seinen Zorn zu kontrollieren.“ Anakin klang verloren und sie spürte, wie er zitterte. *Das ist es – er hat Angst, dass sie ihm sagen, er könne kein Jedi mehr sein,* dachte sie. *Aber Jedi sind keine Übermenschen. Er weiß, dass er das nicht hätte tun dürfen. Das werden sie verstehen.*

„Schhh“, sagte sie und wiegte ihn sanft hin und her.

„Nein“, sagte Anakin. „Ich bin ein Jedi. Ich weiß, dass ich das nicht hätte tun dürfen. Es tut mir Leid … es tut mir so Leid.“

„Du bist ein Mensch. Du bist wie jeder andere auch. Schhhh.“

Sie blieb lange bei ihm und brachte ihn dann dazu, etwas zu essen. Er kam ihr verletzlich vor, so als könnte das kleinste harte Wort ihn zerbrechen, und sie wollte ihn nicht allein lassen. Gegen Mittag kam Beru, um ihnen zu sagen, dass Owen und die Haus-Droiden Shmis Grab ausgehoben hatten. Sie gingen hinaus zu der einfachen Beerdigung.

Die Zeremonie dauerte nicht lange. Cliegg hielt eine kurze Rede und dann ließen Owen und C-3PO Shmis Leichnam in das Grab hinunter. Cliegg sah mit Tränen im Gesicht in die Grube. „Du warst die liebevollste Partnerin, die ein Mann jemals haben konnte“, sagte er. „Lebe wohl, meine geliebte Frau. Ich danke dir.“

Anakin ging nach vorn und kniete einen Moment neben dem Grab nieder. „Ich war nicht stark genug, um dich zu retten, Mom“, sagte er leise. „Aber ich verspreche dir, dass ich nicht noch einmal versagen werde.“ Dann flüsterte er so leise, dass nur Padmé es verstehen konnte, weil sie dicht bei ihm stand: „Ich vermisse dich so sehr.“

Das folgende Schweigen wurde von Zwitscher- und Pieptönen gebrochen. Padmé wandte sich wütend um und sah R2-D2 zu ihnen herrollen. „R-Zwo, was willst du hier?“

C-3PO kam zu ihnen. „Offenbar hat er eine Mitteilung

von einem ... Obi-Wan Kenobi", übersetzte der Protokoll-Droide. „Sagt Euch dieser Name etwas, Master Anakin?"

Padmé sah unsicher zu Anakin hinüber, doch der nickte nur, als er wieder aufstand. Sie verabschiedeten sich hastig von den Lars'. Owen schlug Anakin vor, C-3PO mitzunehmen. Dann gingen sie alle schnell zu Padmés Raumschiff zurück, um Obi-Wans Nachricht abzuspielen.

Die Aufzeichnung begann mit der ruhigen Bitte, die Nachricht nach Coruscant weiterzuleiten. Padmé nahm die entsprechenden Verbindungen auf und sie setzten sich hin, um sich die Nachricht anzuhören.

Es waren düstere Neuigkeiten. Obi-Wan hatte den Mörder gefunden und hatte dabei auch eine geheime Allianz zwischen Count Dooku und den Handelsgilden aufgedeckt. „Sie haben Count Dooku ihre Armeen zur Verfügung gestellt", sagte das kleine Abbild von Obi-Wan. „Sie bereiten eine ... Wartet. Wartet!"

Padmé schoss von ihrem Sitz hoch, als das Bild zeigte, wie Obi-Wan von Droidicas angegriffen wurde, den rollenden Security-Droiden der Handelsföderation. Anakin sprang auf und begann, auf Knöpfe zu drücken. Doch was auch immer er versuchte, er bekam keinen Kontakt mehr mit Obi-Wan. Dann versuchte er, Coruscant zu erreichen. Er kam schnell durch, doch die Antwort war keineswegs beruhigend.

„Wir werden uns um Count Dooku kümmern", sagte Jedi-Meister Mace Windu zu ihnen. „Für dich, Anakin, ist jetzt das Wichtigste, dass du bleibst, wo du bist." Er runzelte streng die Stirn. „Du musst die Senatorin um jeden Preis beschützen. Das ist deine oberste Priorität."

„Verstanden, Meister", gab Anakin vollkommen emotionslos zurück.

„Sie werden niemals rechtzeitig dort ankommen", stieß Padmé hervor, als das Hologramm verschwunden war. „Sie müssen die halbe Galaxis durchqueren. Sieh dir das an, Geonosis ist mehr als ein Parsec entfernt."

„Du hast Meister Windu gehört", sagte Anakin tonlos. „Er gab mir die strikte Anweisung, hier zu bleiben."

Du hast mir einmal erzählt, dass Obi-Wan wie ein Vater für dich war – und du hast gerade deine Mutter verloren. Du kannst ihn doch nicht einfach sterben lassen. Padmé biss die Lippen zusammen, um die verletzenden Worte nicht auszusprechen. *Und Obi-Wan ist auch mein Freund.* Sie streckte die Hand aus und begann, die Schalter für die Flugvorbereitung im Cockpit des Schiffes zu bedienen. „Er gab dir die strikte Anweisung, mich zu beschützen", sagte sie. „Und ich werde Obi-Wan retten. Wenn du also die Absicht hast, mich zu beschützen, wirst du mich wohl begleiten müssen."

Anakin starrte sie einen Moment ungläubig an. Dann grinste er und übernahm die Kontrollen.

Ich hoffe, wir kommen noch rechtzeitig, dachte Padmé, als der Raumjäger von Tatooine aufstieg. *Wir müssen rechtzeitig kommen.*

Die geonosianische Gefängniszelle war nicht unbedingt unbequem. Es war nur so, dass das Energiefeld, in dem Obi-Wan aufgehängt war, ihm keinerlei Bewegung erlaubte. Es gab ein Knacken und ein stechender Schmerz schoss ihm in den Arm. *Oh, die elektrischen Fesseln sind allerdings sehr unangenehm.*

Er musste auf dem Rückweg zum Raumjäger unvorsichtig gewesen sein, dachte er. Hätten die Geonosianer oder sonst jemand ihn ertappt, als er die Konferenz belauscht hatte, dann hätten sie ihn sicher aufgehalten, bevor er die Nachricht absetzen konnte. Er hoffte, dass Anakin sie weitergeleitet hatte, ohne etwas Kopfloses zu unternehmen. *Noch etwas* Kopfloses, dachte er. Was tat der Junge überhaupt auf Tatooine? Wäre Obi-Wan nicht auf den Gedanken gekommen, das Signal breiter zu fächern, als er Anakin auf Naboo nicht erreicht hatte, wäre die Nachricht niemals durchgekommen …

Die Zellentür öffnete sich und Count Dooku kam herein. Hätte Obi-Wan sich bewegen können, so wäre er jetzt erstarrt.

„Hallo mein Freund“, sagte Dooku. „Das ist ein Missverständnis. Ein furchtbares Missverständnis. Sie sind zu weit gegangen. Das ist Wahnsinn.“

„Ich dachte, Ihr wäret hier der Anführer, Dooku“, sagte Obi-Wan. Er versuchte, nicht zusammenzuzucken, als die elektrischen Fesseln erneut knackten.

„Ich habe hiermit nichts zu tun, das versichere ich Euch“,

sagte Dooku in einem aufrichtig klingenden Tonfall. „Ich verspreche Euch, dass ich baldmöglichst eine Petition für Eure Freilassung vorbringen werde."

Er kann nicht wissen, was ich alles gesehen habe, dachte Obi-Wan. In einem Tonfall, von dem er hoffte, dass er gelassen klang, sagte er: „Nun, ich hoffe, dass es nicht zu lange dauert. Ich habe viel zu tun."

„Es ist bedauerlich, dass sich unsere Wege noch nicht früher gekreuzt haben, Obi-Wan", fuhr Dooku fort. „Qui-Gon hat immer viel von Euch gehalten. Ich wünschte, er wäre noch am Leben."

Das wünschte ich auch. Obi-Wan unterdrückte den Stich, der ihn noch immer beim Gedanken an seinen Meister durchfuhr, der zehn Jahre zuvor während des Naboo-Krieges von einem Sith-Lord getötet worden war.

„Ich könnte gerade jetzt seine Hilfe gebrauchen", fuhr Dooku fort und beobachtete Obi-Wan dabei genau.

Der spannte sich unwillkürlich an. „Qui-Gon Jinn hätte sich Euch *niemals* angeschlossen."

„Seid Euch dessen nicht so sicher, junger Jedi", sagte Dooku sanft zu Obi-Wan. „Er war einst mein Schüler, so wie Ihr seiner wart. Er wusste immer über die Korruption des Senats Bescheid, aber er hätte niemals darüber geschwiegen, wenn er die Wahrheit gekannt hätte, die ich jetzt kenne."

„Die Wahrheit?" Welche Wahrheit konnte einen Bürgerkrieg rechtfertigen?

„Was wäre, wenn ich Euch sagte, dass die Republik jetzt unter der Kontrolle der dunklen Lords der Sith steht?"

„Nein", sagte Obi-Wan. „Das ist nicht möglich. Das wäre den Jedi bekannt." *Aber ein Sith-Lord hatte Qui-Gon umgebracht ... und Meister Yoda hatte damals gesagt, dass es immer zwei gibt. Wo war der andere während der vergangenen zehn Jahre gewesen?*

„Die Dunkle Seite der Macht hat ihre Wahrnehmung getrübt, mein Freund", sagte Count Dooku traurig. „Hunderte von Senatoren stehen jetzt unter dem Einfluss eines Sith-Lords namens Darth Sidious."

Obi-Wan versuchte, mit der Macht hinauszugreifen und zu erspüren, ob Count Dooku die Wahrheit sagte. Doch die elektrischen Fesseln knackten wieder und er konnte sich nicht konzentrieren. „Ich glaube Euch nicht", sagte er zu Dooku.

„Der Vizekönig der Handelsföderation war einmal ein Bündnis mit Darth Sidious eingegangen, doch er wurde verraten. Er kam zu mir und bat um Hilfe. Der Rat der Jedi wollte ihm nicht glauben. Ich habe mehrfach versucht, sie zu warnen, doch sie wollten nicht auf mich hören." Dooku beugte sich leicht nach vorn, wobei er beinahe das Kraftfeld berührte. „Ihr müsst Euch mir anschließen, Obi-Wan. Zusammen werden wir die Sith vernichten."

Obi-Wan starrte ihn an. Dookus Behauptungen über den Senat und die Sith-Lords waren zutiefst beunruhigend. Doch Tatsache war, dass Dooku mit eben jenem Vizekönig der Handelsföderation die Ermordung der Senatorin Amidala geplant hatte. Und er bereitete sich auf einen Bürgerkrieg vor, der die gesamte Galaxis entzweien konnte. *Ich bin ein Jedi. Ich werde mich nicht an solchen Dingen beteiligen.* „Ich werde mich Euch niemals anschließen, Dooku."

Dooku schaute ihn einen Moment lang an und schüttelte dann den Kopf. „Es könnte schwierig werden, Eure Freilassung zu erwirken", sagte er im Gehen. Dann war er weg.

Die Nachricht war deutlich: *Schließe dich mir an oder bleibe hier.* Aufgehängt in einem Kraftfeld mit elektrischen Fesseln ohne jede Chance zu entkommen oder jemandem das Gesehene zu berichten. Obi-Wan versuchte, den Kopf zu schütteln, doch das Energiefeld verhinderte jede Bewegung. Vielleicht sollte er so tun, als würde er sich mit Dooku verbünden. Wenn sie ihn dann freiließen, könnte er … nein, das würde nicht funktionieren. Dooku war einmal ein Jedi gewesen. Er würde Obi-Wans wahres Motiv erraten.

Und was wäre, wenn Dooku die Wahrheit gesagt hatte? Wenn der Senat wirklich unter Kontrolle der Sith stand? Falls der Rat der Jedi tatsächlich seine Warnungen ignoriert hatte …, doch Meister Yoda würde niemals so etwas tun.

Obi-Wan starrte die geschlossene Tür an und fühlte sich sehr, sehr allein.

KAPITEL 12

Als Obi-Wans Nachricht abgespielt war, runzelte Yoda die Stirn. Er spürte den Schock der anderen Mitglieder des Jedi-Rates nach Obi-Wans Bericht über den Verrat der Handelsföderation. *Aber unvollständig Obi-Wans Bericht war,* dachte Yoda. Er sah zu Mace Windu hinüber. „Mehr geht auf Geonosis vor, als enthüllt wurde, glaube ich", sagte er.

„Dem stimme ich zu", erwiderte Mace.

Dann kontaktierten sie Kanzler Palpatine, denn die Bedrohung für die Republik war um einiges größer, als alle angenommen hatten. Sie trafen sich im Büro des Kanzlers mit den loyalen Senatoren, die Palpatine unterstützten.

Alle hörten aufmerksam Mace Windus Zusammenfassung zu. Dann schüttelte Bail Organa den Kopf. „Die Handelsgilden bereiten einen Krieg vor. Daran besteht kein Zweifel."

Yodas Ohren zuckten. Diese Senatoren hatten nicht zugehört. Sie hatten Angst und reagierten. Aber sie *dachten nicht nach*.

„Jetzt *brauchen* wir diese Klon-Armee!“, brach es aus Senator Ask Aak hervor.

Doch jeder wusste, dass der Senat dafür niemals seine Zustimmung geben würde. Nicht, bevor es zu spät war. Und es gab nicht genug Jedi, um eine Armee von Droiden aufzuhalten.

„Durch Verhandlungen der Jedi den Frieden aufrecht erhält“, sagte Yoda betont. „Einen Krieg zu beginnen nicht unsere Absicht ist.“ Sogar jetzt könnte es noch eine Möglichkeit geben, durch Verhandlungen den Konflikt zu lösen …, doch er spürte keinerlei Geduld in dem Raum, als die Senatoren über die weiteren Schritte diskutierten. Nur Angst und Ungeduld.

„Der Senat muss dem Kanzler eine Vollmacht für den Notstand einräumen“, schlug Mas Amedda schließlich vor. „Dann ist er befugt, die Aufstellung einer Armee anzuordnen.“

Krieg, du meinst, dachte Yoda traurig. Was für einen anderen Zweck gab es sonst für eine Armee? Seit Jahrhunderten hatte Yoda kein solch starkes Bedürfnis gehabt, etwas zu sagen, sich in die Politik einzumischen, die vor seinen Augen gemacht wurde. Doch er hatte bereits alles gesagt, was nötig war, und die Senatoren hatten nicht begriffen, was er damit gemeint hatte. Er schwieg. *Jedi dienen. Gesetze wir machen nicht.*

Die Senatoren sahen einander an. Sie dachten offensichtlich, dass das eine gute Idee war, doch keiner von ihnen wollte derjenige sein, der eine so einschneidende Veränderung der momentanen Regierungsstruktur vorschlug. Schließlich trat Jar Jar Binks nach vorn.

„Michse stolz sein beantragen, dass Euer Ehren werden verliehen Generalvollmacht", sagte er zu Palpatine und die Sache war schnell geregelt. Jar Jar würde den Antrag einbringen und die anderen Senatoren würden ihn dabei unterstützen. Wenn dem Antrag stattgegeben werden würde, könnte Kanzler Palpatine für den Notfall den Einsatz der Klon-Armee veranlassen.

Eine knappe Stunde später saß Yoda neben Mace Windu und sah vom Besucherbalkon zu, wie sich der Senat versammelte. Die Neuigkeiten hatten die Runde gemacht. Er spürte die Angst, die wie ein dichter Nebel über dem Saal hing. *Angst führt zur Dunklen Seite*, dachte er. Doch der Senat würde das nicht verstehen, selbst wenn es eine Möglichkeit gäbe, es den Mitgliedern zu sagen.

Mit beinahe unvernünftiger Eile wurde der Antrag, Kanzler Palpatine mit einer Generalvollmacht auszustatten, vorgeschlagen und ihm stattgegeben. Der Senat bejubelte Jar Jars Mut und Palpatine erhob sich, um zu sprechen.

„Ich habe in diese Sache nur mit größtem Zögern eingewilligt", sagte der Kanzler. „Wenn diese Krise überstanden ist, werde ich die Macht, die Ihr mir gegeben habt, wieder ablegen. Und als meine erste Amtshandlung mit dieser neuen Autorität werde ich eine große Armee der Republik schaffen, um die zunehmende Bedrohung durch die Separatisten abzuwehren."

Yoda schüttelte traurig den Kopf. Mace Windu bewegte sich unruhig neben ihm hin und her. „Also ist es geschehen", sagte er schwermütig. Er sah Yoda an. „Ich werde mit allen abkömmlichen Jedi nach Geonosis gehen, um Obi-Wan zu helfen."

Damit blieb die andere Aufgabe bei Yoda. Er akzeptierte und nickte. „Besuchen ich werde die Kloner auf Kamino und ansehen ich mir werde diese Armee der Republik." *Und um zu sehen, ob einen Weg es noch gibt, zu vermeiden diesen Krieg.*

Das Raumschiff nach Geonosis zu fliegen war leicht – allzu leicht. Anakin war noch immer verstört und unsicher und er brauchte etwas, das ihn davon abhielt nachzudenken. Angst umschloss sein Herz. Die Angst, wieder die Kontrolle zu verlieren. Die Angst, dass Obi-Wan bereits tot war. Angst, dass Obi-Wan noch am Leben war und ihn für das, was er getan hatte, verabscheuen würde. Es half auch nichts, dass er sich immer wieder sagte, dass Obi-Wan ein Jedi war und dass Jedi nicht hassten. *Ich bin ein Jedi und ich hasse diese Tusken-Räuber.*

Der Gedanke daran verursachte ihm Magenkrämpfe und rief ihm die Erinnerung an das blutige Lager wieder ins Gedächtnis. Er kämpfte gegen seine Tränen an, unfähig zu sagen, ob es Tränen der Reue oder des Hasses waren. Um sich abzulenken, lehnte er sich nach vorn über das Instrumentenfeld. Vielleicht gab es eine Möglichkeit, schneller nach Geonosis zu kommen …

Den letzten Rest an Geschwindigkeit aus dem Raumschiff zu kitzeln, beschäftigte Anakins Gedanken bis zum Ende der Reise. Als sie schließlich den Planeten erreicht hatten, zeigte R2-D2 ihnen den Bereich, aus dem Obi-Wans Nachricht abgesetzt worden war und sie flogen darauf zu. Anakin hielt das Schiff dicht über dem Boden – einerseits, um nicht entdeckt zu werden, und andererseits, weil die vielen Felsformationen seine Konzentration völlig in Anspruch nahmen. Padmé hielt nach einem Ort Ausschau, an dem sie das Raumschiff verstecken konnten.

„Siehst du diese Rauchsäulen direkt vor uns?“, fragte Padmé plötzlich und zeigte dorthin. „Das sind irgendwelche Abluftschächte.“

„Das wird reichen“, sagte Anakin, lenkte das Raumschiff in einen der Felskamine und landete es auf dem Grund. Als er die Maschinen abschaltete, drehte sich Padmé zu ihm um.

„Hör mir zu. Was auch immer dort unten geschieht: richte dich nach mir“, sagte sie zu ihm. „Ich bin nicht daran interessiert, in einen Krieg zu geraten. Vielleicht finde ich eine diplomatische Lösung für dieses Durcheinander.“

„Keine Sorge“, sagte Anakin und rang sich ein Lächeln ab. „Ich habe es aufgegeben, dir zu widersprechen.“ Doch er fragte sich, ob sie dachte, dass er nach seinen Taten auf Tatooine diese Warnung *brauchte*.

R2 pfiff jammernd, als Anakin und Padmé das Schiff verließen. Anakin nickte dem Droiden gedankenverloren zu. Er konzentrierte sich darauf, mit Hilfe der Macht Lebensformen zu spüren, denen sie aus dem Weg gehen mussten.

Die breiten unterirdischen Korridore schienen leer zu sein, doch Anakin fühlte sich nicht wohl. Das Gefühl wurde stärker, je tiefer sie in die Stadt hinein gerieten. Irgendwann blieb er plötzlich stehen. „Warte", sagte er zu Padmé und konzentrierte sich. Da war etwas ... hinter ... und über ihnen ...

Anakins Lichtschwert fiel in seine Hand und er wirbelte genau in dem Augenblick herum, als eine große, insektenartige Kreatur auf ihn herabsprang. Er schlug sie nieder, doch es kamen noch mehr. Padmé rannte durch eine Tür am Ende des Korridors. Anakin schlug noch drei von den Kreaturen nieder und folgte ihr.

Sie fanden sich auf einem schmalen Laufsteg über einer Art Fabrik voller Droiden, Förderbänder und lärmender Maschinen wieder. Die Tür schloss sich hinter ihnen und der Laufsteg zog sich zurück. Einen Augenblick später strömten noch mehr geflügelte Kreaturen in den Raum.

Anakin hob sein Lichtschwert, während Padmé versuchte, die Tür zu öffnen. Doch es gab keinen Schalter auf ihrer Seite. Der Vorsprung, auf dem sie standen, wurde schmaler und schmaler. Padmé warf Anakin einen Blick zu und sprang dann – zu seinem Entsetzen – hinunter.

„Padmé!“, rief Anakin und sprang ihr hinterher. Sie war auf einem der Förderbänder gelandet und befand sich bereits recht weit vor ihm. Er lief auf sie zu, doch die geflügelten Kreaturen griffen an und er musste stehen bleiben, um sie abzuwehren.

Eines der fliegenden Biester griff Padmé an. Anakin schlug verzweifelt auf die Kreaturen ein, die ihn umgaben, doch es kamen immer mehr und sie stellten sich ihm in den Weg. Aus dem Augenwinkel sah, wie sie in einen riesigen, leeren Bottich fielen. Es war einer aus einer ganzen Reihe, die sich neben einem anderen Förderband herschob. *Wenigstens können diese Biester darin Padmé nichts antun*, dachte er und schnitt einige von ihnen entzwei. Doch dann sah er, worauf sich der Bottich zubewegte – auf einen riesigen Kessel, der sich gerade mit geschmolzenem Metall füllte.

Padmé! Der Bottich war zu tief und zu glatt, als dass sie daraus herausklettern könnte. *Sie wird umkommen – nein, Padmé. Bitte nicht ...* Als er sich abmühte, sie durch die Wolken aus fliegenden Angreifern zu erreichen, sah er eine gedrungene, zylindrische Form auf Raketendüsen vorbeifliegen. Ein winziger Teil seines Verstandes fragte sich, was R2-D2 da machte, doch er war zu sehr damit beschäftigt zu kämpfen, um sich weitere Gedanken über den Droiden zu machen. *Padmé ...*

Anakin rutschte ab. Er fiel zur Seite und landete in einer Gussform. Er rutschte erneut ab und sein Arm verfing sich in der Maschine. Langsam zog sie ihn auf einen riesigen Schneideapparat zu. Er zog und zerrte – ohne Erfolg. *Nein! Ich muss Padmé erreichen!*

Ein triumphierendes Pfeifen durchschnitt die Luft. *Das klang wie R2.* Anakin drehte den Kopf und sah, wie einer der Kübel kurz vor der Füllstation umkippte. Padmé rollte heraus und auf einen Laufsteg. *R2 muss den Kontrollcomputer umprogrammiert haben,* dachte er, als das Schneidemesser direkt vor ihm niedersauste. Er musste seine ganze Aufmerksamkeit seiner eigenen Misere zuwenden.

Er drehte sich und versuchte, dem Schneidegerät auszuweichen. Das Lichtschwert hielt er in der eingeklemmten Hand. Er aktivierte es in der Hoffnung, es so weit drehen zu können, dass er sich selbst befreien konnte.

Das Schneideblatt kam wieder herunter und zerschmetterte das Lichtschwert. Der nächste Schlag würde ihm den Arm abhacken ... doch dann blieben die Maschinen reglos stehen.

Anakin sah auf. Er war umgeben von Droidicas. Weiter unten sah er Padmé, ebenfalls umstellt. Eine gepanzerte Gestalt kam mit einem Jetpack von der Decke geschwebt – *das ist der Kopfgeldjäger, den wir suchen* – und richtete einen Blaster auf ihn.

„Keine Bewegung, Jedi", sagte der Kopfgeldjäger.

Das war es dann wohl mit Obi-Wans Rettung, dachte Anakin voller Bitterkeit. *Ich konnte Mom nicht retten und jetzt habe ich Padmé geradewegs zu den Leuten gebracht, die sie umbringen wollen. Ich habe auf ganzer Linie versagt.*

Als die Geonosianer sie nicht sofort umbrachten, begann Padmés Verstand schnell zu arbeiten. Als die Wachen sie und Anakin in einen großen Konferenzraum brachten, war sie ruhig und auf alles gefasst. Als sie hereinkamen, sah sie Count Dooku an einem großen Tisch sitzen. Hinter ihm stand der Kopfgeldjäger und überall waren geonosianische Wachen, obwohl die Bewacher als Erstes Anakins und Padmés Waffen eingesammelt hatten. *Sie gehen keinerlei Risiko ein,* dachte sie.

Bevor irgendjemand etwas sagen konnte, trat Padmé einen Schritt nach vorn. „Ihr haltet einen Jedi-Ritter namens Obi-Wan Kenobi gefangen", sagte sie in ihrem besten Senatorinnen-Tonfall. „Ich fordere Euch offiziell auf, ihn mir auszuliefern. Sofort."

Count Dooku sah sie ruhig an. „Er wird der Spionage beschuldigt, Senatorin", sagte er. „Und er wird exekutiert, in ein paar Stunden, glaube ich." Er lächelte leicht, so als würde es ihm Vergnügen bereiten.

„Er ist ein offizieller Gesandter der Republik!", sagte Padmé zornig. „Das könnt Ihr nicht tun!"

„Wir erkennen die Republik nicht an, Senatorin", gab Dooku zurück und lächelte wieder. „Aber ..., wenn Naboo sich unserer Allianz anschließen würde ..."

Das ist also sein Spiel. Sie war Naboos offizielle Repräsentantin in galaktischen Fragen. In machen Dingen hatte sie ebenso viel Macht wie die Königin. Wenn sie Naboo den Separatisten zusprach, wären die Königin und ihr Planet an ihre Entscheidung gebunden. Sie hörte Dookus geschmeidigen Argumenten mit halbem Ohr zu. *Ich kann meinen Planeten und meine Prinzipien nicht verraten. Nicht einmal für Obi-Wan, nicht einmal für Anakin.* Sie konnte Anakin nicht sehen. Er stand hinter ihr, worüber sie beinahe froh war. Sie war sich nicht sicher, ob sie es im Augenblick ertragen würde, ihn anzusehen. *Oh Anakin, es tut mir so Leid, dass ich dich in all dies hineingezogen habe.*

Schließlich sah die Dooku an und sagte: „Ich werde nicht alles, was ich geehrt und wofür ich gearbeitet habe, aufgeben. Ich werde die Republik nicht verraten."

Count Dooku seufzte. „Dann werdet Ihr also Eure Jedi-Freunde verraten? Ohne Eure Kooperation kann ich nichts tun, um ihre Exekution zu verhindern."

„Und was ist mit mir?", fragte Padmé mit erhobenem Kinn.

„Es gibt Individuen, die ein starkes Interesse an Eurem Rücktritt haben, Mylady", sagte Dooku. „Das hat nichts mit Politik zu tun, es ist rein persönlich."

Nute Gunray von der Handelsföderation, dachte Padmé. *Obi-Wan hatte in seiner Nachricht gesagt, dass er hinter den Mordanschlägen steckte. Er hasst mich, weil ich bei seiner Naboo-Invasion vor zehn Jahren einen erfolgreichen Gegenschlag geführt habe.*

„Ich bin sicher, sie werden sich energisch dafür aussprechen, dass Ihr ebenfalls exekutiert werdet", fuhr Dooku fort. „Ohne Eure Kooperation kann ich nichts mehr für Euch tun."

Count Dooku lehnte sich in seinem Stuhl zurück und der Kopfgeldjäger winkte den Wachen zu. „Schafft sie weg", sagte er barsch.

Die geonosianischen Wachen brachten sie in getrennte Zellen und Padmé hatte Zeit nachzudenken. Je mehr sie nachdachte, desto sicherer war sie, dass sie alle sterben würden. Die Jedi wussten zwar, dass Obi-Wan auf Geonosis war, doch sie konnten ohne Zustimmung des Senats nichts unternehmen und sie hatte selbst lange genug dem Senat gedient, um zu wissen, dass er einer solch schwierigen Rettungsmission erst nach tagelangen Debatten zustimmen würde. Sie ging nicht davon aus, dass die Geonosianer so lange warten würden.

Sie hatte Recht. Ein paar Stunden später wurden Anakin und sie in einen großen Gerichtssaal gebracht. Der Erzherzog von Geonosis und sein Adjutant waren im Gerichtsstand; ihm zur Seite saßen Count Dooku und ein paar Senatoren, von denen sie wusste, dass sie die Separatisten unterstützen. Neben ihnen standen Repräsentanten der meisten Handelsgilden, der Handelsföderation und des Intergalaktischen Bankenclans.

Die Geonosianer kamen gleich zur Sache. „Ihr wurdet der Spionage angeklagt und für schuldig befunden", sagte einer von ihnen und bevor sie etwas erwidern konnten, fragte der Erzherzog: „Habt Ihr noch etwas zu sagen, bevor das Urteil vollstreckt wird?"

„Ihr begeht einen Kriegsakt, Erzherzog", sagte Padmé. „Ich hoffe, Ihr seid auf die Konsequenzen vorbereitet."

Der Erzherzog lachte. „Wir bauen Waffen, Senatorin. Das ist unser Geschäft! Natürlich sind wir vorbereitet!" Er winkte den Wachen zu. „Bringt sie in die Arena!"

Padmés letzte Hoffnung schwand. Die Wachen schleppten sie aus dem Saal und einen schwach beleuchteten Tunnel entlang, wo sie an die Seiten eines kleinen, offenen Wagens gefesselt wurden. Padmé sah niedergeschlagen zu Anakin hinüber. *Das ist alles meine Schuld. Ich habe darauf bestanden, dass wir hierher kommen und jetzt habe ich uns beide in den Tod geführt.*

„Hab keine Angst", sagte Anakin ernsthaft. Er schien sich mehr Sorgen um sie, als um sich selbst zu machen.

„Ich habe keine Angst vor dem Sterben", sagte sie. Sie sah zu Boden. Wenn es jemals einen Moment für die Wahrheit gab, dann war er jetzt da. Sie konnte sich nicht mehr selbst belügen – und mit Sicherheit konnte sie Anakin nicht mehr anlügen, nicht einmal, indem sie schwieg. „Seitdem du in mein Leben zurückgekehrt bist, bin ich jeden Tag ein wenig mehr gestorben."

Anakins Augen weiteten sich „Was meinst du damit?", fragte er, so als wäre er sich nicht sicher, was er gerade gehört hatte.

Sie würde es ihm erklären. „Ich liebe dich", sagte sie.

„Du liebst mich?" Anakin klang, als wüsste er nicht, ob er wütend oder erfreut sein sollte. „Ich dachte, wir hatten beschlossen, uns nicht zu verlieben. Dass wir gezwungen sein würden, mit einer Lüge zu leben. Dass es unser Leben zerstören würde …"

Ja, wir haben all diese Dinge gesagt. Doch jetzt stellt es sich heraus, dass ich das nicht rational entscheiden kann. „Ich glaube, unser Leben wird sowieso bald zerstört sein", sagte sie. Sie rang nach den richtigen Worten und fuhr langsam fort. „Meine Liebe zu dir ist ein Rätsel, Annie, auf das ich keine Antworten habe. Ich kann sie nicht kontrollieren – und jetzt ist mir das auch gleichgültig." Sie sah ihm direkt in die Augen und wünschte, dass sie ihn noch einmal berühren könnte. Doch sie waren an gegenüberliegenden Seiten des Wagens gefesselt und sie konnte ihn nicht erreichen. „Ich liebe dich von ganzem Herzen und bevor wir sterben, möchte ich, dass du das weißt."

Anakins Lippen zitterten. Er beugte sich langsam und zögernd nach vorn. Padmé streckte sich nach ihm aus und ihre Lippen trafen sich ein zweites Mal.

Dann wurde der Wagen vorwärts gezerrt und sie verloren das Gleichgewicht. Als Padmé sich wieder gefangen hatte, hörte sie das Brüllen der Menge, das immer lauter wurde und näher kam. Einen Augenblick später fuhren sie aus dem Tunnel hinaus in die Exekutionsarena.

KAPITEL 13

Obi-Wan stemmte sich gegen den Exekutionspfahl in der Mitte der geonosianischen Arena und prüfte noch einmal die Ketten, die seine Arme über seinem Kopf festhielten. Worauf warteten die Geonosianer? Er war nun schon seit über einer halben Stunde hier und die Menge wurde allmählich unruhig. Nicht etwa, dass Obi-Wan es besonders eilig hatte …

Die Menge brüllte und Obi-Wan sah auf. Ein kleiner Wagen rollte in die Arena. Als Obi-Wan die Passagiere sah, seufzte er und schloss einen Moment die Augen. *Ich wusste, dass Anakin etwas Kopfloses unternehmen würde, ich habe es gewusst.*

Aber es hatte keinen Sinn, Anakin jetzt zurechtzuweisen und sein Gesichtsausdruck machte es auch überflüssig. Obi-Wan wartete, während die Geonosianer Anakin an den Pfahl neben ihn ketteten. Aus dem Augenwinkel sah er, wie Padmé hinter dem Rücken der Wachen etwas Kleines in ihren Mund schob, bevor sie sich umdrehten und sie ebenfalls neben Anakin an den Pfosten ketteten.

„Ich hatte mich schon gefragt, ob du meine Nachricht erhalten hast“, sagte Obi-Wan, als die Wachen aus der Arena gingen.

„Ich habe sie ganz nach Eurem Wunsch weitergeleitet, Meister“, sagte Anakin ernst. Seine Nackenmuskeln zuckten, so als versuche er, zu Padmé zu schauen. „Dann sind wir hergekommen, um Euch zu retten.“

Obi-Wan schaute zu seinen angeketteten Armen hoch. „Gut gemacht!“

Oben auf den Rängen sah er, wie sich Nute Gunray und die anderen Delegierten der Handelsföderation und der Handelsgilden in einer Luxusloge mit dem geonosianischen Erzherzog drängten. Count Dooku stand mit seinem Kopfgeldjäger-Leibwächter ganz vorn. Sobald der Wagen die Arena verlassen hatte, kündigte der Erzherzog offiziell an, dass Obi-Wan, Anakin und Padmé getötet werden sollten – so als wüsste das nicht ohnehin jeder in der Arena – und erklärte dann laut: „Lasset die Hinrichtungen beginnen!“

Die Menge brüllte wieder, dieses Mal lauter als zuvor. Auf der anderen Seite der Arena öffneten sich drei breite Tore. Aus dem ersten Tor kam eine gewaltige, breitschultrige Bestie mit großen Hörnern. *Ein Reek*, dachte Obi-Wan. *Kräftig aber dumm.* Durch das zweite Tor kam eine gigantische, katzenartige Kreatur mit langen Reißzähnen – ein Nexu – und das dritte Tor spuckte ein Acklay aus, eine Echse von der Größe eines Raumjägers mit Zangen, die groß genug waren, um einen Mann entzwei zu schneiden. Hinter jedem der Monster ritt eine Horde geonisianischer Lanzenreiter mit langen Speeren auf kleineren Bestien herein.

Die Lanzenreiter trieben die drei Monster zur Mitte der Arena. „Ich habe da ein ganz mieses Gefühl", sagte Anakin.

„Du übernimmst den da rechts", sagte Obi-Wan und nickte in Richtung des Reek. „Ich werde die Bestie links davon nehmen."

„Was ist mit Padmé?", fragte Anakin.

Obi-Wan sah an Anakin vorbei und lächelte leicht. Padmé hatte das Schloss einer ihrer Fesseln geknackt. *Das hat sie also vor den Wachen versteckt! Einen Dietrich!* Die Kette hatte sie benutzt, um auf ihren Pfahl zu klettern. Dort stand sie ausbalanciert und hantierte abwechselnd mit der anderen Handschelle und zog an der Kette, um sie von dem Pfahl zu lösen. „Wie es aussieht, ist sie wieder obenauf", sagte Obi-Wan trocken.

Anakin sah verblüfft zu Padmé. Dann schaute er Obi-Wan mit einem Grinsen an, das nur eine Spur der Selbstsicherheit enthielt, die er von seinem Padawan gewohnt war.

Was ist mit ihm passiert? fragte sich Obi-Wan, als die Monster angriffen.

Das Acklay rannte mit offener Zange geradewegs auf Obi-Wan zu. *Diese Dinger sind kurzsichtig*, dachte Obi-Wan. *Wenn ich das richtig abschätze …* Gerade als das Acklay ihn erreichte, sprang er hinter den Pfahl.

Das Acklay setzte seinen Angriff fort. Seine Zangen schlossen sich genau dort um den Exekutionspfahl, wo der Jedi hätte sein sollen, und das Holz zersplitterte. Obi-Wan riss die Kette los und sah sich um.

Anakin war auf den Rücken des Reek gesprungen und hatte seine Kette um eines der Hörner der Bestie gewickelt. Das Reek schüttelte den Kopf und wehrte sich dagegen. Es würde nicht mehr lang dauern, bis die Kette wieder freikam. Das Nexu versuchte, auf den Pfahl zu klettern und Padmé zu erreichen. Obi-Wan sah, wie sie sich an der Kette herabschwang und das Biest mit beiden Beinen wegtrat. *Padmé kann auf sich selbst Acht geben – zumindest eine Zeit lang.*

Das Acklay hatte den Pfahl jetzt komplett in Splitter zerlegt. Es sah sich mit schüttelndem Kopf um, so als suchte es nach dem wohlschmeckenden Leckerbissen, von dem es wusste, dass er dort irgendwo stecken musste. Es sah Obi-Wan und lief wieder los.

Obi-Wan lief zum Rand der Arena, wo sich die Lanzenreiter mit ihren langen Speeren aufgereiht hatten. Eines der Reittiere bäumte sich überrascht auf. Während sich der Lanzenreiter bemühte, sein Tier zu beruhigen, griff Obi-Wan das Ende des Speeres und riss es ihm aus der Hand. Er rammte das andere Ende in den Boden und nutzte den Schwung und den Speer, um sich über den Lanzenreiter tragen zu lassen.

Dicht hinter ihm donnerte das Acklay in das Reittier und

stieß den Lanzenreiter herunter. Der Geonosianer schrie einmal auf, bevor sich die Zange des Acklay um ihn schloss. Die anderen Lanzenreiter liefen vor dem Angriff des Acklay in alle Richtungen davon, doch sie würden schon bald zurückkommen. *Eines nach dem anderen,* dachte Obi-Wan. Der Speer des Lanzenreiters war keine sonderlich effektive Waffe, doch er konnte ausreichen, wenn er die Bestie nur an der richtigen Stelle traf. Er zielte und warf den Speer.

Der Speer traf das Acklay seitlich am Hals. Es schrie auf, ließ den Leichnam des Lanzenreiters fallen und lief los. *Nun, das hat nicht viel geholfen,* dachte Obi-Wan und duckte sich hinter dem Tier des toten Lanzenreiters.

Das Acklay folgte ihm, allerdings langsamer als zuvor. Obi-Wan hielt sich vor der Bestie, konnte aber den Abstand nicht vergrößern. Dann sah er, wie das Reek auf ihn zukam – mit Anakin und Padmé auf dem Rücken und dem wütenden Nexu dahinter. Anakin hatte offensichtlich eine Möglichkeit gefunden, die Kreatur mit Hilfe der Macht zu lenken. Obi-Wan sprang auf.

Er landete hinter Padmé. Mit einem Blick über die Schulter sah er, wie das Nexu das verwundete Acklay angriff. *Damit sind zwei von ihnen vorerst aus dem Weg. Wenn wir es jetzt schaffen …*

Doch dann öffneten sich rund um die Arena Tore und Droidicas rollten herein. Sie umkreisten das Reek, bauten sich zu voller Größe auf, aktivierten ihre Schilde und brachten ihre mächtigen Blaster in Anschlag. Das Reek schnaubte und schüttelte den Kopf. Es drehte sich im Kreis, um den Security-Droiden zu entkommen, doch die Droidicas waren überall. *Wir sind erledigt. Weshalb schießen sie nicht schon längst?*

Plötzlich machte sich eine allgemeine Stille breit. Obi-Wan sah hoch zur Menge. Seine Augen weiteten sich. Überall in der Arena blitzten blaue und grüne Lichtschwerter auf. *Da oben müssen mindestens einhundert Jedi sein!* Er sah zur Loge des Erzherzogs und seine Kinnlade klappte nach unten. Auf diese Entfernung konnte er die Gesichtszüge des Mannes in der Jedi-Robe nicht erkennen, der neben Count Dooku stand. Doch das musste er nicht. Nur ein Mann trug ein lilafarbenes Lichtschwert. *Meister Windu!*

Als das Reek, auf dem Anakin, Padmé und Obi-Wan saßen, an der Loge des Erzherzogs vorbei trabte, unterdrückte Count Dooku ein Lächeln. Sie waren sicher eine einfallsreiche Truppe, doch auf lange Sicht würden ihnen ihre Tricks nichts bringen.

Neben ihm drehte sich Vizekönig Nute Gunray wütend um. „So war das aber nicht vorgesehen! Jango, erledige sie!"

Dooku gab Fett mit einem Zeichen zu verstehen, dass er dort bleiben sollte, wo er war. Der Neimoidianer war eigentlich genauso unterhaltsam wie die Jedi. „Geduld, Vizekönig", sagte Dooku mit einem leichten Lächeln zu Nute. „Sie wird sterben."

Der Vizekönig schnaubte und wandte sich zurück zur Arena. So unterhaltsam es auch war, seine Frustration zu beobachten, es war an der Zeit, den Dingen ein Ende zu bereiten. Dooku gab ein unauffälliges Zeichen und seine versteckten Droidicas strömten plötzlich aus allen Toren der Arena. Die Menge brüllte auf und Nute Gunray lehnte sich zufrieden zurück. Doch hinter sich, dort wo Jango Fett stand, spürte Dooku etwas Unangenehmes. Er drehte sich um, um zu sehen, was sein Leibwächter gesehen hatte.

Neben Jango stand Mace Windu. Sein Lichtschwert leuchtete in hellem Lila. *Der Lärm der Menge muss das Geräusch des Zündens übertönt haben,* dachte Dooku.

Er verbarg seine Überraschung mit einem eleganten Nicken als Gruß. „Meister Windu, wie freundlich von Euch, uns Gesellschaft zu leisten. Ihr kommt gerade rechtzeitig für den Moment der Wahrheit." Er deutete auf die Arena. „Ich finde, Eure beiden neuen Jungen sollten etwas mehr trainieren."

Master Windus grimmiger Gesichtsausdruck änderte sich nicht. „Es tut mir Leid, Euch enttäuschen zu müssen", sagte er mit tiefer, harter Stimme. „Die Party ist vorüber." Er gab ein Zeichen und überall in der Arena flammten Lichtschwerter auf.

Vergnügt und zufrieden bleckte Dooku die Lippen. *Das wird noch besser, als ich gehofft hatte. Da draußen sind über einhundert Jedi und Meister Windu. Wir werden sie alle töten.* „Mutig, aber töricht, mein alter Jedi-Freund", sagte er sanft zu Mace. „Ihr seid hoffnungslos in der Unterzahl."

„Das sehe ich nicht so", stieß Meister Windu hervor. „Die Geonosianer sind keine Krieger. Ein Jedi kann es mit hundert Geonosianern aufnehmen."

„Es waren nicht die Geonosianer, an die ich dachte", sagte Dooku und ließ sein Lächeln etwas breiter werden. „Wie wird Eurer Meinung nach ein Jedi gegen *eintausend* Kampf-Droiden bestehen?"

Noch während er sprach, tauchten die ersten Super-Kampf-Droiden im Korridor hinter Mace Windu auf. Sie begannen sofort zu feuern. Meister Windu lenkte die Schüsse mit Leichtigkeit ab, doch dafür musste er seine Aufmerksamkeit von den anderen in der Loge des Erzherzogs abwenden. Jango Fett hob sofort seinen Flammenwerfer und feuerte.

Meister Windu sprang zur Seite, doch die Flammen erfassten den Saum seiner Robe und entzündeten sie. Als noch mehr Kampf-Droiden in die Arena strömten, sprang er über die Mauer in den Sand in der Tiefe. Count Dooku schüttelte angesichts solch törichten Starrsinns den Kopf und lehnte sich zurück, um das Spektakel zu genießen. *Ja, das wird wirklich sehr interessant werden.*

Einen Moment war Obi-Wan erleichtert, als er Meister Windu sah. Dann strömten aus allen Richtungen Kampf-Droiden in die Arena. Die Geonosianer flohen, als Energieblitze durch die Luft zuckten. *So viele Droiden! Können wir …*

Das Reek bäumte sich auf und Obi-Wan wurde abgeworfen. Er rollte sich auf dem Boden ab und wich einem Energieblitz aus. Die Droidicas feuerten. Er würde ihnen nicht lange ausweichen können. Er brauchte ein Lichtschwert.

Wie als Antwort auf seine Gedanken flog ein Lichtschwert auf ihn zu. Er fing es auf und aktivierte es in einer einzigen fließenden Bewegung, salutierte den beiden Jedi, die es ihm zugeworfen hatten und schickte vier Energieblitze zu den Kampf-Droiden zurück. Er sah, dass auch Anakin jetzt wieder ein Lichtschwert hatte. Und Padmé hatte irgendwo einen Blaster gefunden.

Der Kampf war der heftigste, den Obi-Wan jemals erlebt hatte. Er war um einiges heftiger, als der Krieg auf Naboo es gewesen war. Die Kampf-Droiden drangen ohne Unterlass auf sie ein. Ganz gleich wie viele sie vernichteten, es kamen immer mehr. Einmal während des Kampfes stand er Rücken an Rücken mit Mace Windu. Sie schienen Fortschritte zu machen, doch dann flog Jango Fett mit seinen Raketen in den Kampf hinab. Mace stürzte sich auf den Kopfgeldjäger und Obi-Wan war wieder auf sich gestellt.

Es sind einfach zu viele! Obi-Wan hatte den Überblick darüber verloren, wie viele Kampf-Droiden er schon niedergestreckt hatte. Er spürte, wie Jedi um ihn herum starben, überrannt von dieser wahnsinnigen Übermacht. Der

Sand der Arena war vom Blut getränkt und voller Droidenteile, doch es kamen immer mehr der Killer-Maschinen. Die drei Exekutionsmonster waren tot – Obi-Wan erinnerte sich dunkel, dass er das Acklay selbst getötet hatte – doch das machte kaum noch einen Unterschied.

Plötzlich stellten die Droiden das Feuer ein. Obi-Wan senkte seine müden Arme und sah sich um. Mace Windu, Padmé, Anakin und vielleicht zwanzig Jedi standen in der Mitte der Arena, umzingelt von Kampf-Droiden. *Nur zwanzig!*, dachte er erschrocken. Es mussten mindestens hundert Lichtschwerter in der Arena geleuchtet haben, als er vorhin aufgesehen hatte. Die anderen Jedi mussten alle tot sein.

„Meister Windu!" Count Dookus Stimme hallte durch die Arena. „Ihr habt ehrenhaft gekämpft. Ihr seid einer Erwähnung im Geschichtsarchiv des Jedi-Ordens würdig. Nun ist es vorüber." Er hielt einen Moment inne und fügte dann hinzu: „Ergebt Euch und Euch wird das Leben geschenkt."

„Wir lassen uns auf keinen Fall zu Geiseln machen, Dooku." Mace Windus tiefe Stimme klang entschlossen, obwohl er wusste, wie Dookus Antwort ausfallen würde.

„Dann tut es mir Leid, alter Freund", sagte Count Dooku. „Wir werden Euch vernichten müssen." Er hob die Hand und die Kampf-Droiden hoben die Waffen.

„Seht!", rief Padmé. Obi-Wan schaute sich schnell um. Er war verwirrt, denn er sah nur Kampf-Droiden. Dann wurde ihm klar, dass Padmé nach oben zeigte. Er legte den Kopf in den Nacken und sah, wie sich sechs Kanonenboote durch die Öffnung über der Arena senkten.

Die Schiffe landeten in einem Ring zwischen dem winzigen Kreis der Jedi und den geonosianischen Kampf-Droiden. Die Arena wurde von gleißendem weißen Licht erfüllt, als tausende von Super-Kampf-Droiden ihre Laser abfeuerten – deren Blitze von den Schilden der Kanonenboote abprallten. Obi-Wan starrte ungläubig und erstaunt auf die Szenerie. *Wer sind sie? Und woher kommen sie?*

Dann strömten Truppen in weißer Körperpanzerung aus den Schiffen und er wusste die Antwort. *Die Klonarmee! Aber wie …?* Die Klontruppler schwärmten schnell aus, feuerten ihre tödlichen Blitze auf die Droiden und trieben sie zurück.

Meister Yoda erschien im Einstieg eines der Schiffe und gab den verdutzten Jedi ein Zeichen. „Schnell!", rief er.

Alle liefen zu den Kanonenbooten. Während Obi-Wan an Bord des nächsten Schiffes ging, warf er noch einen Blick auf die Loge des Erzherzogs. Sie war leer. Er schaute nach unten und sah den Klonjungen, Jango Fetts Sohn, in der Nähe einer Mauer. Der Junge kniete neben dem zerschlagenen Helm, den sein Vater getragen hatte. *Also hat Mace Windu den Kopfgeldjäger erledigt,* dachte Obi-Wan. Der Junge tat ihm Leid und er fragte sich, was wohl aus ihm werden würde. Doch im Augenblick konnte er nichts weiter für ihn tun.

Diese Angelegenheit ist noch nicht beendet, dachte er, als sich die Kanonenboote aus der Arena erhoben. *Es stehen noch immer die Kernschiffe der Handelsföderation im Landebereich.*

Und da ist noch Count Dooku, um den wir uns kümmern müssen.

KAPITEL 14

Anakin wusste, dass der Kampf noch nicht vorbei war, doch er war froh, dass er sich kurz ausruhen konnte. Padmé befand sich an Bord in Sicherheit und es gab keine Kampf-Droiden in Reichweite seines Lichtschwerts. Die weiß gepanzerten Truppen im Kanonenboot feuerten noch ein letztes Mal durch die offene Luke auf die wenigen Kampf-Droiden, die noch immer in der Arena standen. Dann hob das Kanonenboot ab und sie waren endlich draußen.

Draußen – aber nicht aus dem Kampf. Anakin krampfte unwillkürlich die Hand um sein geliehenes Lichtschwert. Unendliche viele Kernschiffe und Droiden der Handelsföderation bedeckten den Boden rund um die Arena. *Kein Wunder, dass sie in solchen Mengen kamen!*, dachte Anakin benommen. Er hatte keine Ahnung gehabt, dass es so viele davon gab.

Doch die Schiffe der Handelsföderation wurden angegriffen. Tausende von Männern in weißen Kampfpanzerungen feuerten immer wieder in die Reihen der Schiffe.

Dazwischen sah Anakin, wie Angriffsschiffe der Republik landeten – und noch mehr Männer, die sich in die Schlacht stürzten.

„Seht da vorne!", rief Obi-Wan von der anderen Seite des Kanonenboots. „Dort drüben!"

Anakin spähte aus der offenen Seite des Kanonenboots. Ein geonosianischer Gleiter entfernte sich schnell vom Kampfgeschehen. Im offenen Cockpit saß die schwarz gekleidete Gestalt von Count Dooku.

„Das ist Dooku!" Anakin drehte sich zum Piloten des Kanonenbootes um. „Folgt ihm!"

Der Pilot nickte und das Kanonenboot drehte ab. Plötzlich explodierte etwas unter dem Schiff. Das Schiff kippte zur Seite. Padmé war unvorbereitet und wurde in eine Ecke des Schiffes geschleudert. Anakin griff nach ihr, doch er hatte sein Gleichgewicht verloren und war zu weit weg. Padmé fiel hinaus.

„Padmé!" schrie er voller Schrecken. „Bringt das Schiff nach unten! Sofort runtergehen!", rief er verzweifelt zum Piloten.

Obi-Wan lief los. „Lass nicht zu, dass deine persönlichen Gefühle dich von deinem Weg ablenken", sagte er streng zu Anakin. Er wandte sich an den Piloten, winkte in Richtung des fliehenden Count Dooku und befahl: „Folgt dem Gleiter."

Anakin starrte Obi-Wan an. „Landen", sagte er zum Piloten. „Sofort!"

Der Helm des Pilot drehte sich verwirrt von Obi-Wan zu Anakin.

Obi-Wan schien es nicht wahrzunehmen. Sein Blick lag auf Anakin. „Anakin, ich kann es nicht allein mit Dooku aufnehmen.“, sagte er. „Ich brauche dich. Und wenn wir ihn fangen, können wir diesen Krieg sofort beenden. Wir müssen eine Aufgabe erledigen.“

„Das ist mir egal“, sagte Anakin. Er würde es nicht ertragen, wenn er nach allem, was er durchgemacht hatte, Padmé verlieren würde. „Setzt das Schiff *ab.*“

„Man wird dich aus dem Orden der Jedi ausschließen“, warnte Obi-Wan ihn.

Anakin schluckte und sah zurück. Padmé war an den Fuß einer Sanddüne gerollt. Der Sand war weich; es war möglich, dass es ihr gut ging. *Es muss ihr gut gehen.* Doch er konnte es nicht mit Sicherheit sagen und die Kampf-Droiden der Handelsföderation waren in der Nähe. „Ich kann sie nicht zurücklassen“, sagte er leise.

„Komm zur Vernunft“, sagte Obi-Wan scharf.

Anakin schaute auf, verwirrt und leicht verärgert über den Tonfall seines Meisters. Dann sah er Obi-Wans Augen. Sie waren voller Verständnis und Mitgefühl, aber dennoch unnachgiebig. „Was würde die Senatorin deiner Meinung nach tun, wenn sie an deiner Stelle wäre?“, fragte Obi-Wan leise.

Anakin rang mit sich, ob er eine Antwort darauf verweigern sollte. „Sie würde ihre Pflicht tun“, sagte er niedergeschlagen. Er drehte sich weg, als Obi-Wan den Piloten anwies, das Schiff wieder auf Kurs zu bringen. Er sah der regungslosen Padmé nach, bis sie außer Sichtweite war.

Sie folgten Count Dooku zu dem Tower eines Hangars. Das Kanonenboot landete gerade lange genug, damit Obi-Wan und Anakin abspringen konnten. Dann, während die Jedi hineinliefen, flog es zurück zur Hauptschlacht. Sie fanden Dooku an einem Kontrollfeld des Hangars. Ein kleiner, schneller Solarsegler stand startbereit vor den Türen des Hangars.

Er will fliehen, dachte Anakin. Hass erfüllte ihn. „Ihr werdet für all die Jedi bezahlen, die Ihr heute getötet habt, Dooku!", sagte er, als der hoch gewachsene Mann von den Kontrollen aufsah.

Obi-Wan zog sein Lichtschwert. „Wir greifen ihn gemeinsam an", sagte er. „Du gehst langsam ..."

„Nein", sagte Anakin. Seine Wut wandelte sich in den hasserfüllten Zorn, den er auf Tatooine im Lager der Tusken-Räuber gespürt hatte. Wenn er wartete und langsam voranging, würde er wieder die Kontrolle verlieren. *Ich bin ein Jedi! Ich darf nicht so fühlen!* „Ich greife ihn jetzt gleich an!"

„Anakin, nein!", rief Obi-Wan, als Anakin loslief. Anakin zögerte beinahe. Doch Obi-Wan wusste nichts über Tatooine und die Tusken-Räuber. Obi-Wan durfte es auch niemals erfahren. Und die einzige Möglichkeit, zu vermeiden, dass Obi-Wan ihn im selben kopflosen Wahn sah, war, dass Anakin jetzt gleich angriff, solange er noch die Kontrolle über sich hatte.

Count Dooku lächelte leicht, als Anakin näher kam. Der Jedi-Schüler hob sein Lichtschwert und spürte eine Erschütterung der Macht. Dooku streckte den Arm aus und Anakin wurde gewaltsam durch die Luft geschleudert. Es blieb ihm nur ein kurzer Augenblick, um zu erkennen, dass er schon wieder versagt hatte, bevor er so hart gegen die Hangarwand schlug, dass er das Bewusstsein verlor.

Als Anakin an der Wand heruntergliitt, griff Obi-Wan nach der Macht. Erleichtert stellte er fest, dass Anakin nicht ernsthaft verletzt war. Doch er konnte nicht darauf warten, dass sein Schüler sich erholte. Count Dooku bewegte sich bereits auf ihn zu.

„Wie Ihr seht, sind meine Jedi-Kräfte den Euren weit überlegen", sagte Dooku lässig.

„Das glaube ich kaum", gab Obi-Wan zurück. Er wusste, dass er allein keine große Chance hatte, gegen Dooku zu gewinnen. Count Dooku war nicht nur ein exzellenter Schwertkämpfer, er war auch ausgeruht und frisch, während Obi-Wan bereits vom Kampf in der Arena erschöpft war. *Aber ich muss es versuchen*, dachte Obi-Wan. Er hob sein Lichtschwert.

Dooku lächelte und parierte den ersten Hieb mit Leichtigkeit. Er musste sich nicht einmal richtig bewegen, um auch den zweiten und dritten Hieb zu parieren. „Meister

Kenobi, Ihr enttäuscht mich ein wenig", sagte er. „Yoda hält so große Stücke auf Euch."

Er versucht, mich abzulenken. Obi-Wan kämpfte verbissen weiter. Seine Erschöpfung begann sich bemerkbar zu machen, sein Atem kam nur noch in harten Zügen. Er ging einen Schritt zurück und hoffte auf eine kurze Kampfpause.

„Kommt schon, Meister Kenobi", spottete Count Dooku. „Befreit mich aus meiner misslichen Lage."

Obi-Wan holte tief Luft, packte sein Lichtschwert fester an und warf sich wieder in den Kampf. Dooku wich vor dem heftigen Angriff zurück und einen Augenblick hoffte Obi-Wan, dass er Dooku besiegen konnte. Doch selbst mit Hilfe der Macht war er einfach zu müde, um dieses Tempo lange aufrecht zu erhalten. Dooku gewann wieder an Boden.

Während Obi-Wan zurückwich, schlug Dooku in immer kürzeren Abständen zu. Jede seiner Bewegungen war ausgewogen und elegant. Sein Lichtschwert schien überall zu sein. Obi-Wan erinnerte sich daran, dass Jocasta Nu ihm das gesagt hatte. *Mit dem Lichtschwert, im alten Fechtstil, machte ihm keiner etwas vor.* Jetzt spürte er unglücklicherweise am eigenen Leib, was sie gemeint hatte …

Obi-Wan versäumte eine Parierbewegung und Dookus Lichtschwert fuhr geradewegs in seine Schulter. Der Schmerz war furchtbar. Sein Lichtschwert wurde um einen fatalen Bruchteil langsamer und Dookus Waffe schlitze seinen Schenkel auf.

Das Bein gab nach und Obi-Wan stolperte rückwärts gegen die Wand. Sein Lichtschwert fiel ihm aus der Hand und rutschte über den Boden davon. Er sah, wie Dooku den Arm für den finalen Hieb hob und sammelte sich.

Count Dooku ließ seine Waffe herabsausen – und traf damit gegen einen gleißend hellen Balken aus blauem Licht. Anakin stand über Obi-Wan. Sein Gesicht war eine Maske grimmiger Entschlossenheit. Er trieb Dooku mit seinem Lichtschwert zurück und von seinem Meister weg.

„Das ist sehr mutig von dir, mein Junge", sagte Dooku ruhig. „Aber sehr töricht. Ich hatte angenommen, dass du deine Lektion gelernt hast."

„Ich lerne langsam", sagte Anakin und griff an.

Zu Obi-Wans Überraschung brachte seine Attacke Dooku aus dem Gleichgewicht und trieb ihn zurück. Der war ebenso überrascht wie Obi-Wan, erholte sich aber schnell.

„Du hast ungewöhnliche Kräfte, junger Padawan", sagte Dooku zu Anakin. „Aber nicht genug, um dich dieses Mal zu retten."

„Darauf würde ich nicht wetten!", gab Anakin zurück.

Aber Dooku hat Recht, dachte Obi-Wan durch den Nebel aus Schmerz und Erschöpfung. *Anakin kann es nicht mit ihm aufnehmen ... es sei denn, Anakin unternimmt etwas Unerwartetes.* Er brachte all seine verbliebenen Kräfte auf und griff mit der Macht hinaus. „Anakin!", rief er und warf sein Lichtschwert seinem Schüler zu.

Anakin fing die Waffe mit seiner freien Hand und griff

erneut an. Doch selbst mit zwei Lichtschwertern konnte er Count Dooku nicht lange zurückhalten. Der ehemalige Jedi lächelte und begann, mit ihm zu spielen; er schlug Anakin das zweite Lichtschwert aus der Hand.

Zieh dich zurück, dachte Obi-Wan. *Geh ihm aus dem Weg.* Doch Anakin zog sich nicht zurück. Er wurde zurückgedrängt. Sie hatten im Zweikampf jetzt beinahe einen vollen Kreis vollführt und waren wieder dort angekommen, wo Obi-Wan lag. Dooku lächelte – Obi-Wan war sich nicht sicher, wen er anlächelte – und seine Klinge bewegte sich so schnell, dass sie fast nicht mehr zu sehen war. Anakin schrie auf, als sein rechter Arm zu Boden fiel, abgeschnitten am Ellbogen. Er fiel neben Obi-Wan zu Boden und krümmte sich vor Schmerz. Dooku sah zu den beiden Jedi hinab und bereitete sich auf den tödlichen Hieb vor.

Yoda drückte auf den Schalter und öffnete die Türen des Hangars. Der Kampf mit den Droiden der Handelsföderation war beinahe zu Ende. Er wurde dort nicht mehr gebraucht. Hier, das spürte er, musste er sein.

Die Türen glitten langsam auf und Yoda ging hinein. *Ja, gebraucht ich werde hier,* dachte er, als er Count Dooku über den zusammengesunkenen Gestalten von Obi-Wan und Anakin sah. Er blieb am Eingang des Hangars stehen und wartete ab.

Count Dooku sah ihn und trat von Anakin und Obi-Wan

zurück. Yoda nickte zum Gruß und voller Bedauern. „Count Dooku."

„Meister Yoda." Dookus Tonfall war beinahe spöttisch, doch Yoda spürte auch eine gewisse Ungeduld darin – Ungeduld und etwas Dunkleres. Dookus Gesichtszüge verhärteten sich, als er fortfuhr. „Eure Einmischung in unsere Pläne hat nun ein Ende."

Pläne der Eroberung, dachte Yoda traurig. *Ein Jedi aber sucht keine Macht.* Ja, Dooku hatte den Weg des Jedi-Ordens verlassen. Er wusste, dass Dooku immer mehr an Macht gewonnen hatte, und ließ gleichermaßen schockiert und besorgt den Kopf sinken, als er die wahre Quelle von Dookus wachsenden Fähigkeiten spürte. Einen Augenblick später hob Count Dooku die Hände und sandte einen Strom tödlicher Macht-Blitze auf ihn.

Yoda blockte die Blitze automatisch ab. Er war voller Trauer über diesen endgültigen Beweis für Dookus Verrat. Nur die, die sich der Dunklen Seite der Macht zuwandten, missbrauchten ihre Kräfte derart. Yoda hatte es befürchtet, seitdem Dooku den Jedi-Orden verlassen hatte, doch erst jetzt war er sich sicher. Sein ehemaliger Schüler hatte nicht nur den Weg der Jedi verlassen; er hatte alles verraten, wofür er einst eingetreten war. Er war zur Dunklen Seite der Macht übergetreten. „Viel zu lernen du noch immer hast", sagte Yoda zu ihm.

Da sein Angriff gänzlich fehlgeschlagen war, blickte Dooku erstaunt drein. Dann verengten sich seine Augen zu Schlitzen. Er ließ die Hände sinken. „Es ist offensichtlich, dass dieser Wettkampf nicht durch unsere Kenntnisse der Macht, sondern durch unsere Fertigkeiten mit dem Lichtschwert entschieden wird", sagte er. Er zündete seine Waffe, noch während er sprach, erneut und ließ sie in dem formalen Gruß wirbeln, den Yoda ihm vor vielleicht fünfzig Jahren beigebracht hatte.

Yoda zog sein Lichtschwert und erwiderte den Gruß. Er war zwar nicht an einem Wettbewerb interessiert, dafür aber sehr wohl daran, Count Dooku aufzuhalten. Und der ließ ihm keine andere Wahl.

Count Dooku lief los. Yoda seufzte. *Nichts er gelernt hat. An nichts er sich erinnert.* Er schloss die Augen, senkte den Kopf und spürte die Macht, die alle Dinge miteinander verband – sogar ihn selbst und Dooku. Sein Lichtschwert bewegte sich mühelos im Fluss der Macht, um den Balancepunkt zwischen den beiden Gegnern zu finden und jeden von Dookus Hieben abzublocken. Er musste nicht einmal zurückweichen.

Dookus Angriff wurde immer verzweifelter, doch es nutzte nichts. Schwer atmend wich er zurück, doch Yoda folgte ihm nicht. Es war nur wichtig, Dooku aufzuhalten. Und er würde nicht an Yoda vorbei zu seinem Solarsegler gelangen.

Count Dooku wurde noch einmal langsamer und hielt dann inne. Die Klinge seines Lichtschwerts lag auf der von Yodas. Yoda spürte, wie Dooku nach der Dunklen Seite griff, um Yodas Schwert zurückzudrücken. Doch die Dunkle Seite war nur ein leichterer Weg, kein stärkerer. Unterstützt von der Kraft der wahren Macht ließ sich Yodas Lichtschwert nicht bewegen.

„Gut gekämpft du hast, mein alter Padawan", sagte Yoda sanft. Er sagte ihm damit die Wahrheit, obwohl er wusste, dass Dooku sie nicht hören wollte. Er war niemals glücklich damit gewesen, nur *gut* gekämpft zu haben. Er musste immer *der Beste* sein. Aber dieses Mal war er es nicht.

„Das ist erst der Anfang", schnaubte Dooku.

Yoda spürte ein großes Aufbäumen in der Macht, als Count Dooku einen der Arbeitskräne aus dem Gleichgewicht riss. Die Masse aus Metall und Draht raste geradewegs auf Obi-Wan und Anakin zu. Yoda spürte, wie die beiden erschöpften, verletzten Jedi nach der Macht griffen, um den Kran aufzuhalten, doch sie hatten nicht genug Kraft. Der fallende Kran wurde langsamer, fiel jedoch noch immer hinab. Er würde sie bei der Landung mit Sicherheit zerschmettern.

Er musste nicht lange überlegen. *Zu viele Jedi haben wir heute verloren.* Yoda konzentrierte sich auf den Kran. Der blieb plötzlich mitten in der Luft stehen, als wäre er auf einem unsichtbaren Tisch gelandet. Langsam bewegte Yoda den Kran von Obi-Wan und Anakin weg zu einem leeren Teil des Hangars, wo er gefahrlos auf den Boden fallen konnte.

Hinter sich spürte er, wie die Maschinen des Solarseglers starteten und dann in der Ferne verschwanden. Count Dooku war entkommen. Doch Anakin und Obi-Wan waren noch am Leben.

Das zählte vorerst mehr.

KAPITEL 15

Count Dookus Solarsegler näherte sich vorsichtig Coruscant. Der ehemalige Jedi hatte keine Eile. Es war wichtig, nicht entdeckt zu werden – und darin hatte er genügend Erfahrung. Er war sicher, dass er zu seiner Verabredung nicht zu spät kommen würde. Er hatte reichlich Zeit eingeplant.

Das Schiff glitt durch die Warnsysteme von Coruscant, ohne sie auszulösen und segelte auf die Oberfläche des Planeten hinunter. Dooku steuerte auf einen ausgebrannten Bereich zu, der seit acht Jahren verlassen war. Er lag noch immer brach und war daher der ideale Ort, um unbemerkt nach Coruscant zu kommen und zu gehen.

Dooku flog auf eines der Gebäude zu und landete darin, außer Sichtweite. Als er die Rampe seines Schiffes senkte, sah er, dass eine verhüllte Gestalt im Schatten auf ihn wartete. *Er weiß es immer,* dachte Dooku. *Aber das sollte er auch. Deshalb ist er mein Meister.*

Dooku stieg aus seinem Schiff und ging zu der wartenden Gestalt. Er verneigte sich tief. „Die Macht ist mit uns, Meister Sidious."

Sein Meister senkte knapp den Kopf als Zeichen des Grußes. „Willkommen Zuhause, Lord Tyranus", sagte Darth Sidious mit seiner deutlichen, flüsternden Stimme. „Ich bin sehr zufrieden."

„Ich habe erfreuliche Neuigkeiten, mein Lord", sagte Dooku. Obwohl er wusste, dass jeder auf Coruscant bereits davon gehört haben musste, hatten seine Instruktionen gelautet, mit den Nachrichten hierher zu kommen – Darth Sidious fackelte nicht lange mit denen, die auch nur den kleinsten seiner Befehle missachteten. „Der Krieg hat begonnen."

„Exzellent." Sidious' trockene Stimme klang beinahe begeistert und seine Lippen – das Einzige, was unter der tiefen Kapuze von ihm zu sehen war – formten sich zu einem leichten Lächeln. „Alles läuft wie geplant."

Count Dooku erwiderte das Lächeln. *Darth Sidious plant gut und voller Voraussicht. Wir werden bald die Galaxis beherrschen.*

Bald.

Obi-Wan stand neben Mace Windu und starrte aus dem Fenster auf den großen Platz unterhalb des Jedi-Tempels. Yoda saß in der Nähe in einem der Ratssessel. Es war gut, wieder Zuhause zu sein, dachte Obi-Wan. Doch ihm schien, dass Coruscant sich irgendwie verändert hatte. Überall waren Klontruppler in ihren glatten, weißen Körperpanzern zu sehen. Der Senat war der Meinung, dass ihre Präsenz den Leuten ein Gefühl der Sicherheit gab, doch Obi-Wan erinnerten sie nur an den furchtbaren Kampf auf Geonosis und an all die Jedi, die nicht von dort zurückgekehrt waren.

Bacta-Behandlungen hatten seine und Anakins Wunden verheilen lassen, doch nicht einmal dieses mächtige Heilmittel konnte den Arm seines Jedi-Schülers anwachsen lassen. Anakin würde mit einem mechanischen Ersatz leben müssen. Er war nicht der erste Jedi, dem das widerfuhr. *Und wahrscheinlich auch nicht der letzte,* dachte Obi-Wan düster. Count Dooku war entkommen. Er würde zweifelsohne weitere Schwierigkeiten machen.

Der Gedanke daran erinnerte ihn an ein paar Dinge, die Dooku ihm gesagt hatte, und er wandte sich an Meister Windu. „Glaubt Ihr, was Count Dooku gesagt hat? Dass Sidious den Senat kontrolliert?", fragte er. „Ich habe nicht das Gefühl."

„Unzuverlässig Dooku geworden ist", sagte Yoda, bevor Mace antworten konnte. Er senkte die Stimme. „Angeschlossen der Dunklen Seite Dooku sich hat. Lügen, Verrat und Misstrauen säen jetzt seine Methoden sind."

Meister Windu erhob eine Hand. „Trotz allem sollten wir zukünftig den Senat besser im Auge behalten."

Yoda nickte. „Dem ich zustimme."

Mace Windu wandte sich wieder an Obi-Wan. „Wo ist dein Padawan-Schüler?"

„Auf dem Weg nach Naboo", sagte Obi-Wan. „Er begleitet Senatorin Amidala nach Hause." Anakin hatte ihm von Shmis Tod erzählt. Deshalb waren Padmé und er nach Tatooine gegangen, hatte er gesagt. Obi-Wan hatte später mit Padmé gesprochen. Sie hatte ihm erzählt, dass Shmi von den Tusken-Räubern entführt und getötet worden war.

Keiner von beiden war bereit gewesen, weiter ins Detail zu gehen und nach allem, was Obi-Wan über die Tusken-Räuber wusste, konnte er ihnen keinen Vorwurf machen. Wenn sie seine Mutter gefoltert und getötet hatten, war es nicht verwunderlich, dass Anakin einen verstörten Eindruck machte. Vielleicht würde Anakin eines Tages bereit sein, ihm die ganze Geschichte zu erzählen. In der Zwischenzeit schien Padmés Gegenwart Anakin aufzuheitern und es würde gut für ihn sein, wenn er ein paar Tage auf einem schönen Planeten wie Naboo verbringen konnte. Vielleicht lenkte es ihn von dem grauenhaften Tod seiner Mutter und dem Kampf auf Geonosis ab.

Sie hatten so viele Jedi verloren. Zweihundert waren nach Geonosis gegangen; gerade einmal zwanzig waren zurückgekehrt. Und doch hatten sie gewonnen. „Ich muss zugeben, dass wir ohne die Klone den Sieg nicht davongetragen hätten", sagte Obi-Wan.

„Den Sieg?" Yoda setzte sich ärgerlich in seinem Stuhl auf. „Gesiegt du sagst?"

Obi-Wan drehte sich um. Yoda sah sich in dem beinahe leeren Ratssaal um und ließ traurig die Ohren hängen.

„Meister Obi-Wan, dies war kein Sieg", sagte er leise. „Erst begonnen der Angriff der Klonkrieger hat."

Die Worte hallten in Obi-Wans Kopf nach. Er schloss die Augen und erinnerte sich an die endlosen Reihen von Klonen auf Kamino. Die waren jetzt auf Coruscant – zehntausende von ihnen, die an Bord von Angriffsschiffen der Republik gingen, die sie wiederum zum Kampf auf die Separatistenwelten brachten. Es gab viel mehr dieser Klontruppler, als es Jedi gab und die Kaminoaner hatten noch weitere Millionen in Produktion. *Man braucht mehr Wesen, um einen Krieg zu kämpfen, als man für die Aufrechterhaltung des Friedens braucht*, dachte Obi-Wan düster und bemerkte, dass Yoda Recht hatte. Der Krieg hatte gerade erst begonnen.

Falls Padmé jemals über ihre Hochzeit nachgedacht hatte, dann hatte sie sich eine feierliche Zeremonie mit ihrer Familie und ihren Freunden als Zeugen vorgestellt. Sie hatte niemals, auch nicht in ihren wildesten Träumen, daran gedacht, dass sie heimlich auf einer abgeschiedenen Insel heiraten würde, mit nur zwei Droiden als Zeugen für den Segen des Heiligen Mannes. Doch sie war hier und konnte sich keinen besseren Ort vorstellen, um Anakin zu heiraten, als den Balkon dieses Anwesens am See, wo sie ihre Liebe zu ihm entdeckt hatte. Die Rosen im Garten unten waren verblüht und warfen bei der geringsten Brise ihre Blütenblätter ab. Die welkenden Blumen erfüllten die Luft mit ihrem Duft.

Anakin schien ernst, beinahe traurig, als sie ihre Hochzeitsgelübde austauschten und einen Moment fragte sich Padmé, ob sie das Richtige taten. Doch jetzt war es zu spät, um es sich noch einmal anders zu überlegen. Die Gelübde waren ausgesprochen.

Der Heilige Mann segnete sie und Anakin drehte sich zu ihr, um sie anzulächeln. Padmé lächelte zurück und versuchte, ihre Zweifel zu verdrängen. Er legte seine Hand auf ihre Schulter – seine rechte Hand, die jetzt nur noch eine mechanische Imitation eines richtigen Armes war. Bildete sie es sich nur ein, oder fühlten sich die Drähte und das Metall allzu kühl an ihrem Hals an?

Anakins blaue Augen wurden traurig und sein Lächeln wurde etwas schwächer. Spürte er die Zweifel, die sie zu verbergen versuchte, oder sah sie in seinen Augen nur seine eigene Unsicherheit? *Es würde uns zerstören,* hatte er gesagt und dabei so sicher geklungen als wüsste er es. Doch er hatte so viel verloren. Das sollte er nicht auch noch verlieren. *Es nicht zu tun, würde uns ebenso vernichten,* dachte Padmé. *Wir werden es gemeinsam schaffen. Irgendwie.*

Dann beugte sich Anakin zu ihr hinunter und küsste sie. Sie hatte keine Zweifel mehr. Es gab nur noch Anakin und den Duft der Rosen im Garten.

STAR WARS™

EPISODE III

DIE RACHE DER SITH™

Patricia C. Wrede

Basierend auf der Story
und dem Original-Drehbuch
von George Lucas

PANINI BOOKS

Deutsche Erstausgabe erschienen April 2005 bei Panini Verlags GmbH, Rotebühlstraße 87, 70178 Stuttgart. Alle Rechte vorbehalten.

© 2005, 2008 Lucasfilm Ltd. & ™. All rights reserved.
Used under authorization.
Titel der amerikanischen Originalausgabe: „Patricia C. Wrede: *Star Wars:* Episode III *Revenge of the Sith*".

No similarity between any of the names, characters, persons and/or institutions in this publication and those of any pre-existing person or institution is intended and any similarity which may exist is purely coincidental. No portion of this publication may be reproduced, by any means, without the express written permission of the copyright holder(s).

Übersetzung: Dominik Kuhn
Lektorat: Inken Bohn
Redaktion: Mathias Ulinski, Holger Wiest
Chefredaktion: Jo Löffler
Umschlaggestaltung: tab indivisuell, Stuttgart
basierend auf dem US-Cover Design von Louise Bova und Lucasfilm
Satz: Greiner & Reichel, Köln

www.paninicomics.de
www.starwars.com

PROLOG

Es war einmal vor langer Zeit in einer weit, weit entfernten Galaxis …

Die Republik befand sich im Krieg. Zweitausend Jahre lang hatten die Jedi den Frieden gewahrt, doch dieses Mal hatten nicht einmal ihre herausragenden Fähigkeiten den Zwist verhindern können. Die Separatistenbewegung hatte sich unter der Führung des ehemaligen Jedi Count Dooku von der Galaktischen Republik abgespalten. Während einer Mission der Jedi auf dem Planeten Geonosis war Krieg ausgebrochen, und viele der Jedi hatten ihr Leben gelassen. Jedi-Meister Yoda war unerwartet mit Klontruppen erschienen – rechtzeitig, um diese erste Schlacht für die Republik zu entscheiden, doch zu spät, um den Krieg noch aufhalten zu können.

Zunächst waren viele in der Republik zuversichtlich gewesen, dass die Klontruppen den Krieg schnell beenden würden. Doch auf der Seite der Separatisten stand die Handelsföderation mit ihrer riesigen Droiden-Armee, und trotz der Möglichkeiten der Klonmeister, das Wachstum zu beschleunigen, dauerte die Fertigstellung eines Klons länger als die eines Kampf-Droiden. Der Klonkrieg tobte also weiter und griff auf viele Systeme über.

Nur die Jedi überraschte das nicht. Denn auf Geonosis hatten Obi-Wan Kenobi und sein Padawan-Schüler Anakin Skywalker erfahren, dass Count Dooku zur Dunklen Seite der Macht übergetreten war. Und dass die Dunkle Seite im Laufe der letzten Jahre immer mehr an Stärke gewonnen hatte. Die Jedi wussten, dass die Separatisten weder schnell noch einfach zu besiegen sein würden, da sie von einem Dunklen Lord der Sith angeführt wurden.

Anakin Skywalker und Obi-Wan Kenobi hatten sich sofort in den Kampf begeben, nachdem sie ihre in der Schlacht gegen Count Dooku erlittenen Verletzungen auskuriert hatten.

Gemeinsam waren sie zu Helden der Republik geworden, die die Klontruppen manchmal in heftige Kämpfe und manchmal in geheime, gewagte Feldzüge geführt hatten. Wegen ihres Einsatzes war Anakin Skywalker zum Jedi-Ritter ernannt worden und Obi-Wan Kenobi hatte einen Sitz im Rat der Jedi erhalten. Außerdem wurde ihm der Titel eines Jedi-Meisters verliehen.

Niemand – nicht einmal einer der Jedi – wusste, dass eine von Anakins Triebfedern die Sehnsucht war, wieder auf Coruscant zu sein, dem Sitz des Galaktischen Senats. In Missachtung der Regeln des Jedi-Ordens hatte er heimlich die Senatorin Padmé Amidala geheiratet, die vorwiegend im Senat arbeitete.

Als sich die Kämpfe auf die Welten im Outer Rim ausgedehnt hatten, waren auch die Gelegenheiten weniger geworden, in denen sich Anakin zu seiner Frau davonstehlen konnte.

Und dann hatten die Separatisten einen lähmenden Schlag gegen das Herz der Republik geführt. Eine Flotte von Schiffen unter dem Kommando des gefürchteten Separatisten General Grievous hatte es geschafft, sich den Weg durch die äußeren Verteidigungslinien von Coruscant zu bahnen und einen direkten Angriff zu fliegen. In den Wirren hatten die Separatisten den Obersten Kanzler Palpatine, den gewählten Führer der Republik, gefangen genommen.

Doch Coruscant war nicht nur das Herz der Regierung und des Galaktischen Senats. Es war auch die Heimat des Jedi-Tempels. Als die Attacke der Separatisten begonnen hatte, war eine Nachricht hinaus zum Outer Rim geschickt worden, mit der die besten Krieger der Jedi zurückbeordert wurden. Und bevor die Separatisten mit dem Obersten Kanzler aus dem Coruscant-System fliehen konnten, waren sie einem erbitterten Gegenangriff ausgesetzt. Welle um Welle von Klon-Raumjägern, angeführt von Obi-Wan und Anakin, drang auf ihre Schiffe ein …

KAPITEL 1

Laserstrahlen blitzten im Weltraum um Obi-Wans Jedi-Interceptor auf, als seine Finger über die Bedienelemente tanzten. Der kleine Raumjäger schien ebenfalls zu tanzen, als er den Schüssen auswich. *Der Weltraum sollte doch eigentlich leer sein*, dachte Obi-Wan, als er sich durch den Schwarm von Tri-Droiden-Jägern schlängelte.

Dabei war der Weltraum um Coruscant noch nie leer gewesen. Der Hauptplanet der Galaktischen Republik zog jeden Tag Tausende von Schiffen an, die Diplomaten und Senatoren, Touristen und Flüchtlinge, Nahrungsmittel und Waren aus fremden, fernen Sternensystemen brachten. Doch die Schiffe, die jetzt den Himmel erfüllten, waren Raumjäger, Kreuzer und Kampfschiffe und keine Frachter oder Transporter.

Wenigstens gehören ein paar davon zu uns, dachte Obi-Wan. Sein Schiff erbebte, als ein Droiden-Jäger etwas zu dicht neben ihm explodierte. Anakin hatte einen Treffer gelandet. Obi-Wan verzog das Gesicht. Er mochte diese Art zu fliegen nicht – nicht so wie sein ehemaliger Schüler. „Fliegen ist etwas für Droiden", murmelte er.

Als sich der Feuerball aufgelöst hatte, sah Obi-Wan eine Bewegung vor dem sternenübersäten Luftraum. „Vorsicht", sagte er in sein Comm-System. „Vier Droiden im Anflug."

Noch während er sprach, flog er einen Bogen, um den angreifenden Tri-Jägern auszuweichen. Anakins Interceptor folgte an seiner Seite der Bewegung in perfektem Einklang. Sie flogen seitlich um die Droiden-Formation herum und schossen unerwartet nah an die beiden nächsten Schiffe heran. Ein Droide sah sie und folgte ihnen, doch das Schiff dahinter behielt seinen ursprünglichen Kurs bei, sodass die beiden Raumjäger kollidierten.

Zwei ausgeschaltet, noch zwei da. Doch die verbliebenen Droiden würden nicht auf denselben Trick hereinfallen. „Wir müssen sie auseinander bringen!“, sagte er in seinen Comlink.

„Nach links ausbrechen“, erklang Anakins Stimme in seinem Ohr. „Fliegt zwischen den Kanonen an diesem Geschützturm hindurch.“

„Du hast gut reden“, brummte Obi-Wan, als er seinen Jäger auf die Geschütztürme des nächsten Kreuzers zu steuerte. „Weshalb bin ich immer der Köder?“

„Keine Sorge“, sagte Anakin beruhigend. „Ich bin hinter Euch.“

Obi-Wan hätte geschnaubt, doch er war zu sehr damit beschäftigt, seinen Jäger zu steuern. So nahe an einem großen Raumschiff zu fliegen, war eine knifflige Sache, selbst mit Hilfe der Macht. Die Droiden hatten damit weniger Probleme. Beide Schiffe waren ihm auf den Fersen und holten schnell auf.

Laserfeuer blitzte auf und verfehlte den Jedi-Jäger nur knapp. „Anakin, sie haben mich in der Zange!“, beschwerte sich Obi-Wan.

„Immer geradeaus!“, sagte Anakins Stimme zufrieden. „Fliegt etwas nach links, damit ich ein freies Schussfeld habe. Ich komme näher … Nimm ihn ins Visier, Artoo!“

Obi-Wan hörte im Hintergrund ein leises Piepen von Anakins Astromech-Droiden R2-D2. Einen Augenblick später explodierte einer der Tri-Jäger hinter ihm. Obi-Wan wäre allerdings glücklicher gewesen, wenn der zweite Jäger das Feuer eingestellt hätte. Außerdem schoss er sich immer besser auf Obi-Wan ein. Das war die Schwierigkeit mit Droiden: Man konnte sie nicht ablenken. „Mir gehen langsam die Tricks aus", sagte Obi-Wan zu Anakin.

Der Kreuzer fiel hinter ihnen zurück. Hier draußen im All saß Obi-Wan praktisch auf dem Präsentierteller. Er brauchte etwas, wohinter er sich verstecken konnte. Vor ihm schwebte ein Kampfschiff der Separatisten im Raum. Das war vielleicht nicht die beste aller Ideen, aber im Augenblick die einzige. „Ich fliege zum Deck hinunter", sagte er zu Anakin. Dann riss er seinen Jäger zur Seite und wich so nur knapp einer zweiten Salve von Laserfeuer aus.

„Gute Idee." Anakin klang begeistert. „Ich brauche Platz zum Manövrieren."

Wie bitte? Ist der Weltraum nicht groß genug? Doch Obi-Wan war einmal mehr zu beschäftigt, um zu sprechen – er schoss auf der Oberfläche eines großen Raumschiffs entlang. Und dieses schoss auch noch auf ihn, ganz abgesehen von dem Droiden-Jäger, der ihm im Nacken hing. *Vielleicht war das doch keine solch gute Idee*, dachte er, als er Schüssen auswich, die aus allen Richtungen kamen.

„Scharf nach rechts!", sagte Anakin, und zum ersten Mal klang seine Stimme etwas angespannt. „Hört Ihr mich? Nach rechts! Lasst nicht zu, dass er Euch festnagelt!" Das Comm-System knisterte, doch die Übertragung brach nicht ab. „Los, Artoo, nimm ihn ins Visier!", sagte Anakin. „Anvisieren!"

„Beeilung!“, sagte Obi-Wan. „Mir gefällt das nicht.“ Ein Laserstrahl traf eine seiner Tragflächen. Das Schiff bäumte sich auf und drehte sich. Obi-Wans Hand zuckte von einer Steuerungseinheit zur nächsten. Sein Astromech-Droide piepte eifrig hinter ihm. „Versuch nicht einmal, es zu reparieren, Arfour“, sagte Obi-Wan zu dem Droiden. „Ich habe es abgeschaltet.“ Jetzt würde es noch schwieriger werden, den Droiden auszuweichen. Wenn Anakin sich nicht beeilte …

Anakin schien Obi-Wans Gedanken gehört zu haben. „Wir haben ihn im Fadenkreuz“, sagte er. „Wir haben ihn.“ Einen Augenblick später explodierte der Tri-Jäger. „Gut gemacht, Artoo!“

Obi-Wan stieß einen leisen Seufzer der Erleichterung aus. „Das nächste Mal bist *du* der Köder“, sagte er zu Anakin. Er konnte sich das Grinsen seines ehemaligen Padawans vorstellen und fügte deshalb mit fester Stimme hinzu: „Jetzt lass uns das Kommandoschiff finden und die Sache zu Ende bringen.“

„Genau vor uns“, gab Anakin zurück. „Das eine, das vor Vulture-Droiden-Jägern nur so wimmelt.“

„Ich sehe sie.“ Es war schwer, sie *nicht* zu sehen. Tausende der breiten, flachen Gebilde kauerten bedrohlich hinter dem blauen Kraftfeld, das den offenen Hangar abschirmte. „Oh, das dürfte einfach werden“, sagte Obi-Wan voller Sarkasmus.

„Kommt schon, Meister“, sagte Anakin. „Jetzt wird es erst richtig lustig!“

Obi-Wan schüttelte den Kopf, obwohl Anakin ihn natürlich nicht sehen konnte. Sie waren schon ähnliche Risiken eingegangen und hatten gewonnen – aber nur knapp. Wäre dies ein normaler Kampf gewesen, hätte sich Obi-Wan Anakin angeschlossen. *Wenn auch nicht mit Freuden.* Aber jetzt konnte jeder Fehler das Leben des Kanzlers kosten. „Nicht dieses Mal“, sagte Obi-Wan. „Es steht zu viel auf dem Spiel. Wir brauchen Hilfe.“ Er änderte die Einstellungen seines Kommunikators und rief die nächste Schwadron Klonjäger.

Einen Augenblick später war er froh, dass er es getan hatte. Die Droiden flogen los und erhoben sich als dunkle Wolke aus dem Hangar. Sie kamen geradewegs auf Anakin und Obi-Wan zu.

Die aus ARC-170-Jägern bestehende Schwadron der Klone ging hinter ihnen in Formation. Obi-Wan konnte gerade noch ihre Ankunft zur Kenntnis nehmen, da waren die Separatisten-Droiden schon herangekommen. Er schoss einen von ihnen ab und flog einen Bogen zurück zu Anakin. Doch hinter dem Kreuzer tauchten noch mehr Jäger auf.

Obi-Wan schoss auf einen der Droiden, wich einer Reihe von Laserschüssen von zwei anderen aus und gab eine Warnung durch. „Anakin, dir hängen vier im Genick!“

„Ich weiß, ich weiß.“

„Und vier weitere nähern sich von deiner Linken.“

„Ich weiß, ich weiß!“ Anakins Schiff kippte wie wild von einer Seite zur anderen und wich dem Laserfeuer aus. „Ich werde sie durch das Nadelöhr locken.“

Obi-Wan warf einen Blick auf das Kampfschiff der Handelsföderation. Am Ende eines langen Grabens stand ein Kommandoturm auf zwei Metallstreben, zwischen denen nur ein schmaler Spalt frei war. Anakin hatte Recht: Die Droiden-Jäger würden es niemals hindurch schaffen. Selbst ein Jedi könnte gegen eine der Streben fliegen, wenn er nicht vollkommen konzentriert wäre. „Zu gefährlich“, sagte er. „Erste Jedi-Regel: überleben.“

Die nächste Lasersalve brach über Anakins Schiff herein. „Tut mir Leid, ich habe keine andere Wahl", sagte er. Sein Jäger hüpfte und zitterte. „Kommt hier herunter und dünnt sie etwas aus."

Obi-Wan schüttelte wieder den Kopf, doch er stürzte sich auf die acht Vulture-Droiden-Jäger, als Anakins Jäger den Graben entlang auf den viel zu schmalen Spalt zu schoss.

Das Laserfeuer kam praktisch ununterbrochen. *Wo ist Obi-Wan?*, dachte Anakin, als er mit seinem Schiff Bogen und Sprünge flog. Irgendwo hinter sich spürte er eine größere Explosion und warf einen Blick auf seinen hinteren Monitor. Einige der Droiden waren in einem großen Feuerball verschwunden. Gut. *Wenn mir der Rest jetzt nur folgt ...*

Das ‚Nadelöhr' kam immer näher. R2-D2 piepte nervös. „Ruhig, Artoo", sagte Anakin. „Das machen wir nicht zum ersten Mal."

„Nutze die Macht", sagte Obi-Wans Stimme in seinem Comlink. „Erfühle deinen Weg. Das Schiff wird dir folgen."

Als ob ich das nicht schon längst wüsste. Es nervte Anakin, wenn sein ehemaliger Meister ihn behandelte, als wäre er noch immer ein Padawan. Dabei war er ein Jedi-Ritter, genauso gut wie Obi-Wan. *Oder besser.* Doch er hatte jetzt keine Zeit, sich über Obi-Wan aufzuregen – nicht jetzt, da der Kommandoturm direkt vor ihm lag.

R2-D2 kreischte panisch, als Anakin das Schiff zur Seite kippte, um es gerade noch rechtzeitig durch den Spalt zu bringen. „Ich bin durch!", teilte er Obi-Wan mit.

Er zog hoch, entfernte sich von dem Kampfschiff und sah, wie Obi-Wans Jäger die letzten beiden der Vulture-Droiden-

Jäger in den Feuerball trieb, der um die Stützen des Kommandoturms loderte. *Sie haben versucht, mir zu folgen und nicht getroffen*, dachte Anakin zufrieden.

Obi-Wan zog noch weit vor dem Turm nach oben, und dann flogen die beiden Jedi-Interceptoren Seite an Seite. Die Raumjäger der Klone tanzten um sie herum im All ihren tödlichen Tanz mit der riesigen Wolke aus Vulture-Droiden-Jägern und schossen aus allen Rohren. Doch die Klone waren bei weitem in der Unterzahl.

„Ich werde ihnen helfen!", sagte Anakin und wendete seinen Jäger.

„Nein!", sagte Obi-Wan entschlossen. „Sie machen ihre Arbeit, damit wir unsere machen können. Mach dich auf den Weg zum Kommandoschiff!"

Anakin fügte sich. Er war wieder genervt, dieses Mal allerdings eher über sich selbst als wegen Obi-Wan. Er hatte tatsächlich einen Augenblick vergessen, dass es unwichtig war, die Schlacht zu gewinnen – wenn das Kommandoschiff entkommen würde, in dem der Oberste Kanzler Palpatine gefangen war.

Genau vor ihnen tauchten zwei Droiden-Tri-Jäger auf und schossen ihre Raketen ab. Anakin warnte Obi-Wan über das Comm-System, als er sein eigenes Schiff scharf nach rechts zog. Zwei Raketen folgten ihm. *Mal sehen, ob sie das auch können*, dachte Anakin und flog ein enges Looping. Die Raketen kollidierten miteinander und explodierten. Anakin suchte Obi-Wan, als dessen Stimme aus dem Kommunikator drang. „Ich wurde getroffen!"

Anakin blieb beinahe das Herz stehen. Verzweifelt flog er zu Obi-Wans Schiff. Es sah intakt aus – bis er die Buzz-Droiden sah, die wie Spinnen über die Oberfläche von Obi-Wans Schiff krabbelten, Löcher in die Außenhaut bohrten und die Verkabelung herausrissen. Wenn sie so weitermachen würden, hätten sie den Jäger in wenigen Minuten komplett zerstört.

Eine unnatürliche Ruhe überkam Anakin. „Buzz-Droiden", sagte er zu Obi-Wan. „Ich sehe sie."

Einen Moment herrschte Stille, als Obi-Wan diese Information verarbeitete. Dann war seine Stimme wieder zu hören. Obi-Wan klang kühl, beinahe resigniert. „Verschwinde hier, Anakin. Du kannst nichts mehr tun."

Ich werde mir etwas einfallen lassen. „Ich lasse Euch nicht zurück, Meister", sagte Anakin.

„Die Mission, Anakin", erinnerte Obi-Wan ihn sanft, so als würde er einem ungeduldigen Padawan eine besonders schwierige Lektion beibringen. „Flieg zum Kommandoschiff. Befreie den Kanzler."

Anakin zögerte. Kanzler Palpatine war nicht nur das Oberhaupt der Republik, er war auch Anakins Freund und Ratgeber. Seine sanfte Weisheit hatte ihm oft geholfen. Nur Padmé wusste mehr über Anakins geheime Gefühle. Doch Obi-Wan war seit seinem neunten Lebensjahr sein Lehrer und Begleiter gewesen. Er war der Vater, den Anakin nie gehabt hatte, der Bruder, den Anakin sich immer gewünscht hatte, und der Partner, der Anakins Leben so oft gerettet hatte, dass er es gar nicht mehr zählen konnte. Und auch er hatte Obi-Wan viele Male das Leben gerettet. Anakin schob das Kinn vor. „Nicht ohne Euch."

„Sie setzen meine Steuerung außer Betrieb", sagte Obi-Wan.

Anakin schluckte. Die Buzz-Droiden hatten bereits Obi-

Wans Astromech-Droiden zerlegt, damit er nichts mehr reparieren konnte. Ohne Steuerung würde Obi-Wan ziellos durchs All torkeln. Und selbst wenn sein Lebenserhaltungssystem noch funktionierte, würde es schwierig werden, ihn zu finden, bevor ihm die Luft zum Atmen ausging. Und die Buzz-Droiden würden nicht bei der Steuerung Halt machen. Sie würden sich als Nächstes über das Lebenserhaltungssystem hermachen.

Nein! Anakin flog von der Seite kommend an Obi-Wans Schiff heran und schoss. Der Schuss ließ ein paar Buzz-Droiden in Rauch aufgehen … und einen Teil von Obi-Wans linker Tragfläche.

„Das bringt nichts“, sagte Obi-Wan.

„Einverstanden, schlechte Idee“, gab Anakin zu. *Aber ich muss etwas unternehmen! Was bleibt mir noch?* „Nach rechts. Langsam …“ Er schob sein Schiff näher an Obi-Wans Jäger heran. Immer näher …

„Warte!“, stieß Obi-Wan protestierend hervor. „Du wirst uns noch beide umbringen!“ Er klang so, als würde er sich mehr Sorgen um das machen, was Anakin gerade tat, und weniger um die Buzz-Droiden.

Anakin ignorierte ihn. Obi-Wan war immer dagegen, wenn Anakin etwas Kniffliges ausprobieren wollte. Doch so lange er sein Schiff ruhig hielt und Anakin damit ein stetes Ziel bot, konnte er sich beschweren, so lange er wollte. Anakin näherte sich vorsichtig. Mit seiner Tragfläche schabte er weitere Buzz-Droiden ab, doch trotz seiner Vorsicht entstanden an beiden Schiffen Beulen, und einer der beiden verbleibenden Buzz-Droiden rannte an seiner Tragfläche hoch. *Das darf ich nicht noch einmal versuchen.*

R2-D2 piepte wütend hinter ihm. *Artoo schafft das*, dachte

Anakin. *Vielleicht kann er sogar beide erledigen!* „Los, hol sie dir, Artoo!", sagte er.

„Nimm dir die Augen vor", sagte Obi-Wan. Anakin hörte einen Knall, und eine Sekunde später rutschte der Buzz-Droide die Tragfläche hinunter und verschwand torkelnd im All. *Einer weniger.*

Rauch drang aus der Schnauze von Obi-Wans Schiff. Anakin ging noch näher heran, damit Artoo den letzten Buzz-Droiden erreichen konnte. „Schieß ihn ab!", sagte Obi-Wan. „Meine Steuerung ist zerstört."

Er kann den Jäger immer noch lenken, dachte Anakin. Doch ohne die restliche Steuerung war Obi-Wans Schiff nichts weiter als eine Zielscheibe für die Vulture-Droiden-Jäger. Anakin suchte verzweifelt einen Ort, an dem sie sich verstecken konnten. Dann sah er das Kommandoschiff der Handelsföderation vor ihnen im Raum schweben.

Oh, großartig. Das ist genau, was wir jetzt brauchen ... Moment mal ... es ist wirklich genau, was wir brauchen! „Bleibt an meiner Seite", sagte er zu Obi-Wan. „Das Kommandoschiff des Generals liegt genau vor uns."

Mehrere zufriedene Pfiffe von R2-D2 verkündeten, dass der letzte Buzz-Droide ausgeschaltet war. Der Rauch vor Obi-Wans Jäger begann sich zu lichten. Einen Augenblick später beschwerte sich Obi-Wan. „Anakin, wir werden kollidieren!"

Anakin lächelte. Manchmal war sein ehemaliger Meister so durchschaubar. „Genau darum geht es. Auf zum Hangar."

Das Kommandoschiff lauerte vor ihnen im Weltraum. „Ist dir aufgefallen, dass die Schilde hochgefahren sind?", fragte Obi-Wan.

Uuuups! „Tut mir Leid, Meister." Anakin flog schnell voraus, um den Schildgenerator auszuschalten, bevor Obi-Wans rapide zerfallender Jäger gegen den Schild raste. Einen Augenblick später flogen die beiden Jedi-Interceptoren in den Hangar des Kommandoschiffs hinein. Hinter ihnen schlossen sich die riesigen, schweren Schotte. Obi-Wans Schiff schlug am anderen Ende des Hangars auf, als aus allen Richtungen Kampf-Droiden herbeirannten.

KAPITEL 2

Kaum hatte sein Raumjäger auf dem Hangardeck aufgeschlagen, da hatte Obi-Wan bereits sein Lichtschwert gezündet. Er schnitt in einer fließenden Bewegung ein Loch in das Dach des Cockpits und sprang hinaus. Sekunden später explodierte das zerstörte Schiff.

Kampf-Droiden schossen auf Obi-Wan, als er landete, doch er lenkte die Laserblitze zurück auf die Maschinen. Er spürte mehr als das er sah, wie Anakin landete und zu ihm lief. Gemeinsam räumten sie das Hangardeck von Droiden frei.

Als der letzte Kampf-Droide zu Boden sackte, deaktivierte Obi-Wan sein Lichtschwert und warf seinem ehemaligen Padawan einen Blick zu. Er wusste, dass er Anakin für das risikoreiche Manöver während der Schlacht mit den Buzz-Droiden zurechtweisen sollte. Er hatte ihre Mission aufs Spiel gesetzt – und das Leben des Kanzlers – wegen seiner persönlichen Gefühle. Doch wäre Anakin diese Risiken nicht eingegangen, so wäre Obi-Wan jetzt höchstwahrscheinlich tot. Obi-Wan runzelte die Stirn. *Er muss noch immer viel lernen*, dachte er. *Aber das muss ich auch.*

R2-D2 rollte zu ihnen. „Zapf die Schiffscomputer an", sagte Anakin zu dem Droiden. R2-D2 piepte und rollte zu einem Wandanschluss. Bald wussten sie, wo sich der Kanzler aufhielt – in den eleganten Räumen in der Spitze des Schiffsturms.

Anakin zog die Augenbrauen zusammen. „Ich spüre Count Dooku."

Das überrascht mich nicht, dachte Obi-Wan. Der abtrünnige Jedi hatte sie beide auf Geonosis geschlagen. Ihm hatte Anakin zu verdanken, dass seine rechte Hand jetzt nur noch ein mechanisches Skelett anstatt ein Körperteil aus Fleisch und Blut war. Nur die rechtzeitige Ankunft von Meister Yoda hatte ihnen das Leben gerettet. Wer außer Dooku würde die Separatisten auf einer solch wichtigen Mission anführen? Und dieses Mal war Meister Yoda anderswo beschäftigt. „Ich spüre eine Falle."

„Und was jetzt?", fragte Anakin mit einem Blick zu Obi-Wan.

Obi-Wan lächelte. „Die Falle zuschnappen lassen."

Anakin grinste und nickte. Sie ließen R2-D2 im Hangar zurück und gingen tiefer in das Schiff hinein. Ein paar Mal wurden sie von Kampf-Droiden aufgehalten, die es mit den Jedi allerdings nicht aufnehmen konnten. So erreichten sie schon nach kurzer Zeit den Aufzug zu den Gemächern des Generals. Als sich die Türen öffneten, sah sich Obi-Wan vorsichtig um, doch es war nirgendwo eine Spur von Droiden zu sehen. Und doch war hier irgendetwas nicht in Ordnung. Und es war noch jemand anderes zugegen. „Er ist in der Nähe", sagte Obi-Wan zu Anakin.

„Der Kanzler?"

„Count Dooku."

Die beiden Jedi traten vorsichtig aus dem Aufzug in die Räumlichkeiten des Generals. Der Hauptraum war riesig, aber bis auf einen Stuhl am anderen Ende leer. An den Stuhl war der Oberste Kanzler Palpatine gefesselt.

Er scheint unverletzt zu sein, dachte Obi-Wan, als sie weitergingen. *Aber er ist nicht glücklich. Na ja, wer wäre das schon unter diesen Umständen?*

„Ist alles in Ordnung?", fragte Anakin, als sie zum Kanzler traten.

„Anakin", sagte Palpatine leise. „Droiden." Er machte eine kleine Geste mit den Fingern – das war alles, was er mit seinen Fesseln zustande brachte.

Anakin und Obi-Wan drehten sich gleichzeitig um. Vier Super-Kampf-Droiden waren hinter ihnen hereingekommen. Anakin lächelte. „Keine Sorge, Kanzler. Droiden sind kein Problem."

Nicht übermütig werden, junger Padawan, hätte Obi-Wan beinahe gesagt, doch er konnte Anakin nicht vor dem Kanzler zurechtweisen. Vor allem deshalb nicht, weil es Anakin für den Kampf nur noch mehr anstacheln würde. Und da war ja immer noch …

Obi-Wan konnte den Gedanken nicht zu Ende denken, denn er spürte, wie sein Blick automatisch nach oben gezogen wurde.

Hochgewachsen, elegant und voller Anmut trat Count Dooku auf den Balkon. Sein Gesicht zeigte das gleiche leicht amüsierte Lächeln, an das sich Obi-Wan noch so lebhaft von der letzten Begegnung erinnern konnte.

„Dieses Mal gehen wir gemeinsam vor", sagte Obi-Wan leise zu Anakin. Er hoffte, dass sich sein ehemaliger Padawan es nicht anders überlegte. Sie durften sich keine Niederlage erlauben.

Zu seiner Überraschung deutete Anakin ein Nicken an. „Ich wollte es grade sagen."

Vielleicht hat er doch mehr gelernt, als ich dachte. Obi-Wan verlagerte seinen Schwerpunkt und wartete darauf, was als Nächstes passierte.

„Holt Hilfe!", drängte Palpatine von hinten. „Ihr könnt es nicht mit ihm aufnehmen. Er ist ein Sith-Lord."

Und woher, Kanzler, glaubt Ihr, sollten wir Hilfe holen? Obi-Wan lächelte Palpatine aufmunternd an. „Oberster Kanzler, Sith-Lords sind unsere Spezialität."

Als Obi-Wan und Anakin ihre Lichtschwerter zündeten, sprang Count Dooku von dem Balkon herunter. Er landete leichtfüßig, und Obi-Wan konnte die Aura der Dunklen Seite um ihn herum spüren. „Eure Schwerter bitte, Jedi-Meister. Lasst uns aus dieser Sache vor dem Kanzler kein Gemetzel machen."

Obi-Wan und Anakin ignorierten ihn. Sie schoben sich mit erhobenen Lichtschwertern näher an ihren Gegner heran. Als Dookus Hand zu seinem eigenen Lichtschwert wanderte, griffen sie an. Dooku lächelte sie spöttisch an. „Verlasst Euch nicht darauf, dass Ihr im Vorteil seid, nur weil Ihr zu zweit seid", sagte er.

Count Dooku hatte seinen Ruf als Meister des alten Lichtschwert-Kampfstils wahrhaft verdient. Obwohl Anakin und Obi-Wan gleichzeitig auf ihn eindrangen, schien er vollkommen entspannt zu sein. Die Jedi wandten jeden Trick an, den sie kannten; sie sprangen weg und schlugen unerwartet aus unterschiedlichen Richtungen zu. Doch Dooku wehrte alle Hiebe mit Leichtigkeit ab. *Wenigstens hat er genauso wenig Chancen, uns zu treffen, wie wir ihn,* dachte Obi-Wan. *Das ist im Vergleich zum letzten Zusammentreffen doch ein riesiger Fortschritt.*

Anakin schien genau dasselbe zu denken. „Meine Fähigkeiten haben sich seit unserem letzten Treffen verdoppelt, Count Dooku", sagte er in einer kurzen Pause des wilden Gefechts und lächelte Dooku an.

Nicht, Anakin, dachte Obi-Wan. *Stachel ihn nicht an.* Hass war für die Dunkle Seite nichts als Nahrung. Sie konnten es nicht brauchen, dass Dookus Kräfte noch größer wurden, als sie es ohnehin schon waren.

„Gut", sagte Dooku leise. „Hochmut kommt vor dem Fall. Darauf habe ich mich gefreut, Skywalker."

Obwohl Dooku so selbstsicher klang, drängten die beiden Jedi ihn Stück für Stück zurück. Als die Super-Droiden sich ihnen in den Weg stellten, schlugen sie sie nieder. Irgendwann erreichten sie die Treppe zum Balkon. Als Dooku die ersten Stufen nahm, zog sich Obi-Wan aus dem Kampf zurück und lief zur zweiten Treppe, um ihn von hinten anzugreifen. Auf dem Weg nach oben mähte er zwei der Super-Kampf-Droiden nieder.

Er kann nicht in zwei Richtungen gleichzeitig kämpfen, dachte Obi-Wan, als er hinter Dooku ankam. *Wenn wir ihn nur …*

Count Dooku drehte sich halb um und erhob eine Hand. Obi-Wan wurde von einer Welle dunkler Kräfte von den Füßen gerissen. Die Luft wurde ihm aus den Lungen gepresst. Er griff nach der Macht, um sich gegen Dooku zur Wehr zu setzen, doch der Angriff war zu plötzlich gekommen. Er sah, wie Dooku sich umdrehte und Anakin mit voller Wucht einen Tritt versetzte. Anakin fiel hin, und Obi-Wan wurde von Dooku mit Hilfe der Macht über das Geländer des Balkons geschleudert.

Obi-Wan schlug hart auf und blieb halb betäubt liegen. Wie aus der Ferne spürte er ein Aufbäumen der Dunklen Seite, und dann stürzte ein großes Stück des Balkons auf ihn herab.

Jetzt liegt alles an dir, Anakin. Das war sein letzter Gedanke, bevor er das Bewusstsein verlor.

Als der Balkon über Obi-Wan zusammenbrach, machte Anakin einen Satz auf Dooku zu, beförderte ihn mit einem Tritt über das Geländer und sprang hinterher. Er wollte zu dem Trümmerhaufen laufen, unter dem Obi-Wan begraben war, doch er wusste, dass er das nicht tun konnte. *Es liegt jetzt alles an mir. Ich darf Dooku nicht einmal die kleinste Gelegenheit bieten.* Er versuchte, sich auf Dooku zu konzentrieren, doch seine Angst um Obi-Wan war nur schwer zu ignorieren.

Dooku lächelte und gab Anakins Gedanken wieder. „Ich spüre große Angst in dir, Skywalker." Er schüttelte den Kopf, so als wäre Anakin ein besonders begriffsstutziger Schüler. „Du bist stark und du trägst Hass in dir – aber du benutzt ihn nicht."

Und das werde ich auch nicht tun, dachte Anakin. *Das wäre der Weg zur Dunklen Seite.* Er verdrängte seine Angst und versuchte, den Balkon zu vergessen, der Obi-Wan zu zerquetschen drohte. Und die angespannte Miene des Kanzlers, der den Kampf, der sein Schicksal entscheiden würde, beobachtete. Anakin konzentrierte sich auf den Kampf – und nur auf den Kampf.

Sämtliche Super-Kampf-Droiden lagen am Boden. Nur noch Anakin und Dooku waren übrig. Sie kämpften sich an der gesamten Längsseite des Raumes entlang, ohne dass einer von ihnen einen Vorteil erlangen konnte. *Er ist alt*, dachte Anakin. *Vielleicht kann ich einfach weiterkämpfen,* bis er erschöpft ist. Doch die Dunkle Seite der Macht erfüllte die Luft um ihn herum und versagte ihm diese Möglichkeit. Die Dunkle Seite würde Dooku so lange kämpfen lassen, wie es sein musste. *Was soll ich tun? Ich* muss *ihn schlagen, sonst sterben der Kanzler und Obi-Wan. Ganz zu schweigen von mir ...*

Er hörte, dass Palpatine etwas hinter ihm schrie. Der Kanzler versuchte, sich über das Krachen und Summen der Lichtschwerter verständlich zu machen. „Nutze deine Aggressionsgefühle, Anakin! Nutze deinen Hass! Konzentriere ihn auf deinen Gegner, sonst hast du keine Chance!"

Anakin war erstaunt. Der Kanzler war kein Jedi. Er konnte nichts über die Gefahren der Dunklen Seite wissen. Er machte sich nur Gedanken darüber, wie er lebend aus dieser Lage herauskam. *Und nur ich kann das für ihn tun*, dachte Anakin. Konnte er die Dunkle Seite dieses eine Mal riskieren, um Obi-Wan und den Kanzler zu retten? Er sah Dooku an und gab sich den Gefühlen hin, die er immer so gut unter Kontrolle gehabt hatte.

Wut durchfloss ihn. Dies war der Mann, der ihn so herablassend behandelt hatte, der Palpatine entführt und Obi-Wan beinahe getötet hatte; der Mann, der Padmé hatte umbringen wollen; der Mann, der Anakin die Hand abgehackt hatte. Anakin benutzte seinen Hass, so wie er normalerweise die Macht benutzte, und ließ sie sein Lichtschwert führen. Er bewegte sich schneller und schneller, bis schließlich sein Lichtschwert in einem Hieb herabsauste und Count Dooku die Hände abtrennte.

Anakin beugte sich nach vorn und fing Dookus Lichtschwert mitten aus der Luft auf. Zorn pulsierte noch in seinen Adern. Er setzte beide Lichtschwerter an Dookus Hals an und stand keuchend über ihm. Er konnte sich kaum noch im Zaum halten.

„Gut, Anakin, *gut*“, sagte Palpatine. Er lächelte erleichtert. „Ich wusste, dass du es schaffst.“ Anakin spürte, wie er sich beim sanften Klang der vertrauten Stimme entspannte. Dann sagte Palpatine: „Töte ihn. Töte ihn jetzt!“

Anakin sah den Kanzler erschrocken an. Dooku schien genauso bestürzt zu sein.

„Erledige ihn, Anakin“, wiederholte Palpatine.

Anakin schluckte schwer und kämpfte gegen den Zorn an, der noch immer in ihm tobte. „Das kann ich nicht ...“

„Tu es!“, stieß der Kanzler hervor.

Dooku versuchte zu sprechen, doch Anakins Hände bewegten sich bereits. Die Lichtschwerter fanden sofort ihren Weg durch Dookus Hals.

Anakin sah erschrocken auf den enthaupteten Körper. *Ich konnte mich nicht zurückhalten. Ich konnte mich nicht ...* Er deaktivierte die Lichtschwerter und fragte sich, was Dooku wohl hatte sagen wollen.

„Du hast das Richtige getan, Anakin“, sagte Palpatine. „Er war zu gefährlich, um ihn am Leben zu lassen.“

„Er war ein wehrloser Gefangener“, gab Anakin voller Bitterkeit zurück. Er sah Palpatine vorwurfsvoll an, als ihm klar wurde, dass der Kanzler noch immer an den Stuhl des Generals gefesselt war. Er ließ die Macht fließen und deaktivierte die Energiefesseln. Natürlich konnte der Kanzler es nicht verstehen, sagte er sich. Palpatine war kein Jedi. Außerdem war er gefesselt gewesen, und für ihn musste es den Anschein gehabt haben, dass der einzige Weg in die Freiheit Dookus Tod durch Anakins Hand war. Und doch versuchte Anakin, es zu erklären. „Ich hätte das nicht tun dürfen, Kanzler. Das ist nicht der Weg der Jedi."

Palpatine stand auf und rieb sich die Handgelenke. „Das ist doch nur normal. Er schnitt dir den Arm ab und du wolltest Rache. Das war nicht das erste Mal, Anakin."

Anakin schüttelte den Kopf. Er wusste, was Palpatine meinte. Als die Sandleute seine Mutter getötet hatten, hatte er sie alle massakriert – Männer, Frauen und Kinder. Manchmal träumte er noch immer von den Kindern. Palpatine und Padmé waren die Einzigen, die von seiner Rache wussten. Padmé war über Anakins Schmerz ebenso entsetzt gewesen wie über das, was er getan hatte. Palpatine hingegen hatte das Massaker lediglich als ‚bedauerlich' abgetan. Doch keiner von den beiden verstand wirklich, wie ein Jedi darüber dachte. Und einem anderen Jedi konnte Anakin nichts davon erzählen, nicht einmal Obi-Wan. *Vor allem* nicht Obi-Wan.

Der Kanzler nickte, so als hätte er Anakins Gedanken gelesen. Doch er sagte nur: „Wir müssen jetzt gehen."

Da begann sich wie zur Bestärkung dieser Worte der Boden zu neigen, als die Schwerkraftgeneratoren des Schiffes auszufallen begannen. Anakin rannte zu dem herabgestürzten Balkon, unter dem Obi-Wan begraben lag. Mit Hilfe der Macht schleuderte er den Metallhaufen zur Seite und kniete sich hin, um nach seinem Freund zu sehen. *Keine gebrochenen Knochen, Atmung in Ordnung.* Anakin seufzte erleichtert.

„Dafür ist keine Zeit!", rief Palpatine drängend von den Stufen zum Aufzug herüber. „Lass ihn hier, sonst schaffen wir es niemals."

„Sein Schicksal wird auch unseres sein", sagte Anakin leise. Er würde niemals wieder jemanden verlieren, den er liebte, so wie er seine Mutter verloren hatte. Er beugte sich nach vorn und nahm Obi-Wans leblosen Körper auf die Schulter. Er schwankte unter der Last, fand aber schnell das Gleichgewicht wieder und lief entschlossen auf den Aufzug zu.

KAPITEL 3

Obi-Wan kam langsam wieder zu Bewusstsein. Er fühlte sich, als hätte man ihm am ganzen Körper Faustschläge versetzt. Sein Schädel pochte noch immer. Und irgendetwas grub sich in seinen Magen. Er öffnete vorsichtig die Augen und sah einen verzerrten Kanzler Palpatine, der durch irgendeine Art Schirm hindurch die Hand nach ihm ausstreckte. Hinter dem Kanzler war alles schwarz.

Obi-Wan blinzelte. Palpatine griff nicht zu ihm hinunter. Er befand sich *unter* Obi-Wan und hielt sich an etwas fest. Die Dunkelheit rührte von einer Art dunklem Schacht her. *Ich habe ein ganz mieses Gefühl bei dieser Sache*, dachte Obi-Wan. „Habe ich irgendetwas verpasst?"

„Haltet Euch fest", sagte Anakins gedämpfte Stimme hinter ihm. „Wir stecken in einer etwas brenzligen Situation."

Ah. Das Ding, das sich in Obi-Wans Magengrube bohrte, war also Anakins Schulter und der Kanzler hing an Anakins Fußgelenk. Obi-Wan nickte Palpatine freundlich zu. „Hallo Kanzler. Alles in Ordnung?"

Palpatine warf einen Blick in die Leere unter ihm. „Ich hoffe es."

Obi-Wans Kopf wurde langsam immer klarer. „Wo ist Count Dooku?"

„Tot", sagte Anakin knapp und in einem Tonfall, der bedeutete, dass er nicht darüber sprechen wollte.

„Ein Jammer", sagte Obi-Wan. „Lebendig hätte er uns von Nutzen sein können."

„Das Schiff bricht auseinander", sagte Anakin entnervt. „Könnten wir das später besprechen?"

Ganz schön empfindlich. Doch Anakin hatte ihm erneut das Leben gerettet *und* er hatte den Kanzler ohne Hilfe befreit. Man musste ihm ein wenig Empfindlichkeit zugestehen. Obi-Wan sah in das anscheinend bodenlose Loch hinunter.

Da wechselte plötzlich die Schwerkraft ihre Richtung und sie hingen über einem steilen Gefälle, anstatt über einem endlos tiefen Loch. Obi-Wan hörte von irgendwo oben ein metallisches Geräusch. Als er den Kopf hob, sah er, dass etwas auf sie zu kam. Die Decke? „Was ist das?"

„Artoo", gab Anakin zurück. „Ich bat ihn, den Aufzug zu aktivieren."

„Oh." Sie befanden sich also in einem Aufzugsschacht. War Anakin des Wartens müde geworden? *Ich glaube, ich möchte nicht genau wissen, wie wir in diese Situation hineingeraten sind,* beschloss Obi-Wan. *Ich bin froh, wenn wir wieder herauskommen.*

Anakin rief etwas in seinen Comlink. Er gab R2-D2 die Anweisung, den Aufzug anzuhalten. „Zu spät!", rief Obi-Wan. „Springt!"

Sie sprangen. Mehrere Stockwerke tiefer schlugen sie gegen die Seitenwand des Schachtes und rutschten daran hinunter, vor dem schnell näher kommenden Aufzug her. Die Schwerkraft verschob sich immer weiter, bis der Schacht schließlich aus ihrer Sicht in der Horizontalen lag. Sie rutschten immer langsamer, je flacher das ‚Gefälle' wurde. Leider blieb aber der Aufzug nicht stehen.

„Halte den Aufzug an, Artoo!" schrie Anakin in den Comlink, als sie sich wieder auf die Beine rappelten.

Der Aufzug blieb stehen. Doch nur einen Augenblick, dann fuhr er mit einem furchtbaren Kratzgeräusch weiter. Die drei Männer rannten den Schacht entlang, wobei sie es nur knapp schafften, sich vor dem Aufzug zu halten. *Die Steuerverkabelung muss beschädigt sein*, dachte Obi-Wan.

Der Aufzug wurde schneller. Anakin schrie wieder in den Comlink, doch Obi-Wan verstand die Worte nicht. Dann stolperte Palpatine. Obi-Wan packte ihn am Arm und zog ihn weiter. *Er kann nicht Schritt halten*, dachte Obi-Wan. *Los, Anakin! Lass dir etwas einfallen!*

Da öffneten sich plötzlich alle Türen des Aufzugsschachts und Obi-Wan, Anakin und Palpatine fielen in den Korridor darunter – nur knapp, bevor der führerlose Aufzug sie überrollt hätte.

Sie lehnten sich gegen die Wand und versuchten, wieder zu Atem zu kommen. *Es gibt nichts Besseres als einen knackigen Sprint, um die Spinnweben aus dem Kopf zu bekommen.* Irgendwann richtete Obi-Wan sich auf. „Lasst uns sehen, ob wir in dem Hangar irgendetwas Flugtaugliches finden", sagte er. „Los."

Die Schwerkraft schien in diesem Teil des Schiffes noch normal zu funktionieren – die Korridore verliefen alle horizontal, so wie es sein sollte. Als sie weiterrannten, fiel schlagartig ein Vorhang aus blauem Licht vor ihnen herunter. Obi-Wan bremste aus vollem Lauf ab und breitete die Arme aus, um Palpatine abzufangen. Hinter ihnen und zu beiden Seiten erschienen noch mehr der Strahlenschilde und sperrten sie ein.

„Wie konnte *das* passieren?", sagte Obi-Wan missmutig. „Wir sind zu schlau für so etwas."

„Offensichtlich nicht, Meister", sagte Anakin. „Das ist die älteste Falle überhaupt." Obi-Wan sah ihn mit einem stechenden Blick an, und Anakin zuckte mit den Schultern. „Na ja, Ihr seid der Anführer. Ich war abgelenkt."

„Oh, jetzt ist es also plötzlich meine Schuld?"

„Ihr seid der Meister", sagte Anakin. „Ich bin nur ein Held."

Obi-Wan schnaubte. „Ich bin offen für Vorschläge."

Kanzler Palpatine räusperte sich hinter den beiden Jedi. „Weshalb lassen wir uns nicht zu General Grievous bringen? Vielleicht können wir, nachdem Count Dooku tot ist, unsere Freilassung aushandeln."

Obi-Wan warf Anakin einen Blick zu und sah vollkommene Ungläubigkeit in dessen Gesicht. Er wusste, dass er selbst genauso dreinsah. *General Grievous? Verhandeln? Wenn es auf Tatooine schneit, vielleicht …*

„Ich sage nur … Geduld", erklärte Anakin nach einem Augenblick.

„Geduld?" Obi-Wan starrte seinen ehemaligen Schüler an. „Ist das dein Plan?"

„In wenigen Augenblicken werden ein paar Droiden kommen und den Strahlenschild ausschalten", erklärte Anakin. „Und wir werden sie auslöschen. Sicherheitspatrouillen bestehen immer aus diesen nutzlosen dünnen Kampf-Droiden."

Wie zum Beweis für Anakins Worte erschienen zwei Kampf-Droiden. „Übergebt uns Eure Waffen", sagte einer von ihnen mit mechanisch-monotoner Stimme.

„Seht Ihr?", sagte Anakin. „Kein Problem."

Da öffnete sich hinter den Kampf-Droiden ein großes Tor

und gab den Blick auf eine Reihe von Zerstörer-Droiden frei. Obi-Wan sah sich um. Auf der anderen Seite des Korridors waren noch mehr der Maschinen aufgetaucht. Und hinter den Zerstörern bauten sich Super-Kampf-Droiden auf, womit die Jedi komplett umstellt waren. Obi-Wan schüttelte den Kopf. Anakin und er konnten sich *vielleicht* einen Weg durch diese überlegene Streitmacht kämpfen, doch sie konnten nicht auch noch gleichzeitig den Kanzler beschützen. Da rollte R2-D2 aus einem angrenzenden Korridor und blieb quietschend stehen.

„Also", sagte Obi-Wan zu Anakin, „wie lautet Plan B?"

Anakin schaute von den Droiden zu Kanzler Palpatine und zurück. „Ich glaube, Kanzler Palpatines Vorschlag klingt ziemlich gut."

Das ist keine gute Idee, dachte Obi-Wan, als er sich von den Droiden sein Lichtschwert abnehmen ließ.

Wesen von überall aus der Galaxis schworen, dass General Grievous nicht mehr Gefühle hatte als die Droiden, die ihm dienten. Er war auf Kalee zur Welt gekommen, und schon bevor er ein Cyborg – halb Kalee und halb Droide – geworden war, war er skrupellos gewesen. Und jetzt, so sagte man, empfand er gar nichts mehr.

Doch diese Wesen täuschten sich, wie Grievous fand. Es gab ein Gefühl, das Maschinen und lebende Wesen gemeinsam hatten. Es war das Gefühl, das er empfand, als Obi-Wan Kenobi und Anakin Skywalker in Energiefesseln auf seine Brücke geführt wurden: Zufriedenheit. Wäre die glatte Metallmaske, die ihm als Gesicht diente, dazu in der Lage gewesen, so hätte sie jetzt ein Lächeln gezeigt.

Die Wachen hatten natürlich auch den Kanzler mitgebracht,

und den kleinen blauen Astromech-Droiden. Er hatte ihnen befohlen, *alle* gefangenen Eindringlinge zur Brücke zu bringen, und Droiden nahmen ihre Anweisungen immer wörtlich. Der Astromech-Droide war unwichtig. Man konnte ihn einfach umprogrammieren, wenn sich das Schiff wieder in sicherem Separatisten-Territorium befand.

Eine der Wachen kam mit den Lichtschwertern der Jedi zu ihm. Grievous nahm sie mit seiner metallenen Klaue an sich und wog sie ab. Jeder Jedi schuf sein Lichtschwert selbst, und es waren nicht nur Waffen, sondern wahre Kunstwerke, die nur dem Konstrukteur selbst passten. Die genaue Betrachtung eines Lichtschwerts konnte einem viel über den Jedi verraten, der es geschaffen hatte. Doch dafür würde später noch Zeit sein.

Grievous wandte sich an seine Gefangenen und baute sich zu seiner vollen Größe auf. Er hatte seine Beine bei der letzten Überholung seiner metallenen Gliedmaßen extra verlängern lassen, damit er, wenn er sich komplett aufrichtete, die meisten anderen Wesen überragte. Er genoss es, auf sie herabzuschauen. Er genoss den Schrecken in ihren Augen, wenn sie sich fragten, welche furchtbaren Waffen sich wohl unter seinem langen Umhang verbargen. Und er genoss die Angst, die sie zeigten, wenn sie zu seinem ausdruckslosen Metallgesicht hoch sahen.

Die Jedi allerdings schienen unbeeindruckt zu sein. Doch das würde sich noch ändern. „Das war wohl keine sonderlich erfolgreiche Rettung“, sagte Grievous. Die Jedi reagierten nicht. Wie auch immer. Er hatte eine Möglichkeit, die beiden auszuschalten. Sie hatte noch nie versagt. Er warf seinen Umhang nach hinten und gab den Blick auf die Lichtschwerter frei, die darin hingen. „Ich freue mich darauf, Eure Lichtschwerter meiner Sammlung hinzufügen zu können", sagte er. „Es sind seltene Trophäen."

Obi-Wan lächelte. „Ich glaube, Ihr habt etwas vergessen, Grievous. Ich bin hier derjenige, der die Oberhand hat."

War dieser Jedi übergeschnappt? Er war von feindlichen Droiden umstellt, seine Hände waren gefesselt und es gab niemanden, der zu seiner Rettung kommen konnte. Die Oberhand? Grievous starrte ihn mit seinem ausdruckslosen Gesicht an. „Ihr seid Euch selbst so sicher, Kenobi", schnurrte er. „Aber für Euch ist jetzt alles vorbei."

„Artoo, jetzt!", sagte Skywalker, und plötzlich quoll aus dem Astromech-Droiden dichter Rauch. Grievous drehte sich überrascht um, als ihm eine unsichtbare Hand eines der Lichtschwerter aus der Hand riss. Die Waffe flog auf Obi-Wan zu, und der Jedi fing sie hinter seinem Rücken auf. Einen Sekundenbruchteil später hatte er sie gezündet und seine Energiefesseln sauber entzwei geschnitten. Im nächsten Augenblick hatte er Anakin ebenfalls befreit.

Eine andere unsichtbare Hand entriss das zweite Lichtschwert mit einem metallischen Quietschen seinem Griff. Es war unglaublich. Die beiden Jedi waren frei. Sie standen Rücken an Rücken und lenkten mit ihren Lichtschwertern das Laserfeuer der Droiden ab. Selbst der nutzlose kleine Astromech-Droide hatte es mit einer Art Seilapparatur geschafft, einen der Super-Droiden niederzustrecken.

Grievous wich zurück und brachte seine Droiden-Wachen zwischen sich und das durch die Luft zuckende Laserfeuer. Dafür waren Leibwächter da. Ein paar der neimoidianischen Besatzungsmitglieder waren bereits von reflektierten Laserblitzen getroffen, und er hatte nicht vor, dasselbe Schicksal zu erleiden. Die Droiden sollten die Jedi erst einmal bis zur Erschöpfung beschäftigen.

Dann rief ihm einer der Piloten etwas über das Chaos hinweg zu. „Sir! Wir fallen aus dem Orbit! Alle Steuerzellen achtern sind tot!"

„Auf Kurs bleiben", sagte Grievous automatisch. Er wich einen weiteren Schritt zurück und überlegte wie wild. Konnten sie ohne die Achternzellen einen Sprung in den Hyperraum schaffen? Nein. Und wie schnell auch immer die Reparatur-Droiden etwas reparierten, die Raumjäger der Republik würden es wieder zerstören. Sie konnten es nicht ...

Das Schwerkraftfeld verlagerte sich wieder. Die Decke war plötzlich ‚unten'. „Magnetisieren!", rief einer der Piloten in das Intercom.

Ein paar der Kampf-Droiden reagierten rechtzeitig, um am Boden haften zu bleiben, doch die meisten flogen mit den Jedi an die Decke. Die Jedi allerdings, so musste Grievous voller Unwillen zur Kenntnis nehmen, hatten sich der neuen Situation sofort angepasst. Sie hatten die Umkehr der Schwerkraft sogar genutzt, um ein paar mehr der Droiden auszuschalten, die sich nicht schnell genug darauf eingestellt hatten.

„Das Schiff bricht auseinander!", schrie der neimoidianische Pilot.

Es passt zu einem Neimoidianer, dass er in Panik verfällt, dachte Grievous. *Nutzlose Wesen.* Doch es half nichts. Die Zeit lief ihnen davon. Es war sinnlos, hier zu bleiben, um den Kampf vielleicht noch zu gewinnen. Sollten die Jedi doch verbrennen, wenn das angeschlagene Schiff abstürzte.

Doch dann normalisierte sich die Schwerkraft ohne Vorwarnung wieder. Die Jedi landeten auf dem Boden und liefen sofort los. Da jetzt fast alle Droiden außer Gefecht waren, hatten sie es auf ihn abgesehen. *Zu spät.* Grievous drehte sich um und warf seinen Energiestab nach oben. Der traf einen Augenblick später die Sichtscheibe und durchschlug das harte, durchsichtige Material. Als die Jedi sich Grievous wieder näherten, sprang er mit aller Kraft, die seine mechanischen Beine aufbringen konnten.

Die getroffene Sichtscheibe zerbarst und entließ schlagartig die Luft nach draußen. Grievous ließ sich einfach aus der Brücke saugen, zusammen mit all den Droiden-Trümmern, Maschinenteilen und toten Besatzungsmitgliedern. Er konnte noch einen Blick auf die Jedi und den Kanzler der Republik erhaschen, der sich an einer Kontrollkonsole festhielt, dann war er draußen.

Als er vom Schiff weggetrieben wurde, streckte er den Arm in Richtung der Hülle aus und aktivierte den eingebauten Seilkatapult. Der Anker traf ins Ziel und blieb an der Schiffshülle haften. Grievous ließ das Seil abrollen, bis sich der automatische Schutzschild über der zerbrochenen Sichtscheibe geschlossen hatte und der tosende Luftstrom aus dem Schiffsinnern abgerissen war. Dann zog er sich zur Hülle, wo er mit seinen metallischen Füßen Halt fand.

Es war wirklich nützlich, einen überwiegend aus Droiden-Teilen bestehenden Körper zu haben, dachte Grievous, als er über die Oberfläche des Kampfschiffes kroch. Ein normales Wesen brauchte Luft zum Atmen, würde im Vakuum des Raumes Schaden erleiden, würde eine spezielle Ausrüstung benötigen, um sich an der Schiffshülle festhalten zu können. Für Grievous war nichts davon ein Problem.

Er erreichte eine Luke und öffnete sie. Seine Berechnungen hatten gestimmt: Er war in einer der Startbuchten für Fluchtkapseln herausgekommen. Er ging auf eine der Kapseln zu, doch dann zögerte er. Weshalb sollte er den Jedi die Sache nicht noch etwas erschweren? Er ging zu einem Kontrollfeld und begann, Schalter umzulegen. Die Fluchtkapseln wurden abgeschossen, eine Reihe nach der anderen.

Am Schluss war nur noch eine Kapsel übrig. *So,* dachte Grievous. *Mal sehen, wie sie da rauskommen!* Er stieg in die letzte Fluchtkapsel und flog von den Resten seines Kommandoschiffs davon. Es gab genügend Separatisten-Schiffe in der Nähe, die ihn aufnehmen konnten, und die Klonjäger waren zu sehr mit seinen Droiden beschäftigt, als dass sie sich um eine unbewaffnete Fluchtkapsel hätten kümmern können. Er war entkommen.

Und mit etwas Glück konnte er dieses Fiasko Count Dooku in die Schuhe schieben, der nicht mehr zurückkommen konnte, um seine eigene Version der Geschichte zu erzählen. Ja, so würde er es machen. Der Droiden-General steuerte das nächste Kampfschiff an, als er seinen Plan schmiedete.

KAPITEL 4

Anakin spürte, wie das Schiff erbebte, als er mit Obi-Wan die letzten Droiden niederkämpfte. Alarmsirenen heulten auf. „Die Hülle verglüht!“, schrie Palpatine.

Anakin warf einen Blick aus dem verbliebenen Sichtfenster und sah, wie Funken von der Schnauze des Schiffes davonflogen. Er sah noch die Schwärze des Weltraums und die Sterne, sie befanden sich also noch nicht in der Atmosphäre. Doch wenn das Schiff schon so heiß war … Er ging zum Sitz des Navigators, um die Anzeigen anzusehen.

„Alle Fluchtkapseln wurden abgeschossen“, sagte Anakin, als Obi-Wan zu ihm kam. *Das ist bestimmt Grievous' Werk. Wären wir ein klein wenig schneller gewesen, hätten wir ihn jetzt!*

Obi-Wan warf einen Blick auf die Instrumente und dann auf die Steuerung. „Du bist der beste Pilot hier, Anakin“, sagte er in einem unbeschwerten Tonfall. „Weißt du, wie man diesen Typ von Kreuzer fliegt?“

Obi-Wan bittet *mich darum, zu fliegen? Er muss sich ernsthafte Sorgen machen!* Aber ihnen blieb ohnehin keine andere Wahl. Anakin antwortete im gleichen Tonfall, wies aber auf die Gefahren hin, die die Lage barg. „Ihr meint, ob ich weiß, wie man das, was von dem Kreuzer übrig ist, *landen* kann.“

Obi-Wan nickte. Anakin setzte sich in den Pilotensitz – zumindest war die Anordnung der Sitzpositionen auf der Brücke bei Schiffen der Republik und der Separatisten mehr oder weniger dieselbe – und schaute die Bildschirme an. Er kam gerade rechtzeitig, um zu sehen, wie ein großes Stück des Schiffes wegbrach.

„Und?", fragte Obi-Wan, als das Schiff zitterte und bebte.

„Ich würde sagen, dass die Fähigkeit, dieses Schiff fliegen zu können, unter den gegebenen Umständen irrelevant ist", gab Anakin zurück. „Schnallt Euch an."

Er bekam am Rande mit, dass Obi-Wan und der Kanzler seinen Anweisungen Folge leisteten und R2-D2 eine Position an der Hilfssteuerung einnahm. Doch Anakins Finger beschäftigten sich schon mit den ihm nicht vertrauten Steuerelementen. *Erstmal den Beschuss unterbinden. Dieser Schalter? Nein. Der da.* Er tippte schnell eine Nachricht an die Klontruppen der Republik ein: *General Kenobi und ich haben das Schiff übernommen. Der Kanzler ist in Sicherheit. Feuer einstellen.* Er signierte die Nachricht mit seinem Namen und dem Code, der sie als authentisch ausweisen würde. Dann schickte er sie ab.

Er verbannte die Raumjäger aus seinen Gedanken und konzentrierte sich darauf, das Schiff zu fliegen. Es war so, als würde er versuchen, einen großen Felsklotz zu fliegen. Der Kreuzer hatte keine Tragflächen, geschweige denn ein Fahrwerk. Die Triebwerke waren mit der hinteren Hälfte des Schiffes abgebrochen. Die wenigen Steuerdüsen waren zum größten Teil ausgefallen, und die paar betriebsbereiten waren so beschädigt, dass *alles* passieren konnte, wenn er sie zündete.

Und er hatte keine Zeit zum Experimentieren. Das Schiff hatte die äußere Atmosphäre erreicht, und die Luftreibung heizte die verbliebene Außenhülle auf. Die Brücke bebte und zitterte, als immer mehr Teile des Schiffes abfielen.

Obi-Wan las aus dem Sitz des Navigators ruhig Informationen über Hüllentemperatur, Höhe und Geschwindigkeit vor. Anakins Aufmerksamkeit galt zwar der Steuerung und nicht Obi-Wan, doch ein Teil von ihm nahm die Zahlen auf, verarbeitete und benutzte sie. Anakin flog – mit Glück, Instinkt und Gefühl.

Sie befanden sich jetzt schon ein gutes Stück in der Atmosphäre und bewegten sich viel zu schnell. Anakin öffnete sämtliche Luken und fuhr jedes Ruder aus, das noch funktionierte. So gelang es ihm, die Geschwindigkeit ein wenig zu verringern – um den Preis erhöhter Reibungshitze.

Einen Moment schien alles zu funktionieren. Doch dann durchfuhr das Schiff ein enormer Ruck, und die Geschwindigkeitsanzeige ging wieder nach oben. „Wir haben etwas verloren", sagte Anakin.

„Alles hinter dem Hangar ist gerade abgebrochen", berichtete Obi-Wan. „Keine Sorge, wir fliegen immer noch die Hälfte des Schiffes."

Anakin warf einen Blick auf den Kanzler, der sich mit steinerner Miene an seinem Sitz festkrallte. *Er ist ein Politiker. Er ist so etwas nicht gewohnt.* Doch er hatte keine Zeit, dem Kanzler etwas zu erklären – nicht, wenn sie überleben wollten. „Ich werde uns um ein paar Grad kippen und sehen, ob ich uns so abbremsen kann."

„Das Schiff überhitzt", warnte Obi-Wan und las ein paar Zahlen vor.

Ich weiß, ich weiß. Anakin spielte mit den Fingern auf der Steuerkonsole, öffnete und schloss Luken, benutzte Steuertriebwerke als Bremsen, versuchte alles, um ihren Sturz aufzuhalten.

Obi-Wans stetiger Sprechgesang brach ab. „Löschboote. Beidseitig."

Anakin legte einen Schalter um, und sofort erfüllte die Stimme eines der Löschboot-Piloten die Brücke. „Folgt uns. Wir werden versuchen, das Feuer so großflächig wie möglich zu löschen."

Euch folgen? Wie denn? Doch dann erschienen Zahlen auf dem Comm-Display. Es waren Koordinaten. Sie hatten eine breite Landeplattform im Industriebereich von Coruscant freigemacht. *Stabil genug, um den Rest dieses löchrigen Eimers aufzuhalten und weit genug von den Wohngegenden entfernt, damit wir keine Gebäude in Brand setzen, wenn wir das Ziel verfehlen. Jemand hat mitgedacht.*

„Wie schnell sind wir?", fragte Anakin, und Obi-Wan begann wieder Zahlen vorzulesen.

Durch die rauchende Sichtscheibe konnte Anakin jetzt sehen, wie die ersten hoch aufragenden Gebäude von Coruscant unter ihnen vorbeirasten. *Zu nah. Wir sind zu früh zu tief.* R2-D2 piepte wie wild, und Anakin zeigte auf eines der Steuerelemente. „Halte uns gerade", sagte er zu dem Droiden und machte sich wieder daran, den Flug zu verlangsamen.

„Langsam", sagte Obi-Wan. „Fünftausend."

„Festhalten", erwiderte Anakin. „Jetzt könnte es etwas rau zugehen. Wir haben unsere Hitzeschilde verloren."

„Landebahn direkt vor uns", sagte Obi-Wan einen Augenblick später.

Zu tief, zu schnell, zu heiß ... zu spät. Das ist keine Landung, das ist ein kontrollierter Absturz. Halbwegs kontrolliert.

Und doch hatte jemand vorgesorgt, denn die Landeplattform war von Feuerlösch-Gleitern umgeben. *Wenn wir jetzt noch treffen …*

Das Schiff bebte. Anakin sah, wie einer der Lösch-Gleiter aus dem Weg schoss, kurz bevor sie auf der Landeplattform aufschlugen. Dann verdeckte eine dicke Schicht aus Feuerlösch-Schaum die Sicht. Einen Augenblick hatte er den furchtbaren Verdacht, dass sie noch immer zu schnell waren und am anderen Ende der Plattform in die Tiefe stürzen würden. Doch dann blieb das Schiff zitternd stehen.

„Los, lasst uns hier aussteigen", sagte Anakin, als er sich von dem Sitz abschnallte. Obi-Wan und der Kanzler taten es ihm nach, und schon bald verließen sie das Schiff in geduckter Haltung durch eine Ausstiegsluke. Eine Fähre wartete zwischen den Notfallschiffen, um sie zum Senat zurückzubringen.

Während sich das medizinische Personal an Bord der Fähre um den mitgenommenen Kanzler kümmerte, diskutierten Anakin und Obi-Wan über den letzten Teil der Mission.

„Diese ganze Unternehmung war Eure Idee", sagte Anakin zu Obi-Wan. „Ihr habt sie geplant. Dieses Mal müsst Ihr derjenige sein, der sich verneigt."

„Tut mir Leid, alter Freund", erwiderte Obi-Wan. „Du hast Count Dooku getötet." Anakin zuckte zusammen, doch Obi-Wan bemerkte es nicht. „Du hast den Kanzler gerettet und diesen rostigen Eimer sicher gelandet. Du …"

„Nur dank Eures Trainings, Meister", sagte Anakin voller Ernst. „Ihr habt all diese Reden verdient." *Und ich will sicher kein Lob dafür, wie ich Dooku getötet habe.*

„Diese endlosen Reden." Obi-Wan schüttelte den Kopf. „Anakin, lass uns der Wahrheit ins Gesicht sehen: Dieses Mal bist du der Held. Du bist an der Reihe, einen glorreichen Tag mit den Politikern zu verbringen."

Die Fähre erreichte die Landeplattform des Senats. Anakin konnte Meister Windu und ein Dutzend Senatoren sehen, die den Kanzler in Empfang nehmen und sich von dessen Wohlbefinden überzeugen wollten. Es war keine Zeit mehr für Diskussionen.

„Dann schuldet Ihr mir aber etwas", sagte Anakin. „Und nicht nur dafür, dass ich Euch zum zehnten Mal das Leben gerettet habe."

„Zum neunten Mal", korrigierte Obi-Wan ihn. „Der Zwischenfall auf Cato Neimoidia zählt nicht." Anakin verdrehte die Augen, und Obi-Wan lächelte. „Wir sehen uns bei der Besprechung."

Anakin konnte nicht anders, als das Lächeln erwidern. Es verschwand jedoch, als er dem Kanzler durch den Ausstieg der Fähre folgte. Dieses Mal war er kein Held, was auch immer Obi-Wan sagte. *Ein Held hätte nicht getan, was ich getan habe.*

Mace Windu kam auf den Kanzler zu und begrüßte ihn. Die beiden Männer tauschten ein paar Förmlichkeiten aus, bevor sich die Senatoren ebenfalls dazu gesellten und Palpatine zu seiner sicheren Rückkehr gratulierten.

Anakin beobachtete die Szenerie etwas verloren. Da hörte er hinter sich eine Reihe von Pieplauten. „So schlimm kann es doch nicht gewesen sein", sagte eine pingelige, strenge Stimme. „Übertreib nicht so!"

C-3PO! Wenn der Protokoll-Droide hier war, dann war Padmé sicher auch nicht weit. Anakin vergaß seine schlechte Stimmung und suchte in der Traube der Senatoren seine Frau.

Er sah sie nirgends. Als er einen Schritt nach vorn machte, wandten sich die Senatoren ab und verließen die Landeplattform in Richtung des Senatsgebäudes.

Senator Bail Organa von Alderaan sah Anakin und löste sich aus der Gruppe um Palpatine, um zu ihm zu kommen. Gemeinsam folgten sie den anderen.

„Der Senat kann Euch nicht genug danken", sagte Bail zu Anakin. „Count Dookus Ende bedeutet sicher auch das Ende des Krieges und der drakonischen Sicherheitsmaßnahmen des Kanzlers."

Anakin zuckte zusammen, doch nach den Worten des Senators fühlte er sich ein wenig besser. Er wusste, dass es nicht rechtens gewesen war, den wehrlosen Count Dooku zu töten, doch vielleicht war es gar nicht so furchtbar, wie es ihm jetzt erschien. Kanzler Palpatine schien der Meinung zu sein, dass es notwendig gewesen war, und wenn Bail Recht behielt und Dookus Tod den Krieg beendete, dann würden Millionen von Wesen leben, anstatt in endlosen Kämpfen zu sterben. Das wäre es wert gewesen. *Und ich werde den Jedi-Kodex nie wieder brechen,* schwor sich Anakin. Allein der Gedanke daran munterte ihn wieder auf.

Bail wartete geduldig auf Anakins Antwort. Der ließ sich die letzte Bemerkung des Senators schnell noch einmal durch den Kopf gehen. „Die Kämpfe werden weitergehen, bis General Grievous nur noch ein Haufen Ersatzteile ist", sagte er dann. „Der Kanzler drückt sich unmissverständlich aus, was das betrifft."

Bail runzelte die Stirn und wollte etwas erwidern, doch Anakin hörte ihm schon nicht mehr zu. Er spürte etwas in der Nähe. Etwas, das ihnen folgte. „Entschuldigt", sagte er zu Bail und ging dann zu der Reihe gewaltiger Säulen, die den Gang säumten.

„Natürlich", sagte der Senator, als Anakin sich schon umgedreht hatte.

Als Senator Organa wieder zu Palpatine und den anderen Senatoren eilte, schlich Anakin in den Schatten hinter einer Säule. Er war sich ganz sicher ... ja! Er drehte sich um, und Padmé lief in seine Arme.

Anakin vergaß Dooku, Palpatine und alles andere. Als er Padmé an sich drückte und küsste, fühlte er sich wieder vollkommen. Ausgeglichen. Glücklich.

Als sie den Kuss schließlich lösten, sprach Padmé seine Gedanken aus. „Endlich bist du zurück. Ich bin wieder vollkommen."

Vollkommen. „Du hast mir gefehlt, Padmé. Du hast mir so sehr gefehlt."

Sie zitterte in seinen Armen. „Es gab Gerüchte, du wärest ums Leben gekommen. Ich habe in unerträglicher Angst gelebt." Sie hielt ihn fest, so als wollte sie sich versichern, dass er wirklich da war.

Anakin nahm sie bei den Schultern und schüttelte sie sanft. „Ich bin wieder da. Es geht mir *gut.*"

Padmé lächelte, und er zog sie wieder zu sich heran. Er wollte sie spüren. „Es kommt mir vor, als wären wir ein ganzes Leben lang getrennt gewesen", fuhr er fort. „Und es hätte sogar sein können. Wäre der Kanzler nicht entführt worden, hätten sie uns wahrscheinlich niemals von den Belagerungen im Outer Rim zurückgeholt." Er begann, sie wieder zu küssen, doch sie zog sich zurück.

„Warte", sagte sie. „Nicht hier."

„Doch, hier!“, erwiderte Anakin und zog sie wieder zu sich heran. Sie hatte keine Ahnung, wie sehr er sie jetzt brauchte – ihre ruhige Art, ihre Liebe. Sie wusste nichts von Dooku. „Ich bin diesen Schwindel Leid. Es ist mir gleich, ob sie wissen, dass wir verheiratet sind.“

„Anakin, sag so etwas nicht“, schimpfte Padmé. „Du bist wichtig für die Republik und für das Ende dieses Krieges.“ Sie lächelte ihn beruhigend an, so als spürte sie seine Verzweiflung. „Ich liebe dich mehr als alles andere“, sagte sie leise. „Aber ich lasse nicht zu, dass du dein Leben als Jedi für mich aufgibst.“

„Ich habe mein Leben dem Jedi-Orden gegeben“, sagte Anakin langsam. Er meinte jedes Wort ernst. „Aber nur für dich würde ich mein Leben aufgeben.“

„Das würde mir nicht gefallen“, sagte Padmé nachdenklich und lächelte ihn an. „Das würde mir ganz und gar nicht gefallen.“ Anakin wollte sie wieder an sich ziehen, doch sie wich ihm aus. „Geduld, mein gut aussehender Jedi. Komm später zu mir.“

Sie machte wieder einen Schritt zur Seite, aber nicht schnell genug für Anakins Jedi-Reflexe. Er zog sie an sich und fragte sich, weshalb sie immer noch zitterte. „Alles in Ordnung?“

„Ich bin nur aufgeregt, weil ich dich sehe“, sagte Padmé, doch ihre Stimme war etwas zu hoch, und sie wich seinem Blick aus.

„Das ist es nicht.“ Anakin tastete beunruhigt mit seinen Jedi-Sinnen nach ihr. „Ich spüre mehr. Was ist es? Was ist los?“

Zu seinem Schrecken begann Padmé zu weinen. „Du warst fünf Monate weg“, sagte sie unter Tränen. „Das war sehr schwer für mich. Ich habe mich noch nie so allein gefühlt. Es gibt …“

Anakin ertrug es nicht mehr länger. Es gab nur eines, wovon er sich vorstellen konnte, dass Padmé es ihm nicht sagen wollte. „Gibt es jemand anderen?"

Zu seiner Überraschung – und zu seiner Erleichterung – hörte Padmé auf zu weinen. „Nein!", sagte sie mit einer wütenden, unmissverständlichen Bestimmtheit. „Du vertraust mir noch immer nicht, dabei hat sich nichts verändert."

Doch es *hatte* sich etwas verändert. Er konnte es jetzt sogar noch deutlicher spüren. „Es ist nur ... ich habe dich noch nie so gesehen."

„Es ist alles in Ordnung." Padmé wandte sich einen Moment ab und sah ihn dann wieder an. „Etwas Wunderbares ist geschehen." Sie zögerte, und Anakin dachte: *Etwas Wunderbares? Weshalb bist du dann so verängstigt? Weshalb weinst du?* Und dann holte sie tief Luft und fuhr fort. „Ich bin ... Annie, ich bin schwanger."

Anakin merkte, wie ihm der Unterkiefer hinunterklappte. Von allen möglichen Gründen hatte er diesen als letzten erwartet. *Ein Baby? Wir bekommen ein Baby?*

Padmé sah ihn erwartungsvoll an, gespannt auf seine Reaktion. *Wir werden ein Baby haben,* dachte Anakin. „Das ist ... wunderbar!"

Padmé schloss die Augen und lehnte sich an ihn. „Was sollen wir nur tun?"

Ein Wust unliebsamer Gedanken ging Anakin durch den Kopf. *Das* konnten sie niemals geheim halten. *Du bist wichtig für die Republik und für das Ende dieses Krieges*, hatte Padmé gesagt, doch wenn die Jedi herausfanden, dass er Padmé geheiratet hatte, würde er den Orden verlassen müssen. Wie konnte er dann der Republik noch helfen? Was würde Obi-

Wan sagen, wenn er erfuhr, dass sein Freund und Schüler ihn so lange angelogen hatte? Und was würde das für Padmé bedeuten?

Anakin wischte all diese Gedanken entschlossen beiseite. „Es wird alles gut werden“, sagte er. „Wir werden uns jetzt keine Sorgen über irgendetwas machen.“ Er hielt inne und begann zu grinsen. *Wir bekommen ein Baby!* „Dies ist ein glücklicher Augenblick. Der glücklichste Augenblick meines Lebens!“

KAPITEL 5

Als sich die neimoidianische Fähre auf Utapau herabsenkte, betrachtete Grievous die Gegend durch ein Sichtfenster. Die Oberfläche des Planeten war zerklüftet und karg und von großen Gruben übersät, in deren Wände die Bewohner ihre Städte bauten. Die Fähre sank in eine der größten und am tiefsten liegenden Grubenstädte. Am Rand des Loches ragte eine von Kampf- und Super-Kampf-Droiden umgebene Landeplattform hervor, auf der die Fähre sauber aufsetzte.

Als Grievous das Schiff verließ, kam einer der Droiden zu ihm. „Der Planet ist sicher, Sir", sagte die Maschine. „Die Bevölkerung ist unter Kontrolle."

Natürlich sind sie unter Kontrolle, dachte Grievous. *Dummes Ungeziefer.* Die Bewohner des Planeten interessierten ihn nicht. Er sollte sich hier mit dem Rat der Separatisten treffen.

Einer der Leibwächter kam heran. „Ihr habt eine Nachricht auf dem speziellen Kommunikationskanal", flüsterte er.

Alle Gedanken an den Rat waren wie weggewischt. Grievous ging schnell zum Hologramm-Bereich. Blaues Licht flimmerte über die Hologramm-Scheibe und bildete schnell das Bild einer vermummten Gestalt. Grievous verbeugte sich tief. Das war der *echte* Anführer der Separatisten, die wahre Kraft hinter dem Krieg. „Ja, Lord Sidious", sagte Grievous.

„Ich schlage vor, dass Ihr den Rat der Separatisten nach Mustafar verlegt", sagte die leise, kalte Stimme.

„Ja, Meister", gab Grievous zurück.

„Gut. Die Jedi werden alles daran setzen, Euch zu finden. Ich will nicht, dass sie Euren Aufenthaltsort kennen, bevor wir bereit sind."

Das hat wahrscheinlich zu bedeuten, dass es lange dauern wird, bis die Kämpfe weitergehen, dachte Grievous. Er verbarg seine Enttäuschung und sagte: „Bei allem Respekt, Meister, weshalb durfte ich den Kanzler nicht töten, als ich die Gelegenheit dazu hatte?"

„Die Zeit war noch nicht reif", gab Darth Sidious zurück. „Ihr müsst Geduld haben. Das Ende des Krieges ist nah, General, und ich versichere Euch, der Sieg ist uns sicher."

Grievous nickte. Doch bei all seinem Einfluss und bei all seiner Zuversicht war Darth Sidious kein Krieger. *Begreift er überhaupt, wie viel uns dieser nutzlose Feldzug auf Coruscant gekostet hat?* Er versuchte einen vorsichtigen Vorstoß. „Aber der Verlust von Count Dooku?"

Darth Sidious' Lächeln war unter der Kapuze kaum zu erkennen. „Der Tod von Lord Tyranus war ein notwendiges Übel", sagte er. „Ich werde bald einen neuen Schüler haben – einen, der jünger und viel mächtiger als Lord Tyranus ist."

Grievous, der jetzt etwas zuversichtlicher war, nickte. Doch als die Übertragung beendet war, starrte Grievous noch lange in die Luft an der Stelle, an der gerade noch Darth Sidious' Bild gestanden hatte. Sith-Lords waren verschlagen und hinterlistig. Er würde Darth Sidious' Zuversicht eher teilen, so dachte Grievous, wenn er dessen Pläne genauer kennen würde.

Padmé wachte plötzlich auf. Sie lag allein in dem großen Bett. Einen Augenblick blieb sie ruhig liegen und sammelte ihre Gedanken. Sie schlief schon seit Monaten nicht mehr gut – seitdem sie von ihrer Schwangerschaft wusste – doch jetzt war irgendetwas nicht in Ordnung. Es dauerte einen Moment, bis ihr klar wurde, was es war: Sie war allein.

„Anakin?"

Keine Antwort. Padmé stieg mit skeptischer Miene aus dem Bett, um nach ihrem Mann zu sehen.

Sie fand ihn auf dem Balkon, von wo er auf die Lichter von Coruscant hinabsah. Die bernsteinfarben leuchtenden Streifen waren heute Nacht fleckig. Schwarze, leere Stellen verrieten die Orte, an denen die Streitmacht der Separatisten Gebäude in die Luft gesprengt hatte. In manchen Gegenden verschleierte der Rauch von noch immer glühenden Trümmern die Lichter der Rettungsfahrzeuge, die Verschüttete bargen.

Padmé stellte sich neben Anakin. Er sah sie nicht an – nicht einmal, als sie seine Hand nahm. Sie sah, wie das Licht von seinen nassen Wangen reflektiert wurde. Er hatte geweint.

„Was beschwert dich?", fragte sie, obwohl sie es zu wissen glaubte.

„Nichts." Anakins Stimme war leise.

„Anakin", sagte Padmé sehr sanft. „Wie lange wird es dauern, bis wir ehrlich zueinander sind?"

Einen Augenblick dachte sie, er würde schweigen. „Es war ein Traum", sagte er schließlich. Er sprach langsam, so als würden die ausgesprochenen Worte etwas zur Wahrheit machen, was er lieber nicht glauben wollte.

Ein Traum? Das hatte sie nicht erwartet. „Ein schlimmer Traum?", fragte sie vorsichtig.

„So wie die Träume, die ich von meiner Mutter kurz vor ihrem Tod hatte."

Padmé hielt den Atem an. Anakin hatte wochenlang von dem Leid und dem Schmerz seiner Mutter geträumt. Die Träume hatten ihn schließlich dazu getrieben, zu ihr zu gehen – gegen den Rat und die Anweisungen der Jedi. Doch er war zu spät gekommen. Und er hatte es sich niemals verziehen. Manchmal dachte Padmé, er hätte es auch dem Jedi-Orden niemals verziehen. Sie sah ihn an und glaubte plötzlich nicht mehr, dass die Erinnerung an sein Versagen das war, was ihn jetzt quälte. „Und?", fragte sie ihn.

Anakin schluckte. „Ich habe von dir geträumt."

Von mir? Padmé spürte eisige Kälte, und ihre Hand wanderte zu der Halskette, die sie immer trug. Sie war mit einem geschnitzten Stück Japor versehen. Anakin hatte sie ihr gegeben, um ihr „immer Glück zu bringen", als er neun und sie vierzehn gewesen war. Wenn Anakin jetzt solche Träume von ihr träumte, dann brauchte sie alles Glück der Galaxis. „Erzähl ihn mir."

„Es war nur ein Traum", sagte Anakin und wandte sich von ihr ab.

Wenn es nur ein Traum war, weshalb bist du dann so unglücklich? Doch wenn sie das sagen würde, dann würde sie ihn nur noch mehr aufwühlen. Padmé wartete einfach ab.

Einen Augenblick später holte Anakin tief Luft. „Du stirbst bei der Geburt", sagte er geradeheraus.

„Und das Baby?" Padmé fragte wie automatisch, bevor sie weiter nachdachte.

„Das weiß ich nicht."

„Es war nur ein Traum", sagte Padmé, wenn sie auch nicht

an ihre Worte glaubte – ebenso wenig wie Anakin. Seine Vorahnungen hatten sich nur allzu oft bewahrheitet. *Vielleicht hätte ich früher einen Medi-Droiden aufsuchen sollen,* dachte sie. Doch das hatte sie nicht gewagt, aus Angst, das Geheimnis könnte herauskommen.

Anakin ging zu ihr und legte die Arme um sie. „Ich werde nicht zulassen, dass es wahr wird, Padmé." Sie ließ sich mit einem Gefühl der Sicherheit und Zuversicht in seine Arme sinken, doch sie wusste, dass das nur eine Illusion war. Anakin hatte sie vor dem Krieg bewahrt, vor Meuchelmördern, vor Kampf-Droiden und vor Monstern, doch dies war nichts, was er mit einem Lichtschwert niederschmettern konnte.

Padmé sah zu Anakin auf und versuchte zum ersten Mal, all ihre angestauten Ängste auszusprechen. „Anakin, dieses Baby wird unser Leben verändern", sagte sie bedächtig. „Ich bezweifle, dass die Königin mir weiterhin gestatten wird, im Senat zu dienen." Anakin sah sie bekümmert an, und so redete sie schnell weiter. „Und wenn der Rat erfährt, dass du der Vater bist, wird man dich aus dem Jedi-Orden ausschließen."

„Ich weiß." Anakin sprach die Worte in einem nüchternen Tonfall aus, und sie wusste, dass er sich dieselben Gedanken gemacht hatte. Doch Anakin dachte erst seit ein paar Stunden nach; sie hingegen seit Monaten. Monate, um jeden Winkel der Kiste zu untersuchen, in der sie gefangen waren.

Sie hatte sich bereits mit der Tatsache abgefunden, dass sie ihre Position im Senat würde aufgeben müssen. Es schmerzte noch immer, doch es gab viele Möglichkeiten für eine ehemalige Senatorin, aktiv zu bleiben. Sie war zuversichtlich, dass sie mit ihrer Erfahrung eine Stelle in der Mannschaft eines der anderen Senatoren bekommen konnte. Und sie würde das Baby haben, um das sie sich kümmern und das sie aufziehen musste. Aber Anakin …

In den letzten tausend Jahren hatten nur zwanzig Wesen den Jedi-Orden verlassen. Anakin hatte einst von ihnen gesprochen, als sie sich über Count Dooku unterhalten hatten, den letzten der Verlorenen Zwanzig. Und Anakin hatte immer ein Jedi werden wollen. Er hatte sein Leben dem Orden gewidmet – und was immer er auch sagte, Padmé war sich sicher, dass er sein Leben im Dienste der Jedi geben würde. Er war durch gefährliche, ja tödliche Missionen zum Helden geworden. Auf ein paar davon war er fast umgekommen. Was würde er tun, wenn er das aufgeben musste? Wie würde er auf diesen Verlust reagieren?

Padmé sprach zögernd den Gedanken aus, der ihr in letzter Zeit wieder und wieder in den Sinn gekommen war. „Anakin, glaubst du, dass Obi-Wan uns vielleicht helfen könnte?"

Anakin versteifte sich. „Hast du ihm etwas erzählt?"

„Nein", sagte Padmé besänftigend. „Aber er ist dein Mentor, dein bester Freund. Er muss doch etwas vermuten."

„Er ist wie ein Vater für mich, aber er ist auch Mitglied des Rates. Sag ihm nichts!"

Padmé seufzte. „Das werde ich nicht, Anakin." *Nicht, bis du selbst erkennst, dass wir es tun müssen.*

„Wir brauchen seine Hilfe nicht", sagte Anakin ein wenig zu entschlossen, so als müsste er sich selbst ebenso überzeugen wie Padmé. „Und das Baby ist ein Segen, kein Problem."

Es ist beides, dachte Padmé, doch sie war es Leid, dieselben Gedanken wieder und wieder in ihrem Kopf im Kreis drehen zu lassen. Sie lehnte sich an Anakin und ließ sich von seiner Zuversicht einnehmen. Sie mussten heute Nacht nicht alles klären. Im Augenblick reichte es, wenn sie an die Freude dachten, die die Zukunft bringen würde, anstatt sich auf die Probleme zu konzentrieren. Vorerst.

In Meister Yodas private Räumlichkeiten eingeladen zu werden, war normalerweise ein Privileg und eine Ehre, doch heute war es ein Privileg, auf das Obi-Wan lieber verzichtet hätte. *Ein vertrauliches Treffen, ohne den gesamten Rat ... das gefällt mir nicht.* Ihren Gesichtern nach zu urteilen, schien es Meister Yoda und Meister Windu nicht anders zu gehen. Die Dunkle Seite umgab alles mit einer erstickenden Wolke und verschleierte die Zukunft. Zwischen dieser ungewissen Zukunft und dem Krieg hatte sich die Angst in das Sanktuarium der Jedi geschlichen. *Angst ist der Weg zur Dunklen Seite. Was wird mit uns geschehen?*

Und jetzt diese Nachricht. „Die Kontrolle über den Jedi-Orden der Kanzler erreichen will", sagte Yoda.

„Und alles unter dem Vorwand größerer Sicherheit", gab Obi-Wan zurück. In den Jahren seit dem Beginn des Krieges hatte Palpatine immer mehr Zuständigkeiten des Senats an sich gerissen. Es war nur eine Frage der Zeit gewesen, bis er sich an den Jedi-Orden heranmachen würde. Doch auch wenn etwas voraussehbar war, dann war es trotzdem nicht minder erschreckend, wenn es schließlich geschah.

„Ich spüre ein Komplott zur Vernichtung der Jedi", sagte Mace Windu. Yoda sah ihn mit milder Missbilligung an. Meister Windu war ein mächtiger Krieger, doch manchmal sah er zu schnell Komplotte und Bedrohungen. *Und Yoda ist nach achthundert Jahren der Ausbildung von Jedi etwas zu geduldig.* Doch dass der Kanzler die Jedi *vernichten* wollte, das schien kaum vorstellbar zu sein. Mace fuhr fort, so als spürte er Obi-Wans Vorbehalte. „Die Dunkle Seite der Macht umgibt den Kanzler."

„So wie sie die Separatisten umgibt", sagte Obi-Wan nachdenklich, „Die Macht verschiebt sich. Wir alle spüren es. Wenn der Kanzler von der Dunklen Seite beeinflusst ist, könnte dieser Krieg ein Komplott der Sith sein, um die Republik zu übernehmen."

„Spekulationen!", sagte Yoda mit Nachdruck. „Aufgrund von Theorien wie dieser nicht agieren wir können." Er sah Mace und Obi-Wan unvoreingenommen an. „Beweise wir brauchen, bevor vor den Rat wir damit gehen."

Ja, aber wie sollen wir Beweise bekommen?, dachte Obi-Wan. Dann beantwortete er seine eigene Frage: „Der Beweis wird kommen, wenn Grievous nicht mehr ist."

Mace Windu und Yoda tauschten Blicke aus. Mace presste die Lippen zusammen. Dann sprach er das aus, was sie alle vermieden hatten zu sagen. „Wenn der Kanzler diesen Krieg nach der Vernichtung von Grievous nicht beendet, muss er seines Amtes enthoben werden."

„Verhaftet?" Obi-Wan durchfuhr ein kalter Schauder. Allein die Äußerung dieser Möglichkeit kam einem Verrat gefährlich nahe.

„Zu einem dunklen Ort diese Gedankengänge uns werden bringen", sagte Yoda, womit er Obi-Wans Gedanken wiedergab. „Sehr vorsichtig wir müssen sein."

Ja, sehr vorsichtig. Doch welche Wahl würden sie haben, wenn der Kanzler den Krieg fortführte?

KAPITEL 6

Meister Yoda saß da und beobachtete Anakin Skywalker ganz genau. Der junge Jedi fragte ihn nicht oft um Rat, und es war noch seltener, dass er um ein dringendes vertrauliches Treffen bat. Und diese Umstände zu diesen Zeiten ... *Von großer Bedeutung dies für uns sein muss. Aber weshalb?*

„Vorhersehungen", sagte er laut. Etwas vorherzusehen war eine seltene Begabung der Jedi, aber nichts Unbekanntes. Yoda hatte gelegentlich selbst die Wege der Zukunft gesucht. Allerdings hatte es seit Jahren niemand mehr willentlich getan. Nicht, seitdem die Dunkle Seite zu wachsen begonnen und solche Vorhersehungen gefährlich und unzuverlässig gemacht hatte. Doch die Macht war stark in Anakin, stärker als in jedem Jedi, den Yoda in hunderten von Jahren gesehen hatte. Und Anakin hatte seine Visionen nicht absichtlich gesucht, das war deutlich. Er wollte das Gesehene nur widerstrebend besprechen. Yoda nickte ermutigend. „Diese Visionen, die du hast ..."

Anakins senkte den Kopf. „Sie handeln von Schmerz und Leid", sagte er leise. „Von Tod."

Und Angst sie dir machen. Aber Angst wovor? Vor wem? Er musste vorsichtig sein, sonst würde er nicht mehr darüber herausfinden. Und ohne mehr Kenntnisse der Sache konnte er Anakin nicht helfen. „Von dir selbst du sprichst oder von jemandem, den du kennst?"

„Jemand ...", Anakins Stimme versiegte, und seine Hände ballten sich zu Fäusten, so als wollte er sich an etwas festhalten.

„Der nahe dir steht?", sagte Yoda nach einem Moment der Stille.

Als Anakin schließlich antwortete, war seine Stimme kaum mehr als ein Flüstern. „Ja."

„Vorsichtig du sein musst, wenn die Zukunft du ertastest, Anakin", sagte Yoda. „Die Angst vor einem Verlust der Weg zur Dunklen Seite ist." *Und da so stark die Dunkle Seite ist, ein schneller und leichter Weg es ist.*

Zu Yodas Bestürzung schien Anakin seine letzten Worte nicht gehört zu haben. Er hatte die Kiefer zusammengepresst und starrte ins Nichts, so als würde er gerade jetzt seine Visionen wieder sehen. Dabei spürte Yoda nichts von den Veränderungen in der Macht, die ein solches Vorkommnis eigentlich begleiteten. *Er erinnert sich,* dachte Yoda.

Irgendwann sprach Anakin wieder. „Ich lasse es nicht zu, dass meine Visionen wahr werden, Meister Yoda", sagte er mit grimmiger Entschlossenheit.

Ah, junger Jedi. Stark im Umgang mit der Macht du bist, aber den Tod aufzuhalten – so stark kein Jedi ist. Yoda hatte Jahrhunderte an Erfahrung und besaß Erinnerungen an Tausende von kurzlebigeren Wesen, die er ausgebildet hatte, mit denen er gearbeitet und um die er sich gekümmert hatte. Seine sanfte Antwort kam aus dieser Weisheit heraus. „Erfreue dich für die um dich, die eins werden mit der Macht. Nicht traure um sie. Nicht vermisse sie. Bindungen führen zu Eifersucht. Der Schatten der Gier sie ist."

Anakin nickte langsam, doch Yoda spürte noch immer den Widerstreit in ihm. „Was soll ich tun, Meister?"

„Lerne, von allem loszulassen, was zu verlieren du fürchtest", sagte Yoda. *Eine schwere Lektion das ist, aber notwendig.* Und es war eine Lektion, die es immer wieder und wieder zu lernen galt, dachte Yoda traurig, als er an die Hunderte von Jedi dachte, die bereits im Klonkrieg umgekommen waren.

Das Treffen mit Meister Windu und Meister Yoda bedrückte Obi-Wan noch mehrere Stunden. Er musste noch darüber nachdenken, als er die letzten Nachrichten vom Senat durchsah, als er sich auf seine nächste Einsatzbesprechung vorbereitete und selbst dann noch, als er bereits im Konferenzraum stand, den anwesenden Jedi die jüngsten Kampfzonen erklärte und ihre Fragen beantwortete. Doch er dachte nicht an den Kanzler oder den Rat der Jedi. Er dachte an Anakin.

Meister Yoda und Meister Windu sahen das Gesamtbild – wie sich der Kanzler, der Senat und die Jedi einander gegenüber verhielten und die jeweils dazugehörigen verschiedenen Mächte, Autoritäten und Verantwortlichkeiten. Sie betrachteten die sich dauernd ändernden Eingaben, Vorschläge und Forderungen, als würden sie die Züge in einem Dejarik-Spiel auf einem Holobrett beobachten.

Anakin sah nicht das Gesamtbild. Anakin betrachtete die meisten Dinge aus einem sehr persönlichen Blickwinkel. Das war kein Problem gewesen, als er und Anakin im Outer Rim gewesen waren, um dort gegen die Handelsföderation zu kämpfen – schließlich war ein Kampf-Droide, der einen beschoss, etwas ziemlich Persönliches, was auch immer dessen Gründe waren. Doch jetzt, wo sie sich wieder auf Coruscant befanden, musste Anakin auch die politischen Auswirkungen seines Handelns in Betracht ziehen – und des Handelns aller anderen. Obi-Wan machte sich Sorgen über Anakins Reaktion angesichts der jüngsten Entwicklungen. *Irgendjemand* musste ihn vor den Dingen warnen, die vielleicht auf ihn zukamen. Obi-Wan seufzte. In diesem Fall war er selbst der einzige ‚Jemand', der Anakin einen Hinweis geben konnte. Wenn Anakin nur auf ihn hören würde …

Die Tür zum Besprechungsraum ging auf. Obi-Wan schaute von den Hologrammen und Schautafeln auf, die er gerade schloss und sah, wie Anakin sich eilig näherte. „Du hast den Bericht über die Belagerungen am Outer Rim versäumt", sagte Obi-Wan.

„Ich wurde aufgehalten", gab Anakin zurück. Er klang angespannt und schien gedankenverlorenen zu sein. Dann schüttelte er den Kopf. „Es tut mir Leid. Ich habe keine Entschuldigung."

Obi-Wan drehte sich um und schaltete die letzten elektronischen Sternkarten ab. „Um es kurz zu machen: Sie laufen ziemlich gut", sagte er. Vielleicht konnte er das Gespräch unauffällig auf politische Themen bringen, wenn er von der Besprechung erzählte, die Anakin gerade versäumt hatte. „Saleucami ist gefallen, und Meister Vos hat seine Truppen nach Boz Pity verlegt."

Anakin schob die Augenbrauen zusammen. „Was ist dann nicht in Ordnung?", fragte er geradeheraus.

So viel zum Thema unauffällig, dachte Obi-Wan. „Der Senat soll heute darüber abstimmen, ob der Kanzler noch mehr Exekutivgewalt bekommt."

„Das kann nur weniger Diskussionen und mehr Aktion bedeuten", sagte Anakin mit einer gewissen Zufriedenheit. Dann sah er Obi-Wans Gesicht und er schaute verwundert drein. „Ist das so schlimm? Es wird einfacher für uns werden, diesen Krieg zu beenden."

So einfach ist das nicht! Obi-Wan schluckte die Worte hinunter. Anakin war kein Diplomat; für ihn war es tatsächlich *einfach*. „Anakin. Hüte dich vor deinem Freund, dem Kanzler."

„Mich hüten? Wovor?" Anakin sah verständnisloser als je zuvor drein.

„Er bat um dein Erscheinen."

„Weshalb?"

„Das wollte er nicht sagen."

Wenigstens das entlockte Anakin ein Stirnrunzeln. „Der Kanzler informierte den Jedi-Rat nicht?", fragte Anakin. „Das ist aber ungewöhnlich."

„*Alles* ist ungewöhnlich", gab Obi-Wan zurück. „Ich habe ein ungutes Gefühl." Nun schien Anakin aufmerksamer zu sein. „Das Verhältnis zwischen dem Rat und dem Kanzler ist angespannt."

Anakins Stirnrunzeln vertiefte sich. „Ich weiß, dass der Rat die wachsende Macht des Kanzlers mit Argwohn betrachtet", sagte er. „Aber arbeiten wir nicht alle zusammen, um die Republik zu retten? Weshalb all das Misstrauen?"

Weil manche Wesen mehrere Ziele zugleich verfolgen können, dachte Obi-Wan. *Der Kanzler kann an der Rettung der Republik arbeiten und gleichzeitig daran, seinen eigenen Einfluss zu vergrößern. Und wenn wir nicht aufpassen, hat er nach Ende des Krieges zu viel Macht.* Doch es wäre zu gefährlich, das laut auszusprechen, selbst im Jedi-Tempel.

„Die Macht wird dunkel, Anakin“, sagte Obi-Wan stattdessen. „Und wir alle sind davon betroffen. Achte auf deine Gefühle.“

Anakin nickte, doch als sie gemeinsam den Besprechungsraum verließen, konnte Obi-Wan nur hoffen, dass er genug gesagt hatte.

Das Büro des Obersten Kanzlers des Senats bot eine der besten Aussichten auf dem Planeten. Die meisten Fenster von Coruscant zeigten nichts als die düsteren, grauen Schluchten zwischen den riesigen Bauwerken, die die Planetenoberfläche bedeckten. Die gewaltigen Wolkenkratzer glichen künstlichen Bergen, die es unmöglich machten, weit zu sehen.

Doch das Büro des Kanzlers befand sich weit oberhalb der meisten Gebäude. Aus seinen Fenstern sahen die Wolkenkratzer weniger wie Berge aus, sondern vielmehr wie ein Wald aus versteinerten Pflanzen. An diesem Tag hing allerdings ein rauchiger brauner Dunst über diesem Wald. Lücken in den Turmreihen zeigten die Stellen auf, an denen Gebäude im Kampf zerstört worden waren. *Die Separatisten müssen für eine ganze Menge geradestehen,* dachte Anakin.

Irgendwann brach Kanzler Palpatine das Schweigen. „Anakin, der Senat wird heute Nachmittag dafür votieren, dass ich die direkte Kontrolle über den Jedi-Rat bekomme.“

Anakins Augen weiteten sich. Obi-Wan hatte gesagt, dass der Kanzler größere Macht bekommen würde, aber so etwas hatte Anakin nicht erwartet. „Die Jedi werden nicht mehr dem Senat unterstehen?“, fragte er. Er konnte es einfach nicht glauben.

„Sie werden mir persönlich unterstehen“, sagte Palpatine.

„Der Senat ist zu unkonzentriert, um einen Krieg überwachen zu können."

„Dem stimme ich zu", sagte Anakin schnell. Doch als er sich an Obi-Wans Worte erinnerte, fügte er hinzu: „Aber der Rat der Jedi könnte das anders sehen. Bei allem Respekt, Sir, der Rat wünscht keine weiteren Verfassungsänderungen."

„In diesem Fall bleibt mir keine andere Wahl", sagte Palpatine beinahe traurig. „Dieser Krieg muss gewonnen werden."

„Darin sind sich alle einig", sagte Anakin. *Obwohl ich manchmal glaube, dass sich der Rat der Jedi so viel mit Politik beschäftigt, dass er das wahre Problem aus den Augen verloren hat.* Doch kaum hatte Anakin diesen Gedanken zu Ende gedacht, bekam er Schuldgefühle. Der Rat hatte seine eigenen Mitglieder in den Kampf geschickt und dabei einige von ihnen verloren. *Weil ich wieder auf Coruscant bin und nicht mehr auf dem Kriegsschauplatz,* dachte Anakin, *fühle ich mich wie eingesperrt. Und … da ist noch etwas anderes.* Doch er wollte jetzt nicht an seine Träume denken.

Palpatine hatte in der Zwischenzeit weitergeredet. Anakin wandte seine Aufmerksamkeit wieder der Unterhaltung zu, als der Kanzler gerade wissen wollte: „Fragst du dich nicht, weshalb man dich nicht in den Rat aufgenommen hat?"

„Meine Zeit wird kommen", sagte Anakin wie automatisch. „Wenn ich älter, und wie ich annehme, weiser bin." *Aber meine Zeit wird nicht kommen,* dachte er. *Nicht mehr. Sobald sie von mir, Padmé und dem Kind erfahren, werde ich den Jedi-Orden verlassen müssen.* Er fühlte sich plötzlich leer, so wie er sich mit neun Jahren gefühlt hatte, als der Rat der Jedi der Meinung gewesen war, er wäre zu alt für eine Ausbildung gewesen. *Was wird jetzt mit mir geschehen?,* fragte er Meister

Qui-Gon Jinn. Er war Qui-Gons Schützling geworden, doch das schien nicht genug gewesen zu sein – auch nicht, als er neun Jahre alt gewesen war. Die Ratsmitglieder hatten nach Qui-Gons Tod nachgegeben, doch sie hatten seine Ausbildung nie wirklich unterstützt.

„Ich hoffe, du vertraust mir, Anakin", sagte der Kanzler.

„Natürlich", gab Anakin voller Schuldgefühle zurück. Er vertraute dem Kanzler nicht genug, um ihm von Padmé oder dem Baby zu erzählen. Doch er vertraute *niemandem* genug, um diese Dinge erzählen zu können. Noch nicht.

„Ich brauche deine Hilfe, mein Sohn."

Habe ich irgendetwas verpasst? „Was meint Ihr?"

„Ich fürchte die Jedi. Der Rat will mehr und mehr Kontrolle. Sie verstecken sich hinter Geheimhaltung und sind davon besessen, ihre Unabhängigkeit zu wahren. Das sind Ideale, deren Aufrechterhaltung ich in einer Demokratie schlichtweg unbegreiflich finde."

Anakin fiel es schwer, nicht genervt die Augen zu verdrehen. Obi-Wan hatte fast dasselbe über den Kanzler gesagt. Weshalb konnten sie nicht alle einfach *aufhören* und sich wieder um diesen Krieg kümmern? „Ich kann Euch versichern, Sir, dass sich die Jedi den Werten der Republik verpflichtet fühlen", sagte er zu Palpatine.

„Ihre Handlungen werden eine deutlichere Sprache sprechen als ihre Worte", gab der Kanzler zurück. „Ich brauche dich."

„Wofür?", wollte Anakin verwundert wissen. „Ich verstehe Euch nicht."

„Um die Augen, die Ohren und die Stimme der Republik zu sein", sagte Palpatine.

Was meint er damit? Der Kanzler war die Stimme des Senats, und der Senat war die Stimme der Republik. Brauchte Palpatine einen Jedi-Assistenten? Das ergab keinen Sinn.

„Anakin", sagte Palpatine nach einem kurzen Moment des Schweigens. „Ich ernenne dich zu meinem persönlichen Repräsentanten im Jedi-Rat."

Das war deutlich. Es dauerte allerdings eine Sekunde, bis Anakin die Bedeutung der Worte klar wurde. „Ich? Ein Jedi-Meister?" *Das jüngste Ratsmitglied aller Zeiten! Und vielleicht kann ich dann im Orden bleiben, auch wenn sie herausfinden …* Er wagte es nicht, diesen Gedanken zu Ende zu denken. Die Hoffnung war zu groß und gleichzeitig zu trügerisch. Abgesehen davon … „Ich bin überwältigt, Sir, aber der Rat wählt seine Mitglieder selbst. Sie werden das niemals akzeptieren."

„Ich glaube, das werden sie", sagte der Kanzler mit einer ruhigen Entschlossenheit, die absolut überzeugend war. „Sie brauchen dich nötiger, als ihnen klar ist."

KAPITEL 7

Es kostete Anakin seine ganze Selbstbeherrschung, um nicht in dem Gang vor dem Jedi-Ratssaal auf und ab zu gehen. In seinem Kopf herrschte Chaos. Es waren erst ein paar Stunden vergangen, seitdem der Kanzler ihm gesagt hatte, dass er ihn im Rat der Jedi haben möchte. Es schienen erst Minuten vergangen zu sein, seitdem der Senat dem Kanzler die Autorität gegeben hatte, um Anakins Ernennung offiziell zu machen. Weshalb kam es ihm also vor, als stünde er schon seit Stunden hier draußen?

Irgendwann öffneten sich endlich die Türen, und Anakin ging hinein. Der Ratssaal kam Anakin größer vor, als er ihn in Erinnerung hatte. Seit dem Ausbruch der Klonkriege war er oft hier gewesen, um von Missionen zu berichten, die er gemeinsam mit Obi-Wan durchgeführt hatte. Er konnte sich allerdings nicht daran erinnern, dass der Weg in die Mitte des Kreises jemals so weit gewesen war. Die wartenden Meister saßen mit ausdruckslosen Gesichtern auf ihren Plätzen: Mace Windu, Eeth Koth, Yoda und die Hologramme von Plo Koon und Ki-Adi-Mundi. Selbst Obi-Wans Gesicht ließ keine Rückschlüsse auf die Entscheidung des Rates zu.

Endlich erreichte Anakin die Mitte des Raumes. Er blieb stehen und verneigte sich.

Irgendwann ergriff Mace Windu als Oberhaupt des Rates formell das Wort. „Anakin Skywalker, deiner Ernennung zum Ratsmitglied als persönlicher Repräsentant des Kanzlers wurde stattgegeben."

„Ich werde mein Bestes geben, um die Prinzipien des Jedi-Ordens zu wahren", gab Anakin in der selben Förmlichkeit zurück, dabei fiel es ihm mehr als schwer, seine Freude für sich zu behalten. Er wollte in die Luft springen und schreien, zumindest aber grinsen.

Master Yoda musste Anakins Gefühle gespürt haben, denn er sah ihn streng an. „Diese Ernennung der Rat nicht leicht zulässt. Beunruhigend dieser Wunsch des Kanzlers Palpatine ist."

„Ich verstehe", sagte Anakin.

„Du bist Mitglied des Rates", fuhr Mace fort. „Aber wir gewähren dir nicht den Rang eines Meisters."

Was? Wut überkam Anakin, und damit war seine Beherrschung dahin. „Wie könnt Ihr das tun? Ich bin mächtiger als jeder von Euch! Wie kann ich Mitglied des Rates werden, ohne ein Meister zu sein?"

„Setz dich, junger Skywalker", sagte Mace mit eisiger Missbilligung.

Anakin schluckte. Obwohl er innerlich noch kochte, zwang er sich zu einer Entschuldigung. „Vergebt mir, Meister", sagte er und ging zu einem der leeren Stühle. *Der Kanzler baut auf mich. Sie werden weder ihm noch mir vertrauen, wenn ich mich nicht beherrschen kann. Aber es gab noch nie ein Mitglied des Rates, das nicht auch Meister war! Und ich bin gut genug. Das weiß jeder.*

Ki-Adi-Mundi räusperte sich, und die Versammlung drehte sich sofort um die Tagesordnung. „Wir haben alle Systeme der

Republik durchsucht, aber keine Spur von General Grievous gefunden."

„Im Outer Rim er sich versteckt", sagte Yoda. „Die außen liegenden Systeme durchsuchen Ihr müsst."

„Das könnte etwas Zeit in Anspruch nehmen", sagte Obi-Wan. „Wir können nicht so viele Schiffe entbehren."

„Wir können keine Schiffe von der Front abziehen", sagte Mace.

Anakin nickte trotz seiner Wut zustimmend. Die Streitmächte der Republik waren bereits zu ausgedünnt.

„Dennoch wäre es fatal für uns, wenn wir zuließen, dass sich die Droiden-Armeen neu sammeln", sagte Obi-Wan.

Anakin war auch damit eins.

„Meister Kenobi, unsere Spione kontaktieren Ihr müsst", sagte Yoda. „Dann warten."

Anakin runzelte die Stirn. *Warten? Das wird General Grievous Zeit verschaffen, um sich neu zu organisieren. Aber was können wir schon unternehmen, wenn wir nicht genügend Jäger haben, die wir losschicken können?*

Das blaue Hologramm Ki-Adi-Mundis hob eine Hand. „Was ist mit den Droiden, die auf Kashyyyk landeten?"

Alle waren sich einig, dass sie Kashyyyk, den Heimatplaneten der Wookiees, nicht verlieren durften. Er lag an der wichtigsten Navigationsroute im südwestlichen Quadranten. Anakin meldete sich freiwillig, um sofort eine Angriffstruppe zu kommandieren. Er kannte das System gut, und so ging er davon aus, dass die Aktion nicht viel Zeit in Anspruch nehmen würde. Doch Mace schüttelte den Kopf. „Deine Aufgabe ist es, hier an der Seite des Kanzlers zu sein."

Anakin schluckte seine Enttäuschung hinunter. Ihm war

nicht klar gewesen, dass ihn seine Tätigkeit als Repräsentant des Kanzlers von der Front fern halten würde. *Sie lassen mich nicht mehr die Arbeit machen, die ich gut mache*, dachte er. *Und sie werden mich nicht zum Meister ernennen, damit ich diese Arbeit gut machen kann. Das ist nicht fair!*

Auch Yodas nächste Worte halfen nicht. „Gute Beziehung zu den Wookiees ich habe. Gehen, ich werde." Ebenso wenig wie Mace Windus sofortige Zustimmung. Während der gesamten Sitzung, in der der Rat Aufgaben verteilte und Kriegsstrategien besprach, kochte Anakins Wut weiter. Er unterdrückte sein Temperament, bis die Ratssitzung vorüber war. Doch als er mit Obi-Wan durch den Korridor zu den Besprechungsräumen ging, konnte er nicht mehr an sich halten und machte seinen Gefühlen Luft.

„Was für ein Schwachsinn ist das denn?", polterte er. „Mich in den Rat aufnehmen, aber nicht zum Meister machen? Das kam in der Geschichte der Jedi noch nie vor! Es ist eine Beleidigung!"

„Beruhige dich", sagte Obi-Wan. „Dir wurde eine große Ehre zuteil. Es gab noch nie ein Ratsmitglied in deinem Alter."

Anakin schnaubte. *Es gab auch noch nie einen solch mächtigen Jedi wie mich.*

„Hör mir zu, Anakin", sagte Obi-Wan in seinem solch ernsten Tonfall, dass Anakin aufmerksam wurde. „Fakt ist, dass du dem Kanzler zu nahe stehst und dass dem Rat seine Einmischung in die Angelegenheiten der Jedi missfällt."

Dem Kanzler zu nahe? Glaubt er …? „Ich schwöre Euch, ich habe nicht darum gebeten, in den Rat aufgenommen zu werden", sagte Anakin. Wenn es das war, was die anderen Jedi dachten, dann war es auch kein Wunder, dass sie Schwierigkeiten machten!

„Aber es ist das, was du wolltest", erwiderte Obi-Wan. „Und ganz gleich wie es zustande kam: Du befindest dich jetzt in einer delikaten Situation."

„Ihr meint geteilte Loyalität?" *Aber wir sind doch alle auf derselben Seite, oder etwa nicht?*

Obi-Wan schüttelte den Kopf. „Ich habe dich *gewarnt*, dass zwischen dem Rat und dem Kanzler Spannungen herrschen. Ich habe mich deutlich ausgedrückt. Weshalb hast du nicht auf mich gehört? Du hast es nicht anders gewollt."

Das war typisch Obi-Wan. Er suchte immer nach obskuren Motiven und versteckten Zusammenhängen. Doch dieses Mal, so dachte Anakin, sah er nicht einmal, was direkt vor seiner Nase lag. „Der Rat ist aufgebracht, weil ich der jüngste Jedi bin, der jemals Mitglied wurde", sagte Anakin.

„Nein, das ist er nicht", erwiderte Obi-Wan frustriert. Er hielt einen Augenblick inne und fuhr dann etwas ruhiger fort. „Anakin, ich mache mir Sorgen, wenn du von Eifersucht und Stolz sprichst. Das sind keine Jedi-Gedanken. Es sind gefährliche, dunkle Gedanken."

„Meister, von allen Wesen solltet gerade Ihr Vertrauen in meine Fähigkeiten haben", sagte Anakin. Obi-Wan nickte leicht.

„Ich weiß, wem meine Loyalität gilt", sagte Anakin, jetzt etwas zuversichtlicher.

Obi-Wan sah Anakin an und wandte sich dann ab. „Das hoffe ich."

Anakin wartete verwirrt darauf, dass sein ehemaliger Mentor weitersprach. Als Obi-Wan jedoch nichts sagte, beschloss Anakin nachzuhaken. „Ich spüre, dass hinter diesen Worten mehr steckt als das, was Ihr sagt."

„Anakin, der einzige Grund, warum der Rat deiner Ernennung zustimmte, ist, dass der Kanzler dir vertraut", sagte Obi-Wan und blieb wieder stehen.

„Und?" Anakin war all die Hinweise langsam Leid. *Könnt Ihr nicht ein einziges Mal einfach offen sagen, worum es geht?*

„Anakin, du musst wissen, dass ich auf deiner Seite bin", sagte Obi-Wan unglücklich. „Ich hätte nie gewollt, dass du in diese Lage kommst."

„In *welche* Lage?" Er konnte doch nicht die Ernennung zum Ratsmitglied meinen! Obi-Wan war sein Freund. Er wusste, wie sehr Anakin sich einen Sitz im Rat ersehnt hatte.

Obi-Wan blieb stehen und sah Anakin direkt an. Er zögerte, so als suchte er nach den passenden Worten. „Der Rat möchte, dass du über alle Geschäfte des Kanzlers Bericht erstattest. Sie wollen wissen, was er vorhat."

Anakin starrte Obi-Wan fassungslos an. Irgendetwas tief in ihm flüsterte: *Bitte Obi-Wan nie wieder, etwas offen zu sagen*, doch der größte Teil seines Verstands nahm auf, was sein ehemaliger Meister gerade gesagt hatte. „Sie wollen, dass ich den Kanzler ausspioniere?"

Obi-Wan nickte.

„Das ist Verrat!"

„Wir befinden uns im Krieg, Anakin", sagte Obi-Wan unglücklich. „Und der Rat der Jedi hat sich verpflichtet, die Prinzipien der Republik aufrecht zu erhalten, auch wenn der Kanzler es nicht mehr tut."

Hier stimmt etwas ganz und gar nicht. „Weshalb gab mir der Rat diesen Auftrag nicht während der Sitzung?", wollte Anakin wissen.

Obi-Wan sah noch unglücklicher drein als zuvor. „Dies ist

kein offizieller Auftrag. Der Rat bat mich darum, dich persönlich auf diese Sache anzusprechen."

Sie wussten es. Sie wussten, dass sie mich darum nicht bitten dürfen. Anakins Gedanken rasten. „Der Kanzler ist kein schlechter Mann, Obi-Wan", sagte er voller Verzweiflung. „Er hat sich mit mir angefreundet. Er gab seit meiner Ankunft hier auf mich Acht." *Das musste Obi-Wan doch verstehen. Wir sind auf derselben Seite! Weshalb sieht das niemand außer mir? Wir sollten … General Grievous und die Separatisten ausspionieren, und nicht einen guten Mann, der für die gleiche Sache kämpft wie wir!*

Aber Obi-Wan schüttelte den Kopf. „Deshalb musst du uns helfen, Anakin." Er konnte seinem ehemaligen Schüler nicht mehr in die Augen sehen, als er weitersprach. „Wir schulden unsere Treue dem Senat und nicht seinem Anführer …, der es schaffte, so lange nach Ablauf seiner eigentlichen Amtszeit an der Macht zu bleiben."

Anakin starrte Obi-Wan ungläubig an. *Das können sie dem Kanzler doch unmöglich verübeln!* „Meister, der Senat *verlangte*, dass er länger im Amt bleibt!"

„Hör auf deine Gefühle, Anakin", gab Obi-Wan zurück. „Hier stimmt etwas nicht."

„Ihr verlangt von mir, etwas zu tun, das gegen den Jedi-Kodex verstößt", sagte Anakin voller Bitterkeit. „Gegen die Republik. Gegen einen Mentor … und gegen einen Freund. *Das* ist es, was hier nicht in Ordnung ist. Weshalb verlangt Ihr das von mir?"

„Der Rat verlangt es von dir."

Anakin starrte seinen Freund an. Ihm wurde übel. Erst gestern hatte er sich versprochen – geschworen – den Jedi-Kodex nie wieder zu brechen. Und jetzt sagte ihm der Rat der Jedi, dass der Kodex nicht wichtig war, wenn er einen daran hinderte, ein bestimmtes Ziel zu erreichen. *Obi-Wan* bat ihn darum, das zu tun. „Ich weiß, wem meine Loyalität gilt", wiederholte Anakin, spürte aber der Leere in den Worten, hinter denen er noch vor wenigen Minuten mit ganzem Herzen gestanden hatte.

Obi-Wan nahm das als Antwort und nickte mit offensichtlicher Erleichterung. Doch als Anakin seinem ehemaligen Meister den Gang entlang folgte, fragte er sich, ob es tatsächlich eine Antwort gewesen war.

KAPITEL 8

Die Sonne ging gerade unter, als Padmé endlich vom Senat zurückkam. Nach außen hin sah es so aus, als würde der gesamte Senat Kanzler Palpatine ohne Vorbehalte unterstützen, doch unter der Oberfläche herrschte eine enorme Spannung. Sie verbrachte jetzt die meiste Zeit mit Diskussionen, ob man etwas gegen den Kanzler unternehmen sollte oder nicht, und wenn ja, was es sein sollte. Padmé selbst hatte Palpatines wachsende Macht mit immer größerem Unbehagen zur Kenntnis genommen.

Sie hatte mit Palpatine zusammen gearbeitet und ihm jahrelang vertraut – seit ihrer Amtszeit als gewählte Königin von Naboo, als sie auch Naboos Repräsentantin im Senat gewesen war. Sie selbst hatte die Autorität des damaligen Senatskanzlers Valorum in Frage gestellt und so Palpatine den Weg geebnet, die Macht zu übernehmen. *Hätte ich das auch getan*, fragte sie sich, *wenn ich gewusst hätte, was der Kanzler mit dieser Macht anstellen würde?*

Die Antwort kannte sie nicht. Doch sie war sich sicher, dass sie etwas gegen die momentanen Geschehnisse unternehmen musste. Sie war sich im Klaren darüber, dass die Gespräche an Verrat grenzten, denn Kanzler Palpatine hatte nichts Illegales getan. Padmé fragte sich oft, was ihre Jedi-Freunde wohl denken würden, wenn sie herausfanden, womit sie beschäftigt war. Vor allem fragte sie sich, was Anakin wohl davon halten würde.

Der Luftgleiter landete auf der Plattform und Padmé gab sich einen Ruck. Genug gearbeitet für heute. Ihr Rücken schmerzte und ihre Füße taten weh. Die Kleider, die ihre Schwangerschaft verbargen, waren schwer und warm. Und sie war beinahe zu müde, um noch richtig denken zu können. Sie hatte eine Pause verdient. Und sie hoffte, dass Anakin sich wieder vom Jedi-Tempel fortschleichen konnte. Ihr war klar, dass er nicht jede Nacht kommen konnte, aber er war doch so lange weg gewesen …

Sie entließ Captain Typho und ihre beiden Dienerinnen, kaum dass sie aus dem Gleiter ausgestiegen war. „Ich gehe gleich nach oben“, sagte sie. C-3PO blieb unsicher stehen, als die drei Bediensteten gingen, bis sie ihn ebenfalls wegschickte, damit er nach den Sicherheits-Droiden sah.

Als sie endlich allein war, stieß Padmé einen erleichterten Seufzer aus und trat auf die Veranda hinaus, um sich den Sonnenuntergang anzusehen. Sie lehnte sich gegen das Geländer und war froh, dass sie einmal nicht über das nachdenken musste, was sie sagte und ob es einen dünnhäutigen Senator provozieren könnte.

Sie wusste nicht mehr, wie lange sie so dagestanden hatte, als sie die Gegenwart eines anderen auf der Veranda spürte. Sie drehte sich erschrocken um und sah, dass Anakin dicht hinter ihr stand. „Du hast mich erschrocken!“, beschwerte sie sich, obwohl sie schnell ihre Hände ausstreckte, um ihn zu umarmen.

„Wie fühlst du dich?“, fragte Anakin, als sie sich wieder voneinander lösten.

Padmé lachte. „Er tritt mich immer wieder."

„Er?" Anakin riss die Augen auf. „Weshalb glaubst du, dass es ein Junge wird?"

„Mein Mutterinstinkt", sagte Padmé neckisch. Auch wenn sie einen Medi-Droiden zu Rate gezogen hätte, so hätte sie nicht danach gefragt. Die Frage, ob sie einen Jungen oder ein Mädchen trug, war eine der wenigen geheimen Freuden, die sie in den Monaten von Anakins Abwesenheit gehabt hatte. Sie nahm die Hand ihres Mannes und legte sie auf ihren Bauch, damit er den winzigen, unsichtbaren Fuß spüren konnte, der gegen die Wand seines Hortes trat.

Anakins Augen weiteten sich. „Wow!" Er sah sie an und grinste. „Bei einem solch starken Tritt muss es ein Mädchen sein."

Sie lachte darüber, wie er ihr neckisches Spiel umgedreht hatte, und er stimmte in das Lachen mit ein. *So sollte es immer sein*, dachte sie und ließ sich in seine Arme sinken. Und es gab noch mehr gute Neuigkeiten, die das Glück dieses Augenblicks verlängern würden. „Ich habe von deiner Ernennung gehört, Anakin", sagte sie. „Ich bin so stolz auf dich."

Zu ihrer Überraschung verfinsterte sich seine Miene. „Ich sitze jetzt vielleicht im Rat", sagte er wütend, „doch sie weigern sich, mich zum Jedi-Meister zu ernennen."

Der Augenblick zerbrechlichen Glücks war dahin. „Geduld", sagte Padmé. „Irgendwann werden sie deine Fähigkeiten anerkennen."

„Sie behandeln mich, als wäre ich noch immer ein Padawan-Schüler", sagte Anakin, so als hätte er sie nicht gehört. Er ballte die Fäuste. „Sie fürchten meine Kräfte. Das ist das eigentliche Problem."

„Anakin!" Sie mochte es nicht, wenn er so war – wütend,

nachtragend und darauf bedacht, jemand anderem die Schuld zu geben. *Aber es gibt nicht immer jemanden, dem man die Schuld geben kann – manchmal sind die Dinge einfach so, wie sie sind. Man muss sich damit abfinden und weiter seiner Wege gehen.*

„Manchmal frage ich mich, was mit dem Jedi-Orden los ist", fuhr Anakin fort. Jetzt klang er eher traurig, beinahe verletzt, anstatt wütend. „Ich glaube, dass dieser Krieg die Prinzipien der Republik zerstört."

Anakin? Padmé starrte ihn an. In all den Jahren, seit sie ihn kannte, hatte sie ihn noch nie so reden hören. Normalerweise weigerte Anakin sich, auch nur ansatzweise über politische Dinge zu reden. Das war die einzige Sache, über die sie sich nie einig gewesen waren. Doch jetzt schien er endlich weiter zu blicken als bis zu der Frage, welcher Auftrag ihm als Nächstes zugeteilt wurde und wie er ihn am besten erledigen konnte. Das gab ihr den Mut, etwas auszusprechen, was sie seit Monaten hatte loswerden wollen, während sie zugesehen hatte, wie Kanzler Palpatine immer stärker und mächtiger wurde. „Hast du dir jemals überlegt, ob wir nicht auf der falschen Seite stehen könnten?"

Anakin richtete sich auf und sah sie misstrauisch an. „Wie meinst du das?"

„Was wäre, wenn die Demokratie, der wir dienen, gar nicht mehr existiert?", fragte Padmé und sprach damit ihre größte Angst aus. „Was wäre, wenn die Republik selbst das Böse wäre, für dessen Zerstörung wir die ganze Zeit kämpfen?"

„Das glaube ich nicht, Padmé", sagte Anakin, ein klein wenig zu nachdrücklich. „Du klingst wie ein Separatist!"

„Anakin, dieser Krieg ist das Sinnbild der Unfähigkeit zuzuhören“, sagte Padmé beharrlich. „Du stehst dem Kanzler näher als irgendjemand sonst. Bitte, bitte – ersuche ihn darum, die Kämpfe zu beenden und der Diplomatie wieder den Vorrang zu gewähren.“

Sie streckte die Hände nach ihm aus, während sie sprach, doch er zog sich zurück. „Verlange nicht von mir, das zu tun, Padmé“, sagte er wütend. „Stell einen Antrag im Senat, wo diese Art von Anfrage hingehört!“ Er wandte sich ab. „Ich bin nicht dein Botenjunge. Ich bin niemandes Botenjunge!“

Etwas ist nicht in Ordnung. Padmé schob ihre eigenen Sorgen beiseite und berührte ihn sanft am Arm. „Was ist los?“

„Nichts.“ Doch in seinem Tonfall schwangen Zorn und Schmerz mit.

Sie wartete in der Hoffung ab, dass er nachgeben und es ihr erklären würde, doch er schwieg dickköpfig. „Tu das nicht“, sagte Padmé. „Schließ mich nicht aus. Lass mich dir helfen.“

„Du kannst mir nicht helfen“, gab Anakin traurig zurück. Er versuchte zu lächeln. „Ich versuche, *dir* zu helfen. Ich spüre, dass es Dinge gibt, die du mir verschweigst.“

Hat er etwas von den Gesprächen im Senat mitbekommen? Padmé sah ihn an. *Ich kann ihn nicht fragen. Wenn er nichts davon weiß, dann verrate ich Leute, die mir vertrauen. Und es ist nicht fair, Anakin dieses Geheimnis mitzuteilen, wenn er mit unserer Position nicht völlig eins ist.* „Ich spüre, dass da etwas ist, das *du* mir nicht sagen möchtest“, erwiderte sie in der Hoffnung, doch noch zu ihm durchzudringen.

Anakins Augen weiteten sich, und er wandte sich ab. *Ich hatte Recht. Da ist etwas.* Doch er sagte nichts. *Vielleicht kann er nicht. Vielleicht hat er sich verpflichtet, zu schweigen, so wie ich auch.*

Sie schüttelte den Kopf und versuchte, ein Bild von ihnen beiden loszuwerden, in dem sie sich dicht gegenüberstanden, sich aber vergeblich durch eine unsichtbare Wand zu erreichen versuchten. „Halte mich fest“, sagte sie. Sie streckte die Arme nach Anakin aus und versuchte, die unsichtbare Wand zu ignorieren, oder zumindest einen Spalt zu schaffen, durch den die Hoffnung und das Glück zurückkehren konnten, das sie nur einen Augenblick zuvor gespürt hatten. „Halte mich fest, so wie du es am See auf Naboo getan hast, vor so langer Zeit, als es noch nichts anderes gab als unsere Liebe. Keine Politik, keine Komplotte …“

Anakin verzog das Gesicht, so als versuchte er sich selbst an diese magische, verlorene Zeit zu erinnern. *Nicht verloren, bitte nicht für immer.* Als er sie endlich in den Arm nahm, schloss sie in einem Flüstern: „… keinen Krieg.“ Seine Arme schlossen sich fester um sie. Doch trotz seiner warmen Gegenwart konnte sie sich des Gefühls nicht erwehren, dass sie weiter voneinander entfernt waren als noch ein paar Tage zuvor, als er im Outer Rim und sie hier auf Coruscant gewesen war.

Ich mag all diese Abschiede nicht, dachte Obi-Wan, als er über das Jedi-Kanonenboot zu Mace Windu und Meister Yoda hinüber sah. Er fragte sich, wie er auf diesen Gedanken kam. Jedi brachen andauernd zu Missionen auf. Es hatte ihm nie etwas ausgemacht, ganz gleich, ob er derjenige war, der aufbrach oder der zurückblieb. *Es ist der Krieg*, schloss er für sich. *Zu viele Jedi brechen auf, kommen aber nicht mehr zurück.*

„Anakin nahm seine Ernennung nicht sonderlich begeistert auf“, sagte Obi-Wan und brach damit das Schweigen.

„Zu sehr unter dem Einfluss des Kanzlers er steht", sagte Yoda kopfschüttelnd.

„Sie zusammenzubringen ist ein gefährlicher Zug", sagte Mace nachdenklich. „Ich bin mir nicht sicher, ob der Junge dem gewachsen ist."

„Er wird es schaffen", sagte Obi-Wan. Es fiel ihm schwer, sich so zuversichtlich zu fühlen, wie er klang. „Ich vertraue ihm mit meinem Leben."

„Ich nicht", gab Mace zurück.

Obi-Wan sah Meister Windu verblüfft an. Es konnte doch keine Frage mehr sein, ob Anakin zu *trauen* war! Er war vielleicht nicht das Ideal eines Jedi-Ritters, doch er hatte seine Fähigkeiten immer wieder aufs Neue bewiesen. Und abgesehen davon ... „Bei allem Respekt, Meister, ist er nicht der Auserwählte? Der Auserwählte, der die Sith vernichten und die Macht wieder ins Gleichgewicht bringen wird?"

„So sagt es die Prophezeihung." Mace klang skeptisch.

„Eine falsch interpretierte Prophezeihung das sein hätte können", gab Yoda zu bedenken.

„Anakin wird mich nicht enttäuschen", sagte Obi-Wan. „Das hat er noch nie getan."

„Ich hoffe, dass Recht Ihr habt", sagte Yoda, als das Kanonenboot landete. Die Schotte öffneten sich, und der kleine Jedi-Meister erhob sich. „Und jetzt, zerstören die Droiden-Armeen auf Kashyyyk ich werde. Möge die Macht mit Euch sein.

Mace und Obi-Wan gaben den formellen Abschiedsgruß zurück, als Yoda die Rampe zu den Klontruppen hinabging, die sich auf den Abflug vorbereiteten. Als das Kanonenboot abhob und in Richtung des Jedi-Tempels flog, verfinsterte sich

Obi-Wans Miene. Er hatte die anderen Jedi-Meister ihre Meinung über Anakin noch nie so offen aussprechen hören. Und er fragte sich …

Wie kann Anakin uns vertrauen, wenn wir ihm nicht vertrauen?

KAPITEL 9

Das Opernhaus der Galaxien bot selbst mitten im Krieg ein Bild der Eleganz und Unbeschwertheit. Die wichtigsten und kultiviertesten Mitglieder der Regierung gingen dort hin, um die besten Künstler der Republik zu sehen. So konnten sie ein paar Stunden so tun, als gäbe es keinen Krieg.

Anakin fand jedoch, dass der Krieg auch hier die Dinge verändert hatte. Es gingen weniger Senatoren und Regierungsmitglieder ins Opernhaus. Die Sitze waren von weniger wichtigen, von weniger geschäftigen Wesen besetzt. Vor der privaten Loge des Kanzlers waren Wachen in roten Gewändern postiert, die das Foyer anstatt die Aufführung im Auge behielten. Der berüchtigte Baron Papanoida stand in der Nähe. *Was tut er hier?* Doch niemand würdigte Anakin eines Blickes, obwohl er sich in seinen einfachen Jedi-Kleidern zwischen all dem Glanz und den eleganten Wesen etwas deplatziert vorkam.

Die Wachen ließen ihn in die Loge des Kanzlers. Anakin blieb einen Augenblick stehen und wartete, bis sich seine Augen an das schwache Licht gewöhnt hatten. Kanzler Palpatine saß recht weit vorne, wo er den besten Blick auf die Bühne hatte. Mas Amedda und Sly Moore saßen hinter ihm. Palpatine hob eine Hand und winkte Anakin heran.

„Ich habe gute Neuigkeiten“, sagte Palpatine leise, als sich Anakin zu ihm hinunterbeugte. „Unsere Klon-Geheimdiensteinheiten haben den Aufenthaltsort von General Grievous gefunden. Er versteckt sich im Utapau-System.“

„Endlich!“, sagte Anakin. Mas Amedda sah ihn missmutig an. Anakin senkte schuldbewusst die Stimme und sprach weiter. „Dieses Mal wird er uns nicht entkommen.“

Palpatine lächelte und nickte, doch Anakin war sich nicht sicher, ob die Geste ihm oder den Mon-Calamari-Tänzerinnen in der mit Flüssigkeit gefüllten Kugel vor ihm galt. „Du bist die beste Wahl für diese Aufgabe“, sagte Palpatine nach einem kurzen Augenblick. „Doch man kann sich nicht immer darauf verlassen, dass der Rat das Richtige tut.“

„Sie versuchen es“, gab Anakin zurück. Dann erinnerte er sich an die Bitte, die Obi-Wan an ihn herangetragen hatte. *Tun sie das wirklich?*, fragte er sich.

„Setz dich“, sagte Palpatine. Er schickte Amedda und Sly Moore hinaus und beugte sich zu Anakin hinüber. „Du weißt, dass ich mich nicht auf den Rat der Jedi verlassen kann. Wenn sie dich bis jetzt noch nicht in ihr Komplott einbezogen haben, dann werden sie es bald tun.“

Anakin zögerte. „Ich bin mir nicht sicher, ob ich recht verstehe.“ Den Kanzler auszuspionieren mochte falsch sein, doch es war sicher kein Komplott. Der Rat wollte einfach nur mehr Informationen haben.

„Der Rat der Jedi will die Kontrolle über die Republik erlangen“, sagte Palpatine ohne Umschweife. „Sie planen den Verrat an mir.“

Nein. Aber Anakin war sich nicht mehr so sicher, wie er es noch vor wenigen Tagen gewesen war. „Ich glaube nicht …“

„Anakin, höre auf deine Gefühle", sagte Palpatine sanft. „Du weißt es, oder etwa nicht?"

„Ich weiß, dass sie Euch nicht vertrauen." Schon die Tatsache, dass er das aussprach, kam ihm wie Verrat vor. Doch Palpatine wusste das mit Sicherheit schon.

Palpatine lächelte traurig. „Oder dem Senat. Oder der Republik. Oder der Demokratie, wenn wir schon dabei sind."

„Ich muss zugeben, dass mein Vertrauen in die Jedi ins Wanken geriet."

„Wodurch?"

Anakin wusste nicht, was er sagen sollte. Er konnte den Kanzler nicht anlügen, doch ihm die Wahrheit zu sagen, würde alles noch schlimmer machen. *Wir sind auf derselben Seite! Wir sollten zusammenarbeiten!*

Doch Palpatine nickte, so als hätte Anakin die Worte laut gesagt. „Sie baten dich darum, mich auszuspionieren, oder nicht?", fragte er.

Er weiß es! Anakin senkte den Blick. „Ich weiß nicht, was ich sagen soll." Er brachte es nicht fertig, den Verdacht des Kanzlers zu bestätigen. „Ich bin verwirrt."

„Denk an das, was man dir am Anfang deiner Ausbildung beibrachte, Anakin", sagte der Kanzler. „‚Wer Einfluss hat, hat auch Angst, ihn zu verlieren'." Er machte eine Pause. „Sogar die Jedi."

„Die Jedi benutzen ihre Kräfte für das Gute!" *So wie ich, als ich Count Dooku tötete?* Anakin schüttelte den Gedanken ab. *Ich wollte ihn ja nicht töten. Es … geschah einfach. Ich weiß, dass es falsch war. Ich weiß, dass ein Jedi für so etwas seine Fähigkeiten nicht benutzen sollte.* Doch eine leise Stimme in seinem Hinterkopf flüsterte: *Und doch hast du ihn getötet.*

„Das Gute ist ein Frage des Blickwinkels, Anakin. Und der Blickwinkel der Jedi ist nicht der einzig gültige." Palpatine ließ sich etwas komfortabler in seinen Stuhl sinken. „Die Dunklen Lords der Sith glauben ebenfalls an Sicherheit und Gerechtigkeit, und doch sieht man sie im Allgemeinen als …"

„… böse an." Anakin war froh, dass Palpatine endlich ein Thema gewählt hatte, dem Anakin sich gewachsen fühlte.

Palpatine lächelte. „Böse … aus der Sicht eines Jedi. Dabei ähneln sich die Sith und die Jedi in fast allen Punkten, einschließlich ihrer Suche nach mehr Einfluss. Der Unterschied zwischen den beiden ist, dass die Sith keine Angst vor der Dunklen Seite der Macht haben. Deshalb sind sie auch mächtiger."

„Die Sith konzentrieren sich auf die Stärkung ihrer Kräfte", sagte Anakin. „Sie denken nach innen, nur an sich selbst."

„Und die Jedi nicht?", fragte Palpatine und hob skeptisch die Augenbrauen.

„Die Jedi sind selbstlos. Sie sorgen sich nur um andere."

Palpatines Lächeln wurde breiter. „Man hat dir beigebracht, das zu denken. Wie kommt es dann, dass sie dich um etwas baten, das du als falsch erachtest?"

„Ich bin mir nicht sicher, ob es falsch ist", gab Anakin zurück. Der Rat musste ihm nicht bekannte Gründe haben, um ihn als Spion auf den Kanzler anzusetzen. *Doch sie wollten mir diese Gründe nicht verraten.* Ein Gefühl der Kälte und Härte verdichtete sich in ihm. *Was wäre, wenn wir wirklich nicht auf der richtigen Seite sind?*

„Haben Sie dich darum gebeten, den Jedi-Kodex zu verraten?", fragte Palpatine. „Die Verfassung? Eine Freundschaft? Deine eigenen Werte?"

Anakin schluckte schwer, anstatt etwas zu sagen.

„Denk nach", forderte Palpatine ihn auf. „Ziehe ihre Motive in Betracht. Nimm Abstand von Vermutungen. Die Angst, Einfluss zu verlieren, ist eine Schwäche sowohl der Jedi als auch der Sith."

Anakin konnte ihn kaum noch hören. Er war ein Jedi. Und das war das Einzige, was er jemals erreichen wollte, der einzige Traum, den er jemals gehabt hatte. *Ich wollte der beste Jedi aller Zeiten werden!* Manchmal fiel es ihm schwer, dem Kodex gerecht zu werden. *Als ich Dooku umbrachte.* Er hatte immer gedacht, dass es für ihn schwerer als für andere Jedi war, weil er die Ausbildung so spät begonnen hatte, aber was wäre, wenn das überhaupt nicht das Problem war? Was wäre, wenn überhaupt *niemand* dem Kodex Folge leistete? Er bemerkte plötzlich, dass er sich mit einer Vehemenz, die ihn überraschte, eine von Obi-Wans strengen Standpauken über die Bedeutung des Jedi-Kodex' wünschte. *Ich werde mit Obi-Wan später darüber reden*, beschloss er. Vielleicht konnte Obi-Wan dem Ganzen einen Sinn geben. Irgendwie.

Der Kanzler hatte sich wieder der Vorstellung zugewandt. Nach einem kurzen Augenblick fragte er: „Kennst du die Legende von Darth Plagueis, dem Weisen?"

„Nein." Der Themenwechsel kam ihm wie gerufen. Anakin wollte nicht über die Jedi reden. Er war viel zu durcheinander.

„Das hatte ich auch nicht angenommen", sagte Palpatine. Er lehnte sich zurück und beobachtete Anakin in dem Dämmerlicht. „Es ist keine Geschichte, die die Jedi dir erzählen würden. Es ist eine Sith-Legende. Darth Plagueis war ein Dunkler Lord der Sith. Er besaß eine solch große Kenntnis der

Dunklen Seite, dass er sogar den Tod seiner Nächsten verhindern konnte."

Padmé! Anakin vergaß sofort den Rat der Jedi, das Spionieren, Obi-Wan und den Kodex. „Er konnte tatsächlich jemanden vor dem Tod bewahren?", fragte er.

„Die Dunkle Seite ist ein Weg zu vielen Fähigkeiten, die andere als unnatürlich ansehen", gab Palpatine leise zurück.

Anakin, dem plötzlich wieder einfiel, wo sie sich befanden, senkte ebenfalls die Stimme. „Was geschah mit ihm?"

„Unglücklicherweise brachte er seinem Schüler alles bei, was er wusste – und der Schüler brachte ihn im Schlaf um." Palpatine zeigte ein schwaches Lächeln. „Es liegt eine gewisse Ironie darin, dass er andere vor dem Tod bewahren konnte, aber nicht sich selbst."

Anakin musste daran denken, wie er sich über seine sterbende Mutter gebeugt hatte. Er hatte gewusst, dass es eine Möglichkeit gegeben hatte, ihr Leben zu retten, hatte aber nicht gewusst, wie diese Möglichkeit aussah. *Ich wusste, dass die Macht den Tod eines anderen verhindern kann! Ich wusste es! Wenn ich herausfinden kann, was dieser Darth Plagueis wusste, kann ich Padmé retten.* Er versuchte, jede Aufregung in seiner Stimme zu verbergen, als er fragte: „Kann man diese Kräfte erlernen?"

„Nicht von einem Jedi", gab Palpatine mit absoluter Entschiedenheit zurück.

Das Ballett war zu Ende. Palpatine stimmte kurz in den Applaus ein, bevor er Anakin ein Zeichen gab, ihm zur Tür zu folgen. Anakin nickte, doch er dachte immer noch über das nach, was Palpatine ihm erzählt hatte. Anakin wusste, dass das Archiv der Jedi eine beachtliche Menge an Informationen über die Sith enthielt, doch der Zugang zu diesen Aufzeichnungen war den Jedi-Meistern vorbehalten. *Und ich bin kein Meister.* Wütend und entschlossen presste er seine Lippen zusammen. *Aber das ist mir gleichgültig. Irgendwie werde ich herausfinden, wie man das tut, was Darth Plagueis tat. Ich werde Padmé retten. Ich werde alles tun, um sie zu retten.*

Alles.

Yodas lange Ohren sanken herab, als er Mace Windus Hologramm ansah. Der hohe Jedi hatte seine Meinung noch nicht geändert. Wenn der Kanzler nach General Grievous' Vernichtung den Krieg nicht beendete, musste er festgenommen werden, denn das wäre der beste Beweis für die wahren Absichten Palpatines, den sie bekommen konnten.

„Besorgt deswegen ich bin", sagte Yoda zu dem Bild.

„Meister Yoda, ich brauche Eure Stimme." Meister Windu klang verzweifelt. „Wir können nicht mehr länger warten. Der Kanzler verhält sich bereits verdächtig."

Yoda zog die Augenbrauen zusammen. „Mehrere Jedi brauchen Ihr werdet, um die Verhaftung durchzuführen."

„Ich habe drei unserer Besten ausgewählt, Meister." Mace klang, als würde es ihm schwer fallen, seine Geduld zu wahren. Yoda unterdrückte ein Schnauben. Meister Windu war nicht gerade für seine Geduld bekannt.

„Gerissen Palpatine ist", sagte Yoda. „Überraschen er sich nicht wird lassen."

„Also unterstützt Ihr meinen Plan?"

Yoda zögerte. *Zuhört er nicht. Aber etwas unternehmen wir müssen, sonst zu spät es ist.* „Meine Stimme Ihr habt. Möge die Macht mit Euch sein."

„Danke, Meister.“

Als das Hologramm verblasste, hörte Yoda hinter sich einen Aufruhr. Er drehte sich um und sah, wie zwei Wookiees den Commander der Klone aufhielten. „Lasst ihn durch, Chewbacca“, sagte Yoda.

Der Klon-Commander salutierte und trat ein. „Die Klone stehen in Position“, informierte er sie.

Zeit es ist, an die Gegenwart zu denken. Yoda nickte und ging auf den Balkon hinaus, von wo er und der Commander den kommenden Kampf beobachten und kommandieren konnten. Yodas lange Erfahrung ermöglichte es ihm, sich auf die Anforderungen der Gegenwart zu konzentrieren, doch das Problem mit dem Kanzler schmerzte wie eine Wunde in den Tiefen seiner Gedanken. Was würde geschehen, wenn sie General Grievous fanden und ihn endlich vernichten würden?

KAPITEL 10

Anakin fällt es schwer, sich an seine neue Position zu gewöhnen, dachte Obi-Wan, als er mit seinem ehemaligen Schüler zur Landebucht ging. Anakin hatte dem Rat sofort die Nachricht des Kanzlers überbracht: General Grievous befand sich auf Utapau. Doch Anakin war nicht glücklich, dass der Rat Obi-Wan allein losschicken wollte, um den Angriff zu leiten. *Er braucht Zeit, das ist alles. Dem Rat beizutreten, ist eine enorme Veränderung.*

Es half auch nichts, dass Kanzler Palpatine Anakin für diese Position vorgeschlagen hatte. *Ist dem Kanzler denn nicht klar, wie unangenehm es Anakin sein muss, in den Rat zu kommen und zu sagen: „Der Kanzler möchte, dass ich den Angriff anführe." Er lässt ihn arrogant erscheinen, selbst wenn er nur die Bitte des Kanzlers weiterleitet.* Doch der Kanzler hätte höchstwahrscheinlich wenig Interesse daran, sich Obi-Wans Ratschläge anzuhören, wie er Anakin behandeln sollte.

Als sie auf der Plattform über der Landebucht ankamen, brach Anakin endlich das Schweigen. „Ihr werdet mich hierbei brauchen, Meister", sagte er.

„Dem stimme ich zu", gab Obi-Wan zurück. Als sie den Kanzler gerettet hatten, war Grievous zu schnell für sie beide gewesen. Wie also sollte Obi-Wan den Droiden-General allein schlagen können? Er zwang sich zu einem Lächeln. „Wahrscheinlich wird es eine wilde Verfolgungsjagd", sagte er und redete damit nicht nur Anakin Zuversicht ein, sondern auch sich selbst.

Anakin wollte etwas sagen, doch dann hielt er inne. Obi-Wan wartete einen Augenblick ab. Doch als Anakin nichts mehr sagte, drehte er sich um. Die Tausende von Klonkriegern brauchten keine Aufsicht beim Einstieg in das Transportschiff, doch es war nie ein Fehler, sich zu versichern.

„Meister!"

Obi-Wan blieb stehen und sah sich um. Anakin kam zu ihm und verneigte sich entschuldigend.

„Meister", sagte Anakin noch einmal, „ich habe Euch enttäuscht. Ich war arrogant. Ich habe mich nie sonderlich dankbar für Eure Ausbildung gezeigt. Dafür möchte ich mich entschuldigen. Es ist nur so, dass mich die Sache mit dem Rat so sehr frustriert. Doch Eure Freundschaft bedeutet mir alles."

Jetzt gewann alle Liebe, die Obi-Wan für seinen schwierigen, talentierten, dickköpfigen Schüler empfand, die Oberhand. Anakin mochte seine Fehler haben, doch er war ein guter Mensch. Er offenbarte sich doch immer wieder. Obi-Wan legte Anakin lächelnd eine Hand auf die Schulter. „Du bist weise und stark, Anakin. Ich bin sehr stolz auf dich." Ein wenig beschämt wegen der Tiefe seiner Gefühle fügte er noch eine etwas weniger bedeutungsschwere Anmerkung an. „Das ist das erste Mal, dass wir getrennt arbeiten. Und hoffentlich das letzte Mal."

Anakin nickte. Obi-Wan, der sich jetzt um einiges glücklicher fühlte, ging die Rampe zu den Klontruppen hinunter. Dann wurde ihm auf einmal klar, was er gerade gesagt hatte, und er erkannte, dass Anakin sich genauso viele Sorgen um ihn machte, wie er sich um Anakin. Er drehte sich wieder um.

„Keine Sorge", sagte er. „Ich habe genügend Klone dabei, um drei Systeme von der Größe Utapaus einzunehmen." Er deutete auf die Reihen der weiß gepanzerten Klone dort unten und lächelte. „Ich glaube, ich werde Herr der Lage – auch ohne deine Hilfe."

„Na ja, es gibt immer ein erstes Mal", gab Anakin zurück. Sein Grinsen wirkte etwas erzwungen, doch in seinem Tonfall war das Schlitzohr zu vernehmen, das Anakin auch war.

Obi-Wan lachte: „Auf Wiedersehen, alter Freund. Möge die Macht mit dir sein."

„Möge die Macht mit Euch sein", gab Anakin zurück. Er klang ernst – beinahe düster.

Als Obi-Wan zum wartenden Sternenkreuzer ging, beschlich ihn ein Gefühl der Unruhe. *Das ist eine ganz normale Mission*, sagte er sich. *Ich werde in ein oder zwei Wochen zurück sein. Wenn Anakin etwas auf dem Herzen hat, können wir dann noch immer darüber reden.*

Doch aus irgendeinem Grund hatte er das Gefühl, sich gerade endgültig von seinem besten Freund und ehemaligen Schüler verabschiedet zu haben.

Anakin sah zu, bis der letzte Klonkrieger an Bord des Sternenkreuzers gegangen war. Erst als das Schiff abhob, verließ er den Landebereich. Er fühlte sich leer und ohne Halt, so als hätte er einen Anker verloren. *Und ich habe nicht mit Obi-Wan über den Rat der Jedi geredet.*

Ohne bewusst darüber nachzudenken, ging Anakin zu Padmés Unterkunft. Obwohl sie seit fast zehn Jahren überwiegend auf Coruscant lebte, herrschte in ihrem Räumen der Frieden und der Komfort ihres Heimatplaneten Naboo. Diese Ruhe und Behaglichkeit brauchte er jetzt.

Sie hat es allerdings immer noch zu kalt hier, dachte er, als er eintrat. Er lächelte. Das war ein alter Streitpunkt zwischen ihnen. Sein Heimatplanet Tatooine war ein Wüstenplanet, und obwohl er sich mittlerweile an die unterschiedlichen Klimabedingungen vieler Welten der Republik gewöhnt hatte, fühlte er sich doch wohler als die meisten anderen Wesen, wenn es etwas wärmer war.

Er entspannte sich ein wenig, als er eine Begrüßung in den Raum rief und sich setzte, um an seinem Bericht für den Rat zu arbeiten. Das war ihm das Wichtigste: Dieser Ort, an dem er immer willkommen war und geliebt wurde. An dem er er selbst sein konnte, einfach nur Anakin Skywalker, der aß, schlief und seine Frau küsste wie jedes andere normale Wesen. Hier hatte er ein Zuhause.

Er hörte, wie Padmé hinter ihm in den Raum trat. Doch mit ihr kamen die schwachen Reste einer vertrauten Gegenwart. Anakin senkte sein Datapad. „Obi-Wan war hier, habe ich Recht?"

„Er kam heute Morgen", gab Padmé zurück.

Das muss kurz vor der Ratssitzung gewesen sein, dachte Anakin. *Weshalb hat er mir nichts davon gesagt?* „Was wollte er?"

„Er macht sich Sorgen um dich."

Weshalb ging Obi-Wan zu Padmé, wenn er sich Sorgen um ihn machte? Es sei denn ... „Du hast ihm von uns erzählt, habe ich Recht?" Anakin konnte seinen Ärger nicht verbergen.

Padmé warf ihm einen Blick zu und ging ins Schlafzimmer.

Anakin folgte ihr und wartete. „Er ist dein bester Freund, Anakin", sagte sie schließlich. „Er sagte, du stündest unter großem Stress."

„Und er etwa nicht?"

„Du warst in letzter Zeit oft launisch."

„Ich bin nicht launisch!" Er schleuderte ihr die Worte entgegen und wünschte sich, er könnte sie auch Obi-Wan ins Gesicht schreien. *Sie führen sich auf, als wäre ich ein kleines Kind.*

„Anakin!" Padmé sah ihn mit einer müden Traurigkeit an, die ihm einen Stich versetzte. „Tu das nicht noch einmal."

Anakin wandte sich ab und fragte sich, wie er ihr alles erklären sollte. *Ich habe einen wehrlosen Gefangenen getötet, gegen den Jedi-Kodex. Der Rat bat mich, den Kanzler auszuspionieren, ebenfalls gegen den Kodex. Der Kanzler behauptet, der Rat der Jedi wolle die Republik übernehmen. Der Rat ist der Meinung, der Kanzler hätte zu viel Macht. Ich weiß nicht mehr, wem ich noch glauben oder vertrauen soll. Und ich habe so viel Angst, dich zu verlieren, dass ich nicht mehr richtig denken kann und mir alles andere gleichgültig wird.* „Ich weiß auch nicht", sagte er schließlich. „Ich fühle mich so … verloren."

„Verloren?" Padmé sah ihn ebenso überrascht wie besorgt an. „Du bist doch immer so selbstsicher. Ich verstehe dich nicht."

„Obi-Wan und der Kanzler vertrauen mir nicht." *Und ich bin mir auch nicht sicher, ob ich ihnen vertrauen kann.*

Padmé schüttelte den Kopf. „Sie vertrauen dir mit ihrem Leben. Obi-Wan liebt dich wie einen Sohn."

Obi-Wan vielleicht. Aber er ist weg, auf der Jagd nach Ge-

neral Grievous. Er versuchte es noch einmal. „Irgendetwas geschieht. Ich bin nicht der Jedi, der ich sein sollte." Padmé schüttelte wieder den Kopf, doch Anakin hob die Hand, bevor sie etwas sagen konnte. „Ich bin einer der mächtigsten Jedi, und doch bin ich nicht zufrieden. Ich will mehr, obwohl ich weiß, dass ich das nicht sollte."

„Du bist nur ein Mensch, Anakin", sagte Padmé sanft zu ihm. „Niemand verlangt mehr von dir."

Doch, das tun sie. Und ich auch. Deshalb hatte Obi-Wan ihm auch andauernd etwas von Stolz, Ambitionen und Neid erzählt. Und er hasste diese Vorträge so sehr, weil er wusste, dass Obi-Wan Recht hatte. Ein Jedi-Ritter sollte keine solchen Gedanken haben. Anakin schloss die Augen. Er hätte wissen müssen, dass Padmé das alles nicht verstand. Sie war keine Jedi.

Doch sie war die Mutter seines Kindes. Anakin spürte, wie ihn bei dem Gedanken daran Angst und Vorfreude zugleich überkamen. „Ich habe einen Weg gefunden, dich zu retten", sagte er.

„Mich zu retten?"

„Aus meinen Albträumen."

Padmé lächelte sanft. „Ist es das, was dich so beschäftigt?"

„Ich werde dich nicht verlieren, Padmé."

„Ich werde nicht bei der Geburt sterben, Anakin", sagte sie leise. „Das verspreche ich dir."

„Nein, ich verspreche es *dir!*" Er gab ihr dieses leichtfertige Versprechen, obwohl er noch nicht die Kräfte besaß, es einzulösen. Kanzler Palpatine mochte vielleicht denken, dass die Geschichte von Darth Plagueis nur eine Legende war, doch Anakin wusste, dass sie wahr war. Er konnte es fühlen. Und wenn Darth Plagueis das Geheimnis hatte entdecken können, dann konnte er es auch. Er hatte noch die Zeit dazu. „Ich werde mächtig genug werden, um dich vor dem Tod zu bewahren."

Padmé sah ihn eindringlich an. „Du brauchst nicht mehr Kräfte, Anakin", sagte sie langsam und ernst. „Ich glaube, du kannst mich, so wie du bist, vor allem beschützen."

Das werde ich tun, dachte Anakin, als er sie in den Arm nahm. *Ich werde dich beschützen.* Was auch immer dafür nötig ist.

KAPITEL 11

Obi-Wan dachte auf dem gesamten Weg nach Utapau darüber nach, wie General Grievous wohl am besten aufzuspüren und zu vernichten war. Wenn sie sich den Weg freisprengten, würde Grievous nur wieder davonlaufen – der Droiden-General achtete immer darauf, ein Fluchtschiff in der Nähe seiner Kommandozentrale zu haben. Vielleicht war er nicht einmal bei seiner Armee. Seine Kommandozentrale könnte in einem Teil des Utapau-Systems versteckt sein, während sich seine Droiden in einem anderen Teil zum Angriff sammelten.

Daher beschloss Obi-Wan, seine Klontruppen im All zu lassen und das System still und leise allein zu durchsuchen. So konnte er sicherstellen, dass seine Streitkräfte am richtigen Ort zuschlagen würden.

Commander Cody nahm den Befehl ohne Diskussion an, so wie immer. Die Klone waren genetisch als Befehlsempfänger manipuliert, daher brauchte auch jede große Offensive einen Jedi als General. Obwohl Obi-Wan schon seit Jahren mit den Klonen arbeitete, bedrückte ihn ihre Bereitschaft, jedem auch noch so sinnlosen Befehl Folge zu leisten. Freie Wesen sollten nicht so … gehorsam sein.

Obi-Wan schnaubte. Wie oft hatte er sich über Anakins Unabhängigkeit und eigensinnige Art beschwert? Und jetzt stand er hier und machte sich Sorgen darüber, dass seine Klone *zu* folgsam waren. Anakin würde sich tot lachen, wenn er gewusst hätte, was sein Meister dachte.

Der Planet Utapau sah friedlich aus – zumindest aus Obi-Wans Sicht, als er in seinem Jäger darüber hinwegflog. Er fand keinerlei Anzeichen der Droiden-Armee, und die riesigen Städte in den Vertiefungen lagen ruhig da. Er hatte auch nicht erwartet, General Grievous einfach herumstehen zu sehen, und Utapau war offensichtlich ein neutraler Planet. Obi-Wan musste zusehen, dass er auftankte und den Rest des Systems durchsuchte.

Eine Landung zu arrangieren, stellte kein Problem dar. Es kam sogar ein besorgt aussehender Offizieller zum Schiff, um Obi-Wan zu begrüßen. Obi-Wan verneigte sich höflich vor dem Mann. „Ich hätte mit Eurer freundlichen Genehmigung gern etwas Treibstoff und würde Eure Stadt gern als Basis für die Durchsuchung der umliegenden Systeme benutzen."

Der Offizielle machte ein Handzeichen, und sofort kam eine Bodencrew heran, um sich um den Raumjäger zu kümmern. „Wonach sucht Ihr?", fragte er wie beiläufig.

„Nach einer Droiden-Armee", gab Obi-Wan zurück. „Angeführt von General Grievous."

Der Utapauaner schwieg einen Augenblick. Dann beugte er sich zur Seite, so als inspizierte er die Unterseite von Obi-Wans Jäger. Die Bewegung brachte ihn näher an Obi-Wans Gesicht und verbarg sein eigenes vor den Fenstern weiter oben. „Grievous ist hier", sagte der Offizielle sehr leise. „Wir sind seine Geiseln. Sie beobachten uns."

„Ich verstehe", gab Obi-Wan genauso leise zurück. Ihm war klar, dass die Droiden Tausende unschuldiger Zivilisten abschlachten würden, wenn er nur eine falsche Bewegung machte. Kein Wunder, dass der Offizielle besorgt war!

„Auf der zehnten Ebene", flüsterte der Utapauaner, bevor er sich wieder aufrichtete. Obi-Wan nickte und ging zurück zu seinem Raumjäger. Er bückte sich und ließ es so aussehen, als würde er sich etwas näher ansehen, das ihm der Utapauaner gezeigt hatte. Dann stieg er wieder in den Jäger ein.

Als die Bodencrew ihre Arbeiten abgeschlossen hatte, baute Obi-Wan einen sicheren Kommunikationskanal zu seinen Klontruppen auf. „Ich habe General Grievous gefunden", sagte er zu seinem Commander. „Erstattet sofort dem Rat der Jedi Bericht. Ich bleibe hier."

Er beendete die Verbindung, gab seinem R4-Droiden ein paar schnelle Anweisungen und schlich sich unauffällig auf der anderen Seite des Cockpits aus dem Raumjäger. Als das Schiff abhob, stand er im Schatten neben dem Durchgang zur Stadt. *Jetzt muss ich nur noch auf die zehnte Ebene kommen und Grievous überwältigen.*

Dorthin zu gelangen war um einiges einfacher, als er erwartet hatte. Die Treppen waren zwar blockiert und die Aufzüge abgeschaltet, doch niemand schien sich die Mühe gemacht zu haben, die offenen Mauern der großen Grube zu überwachen. Obi-Wan musste nur eine der riesigen Echsen finden, die die Utapauaner als Reittiere benutzten. Die Echsen konnten die Mauern mit Leichtigkeit hochklettern, und schon bald ritt Obi-Wan über die Kante der zehnten Ebene hinweg und machte sich dort auf die Suche nach der Kontrollzentrale.

Er fand sie, nachdem er ungefähr ein Viertel des Umfangs der großen Bodenvertiefung hinter sich gelassen hatte. Die Horden von Kampf-Droiden allein hätten die Halle schon auffällig genug gemacht, auch wenn General Grievous nicht mit Mitgliedern des Separatisten-Rates auf der anderen Seite gestanden hätte. Das war eine unerwartete Komplikation. Obi-Wan konnte es nicht mit allen gleichzeitig aufnehmen, ganz zu schweigen von ihren hervorragenden Leibwächtern, und vor allem nicht allein. Aber wenn er sich nahe genug heranschleichen konnte, um zu hören, was Grievous und die Separatisten besprachen, dann würde er vielleicht etwas von ihren Plänen erfahren. Er stieg von der Echse ab und schob sich einen langen, schmalen Gang an der Wand entlang. Er hoffte, dass er ihre Gespräche hören konnte, wenn er nahe genug herankam.

General Grievous betrachtete den Rat der Separatisten voller Abscheu – die Neimoidianer Nute Gunray und Rune Haako, die die Handelsföderation vertraten; Erzherzog Poggle der Geringere, der ziemlich wild drein sah; Shu Mai, San Hill, Wat Tambor und die anderen. Grievous war nicht zum ersten Mal dafür dankbar, dass sein glattes Metallgesicht keine Emotionen wiedergeben konnte. Es wäre nicht gut gewesen, wenn diese Wesen geahnt hätten, wie sehr er sie verabscheute.

Der Rat war beunruhigt. Wenn er sie wieder reden ließ, würde er noch den ganzen Tag hier stehen. Sie hatten bereits zu viel Zeit damit verschwendet, Fragen zu stellen und mit düsteren Mienen Alternativen zu diskutieren. Es war an der Zeit, sie zu Handlungen zu bewegen. „Es wird nicht mehr lange dauern, bis die Armeen der Republik uns hier aufspüren", sagte Grievous geradeheraus. „Macht Euch auf den Weg zum Mustafar-System im Outer Rim. Dort seid Ihr in Sicherheit."

Nute Gunray glotzte Grievous fassungslos an. Seine großen, wulstigen Augen verliehen ihm etwas Froschhaftes. „In Sicherheit?", spie er aus. „Kanzler Palpatine entkam Eurer Obhut, General. Ich bezweifle Eure Fähigkeiten, unsere *Sicherheit* gewährleisten zu können."

Von den anderen Ratsmitglieder war zustimmendes Gemurmel zu vernehmen. Grievous richtete sich zu seiner vollen Größe auf und warf seinen Kopf in Richtung des ungehaltenen Neimoidianers. „Ihr könnt froh sein, Vizekönig, dass *Ihr* Euch nicht in meiner Obhut befindet", sagte er mit bedrohlich leiser Stimme. Gunray sackte zusammen, und das Murmeln verstummte abrupt. Grievous ließ einen Augenblick verstreichen, um sicherzustellen, dass die Lektion angekommen war. „Euer Schiff wartet", sagte er zu der Gruppe.

Der Rat der Separatisten konnte es kaum erwarten, aufzubrechen. Grievous stand bedrohlich regungslos da, als die Ratsmitglieder davoneilten und nervöse Blicke zurück in seine Richtung warfen. *Es bedarf so wenig, um normalen Wesen Angst einzujagen*, dachte er. *Und Angst ist etwas so Nützliches …*

Jetzt musste er nur noch auf Utapau bleiben, bis der lästige Jedi in die Falle tappte. Und mit etwas Glück würde das nicht mehr lange dauern.

Als sich der Rat der Separatisten davon machte, blieb Obi-Wan still und leise in der Hoffnung zurück, dass ein paar hundert der Kampf-Droiden ebenfalls verschwinden würden. Doch keiner von ihnen rührte sich. *Also dann*, dachte Obi-Wan. Er wartete noch einen Augenblick und konzentrierte sich auf die Macht. Dann nahm er seinen Umhang ab, sprang hinunter und landete genau vor General Grievous.

Das glatte Metallgesicht des Droiden-Generals offenbarte

natürlich keinerlei Regung, doch seine Stimme zeigte Verwunderung. „Ich finde Euer Verhalten eigenartig", sagte er. „Euch muss doch klar sein, dass Ihr verloren seid."

„Ich habe zwei komplette Legionen bei mir", gab Obi-Wan zurück. „Und dieses Mal werdet Ihr nicht entkommen."

Grievous machte ein Zeichen, und seine vier Leibwächter traten mit wirbelnden Energiestäben nach vorn.

Obi-Wan duckte sich und zündete sein Lichtschwert. Es war eine Finte, mit der er die Aufmerksamkeit der Droiden auf seine Waffe lenkte, während er mit Hilfe der Macht ein großes, rechteckiges Stück Durastahl von der Decke riss.

Die Taktik funktionierte besser, als er erhofft hatte. Drei der Wächter wurden sofort zerquetscht; der vierte wurde teilweise festgenagelt und mühte sich vergeblich weiter, seinen Gegner zu erreichen. Obi-Wans Lichtschwert hackte ihn mit Leichtigkeit entzwei, als der Jedi einen Satz auf General Grievous zu machte.

Noch mehr Droiden kamen in den Raum, doch General Grievous scheuchte sie mit einer Geste weg. Er warf seinen Mantel nach hinten und gab den Blick auf die Lichtschwerter der Jedi frei, die er getötet hatte. Er nahm zwei davon in jede Hand. *Was hat er vor?*, fragte sich Obi-Wan, doch im gleichen Augenblick teilten sich die Arme des Droiden-Generals der Länge nach und der Jedi sah sich einem vierarmigen Gegner mit einem Lichtschwert in jeder Hand gegenüber.

„Count Dooku brachte mit die Künste der Jedi bei", sagte Grievous und griff an. Er schwenkte zwei der Lichtschwerter wie tödliche Kreissägen und schlug mit den anderen beiden zu, wann immer er eine Lücke fand.

Es war beinahe so, als kämpfte Obi-Wan gegen vier verschiedene Gegner gleichzeitig. Sein Lichtschwert war nur noch ein verwischter Leuchtstreifen, als er rasend schnell blockte und parierte. Er wusste, dass er das nicht lange durchhalten würde. *Zeit für eine andere Herangehensweise.* Er machte einen Satz über den General hinweg und landete auf dessen anderer Seite.

Grievous musste sich nicht einmal umdrehen – er rotierte einfach seinen mechanischen Oberkörper, bis er in die andere Richtung zeigte. Doch auch das kostete ihn Zeit und schwächte seinen Angriff einen Augenblick – aber lange genug für Obi-Wan. Sein Lichtschwert traf ins Ziel, und zwei der vier Arme des Generals fielen zu Boden, die gestohlenen Lichtschwerter immer noch in den Händen.

Bevor Grievous sich an die neue Situation anpassen und mit den beiden verbliebenen Lichtschwertern angreifen konnte, griff Obi-Wan nach der Macht. Er hob Grievous in die Luft und schleuderte ihn gegen einen der Träger, die die nächst höhere Ebene stützten. Der Aufprall riss dem General die Lichtschwerter aus den Händen. Sie landeten auf dem Boden der Kommandozentrale, während Grievous über den Rand des Bodens hinaus rutschte und auf die nächste Ebene hinunter fiel.

Dann war der Raum plötzlich von Blaster-Feuer erfüllt. Die Klontruppen waren angekommen und hielten die Kampf-Droiden in Schach. Obi-Wan rannte gerade noch rechtzeitig zum Rand der Ebene, um zu sehen, wie Grievous zu einem Einmann-Radgleiter krabbelte. *Ich wusste es! Er hat ein Fluchtschiff in der Nähe und er glaubt, er kann es erreichen, während mich diese Droiden hier beschäftigen! Aber dieses Mal nicht.*

Obi-Wan lenkte in einem Lichtgewitter eine heftige Salve

Blaster-Schüsse auf die Droiden zurück und pfiff seine Reitechse herbei. Im gleichen Augenblick warf der General seinen Radgleiter an und schoss davon. Die Echse sprang herunter und landete auf einem Kampf-Droiden. Obi-Wan sprang auf und hängte sich Grievous an die Fersen.

Anakins Miene war finster, als er durch die Gänge des Senatsgebäudes eilte. Es sollten gute Neuigkeiten sein, die er Kanzler Palpatine überbrachte, doch es beunruhigte ihn, wie Meister Windu während der Ratssitzung gesprochen hatte. *Der Klon-Commander sagte, Obi-Wan hätte General Grievous gefunden.* Die Hologrammübertragung war dieses Mal absolut klar und deutlich gewesen, ohne die Aussetzer und das Flackern, das von Störsendern oder anderen Interferenzen herrührte. Anakin hatte sogar die Klontruppen im Hintergrund gesehen, die sich auf den Angriff vorbereiteten.

Er hatte erwartet, dass die anderen Ratsmitglieder Erleichterung zeigten, doch stattdessen hatten sie finstere Gesichter und hintersinnige Bemerkungen gemacht, man müsse jetzt die Reaktion des Kanzlers auf diese Neuigkeit beobachten. *Der Krieg wird bald vorüber sein. Natürlich wird er sich freuen! Was sonst erwarten sie?*

Doch Kanzler Palpatine nahm die Nachricht mit der gleichen ernsten Miene zur Kenntnis wie die Ratsmitglieder. „Den Droiden-General zu finden, ist nicht gleichbedeutend mit seiner Vernichtung“, murmelte Palpatine. „Wir können nur hoffen, dass Meister Kenobi dieser Herausforderung gewachsen ist.“

„Ich sollte bei ihm sein“, sagte Anakin.

„Es bestürzt mich, dass der Rat deine Talente nicht voll und ganz zu schätzen weiß“, fuhr der Kanzler fort. „Fragst du dich denn nicht, warum sie dich nicht zum Jedi-Meister ernennen?"

„Ich wünschte, ich wüsste es." Anakin schüttelte den Kopf. „Ich weiß, dass es Dinge über die Macht gibt, die sie mir nicht erzählen."

„Sie vertrauen dir nicht, Anakin." Palpatine hielt inne. „Sie wollen die Kontrolle über den Senat übernehmen."

„Das stimmt nicht", sagte Anakin wie automatisch. Jedi suchten nicht nach Einfluss. *Aber wenn sich der Rat der Jedi nichts aus Einfluss macht, weshalb ist er dann so besorgt wegen des Kanzlers?*

„Bist du dir sicher? Was ist, wenn ich Recht habe und sie ein Komplott zur Übernahme der Republik schmieden?" Kanzler Palpatine schüttelte in milder Verbitterung den Kopf. „Anakin! Durchbrich den Schleier aus Lügen, den die Jedi erschufen! Lass mich dir helfen, die wahren Wege der Macht zu lernen!"

Anakin lief es kalt den Rücken hinab. Palpatine war kein Jedi. „Woher wisst Ihr von den Wegen der Macht?"

„Mein Mentor brachte mir alles bei", gab Palpatine ruhig zurück. „Selbst das Wesen der Dunklen Seite."

„Ihr kennt die Dunkle Seite?" Anakin war einen Augenblick wie versteinert, als ihm die ganze Bedeutung dieser Worte klar wurde. „Ihr seid ein Sith-Lord!", sagte er und zündete sein Lichtschwert.

KAPITEL 12

Kanzler Palpatine, dessen Sith-Name Darth Sidious war, sah den wütenden Jedi mit dem Lichtschwert ruhig an. Dies war der Zeitpunkt, auf den alle Pläne und Intrigen der letzten Jahre hingeführt hatten. „Ja, ich bin ein Sith-Lord", sagte er zu Anakin. Und als der sein Lichtschwert hob, fügte Palpatine sanft hinzu: „Und ich bin auch derjenige, der Republik in diesen schwierigen Zeiten zusammengehalten hat. Ich bin nicht dein Feind, Anakin."

Er spürte Anakins wachsende Verwirrung und unterdrückte ein Lächeln. Diese Jedi glaubten, dass alle Sith-Lords wie seine Schüler waren, wie Darth Maul oder Darth Tyranus – bereit, ein Lichtschwert zu zücken, sobald man sie entdeckt hatte. Dabei war ein Lichtschwert eine solch *offensichtliche* Waffe. Worte waren viel besser. Mit einem Lichtschwert konnte man sein Gegenüber nur umbringen. Mit Worten konnte man seine Gedanken beeinflussen, damit er einem half, anstatt gegen einen zu kämpfen. Das war *wahre* Macht.

Und Anakin hörte ihm zu. Jetzt war es Zeit für den letzten Schritt, der Anakin endlich auf die Dunkle Seite ziehen würde. Palpatine nahm einen lehrerhaften Ton an. „Anakin, wenn man ein großes Mysterium ergründen möchte, dann muss man alle Seiten studieren, und nicht nur die dogmatische, engstirnige Sichtweise der Jedi. Wenn du ein vollkommener und weiser Anführer werden willst, dann musst du eine breitere Sichtweise der Macht erlangen."

Er machte eine Pause, um seine Worte wirken zu lassen. Dann fuhr er fort, in einem bewusst anderen Tonfall. „Hüte dich vor den Jedi, Anakin. Sie fürchten dich. Und irgendwann werden sie dich vernichten." Er legte ein leichtes Flehen in seine Stimme, so als wäre er der liebevolle Onkel, den er jahrelang vorgegeben hatte zu sein. „Lass mich dich ausbilden, Anakin. Ich werde dir das wahre Wesen der Macht zeigen."

Palpatine sah, dass Anakin den Vorschlag sogar in Erwägung zog, doch dann schüttelte der Jedi den Kopf. „Ich werde keine Marionette in Eurem politischen Spiel sein, Kanzler. Die Jedi sind meine Familie."

Es muss doch einen Weg geben, ihm diese Sicherheit auszutreiben ... ah, natürlich. „Nur durch mich kannst du größere Macht erhalten als jeder andere Jedi. Lerne, die Dunkle Seite der Macht zu beherrschen, Anakin, und du wirst Padmé vor dem sicheren Tod retten können."

„W... wovon redet Ihr?"

„Ich weiß, was dich belastet hat", sagte Palpatine sanft. „Höre auf mich. Nutze mein Wissen – ich flehe dich an!"

„Ich werde kein Sith werden!" Doch Anakins Weigerung war zu beherzt, so als müsse er sich selbst ebenso überzeugen wie Palpatine. „Ich sollte Euch töten!"

Aber du hast mich noch nicht getötet, mein vornehmer junger Jedi, habe ich Recht? Du hast dich bereits gefragt, ob die Jedi-Lehren wahr sind, und jetzt verhalte ich mich nicht so, wie du es von einem Sith-Lord erwarten würdest. Es wird nicht mehr lange dauern, und du wirst dich mir anschließen –

vielleicht nicht jetzt gleich, aber bald. Wenn du die Zeit hattest, dich zu beruhigen und nachzudenken.

Aber ich darf nicht zu voreilig sein, sagte sich Palpatine. Ein einziger falscher Schritt könnte seine ganze sorgfältige Arbeit zunichte machen. „Natürlich solltest du das", stimmte Palpatine Anakin zu. „Nur arbeiten wir beide für dasselbe Ziel – eine bessere Zukunft für die Republik."

„Ihr habt alle getäuscht!"

„Eine schmerzliche Notwendigkeit." Was hatte der Junge nur von ihm erwartet? Dass er damit begann, der ganzen Galaxis zu verkünden, er wäre ein gefürchteter und verhasster Sith-Lord und *dann* versuchte, sich als Kanzler wählen zu lassen? „Die Republik war von innen heraus verfault. Das System musste bis auf die Grundfesten erschüttert werden. Aber niemand, nicht der Senat, nicht die Gerichte, nicht einmal der Rat der Jedi, war in der Lage, irgendetwas zu unternehmen. Ich war der Einzige, der es wagte, den Schweinestall auszuräumen." Die alte Wut und seine volle Überzeugung überkamen ihn, als er sprach, und er spürte Anakins Reaktion auf die Wahrheit seiner Worte.

Er machte eine Pause. *Zeit, in der er nachdenken kann.* Palpatine gab vor, Anakins Lichtschwert zu betrachten. „Wirst du mich töten?", fragte er ruhig, so als wäre er nur aus Neugier interessiert.

„Das würde ich sicher gerne", sagte Anakin wütend.

„Das weiß ich." Palpatine gestattete sich ein Lächeln, als er sich abwandte. „Ich kann deinen Hass *spüren.* Er hilft dir, dich zu konzentrieren, er macht dich stärker. Die Frage ist: Wirst du mich töten, auch wenn das bedeutet, die Galaxis in ewiges Chaos und Leid zu stürzen?"

Anakin hob sein Lichtschwert, doch Palpatines Miene blieb entspannt und desinteressiert. *Wenn ich ihn zu schnell zu weit bringe …* Doch Anakin führte die Bewegung nicht zu Ende. Irgendwann senkte er sein Lichtschwert und sagte: „Ich werde Euch dem Jedi-Rat übergeben."

„Aber du bist dir ihrer Absichten nicht sicher, oder?" Palpatine lächelte beinahe wieder, als Anakin den Blick abwandte. Er würde diesen Kampf schließlich gewinnen. „Ich möchte, dass du über meinen Vorschlag meditierst", sagte er kühl. „Lerne die Macht der Dunklen Seite kennen. Die Macht, Padmé zu retten."

Anakin sah ihn lange an und deaktivierte schließlich sein Lichtschwert. Palpatine ging zu seinem Schreibtisch und setzte sich, so als wäre nichts Außergewöhnliches vorgefallen. Als er die Überraschung in Anakins Augen sah, sagte er: „Ich werde nirgendwo hingehen. Du hast Zeit, über mein Schicksal zu entscheiden." *Und über mein Angebot nachzudenken.*

Als Anakin sich umdrehte und den Raum verließ, fügte Palpatine leise ein paar letzte Worte hinzu. „Vielleicht überlegst du es dir noch einmal und hilfst mir dabei, über die Galaxis zu herrschen. Zum Besten aller." Anakins Jedi-Sinne würden dieses letzte Flüstern hören. Sein Ehrgeiz würde ihn zu Palpatine zurückführen, wenn es nicht seine Angst um Padmé tat.

Und dann würde es wieder zwei Sith-Lords geben – Meister und Schüler.

Sie würden tausend Jahre lang über die Galaxis herrschen.

General Grievous ist ein noch wagemutigerer Pilot als Anakin, dachte Obi-Wan, als seine Echse durch die Tunnels der Stadt hinter dem Radgleiter des Generals her rannte. Die Luft war erfüllt vom Blaster-Feuer der Klontruppen und Kampf-Droiden, und überall flammten Explosionen auf – ganz zu schweigen von den gepanzerten Transportern voller Droiden und Klone, die überall unterwegs waren. Der Radgleiter schoss zwischen ihnen hindurch, als wären sie nicht vorhanden und entging nur knapp einem Zusammenprall nach dem anderen. Was sich ihm in den Weg stellte, wurde niedergewalzt. Obi-Wans Echse hatte Schwierigkeiten, Schritt zu halten.

Ein ungezielter Laserblitz zuckte an Obi-Wans Ohr vorbei, und er griff nach seinem Lichtschwert. Es war nicht mehr da. *Es muss sich gelöst haben, als ich auf die Echse gesprungen bin*, dachte Obi-Wan. *Ich hoffe, Anakin bekommt davon niemals Wind.* Jetzt musste er die Echse so lenken, dass er den Schüssen auswich, anstatt sie mit dem Lichtschwert abzulenken. Er verlor an Boden.

Je tiefer er mit seiner Echse in die Stadt vordrang, desto dichter wurde der Verkehr in den Tunnels. Obi-Wan fiel immer weiter zurück, als er sich zwischen den kämpfenden Droiden und Fahrzeugen hindurchquälen musste. Doch das Durcheinander hielt auch Grievous auf. Obi-Wan sah, wie sein Radgleiter kurz an einer der gebogenen Mauern hochfuhr, um einer Gruppe von Kampf-Droiden auszuweichen, die durch den Tunnel auf sie zu rannten.

Obi-Wan lächelte plötzlich. Seine Echse konnte Dinge, die der Radgleiter des Generals nicht beherrschte. Er jagte die Echse an der Mauer hoch und dann bis an die Decke. Das Tier nutzte seine natürlichen Fähigkeiten, um sich kopfüber an der Mauer festzuhalten, während sich Obi-Wan mit Hilfe der Macht an der Echse festhielt. Da außer ihnen niemand die Decke als Straße benutzte, verloren sie auch keine Zeit mehr im dichten Verkehr. Sie holten schnell auf.

Obi-Wan sah, dass der Tunnel zu einer kleinen Landeplattform führte. Er rammte der Echse die Hacken in die Haut, und das Tier machte sofort einen Satz nach vorn. Jetzt befand er sich auf Grievous' Höhe, nahe genug, um nach ihm zu schlagen – wenn er sein Lichtschwert gehabt hätte. Unglücklicherweise hatte Grievous seinen Energiestab nicht verloren und war ebenfalls nahe genug, um nach Obi-Wan zu schlagen.

Als der Stab auf ihn zukam, packte Obi-Wan blitzschnell zu und zog mit einem Ruck daran. Grievous verlor das Gleichgewicht. Obi-Wan ließ die Macht fließen und sprang von der Echse ab, um den General von seinem Gefährt zu stoßen. Die Taktik hatte Erfolg: Obi-Wan und Grievous fielen zusammen auf den Boden der Landeplattform und der Energiestab flog davon.

General Grievous verschwendete keine Zeit damit, sich nach dem Stab umzusehen, sondern zog sofort einen Blaster hervor. Obi-Wan schlug ihm die Waffe weg, und sie flog ebenfalls unerreichbar davon. Obi-Wan rollte sich über den Boden und schnappte sich den Energiestab. Er war nicht so gut wie ein Lichtschwert, aber besser als nichts.

Sein erster Hieb traf General Grievous voll in den Brustbereich. Obi-Wan holte noch einmal aus und landete einen Treffer auf einem der Arme des Generals. Der Metallarm verbog sich zwar, brach aber nicht ab. Einen Sekundenbruchteil später, selbst für die Reflexe eines Jedi zu schnell, um ausweichen zu können, wurde Obi-Wan von Grievous' anderem Arm getroffen.

Es war, als würde man mit einer Metallstange geschlagen. Obi-Wans Schulter und eine Seite seines Körpers wurden zuerst taub, bevor der Schmerz aufflammte. Der Energiestab segelte wieder durch die Luft, und Obi-Wan schaffte es nur knapp, dem nächsten Schlag auszuweichen. *Das war brutal! So einen Treffer darf ich ihm nicht noch einmal erlauben!*

Obi-Wan machte mit Hilfe der Macht einen Satz, in den er all seinen Schwung und sein Gewicht legte. Er traf Grievous mit den Füßen voraus, doch der General schien kaum Notiz davon zu nehmen. Seine metallenen Gliedmaßen und die Hülle aus Durastahl, die ihn umgab, waren widerstandsfähiger als die von jedem Droiden, den Obi-Wan jemals gesehen hatte.

Es muss doch eine Möglichkeit geben, ihn auszuschalten! Obi-Wan wich einem weiteren Hieb aus und sah dabei, wie sich eine der Deckplatten in der Bauchgegend des Droiden-Generals verschob. *Sie muss sich gelöst haben, als ich ihn mit dem Energiestab traf. Vielleicht kann ich etwas von seiner Panzerung wegschlagen …*

Als der General wieder ausholte, duckte sich Obi-Wan und ging näher an seinen Gegner heran. Er packte die lose Platte und zerrte daran. Die Platte löste sich – aber die Metallarme des Generals schlossen sich um Obi-Wan und hoben ihn in die Höhe. Als Nächstes flog der Jedi quer durch die Luft und landete hart auf der anderen Seite der Plattform. Er rutschte halb betäubt über die Landefläche und beinahe über die Kante hinweg. Erst im letzten Moment konnte er sich abbremsen und blieb mit den Beinen über dem tiefen, tiefen Abgrund liegen.

Wie benebelt sah Obi-Wan, dass General Grievous den Energiestab holte und auf ihn zu kam. Er bemühte sich, wieder einen klaren Kopf zu bekommen und dachte daran, dass er eine Waffe brauchte.

Dann sah er, dass der Blaster, den der General verloren hatte, nur ein paar Meter entfernt auf dem Boden lag.

Er schaffte es gerade noch rechtzeitig, den Blaster mit Hilfe der Macht zu sich zu ziehen und zu schießen. General Grievous blieb stehen. Obi-Wan feuerte Schuss um Schuss auf die offene Bauchgegend des Generals ab. Der Halb-Droide gab ein Geräusch von sich, das sich teils wie das Stöhnen eines Erstickenden und teils wie ein metallisches Quietschen anhörte. Dann war in seinem metallenen Körper eine kleine Explosion zu vernehmen.

Obi-Wan sah mit bereitgehaltener Laserpistole, wie das Durastahl-Gehäuse des Droiden-Generals von weiteren Explosionen erschüttert wurde. Irgendwann stachen Flammen aus seinen Sehschlitzen hervor, und General Grievous sackte in einem rauchenden Haufen zusammen. Obi-Wan konzentrierte sich auf die Macht, um eventuelle Lebenszeichen zu ertasten.

Doch er fand keine. Mit einem schweren Seufzer der Erleichterung machte er sich auf den Rückweg zum Tunnel, um seine Echse wieder einzufangen. Dabei fiel ihm auf, dass er noch immer die Laserpistole in der Hand hielt. Er sah sie voller Abscheu an. *Wie unzivilisiert!* Obi-Wan warf die Waffe über den Rand der Plattform und machte sich daran, den Verlauf der Kämpfe zu beobachten. Dabei hatte er keinerlei Zweifel über ihren Sieg, denn Klon-Commander Cody war kompetent und hatte mehr als genug Truppen zur Verfügung, um die Kampf-Droiden unter Kontrolle zu bringen. Das wahre Problem war General Grievous, und das war nun gelöst.

Jetzt muss ich nur noch den Rat verständigen – und den Kanzler. Und dann … werden wir herausfinden, was Palpatines wahre Absichten sind.

KAPITEL 13

Als Anakin endlich Meister Windu im Hangar des Jedi-Tempels fand, drehte sich in seinem Kopf immer noch alles. Mace Windu und drei andere Jedi wollten gerade an Bord eines Kanonenbootes gehen, und zunächst war der Meister alles andere als erfreut über die Unterbrechung.

„Was ist, Skywalker?“, fuhr Mace ihn an. „Wir sind in Eile. Wir haben gerade die Nachricht bekommen, dass Obi-Wan General Grievous vernichtet hat. Wir wollten uns aufmachen, um sicherzustellen, dass der Kanzler seine Macht an den Senat zurückgibt.“

„Er wird seine Macht nicht zurückgeben“, sagte Anakin mit schwerem Unterton. Er spürte, dass er jetzt Meister Windus Aufmerksamkeit hatte und schluckte. „Kanzler Palpatine ist ein Sith-Lord.“

„Ein Sith-Lord?“ Meister Windu war ebenso entsetzt wie Anakin es gewesen war, als er die Wahrheit erkannt hatte. „Woher weißt du das?“

Er selbst hat es mir gesagt. „Er beherrscht den Umgang mit der Macht. Er wurde ausgebildet, um sich der Dunklen Seite zu bedienen.“

Meister Windu sah Anakin lange an. Schließlich nickte er. „Dann haben sich unsere schlimmsten Befürchtungen bewahrheitet. Wir müssen uns beeilen, wenn die Jedi die Kontrolle behalten sollen."

Meister Windu gab den anderen Jedi ein Zeichen, an Bord zu gehen. „Meister, der Kanzler ist sehr mächtig", fügte Anakin hinzu. „Ihr werdet meine Hilfe brauchen, wenn Ihr ihn verhaften wollt."

Mace kniff die Augen zusammen. „Halte dich in deinem eigenen Interesse aus diesem Konflikt heraus", sagte er streng. „Ich spüre Verwirrung in dir, junger Skywalker. Deine Angst trübt dein Urteilsvermögen."

„Das ist nicht wahr, Meister", protestierte Anakin.

„Wir werden sehen", gab Mace zurück. „Wenn es stimmt, was du sagst, hast du dir mein Vertrauen verdient. Aber vorerst bleib hier. Warte bis zu unserer Rückkehr im Ratssaal auf uns."

Er vertraut mir noch immer nicht. Er hat mir noch nie vertraut. Aber Mace Windu war ein Ratsältester, ein Meister. So lange Anakin ein Jedi war, musste er Meister Windus Anweisungen Folge leisten. „Ja, Meister", sagte er und versuchte, seinen Unmut zu verbergen.

Mace nickte knapp und stieg in das Schiff. Anakin blieb an Ort und Stelle stehen, als das Kanonenboot abhob. Er hoffte bis zur letzten Sekunde, dass Mace es sich noch anders überlegen würde. Doch als das Schiff schließlich im endlosen Verkehrsstrom verschwunden war, wandte er sich um und ging zurück zum Jedi-Tempel.

Der Ratssaal war dunkel und leer. Anakin setzte sich auf einen der Stühle und versuchte zu meditieren, doch sein Herz und sein Verstand befanden sich in zu großem Aufruhr. Jetzt, wo er allein war und seine Mission erfüllt hatte, gingen ihm wieder und wieder die Worte des Kanzlers durch den Kopf. *Lerne, die Dunkle Seite der Macht zu beherrschen, Anakin, und du wirst Padmé vor dem sicheren Tod retten können.* Anakin durchfuhr ein kalter Schauder, als er an die Schreie denken musste, die durch seine Träume gehallt waren. Er hörte wieder Padmés Todesschrei. „Anakin! Ich liebe dich!"

Die Stimme des Kanzlers ertönte in seinem Geist und sprach Worte, die er noch nicht gesagt hatte. „Du weißt, dass jede Chance, Padmé zu retten, verloren sein wird, wenn die Jedi mich töten."

Nein! Anakin streckte blind die Arme aus – nicht nach dem Kanzler, sondern nach seiner Geliebten. Nach Padmé. Und dann spürte er ihre Gegenwart, so als wäre sie nicht nur im Ratssaal der Jedi, sondern direkt in seinem Herzen und in seinem Geist. Eine wahre Vereinigung durch die Macht.

Padmé war allein im Hauptraum ihrer Unterkunft, als sie Anakins Gegenwart spürte. *Was macht er hier um diese Uhrzeit?*, dachte sie und sah auf. Sie blinzelte und schüttelte den Kopf. Der Raum war leer, doch einen Augenblick hatte sie geglaubt, den Ratssaal der Jedi zu sehen.

Und dann kam die Verbindung in all ihrer Stärke zustande, und Padmé wusste, was los war. Anakin war allein im Ratssaal – und gleichzeitig auch hier bei ihr. Sie spürte seine Liebe und seine Angst um sie – diese furchtbare Angst, die sein Herz zu zerfressen drohte. Die Angst, dass sie sterben würde. Sie hatte nicht gewusst, wie furchtbar diese Angst war.

Ich habe keine Angst vor dem Tod. Sie hatte ihm das schon einmal gesagt, als man sie auf Geonosis in die Exekutionsarena gebracht hatte. Und es war noch immer so. Sie hatte nur Angst davor, dass er vielleicht nicht wusste, wie sehr sie ihn liebte. Als die Verbindung der Macht schwächer zu werden begann, sagte sie noch einmal die Worte, die sie damals ausgesprochen hatte, als sie ihm das erste Mal ihre Liebe erklärt hatte. Anakin konnte sie natürlich nicht hören, doch vielleicht würde er die Liebe spüren, die dahinter steckte – die Liebe, die jetzt stärker und tiefer war, als sie es jemals gewesen war.

„Ich liebe dich wirklich", sagte Padmés Stimme in Anakins Gedanken. „Und ich will, dass du das weißt, bevor ich sterbe."

Dann brach die Verbindung endgültig zusammen, doch ihre letzten Worte hallten noch nach. *Bevor ich sterbe, bevor ich sterbe, bevor ich sterbe.* Anakin erschauderte. *Padmé, nein!* Doch die Verbindung war zerbrochen, Padmé war weg, und er war allein im Ratssaal. So wie er es für immer und überall sein würde, wenn Padmé einmal tot war.

„Nein!" Es war ein erstickter Schrei. Anakin stand auf und atmete schwer, so als hätte er einen langen Lauf hinter sich. *Ich kann das nicht tun! Ich kann sie nicht sterben lassen!* Und dann lief er tatsächlich. Er rannte aus dem Ratssaal hinaus und zu der Landeplattform, auf der sein Gleiter parkte.

Die Fahrt zum Senatsgebäude schien ewig zu dauern. Anakin nahm die anderen Verkehrsteilnehmern kaum wahr, die ihm auswichen und seinetwegen hupten. Er sah auch nicht, dass alle Anzeigeinstrumente des Gleiters im roten Bereich waren. Dann rannte er durch die Gänge des Senatsgebäudes auf das Summen eines Lichtschwerts im Büro des Kanzlers zu.

Er blieb im Eingang stehen, schockiert und unfähig, sich zu bewegen. Aus einem gähnenden Loch, das einmal das große Fenster über Coruscant gewesen war, wehte ihm der Wind durch die Haare. Auf dem Boden lagen Glassplitter und drei gekrümmte, reglose Gestalten in Jedi-Roben. Nur ein Jedi stand noch – Mace Windu, der mit seinem violetten Lichtschwert Kanzler Palpatine bedrohte. „Ihr steht unter Arrest, mein Lord", sagte er zum Kanzler und gab Anakin mit einem Handzeichen zu verstehen, er solle sich fern halten.

Doch Palpatine sah Mace Windu nicht an. „Anakin!", schrie er. „Ich sagte dir, dass es so weit kommen würde! Ich hatte Recht! Die Jedi übernehmen die Macht!"

Aber ... aber ... das stimmt nicht. Sie kamen hierher, weil ich ihnen sagte, dass Ihr ein Sith-Lord seid, und nicht, um die Macht an sich zu reißen. Doch sie waren schon auf dem Weg gewesen, um Palpatine zu verhaften, bevor er ihnen die Nachricht überbracht hatte, dachte ein anderer Teil Anakins.

„Euer Komplott zur Übernahme der Republik ist vorbei", sagte Mace Windu. „Ihr habt verloren."

„Nein!" Palpatine hob die Hände. „*Ihr* werdet sterben!" Blaue Macht-Blitze schossen aus seinen Händen auf Mace zu.

Anakin machte einen unfreiwilligen Schritt nach vorn. „Er ist ein Verräter, Anakin!", schrie Palpatine, als noch mehr Blitze aus seinen Händen schossen.

„Er ist der Verräter!", sagte Mace. Sein Gesicht war verzerrt von den Anstrengungen, die es ihn kostete, die Blitze abzuwehren. „Halte ihn auf!"

Anakin sah von einem Mann zum anderen. Die Macht-Blitze fügten Mace Windu jetzt ernste Verletzungen zu.

Und dann geschah etwas ebenso Eigenartiges wie Erschreckendes: Der Kanzler alterte vor Anakins Augen. Seine Haare wurden dünner und seine Haut wurde faltig. Auf seiner Stirn bildeten sich tiefe Falten. Seine Hände verknorpelten und nahmen eine grau-weiße Farbe an. „Hilf mir!", schrie er Anakin zu. „Ich kann das nicht länger aufrecht erhalten!"

Doch Anakin stand wie angewurzelt da. Irgendwann brach Palpatine erschöpft zusammen. „Ich gebe auf", sagte er mit der Flüsterstimme eines sehr, sehr alten Mannes. „Ich bin ... ich bin zu schwach. Tötet mich nicht. Ich gebe auf."

Mace Windu richtete sein Lichtschwert auf den sich krümmenden Kanzler. „Du Sith-Abschaum", sagte er. „Ich werde diese Sache hier und jetzt beenden."

„Ihr könnt ihn nicht töten, Meister", sagte Anakin. „Er muss vor Gericht gestellt werden."

„Er hat zu viel Kontrolle über den Senat und die Gerichte", erwiderte Mace. „Er ist zu gefährlich, um am Leben gelassen zu werden."

„Das ist nicht die Art der Jedi." Doch der Kanzler hatte dasselbe über Count Dooku gesagt. Wenn Jedi-Meister und Sith die gleichen Argumente vorbrachten, waren sie dann wirklich so unterschiedlich? *Und ich brauche ihn, um Padmé zu retten.* Mace hörte nicht mehr auf Anakin. Er hob sein Lichtschwert – und Anakin schlug es ihm mit der eigenen Waffe weg. Der unerwartete Hieb schleuderte das Lichtschwert davon, und Mace Windu krümmte sich erneut wehrlos unter einem blauen Macht-Blitz aus Palpatines Händen. *Kanzler Palpatine hat uns etwas vorgespielt! Er war überhaupt nicht erschöpft!*

Mace schrie auf und zog sich zurück. „Macht!", rief der Kanzler. „Absolute Macht!"

Eine neue Welle der Macht traf Mace und riss ihn nach hinten, immer weiter und weiter, bis er an der Stelle angekommen war, an der sich das Fenster befunden hatte. Palpatine hob

Mace mit Hilfe der Macht an, trug ihn hinaus in den Nachthimmel und ließ ihn einfach in den hunderte von Metern tiefen Abgrund fallen. Anakin sah ihm voller Schrecken hinterher. „Was habe ich getan?", flüsterte er.

„Du erfüllst dein Schicksal", gab Palpatine ruhig zurück. Er sah jetzt anders aus und klang auch anders. Die Alterung war keine Illusion gewesen. Doch die Veränderung machte es auch Anakin einfacher, anders zu sein. Zu sagen, weshalb er gekommen war.

„Ich werde tun, was immer Ihr verlangt", sagte er zu Palpatine. „Aber bitte helft mir, Padmés Leben zu retten." *Ich kann nicht ohne sie leben. Ich werde sie nicht sterben lassen.*

Palpatine lächelte und machte ein Handzeichen. Anakin kniete vor ihm nieder und sprach die Worte – die Worte, mit denen er den Jedi seine Treue geschworen hatte. Doch sie waren verändert, so wie er selbst sich verändert hatte. „Ich gebe mich Eurer Fürsorge hin", sagte er. „Den Wegen der Sith."

„Anakin Skywalker, du bist eins mit dem Orden der Sith-Lords", gab Palpatine zurück. „Von nun an soll man dich kennen als ... Darth Vader."

„Danke, mein Meister."

Darth Sidious – Kanzler Palpatine – stand allein in seinem riesigen Büro. Er hatte seinen neuen Schüler und eine Bataillon Klontruppen zum Jedi-Tempel geschickt. Damit wären die Jedi auf Coruscant erledigt. Er runzelte unter seiner Kapuze die Stirn. Er spürte, dass sich sein Schüler noch nicht so vollständig der Dunklen Seite hingab, wie es sein sollte. Wie auch immer. Die Vernichtung der Jedi würde Anakin sicher dichter an seine Sith-Identität heranbringen – Darth Vader.

Jetzt war es an der Zeit, sich um die anderen Jedi zu kümmern. Das Stirnrunzeln verschwand und machte einem erwartungsvollen Grinsen Platz. Er tippte eine Frequenz in seinen Hologramm-Projektor und wartete ab.

Ein kleines Bild des ersten Klon-Commanders baute sich vor ihm auf. „Ja, mein Lord?"

„Die Zeit ist reif", sagte Darth Sidious und genoss die Worte. *Nach eintausend Jahren ist endlich die Zeit der Rache gekommen.* „Führt Order 66 aus."

„Ich verstehe, mein Lord", gab der Klon-Commander zurück, und das Bild verblasste.

Darth Sidious gab die nächste Frequenz ein und ein weiteres, identisches Hologramm erschien. Er wiederholte die Worte wieder und wieder zu verschiedenen Klon-Commandern auf den Planeten der Republik. Sein Lächeln verbreiterte sich mit jedem erteilten Befehl.

Die Klontruppen befolgten nur Befehle. Deshalb wurde auch jede Bataillon von einem Jedi angeführt. Doch die Jedi hatten etwas vergessen: Die Klone dienten der Republik und nicht dem Jedi-Orden ... und er, Darth Sidious, war der Oberste Kanzler der Republik. Die Klone würden die Befehle des Kanzlers ohne Widerrede ausführen. Selbst wenn sie lauteten, sie sollten ihre Jedi-Anführer umbringen.

Und Order 66 bedeutete für die Klone genau das.

Darth Sidious lehnte sich noch immer lächelnd zurück und stellte sich die Szenen vor, die sich jetzt überall in der Galaxis abspielen mussten. Jedi auf Dschungelplaneten oder Kristallwelten, ob in der Hitze des Gefechts oder der Sicherheit ihrer Kommandozentralen – sie alle starben durch die Hände ihrer eigenen Klontruppen. Er spürte, wie es geschah, wenn auch nicht im Detail. Doch er spürte, wie die Dunkle Seite mit jedem sterbenden Jedi wuchs.

Er bedauerte nur, dass er nicht persönlich dabei sein und sehen konnte, wie jeder einzelne starb.

KAPITEL 14

Das Dumme an Droiden ist, dass sie nicht nachdenken können, dachte Obi-Wan, als er sich den Weg durch die Kampf-Droiden freihackte, die noch immer die Tunnels der Stadt auf Utapau verstopften. Eine Armee aus lebenden Wesen hätte schon längst erkannt, dass der Gegner bei weitem in der Überzahl war und den Kampf aufgegeben. Die Droiden hingegen kämpften einfach weiter.

Wenigstens hatte er sein Lichtschwert wieder. Einer der Klone hatte es gefunden und ihm zurückgegeben. *Ich würde ungern mit nichts als einer Laserpistole gegen Kampf-Droiden antreten,* dachte Obi-Wan. Er führte seine Echse an der Mauer der Senke hoch, um einen besseren Überblick zu bekommen. *Diese Droiden …*

Da spürte Obi-Wan plötzlich eine seltsame Erschütterung in der Macht und wendete sein Reittier. Die Echse ging gerade so weit zur Seite, dass der enorme Laserblitz Obi-Wan nicht auslöschte. Doch das Tier verlor den Halt an der Mauer und fiel mit dem Jedi in die Tiefe. Auf dem Sturz nach unten erkannte Obi-Wan, dass das Laserfeuer von seinen *eigenen* Truppen gekommen war. Die Klone versuchten ihn töten! *Hier stimmt etwas ganz und gar nicht,* dachte er und landete in dem abgestandenen Wasser auf dem Grund der Grube.

Weitere Laserschüsse schlugen auf der Wasseroberfläche ein. Obi-Wan ließ sich vom Schwung seines Sturzes tief nach unten sinken, unterhalb der Reichweite der Blaster. Es dauerte einen Augenblick, bis er die Atemmaske an seinem Gürtel fand. Er legte sie an. Jetzt konnte er unter Wasser bleiben, bis die Klone aufgeben würden.

Es dauerte lange. Man konnte wahrlich nicht behaupten, Klone wären nicht ausdauernd. Doch irgendwann schienen sie anzunehmen, dass Obi-Wan den langen Sturz in die Tiefe nicht überlebt hatte.

Glücklicherweise wussten die Klone nichts von General Grievous' kleinem Fluchtschiff. Obi-Wan hatte ihnen nur erzählt, dass der Droiden-General tot war; er hatte keine Zeit gehabt, ins Detail zu gehen. *Wenn ich dieses Schiff erreiche, kann ich entkommen. Es ist ein Typ der Handelsföderation. Selbst wenn die Kreuzer im Orbit es sehen, werden sie annehmen, dass ich ein Separatist bin, der vor dem Kampf flieht.* Natürlich musste er sich erst noch an Tausenden von Klonkriegern vorbeischleichen, um zu der geheimen Landeplattform zu gelangen, aber wenigstens würden die Klone dort nicht auf ihn warten.

Und wenn er erst einmal von Utapau entkommen war, konnte er noch immer versuchen herauszufinden, was los war. Eigentlich durften die Klone überhaupt nicht in der Lage sein, die Republik zu verraten. Irgendetwas war ganz und gar nicht in Ordnung.

Der Kampf um Kashyyyk war vorbei. Draußen lasen die Klone und die Wookiees Reste von zerschmetterten Kampf-Droiden auf und reparierten ihre eigene Ausrüstung. Yoda hatte sie damit allein gelassen. Die Klone brauchten keinen Jedi-Befehlshaber, der ihnen erklärte, wie man aufräumte, und der Versammlungssaal der Wookiees war ruhig – ein guter Ort für eine Meditation. Chewbacca und Tarfful, die beiden Wookiee-Oberhäupter, standen auf der einen Seite des Saales, während sich die Klonoffiziere in der Nähe des Eingangs aufhielten, wo sie die Truppen draußen im Auge behalten konnten und wo Berichterstattung die Ruhe ihres Jedi-Kommandanten nicht stören würde.

Jahrhunderte der Übung machten es Yoda leicht, seinen Geist fast völlig von seinem Körper zu trennen, um vollkommen in der lebendigen Macht zur Ruhe zu kommen. In letzter Zeit hatte er die Gelegenheit dazu ergriffen, wann immer sie sich geboten hatte, denn die Dunkle Seite war im Laufe der Jahre immer stärker geworden. Doch gleichzeitig hatte Yoda immer wieder das Gefühl gehabt, dass ihn irgendjemand durch die dichter werdende Dunkelheit erreichen wollte.

Yoda gab sich mit geschlossenen Augen der Macht hin. Ja, da war es wieder. Das Gefühl, dass irgendjemand nach ihm griff. Er schaffte es beinahe. Etwas streifte Yoda … nein, irgendjemand. Irgendjemand, der sich vertraut anfühlte. Und dann durchliefen plötzlich Schockwellen die Macht. *Jedi sterben.*

Yoda öffnete die Augen. Hinter ihm kamen zwei Klonoffiziere heran. *Mich befragen zu wollen, sie vorgeben.* Doch Yoda spürte die schwache Aura der Dunklen Seite, die an ihnen klebte. Hier stimmte etwas nicht.

So war er auch nicht überrascht, als sie ihre Waffen zogen. Sein Lichtschwert summte in der Hand, und die beiden weiß behelmten Köpfe fielen in die eine, und die Körper der Klone in die andere Richtung.

Mehr kommen werden. Die Klon-Offiziere hätten nicht ohne ihresgleichen agiert, und draußen warteten Tausende von ihnen. Er musste Hilfe holen.

Glücklicherweise war diese Hilfe nicht weit entfernt. Die beiden Wookiees hatten alles beobachtet und sich schnell von ihrer Überraschung erholt. Yoda erklärte ihnen, was er brauchte, die Wookiees nickten und unterhielten sich in ihrer bellenden Sprache. Chewbacca hob Yoda auf und gemeinsam mit Tarfful trug er ihn zu einem Hinterausgang hinaus. Sie waren keine Sekunde zu früh dran, denn einen Augenblick später schoss ein Panzer der Klone von einem flachen Hügel auf das Versammlungsgebäude und es verging in einem Feuerball.

Es dauerte eine Weile, bis die Klone entdeckten, dass Yoda zum Zeitpunkt der Explosion nicht in dem Saal gewesen war. Sie formierten sofort Suchtrupps und durchsuchten die Gegend nach dem Jedi-Meister. Die Wookiees hatten Yoda in einem ihrer kleinen Boote versteckt, doch dort konnte er nicht ewig bleiben. Es war zu gefährlich, sowohl für ihn als auch für die Wookiees. Abgesehen davon musste er den Planeten verlassen, um herauszufinden, was vor sich ging.

Nachdem er ihnen das Problem erläutert hatte, bellten die Wookiees so schnell untereinander, dass es selbst für Yoda schwer war, der Unterhaltung zu folgen. Dann drehten sie sich um und boten ihm eine ihrer Fluchtkapseln an. Das einzige Problem war jetzt noch, an den Klontruppen vorbei zu der Kapsel zu kommen.

Senator Bail Organa war überaus besorgt, als er mit seinem schlanken Gleiter durch die Morgendämmerung flog. Seit dem frühen Vorabend hatten unter den Senatoren Gerüchte kursiert. Zuerst waren sie positiv – die Separatisten hatten aufgegeben, der Krieg war vorüber und die Jedi hatten General Grievous getötet. Doch bevor irgendeines der Gerüchte hatte bestätigt werden können, waren sie durch beängstigende Versionen ersetzt worden – Geschichten von Rebellion, Verrat und Mord. Bail hatte keine davon geglaubt, doch im Laufe der Nacht waren es immer mehr geworden, und sie hatten sich verbreitet. Er hatte letztlich beschlossen, selbst herauszufinden, was eigentlich geschah.

Das Erste, was er sah, war eine dichte schwarze Rauchwolke, die vom Jedi-Tempel aufstieg. Als er näher kam, sah er überall die weiß gekleideten Klontruppen. *Wo sind die Jedi? Haben die Separatisten den Tempel angegriffen?*

Es schien niemand zu schießen, also beschloss Bail, zu landen. Vielleicht konnte er mehr in Erfahrung bringen. Er wählte eine Landeplattform in der Nähe des Tempeleingangs. Vier Klone standen Wache, doch sie senkten die Waffen, als sie seine Senatorenrobe sahen. „Keine Sorge, Sir", sagte einer von ihnen. „Die Situation ist unter Kontrolle."

„Was geht hier vor?", fragte Bail. Er versuchte, entspannt zu klingen und nichts von seiner Aufregung Preis zu geben.

„Es gab eine Rebellion, Sir."

Eine Rebellion? Der Rauch und die Klonwachen bekamen plötzlich eine neue, finstere Bedeutung. *Haben die Jedi rebelliert? Oder … die Klone? Das ergibt doch keinen Sinn!* „Das ist unmöglich!"

„Keine Sorge, Sir", wiederholte der Klon. „Die Situation ist unter Kontrolle."

Bail sah den Soldaten grimmig an und machte sich zur Tempeltür auf. So lange es sicher war, wollte er selbst sehen, was los war. Doch die Klone stellten sich ihm in den Weg. „Es tut mir Leid, Sir. Der Zugang ist niemandem gestattet." Der Klon hielt einen Augenblick inne und hob dann zu Bails Überraschung und Bestürzung das Blaster-Gewehr. „Es wird Zeit, dass Sie gehen, Sir", sagte er streng.

Bail ging widerstrebend zu seinem Gleiter zurück. Es brachte nichts, wenn er sich hier umbringen ließ – und er wollte wirklich nicht herausfinden, ob die Klontruppen auf einen Senator schießen würden.

Als er den Gleiter erreichte, hörte er Schüsse. Als er sich umdrehte, sah er einen verzweifelt aussehenden, in Jedi-Roben gekleideten Jungen, der nicht älter als zehn Jahre war. Er hielt ein Lichtschwert in der Hand, und die Klonkrieger schossen auf ihn!

Als Bail voller Schrecken die Szenerie beobachtete, sah einer der Klone von dem Kampf auf und zeigte auf ihn. „Kümmert euch um ihn", sagte der Klon zu den Vieren, die die Tür bewachten, und wandte sich wieder dem Kampf zu.

Bail machte einen Satz über seinen Gleiter hinweg, kurz bevor die Laserblitze um ihn herum einschlugen. Doch der Gleiter war nicht gepanzert, und die Klone würden ihn – und Bail – in wenigen Minuten vernichten, wenn sie ihr Feuer konzentrierten. Seine einzige Hoffnung lag in einer Flucht.

Es kamen noch mehr Klone aus dem Tempel. Der Jedi-Junge war wahrscheinlich außer Gefecht. Bail sprang wütend in den Gleiter und setzte ihn in Bewegung. Ein paar Schüsse zuckten durch die Luft hinter ihm, doch dann drehten sich die Klone um und gingen wieder in den Tempel zurück. *Weshalb sollten sie sich mit mir abgeben? Ich bin kein Jedi.*

Auf dem Flug zurück zu seinem Büro hatte Bail Organa ein

wenig Zeit, um nachzudenken. Klontruppen handelten nicht ohne Befehl, und es gab nur eine einzige Person, die ihnen die Anweisung zum Angriff auf den Jedi-Tempel hätte geben können. Kanzler Palpatine. Und Palpatine machte keine halben Sachen. Er musste einen Plan gehabt haben, um sich auch der anderen Jedi zu entledigen, die nicht auf Coruscant waren. Und wenn Palpatine von seinem Besuch am Tempel erfuhr, würde Bail selbst unter die Kategorie ‚halbe Sache' fallen. Natürlich hatte Bail den Klonen seinen Namen nicht gesagt, und wenn die Klone ihn nicht erkannt hatten, würde der Kanzler niemals etwas erfahren. Doch Bail war nicht so töricht, sich darauf zu verlassen.

Er holte seinen Kommunikator heraus und gab ein paar Anweisungen durch. Als er in seinem Büro angekommen war, hatten seine beiden Assistenten schon die wichtigsten Dokumente gepackt und standen zur Abreise bereit. Es gab einen schwierigen Augenblick, als zwei der Roten Gardisten des Kanzlers sie aufhielten und verlangten, dass sie sich ausweisen sollten. Doch die ID-Karten des Senats stellten sie zufrieden. Dennoch ließ Bail erleichtert die Schultern sacken, als er mit seinen Assistenten an Bord des alderaanischen Raumkreuzers ging.

Captain Antilles, sein Pilot, befand sich bereits mit der restlichen Crew an Bord. Bail verschwendete keine Zeit mit Höflichkeiten. „Habt Ihr ein Jedi-Funkfeuer bekommen?", wollte er wissen.

„Ja, Sir", gab Antilles zurück. „Es gab keine Gegenwehr. Die Klone sind noch immer recht durcheinander."

Das überrascht mich nicht, wo sie doch all ihre Jedi-Befehlshaber umgebracht haben. Bail schauderte beim Gedanken daran. Er wusste, dass diese Verwirrung nicht lange anhalten würde, aber immerhin hatte es lange genug gedauert, um ihnen die Flucht von Coruscant zu ermöglichen.

Bail gab das Zeichen für den Start des Raumkreuzers. Sie hatten das Funkfeuer, also gab es keinen Grund, dazubleiben. *Hoffentlich können wir ein paar Jedi abfangen, bevor sie in diese … Katastrophe laufen,* dachte er, als das Schiff die Atmosphäre verließ. Er wollte nicht daran denken, wie wenig Jedi wohl übrig waren, die auf das gestohlene Sendesignal antworten würden.

KAPITEL 15

Padmé hörte das Geräusch des Fahrzeugs vor ihrer Unterkunft und ging schnell auf die Veranda. Ihr wurde fast schwindlig vor Erleichterung, als sie sah, dass es ein Jedi-Raumjäger war – und als Anakin aus dem Cockpit stieg und auf ihre Veranda kam. „Alles in Ordnung?", fragte sie. Sie musste es hören, obwohl sie sah, dass es ihm gut ging. „Ich hörte, es hat einen Angriff auf den Jedi-Tempel gegeben. Man kann den Rauch von hier sehen."

„Es geht mir gut", sagte Anakin. Seine tiefe Stimme klang müde. Irgendetwas daran und an der Art, wie er sich bewegte, war allerdings nicht in Ordnung. „Ich kam, um sicherzugehen, dass mit dir und dem Kind alles in Ordnung ist."

„Captain Typho ist hier", sagte Padmé. „Wir sind in Sicherheit. Was ist passiert?" Sie hörte, wie C-3PO und R2-D2 hinter ihr dieselbe Frage stellten.

„Die Lage ist ernst", sagte Anakin bedrückt. „Der Rat der Jedi hat versucht, die Republik umzustürzen."

Padmé starrte ihn zutiefst erschrocken an. Er machte keine Witze. „Das kann ich nicht glauben!", sagte sie schließlich.

„Ich konnte es zunächst auch nicht glauben", gab Anakin zurück. „Doch es ist wahr. Ich habe selbst gesehen, wie Meister Windu versuchte, den Kanzler zu ermorden."

Wie? Wie ist das möglich? Padmé suchte einen Stuhl und setzte sich benommen. „Und was wirst du jetzt tun?", fragte sie Anakin.

„Ich werde die Republik nicht verraten", gab er zurück. Er schluckte. „Meine Loyalität gilt dem Kanzler und dem Senat. Und dir."

Ja, mir; das glaube ich. Padmé hörte die Ernsthaftigkeit in seinen Worten, und sie hatte auch nie seine Loyalität ihr gegenüber angezweifelt. Aber jetzt, als er vom Kanzler und dem Senat gesprochen hatte, hatte in seiner Stimme ein merkwürdiger Ton mitgeschwungen. Anakin hatte sich noch nie viel aus Politik gemacht. Ihm waren lebende Wesen wichtig, Padmé und ... „Was ist mit Obi-Wan?"

Anakin wandte sich ab, damit sie sein Gesicht nicht sehen konnte. „Ich weiß es nicht", sagte er. „Viele Jedi wurden getötet."

Nicht Obi-Wan! Aber ... „Gehört er auch zu den Rebellen?", fragte Padmé zögernd, obwohl sie sich nicht sicher war, ob sie die Antwort hören wollte.

„Wir werden es vielleicht nie erfahren", gab Anakin zurück.

„Wie konnte das geschehen?", fragte Padmé. Sie hob den Blick und sah Anakin vor dem Hintergrund der Stadtlandschaft. Der Morgenhimmel war rot und voller Rauch – Rauch vom brennenden Jedi-Tempel, genau wie nach dem Angriff der Separatisten. Alle sprachen andauernd davon, dass der Krieg beinahe vorüber war, dabei nahm die Gewalt immer mehr zu. „Ich möchte weg", sagte sie plötzlich. „Irgendwohin, weit weg von hier."

„Warum?" Anakin sah wirklich verblüfft aus. „Die Dinge haben sich verändert. Es gibt jetzt eine neue Ordnung."

Die Dinge haben sich wirklich verändert. Krieg, Tod und Verrat sind überall. Meine Freunde im Senat handeln nahe am Hochverrat und ich bin mir nicht einmal sicher, ob sie nicht Recht haben. Und ich kann nicht mit dir darüber reden, weil es deine Aufgabe wäre, sie zu verhaften. Und mich vielleicht auch. „Ich möchte unser Kind an einem sicheren Ort großziehen", sagte sie und bemerkte im selben Augenblick überrascht, dass sie gerade all ihre Wünsche in einem einzigen Satz zusammengefasst hatte.

„Das möchte ich auch", sagte Anakin. „Aber der Ort ist hier."

Nein, ist er nicht. Erkennst du denn nicht, wie gefährlich Coruscant geworden ist? Doch Anakin war ein Krieger. Er war Monate im Kampf gewesen. Dagegen musste ihm Coruscant wahrscheinlich ruhig und friedlich vorkommen.

„Ich erlange gerade neue Kenntnisse über die Macht", fuhr Anakin fort. „Bald werde ich dich vor allem beschützen können!"

Padmé streckte die Arme nach ihm aus. „Oh Anakin, ich habe Angst." *Angst um unser Kind. Angst um die Republik. Angst um mich. Angst um dich.*

„Habe Vertrauen, Liebste", sagte Anakin und nahm sie in den Arm. „Bald wird alles gut sein. Die Separatisten haben sich im Mustafar-System versammelt. Ich werde diesen Krieg beenden."

Padmé schüttelte schweigend den Kopf. Wie oft hatten sie schon gehört, dass dies zu tun, jenes zu gewinnen oder diesen zu töten, den Krieg beenden würde? Dabei ging der Krieg immer weiter. Sie glaubte nicht mehr an das Ende des Krieges.

„Warte, bis ich zurückkomme", sagte Anakin flehend. „Die

Dinge werden anders sein, das verspreche ich." Er küsste sie lange und innig. „Bitte warte auf mich."

Sie glaubte zwar nicht mehr an das Ende des Krieges, doch sie konnte noch an Anakin glauben. „Ich werde warten", sagte sie und umarmte ihn.

Anakin lächelte und erwiderte die Umarmung zärtlich. Dann ließ er zögernd die Arme sinken und sah zu seinem Jäger hinüber. Padmé ließ ihn ebenfalls nur widerstrebend los. Als er in sein Schiff stieg, spürte sie, wie Tränen in ihren Augen aufstiegen. Doch sie weigerte sich, sie loszulassen. Anakin musste noch eine Aufgabe erledigen, und sie wollte ihn nicht davon abhalten, so gerne sie auch mehr Zeit mit ihm verbracht hätte.

C-3PO zog sich zurück und winkte R2-D2 zu. Der Jäger hob ab. Als er in die blutrote Morgendämmerung flog, gab Padmé ihren Tränen nach. Sie fühlte sich einsamer als je zuvor in ihrem Leben und wusste dabei nicht einmal, weshalb. Schließlich hatte sie ja noch Anakin.

Sich durch die Tunnels auf Utapau zu General Grievous' versteckten Fluchtfahrzeug zu schleichen, war nicht einfach damit getan, indem man den Klontruppen aus dem Weg ging, die die Treppen und Tunnels der Stadt bevölkerten. Obi-Wan hatte diese Klone kommandiert; er kannte die Muster, nach denen sie suchen würden und welche Bereiche sie als Erstes absuchen würden. Doch die Tunnels waren leider auch das Revier einiger unfreundlicher utapauanischer Kreaturen, von denen manche ziemlich groß und ebenso hungrig wie feindselig waren. Teilweise musste sich Obi-Wan seinen Weg an ihnen vorbeikämpfen.

Als er schließlich die winzige Landeplattform erreicht hatte, stellte er erleichtert fest, dass die Klone das Schiff noch nicht entdeckt hatten. Der ganze Bereich war genauso verlassen, wie er es gewesen war, als er General Grievous hierher gejagt hatte. Obi-Wan, der sein Glück kaum fassen konnte, stieg in den Jäger. Keine Laserschüsse blitzten auf. Er machte sich schnell mit der Steuerung des Schiffes vertraut und setzte es in Bewegung.

Obi-Wan flog dicht an der Oberfläche von Utapau entlang, bis er weit genug von der Grubenstadt und den Massen der Klone und Schiffe entfernt war. Die Klone rechneten zwar sicher nicht damit, Obi-Wan in einem Jäger der Handelsföderation zu finden, sie konnten jedoch darauf aus sein, alles abzuschießen, ganz gleich, was es war. Die Separatisten waren noch immer der Feind – zumindest hatten die Klone, die Obi-Wan zuletzt in den Tunnels gesehen hatte, gegen die Kampf-Droiden der Separatisten gekämpft. Es gab keinen Grund, diesbezüglich ein Risiko einzugehen.

Auf der anderen Seite von Utapau stieß Obi-Wan in den Weltraum vor. Sobald er außerhalb der Abstasterreichweite war, aktivierte er das Comm-System des Jägers und gab die Frequenz des Jedi-Kommunikationsnetzes ein. Zu seiner Überraschung empfing er nichts als Störgeräusche.

Er runzelte die Stirn und versuchte eine andere Frequenz – mit demselben Ergebnis. Nach dem dritten ergebnislosen Versuch stellte er sein Comm-System auf Suchmodus. Und nach vielleicht einer Minute begann es stetig zu piepen. *Ein Jedi-Funkfeuer! Aber eigentlich sollten doch keine anderen Jedi hier draußen sein.* Obi-Wan nahm den Comlink in die Hand.

„Notfallcode Neun Dreizehn“, sagte er. „Ich bekomme auf

keiner Frequenz Verbindung. Sind irgendwelche Jedi dort draußen? Irgendwo?"

Über dem Comm-System erschien ein undeutliches Hologrammbild. Obi-Wan peilte das Signal an, und sofort stabilisierte sich das Bild. Zu seiner Überraschung war es Senator Bail Organa von Alderaan. *Was macht er mit einem Jedi-Funkfeuer?*

„Meister Kenobi?" Der Senator schien wenigstens erfreut zu sein, ihn zu sehen.

„Senator Organa", sagte Obi-Wan. „Meine Klontruppen haben sich gegen mich gewandt. Ich brauche Hilfe."

Bail Organa schien nicht überrascht zu sein, und seine nächsten Worte lieferten auch die Erklärung dazu. „Wir haben gerade Meister Yoda gerettet", sagte er. „Es sieht so aus, dass es überall Hinterhalte gegeben hat. Übernehmt meine Koordinaten."

Darth Sidious sah die Koordinaten der hereinkommenden Nachricht an und setzte eine leicht skeptische Miene auf. Mustafar? Von diesem Planeten erwartete er noch keine Übertragung. Er drückte den Antwortknopf, und ein blaues Hologramm erschien. Es war ein Neimoidianer – der Vizekönig der Handelsföderation, Nute Gunray. *Also hat mein Schüler Mustafar noch nicht erreicht.*

Gunray verneigte sich tief. Hinter ihm konnte Darth Sidious die restlichen Mitglieder des Separatisten-Rates sehen. „Der Plan verlief, wie Ihr es versprochen hattet, mein Lord", sagte der Neimoidianer.

„Ihr habt Euch gut geschlagen, Vizekönig", gab Darth Sidious der Form halber zurück. „Habt Ihr Eure Droiden-Armeen abgeschaltet?"

„Ja das haben wir, mein Lord."

Darth Sidious lächelte „Ausgezeichnet! Ist mein neuer Schüler Darth Vader schon angekommen?"

„Er landete vor wenigen Minuten", gab Gunray zurück.

„Gut, gut. Er wird sich um Euch kümmern." Die Doppeldeutigkeit der Worte bereitete ihm Vergnügen. Er griff nach dem Bedienfeld, um die Übertragung zu beenden, hielt aber im letzten Moment inne.

Die durchscheinend blauen Gesichter in dem Hologramm drehten sich um und schauten auf etwas, das sich außerhalb des Sichtbereichs der Hologrammkamera befand. Ihr Gesichtsausdruck zeigte erst Überraschung, dann Verwirrung – und schließlich nackte Angst. Darth Sidious beugte sich erwartungsvoll nach vorn.

Ein leuchtendes Lichtschwert zuckte durch das Sichtfeld des Hologramms. Ein Kopf und ein Körper fielen getrennt zu Boden – Poggle der Geringere, wie Sidious zur Kenntnis nahm. Dann erwachten die restlichen Mitglieder des Separatisten-Rates aus ihrer Erstarrung und flohen schreiend, als die Übertragung von der anderen Seite unterbrochen wurde.

„Wie ich sehe, ist mein Schüler angekommen", sagte Darth Sidious leise. „Ja, er wird sich um Euch kümmern."

KAPITEL 16

Bail Organas Koordinaten waren nicht so weit entfernt, wie Obi-Wan angenommen hatte. Es dauerte nicht lange, bis er den alderaanischen Raumkreuzer erreicht hatte. Als er das Schiff betrat, sah er Meister Yoda, der ruhig neben dem besorgt dreinschauenden Senator stand.

„Ihr seid davongekommen!", sagte Senator Organa.

„Meister Kenobi, dunkle Zeiten dies sind." Yodas bedeutungsschwere Stimme klang erfreulich normal, nach allem, was geschehen war. „Gut es ist, Euch zu sehen."

„Ihr wurdet auch von den Klonen angegriffen?", fragte Obi-Wan.

Yoda nickte. „Mit Hilfe der Wookiees knapp entkommen ich konnte."

Wenn Meister Yoda sagt, er wäre nur knapp entkommen, dann muss es ein haarsträubendes Unterfangen gewesen sein! Es ist ein Jammer, dass er nie ausführlicher von solchen Dingen erzählt. „Wie viele andere Jedi haben überlebt?"

Yoda senkte den Kopf. „Keine, wie wir gehört haben."

Keine? Obi-Wan sah den kleinen Jedi-Meister fassungslos an.

Bail Organa nickte bestätigend. „Ich sah, wie Tausende von Klonkriegern den Jedi-Tempel angriffen. Deshalb habe ich mich auf die Suche nach Yoda gemacht."

„Hattet Ihr Kontakt mit dem Tempel?" Es musste doch irgendjemand übrig sein. Meister Windu ... Kit Fisto ... Anakin! Anakin befand sich auf Coruscant – war er im Tempel gewesen?

„Das codierte Rückzugssignal empfangen wir haben", sagte Yoda.

Das Signal, das alle Jedi nach Coruscant zurückbeordert! Aber wenn die Klone den Tempel in ihrer Gewalt hatten ...

„Der Krieg ist vorbei", sagte Bail Organa. Seine Stimme war voller Bitterkeit.

Einer der Piloten erschien im Durchgang zur Kabine. „Wir empfangen eine Nachricht vom Büro des Kanzlers."

„Stellt sie durch", sagte Bail.

Einen Augenblick erfüllte die schmierige Stimme von Mas Amedda, des obersten Assistenten des Kanzlers, den Raum. „Senator Organa, der Kanzler der Republik verlangt Eure Anwesenheit bei einer besonderen Sitzung des Senats."

„Sagt dem Kanzler, dass ich da sein werde", gab Bail zurück.

„Sehr gut", gab Mas Amedda zurück, und die Übertragung war beendet.

Bail warf Yoda und Obi-Wan einen Blick zu. „Denkt Ihr, dass das eine Falle ist?"

„Das glaube ich nicht", gab Obi-Wan nach einem Augenblick des Nachdenkens zurück. „Der Kanzler kann nicht Tausende von Sternensystemen ohne einen intakten Senat kontrollieren." Bail sah die beiden Jedi voller Zweifel an, und Obi-Wan beantwortete die unausgesprochenen Frage des Senators, ob er zum Jedi-Tempel zurückkehren würde. „Wir *müssen* zurückkehren. Wenn es noch mehr Nachzügler gibt, dann tappen sie in die Falle und werden getötet."

Yoda sah ihn an und nickte. Er hatte nichts hinzuzufügen. Sie würden in den Jedi-Tempel gehen und das Funksignal zerstören, das die anderen Jedi nach Hause in den Tod lockte. Und vielleicht – aber nur vielleicht – würden sie dann auch dahinter kommen, wie all das geschehen war.

Bail verabschiedete sich auf der Landeplattform des Senats von Obi-Wan und Yoda. Die beiden Jedi benutzten ihre Fähigkeiten zur Gedankenkontrolle, um an der Roten Garde vorbeizukommen, setzten ihre Kapuzen auf und gingen davon. Bail sah ihnen mit großer Besorgnis hinterher. Sie waren ohne Zweifel zwei der besten und mächtigsten Jedi der Galaxis, und sie waren auf der Hut – aber hier gab es Tausende von Klonkriegern und Sicherheitswachen. Wenn sie entdeckt würden und es zum Kampf käme …

Aber es gab nichts, was er dagegen tun konnte. Er wies Captain Antilles an, den Raumkreuzer jederzeit startbereit zu halten. Dann gab er seinen Assistenten ein Zeichen und machte sich auf den Weg zum Senat.

Es war beinahe erschreckend, das Senatsgebäude in einem solch … normalen Zustand zu sehen. Die endlosen Schlangen der Verkehrswege zogen sich auf allen Ebenen um das Bauwerk, so als wäre nichts Außergewöhnliches geschehen.

Als Bail im großen Saal ankam, erwartete ihn ein noch größerer Schock. Dort, in der zentralen Kanzel, stand eine finstere, vermummte Gestalt, flankiert von Mas Amedda und Sly Moore. Die Stimme klang wie die von Kanzler Palpatine, aber …

Dann konnte Bail die Worte verstehen, die der Kanzler sprach. „Der Anschlag auf mein Leben hat mich vernarbt und deformiert, aber ich versichere Euch, dass mein Wille noch nie stärker war."

Na ja, das erklärt die Kapuze. Bail verpasste die nächsten Sätze, als er sich nach der Kanzel von Naboo umsah. Senatorin Padmé Amidala würde wissen, was vor sich ging. Er ging schnell zu ihr. „Ich wurde aufgehalten", sagte er leise. „Was ist geschehen?"

Padmé sah ihn bedrückt an. „Der Kanzler ließ sich über ein Komplott der Jedi aus, den Senat zu stürzen."

„Aber das ist nicht wahr!"

Doch Padmé sah ihn hoffnungslos an. „Er legt schon den ganzen Tag Beweise vor."

Und der Senat wird sich das einfach bieten lassen, so wie immer. Aber weshalb wollte Kanzler Palpatine die Jedi vernichten, wo der Krieg doch vorbei war …

Palpatine schien Bails Gedanken gelesen zu haben, denn die Stimme aus der zentralen Kanzel verkündete: „Der Krieg ist vorbei! Die Separatisten sind besiegt und die Rebellion der Jedi wurde verhindert! Wir stehen vor einem neuen Anfang!"

Applaus brandete im Senat auf. Bail starrte die vermummte Gestalt des Kanzlers verständnislos an, während der Lärm lauter und lauter wurde. Jetzt war eigentlich der Zeitpunkt gekommen, an dem der Kanzler seine Notfall-Befehlsgewalt aufgeben müsste, um die Republik wieder zur Demokratie zurückzuführen. Aber die Jedi …

Der Applaus begann zu verebben. Der Kanzler hatte die Hand erhoben. Als es in der Arena endlich wieder still war, sagte er: „Um unsere Sicherheit und dauerhafte Stabilität zu gewährleisten, wird die Republik nun in das Erste Galaktische Imperium umgewandelt. Und dieses wird, das garantiere ich Euch, zehntausend Jahre Bestand haben!"

Imperium? Bail sah Padmé Amidala entsetzt an. Ihr Gesicht zeigte dieselben Gefühle. Von allen Möglichkeiten hatten sie diese zuletzt erwartet! Und der Senat applaudierte! Palpatine fuhr fort und beschrieb sein neues Imperium in großen Worten, und mit jedem Satz wurde der Applaus lauter. Als Padmé sich abwandte, sah Bail Tränen in ihren Augen.

„So stirbt also die Freiheit", sagte sie leise. „Unter tosendem Applaus ..."

Dann endlich regte sich etwas in Bails Verstand. Er war ein Senator. Er konnte gegen diese ... Abscheulichkeit protestieren. Er wollte aufstehen, doch Padmé hielt ihn mit der Hand zurück. Er sah sie fassungslos an. „Wir dürfen das nicht zulassen!", sagte er. Sie musste in diesem Punkt doch mit ihm einig sein!

Doch Padmé schüttelte den Kopf. „Nicht jetzt", sagte sie. Sie warf einen Blick zum Podium und dann zu den Ausgängen, und zum ersten Mal fielen Bail die Roten Gardisten und Klonkrieger auf, die überall in Bereitschaft standen. Es sah so aus, als hätten sie schon immer dort gestanden – vor Jahren zunächst als Teil der Zeremonie und später, während des Krieges, als Sicherheitsmaßnahme zum Schutz der Senatoren. Aber wen würden sie jetzt beschützen?

Bail durchfuhr ein kalter Schauder, und er ließ sich wieder in seinen Sessel sinken. Padmé nickte traurig. „Die Zeit wird kommen", sagte sie, doch es klang mehr nach einer Hoffnung oder einem Traum, und weniger nach Überzeugung.

Ja. Die Zeit wird kommen, dachte Bail. Als er die Gestalt in der Mitte des Saales ansah, spürte er, wie sich seine Gesichtsmuskeln verhärteten. Sein ganzes Leben hatte er der Demokratie gewidmet. Und er würde den Rest seines Lebens damit zubringen, wiederherzustellen, was der Kanzler – nein, der Imperator – vernichtet hatte.

Es schmerzte Obi-Wan, die dichte Rauchwolke über dem Jedi-Tempel zu sehen. Doch es schmerzte noch mehr, als er beim Eintreten Klone in Jedi-Roben sah, die jeden echten Jedi, der ankam, aus dem Hinterhalt erschießen würden. Doch den größten Schmerz verursachten ihm die überall umherliegenden leblosen Körper der Wesen, die er gekannt und mit denen er gearbeitet hatte. Selbst Padawane und Jünglinge. Keiner hatte überlebt.

Am schlimmsten war es bei den Toten, die nicht mit Laserschüssen, sondern mit einem Lichtschwert getötet worden waren. *Der Sith-Lord!*, dachte Obi-Wan. Wer sonst würde ein Lichtschwert gegen die Jedi einsetzen? Obi-Wan schluckte. Es musste der Sith gewesen sein. Niemand sonst würde … er *musste* es gewesen sein.

Obi-Wan und Yoda hatten keine Probleme, sich der ersten Klone zu entledigen, denen sie begegneten. Und als sie erst einmal im Tempel waren, stellten die anderen auch kein Problem mehr dar. Der Jedi-Tempel war ein riesiges System von Gängen und Räumen; neue Padawane brauchten oft Jahre, um sich in all den verschiedenen Teilen des Tempels zurechtzufinden. Und die Klone waren noch nicht einmal einen Tag hier.

Dennoch kostete es Zeit, ihnen aus dem Weg zu gehen. Als Obi-Wan und Yoda das Hauptkontrollzentrum erreichten, war es bereits Nacht geworden. Yoda stand Wache, während Obi-Wan das Funkfeuer zurücksetzte und noch ein paar Kniffe einbaute, damit niemand dahinter kam, was er getan hatte. Als Yoda ihm einen ungeduldigen Blick zuwarf, erklärte Obi-Wan: „Ich habe den Code so verändert, dass er die überlebenden Jedi warnt." Das war viel besser, als das Funkfeuer einfach abzuschalten.

„Gut." Yoda nickte zustimmend. „Lange es dauern wird, bis die neue Kalibrierung sie bemerken. Sie rückgängig zu machen noch länger." Er deutete auf die Tür. „Schnell."

Doch Obi-Wan schüttelte den Kopf und ging zum Hologrammbereich hinüber. Als er eine der Taste drückte, um die Aufzeichnungen abzuspielen, sagte Yoda sanft: „Meister Obi-Wan, Ihr kennt die Wahrheit schon. Sich ihr zu stellen nur Zorn und Schmerz zur Folge hat."

Nein. Er musste das Töten sehen. Er musste das Gesicht des Sith-Lords sehen, der geholfen hatte, all die Jedi im Tempel abzuschlachten. „Ich muss es wissen, Meister." Sein Finger berührte den Knopf.

Ein Hologramm baute sich auf und zeigte das Gemetzel in allen Details. Klonkrieger, die ohne Vorwarnung Jedi niederschossen. Und dann blitzte ein Lichtschwert in den Händen einer vermummten Gestalt auf, die einen Jedi nach dem anderen niedermähte. Obi-Wan beugte sich nach vorn. Die Gestalt drehte sich um. Es war Anakin.

„Das kann nicht sein", sagte Obi-Wan mit gebrochenem Herzen. „Das kann nicht sein!"

Doch die holografische Aufzeichnung zeigte keine Gnade. Sie spielte den Kampf genauso wieder, wie er stattgefunden hatte, und Obi-Wan musste zusehen, wie Anakin wieder und wieder tötete. Dann betrat eine zweite Gestalt die Szenerie, ebenfalls unter einer Kapuze verborgen. Zu Obi-Wans Schrecken drehte sich Anakin um und fiel vor der Gestalt auf die Knie.

„Die Verräter sind vernichtet, Lord Sidious", sagte Anakin und verneigte sich.

„Gut, gut." Die Stimme – das war doch Kanzler Palpatine! *Er* war Darth Sidious, der Sith-Lord? „Du hast dich gut geschlagen, mein neuer Schüler. Spürst du, wie deine Macht größer wird?"

„Ja, mein Meister", sagte Anakin, und Obi-Wan erschauderte.

„Lord Vader, deine Kräfte sind größer als bei jedem anderen Sith vor dir", sagte die vermummte Gestalt. „Jetzt geh und bringe dem Imperium den Frieden."

Dem Imperium? Obi-Wans Finger flogen über die Tastatur des Holoprojektors und schalteten die Szene ab, die viel zu schmerzhaft war, um sie noch weiter zu ertragen. Stattdessen durchsuchte er das Holonetz nach aktuellen Nachrichten. Nach wenigen Sekunden hatten die beiden Jedi herausgefunden, was im Senat geschehen war, während sie sich durch die ruhigen Gänge des Tempels geschlichen hatten. Kanzler Palpatine – der Sith-Lord Darth Sidious – hatte die Republik aufgelöst und ein Imperium ausgerufen. Die Sith regierten wieder die Galaxis.

Obi-Wan schaltete das Hologramm ab. Die beiden Jedi standen schweigend da. Wie lange hatte Darth Sidious das schon geplant? Er hatte offensichtlich den Krieg zu seinem Vorteil genutzt und Count Dooku war ein Sith gewesen. Und dann erinnerte Obi-Wan sich. An den ersten Sith, dem er begegnet war, als er noch ein Padawan gewesen war. Der Sith mit dem Zweiklingen-Lichtschwert, der seinen Meister Qui-Gon Jinn getötet hatte. Reichte das Komplott so weit in die Vergangenheit zurück?

Ja, so musste es sein. Jetzt übersah er den ganzen ebenso klugen wie gut getarnten Plan. Die Jedi wussten, dass Darth Sidious die Handelsföderation damals dazu gebracht hatte, den Krieg auf Naboo zu beginnen. Jetzt erkannte Obi-Wan den wahren Hintergrund dieses Krieges: Es war die Gelegenheit für Senator Palpatine gewesen, Oberster Kanzler Palpatine zu werden. Und dann musste er Count Dooku zur Dunklen Seite gezogen haben, damit die Separatisten zum Zeitpunkt seiner regulären Amtsniederlegung einen zweiten, größeren Krieg beginnen würden. Aufgrund der Bedrohung durch die Separatisten hatte der Senat Kanzler Palpatine angefleht, weiter im Amt zu bleiben und ihm mehr und mehr ‚Notfall-Befehlsgewalten' verliehen, damit man einen Krieg gewinnen konnte, der immer wieder zu Ende zu sein schien, aber niemals wirklich gewonnen wurde.

Selbst die Klontruppen waren Teil des Planes, denn die Jedi hatten ohne Argwohn akzeptiert, dass Meister Sifo-Dyas ihre Erschaffung arrangiert hatte. Aber Sifo-Dyas war schon lange tot gewesen, als sie davon erfahren hatten. Und der Kopfgeldjäger, der das ursprüngliche genetische Material für die Klone zur Verfügung gestellt hatte … er hatte Obi-Wan erzählt, dass ihn ein Mann namens Tyranus rekrutiert hatte. *Ich wette, es gab zu dieser Zeit einen Darth Tyranus! Weshalb war mir das damals nicht klar?*

Der Krieg hatte im Laufe der Jahre die Reihen der Jedi gelichtet und die verbliebenen auf viele Welten verstreut, damit sie eine leichtere Beute sein würden, wenn einst der finale Angriff starten würde. Und jetzt waren nur noch zwei von ihnen übrig, hier auf Coruscant. Obi-Wan konnte nur hoffen, dass anderswo noch weitere Jedi überlebt hatten, doch die Verwüstung, die er in den letzten Stunden gesehen hatte, hatte ihn davon überzeugt, dass auf Coruscant kein anderer Jedi mehr am Leben war.

Endlich brach Yoda das Schweigen und sprach aus, was sie beide wussten. „Die Sith vernichten wir müssen."

Nicht nur Imperator Palpatine. Die Sith. Es gibt immer zwei, einen Meister und einen Schüler. Sie sind zu zweit und wir sind zu zweit. Und einer von ihnen ist … „Schickt mich, um den Imperator zu vernichten", sagte Obi-Wan. Er senkte den Kopf. „Ich werde Anakin nicht töten."

Yoda sah ihn streng an. „Um diesen Lord Sidious zu vernichten, mächtig genug Ihr nicht seid."

Ich weiß, aber … „Anakin ist für mich wie ein Bruder", sagte Obi-Wan voller Qualen. „Ich kann das nicht tun."

„Von der Dunklen Seite verändert der junge Skywalker wurde", sagte Yoda mit fester Stimme. „Der Junge, den ausgebildet Ihr habt, es nicht mehr gibt. Eingenommen von Darth Vader."

Obi-Wan zuckte zusammen. „Wie konnte es dazu kommen?"

„Für Fragen keine Zeit nun ist." Yoda ging zur Tür der Kontrollzentrale.

„Ich weiß nicht, wohin ihn der Imperator geschickt hat", sagte Obi-Wan in einem letzten verzweifelten Versuch, sich der Pflicht zu entziehen, der er sich stellen musste. „Ich habe keine Ahnung, wo ich suchen soll."

„Benutzt Eure Gefühle, Obi-Wan, und finden Ihr ihn werdet", sagte Yoda, so als würde er einen widerwilligen Padawan unterrichten. „Den neuen Imperator zu besuchen meine Aufgabe ist." Er sah Obi-Wan verständnisvoll, aber ohne Erbarmen an. „Möge die Macht mit Euch sein."

„Möge die Macht mit Euch sein, Meister Yoda", gab Obi-Wan zurück. Yoda hatte wie immer Recht. Er wusste, wo er die Suche nach Anakin beginnen musste.

KAPITEL 17

Padmé war noch wach, als der Alarm losging. Sie griff nach der Laserpistole, die sie neben ihrem Bett versteckt hatte, doch der Alarm verstummte schon wieder. Falscher Alarm? Sie prüfte das Display und sah, dass C-3PO den Alarm abgeschaltet hatte. Sie zog sich schnell etwas an und ging nach unten. C-3PO würde niemals absichtlich einen Feind hereinlassen, doch er besaß auch nicht immer das beste Urteilsvermögen. Und in diesen Zeiten war auch nicht immer klar, wer Freund und wer Feind war.

Sie hörte Stimmen, als sie die Treppe herunterkam. C-3PO sprach mit … „Meister Kenobi!“. Padmé nahm schnell die letzten Stufen, als sich der Protokoll-Droide diskret zurückzog. „Oh! Obi-Wan, ich bin so froh, dass Ihr am Leben seid!“

„Die Republik wurde gestürzt, Padmé“, sagte Obi-Wan schwermütig. „Der Jedi-Orden besteht nicht mehr.“

„Ich weiß.“ Padmé sah ihn an und entdeckte neue Furchen in seinem Gesicht. „Es ist kaum zu glauben.“ Sie holte tief Luft. „Aber der Senat ist noch intakt. Es gibt noch Hoffnung.“

„Nein, Padmé“, erwiderte Obi-Wan traurig. „Es ist vorbei. Die Sith herrschen über die Galaxis, so wie sie es vor der Republik getan haben.“

Padmé starrte ihn ungläubig an. „Die *Sith?*" Es war Palpatine, der an der Spitze der Repub… des Imperiums stand. Wollte Obi-Wan damit sagen, dass Palpatine ein Sith-Lord war?

„Ich bin auf der Suche nach Anakin", fuhr Obi-Wan fort. „Wann habt Ihr ihn das letzte Mal gesehen?"

„Gestern", sagte Padmé vorsichtig. In ihrem Kopf drehte sich alles. Anakin hatte ihr gesagt, dass seine Loyalität der Republik und dem Kanzler galt …, aber wenn der Kanzler ein Sith war und die Republik nicht mehr existierte, was hatte das zu bedeuten? Und was wäre, wenn es wirklich ein Jedi-Komplott gegeben hatte? Nein, nein, das konnte sie einfach nicht glauben. Und doch … sie durfte Obi-Wan nicht zu viel sagen, bevor sie alle Zusammenhänge verstand.

„Wisst Ihr, wo er jetzt gerade ist?"

Sie konnte Obi-Wan nicht in dessen müdes, besorgtes Gesicht schauen und ihn anlügen. Sie senkte den Blick. „Nein."

„Padmé, ich brauche Eure Hilfe", sagte Obi-Wan. „Er ist in großer Gefahr."

„Durch die Sith?" Padmé spürte einen Anflug von Erleichterung. Anakin war ein Jedi. Wenn die Sith auf irgendeine Weise hinter den Geschehnissen steckten, war es auch nachvollziehbar, dass er in Gefahr war. Doch Obi-Wan schüttelte den Kopf, und ihr Herz wurde von Kälte gepackt, noch bevor er die Worte aussprach.

„Anakin ist zur Dunklen Seite der Macht übergetreten."

„Ihr irrt Euch!", schrie Padmé. „Wie könnt Ihr so etwas sagen?"

„Ich sah Hologrammaufzeichnungen, in denen er … Jünglinge umbrachte."

„Nicht Anakin!“, protestierte Padmé. „Dazu wäre er nicht imstande!“ Doch er hatte es schon einmal getan, als er die Sandleute umbrachte, die seine Mutter getötet hatten. *Damals war er zornig gewesen. Er hatte die Kontrolle verloren. Er würde nicht einfach … er würde nicht …*

Obi-Wan redete noch immer. Er erzählte noch viel furchtbarere Dinge. Dass Palpatine ein Sith-Lord sei und Anakin sein neuer Schüler wäre. „Ich glaube Euch nicht!“, stieß Padmé hervor. „Ich kann Euch nicht glauben!“

Die müde, traurige Stimme verstummte. „Ich muss ihn finden“, sagte Obi-Wan nach einer kurzen Pause.

Aber wenn er … wenn Ihr denkt, dass er ein Sith ist … „Ihr werdet ihn töten, nicht wahr?“, sagte sie. Es war halb eine Anschuldigung und halb ein Flehen, dass er es leugnen sollte.

Doch Obi-Wan leugnete nichts. Er senkte den Kopf. „Anakin ist eine sehr große Bedrohung geworden“, sagte er.

Padmé sank überwältigt von den Schrecken dieser Minuten in einen Sessel. Sie sah, wie Obi-Wans Miene sich veränderte und plötzlich wurde ihr klar, dass sie ihre Robe so dicht um sich gezogen hatte, dass die Rundungen ihrer Schwangerschaft unverkennbar zu sehen waren. Sie zog die Robe zu spät zur Seite. „Ich kann nicht …“

„Anakin ist der Vater, habe ich Recht?“, sagte Obi-Wan sanft. Als sie nicht antwortete, schüttelte er den Kopf. „Es tut mir so Leid.“ Er zog seine Kapuze hoch und ging zur Veranda. Padmé sah, dass dort ein Luftgleiter stand. Die Maschine musste den Alarm ausgelöst haben. Sie fühlte sich zerrissen. Wenn Obi-Wan Recht hatte, musste sie ihn zurückrufen und ihm sagen, wohin Anakin aufgebrochen war. Aber sie konnte Anakin nicht verraten. Jedoch …

Der Luftgleiter flog davon. Obi-Wan war verschwunden. Padmé saß mit gesenktem Kopf da und stellte nach einem Augenblick fest, dass sie die Japor-Halskette anstarrte. *Anakin.* Sie brauchte ihn hier und jetzt, um ihr all diese furchtbaren Dinge zu erklären. Um ihr zu sagen, dass sie nicht stimmten. Doch Anakin war auf Mustafar.

Lange Zeit später sah Padmé wieder auf. Sie ging entschlossen zu einem Comlink. „Captain Typho, macht ein interstellares Skiff bereit", sagte sie und ging wieder in ihr Schlafzimmer, um sich anzukleiden. Wenn Anakin auf Mustafar war, würde sie zu ihm gehen.

Obi-Wan schlich durch die Dunkelheit am Rande der Landeplattform. Padmé zu folgen war nicht schwer gewesen. Obwohl sie sich schon so oft in gefährlichen Situationen befunden hatte, hatte sie nie gelernt, die Schatten nach möglichen Bedrohungen abzusuchen, und ihre Leibwächter hatten keinen Grund anzunehmen, dass sie verfolgt wurde. *Sie glaubt immer an das Gute, bis sie gezwungen ist, dem Schlimmsten ins Auge zu sehen,* dachte er traurig. Ein solches Vertrauen sollte eigentlich eine Stärke und keine Schwäche sein.

An Captain Typhos Tonfall war abzulesen, dass ihr Sicherheitsoffizier im Augenblick alles andere als glücklich mit der Senatorin war. „Mylady", sagte der Captain, „lasst mich mit Euch kommen."

„Es besteht keine Gefahr", sagte Padmé zu ihm. „Die Kämpfe sind vorüber und … dies ist eine persönliche Sache."

Wahrscheinlich diskutieren sie, seitdem sie aus der Wohnung der Senatorin aufgebrochen sind, dachte Obi-Wan.

Captain Typho blieb am Fuß der Ausstiegsrampe stehen und

verneigte sich. „Wie Ihr wünscht, Mylady", sagte er förmlich. „Aber ich widerspreche nachhaltig."

„Alles wird gut, Captain", sagte Padmé leise. „Diese Angelegenheit muss ich allein erledigen." Sie wartete, bis der Captain wieder in den Gleiter eingestiegen und davongeflogen war. Dann ging sie mit ihrem Protokoll-Droiden an Bord des Skiffs. Die Triebwerke liefen an und die Rampe fuhr ein.

Jetzt!, dachte Obi-Wan und sprang. Er landete kontrolliert am Ende der Rampe und hechtete ins Innere des Skiffs, kurz bevor sich die Luke endgültig schloss. Padmé und ihr Droide saßen im Cockpit. Sie hatten nicht gesehen, dass er an Bord gekommen war, und als sich das Skiff sicher im Raum befand, hatte Obi-Wan ein Versteck gefunden. Jetzt konnte er nichts weiter tun als abwarten.

Yoda blieb vor der unterirdischen Tür des Büros im Keller des Senatsgebäudes stehen. Dies war der Wirkungsbereich von Mas Amedda, der einst stellvertretender Vorsitzender des Senats gewesen und jetzt Haushofmeister von Kanzler … Imperator Palpatine war. Hier bereitete Mas Amedda die Leitung der Senatsversammlungen vor, von hier aus erhob sich die Plattform des Kanzlers in die Mitte des Saales. Und die Macht sagte Yoda, dass Palpatine heute Nacht hierher kommen würde, um seinen bösen Plan abzuschließen.

Yoda näherte sich leise der Tür. Alle vier Wesen im Raum – zwei Rote Gardisten, Mas Amedda und die vermummte Gestalt von Darth Sidious – waren zu sehr mit dem Hologramm in der Mitte des Raumes beschäftigt, um Notiz von Yoda zu nehmen. Offensichtlich erstattete Darth Vader, der ehemalige Jedi Anakin Skywalker, gerade Bericht.

„… erledigt, mein Meister“, sagte Vader.

„Gut, gut“, gab Sidious zurück. „Schick eine Nachricht an alle Schiffe der Handelsföderation. Teile ihnen mit, dass die Anführer der Separatisten ausgelöscht wurden.“

„In Ordnung, mein Lord.“

„Du hast dich gut geschlagen, Lord Vader.“

Als das Hologramm verblasste, betrat Yoda den Raum. Und bevor die Wachen reagieren konnten, schleuderte er sie mit Hilfe der Macht gegen die Wand. Sie sackten zu regungslosen Haufen zusammen. „Einen neuen Schüler Ihr habt, Kanzler“, sagte Yoda. „Oder sollte ich Euch Imperator nennen?“

„Meister Yoda.“ Der Imperator senkte den Kopf. „Ihr habt überlebt.“

„Überrascht?“

„Eure Arroganz blendet Euch, Meister Yoda“, zischte Darth Sidious. „Jetzt werdet Ihr die ganze Kraft der Dunklen Seite erfahren.“ Er hob die Arme und schleuderte Yoda mit blauen Machtblitzen quer durch den Raum.

Mas Amedda sah vom Kanzler zu Yoda, und seine Augen verengten sich bösartig. Er drehte sich um und verließ den Raum. Eine neue Welle Dunkler Macht ergriff Yoda und schleuderte ihn mit Wucht gegen die Wand. Yoda nutzte die Macht, um den Aufprall zu dämpfen und gab vor, ohnmächtig zu sein. *Eine Überraschung ich ihm bereiten werde.*

„Ich habe lange auf diesen Augenblick gewartet, mein kleiner grüner Freund“, spottete Darth Sidious. Als er näher kam, stieß sich Yoda vom Boden ab und warf sich auf den Sith-Lord. Er warf Darth Sidious über den Schreibtisch und sah auf ihn herab.

„Am Ende Eure Herrschaft ist“, sagte Yoda. „Und nicht zu

kurz sie war, ich muss sagen." Er zündete sein Lichtschwert und ließ es herabsausen – nur, um von der blutrot leuchtenden Klinge des Sith empfangen zu werden.

KAPITEL 18

Selbst aus dem All betrachtet, leuchtete Mustafar wie ein glühendes Stück Kohle. Im Landeanflug sah Padmé Flüsse aus Lava und ganze Ozeane aus geschmolzenem Stein. Aus Rissen in der geschwärzten Oberfläche drang Feuer aus dem Herzen des Planeten, und Rauch stieg aus schwarzen Schloten auf. Es war nicht einfach, das Skiff in den ständig wechselnden Luftströmungen unter Kontrolle zu halten, doch irgendwann brachte C-3PO eine sichere Landung zustande.

Padmé sah durch die Cockpitscheibe, wie Anakin erwartungsvoll auf die Landeplattform zulief. Sie legte schnell die Gurte ab und rannte hinaus, um ihn zu begrüßen. Seine Berührung gab ihr Zuversicht; seine Umarmung vermittelte ihr endlich wieder ein Gefühl der Sicherheit. „Es ist gut", murmelte er. „Du bist jetzt in Sicherheit."

Sie sah dankbar auf. „Was machst du hier draußen?", fragte sie ihn. All die Dinge, die sie seit ihrem Aufbruch auf Coruscant aus ihren Gedanken verbannt hatte, fielen ihr wieder ein. Sie sah zu Boden. „Obi-Wan erzählte mir furchtbare Dinge."

Sie spürte, wie Anakin sich anspannte. „Was für Dinge?"

„Es sagte mir, du wärest zur Dunklen Seite übergelaufen", platzte sie heraus. „Dass du Jünglinge getötet hättest." Die Worte klangen wie eine Anschuldigung, selbst in ihren eigenen Ohren. So hatte sie ihn nicht nach der Wahrheit fragen wollen.

„Obi-Wan versucht, dich gegen mich aufzubringen", sagte Anakin, und sie hörte die Spuren furchtbaren Hasses in seiner Stimme.

„Er macht sich Sorgen um dich", gab Padmé zurück. „Er will dir helfen."

„Lüg mich nicht an, Padmé", sagte Anakin. Er ließ die Arme sinken. „Ich wurde mächtiger, als irgendein Jedi je zu träumen wagte. Und ich habe es für dich getan. Um *dich* zu beschützen."

Was hat das mit Obi-Wan zu tun? Mit dem, was er sagte? Doch sie wusste es. Es war Anakins Ausrede für die furchtbaren Dinge, die er getan hatte, was auch immer sie waren. Als ob er alles rechtfertigen könnte, indem er sagte: ‚Ich tat es aus Liebe, ich tat es für dich.' Padmé zog sich zurück. „Ich will deine Kräfte nicht." Sie schluckte. „Ich will deinen Schutz nicht." Sie streckte flehend die Arme aus. Sie sehnte sich nach dem Mann, den sie liebte, und der er nicht mehr war. „Anakin, alles, was ich will, ist deine Liebe."

„Liebe wird dich nicht retten", sagte Anakin, und es klang wie eine Bedrohung. „Nur meine neuen Kräfte können das tun."

„Aber um welchen Preis?", fragte Padmé. „Du bist ein guter Mensch! Tu das nicht!"

„Ich werde dich nicht so verlieren, wie ich meine Mutter verloren habe!"

„Komm mit mir mit." Sie legte eine Hand auf ihren Bauch. „Hilf mir, unser Kind aufzuziehen. Lass alles andere hinter dir, solange es noch geht."

„Verstehst du denn nicht?“ Anakin trat näher an sie heran und sah sie eindringlich an. „Wir müssen nicht mehr weglaufen. Ich habe der Republik den Frieden gebracht. Ich bin mächtiger als der Kanzler. Ich kann ihn stürzen, und zusammen können du und ich über die Galaxis herrschen! Wir können die Dinge so gestalten, wie wir sie haben wollen!“

Padmé zog sich ganz von Anakin zurück. „Ich kann nicht glauben, was ich da höre! Obi-Wan hatte Recht! Du hast dich verändert!“

„Ich will nichts mehr von Obi-Wan hören!“ Anakin konnte sich nicht mehr zurückhalten. Doch Padmés Angst musste sich auf ihrem Gesicht widergespiegelt haben, denn er machte einen Versuch, sich wieder unter Kontrolle zu bringen. „Die Jedi wandten sich gegen mich“, sagte er in einem sanfteren Tonfall. „Wende du dich nicht auch noch gegen mich.“

Ich bin nicht gegen dich. Ich bin gegen das, was du getan hast und was du zu tun planst. „Ich erkenne dich nicht wieder“, sagte sie. Erkannte er denn nicht, was er da tat? Spürte er denn nicht, wie ihr Herz zerbrach? „Ich werde dich immer lieben, aber du gehst nun einen Weg, auf dem ich dir nicht folgen kann.“ Sie griff voller Verzweiflung nach der Verbindung, die sie in der Macht zueinander hatten, nach diesem einen Moment, in dem sie ihn vollkommen begriffen hatte, obwohl sie nicht einmal beieinander gewesen waren.

Doch selbst ein Jedi konnte keine Macht-Verbindung nur durch den bloßen Versuch herstellen, und Padmé war keine Jedi. In ihrer Verzweiflung fand sie nur einen winzigen Faden von dem, was sie einst verbunden hatte, dünner als ein Strang Spinnseide. Sie spürte darin immer noch eine vertraute Spur von … Güte? Das machte ihr Hoffnung. Sie sprach zu diesem

Teil in ihm und versuchte, den Anakin zurückzurufen, der ihr Ehemann, ihr Liebster, der Vater ihres Kindes gewesen war. „Gib jetzt auf", flehte sie ihn an. „Komm zurück. Ich liebe dich!"

Einen Augenblick – einen winzigen Augenblick – dachte sie, sie hätte Erfolg. Doch dann veränderte sich Anakins Miene. „Lügner!", schrie er.

Er schaute jemanden an, der hinter ihr stand. Padmé drehte sich um und sah, dass Obi-Wan im Ausstieg des Skiffs stand. *Er hat mich hereingelegt!* „Nein!", stieß sie in dem Wissen hervor, dass der neue Anakin jetzt nicht mehr auf sie hören würde.

„Du hast mich verraten!" Anakins Gesicht war beinahe unkenntlich vor Hass, als er Padmé anschrie. Als er die Hand hob und zur Faust ballte, spürte Padmé plötzlich, wie etwas ihre Kehle zuschnürte und sie keine Luft mehr bekam.

Nein! Töte unser Kind nicht! Doch sie hatte keine Luft, um zu schreien, und selbst der verbindende Geist der Macht war verschwunden. Die Welt um Padmé wurde schwarz, und sie spürte, wie sie zu Boden ging. Ihr letzter wacher Gedanke war ein Gefühl der Erleichterung. Sie würde lieber hier und jetzt sterben, als miterleben müssen, was aus Anakin geworden war.

Obi-Wan rannte los, als Padmé zusammenbrach. Er warf seinen Umhang nach hinten und beugte sich zu ihr hinunter. Sie war noch am Leben, und wie er spürte, nicht in unmittelbarer Gefahr. Doch Anakin war bereits da, das Gesicht zu einer wütenden Fratze verzerrt. „Ihr habt sie gegen mich aufgebracht!", schrie er Obi-Wan die Beschuldigung ins Gesicht.

„Das hast du selbst getan", erwiderte Obi-Wan. Hier, in Anakins Gegenwart, konnte er etwas spüren, was das Hologramm ihm nicht hatte zeigen können: Die trübende Wolke der Dunklen Seite, die seinen ehemaligen Schüler umgab. Sie machte ihm die vor ihm liegende Pflicht ein wenig – ein ganz klein wenig – leichter. „Du hast dir von der Dunklen Seite bis jetzt noch nie deine Sichtweise verzerren lassen … und nun bist du selbst zu dem geworden, was du zu vernichten geschworen hast."

„Bringt mich nicht dazu, Euch zu töten", sagte Anakin.

Die Worte bohrten sich direkt in Obi-Wans Herz. Es musste doch noch etwas von seinem ehemaligen Schüler übrig sein, wenn er das sagte? Doch selbst wenn es so war: Es war noch nie ein Jedi von der Dunklen Seite zurückgekehrt. Yoda hatte sie alle wieder und wieder während ihrer Ausbildung gewarnt. *Wenn einmal den Weg der Dunklen Seite ihr eingeschlagen habt, für immer besiegelt euer Schicksal wird sein.* Anakin hatte sich zur Dunklen Seite gewandt. Es war zu spät für ihn.

„Meine Treue gilt der Republik, Anakin", sagte Obi-Wan traurig. „Der Demokratie."

„Ihr seid auf meiner Seite oder gegen mich", gab Anakin zurück.

„Nur ein Sith-Lord handelt in Absoluten, Anakin", sagte Obi-Wan und zündete sein Lichtschwert. *Jetzt werde ich tun, was ich tun muss.*

Anakin verzog das Gesicht, als er sein Lichtschwert zündete und der Kampf begann.

Stark der Sith-Lord ist, dachte Yoda, als ihre Lichtschwerter umherwirbelten, aufeinander trafen und wieder durch die Luft zuckten. Doch das hätte ihn nicht überraschen sollen. Da die Dunkle Seite stärker geworden war, mussten logischerweise auch die Sith stärker geworden sein. Bislang hatten sein jahrelanges Studium der Macht, seine Erfahrung und seine Stärke immer ausgereicht, um dem Gegner standzuhalten. Doch dieses Mal war er sich nicht so sicher.

Aber auch Palpatine schien sich nicht ganz sicher zu sein. Er sprang plötzlich hoch in die Luft und segelte in Richtung der Tür. Yoda machte einen Rückwärtssalto, stieß sich von der Wand ab und erreichte den Ausgang vor ihm. „Wenn so mächtig Ihr seid, weshalb gehen Ihr wollt?"

„Ihr werdet mich nicht aufhalten", krächzte der neue Imperator. „Darth Vader wird mächtiger werden als jeder von uns."

„Das Vertrauen in Euren neuen Schüler falsch sein könnte", gab Yoda zurück. *So wie Euer Glauben an die Dunkle Seite der Macht.* Selbst wenn Palpatine ihn hier und jetzt tötete, so würde die Dunkle Seite nicht wirklich gewinnen. Die Dunkle Seite war Zorn, Hass, Verzweiflung – die Macht von Verderbnis und Zerfall. Die Sith waren mächtig, wenn es um Vernichtung und Zerstörung ging, doch sie konnten nichts Bleibendes aufbauen. Palpatine konnte von Glück reden, wenn sein zehntausendjähriges galaktisches Imperium ihn selbst überlebte.

Dieser Gedanke gab Yoda neue Kraft und er legte neue Vehemenz in seinen Angriff. So trieb er Palpatine wieder tiefer in den Raum hinein, bis auf die Plattform des Kanzlers. Palpatine bediente die Steuerung, und sofort begann sich das Podium zu heben, bis hinauf in den Senatssaal. Doch die Kanzel schwebte nur langsam nach oben. Yoda blieb genügend Zeit, in die Luft zu springen und neben dem Imperator zu landen. Der Kampf ging weiter.

Das Duell wurde immer heftiger, je höher die Plattform in den Saal stieg. Zweimal hätte Yoda es beinahe geschafft, Palpatine über die Kante zu stoßen. Sie waren jetzt so hoch, dass ein Sturz tödlich sein würde – selbst für einen Sith-Lord. *Oder für einen Jedi-Meister.* Der enge Raum in der schwebenden Kanzel bot keine große Bewegungsfreiheit.

Ein Ende diesem Kampf ich machen muss. Yoda verdoppelte die Frequenz seiner Hiebe. Palpatine wehrte einen nach dem anderen ab, bis sein Lichtschwert über den Rand der Plattform in die Tiefe fiel. Yoda hob seine Waffe zum finalen Hieb.

Doch da schossen wieder Macht-Blitze aus den Fingern des Imperators und hüllten Yoda in einen blauen Lichtschein. Yoda hatte schon einmal Macht-Blitzen gegenübergestanden, doch um sie abzuwehren, musste er seinen Angriff gegen den Imperator abbrechen. Als er seine anfängliche Überraschung überwunden hatte, griff er nach der lebendigen Macht. Die Lichtblitze bogen sich nach hinten und schossen zum Imperator zurück.

„Vernichten ich Euch werde", sagte Yoda grimmig. „So wie Meister Kenobi Euren Schüler vernichten wird."

Aber der Sith-Lord verdoppelte seine Angriffe. Ständig Blitze schleudernd, wich er an den Rand der Plattform zurück. Ihm zu folgen war, als liefe man gegen eine Wand aus Gewitterstürmen an. Noch nie hatte Yoda jemanden erlebt, in dem die Dunkle Seite so stark war.

Kurz bevor er seinen Gegner erreichte, wurde Yoda von einem besonders starken Blitz aus der Kanzel geschleudert.

Als er über die Kante flog, wurde Yoda klar, dass Palpatine in einem Punkt Recht gehabt hatte: Er, Yoda, war tatsächlich zu arrogant gewesen. *Es ist eine Schwäche, die immer häufiger anzutreffen ist unter den Jedi,* hatte er einst zu Obi-Wan gesagt. *Zu selbstsicher sie sind.* Und jetzt war er in dieselbe Falle getappt.

Er landete viel früher, als er erwartet hatte, in einer leeren Senatskanzel, die unterhalb der des Kanzlers schwebte. Als er auf die Beine kam, wurde die Kanzel von einem seitlichen Ruck durchfahren, der ihn wieder zu Boden riss. Palpatine benutzte die Dunkle Seite der Macht, um weitere Kanzeln zu lösen und sie gegen Yodas Podium zu stoßen, damit dieser das Gleichgewicht nicht wiederfand.

Dieses Spiel zwei können spielen. Yoda griff mit der Macht hinaus und fing eine der umherfliegenden Kanzeln ab. Er schleuderte sie gegen Palpatine, der gerade noch rechtzeitig ausweichen konnte. Dann machte Yoda einen Satz und sprang zurück auf die Höhe des Kanzlers, wobei er die fliegenden Kanzeln als Treppenstufen nutzte.

Als er Palpatines Kanzel erreicht hatte, traf ihn der Sith-Lord mit einer erneuten Salve aus blauen Blitzen, die Yoda das Lichtschwert aus der Hand schlug. Palpatines Lippen verzogen sich angesichts des bevorstehenden Triumphes, und die Dunkle Seite pulsierte, als er noch mehr Macht-Blitze in seine Dienste rief.

Doch Yoda wehrte sie ab. Die blauen Blitze bildeten in seiner Hand eine leuchtende Kugel, die er dem Sith-Lord in dem Augenblick entgegenschleudern konnte, in dem dieser seinen Angriff unterbrach. Doch Palpatine gab nicht nach. Die Macht-Blitze kamen in einem stetigen Knistern und bauten sich mehr und mehr auf, bis sich keiner der beiden mehr halten konnte und die sich entladende Energie sie aus der Kanzel schleuderte.

Palpatine war größer und schwerer. Er schaffte es, sich im

Fallen am Rand der Kanzel festzuhalten. Yoda hingegen war klein und leicht. Die Explosion schleuderte ihn hoch in die Luft, wo es nichts zum Festhalten gab, und nichts, das seinen Fall bremsen konnte. Halb betäubt begann er seinen langen Sturz zum Boden des Senatssaals.

KAPITEL 19

Als sich Anakins Lichtschwert summend näherte, überkam Obi-Wan eine ruhige Gewissheit. Anakin würde ihn töten. Aber er würde es Anakin nicht einfach machen. Er würde alles in den Kampf werfen, was er hatte. Doch er war sich sicher – mit der Sicherheit, die von jeder aus der Macht entstehenden Voraussicht kam – dass er durch Anakins Hand sterben würde.

Sein Lichtschwert zuckte instinktiv nach oben, um den Hieb zu parieren. Sie hatten so oft gemeinsam trainiert, dass sie die jeweiligen Lieblingszüge des anderen kannten. Obi-Wan musste kaum nachdenken, um Anakins Angriff zu entgegnen. Mit summenden Lichtschwertern kämpften sie sich ihren Weg den Korridor entlang hinein ins Kontrollzentrum des Gebäudes. Der Kampf kam Obi-Wan vertraut vor, so als wäre es nur einer von vielen Übungskämpfen, abgesehen von den explodierenden Gegenständen.

Er sah in Anakins Gesicht ähnlich Gefühle. „Bringt mich nicht dazu, Euch zu vernichten", sagte sein ehemaliger Schüler wieder. Dann konnte er Spott in Anakins Gesicht erkennen. „Ihr könnt es mit der Dunklen Seite nicht aufnehmen."

„Das habe ich schon einmal gehört, Anakin", erwiderte Obi-Wan. „Aber ich dachte niemals, dass ich es von dir hören würde."

Sie befanden sich jetzt in einem Konferenzraum. Auf dem Boden lagen enthauptete und auch sonst verstümmelte Gestalten. Obi-Wan erkannte einige Anführer der Separatisten. *Anakin ist schon hier gewesen,* dachte er. Seine Arme waren in dauernder Bewegung, um einen tödlichen Schild aus Licht gegen Anakins Hiebe zu flechten.

Anakin sprang mit einem kleinen Halbsalto auf einen Tisch, um an Höhe zu gewinnen. Doch Obi-Wan hatte so etwas erwartet und folgte ihm nicht. Stattdessen warf er sich auf den Tisch und rutschte unter Anakin hindurch, sodass dieser von den Beinen gerissen wurde.

Im Fallen verlor Anakin sein Lichtschwert. Obi-Wan fing es aus der Luft auf und betrachtete es erstaunt. *Wie will er mich ohne Lichtschwert töten?* Dann stürzte sich Anakin auf ihn, und bevor Obi-Wan reagieren konnte, lag sein ehemaliger Schüler auf ihm. Mit der Linken drückte er Obi-Wans rechte Hand nieder und hielt so das tödliche Lichtschwert ab. Mit seiner mechanischen Rechten kämpfte Anakin um seine Waffe.

Durastahl und Servomotoren waren stärker als Fleisch und Knochen. Anakin wand Obi-Wan das Lichtschwert aus der Hand und griff wieder an.

Der Kampf führte sie wieder hinaus in den Korridor und auf einen Balkon, der über einen Fluss aus Lava hinausragte. Ein dünnes Rohr führte von dem Kontrollzentrum zu einer Sammelanlage auf der anderen Seite des Flusses. Als sich Anakins Angriff intensivierte, war Obi-Wan gezwungen, auf das Rohr zu gehen, wo ihn ein einziger falscher Schritt in die Flammen schicken würde.

Als Yoda fiel, griff er im Geist hinaus, um seinen Sturz mit all seiner über die vielen Jahre gelernten Beherrschung der Macht abzubremsen. Es reichte kaum. Er landete hart, wenn auch nicht zu hart.

Geschunden und zerschlagen, aber noch am Leben, kroch er in einen Wartungsschacht. Es würde keine zweite Chance geben, den Kanzler zu vernichten. Palpatine würde sofort seine Klontruppen zu seinem Schutz herbeirufen. Yoda blieb nichts als die Flucht.

Er aktivierte seinen Comlink und kontaktierte die einzige Person auf Coruscant, der er noch vertrauen konnte – Bail Organa. Der Senator vergeudete keine Zeit mit Fragen nach Erklärungen und folgte Yodas Anweisungen so gewissenhaft wie ein Jedi. Yoda konnte sich schneller als angenommen aus einer Serviceluke in Bails Gleiter fallen lassen und wurde in die Nacht davongetragen.

Als sie ein Stück vom Senat entfernt waren, sah Bail Yoda fragend an. Yoda erzählte ihm das, was wichtig war. „Versagt ich habe."

Bail nickte düster und lenkte seinen Gleiter zum Raumhafen. *Nach Obi-Wan wir suchen werden*, dachte Yoda. *Mehr Glück er vielleicht hatte.*

Darth Sidious beobachtete von der beschädigten Kanzel, wie seine Klontruppen die Schatten des Senatssaals durchsuchten. Mas Amedda hatte sie gerufen, wenn auch zu spät für irgendetwas anderes als Aufräumarbeiten.

Sidious wusste, dass er mit dem Ausgang des Kampfes eigentlich zufrieden sein musste. Er hatte gegen Yoda gewonnen, wenn auch nur knapp. Doch in ihm wuchs eine unbestimmte Unruhe, so als wäre eine gewisse Gefahr noch nicht vollständig gebannt.

Unter ihm stieg der Klon-Commander in eine der Kanzeln und schwebte zu ihm hoch. „Keine Spur von einer Leiche, Sir", berichtete er salutierend.

„Dann ist er nicht tot", gab Mas Amedda zurück.

Sidious nickte und griff mit der Dunklen Seite hinaus, um zu ertasten, wo sich sein Gegner versteckte. Während er das tat, wuchs das Gefühl der Gefahr – und jetzt wurde ihm auch klar, weshalb. Es war keine Gefahr für ihn, sondern für seinen Schüler. Er musste sich persönlich darum kümmern. „Verdoppelt Eure Suchanstrengungen", sagte er zu dem Klon-Commander, obwohl er daran zweifelte, dass es etwas zu finden gab. Er wandte sich an Mas Amedda. „Sagt Captain Kagi, er möge meine Fähre für den sofortigen Aufbruch bereit machen. Ich spüre, dass Lord Vader in Gefahr ist."

Mas Amedda verneigte sich. „Ja, mein Meister."

Die Röhre zu überqueren war schwierig, selbst für einen Jedi. Einmal war Obi-Wan ausgerutscht und beinahe in die Lava gefallen, und nur durch seine Jedi-Reflexe und seine Beweglichkeit hatte er sich noch fangen konnte. Auf der anderen Seite angekommen, drang Anakin wieder auf ihn ein und trieb ihn auf die Sammelplatten.

Doch die Sammelanlage war nicht dafür konstruiert worden, das Gewicht zweier Personen zu tragen, und während des Kampfes im Kontrollzentrum hatten sie die Steuerung der Schilde beschädigt, die dafür sorgten, dass die Gluthitze der Lava die Anlage nicht schwächte. Ein Lavaspritzer aus dem Fluss, der einen der Stützträger zum Schmelzen brachte, erledigte den Rest. Ein riesiger Teil des Sammelarms brach ab und stürzte mit den beiden Jedi hinunter in die Lava.

Der Kampf ging dennoch weiter, obwohl der Sammelarm langsam in der Lava versank. Und keiner der beiden Gegner konnte sich einen Vorteil erkämpfen.

Doch das ist eigentlich nicht wahr, dachte Obi-Wan, während er sich duckte, sein Lichtschwert schwenkte und Anakins Hiebe parierte. Sowohl er als auch Anakin spürten die Qual, die ihnen beiden die Notwendigkeit, den jeweils anderen zu töten, bereitete. Doch Anakin war zur Dunklen Seite übergetreten, und Verzweiflung und Schmerz machte die Dunkle Seite nur stärker. Das verlieh Anakin einen Vorteil, mit dem Obi-Wan es nicht aufnehmen konnte. Es sei denn, er ließ seine eigene Verzweiflung los und ließ sich von der lebendigen Macht erfüllen – von der Macht, die alle lebenden Dinge miteinander verband, selbst Obi-Wan und diesen neuen, tödlichen, bösen Anakin Skywalker.

Es war schwer. Es war vielleicht sogar das Schwierigste, was er jemals zu bewältigen versuchte. Denn wenn er seine Qualen, seine Verzweiflung und seinen Schmerz loslassen wollte, würde er den Anakin loslassen müssen, der sein Schüler gewesen war, sein Bruder und bester Freund. Er musste sich eingestehen, dass er dieses Mal den Mann nicht retten konnte, der sein Leben ein Dutzend Mal oder mehr gerettet hatte, und dessen Leben er mindestens ebenso oft gerettet hatte.

Obi-Wan konnte es nicht tun. Als der Sammelturm tiefer in der Lava versank, suchte Obi-Wan nach einem Ausweg. Eine Droiden-Plattform schwebte in der Luft in der Nähe des Turmes. Obi-Wan schlug noch einmal mit dem Lichtschwert nach Anakin, griff ein frei hängendes Metallseil und schwenkte sich daran in Richtung der Plattform. Am Ende der Flugbahn ließ er los und landete mit einem Salto genau auf der schwebenden Plattform.

Sie kippte hin und her, trug aber sein Gewicht. Er lehnte sich auf eine Seite der Plattform und lenkte sie von dem Sammelturm weg. Vielleicht würden der sinkende Turm und die Lava zu Ende bringen, was er nicht hatte tun können.

Doch als er zurückblickte, stand Anakin schon auf einem Arbeits-Droiden und kam schnell näher. „Eure Nahkampfkünste waren schon immer schlecht", spottete er. „Ihr werdet Der Verhandler genannt, weil Ihr nicht kämpfen könnt!"

„Ich habe bei dir versagt, Anakin", sagte Obi-Wan. „Ich war niemals in der Lage, dir beizubringen, wie man nachdenkt."

Anakin nickte. „Ich hätte wissen müssen, dass die Jedi die Macht ergreifen wollten."

„Von den Sith!", rief Obi-Wan schockiert. „Anakin, Kanzler Palpatine ist das Böse!"

„Aus der Sicht der Jedi!", erwiderte Anakin scharf. „Aus meiner Sicht sind die Jedi das Böse!"

Die Worte taten Obi-Wan weh, obwohl er wusste, dass Anakin aus seinem eigenen Schmerz heraus so sprach. Er spürte, wie die Dunkle Seite immer stärker wurde, genährt von Anakins Verzweiflung. Und dann, als Anakin nahe genug für einen Hieb mit dem Lichtschwert kam, erhob sich der Jedi in Obi-Wan und er tat schließlich das, was er geglaubt hatte, nie tun zu können.

Er ließ los. Ruhig, konzentriert, befreit – zumindest für den Augenblick – von Schmerz und Verzweiflung, in der lebendigen Macht ruhend, so wie man es ihm beigebracht hatte, sah Obi-Wan seinen ehemaligen Freund und Schüler an und tat das Unerwartete. Er machte einen weiten Satz in die Luft und landete auf dem höher gelegenen Ufer des Lavaflusses.

„Es ist vorbei, Anakin", sagte er und sah nach unten. „Ich stehe höher. Versuche es nicht."

„Ihr unterschätzt die Macht der Dunklen Seite!", schrie Anakin zurück. Und beim letzten Wort sprang er.

Obi-Wans Lichtschwert rührte sich. Es durchschnitt Anakins Knie und auf dem Rückschwung seine verbleibende Hand. Anakins Lichtschwert fiel Obi-Wan zu Füßen. Das, was von Anakin noch übrig war, fiel in den schwarzen Sand, nur knapp am Rand des Lavaflusses vorbei.

Anakin. Nein, korrigierte Obi-Wan sich, nicht Anakin. Darth Vader. Darth Vader kratzte mit seinem mechanischen Arm im Sand und versuchte, sich von dem Lavafluss wegzuziehen. Obi-Wan sah auf den verstümmelten Körper hinab und spürte endlich Tränen in seinen Augen. „Du warst der Auserwählte", sagte er, aber nicht zu Darth Vader, sondern zu seinem toten Freund Anakin. Zu dem Mann, dessen Geist Darth Vader getötet hatte. „Du solltest die Sith vernichten, nicht ihnen beitreten. Du solltest die Macht ins Gleichgewicht bringen, und sie nicht in Dunkelheit stürzen." Er schluckte schwer. Er konnte den Körper durch seine Tränen nicht mehr sehen. Er sah kaum noch das Leuchten von Anakins Lichtschwert vor seinen Füßen.

„Ich hasse Euch!", schrie Vader.

Als Obi-Wan sich bückte, um Anakins Lichtschwert aufzuheben, rutschte Vader zu dicht an die Lava, und seine Kleider fingen Feuer. Die Flammen hüllten ihn in Sekunden vollkommen ein, und er schrie. Obi-Wan sah voller Schrecken zu, unfähig, sich zu rühren. Doch als die Flammen erstarben, murmelte er seine Antwort auf Darth Vaders letzten Schrei der Wut und des Hasses. „Du warst mein Bruder, Anakin. Ich habe dich geliebt."

Die Schreie erstarben mit den Flammen. Obi-Wan wandte sich weinend ab und sah, dass eine Fähre landete. Wer auch immer es war, Obi-Wan wollte niemanden sehen. Er rannte zurück zu Padmés Skiff. C-3PO und R2-D2 hatten Padmé bereits an Bord gebracht, worüber er sehr froh war. Er wollte jetzt nur von diesem Ort verschwinden. Später ... später würde er vielleicht in der Lage sein, darüber nachzudenken, was als Nächstes geschehen würde.

KAPITEL 20

Als die imperiale Fähre die Flügel hochklappte und auf der obersten Landeplattform landete, sah Darth Sidious, wie ein kleines Raumschiff von Mustafar floh. Doch er konnte seine Fähre nicht zur Verfolgung losschicken – die bedrückende Unruhe war stärker denn je, und sie hatte etwas mit diesem Planeten zu tun, und nicht mit dem fliehenden Schiff.

Die Klonkrieger stiegen zuerst aus. Sie schwärmten in dem verlassenen Gebäude aus, um sicherzustellen, dass nichts ihren Imperator gefährden konnte. Sie fanden aber nichts als Leichen. Dann, als Darth Sidious die Kontrollzentrale inspizierte, kam einer der Klone durch eine Außentür herein.

„Dort draußen ist etwas", sagte er.

Das ist es. Darth Sidious folgte den Truppen nach draußen an das schwarze Ufer des Lavaflusses. Eine verkohlte, verstümmelte Gestalt lag da. *Nein! Das darf nicht sein!*

Doch es war so. Sein vielversprechender Schüler, der der größte Sith sein sollte, der jemals gelebt hatte – er lag entstellt, verbrannt, vielleicht tot auf dem schwarzen Boden. Darth Sidious mahlte vor Wut mit den Zähnen. Ein Teil von ihm wollte sich auf dem Absatz umdrehen und das, was von Darth Vader übrig war, von der steigenden Lava zu Asche verbrennen lassen. Selbst wenn er noch am Leben wäre, selbst wenn er gerettet werden könnte, so war Vader für immer verkrüppelt.

Und nicht nur im medizinischen Sinne. Er konnte mechanische Gliedmaßen bekommen, aber die Macht – die Dunkle wie die Lichte Seite – wurde von lebenden Wesen generiert, und man benötigte lebendiges Fleisch, um sie zu manipulieren. Darth Vader würde niemals blaue Macht-Blitze erzeugen können. Dazu benötigte man echte Hände, keine aus Metall. Und wenn so viel von seinem Körper durch Maschinen ersetzt wurde, würde er niemals mehr auch nur ansatzweise das Potenzial erreichen, das er gehabt hatte.

Es war ein großer Jammer, dachte Darth Sidious, als er seine Wut unter Kontrolle brachte. Aber vielleicht war noch nicht alles verloren. Selbst der verstümmelte Darth Vader würde noch sehr stark sein, und es würde keine Jedi mehr geben, die ihn herausfordern konnten. Dafür hatte Darth Sidious persönlich gesorgt. Also ging er weiter, bis er vor dem Körper stand. Als er sich hinunterbeugte, musste er zu seiner Überraschung feststellen, dass Darth Vader tatsächlich noch am Leben war.

Die Erleichterung vertrieb all seine Zweifel. „Holt sofort eine Med-Kapsel", befahl Darth Sidious. Klone liefen los, um die Anweisung auszuführen. Er beugte sich tiefer über Darth Vader und legte ihm die Hand auf die Stirn, um ihn mit Hilfe der Dunklen Seite am Leben zu erhalten.

Als sie von Coruscant geflohen waren, hatte Yoda Bail Organa die Wahl ihres Fluchtziels überlassen. Der Senator hatte sich ein obskures archäologisches Projekt auf dem Asteroiden Polis Massa ausgesucht. Dort bauten sie ein Funkfeuer auf und warteten hoffnungsvoll auf Obi-Wan.

Da Yoda nichts blieb als zu warten, suchte er einen ruhigen Raum und meditierte. Das Wesen, das versucht hatte, Kontakt mit ihm aufzunehmen, konnte ihn durch den neuen, dichten Schleier der Dunklen Seite sicher nicht erreichen, doch die Gewohnheit der Meditation war so stark geworden, dass er es dennoch versuchte. Und zu Yodas Überraschung kam der Kontakt dieses Mal zustande.

Qui-Gon Jinn! Kein Wunder, dass ihm die Gegenwart immer so vertraut vorgekommen war. *Noch viel zu lernen es gibt.*

Geduld, gab Qui-Gon zurück. *Ihr werdet die Zeit haben, die mir versagt blieb. Mit meiner Hilfe werdet Ihr in der Lage sein, jederzeit eins mit der Macht zu werden und dabei doch Euer eigenes Bewusstsein wahren zu können.*

Unsterblichkeit, staunte Yoda.

Die Geschichte von Darth Plagueis ist in gewisser Weise wahr. Man kann die Fähigkeit, dem Tod zu entgehen, erlangen, aber nur für sich selbst. Darth Plagueis hatte es allerdings nie geschafft, es war ein Schamane der Whills, der es konnte. Und ein Sith-Lord wird es auch nie schaffen. Es ist ein Dasein, das man durch Mitgefühl erlangt und nicht durch Gier.

Eins mit der Macht zu werden und noch immer Einfluss zu haben. Der Gedanke war verblüffend. *Eine Fähigkeit größer als alle anderen dies ist.* Yoda senkte den Kopf. *Ein großer Jedi-Meister Ihr geworden seid, Qui-Gon Jinn. Dankbar Euer Schüler ich werde.*

Er spürte die Zustimmung des ehemaligen Jedi, als Bail Organa hereinkam und ihm mitteilte, dass Obi-Wan landete. Der Kontakt war unterbrochen, doch Yoda wusste, dass Qui-Gon jetzt, nachdem es einmal geschehen war, in Zukunft keine

Schwierigkeiten mehr haben würde, ihn zu erreichen. Wenigstens konnte er Obi-Wan eine gute Nachricht überbringen.

Als das Skiff gelandet war, erhob sich Obi-Wan aus dem Pilotensitz und trug die noch immer bewusstlose Padmé heraus. Yoda und Bail warteten am Fuß der Rampe. Bail warf einen erschrockenen Blick auf Padmé. „Bringt sie schnell in das Med-Center", sagte er.

Sie haben ein Med-Center, dachte Obi-Wan. *Gut*. Er hatte befürchtet, dass die medizinischen Einrichtungen auf einem solch abgelegenen Asteroiden zu primitiv waren, um das zu behandeln, was Padmé hatte. Sie hätte wieder zu sich kommen müssen, nachdem Darth Vader sie nicht mehr gewürgt hatte, doch das war sie nicht. Obi-Wan wusste allerdings nicht viel über schwangere Frauen. Vielleicht stimmte ja etwas anderes nicht.

Er übergab Padmé erleichtert den Medi-Droiden und setzte sich mit Bail und Yoda in den Beobachtungsraum. Ein paar Augenblicke später kam einer der Droiden zum Fenster. „Medizinisch gesehen ist sie vollkommen gesund", sagte der Droide. „Aber wir verlieren sie aus unerklärlichen Gründen dennoch."

„Sie stirbt?", sagte Obi-Wan voller Schrecken. *Nein! Nein!* Er konnte nicht noch einen solchen Verlust ertragen.

Doch der Medi-Droide schüttelte den Kopf. „Wir wissen nicht, weshalb. Sie hat den Lebenswillen verloren."

Ich weiß, weshalb, dachte Obi-Wan. *Anakin hatte ihr Herz gebrochen*.

„Wir müssen schnell operieren, wenn wir die Kinder retten wollen", sagte der Droide. „Sie trägt Zwillinge."

„Sie retten wir müssen“, befahl Yoda. „Unsere letzte Hoffnung sie sind.“

Die Medi-Droiden bestanden darauf, dass Obi-Wan ihnen half, obwohl er nicht wusste, was er tun konnte. Doch die Droiden waren der Meinung, dass menschlicher Kontakt helfen würde. Es waren Anakins Kinder, und es war das Letzte, was Obi-Wan für seinen toten Freund tun konnte. Er stand dabei, hielt Padmés Hand und fühlte sich hilflos.

Als die Droiden das erste der beiden Kinder holten, regte Padmé sich. Sie sah Obi-Wan voller Erstaunen an. Dann sah sie die Medi-Droiden, und sie schien zu begreifen, was vor sich ging. „Ist es ein Mädchen?“, fragte sie.

„Wir wissen es noch nicht“, sagte Obi-Wan angespannt. „Gleich.“

„Es ist ein Junge“, sagte der Droide und hielt das Kind hoch. Es war faltig, hatte ein rotes Gesicht und die Augen wegen des hellen Lichtes zugekniffen. Padmé lächelte und griff nach dem Jungen. „Luke“, sagte sie, und ihre Finger berührten nur kurz seine Stirn.

„Und ein Mädchen“, sagte der zweite Droide. Anders als bei seinem Bruder waren die Augen des Mädchens weit offen, und es sah in Padmés Richtung, so als wollte es ihr Gesicht sehen und es sich einprägen. „Leia“, sagte Padmé.

„Ihr habt Zwillinge, Padmé“, sagte Obi-Wan zu ihr. „Sie brauchen Euch. Haltet durch!“

Padmés Augen rollten hin und her, so als wollte sie ihm bedeuten, dass sie das nicht schaffen würde. „Ich kann nicht“, flüsterte sie schließlich. Sie zuckte zusammen und griff nach Obi-Wans Hand. Sie hielt etwas in ihrer Hand – ein geschnitztes Stück Holz an einer langen Schnur.

„Spart Eure Kräfte“, sagte Obi-Wan, doch sie hielt die Schnitzerei hoch, so als würde es sich um etwas Kostbares handeln.

„Obi-Wan“, keuchte sie. „Es ist Gutes in ihm.“ Sie hielt schwer atmend inne. „Ich weiß ..., dass ... noch immer ...“ Ihre Stimme wurde leiser und ihre Hand erschlaffte. Obi-Wan spürte, wie das Leben ihren Körper verließ.

Sie glaubte bis zum Schluss an Anakin, dachte er und senkte den Kopf. Er wusste nicht, ob seine Tränen Padmé oder seinem verlorenen Freund galten – oder beiden.

Die Med-Kapsel hielt Darth Vader auf der Reise nach Coruscant am Leben. Wegen der dringenden Nachricht des Imperators warteten schon die besten Medi-Droiden der Galaxis im Rehabilitations-Zentrum auf seine Ankunft. Sie untersuchten ihren Patienten sofort und berichteten, dass eine Menge Arbeit notwendig sein würde. Die Amputationen waren nur eine Frage des Ersetzens. Es waren die Verbrennungen, die die Sache erschwerten. Zur Überbrückung der Vernarbung waren spezielle Verbindungen nötig. Und schlimmer noch, Darth Vaders Lungen waren von dem Feuer versengt worden. Er würde ständige Beatmung brauchen, um Luft zu bekommen. Und ...

„Tut es!“, stieß der Imperator hervor.

Die Droiden nickten zustimmend und machten sich an die Arbeit. Darth Sidious ging unruhig hin und her. Selbst ein Imperator, selbst der Dunkle Lord der Sith, dem all die Mittel und all die Technologie des Galaktischen Imperiums zur Verfügung standen, konnte nur wenig tun, um den Heilungsprozess zu beschleunigen.

Einige Zeit später erschien endlich ein Medi-Droide. „Mein

Lord, die Konstruktion ist fertig", berichtete der Droide. „Er lebt."

„Gut", sagte Darth Sidious und er klang erleichtert. „*Gut.*"

Der Droide brachte ihn in den Operationssaal. Eine schwarze Gestalt lag auf einem Operationstisch. Schwarze Handschuhe und Stiefel bedeckten die neuen, mechanischen Gliedmaßen. Eine spiegelglatte, schwarz glänzende Maske verbarg das vernarbte Gesicht. Der Tisch begann sich zu bewegen und die Gestalt in eine aufrechte Position zu bringen. Ein mechanisches Atemgeräusch ertönte.

Ja, dachte Darth Sidious. *Er wird sie in Angst und Schrecken versetzen. Auch wenn er nicht mehr so mächtig ist, wie ich gehofft hatte, so wird er doch mächtiger sein als irgendjemand sonst.*

„Lord Vader", sagte Darth Sidious. „Ihr dürft Euch erheben."

Eine von den Lautsprechern im Innern der Maske verzerrte, tiefe Stimme antwortete. „Ja, Meister." Der Helm drehte sich, so als suchten die verbrannten und geschwächten Augen den Raum ab, als passten sie sich an die Displays im Innern an, die alles verstärkten und intensivierten, damit die Augen vorgeben konnten, zu sehen. „Wo ist Padmé? Geht es ihr gut?"

Und jetzt der letzte Schritt, dachte Darth Sidious. *Die Worte, die ihn für immer an die Dunkle Seite binden werden. Und sie werden nicht einmal eine Lüge sein. Zumindest nicht vollends.* „Ich befürchte, sie ist tot", sagte er, wobei er eine Andeutung von sanftem Bedauern, aber auch Tadel in seine Stimme legte. „Es scheint, dass Ihr sie in Eurem Zorn getötet habt."

Vader stöhnte protestierend. Und dann schrie er. Er beugte sich nach vorn, zerriss die Fesseln, die ihn an dem Tisch hielten

und schrie noch einmal. Gegenstände explodierten und flogen im Raum umher – Bauteile, Droiden und alles, was sonst nicht befestigt war – als Darth Vader seinem Schmerz und seiner Verzweiflung Ausdruck verlieh.

Und während Darth Vader schrie, lächelte Darth Sidious. Jetzt gehörte sein Schüler ihm. Für immer.

Der Konferenzraum in Bail Organas Raumkreuzer sah genau wie all die anderen Konferenzräume aus, die Obi-Wan von innen gesehen hatte. Er wollte nicht hier sein. Er wollte keine Entscheidungen über die Zukunft treffen, und sicherlich wollte er nicht über die Vergangenheit nachdenken. Doch er, Yoda und Bail Organa waren die Einzigen, die noch übrigen waren, um Entscheidungen zu treffen. Also saß er da und versuchte, sein müdes Gehirn zum Nachdenken zu bewegen – darüber, was mit dem Leichnam der Frau seines besten Freundes geschehen sollte und mit den beiden Kindern, die vielleicht die letzte Hoffnung der Galaxis waren.

„Nach Naboo ihren Leichnam schickt", sagte Yoda. „Schwanger sie noch erscheinen muss. Versteckt, in Sicherheit die Kinder gebracht werden müssen."

„An einen Ort, an dem die Sith ihre Gegenwart nicht spüren", sagte Obi-Wan.

„Sie trennen wir sollten."

Bail Organa hob die Hand. „Meine Frau und ich werden das Mädchen nehmen. Wir haben immer darüber gesprochen, ein kleines Mädchen zu adoptieren. Wir werden es liebevoll aufnehmen."

In aller Öffentlichkeit versteckt, dachte Obi-Wan und nickte. „Was ist mit dem Jungen?"

„Nach Tatooine. Zu seiner Familie ihn schickt."

Als Obi-Wan an diesen rauen, trockenen Planeten dachte, zuckte er zusammen. Aber es gab keinen anderen Ort, und Tatooine war ein Randplanet. Die Hutt-Gangster, die ihn beherrschten, hatten sich nie der Galaktischen Republik angeschlossen, und sie würden sich auch vom Imperium fern halten. „Ich werde den Jungen dorthin bringen und auf ihn Acht geben", sagte Obi-Wan. Er sah Yoda an und wartete auf eine Rückversicherung, von der er wusste, dass Yoda sie ihm nicht geben konnte. „Meister Yoda, denkt Ihr, dass Anakins Zwillinge Darth Sidious besiegen können?"

„Stark ist die Macht in der Skywalker-Linie", gab Yoda zurück. „Nur hoffen wir können." Er sah zu Bail auf. „Dann ist es beschlossen. Bis die Zeit reif ist, verschwinden wir werden."

Bail nickte und ging, um seinem Piloten Anweisungen zu geben. Obi-Wan erhob sich ebenfalls zum Gehen.

„Einen Augenblick, Meister Kenobi", sagte Yoda.

Obi-Wan drehte sich um. *Was jetzt noch?*, dachte er.

„In Eurer Einsamkeit auf Tatooine eine Trainingsaufgabe ich für Euch habe."

„Training?" Er hatte noch nie von einem Training für Jedi-Meister gehört.

Yoda lächelte. „Ein alter Freund hat den Weg zur Unsterblichkeit gefunden. Euer alter Meister Qui-Gon Jinn."

„Qui-Gon?" Obi-Wan sah ihn fassungslos an. „Aber ... wie?"

„Die Geheimnisse des alten Ordens der Whills er studierte", erklärte Meiste Yoda. „Wie mit ihm kommunizieren Ihr könnt, ich Euch lehren werde."

„Ich werde mit ihm sprechen können?"

Yoda nickte, und etwas von dem alten, alten Schmerz, der Obi-Wan seit dem Tod seines Meister begleitet hatte, fiel von ihm ab. „Eins zu werden mit der Macht, er Euch lehren wird. Euer Bewusstsein erhalten bleiben wird, wenn eins Ihr seid mit der Macht. Euer physisches Ich, vielleicht sogar."

Welche Ironie, dass wir diese Möglichkeiten jetzt entdecken, wo es die Jedi nicht mehr gibt, dachte Obi-Wan. Dann sah er Yoda an. Die Jedi waren noch nicht verschwunden. Noch nicht. Er hörte, wie das laute, hohe Schreien eines Kindes durch die Kabine schallte und lächelte. Es gab noch Hoffnung für die Zukunft.

EPILOG

Senatorin Padmé Amidala wurde ein Staatsbegräbnis zuteil. Gewaltige Massen säumten die Straßen, um ihrer ehemaligen Königin die letzte Ehre zu erweisen, als ihr von Blumen geschmückter offener Sarg durch die Straßen fuhr. Sie trug den geschnitzten Japor-Splitter, den ihr geliebter Anakin ihr vor so langer Zeit gegeben hatte, als er neun und sie vierzehn gewesen war; als Krieg etwas Unvorstellbares und die Sith-Lords ein böser Traum gewesen waren.

Obi-Wan und Yoda sahen sich die Beerdigung von Bail Organas Raumkreuzer an. Näher wagten sie sich nicht heran. Die Aufmerksamkeit des Imperators war sicherlich auf die Beerdigung gerichtet, und sie würden nicht das Risiko eingehen, entdeckt zu werden.

Kurz danach nahm der Imperator seinen neuen Schüler in eine entlegene Gegend der Galaxis mit, wo gerade die Konstruktion einer neuen Superwaffe begann – eine riesige Raumstation, die die Gewalt hatte, ganze Planeten mit einem einzigen Schuss zu vernichten.

Als die Beerdigung vorbei war, brachte Bail Organa seinen Kreuzer auf einen sorgsam geplanten Kurs nach Alderaan. Kurz nachdem das Schiff Naboo verlassen hatte, setzte es zwei kleine Fluchtkapseln in zwei verschiedenen Richtungen entlang des Outer Rim ab. Die eine brachte Meister Yoda auf den wenig einladenden und unbewohnten Sumpfplaneten Dagobah. Die andere brachte Jedi-Meister Obi-Wan Kenobi und einen weinenden kleinen Jungen in Richtung Tatooine. Das Mädchen flog wie geplant weiter nach Alderaan, um dort von Bail Organa und seiner Frau, der Königin von Alderaan, als Prinzessin aufgezogen zu werden. Es wurde von den Droiden R2-D2 und C-3PO begleitet.

Als Obi-Wan Tatooine erreichte, verkaufte er die Fluchtkapsel in Einzelteilen. In der von illegalen Machenschaften regierten Stadt Mos Eisley würde die Kapsel innerhalb weniger Stunden nicht mehr aufzufinden sein. Mit den Credits, die er bekam, kaufte Obi-Wan ein Eopie-Reittier für die Reise zu der kleinen Feuchtfarm, auf der Anakins Stiefbruder Owen Lars noch lebte. Owen und seine Frau Beru stimmten zu, ihren Neffen aufzuziehen. Obi-Wan sagte ihnen nur, dass beide Eltern des Jungen tot waren. Er erzählte ihnen keine Details, wie Anakin und Padmé gestorben waren.

Als die Zwillingssonne unterging, ritt Obi-Wan in die Wüste von Tatooine hinaus. In seinem Gepäck hatte er Anakins Lichtschwert. Er würde es während des langen, einsamen Exils aufbewahren, als Andenken und Erinnerung. Er würde es bis zu dem Tag aufbewahren, an dem er es Anakins Sohn geben konnte – Luke Skywalker.

STAR WARS™

THE CLONE WARS™

Spannende Romane und Comics zur Hit-TV-Serie

ROMANE

Neue Reihe

STAR WARS
The Clone Wars:
In geheimer Mission
Band 1:
Das Breakout-Team
€ 7,95
ISBN 978-3-8332-2245-0

Neue Reihe
Ab April 2011

STAR WARS
The Clone Wars:
Du entscheidest
Band 1:
Der Weg des Jedi
€ 8,95
ISBN 978-3-8332-2247-4

COMICS

STAR WARS
The Clone Wars
Comicband 1:
Dem Untergang geweiht
€ 9,95
ISBN 978-3-86201-013-4

Neu

STAR WARS
The Clone Wars
Comicband 2:
Crashkurs
€ 9,95
ISBN 978-3-86201-101-8

© 2011 Lucasfilm, Ltd.
All Rights Reserved.

Jetzt erhältlich im Buch- und Comic-Fachhandel

PANINI BOOKS
www.paninicomics.de